U0164059

臺灣文學叢刊

臺灣日治時期
翻譯文學作品集

卷四

總策畫　許俊雅
主編　許俊雅
顧問　敏耀

序

　　翻譯是不同文字、文學、文化交互融合的產物，日治時期臺灣的翻譯文學則同時在東學、西學、新學方面的選擇與接受的制約下發展。而日治的翻譯文學與臺灣新文學的發展關係密切，透過全面深入的研探可以更清楚釐清補充其間的漏洞空白，為臺灣文學史書寫提供參考的價值，同時得以認識到東亞社會的共性與區別，呈現東亞不同國度在接受西方思想時的再創造作用，以及這種再創造對於理解近現代世界發展多樣化的意義。過去臺灣文學史的書寫，鮮少將翻譯文學納入討論的框架（若有也僅僅零星點到為止），並沒有對文學翻譯的情況做出全面性的考察。但臺灣的文學翻譯與文學運動有著互為表裡、互為因果的密切關係，因此不談論文學翻譯的臺灣文學史書寫，將會使得日治時期臺灣文學運動的整體性產生極大程度的闕漏。

　　透過本套書可以管窺日治臺灣文壇對於世界文學的接受狀況，並理解以下若干問題。其一，臺灣青年在知識養成的過程中，從世界文學的接受上獲得怎樣的養分？其二，殖民地臺灣語言使用現象的駁雜（hybridty），在文學翻譯的過程中被如何呈現與表達？其三，在歐美具有「歷時性」的、線性發展的文學現代性、文學思潮與文學風格，在臺灣社會被如何以「共時性」的面貌呈現？其四，文學翻譯者所扮演的「中介」（intermediary）角色所發揮的「看門人」（gate-keeper）之作用，在特定作品的引介與否之間，所透露出來的權力關係等等。透過全盤整理，吾人得以發現當時「譯」軍突起——翻譯文學在臺灣的傳播與形成的圖像以及戰爭期的翻譯與時局、漢文的關聯，尤其翻譯文學對臺灣文學從古典形態走向現代形態變革的影響及當時臺灣翻譯文學的特色。

　　本套書為本人執行國科會（今科技部）計畫的副產品，該計畫幸獲國科會支持，在主要學術論文撰寫之前，本人及研究團隊廣泛蒐羅各雜誌期刊（書目較少）所刊之譯文，所運用之文獻史料有《臺灣日日新報》、《漢文臺灣日日新報》、《臺南新報》、《高雄新報》、《新高新報》、《三六九小報》、《赤道報》、《洪水報》、《臺灣青年》、《臺灣》、《臺灣民報》、《臺灣文藝》

（1902）、《語苑》、《臺灣警察協會雜誌》、《臺灣警察時報》、《臺灣教育會雜誌》、《臺灣愛國婦人》、《臺灣文藝叢誌》、《明日》、《曉鐘》、《人人》、《南音》、《フォルモサ》、《先發部隊》、《第一線》、《臺灣文藝》、《臺灣新文學》、《臺灣文學》、《風月報》、《臺灣大眾時報》、《新臺灣大眾時報》、《南方》、《南國文藝》、《文藝臺灣》、《臺灣文藝》（1942）、《臺法月報》、《專賣通信》、《實業之臺灣》、《熱帶詩人》、《臺灣教育》、《The Formosa》、《第一教育》、《翔風》、《臺高》、《媽祖》、《臺大文學》、《臺灣婦人界》、《南巷》、《ネ・ス・パ》、《南文學》、《臺灣》（1940）、《相思樹》、《紅塵》、《臺灣遞信協會雜誌》、《臺灣道》、《南瀛教會誌》、《愛書》、《臺灣時報》、《無軌道時代》等等報刊雜誌及數位典藏的《臺灣府城教會報》及《芥菜子》（北部臺灣基督長老教會教會公報）等。並將翻譯作品彙編，分為「白話字」、「臺語漢字」、「中文」以及「日文」四卷。《白話字卷》除了有原始的「全羅版」白話字（或稱「教會羅馬字」、「臺語羅馬字」）之外，亦有「漢羅版」的譯文以供對照參看。《日文卷》所收錄之篇章，皆敦請精通日文之專業譯者重新將文章內容再翻成中文。並對每篇譯作原作者與譯者予以簡介，凡三四百位之多。當時原文多未標出處，譯者亦有不少難以追查，本人在不計成本，努力以赴，以克服困難，解決問題之後，備加感到將資料公諸於世的迫切性及重要性。雖然蒐集、整理、翻譯作品，並進而編輯出版，凡此皆極繁瑣且所費不貲，對筆者學術成績無多大助益，這部分亦非本計畫之要求成果，唯基於學術乃天下公器，個人認為唯有不藏私，方能提升日治臺灣翻譯文學的研究深度，並引發更多研究者投入。

　　特別值得一提的是，本套書參與成員甚多，或蒐集複印整理資料，或分工撰寫作者、譯者簡介，或承擔日文翻譯工作，其間作者的辨識確認並非易事，此乃因當時臺灣譯者多不注明譯本之來源、譯本之原文及原作者姓名之外文，而且各人的翻譯不一，與現今譯名又多所出入，考察極其不便。如泰戈爾譯名有泰古俞、太歌爾，尼采譯名用「尼至埃」、「ニイチエ」，如果是知名度很高的外國作家作品，問題尚比較容易解決，但如是知名度不高的作家作品，則是難上加難，因此盡力追尋其身分背景，以更充分掌握相關知識

氛圍，是出版這套書在作者譯者介紹上，首先要解決的問題。其後之翻譯更是重責大任，非常感謝東吳日文系賴錦雀教授（時任文學院院長）推薦系內傑出師生協助，不計甚是微薄的翻譯費，鼎力完成這批日文翻譯，喘此謹致本人最高謝意。本套書前後參與人員有：王美雅、王鈺婷、伊藤佳代（いとう かよ）、吳靜芳、李時馨、杉森藍（すぎもり あい）、阮文雅、林政燕、張桂娥、許舜傑、彭思遠、楊奕屏、趙勳達、劉靈均、潘麗玲、龜井和歌子（かめい わかこ）、謝濟全、顧敏耀、鄭清鴻等，以及王一如、林宛萱、康韶真、蔡詠清、黃之綠、謝易安同學等人協助校對，沒有他們的幫助，這套書不可能出版。最後更要向萬卷樓梁經理、張晏瑞、編輯游依玲、吳家嘉致意，願意支持可能不太有銷路的翻譯文學史料。由於能力及時間有限，本書缺點及不足在所難免，敬請廣大讀者批評指正。

　　此外，以上序文原寫於二〇一一年十月二十五日滬上途中，由於個人諸事紛紜，加上後續又有增加的材料，並編製卷五日文影像集，不外是希望能將此套書朝更嚴謹的學術性邁進，同時省卻研究者蒐尋原文的時間，這部分圖檔來源不一，登載報刊上的版式亦非常參差，尤其多數報刊距今時間久遠，圖影效果不彰屢見，為求盡量一致及清晰的效果，顧敏耀博士付出相當大的心力剪裁修正，這種種因素因此延宕至今，時間竟匆匆兩年半載了。在這段時間，也發現了眾多議論的譯文及中國譯作轉刊於日治臺灣報刊，但刊登時不見譯者之名，如未經追查，難以確認本為譯作，甚或有些為偽譯作，如要一一辨識，恐又耽誤出版時程，念及第三卷中文卷已收部分（嚴格說來不宜列入臺灣日治翻譯文學集，考量刊登臺灣報刊，寬鬆處理），而個人亦將於未來幾年出版另一套日治報刊轉載中國文學之校勘本，至於遊走在文學類邊緣的各譯文或者世界語的譯作等等，也都因時間因素，不再繼續增添補強，留待他日有餘力再說罷。

許俊雅

二〇一四年五月十五日

導　讀

許俊雅

一　前言

　　關於二戰前的臺灣翻譯發展史，較諸其他國家可能更多元。臺灣因為地狹山多，在漢人移居之前，諒必在各個原住民語族之間，就有通曉兩種以上語言的原住民翻譯人員存在。荷西時期出現了學會臺灣原住民語的神職人員，還曾經出版過西拉雅語的〈馬太福音〉和〈約翰福音〉。明鄭與清領時期在各個原住民部落往往都有「通譯」以協助經商或政令推行。清領時期因為迴避制度的施行，來臺文官往往都由閩粵二省以外派來，在施政或審判之際，更是需要翻譯人員[1]。當時具有代表性的翻譯作品則為首任巡臺御史黃叔璥《臺海使槎錄》所記載的「番歌」[2]，這是漢譯文學之始。厥後直至清領結束，雖有馬偕在一八八一年於淡水創立「理學堂大書院」[3]、劉銘傳在一八八七年於大稻埕開辦「臺灣西學堂」[4]，也培養出一些通曉雙語或多語的人才，例如艋舺秀才黃茂清就曾在該學堂就讀，據稱「閱時未久而於英國

1　在清末來到臺灣的馬偕博士曾如此描述衙門開庭之實況：「滿大人由他的隨從護著坐轎子來到，進入衙門大廳坐正，又邊站著通事（原註：翻譯官）。因為是滿大人，從中國來的，就理該不懂得本地話，所以旁邊必得有個通事……滿大人經由通事來審理被告」，見氏著：《福爾摩沙紀事》（臺北市：前衛出版社，2007年），頁98。

2　黃叔璥：《臺海使槎錄》（臺北市：大通書局，1987年），頁94～160。黃氏於一七二二至一七二四年在臺期間所譯之平埔族歌謠收錄於〈番俗六考〉，〈北路諸羅番一〉當中收錄的〈灣裏社誡婦歌〉云：「朱連麼吱匏裏乞（娶汝眾人皆知），加直老巴綿煙（原為傳代）；加年呀嘎加犁蠻（須要好名聲），拙年巴恩勞勞呀（切勿做出壞事），車加犁末礁嘮描（彼此便覺好看）！」（括號中皆為原註），是用漢字的官話語音來記載當時平埔族的歌謠，譯音雖不夠精確，然實為珍貴之記錄。黃叔璥：《臺海使槎錄》（臺北市：大通書局，1987年），頁94～160。

3　戴寶村：〈馬偕——上帝使徒在臺灣的宣教、教育與醫療〉，《什麼人物、為何重要——臺灣史上重要人物系列・二》（臺北市：國立歷史博物館，2011年），頁17～18。

4　季壓西、陳偉民：《從「同文三館」起步》（北京市：學苑出版社，2007年），頁177。

語言文字，大有所得」[5]，然而可能較為著重宣教或經貿過程中的翻譯事宜，未見有文學作品漢譯[6]之紀錄。文學作品之漢譯除黃叔璥之的平埔族歌謠外，清領末葉開放傳教之後，臺灣的基督教長老教會開始運用羅馬字將不少西方文學作品、聖經故事或是神學著作翻譯成臺語（俗稱白話字），刊於《臺灣府城教會報》、《臺灣教會報》等[7]。

　　進入日治時期之後，白話字依舊翻譯不少文學作品，而漢譯文學有較為不同的變貌。本文謹就日治時期文學譯作討論，由於臺灣翻譯文學必然牽涉到東學、西學與新學的譯介，因在十九、二十世紀初期，日本、中國、臺灣的知識分子莫不處於東學、西學、新學的潮流中，而透過明治日本吸收西方近代思想，正是東亞近代文明形成的重要一環，這一過程並非僅僅是由西方到明治日本再到中國或臺灣的單向運動，在此過程中，既透過明治以來日本思想界的大量成果吸收西方近代精神，並受明治以來思想界對於西方思想的選擇與接受樣式的制約，又有基於本土文化和個人學識的再選擇與再創造，由此產生的思想體系的變異。日本大量譯介西書，並成為當時中國、臺灣易於接受的「東學」，雖然東學無一不從西學來，但二者如何溝通聯繫，並做適當的取捨，成為適合自己需求的新學（李漢如和日本人曾創立新學會，會員有一千五百人，主要介紹外國翻譯小說並出版刊物），則是研究日治臺灣翻譯之必要考量。

　　本文重點在於理解當時臺灣文壇對於世界文學的接受狀況，並試圖釐清臺灣青年在知識養成的過程中，從世界文學的接受上獲得怎樣的養分？殖民地臺灣語言使用現象的駁雜，在文學翻譯的過程中被如何呈現與表達？文學翻譯者所扮演的「中介」角色所發揮的「看門人」之作用，在特定作品的引介與否之間，所透露出來的權力關係。以臺灣新文學運動為例，在其推展之

5　不著撰者：〈臺秀錄　縉紳紀實（其八）〉，《臺灣日日新報》，1898年10月23日，第5版。

6　此處「漢譯」不包括「臺譯」。1885年（光緒11年）由英國長老教會巴克禮牧師（Rev. Thomas Barclay）在臺南創辦的《臺灣府城教會報》之中，便曾刊載不少臺譯文學作品。以上參顧敏耀未刊稿。

7　目前皆已收錄於「臺灣白話字文獻館」（http://www.tcll.ntnu.edu.tw/pojbh/script/index.htm）。

初，其實是有著標榜中文書寫、以小說為主、以寫實主義精神為依歸的本質。因此，臺灣新文學運動所進行的文學翻譯或轉載，也必然符合此象徵秩序。不過必須理解的是，此等象徵秩序只存在於臺灣新文學運動這個場域之內，在此之外，不同的語言、文類、主題都獲得了不同程度的取捨。例如以「白話字臺灣話文」進行文學翻譯的《臺灣府城教會報》、以「漢字臺灣話文」進行文學翻譯的小野西洲與東方孝義等《語苑》集團、以文言文進行文學翻譯的魏清德、李逸濤、謝雪漁、蔡啟華、許寶亭等傳統文人、以及以日文進行文學翻譯的村上骨仙、石濱三男、南次夫、西川滿、矢野峰人、島田謹二、中里正一、上田敏、西田正一、中尾德藏、根津令一等日人作家或曾石火、翁鬧等臺人作家，以中國白話文翻譯的李萬居、劉吶鷗、張我軍、林荊南、黃淑黛、湘蘋、楊雲萍、洪炎秋等，對於文類與主題都有不同的傾好。這當然與各立場知識分子自身的文化資本的積累以及其性情傾向有絕對的關係。這多語情形也呈現了翻譯是不同文化之間的「協商」過程，在同一個語境內進行文化協商必然是殖民地臺灣這個「多語的」社會所必然面對的現象與難題，但也是日治時期臺灣文學翻譯語言之多種的必然現象。

臺灣翻譯語言多種，當時的官方語言以及各級學校所推行使用的語言皆為日語、通曉日文的臺灣人日漸增多、許多經典性的歐美作品都已經有日譯本將，日譯本進入臺灣，還出現譯成淺近文言或是白話文之譯作，在一九三〇年代的譯文中，仍然可見使用文言文翻譯的情形，如《南音》XYZ 翻譯了英國 Goldsworthy Lowes Dickinson 的〈戰爭與避戰〉。或像吳裕溫〈阿里山遊記〉，將漢語文言文直接改譯成日文，保留許多文言文之痕跡，又如「與謝野晶子」從古代日文翻成近代日文，「新譯紫式部日記」即是。或將語體譯文直接據此增刪，或略去或增飾，不一而足。他如臺灣譯本將文言文翻譯為語體文，如簡進發所譯〈無家的孤兒〉[8]，簡譯本並非直接從愛克脫・麥羅法文原著譯出，亦非自日譯本轉譯，而是根據包天笑文言譯本《苦兒流浪記》再「轉譯」為語體文（白話文），簡譯本對於包天笑譯作的承

8　刊《南方》1943年10月，包譯《苦兒流浪記》刊1912年7月至1914年的《教育雜誌》4卷4號至6卷12號（其中5卷3、7號，6卷1、5、7號未載）。

襲，其痕跡十分明顯。當時也有極多中文譯作自中國報刊書籍轉載（或改寫）引進臺灣。也有如《語苑》將中國古典文學作品翻譯成臺語漢字者，同時有些翻譯使用了臺灣話文翻譯，翻譯情況從文言文到白話文、臺灣話文及後來將中文、臺語翻譯為日文（日譯《臺灣歌謠集》），或者將日文劇本翻譯為臺語，或將《紅樓夢》、《西遊記》、《水滸傳》、《三國志演義》翻譯為日文，這種種轉折變化，正與時局改變，翻譯的意圖目的也隨之改變有關。

　　為便於考察臺灣翻譯文學的發展脈絡，本文將它分為三階段分期敘述。（一）臺灣翻譯文學的萌芽期（1895～1920）。（二）臺灣翻譯文學的發展期（1920～1937）。（三）臺灣翻譯文學的衰微期（1937～1945）。

二　臺灣翻譯文學的萌芽期（1895～1920）

　　臺灣初期之翻譯，多由日人初登舞臺（臺灣新報），以日譯稿／中國文獻、歷史小說之翻譯改寫為主。在〈本刊　譯書善鄰〉[9]上，說明了翻譯的情況：

> 我國文士。學邦文與漢文洋文者。今度將善鄰協會。議改作善鄰
> 譯書館。其發起創立之旨趣。在導清國以開拓文明。贊清國以保
> 全權勢。而即以維持東洋平和大局也。故凡書冊足啟發人智者。
> 如泰西有用之書。曾經譯述供我國民讀之。茲急宜更譯漢文。輸
> 入清國。以便清國人士閱購。又依我國三十年間。及將來有用之
> 書。胥譯漢文。為輸入清國地步此種籌畫。經於前月廿三日。開
> 會決議以外又有要議四條。一將譯述之書，必經從事選定。二上
> 海地方，宜設置印刷所。三請清政府保護板權，俾免翻刻滋謬。
> 四請我國政府，保護一切事宜也。持其議者。文學博士。則重野
> 安繹。元良勇次郎。星野恒。井上哲次郎四氏東宮侍講。三嶋毅
> 一代鴻儒根本通明。法律學博士則富井政章。華族女學校教諭土
> 屋弘等諸氏也。

9　《臺灣日日新報》第178號，頁3，明治三十一（1898）年12月6日。

　　這則資料與探討日本的亞細亞主義有關，也與中國的翻譯史有密切關係，然而中國翻譯史論著從未提起或連結思考，日本學者狹間直樹〈日本的亞細亞主義與善鄰譯書館〉一文首先提出來，該文極具參考價值。不過，他所使用的文獻年代有些還比《臺灣日日新報》上所刊載的晚，有些推論則可以《臺灣日日新報》所刊直接證實。翻譯之被重視，以此可見端倪，此時相關之譯作，如〈喬太守〉[10]記作者「安全」某日見到某臺灣人邊看小說邊笑，於是借來此書回家閱讀，因覺得和眼中所見的臺灣人極為相似，於是興起翻譯的念頭，希望能不失性情與風俗地翻譯此篇小說（此小說原題為「喬太守亂點鴛鴦譜」）。初時多為日人之譯作，或漢譯或和譯，二者並見。故三溪居士之〈譯述 詞苑／源氏箒木卷〉[11]提到紫氏部《源氏物語》其中一卷，前言云：

> 　　紫氏部，本朝三才媛之一也，所著《源語》五十四帖，雖率多浮靡之詞，而寄託深遠，訓戒其存，宜千百載之後學者，推以為一大奇書也。故菊池三溪翁嘗以漢文譯之，其措詞之富麗，使人驚心動魄。茲錄箒木卷一帖，蓋篇中出色文字也。讀者嘗一臠之肉，亦足以知全鼎之味與。（標點為筆者所加）

　　又如赤髮天狗〈桃花扇〉即為讀者消暑，特翻譯明末英俊侯雪苑之傳奇，又如梅陰子（伊能嘉矩）的藍鹿州（即「藍鼎元」）〈臺灣中興の為政家〉[12]，即中國文獻之翻譯改寫。小說內容總是先引用一段中文文稿，再加以闡述介紹，似引用野史文獻重寫／改寫的歷史敘事小說。也有像黑風兒所譯，介紹托爾斯泰不只是俄國奇矯的大詩人，也是世界上傑出的人物，因此特翻譯最近ロング氏寫的「評論之評論」，藉以窺看其思想及活動。尚有來城小隱《鄭成功》，是一部翻譯、引用文獻撰寫的臺灣歷史小說，並於文中寫道

10　《臺灣日日新報》第453號，頁11～12，明治三十二（1899）年11月3日。

11　《臺灣日日新報》第801號，頁13，明治三十四（1901）年1月1日。

12　《臺灣日日新報》第531號，頁1，明治三十三（1900）年2月10日。

「引用書目如左：御批歷代通鑑揖覽 聖安皇帝本記行在陽秋 兩廣記略／賜姓始末東明聞見錄／吳耿尚孔四王全傳粵遊見聞／烈皇小識 嘉定屠城記略／海外異傳 鄭將軍成功傳碑／鄭將軍碑 鄰交徵書／元明清史略澎湖廳志／淡水廳志 臺灣外記／鄭成功 臺灣志／史料通信叢誌大清三朝事略／鄭延平事略 臺灣史料……等等。」

　　這時期譯作早期多為日本文人之譯介，之後本土文人譯作方登場。如李逸濤、謝雪漁、魏清德[13]等傳統文人的翻譯，以上現象說明了日治時期的臺灣處於一個全球化新興的文化場域，各式文本和文化移植轉手進入臺灣文學場域，對於當時文化論述的衝擊有著深刻的影響。而傳統文人亦通過日文建構他們對於域外世界的想像，在翻譯與摹寫的過程中，可見其文化觀及知識養成背景。如從李逸濤所翻譯的《袁世凱》傳展開研究，可見李氏翻譯袁世凱逐漸成為「親日主義者」此一認同的轉變，其翻譯撰述目的乃是在強化袁世凱對日本軍事武力的高度認同，並且將袁世凱塑造為與現代脈動相聯結的改革者形象，這除了顯示出日本殖民主義和帝國主義發展過程中往往透過「再現」來加深中國之刻板印象，因而成為「落後中國」與「文明開化之日本」的對比，一方面也創造出一套日本地位優越的策略，將日本與西方文明接合，形塑出先進的日本代表西方近代文明的優越性。另外也指出日本重視東洋文明，並且處於與中國人種、文字與宗教同一性的亞洲，這種以日本為本位的東洋文明論述，隱含有大東亞共榮圈的雛形，以此鞏固日本在東亞的領導地位，這樣的翻譯實踐對中國此一異域文化的再現，同時對中國的翻譯也建構了殖民地臺灣特殊的認同形式，呈現出文化翻譯之間多元而重層的影響，及文化翻譯中與文化再生產與文化身分塑造有關的重要議題。

　　基本上李逸濤此篇之譯作尚忠實於原作，但此時期的譯作，實則譯述、

13　魏清德、謝雪漁等傳統文人曾習日文，較早地進行了日文中譯的文學活動。如謝雪漁在《漢文臺灣日日新報》的〈陣中奇緣〉、〈靈龜報恩〉，魏清德的日本〈赤穗義士菅谷半之丞〉，魏氏在《臺灣日日新報》及《漢文臺灣日日新報》上撰寫、譯寫了二十餘篇漢文通俗小說。

譯意、演述、演義、衍義為多，日治初期文人對於「翻譯」一詞，也有相當清楚的體會，在一篇〈譯文不如譯意〉一文中說：

邦文之與漢文，第就文字上觀之，其意義有時似相去不遠。至句法之順逆，字眼之安放，虛字之轉接，其法有大相懸殊者。何則？世界之文字，莫不各因其方言，言語之不同，斯文字文法亦因之而差異。不待論矣。第以文字畧同，而運用見解亦隨而各異者，又未始非方言有以致之也。顧用邦語與漢語較，邦語所先發者，漢語後之，漢語在上句者，邦語下之，其同為是言也，同此意也，而先後上下已各相反。且俗語口頭禪。亦有此有彼無之分，此運用見解之所以不同也，乃世之譯者，就邦文所譯之漢文，篇中每有漢文所無之字眼，罕見之文法句法，牽強之轉接，紛亂剟雜乎其間，于此而欲求千人共喻，一目了然，不亦難乎？即有一二深通漢文文法者，亦狃于時俗，習焉不察，甚至降格求合，潦草闖葺，推原其故，蓋恐意譯有違背乎邦文之義，不如直譯以求無過，且易為力耳，不知欲求無過，而過反因是而滋深。如訓令規則，關係于行政法律上諸大端，不善譯者恒囫圇吞棗，且顛倒參差，致閱者或誤會，或難解，因而逕行者悖謬，闕疑者失機，誤人一至於此，其過豈鮮淺哉？夫譯文之道，祇求意義相符，旨趣明晰耳，如必強邦文與漢文之文法，順序一致，是將戕賊杞柳而以為桮棬，其意旨因之而愈漓愈晦矣，苟能將邦文之意旨体會了當，然後認定漢文之文法以譯出之，雖文法判和漢之別，而意旨無毫釐之差，于句法字眼轉接間（原作閒），漢文所有者有之，漢文應無者無之，無庸依樣，不失廬山，縱云出藍，自成粉本，下筆無挂漏杜撰之患，閱者無晦悶蒙蔽之虞，斯譯文之能事畢矣，吾因而斷之曰，直譯者不如意譯之為愈也，司是事

者，苟以蒭蕘為可採，于譯文一道，未必無小補云。[14]（標點為
筆者所加）

　　可知在翻譯的過程中，原意絕不可能與譯意完全相同，只能按譯者理解
的方式來做翻譯。傳統文人在進行文學翻譯時，對於筆下的文字究竟是屬於
譯作、擬作、或摹寫，常常沒有清晰的界定。若是譯作，往往不見「翻譯」
字樣。若是擬作（imitation，或稱譯述），則類似於林譯小說（晚清林紓所
譯之小說），也是廣義的譯作，但不同於林紓將其擬作作品視為「譯作」，臺
灣的傳統文人則往往不加上「翻譯」字樣，例如李逸濤改寫朝鮮名著〈春香
傳〉、以及魏清德譯述日本故事〈赤穗義士菅谷半之丞〉、〈塚原左門〉、〈寶
藏院名鎗〉、〈塚原卜傳〉等皆是如此。若是摹寫，則與文學翻譯的定義有段
差距，例如魏清德的〈齒痕〉（1918）與〈百年夫婦〉（1925）。這類的摹寫
作品雖非譯作，但在受西方文學影響的研究議題上，亦是不容忽視的題材。
由於報刊篇幅所限，加上傳統文人多缺乏西方語言能力，需仰賴中、日文譯
本，如魏清德因接受日本新式教育而熟諳日文，在和漢文的翻譯也受到尊
重，但其〈南清遊覽紀錄〉（十三）中提到：「……沿途多設備種種，余管見
又於英文不精，故不能識。……」其英文不精，因此無法對原作「直譯」，
只能將已譯的中文或日文譯本再「意譯」，且往往是摘錄式的意譯。
　　其翻譯情況尚可以蔡啟華譯〈小人島誌〉[15]為例，此文即 Jonathan Swift
原作《格列佛遊記》（*Gulliver's Travels*, 1726）四個章節之一，故事中的主
角 Gulliver 譯為「涯里覓」，與今日習見的「格列佛」或「格里佛」相距甚
遠，其實也是日語譯音「ガリヴァー」或「ガリバー」再轉成臺語漢字[16]。
文中還有一段描述：「嘗考小人島，名曰リヽブウト，國之縱橫，十有二
里，國中最繁盛都會者，曰ミルレンド都」，這當然是未及將片假名改為漢
字的更為明顯之轉譯痕跡。

14　《臺灣日日新報》第2205號，頁2，1905年9月6日。
15　見《臺灣教育會雜誌》第91～94號，1909年10月25日～1910年1月25日。
16　「覓」字在臺語有多種讀音，其中之一為〔bā〕，與「ヴァー」相似。

　　至於翻譯作者之不詳亦累見，可分為三種情況：其一，全無署名。其二，以中文或以日文片假名擬音的方式署名，其原名不詳。其三，已可由中文或以日文片假名擬音追溯其原名，但也許是較不知名的作家，其人不詳。譯者的不詳，亦可分為三種情況：其一，全無署名。其二，使用筆名，原名不詳。其三，使用原名，其人不詳。作者與譯者的身分，決定了文學翻譯究竟是從何而譯、為何而譯、為誰而譯這種種的問題。不署名原作者或譯者的情況極多，這類中譯本多出自中國報刊書籍，臺灣轉錄時未做任何的交代，如刊登《臺灣日日新報》上的〈女露兵〉、〈旅順勇士〉（原題〈旅順土牢之勇士〉），出自王瀛州編《愛國英雄小史（下編）》（上海交通圖書館一九一八年版）〈女露兵〉、〈旅順土牢之勇士〉原作者分別是龍水齋貞一、押川春浪，皆為湯紅紱女士譯。改寫之後，將譯者姓名改署他人者，如一九〇六年六月五日在《漢文臺灣日日新報》刊載了署名「觀潮」翻譯的〈丹麥太子〉，這是莎士比亞作品在臺灣譯介史上的極為早期的紀錄[17]。其最源頭的文本即為英國作家莎士比亞的著名作品《哈姆雷特》（Hamlet，或譯《王子復仇記》），但是卻非臺人自譯，而是略加改寫了林紓與魏易同譯《吟邊燕語・鬼詔》之些微字句而已[18]。林譯也不是從莎翁劇本直接譯來，其來源文本則是英國作家查爾斯・蘭姆與其胞姐瑪麗・蘭姆（Charles and Mary Lamb）共同改寫的《莎士比亞戲劇故事集》（Tales from Shakespeare，或譯為《莎士比亞故事》、《莎氏樂府本事》）[19]，在漢譯之前業已歷經了改寫以及「變體」（由戲劇變成小說）的過程。這種情形多發生於傳統文人的譯作上，發生於萌芽期（1895～1920）。

　　由於譯家不多，多數文言譯作轉錄自中國報刊（前述），如不才意譯〈寄生樹〉、何卜臣意譯〈借馬難〉、梅郎、可可譯《大陸報》的〈滑稽之皇

17　關於莎士比亞在臺灣，戰後不僅有梁實秋以流暢的文筆完整譯出全集，還有被改編為歌仔戲《彼岸花》（來源文本為"Romeo and Juliet"）以及京劇《慾望城國》（來源文本為"Macbeth"）等。

18　筆者：〈少潮、觀潮、儀、耐儂、拾遺是誰？──《臺灣日日新報》作者考證〉，《臺灣文學學報》第19期（2011年12月），頁1～34。

19　周兆祥：《《哈姆雷特》研究》（香港：中文大學出版社，1981年），頁6。

帝〉，曙峰譯〈滑稽審判官〉、（程）小青譯〈愛河一波〉、碧梧譯述〈騙術奇談〉、〈疆場情史〉、井水譯〈二萬磅之世界名畫〉、囂囂生譯述瑣尾生潤辭〈排崙君子〉及中覺一意譯〈偵探小說：梅倫奎復讐案（復朗克偵探案之二）〉（易題作〈孝子復仇〉）等等。轉錄之風迄日治結束一直風行不輟，這是值得留意的特殊現象。

　　翻譯引進的大量外國作品中，文學名作等純文學作品的譯介尚屬少數，占主要地位的還是一般觀念上的所謂通俗文學，其中尤以偵探小說數量最多，影響也最大[20]。其目的在於輸入文明借鑑其思想意義，同時有消費娛樂及市場商業利益之考量。透過翻譯的閱讀自然展現了時人對現代情境的想像和渴慕。同時此時的文學翻譯較無系統可言，甚至沒有署名原作者，使得文學翻譯行為似乎只重視文本的「審美因素」，至於作者的「心理因素」與創作背景的「文化因素」則相對受到漠視。總體而言，萌芽期（1895～1920）的文學翻譯往往有隱身的現象，且以意譯及譯述（譯介）為主要方式，譯者主要遵從的不是逐字逐句的直譯方式，而是撮其大要，因此「譯述」還可理解為譯者就原文的內容重新復述。譯者都不是亦步亦趨、字斟句酌地緊隨原作。譯者經常鋪張敷衍，或者刪節原作的冗贅部分以使譯作的情節發展更加緊湊。

三　臺灣翻譯文學的發展期（1920～1937）

　　討論此期之翻譯與臺灣新文學創作之關係，先理解中國短篇小說在經歷了古典形式的衰落之後，旋即在晚清時期又開始了新內容、新形式的努力探索。這其中的內在動因自然是晚清動盪的社會現實對作家思想情感的有力觸動以及由此引發的表達需求有關，臺灣早期的傳統通俗小說在一九二〇年代被批評，即因殖民下的各式問題已不是此前筆記、傳奇的小說格局能容納表述的，小說家必須在原來的文學傳統上有所突破和創新。而域外小說譯作的某些新形式和表現技巧，對此時短篇創作的革新有所啟發和幫助，特別是那

20　《智鬥》發表於一九二三年《臺南新報》，改寫底本是 Maurice Leblanc 的《Aresene Lupin Versus Herlock Sholmes》。譯寫過程尤其是在地化的改裝。

些偵探小說設計精巧、匠心獨具的情節，思維縝密、膽識過人的偵探形象，都能彌補傳統小說的空缺和不足。因而賴和小說〈惹事〉，不免有著偵探推理的情節以推動敷衍故事。臺灣新文學（小說）的興起，正與轉介中、日小說、譯作有相當程度的關聯，尤其是中國方面的引介。第二階段的翻譯文學在臺灣民報系統（從《臺灣青年》、《臺灣》始）[21]轉載了不少中國作家如魯迅、周作人、胡適、張資平等人的翻譯或是創作。力倡白話文的張我軍，在不遺餘力地介紹當時中國大陸新文學的「文學理念」之餘，也寫過《文藝上的諸主義》，向臺灣介紹歐亞兩百年來的文藝思潮。通過翻譯小說（《臺灣民報》刊過都德的《最後的一課》、莫泊桑的《二漁夫》、愛羅先珂的《狹的籠》）引介西方文學。在翻譯作品方面有王敏川翻譯多篇日本《大阪朝日新聞》、《滿州日報》的文章；王鍾麟翻譯羅素對於中國問題的看法；林資梧翻譯傑克倫敦的短篇小說；黃郭佩雲翻譯賀川豐彥的〈兩個太陽輝耀的臺灣〉等多篇關於西方與日本的文學作品。及黃朝琴翻譯英國凡爾登的〈初步經濟學〉（一卷二號起連載）；蔣渭水翻譯《大阪朝日新聞》、《大阪每日新聞》、《萬朝新聞》社說、《讀賣新聞》社說等等日本重要報紙的社論；陳逢源翻譯〈大亞細亞同盟在脅威分裂的歐洲〉（第六九號）、羅素的〈公開思想與公開宣傳〉；連溫卿翻譯〈蘇維埃與教育〉等左傾作品，並介紹世界語；張我軍將山川均一九二六年完成的『植民政策下の臺灣』論文翻譯成『弱小民族的悲哀』，刊在《臺灣民報》上[22]。李萬居留法，在上海展開其文藝、政治的活動，翻譯法國作家的作品及一些政論譯著等，其選材眼光獨到，所譯文學作品之藝術性皆極高，具有世界文學的視野。

　　此期特別需留意的是關於轉載者與譯者主體性的體現。中國在一九四五

21　《臺灣》自一九二二年四月十日發行開始，發行至一九二三年十月止。

22　鄧慧恩博士的碩博士論文，對於臺灣民報的翻譯及世界語的研究，值得讀者留意關注。本文參考了她的相關著作，同時感謝她惠贈大作。有關世界語的翻譯，本套書亦選取若干作品。相關研究還可以參考呂美親系列著作，如〈日本時代台灣世界語運動的展開與連溫卿〉、〈《La Verda Ombro》、《La Formoso》，及其他戰前在臺灣發行的世界語刊物〉、〈關於連溫卿的〈台灣原住民傳說〉〉）。以及中研院李依陵〈從語言統一實踐普世理想 ── 日治時期臺灣世界語運動文獻〉，網址 http://archives.ith.sinica.edu.tw/collections_list_02.php?no=26

年以前所產生的漢譯文學作品不勝枚舉，臺灣日治時期報刊的編輯如何從中揀擇轉載？日譯文學作品與日本自身的文學創作更是琳瑯滿目，臺灣譯家又以怎樣的動機與標準來挑選翻譯？此中因素頗多，略可區分為二：首先是內在的「文本變數」（text variable），包括譯者對於語言的掌握能力、文本本身的吸引力等，這在前文已經有相關論述。其次則是外在的「語境變數」（context variable），包括任何與翻譯活動相關的社會文化因素，如政治局勢、外交格局以及文藝動向等[23]，透過後者的考察往往更能看出編者與譯者在翻譯過程當中所體現的主體性以及與時代背景之間的關聯性。例如《臺灣民報》之所以在一九二三年轉載胡適譯作〈最後一課〉的原因，與胡適翻譯這篇作品到中國的原因相似，都是有意藉此激發人民的民族情操──小說中描寫了法國因為在普法戰爭中敗績，阿色司省必需被割讓出去，當地的小學被迫要放棄教授法文。故事透過一名小男孩的眼光來描寫，更讓人體會到其中的悲憤與無奈。胡適本身就是庚子賠款公費留學，對此感受更深，也希望當時處於列強環伺的中國人民能夠有所覺醒[24]。臺灣當時的處境與小說場景更為相符：都是戰爭失敗被割讓出去的地方、學校語文教育都必需改為以新統治者語文為主要內容、民眾都感到悲憤交加而無力回天，想必當時的臺灣讀者讀後也會感到心有戚戚焉[25]。

　　同樣轉載於《臺灣民報》的胡適譯作還有刊於一九二四年的吉百齡原作〈百愁門〉以及莫泊桑原作〈二漁夫〉。前者的譯者小序云：「吾國中鴉片之毒深且久矣，今幸有斬除之際會，讀此西方文豪之煙鬼寫生，當亦啞然而笑，瞿然自失乎？」，日治時期臺灣一樣有不少鴉片吸食者，統治當局更藉

---

[23] 李晶：《當代中國翻譯考察（1966～1976）──「後現代」文化研究視域》（天津市：南開大學出版社，2008年），頁29。

[24] 趙亞宏、于林楓：〈論胡適對新文學翻譯種子的培植──從翻譯《柏林之圍》與《最後一課》看其文學翻譯觀〉，《通化師範學院學報》第31卷5期（2010年5月），頁41。

[25] 〈最後一課〉在戰後臺灣的國文教科書中也被選錄為課文，同樣也是站在宣導愛國觀念的立場，然而十分反諷的的是：小說中的人民被迫放棄在學校傳授自己的語文的描述，與當時臺灣的福佬、客家、原住民無法在教育場域學習自身母語的情況，其實也若合符節。

由鴉片專賣以賺取龐大稅收[26]，編輯應該也有想要藉由此篇以喚醒臺灣讀者
之用意。〈二漁夫〉（今譯〈兩個朋友〉）則是描寫普法戰爭（1870～1871）
期間，巴黎被普軍包圍，兩個法國人難耐愁悶，相約前往市郊釣魚，結果被
普軍抓走，因為不肯透露法軍當天哨卡的口令，慘遭槍決。這篇與〈最後一
課〉相同，在中國的接受史上也被視為具有濃厚的愛國主義思想，屢次被選
入中學教科書中[27]。至於〈二漁夫〉在日治時期臺灣的時代脈絡中獲得轉載
的緣故，應該是想要提醒臺人認清一項事實：相異民族或國家之間的鬥爭是
十分殘酷的，甚至連一般民眾也會遭到無情的殺戮。對照日治前期的漢人抗
日活動遭到慘酷鎮壓之情形[28]，洵然如是。

　　而在「多元文化主義」的催化下，《臺灣民報》轉載魯迅翻譯的俄國盲
作家愛羅先珂的童話作品，〈魚的悲哀〉、〈狹的籠〉，在日治時期這樣特殊的
時空，以中文呈現俄國作家的童話作品，這在臺灣兒童文學發展史上是件罕
見的事，而轉載之動機目的尤耐人思索。表面上似乎透過中國作家介紹俄國
作家的童話作品，實質上是透過作品傳達訊息，希望臺灣人能夠凝聚文化抗
日的民族情結，灌輸臺灣人敵愾同仇的民族意識。「文化抗日」的意識型態
隱藏在兒童文學作品之後，這中間夾雜著臺、日、中、俄等國家地區複雜的
多元文化，在臺灣兒童文學發展史上的確是一種別開生面的特殊文化現
象[29]。

---

26 陳小沖：《日本殖民統治臺灣五十年史》（北京市：社會科學文獻出版社，2005
　　年），頁148～149。

27 劉洪濤：《二十世紀中國文學的世界視野》（臺北市：秀威資訊科技公司，2010
　　年），頁73。

28 例如最後一次漢人大規模武裝抗日活動，史稱「噍吧哖事件」或「西來庵事件」
　　（1915年），軍事鎮壓期間可能有屠村行為，事後有千餘人遭逮捕，其中八百餘
　　人獲判死刑，最後真正處死近百人，其餘改判無期徒刑。見李筱峰：《臺灣史100
　　件大事・上》（臺北市：玉山社，1999年），頁122～124。

29 此段解讀普遍見諸目前學界研究論點，提出者有鄧慧恩、邱各容等人。事實上，
　　翻譯外國著名童話寓言故事用以教育兒童，甚至也適合成年人閱讀的觀點，在當
　　時極為普遍。童話、寓言所寄寓的深刻思想，在殖民統治下有其方便之處，不致
　　動輒得咎遭食割命運。此外，漢字臺灣語譯文學《伊索寓言》的〈狐狸與烏
　　鴉〉、〈螻蟻報恩〉、〈皆不著〉（父子騎驢）、〈諷語〉（旅人與熊）（凸鼠）（老鼠開
　　會）、〈不自量龜〉（烏龜與老鷹）、〈欺人自欺〉（狐狸與鶴）、〈兔の悟〉（兔與青

　　此時的文學翻譯與文學運動的進行產生了緊密的結合，所以系統性明顯強烈許多。此時的臺灣文壇出現兩支重要的文學翻譯路線，其一是集中在中文部分的文學翻譯，主要刊載於《臺灣民報》、《人人》、《南音》、《フォルモサ》、《先發部隊》、《第一線》、《臺灣文藝》、《臺灣新文學》等刊物，其文學翻譯的目的是為了新文學運動的推動，希望透過世界文學的養分，讓方興未艾的臺灣文學創作能在「美學」與「形式」上能獲得一舉兩得的成長。世界文學之「美學」洗禮固然是文學翻譯的動機之一，然而「形式」的洗禮甚至可以說是更重要的理由。我們知道，中國五四新文學運動本質上就是一種西化運動，而模仿了五四新文學運動的臺灣新文學運動，其西化的本質自不待言。五四新文學運動不僅要創造以「為人生而文學」為美學判準的「人的文學」（周作人語），更重要的是要創要依種脫離貴族文學桎梏與文言八股窠臼的新文體，此即胡適、陳獨秀等人發起文學革命的初衷。就這樣，外國文學的「形式結構」成為中國文壇模仿的對象。然而，模仿中國新文學的臺灣新文學，在這個層面上考慮得更多。

　　臺灣新文學不僅要模仿外國文學的「形式結構」，它更要模仿中國文壇翻譯外國文學時所使用的「白話文」，因此當時臺灣文壇轉載了相當多中國文壇對於世界文學的翻譯，就是為了要在「美學」、「形式」與「白話文範本」的模仿上畢其功於一役。因此，中文部分的文學翻譯實與臺灣新文學運動的發展互為表裡。可以說翻譯文學（外國文學）的引進，對臺灣新文學的影響是無庸置疑的，我們在很多著作中可以看到痕跡。如學界多言楊華詩作受泰戈爾、日本俳句的影響，但並未展開進一步的探討[30]。愚意以為日治傳統文人受泰戈爾影響應是不可忽視的，楊華本身新舊文學兼具，在當時風潮

蛙）、〈弄巧成拙〉（下金蛋的母雞）、〈譽騙〉（狐狸與烏鴉）、〈鳥鼠報恩〉（獅子與老鼠）、〈螻蟻報恩情〉、〈金卵〉、〈田舍鼠と都會鼠〉等，都可列入兒童文學，不過當時以此提供日人警察學習臺語之用。在《臺南新報》的兒童文學譯作也非常多，其中有一部份還是「世界小學讀本物語」，多由天野一郎翻譯，此部分材料提供了世界語翻譯的現象，在臺灣、日本、中國有相互流通的現象，如《臺灣民報》連溫卿之譯作。

[30] 我的學生許舜傑二〇一三年十月時於本系敘事學會議，發表了楊華詩作其中沿襲中國詩人詩作的論文，也是篇力作。

下，他極有可能讀了不少泰戈爾詩作。泰戈爾《飛鳥集》第八十二首：「使生如夏花之絢爛，／死如秋葉之靜美。」楊華《晨光集》第三十首：「生——／是絢爛的夏花，／死——／是憔悴的落花。」二者意象近似。傳統文人對泰戈爾的介紹不遺餘力。如一九二四年林佛國在《臺灣詩報》創刊號提到印度泰古俞，勉勵臺灣詩人頌其詩，關心社會，改造時勢。連橫在《臺灣詩薈》也曾刊登《佛化新青年》雜誌的廣告，內有多篇與泰戈爾相關的論述，而在《臺灣文藝叢誌》、《三六九小報》上都有刊載泰戈爾的相關材料，蘇維霖在《臺灣民報》也發表了〈來華之印度詩人太戈爾〉，凡此種種，實在可據此建構泰戈爾在臺灣的發展史，理解他對臺灣文壇的影響。

此外，臺灣日治時期的知識階層當中，同情無產階級、反抗階級壓迫、宣揚社會主義的左翼思想亦曾風靡一時，尤其是在一九二〇年代最為盛行，農民運動與工人運動此起彼落，直到一九三七年日本對華戰爭爆發之後才被強力的壓制下來[31]，這樣的時代風潮亦或隱或顯的呈現在當時許多漢譯文學作品之中。一九三四年時，郭秋生就認為臺灣新文學運動應有熱烈的生命力，並以楊浩然[32]翻譯的北村壽夫〈標緻的尼姑〉這篇歌頌勞動、帶有社會主義色彩的小說作為範例。〈標緻的尼姑〉[33]藉由一個受雇到寺廟裡作粗工的年輕人說出對於勞動本身的反思、讚揚與歌頌：「你們底三餐是誰供給的？誰給你們吃飯？你們終日所幹何事？你們不是無事忙，而且吃白飯嗎？不是不勞而食嗎？……我雖然窮困，但窮困不是恥辱。我天天出汗勞動，這是人類底義務。我不願依靠他人，用自己的力維持自己底生活。哈！這樣可說是不幸嗎？可以說不幸福嗎？唉！你們都是不知勞苦的天使！但是勞你想一想，把你們底生活想一想，那時候，你就要來求我救你了」，這對於受到

31　蘇世昌：《1920～1937臺灣新知識份子思想風貌研究》（新竹市：清華大學中文研究所博士論文，2009年），頁335。

32　此外，有關劉吶鷗在上海引進的新感覺派，如就楊浩然譯作觀之，他在上海同文書院讀書，後轉到暨南大學中國文學系。在暨大就讀期間，加入「秋野社」，是日語翻譯高手，《秋野》每期必刊其譯作，橫光利一、片岡鐵兵和川端康成的一些短篇就在當時開始登陸中國，楊浩然可謂「新感覺派」在中國最早引介者之一。

33　刊於《臺灣民報》，第260、261號，1929年5月12、19日。

儒教封建觀念影響而仍舊認為士人是四民之首、「勞心者治人，勞力者治於人」的傳統臺灣讀者而言，應頗具當頭棒喝之效。此外松田解子〈礦坑姑娘〉寫礦坑姑娘梅蕙在她到礦坑裡做工時，被色鬼主任強姦一事。梅蕙憤激自殺，工人們群起而自謀解放。篇末傳單上的「我們需要有團結的有組織的力！」「我們要用力來鬥爭！打倒擁護資本主義的黨！」「他們要加入我們的真摯的團體裡面來共同奮鬥！」三個口號，可以很明白看出，資本主義高漲的結果，不但資本家藉著經濟來壓榨被壓迫者，還要藉著他的地位來蹂躪女性。張資平譯的山田清三郎〈難堪的苦悶〉，寫「我」對於因「饑餓與病苦」而自殺的 K 君的回憶。K 君是位隻身漂泊的革命青年，以發散鼓吹軍隊赤化的宣傳標語的罪名而入獄。一年後出獄了，但是「心臟和肺部發生了毛病」，他沒有托身之所，只得跑到「我」家來。「我」是這樣主張的人：「沒有參加實際運動的人，應該援助因為參加過實際運動而失敗受罪的人。」「我」收容了他。可是「我」因著「生活的壓迫」，稿件被退回，經濟也有問題，「我」很客氣的得著 K 的許可，把 K 逐出去了。但僅僅兩個月，K 竟因「饑餓與病苦」自殺了，這引起「我」無限的內疚和衝突，構成了「我」的「難堪的苦悶」。「我」逐出 K 君，是為妻所逼，妻逼迫的起源卻是由於米店、菜店拒絕他們的賒欠，他們沒有法子得以維生。所以「我」一面內疚又一面衝突、矛盾。「我」把這一切的錯誤，歸結到「完全是制度不良的結果，組織不良的結果」。「我」一面憐憫 K 君的死亡，一面拼命的自責。「我」終於感到另一種悲哀，「自然而然的叫了」起來：「我要怎樣去解決自己呢?!」這一喊叫，形成全篇所留下的一個沒有解決的問題。這一種「難堪的苦悶」不是 K 君一人所有，這一種無法兩全的悲哀依舊的瀰漫在我們各個人的心胸。然而有什麼辦法呢？——在這樣的制度的人間。這篇譯作代表當時部分革命者的苦悶與衝突。在日本是如此，在中國、在臺灣也是如此。這幾篇譯作均是從中國轉錄刊登，可見當時臺灣知識分子關心的議題。因此簡進發於《臺灣新民報》發表中篇小說〈革兒〉(1933)，便以知識青年「革兒」為中心，描繪臺灣社會的赤貧化、批判日本資本主義擴張及隨之而來「九一八」侵略戰爭，以及因階級門第的懸殊造成感情路上挫折等現

象。面對這些問題,〈革兒〉皆以馬克思主義的觀點闡述,並透露出嚮往蘇
維埃政權、以馬克思主義作為出路的個人選擇。此作批判「九一八」侵略戰
爭一事,是當時臺灣左翼小說中相當罕見的主題[34]。

還有李萬居譯 Josef Halecki 原作〈鄉村中的鎗聲〉,描寫地主與官府對
於貧農的壓迫與掠奪,甚至開槍打死了意圖反抗的農民,牧師竟然還在葬禮
中說這是「上帝的意旨」云云,結果有一位鄉民高聲反駁:「鄉民們,我來
跟你們講,並不是上帝在責罰你們。這三個人被害,並不是因為他們犯罪,
乃是因為他們擁護自身的利益和身體。這樣,在官府的眼中看來就是罪人
了。人家殺害他們,因為他們窮的緣故!」、「因為他們的壓迫,我們餓死
了。他們拉去我們的母牛和僅有的馬匹。既沒有同情,又沒有人心。如果我
們自衛,他們就把我們當做狂狗一樣的射擊,或把我們當作強盜監禁。為什
麼他們不監禁那些偷我們東西的大地主!因為有他們保護,強盜不偷強盜的
東西。」這同樣表現出對於被壓迫者的同情,甚至還揭露了宗教本身的欺騙
性以及成為階級壓迫共犯的常見惡行。至於刊登於社會主義刊物《赤道》與
《明日》的葉靈鳳(筆名曇華)譯〈新俄詩選〉、黃天海(筆名孤魂)譯
〈是社會嗎?還是監獄嗎?〉、〈無益之花〉,其左翼色彩之濃厚自不待言。

此期亦見朝鮮作家之譯作,提供了跨國譯本之比較,深入掌握東亞各國
流通影響之情況,以《自助論》為例。朝鮮作家朴潤元曾於《臺灣文藝叢
誌》發表譯作,由於今日《臺灣文藝叢誌》仍無法蒐羅完整,因此只能看到
〈堅忍論(一)(二)〉與〈史前人類論(續)〉,當時發刊時,並未載明是譯
作,而作家朴潤元相關資料,我們能掌握的也相當有限,今遍查各文獻,查
得朴潤元還有三篇文章,即〈臺遊雜感〉、〈在臺灣生活的韓國兄弟的狀
況〉、〈臺灣蕃族與朝鮮(上,中,下)〉,有助於釐清若干問題。刊載於《臺
灣文藝叢誌》的〈堅忍論(二)〉是翻譯自崔南善《時文讀本》第三卷第十
課與第十一課,而其來源出處為「《自助論》弁言」。比較《時文讀本》裡的
〈堅忍論(上)〉與《臺灣文藝叢誌》裡的〈堅忍論(二)〉內容,可發現兩

---

34 〈革兒〉一段為趙勳達未刊稿。

者使用的漢字都是一致的，朴潤元在翻譯韓漢文混用的文章時，其漢字都是直接使用。

　　沿上所述，《臺灣文藝叢誌》除了刊載朴潤元譯作外，又刊登了為數不少的西學新知、中國歐美歷史文化介紹的譯文。如〈德國史略〉、〈亞美利加史〉、〈伍爾奇矣傳〉、〈俄國史略〉、〈支那近代文學一斑〉、〈中華之哲學〉、〈南宋文學〉、〈救貧叢談〉、〈現代經濟組織之陷落〉等，文學譯作則有〈愛國小說：不憾〉、〈神怪小說：鬼約〉等。可知當時譯介文章除從日文選取外，也直接從中國作家轉手進來。所刊著重新思潮的引介，以及社會經濟、救貧助窮、中西文明衝突、體育、美術發展等問題的譯介。

　　日治時期臺灣文學翻譯不只有漢文（以及臺灣話文），事實上，以當時的國語亦即日語為所進行的文學翻譯行為，更是文學翻譯界的主流，其數量遠勝於漢文文學翻譯作品。這可以西川滿為首的日文部分的文學翻譯路線說明。西川滿主張之「為藝術而藝術」的文學風格，顯然與臺灣新文學運動的主流思維大相逕庭。在《臺灣日日新報》與《媽祖》上，西川滿努力譯介法國的象徵主義詩風，影響所及，矢野峰人、島田謹二等人也在《翔風》[35]、《臺大文學》上承繼了此一文學翻譯路線。於是西川滿等人的文學翻譯，實與其主張的文學路線並無二致；簡言之，日文部分的文學翻譯與西川滿等人欲構築的文學路線實乃互為因果。

　　此時期的討論尤其值得留意深度翻譯的現象。文學作品有三個要素：審美因素、心理因素和文化因素。而「深度翻譯」便是充分翻譯並詮釋了文學作品的意境（審美因素）、心境（心理因素）與語境（文化因素），這也就是將翻譯文本加以歷史化與語境化，「以促使被文字遮蔽的意義與翻譯者的意圖相融合」。更有甚者，「深度翻譯」還會基於「作者已死」的「讀者反應理論」（reader-responsecriticism），提供一種超越作者對自身文本詮釋的詮釋。

35　臺北高校生的刊物《翔風》、《臺高》都有不少翻譯，此外尚未複刻的《杏》、《雲葉》，亦可見臺高學生透過翻譯文學的接觸，提升教養之途徑，可參津田勤子的研究議題：《台日菁英與戰前教養主義——以台北高校生《杏》《雲葉》雜誌為中心》。

在日治時期臺灣的文學翻譯上，一個關於「深度翻譯」的例證可由西川滿於
一九二九年的譯詩〈理想〉來加以說明。

> 月圓天晴，
>
> 星光滿佈，大地慘白。
>
> 萬物之靈魂，現在天空上。
>
> 我只想著幸福的星星。
>
> 不被一般人所承認的那顆星，
>
> 但我知道那道光
>
> 發光到大地之盡頭，
>
> 讓後世人的靈魂，
>
> 激動澎湃。
>
> 啊！那一天，
>
> 這遙遠美麗的星星
>
> 發出光芒時，
>
> 在我後面的人們啊，請你們告訴星星吧！
>
> 你才是他的愛人矣。

　　Sully　Prudhomme（1839～1907）作的詩。在先驅者的心裡所描繪的理
想，在不被當時的風潮所接受之下，只好將自己所抱持的真理寄予後世的人
們之手。這首詩是歌頌這樣的心情。將理想比喻為星星，是 Prudhomme 的
心境，因此我想，我們也互相為了真正的教育，在很大的理想之下，進展下
去。在翻譯之後，又詮釋作者的心境，以及譯者對作者的認同，實乃「深度
翻譯」的最佳例證。Sully Prudhomme 是法國詩人，一九○一年首屆諾貝爾文
學獎得主，獲獎原因為「詩歌作品是高尚的理想主義、完美的藝術的代表，
並且罕有地結合了心靈與智慧」。這首〈理想〉便完全體現了 Prudhomme 的
理想主義，這是作者心境的表達。不過真正的重點不只在此，重要的是譯者
西川滿藉由〈理想〉又想傳達何種心境呢？翻譯這首詩的一九二九年，西川

滿正返日就讀於早稻田大學文學部，專攻法國文學，師承於吉江喬松、西條八十、山內義雄，因而養成浪漫且藝術至上的文藝美學。不過這樣的美學並非當時日本文壇的主流。當時最如日中天的文藝思潮，是普羅文學（無產階級文學）。日本自大正末期到昭和初期間（1921～1934），遭逢關東大地震（1923），以及全球性經濟大恐慌（1929）等不安因素，因而帶動普羅文學進入全盛期。當普羅文學日正當中時，當然也產生了若干追求「純粹的文學性」為主的文藝路線。其中又以「新感覺派」最為知名。最具代表的作家包括橫光利一和川端康成。《文藝時代》創刊號中，橫光利一著作的〈頭與腹〉的開頭寫道：「日正當中。特快車滿載著乘客，全速飛奔而去。沿途的小車站就像頑石般，完全被漠視了。」在談論新感覺派時，這段文字經常被引用，不過在當時文壇這卻是眾矢之的。

　　由此我們可以想見，同樣追求「為藝術而藝術」的西川滿面對社會上普遍質疑的聲浪，便以〈理想〉一詩明志，全然以不為時人所認可的美學「先鋒派」（avant-garde）自居，它的價值在越是遠離「大眾」（mass）的地方越是彰顯，追求文學自律（literary autonomy）的作家總是將迎合「大眾」品味的文化商品視為屈尊降貴。這是西川滿之文藝美學與文學路線的選擇，這樣的選擇也預告了西川滿日後的文學走向。一九三三年自早大畢業，恩師吉江喬松勸他回臺灣「為地方主義文學奉獻一生吧！」於是西川滿帶著「先鋒派」的實驗精神回到了臺灣。一方面，西川滿努力以地方主義文學／外地文學的文風作為進入日本文學場域的策略（strategy），企圖在日本中央文壇中獲得特殊性與能見度；另一方面，西川滿則是努力以「為藝術而藝術」作為標誌自身的表徵，以便在重視寫實主義文風的臺灣文壇另闢蹊徑。至此，我們可以清楚看出作為「先鋒派」的西川滿的心境，尤其是「在先驅者的心裡所描繪的理想，在不被當時的風潮所接受之下，只好將自己所抱持的真理寄予後世的人們之手。這首詩是歌頌這樣的心情。」這段話，真是說得太貼切了。

　　如上所述，一篇好的「深度翻譯」可以帶領我們理解作者甚或譯者所強調的意境，以及他們立身處世的心境與語境，成為我們進行研究時不可或缺

的材料[36]。一九二〇年代臺灣新文學運動發展之初，以轉載中國的文學翻譯作為文化啟蒙的手段，等到一九三〇年代西川滿所帶領的象徵詩風興起，又帶給臺灣文壇不同的翻譯目的與翻譯主題之選擇。總之，臺灣文學翻譯或肇因於文學運動的文化自覺，或肇因於譯者個人的美學選擇與心境，都是一種意識的文化傳遞行為。因此，正如安德烈・勒弗菲爾（Andre Lefevere）所言，翻譯是創造文本的一種形式，譯者通過翻譯，使文學以一定的方式在特定的社會中產生作用；因而實際上，翻譯不僅僅是語言的轉變、文字的轉換，而且是不同文化、不同意識形態的對抗和妥協，翻譯就是一種文化改寫，一種文化操縱。這種多元文化系統之間的文化改寫與文化操縱，正是本文關注之重點所在。

四　臺灣翻譯文學的衰微期（1937～1945）

這種對文學翻譯的積極態度，到了中日戰爭爆發以後開始產生轉變，亦即進入文學翻譯的衰微期（1937～1945）。戰爭期的翻譯，則因禁漢文的關係，將中國傳統小說翻譯為日文，或諸如日譯《臺灣歌謠集》，或者將日文劇本翻譯為臺語，同時因敵國的關係，減少對英美的翻譯。臺大所藏《臺大文學》的翻譯偏重文學，其中多篇論文的內文都是和文與邦文交雜，是「比較文學」氣味濃厚的刊物。主要翻翻譯者有：島田謹二、矢野峰人、西田正一、稻田尹、椎名力之助、從宜等等。雜誌屬性比較偏重純文學的部分，其中比較文學的論文尤其出色，帶有學術研究氣質的文學刊物。根據目次知道《臺大文學》內設有「翻譯」專欄，「翻譯」在學術界得到另一種層次的晉升。主要翻譯者有島田謹二、矢野峰人等，其他還有看到日本文學翻譯等。《臺大文學》在一九三六年由臺北帝國大學內的師生一起出版，雖是傾向於純文學創作趣味的小眾刊物，但有不少翻譯文章，甚至有大學生將老師的論文（疑為英文寫作）再譯為日文文章（文末註明「×××譯」），或者是日本文學翻譯等等。臺北帝大學界人士與臺灣文化界在戰時下具有多面的合作關係來看，翻譯的研究將使戰爭期的臺灣文化狀況更為清晰。《臺大文學》以

36　西川滿部分的論述由趙勳達撰文。

梁啟超為主的翻譯事業，所佔篇幅幾乎是每期的二分之一以上，這些訊息都
提供了相當有趣的研究課題。值得留意的是這個時期的國家文藝政策主張為
學必須「協力國策」，必須謳歌聖戰，成為「大東亞共榮圈」的政治宣傳
品。因此不但「為藝術而藝術」的文學受到壓抑，就連「為藝術而藝術」的
文學翻譯也不免有所節制。一向自詡「為人生而藝術」的臺灣本島作家在此
氣氛下也顯得無用武之地，所以中文部分的文學翻譯隨之式微，僅存的少數
文學翻譯刊載於《風月》、《南方》、《南國文藝》等刊物，卻可以看出刻意減
少歐美文學的翻譯，取而代之的是對日本文學的譯介。日文部分的文學翻譯
方面，雖然翻譯工作也受到影響，不過由於日文的國語地位在戰爭期的國策
權威下獲得強化與鞏固，致使日文的文學翻譯比起中文的文學翻譯還是活躍
許多，而且此時諸如矢野峰人等人，已經開始著力於探討文學翻譯的美學標
準，亦即怎麼樣的翻譯才能兼具達意（文化性）與美感（詩學），這也就是
文化詩學（cultural poetics）的層次了，這個當時臺灣本島作家鮮少正視的
問題，如今我們不得不注目了。

　　《風月》在此時刊登之中文譯作，轉載者不少，如〈心碎〉[37]。原作署
名「浮海」。實則此篇為譯作。譯者於題目下交代「美國華盛頓歐文原著」，
文末有譯者識語曰：「按愛爾蘭與英吉利。民族不同。釁端時啟。愛人日思
脫離政府之羈絆。其少年男兒，尤以運動獨立為天職。此篇所謂少年某乙。
即埃美脫氏。Emmett 為愛爾蘭總督署醫官之子。遊學大陸。往謁法拿破
崙。求助愛爾蘭獨立。一八〇三年歸國。謀攻督署。佔據愛爾蘭。謀洩被
拘，旋處死刑。女郎則演說家 Curran 之女也。」他如介紹西方科學知識之
作，亦皆出自《西風》，洪鵠〈深海奇觀〉[38]，描述海洋與人類的密切關
係，及深海中的生物奇觀。羅一山〈時裝潛勢力〉[39]，描述女性時裝的興起

---

[37] 《風月》第5、6號昭和10（1935）5.26、29《小說月報》第6卷第5號，頁1～6。

[38] 刊《風月報》第50期第10月號（下卷），昭和12年（1937年）10月16日，頁5～
6。刊出時未署名，亦未交代出處。實出自《西風》1937年第5～6期。原節譯自
洛杉磯《泰晤士雜誌》。

[39] 《風月報》第50期第10月號（下卷），昭和12年（1937年）10月16日，頁7～8。
刊出時未署名，亦未交代出處。出自《西風》1937年第5～6期，頁754～758。

對世界經濟與各國產業的影響力。默然〈海外趣聞：謊言檢察器〉[40]，描述
人在恐懼或緊張等情緒下，身體會自然地發生變化。於是芝加哥西北大學的
基勒教授發明一種「謊言檢察器」，能透過受測者的呼吸、脈搏和血壓的變
化紀錄，判斷其是否說謊。「謊言檢察器」的試驗雖未獲得法律上的承認，
然其確實已幫助美國警局和私家偵探破獲不少案件。何渾介〈談考古學〉、
王貽謀〈盜屍〉描述十八世紀末葉和十九世紀初葉時，因外科醫校需要死屍
作為解剖研究之用，盜屍之風油然而生。直至一八三二年，法律將為研究而
收購屍體合法化後，並明定公開買屍的辦法，非法的盜屍行為才徹底消失。
文中即茲舉數則世界著名的盜屍案件。胡悲〈趕快結婚吧〉描述美國某保險
公司作了一份統計報告，顯示出已婚者比未婚者長壽，且罹患肺炎、傷寒等
疾病的機率較低。作者據此分析已婚者較長壽之原因，並奉勸上年紀之未婚
者，趕緊結婚吧！凌霜〈天才的怪癖〉描述詩人席勒、歌德，音樂家貝多
芬、蕭邦等天才及普魯士王的怪癖。史丁〈賢父教子記〉描述璧西不慎打破
母親房中的大鏡子，母親覺得自己無力管束，因而叫父親鞭打他以作懲罰。
然璧西的父親，未真正鞭打他，反而透過挑選鞭子的過程教育他，甚至引起
他日後研究工程學的興趣。轉錄譯作之頻繁，遠超出吾人之想像，也引發吾
人好奇，何以在禁止漢文之際，《風月》此時刊載《西風》如此多的譯作？
此後《風月報》、《南方》時期的翻譯文獻，則較多以文學翻譯為主，如〈血
戰孫圩城〉、〈青年的畫師〉、〈林太太〉、〈海洋悲愁曲〉、〈復歸〉、〈秋山
圖〉、〈女僕的遭遇〉、〈安南的傳說〉，不乏知名、藝術性高的作品，此時甚
至還出現劉捷、水蔭萍的日文作品被翻譯成中文的現象。到了《南方》，翻
譯文獻多以政令宣傳或精神講話作為翻譯對象，具有十足的協力國策之意
味，此時純粹的文學翻譯，比例較低。

　　臺灣不僅在地緣政治上成為東亞各方勢力交錯競逐的關鍵地帶，通曉雙
語的臺灣人更儼然成為日本與中國這兩個東亞大國之間的重要中介[41]，利用

---

[40] 《風月報》第76期第12月號，昭和13年（1938年）12月1日，頁25～27。出自
　　《西風》1937年第5～6期，頁786～790。節譯自一九三六年九月號美國
　　《McCall's》月刊與《刑法和犯罪學雜誌》。
[41] 位於關鍵地理位置的國家或地區往往成為傳播與轉譯異文化的重要媒介，譬如在

漢文以及大東亞共榮圈的宣傳，在日華戰爭爆發之後，日方廣泛宣傳著「東亞新秩序的建設」以及「日華文化的提攜」，事實上漢文並未銷聲匿跡，《風月報》的主編吳漫沙在當時就曾發表此番論述：「日華文化提攜的先決問題，是要兩民族間切實認識，誠心互相愛護和同情與寬容。在兩民族間的傳統習俗，更要互相尊重理解……可是要完成這個使命，非先明瞭兩國的社會生活不可。要明瞭理解兩國的社會生活，又必須從文化和語言方面著手，才能生出信賴和尊崇的觀念。那末，興亞的大業，就可計日而完成了……我們知道，日華兩國的朝野，都關心著兩國文化的提攜了，我們又知道，要研究介紹兩國的藝術歷史與習俗語言，本島人最為適任，這是誰也不會否認的。那末，本島文藝家的任務是很重大了」[42]。由此可見，當時的臺灣並不是如一般人刻板印象所想的那樣完全籠罩在日本政府強力的同化政策之下而讓漢文傳播受到壓抑，相反的，國際情勢與政治氛圍也推進了臺灣的漢譯。

　　該刊謝雪漁翻譯的〈武勇傳〉亦值得關注，原作者 Sir Walter Scott（1771～1832）是英國鼎鼎大名的詩人與小說家，著作甚多，尤其《艾凡赫》（*Ivanhoe*, 1819）更是其代表作，影響了英國的狄更斯、法國的巴爾札克、大仲馬、雨果、俄國的普希金等歐美作家[43]，中國在一九〇五年就出現了林紓與魏易合譯的版本，題為《撒克遜劫後英雄略》，林紓於序文中更是對此部著作讚不絕口，認為足以與司馬遷《史記》與班固《漢書》媲美[44]，

佛典漢譯史上，初期許多佛典都是透過「西域」（包括焉耆、龜茲、月支等國，即今中國新疆，又稱東突厥斯坦）的吐火羅人（Tochari）先譯成當地語言，再輾轉傳入中國。參考季羨林：〈浮屠與佛〉、〈再談浮屠與佛〉，收錄於氏著：《佛教十五題》（北京市：中華書局，2007年）。

42 吳漫沙〈卷頭語：復刊三週年紀念談到日華文化提攜〉，《風月報》第113期（1940年7月），扉頁。

43 孫建忠〈《艾凡赫》在中國的接受與影響（1905～1937），《閩江學院學報》第28卷1期（2007年1月），頁82。

44 林紓、魏易譯：《撒克遜劫後英雄略》（上海市：商務印書館，1914年），頁1～3。林紓在一九〇七年繼續譯出 Sir Walter Scott 的作品《十字軍英雄記》（Talisman）以及《劍底鴛鴦》（The Betrothed），見高華麗：《中外翻譯簡史》（杭州市：浙江大學出版社，2009年），頁78。

日本也從明治時期就陸續出現許多譯本,包括大町桂月譯本[45]、日高只一譯本[46]等,但謝雪漁在一九三九年選擇〈武勇傳〉譯成漢文而不選《艾凡赫》或其他?

　　《艾凡赫》描述了英國十二世紀「獅心王」理查聯合了綠林英雄以及底層民眾,一起將篡奪王位的約翰親王趕下臺的曲折過程;至於其他同樣具有高知名度的作品,如《威弗利》(*Waverley*, 1814)以及《羅伯‧羅依》(*Rob Roy*, 1817)則是描寫十八世紀蘇格蘭山地人民起義反抗英國政權的故事。反觀〈武勇傳〉則是描述蘇格蘭的某座湖中原本有個割據一方的反抗勢力,人才濟濟,文武兼備,原本可能與女王發生戰爭,但是後來由首領出面安撫部將,接受招安,獻出土地,「女王十分優遇,賞賜許多瓊寶,永垂子孫」。相較之下便可看出〈武勇傳〉描述的故事內容其實與譯者素來的政治傾向與意識型態較為接近,遑論其中的山水美景描寫以及大團圓喜劇結局亦與刊登此篇譯作的《風月報》之調性頗為符合,選擇翻譯這篇作品倒是順理成章而毫無窒礙,從中可理解殖民下選擇譯作的諸種因素考量[47]。

　　此時不乏臺灣日文作家將中文譯為日文之現象,徐坤泉的通俗言情小說《可愛的仇人》曾於一九三八年由張文環譯為日文並由臺灣大成映畫公司出。賴和遺稿、散文〈高木友枝先生〉、〈我的祖父〉由張冬芳譯成日文,一九四三年四月刊載於《臺灣文學》三卷二號「賴和先生悼念特輯」。吳守禮於一九三九年開始進行中文日譯的活動,一九四〇年將閩粵民間故事「董仙賣雷」(林蘭原著)譯為日文,一九四二年將《相思樹》(林蘭原著)譯為日文。根據蔡文斌的研究,一九四〇年代臺灣大量出現以日文譯寫漢文古典小說[48],如吉川英治《三國志》(《臺灣日日新報》1939年8月26～1943年11月6日)、黃得時《水滸傳》(《臺灣新民報》、《興南新聞》,1939年12月5～1943年12月26日);雜誌連載:劉頑椿《岳飛》、江肖梅《包公案》及《諸葛孔

45　較早的版本是《世界名著選‧第2篇‧アイヴァンホー》(東京:植竹書院,1915年),爾後還有再版為《アイヴァンホー》(東京:三星社,1921年)。

46　《世界文學全集‧第7卷‧アイヴァンホー》(東京:新潮社,1929年)。

47　〈武勇傳〉之分析,為顧敏耀所撰。

48　劉寧顏:《臺灣省通志稿》。

明》（1942～1943）；單行本發行：黃宗葵《木蘭從軍》（1943），劉頑椿《水
滸傳》（1943）、楊逵《三國志物語》（1943～1944）、西川滿《西遊記》
（1942年2月～1943年11月）、瀧澤千惠子《封神傳》（1943年9月）。呂赫若
也在日記中表示欲日譯《紅樓夢》，而上述連載於報章雜誌的作品幾乎都集
結為單行本發行。《諸葛孔明》原以單篇形式於《臺灣藝術》連載（四卷十
一至十二期）。江肖梅的《諸葛孔明》僅連載兩回，即遭檢閱官植田富士男
下令中止連載，改以其譯作《北條時宗》連載（五卷一至八期）。蔡氏引李
文卿之文，認為當時臺灣作家的思考是：譯介中國古典文學既可配合國策，
又可避免創作過於表態的皇民文學[49]。楊逵《三國志物語》序文云：

　　　目前正處在大東亞解放戰爭的血戰之中。
　　　活在東亞共榮圈裡的每個人喲，讓我們也效法三傑的精神，同舟
　　　共濟吧！
　　　我要把這部大東亞的大古典贈送給諸君，作為互相安慰、規勸、
　　　鼓勵的心靈食糧，以衝破這條苦難之路。[50]

　　從以上引文，不難發現「同甘共苦」、「為了聖戰」是當時譯作之際的共
同話語[51]。此外柳書琴對新發現的《南國文藝》雜誌的研究，其中特別提出
林荊南的翻譯和創作路線在《風月報》和《南國文藝》有明顯的不同。在
《南國文藝》林氏翻譯了〈愛蟲公主〉，在《風月報》中，翻譯火野葦平戰
爭小說〈血戰孫圩城〉（《麥與兵隊》的部分譯作）；《南國文藝》還重視對外
國文學與中國文學的介紹，以及對臺灣文獻的整理。在文學介紹方面，刊出

49　李文卿：《共榮的想像：帝國日本與大東亞文學圈》（1945年11月20日），頁86～
　　87。
50　彭小妍編：《楊逵全集（第六卷）》（臺南市：國立文化資產保存研究中心籌備
　　處，1999年6月），頁156～157。
51　以上「日文譯寫漢文古典小說」段落，參考蔡文斌〈漢文古典小說日文譯寫研
　　究：以江肖梅《諸葛孔明》為例〉一文，中譯文為蔡氏所譯，蔡氏另有〈戰爭期
　　漢文古典小說日文譯寫之研究：以黃得時、吉川英治、楊逵、江肖梅為例〉碩士
　　論文專門處理，值得重視。

了淵清翻譯、俄國作家托爾斯泰以基督救贖精神為主題的短篇小說〈愛與神〉及上述林荊南翻譯、日本平安時代短篇小說集《堤中納言物語》中的〈愛蟲公主〉。她進而提及林荊南進而翻譯劉捷〈遺產〉一文,作為民間文學整理的方法論。在譯文之前,她特別以「保存先代的意志,感情思想」及「整理文化財」的概念,陳述其對民間文學工作的意義及重要性之看法《風月報》「民俗學欄」中原稿,皆為「臺灣民俗研究會」所編輯,且研究會正把該欄刊載的作品譯成日文,將漸次在內地的雜誌上發表[52]。

五　有關白話字及臺語翻譯的作品

《府城教會報》是一份基督教的報紙,使用白話字傳教,除了傳教以外還有新聞、歷史、宗教、勸世、小說、散文等等[53]。其翻譯文學自一八八六年所翻譯刊載《天路歷程》(Pilgrim's Progress 1678)的宗教文學,另外〈貪字貧字殼〉、〈大石亦著石仔拱〉、〈知防甜言蜜語〉、〈貧憚 e 草蜢〉〈貪心的狗〉、〈狐狸與烏鴉〉、〈獅與鼠〉、〈塗炭仔〉等《伊索寓言》故事。〈塗炭仔〉是〈灰姑娘〉故事所翻譯改編。《水雞變皇帝》是翻譯自《格林童話》故事。所翻譯之作幾乎都經過改編,人名、地名及敘述口吻合乎在地習慣,以白話字翻譯世界各國文學,教會報刊扮演了很早就引進世界文學的角色,不能不說是臺灣非常特殊的現象。

日治時期,當局為了讓在臺官吏充分瞭解臺灣本地語言,發行了《語苑》雜誌,卻也因此讓臺灣首次出現了多篇以臺語(少數以客語)翻譯的中國文學作品,在文學翻譯與傳播史上具有重要的意義。

《語苑》由設在臺灣高等法院的「臺灣語通信研究會」創刊於一九〇八年(明治四十一年,確切月份待考),在一九四一年(昭和十六年)十月因

---

52 見柳書琴:〈遺產與知知識鬥爭——戰爭期漢文現代文學雜誌《南國文藝》的創刊〉,《臺灣文學研究學報》第5期,2007年10月,頁217~258。

53 請參本套書第一冊共同主編李勤岸教授之著作,如〈清忠與北部台灣基督長老教會公報《芥菜子》初探〉,《台灣 kap 亞洲漢字文化圈的比較》(臺南市:開朗雜誌事業公司,2008年)及〈白話字文學:台灣文學的早春〉,網址:http://museum 02.digitalarchives.tw/ndap/2007/POJ/www.tcll.ntnu.edu.tw/pojbh/script/about-12.htm

為戰爭局勢日趨白熱化，改為著重實與簡易的《警察語學講習資料》刊行，《語苑》也從此正式停刊。該刊固定在每月十五日發行，總共發行了三十四卷十期，作品篇數共有七千餘篇。主要提供給當時臺灣日籍警察作為學習臺灣語言的教材，內容以臺語（今或稱福佬話）為主，兼及客語，少數篇章述及「高砂語」（今稱原住民語）以及「官話」（或稱「北京話」），內容採用漢字記錄臺語，並且在每個漢字右側用片假名與音調符號來標示讀音。

　　《語苑》作為臺語書寫發展史上足以與基督教會羅馬字系統分庭抗禮的漢字表達系統之代表刊物，其中總共刊載了共五十六篇中國文學作品，全部皆為小說（含笑話作品，以下同）與散文，其中又以小說作品佔多數，小說作品則特別選譯了《包公案》與《藍公案》，這些公案小說對於以警察為主要職業的閱讀對象而言，對於瞭解漢文化的辦案傳統亦頗有助益。至於其他小說或笑話則有提升閱讀興趣之效。其次，這些譯文在用字遣詞方面大致都能將原文轉化為流暢且精確之臺語，只是在選擇對應之漢字時，偶有未臻完善之處。這些現象的影響層面包括譯者與讀者皆為日籍人士、載體本身的宗旨是為了作為學習臺語的輔助、日治前期掀起一股瞭解臺灣舊慣習俗的時代風潮等。透過《語苑》上所刊載的中國文學作品之翻譯成臺語白話文，大致上頗忠於原文，如《語苑》中的第一篇包公案〈佛祖講和〉[54]，其中故事地點（德安府孝感縣）、人物姓名（許獻忠、蕭淑玉、蕭輔漢、蕭美、吳範等）與情節發展（男女戀愛、和尚殺女、男方遭誣等），幾乎都保持原貌，其譯作的主要改動之處為口語化、簡易化以及在地化的轉化需求。

　　口語化現象如原文是書面閱讀之用的半文言小說作品，雖然臺語也可以用文讀音從頭到尾一字不改的念出來，不過如此一來則與《語苑》想要藉此教導日籍讀者學習臺語日常語言之宗旨相違背。因此，譯作便宛如說書人之口述一般，將原文翻譯成白話的臺語，諸如「屠戶」改成「刣豬的人」、「甚有姿色」改成「生做真美」、「簪」改為「簪仔頭插」、「戒指」改為「手指」、「為官極清」改為「做官無食人的錢」（臺語稱「貪官」為「食錢

54　原文內容採用「明清善本小說叢刊初編·第三輯·公案小說」之《新鐫繡像善本龍圖公案》（臺北市：天一出版社，1985年）。

官」），儼然為「我手寫我口」之實踐。簡易化現象如原文有些詞句較為繁複雕琢，運用典故還使用對偶修辭，「心邪狐媚，行醜鶉奔」，譯文則將此二句簡易譯為：「心肝無天良，品行真歹」，能與上下文連貫而不悖於原意。在地化現象，例如原文出現的駢體文句：「托跡黌門，桃李陡變而為荊榛；駕稱泮水，龍蛇忽轉而為鯨鱷」，在譯文則變作「此個許獻忠身軀是秀才，親像龍變做海翁魚要食人」，原本是兩個譬喻，譯文不僅略其前者而僅擇取後者（此屬「簡易化」的手法），且因為臺灣並不出產鱷魚，故僅取原文之「鯨」（臺人十分熟悉）而捨其「鱷」，並且把鯨魚正確的翻譯成臺語慣用詞「海翁」[55]。

《語苑》刊載的《藍公案》作品共九則（集中於該書上半部的〈偶記‧上〉）譯者主要有上瀧諸羅生及三宅生[56]。以《藍公案》的〈死丐得妻子〉，比較二人之翻譯，可看出上瀧諸羅生之譯文，對於原文頗予簡化，省略段落，有時有誤譯與改譯之處，如原文「因蕭邦武匿契抗稅，恨夫較論」，上瀧則譯為「講鄭侯秩因為藏蕭邦武的契，想要漏稅，叫伊賠償致恨」，頗有不知所云之感。可能就在上瀧的譯文刊出之後，讀者曾有所反應，故隔年又刊出三宅生的譯文，相較之下則顯得較為穩當合適，例如前引誤譯之段落，三宅生改譯為：「因為要叫蕭邦武稅契，蕭邦武抗拒，不肯獻出契卷來稅，阮夫參伊較鬧，伊不止怨恨」，便十分文從字順，亦與原意相符。

藍鼎元與包拯之審案，其實有類似的問題，往往不是透過科學性的證據蒐集來讓嫌犯啞口無言，而是透過行政、檢察與審判等權力的總綰一身，以

---

55 「鯨魚：一名海鰍，俗呼為海翁。身長數十百丈，虎口蝦尾；皮生沙石，刀箭不能入。大者數萬斤，小者數千斤」，見胡建偉：《澎湖紀略》（臺北市：大通書局，1987年），頁182。

56 上瀧諸羅生亦署名「上瀧生」、「上瀧南門生」，「上瀧」（うえ たき）。在臺日人，初居嘉義，後遷至臺南南門附近。曾於一九一六年至一九二七年間在《語苑》發表作品十二篇，包括〈雜話〉、〈面白い對照〉、〈料理小話〉、〈鹿洲裁判：死丐得妻子〉、〈糞埽堆〉三宅生，偶亦署名「三宅」（みやけ），在臺日人，寓居臺南，曾在一九二○年至一九二八年間在《語苑》發表臺日對照作品共七十八篇，包括〈論勤儉〉、〈論節儉〉、〈韓文公廟的故事〉、〈三體文語〉（皆取材自《鹿洲公案》，共31篇？）、〈酒精〉（與冬峰生合譯）、〈舊慣用語〉（共16篇）、〈臺灣的的神佛〉（共15篇）、〈廟祝問答〉（共8篇）、〈訴冤〉（共4篇）等。

傳統儒教「家父長制」的父母官身份來處理刑案與糾紛。最明顯的在〈兄弟訟田〉之中，藍鼎元對於該份田產到底要如何分配給哥哥或弟弟，並沒有鑑定其遺囑及相關文獻之真偽，竟將兄弟二人用鐵鍊鎖在一起，並且作勢要將二人子嗣交付乞丐首領收養，「彼丐家無田可爭，他日得免於禍患」，最後當然是兄弟二人痛哭撤告，「兄弟、妯娌相親相愛，百倍曩時，民間遂有言禮讓者矣」，字裡行間可以看出作者得意自詡之情。

　　臺灣在日治時期的司法制度業已隨著現代化統治者的來臨而歷經了一番重大的司法改革——從一八九六年開始，專職行使國家司法裁判權的西方式法院機構正式在臺灣成立：刑事案件由檢察官偵察起訴後，由判官（即今「法官」）審判，再由檢察官指揮裁判之執行；民事案件則由人民起訴，判官審判，總督及其他行政官員在制度規範上對於司法機關已無指揮之權。

　　說穿了這帶有落後、封建、保守的十分「前近代」（Pre-Modern）色彩，只是呈現了漢人在貪污腐化的封建社會當中，對於公平正義的期盼與需求，「也凸顯華人社會所受儒家倫理薰陶的影響及對司法審判所需程序正義觀念的缺乏認知」[57]，然而，無論是《包公案》或《藍公案》，在《語苑》翻譯刊登時，翻譯者對於作品本身並沒有批判、質疑或抨擊，而是維持著一定的距離，採取一種單純提供語言教材或者作為讀者（大部分是警察與司法人員）認識瞭解漢人傳統司法風俗的態度而予以翻譯與傳播。

　　《語苑》也刊載不少中國古代的經典散文作品，其中包括寓言（出自《孟子》、《韓非子》、《莊子》、《淮南子》等）、歷史故事（出自《二十四孝》、《史記》、《舊唐書》、《新唐書》等）以及其他已經成為膾炙人口的經典古文作品（如韓愈〈祭十二郎文〉、蘇軾〈前赤壁賦〉、李白〈春夜宴桃李園序〉等），年代最早的是春秋戰國諸子之作，最晚是清末曾國藩（1811～1872）所作的〈討粵匪檄〉，其中少數是篇幅較長的作品，如〈祭十二郎文〉連載數次才刊完，大部分屬於短篇之作。在這二十八篇作品當中，共有六位譯者，其中翻譯最多作品的是小野真盛（おの　まさもり，1884～？），

---

57 林孟皇：《羈押魚肉》（臺北市：博雅書屋，2010年），頁40。

號西洲，日本大分縣人，通曉漢詩文[58]，來臺之後，師事臺南宿儒趙雲石，
嫻熟臺語。其他譯者還有：坂也嘉八（さかなり　かはち，？～？），寓居羅
東之日人。東方孝義（とうほう　たかよし，？～？），日本石川縣人，主持
《臺灣員警協會雜誌》之「語學」專欄，著有《臺日新辭書》（1931）與
《臺灣習俗》（1942）。小野真盛譯李白〈春夜宴桃李園序〉，譯文十分流
暢，保留了原作之逸興遄飛與瀟灑豪氣，對於古典漢語中的詞彙也都能找到
合適的臺語詞與其對應，例如「逆旅」之於「客店」，「過客」之於「人
客」，「游」之於「迌迌」等。東方孝義翻譯四篇中國先秦時期的寓言，其中
的〈苗ヲ助ケテ枯ニ至ラシム〉之譯文，對照原文的「今日病矣，予助苗長
矣」，一般按字面則譯成：「今仔日足悿〔tiam〕矣，我幫助彼的蔓〔iN〕大
欉啊」，但譯者的改寫「共人講：『今仔日我看見田裡的稻仔攏不大，不止煩
惱，我卻有想著一個法度，可幫助伊大欉。』」，頗有自得而故做神秘之態，
顯得更為生動而可笑。

　　在短篇小說及極短篇體裁的笑話，年代最早的是南朝吳均的《續齊諧
記》，繼而有唐人沈既濟的〈枕中記〉、宋人小說〈梅妃傳〉、明人浮白齋主
人的《雅謔》，其餘八篇皆為清人作品，包括清初蒲松齡的《聊齋誌異》三
篇與褚人獲的《隋唐演義》一篇，清中葉的沈起鳳《諧鐸》一篇，清末的俞
樾《一笑》三篇，可見當時譯者在取材時對於清代作品頗多著意。笑話在
《語苑》之中亦屢見不鮮，具有增加趣味性的功用，可以吸引讀者閱讀。惟
於當時對於臺語漢字的選定頗受日文的影響——日文之漢字讀法有「音讀」
（おんとく）與「訓讀」（くんとく）之別，音讀是日語所吸收之漢語讀音，
訓讀則是將日語原本之語詞讀音搭配一個表示相同或相似意義的漢語字詞，
例如「どこ」對應於「何処」之類。日治時期在《語苑》中的臺語漢字選定
則有類似「訓讀」之處理手法，傾向於注重漢字之書面表達而較為疏忽語音

58　小野真盛曾於報刊發表數篇漢詩文，如於1911年4月18日在《漢文臺灣日日新
　　報》第1版發表古文作品〈艋津江畔觀櫻花記〉，在《臺灣時報》第101期（1918
　　年2月15日）發表四言組詩〈周子〉、〈程伯子〉、〈韓子〉、〈邵康節〉、〈董仲舒〉
　　（頁12）等。

與漢字之間的密合程度。戰後則頗有更動，如前引譯文中出現的「事情」現今已改為「代誌」，「返來」改為「轉來」、「尚未」改為「猶未」、「何處」改為「叨位」、「何貨」改為「啥貨」等[59]，選定之漢字與語音本身較為貼近。

　　《語苑》在臺語漢字書寫發展史、臺灣漢學傳播與研究發展史、臺灣翻譯發展史等各個層面所具重要意義有數項：第一是關於譯者與讀者。《語苑》的譯者與讀者都以日籍人士佔大多數，在翻譯、閱讀與學習臺語之際，同屬東亞漢字文化圈的背景便成為可資利用的基礎／先備知識，採用漢字並且借用日本的訓讀經驗以翻譯或記載臺語譯作便為順理成章之事。此外，因為譯者與讀者都是任職於警察局或司法機構之中，自然而然的特別留意於廣泛流傳於漢人社會中的公案小說，對於日人耳熟能詳的楊貴妃故事亦予以收錄。第二是關於載體本身。《語苑》創刊的宗旨主要是讓當時的在臺日籍基層官吏（主要是警官）能夠熟悉臺灣在地之語言，以便於施政、溝通與聯繫，若選錄文學作品則是借重其故事性與趣味性，俾能能提升讀者在學習語言時的興趣，故文體之選擇自然以小說最受青睞。第三是關於時代背景。日本統治臺灣之初，頗費心於舊慣習俗之整理與調查，一九〇一年（明治三十四年）由臺灣總督府成立「臨時臺灣舊慣調查會」，邀請岡松參太郎、愛久澤直哉、織田萬等學者專家，就各專業領域進行調查與編纂工作，並且將調查結果出版成書，包括《臺灣私法》、《清國行政法》、《調查經濟資料報告》及《番族慣習調查報告書》等[60]。在《語苑》當中刊登這些中國古典文學作品，亦能使其主要的讀者群體（日籍人士）藉此認識臺灣在地文化當中的傳統漢文化部分。第四是關於臺語漢字書寫發展史。臺語因為本身就含有不少非漢語的成分，並且在發展過程當中更進一步吸收了其他語言進來，因此要完全用漢字記載時便容易有窒礙難通、方枘圓鑿之情形，從清領時期在各地方志書當中開始陸續用漢字記載臺灣此地之特殊語詞（如地名、物產、風俗

59　運用「臺語／華文線頂辭典」（http://210.240.194.97/iug/Ungian/soannteng/chil/Taihoa.asp）之查詢結果。
60　鄭政誠：《臺灣大調查：臨時臺灣舊慣調查會之研究》（臺北市：博揚文化事業公司，2005年）。

等），到了日治時期則由在本國已經受過基礎漢文教育的日籍文士進一步研究審定，當時臺籍文士亦有少數進行此項研究者（如連橫撰寫《雅言》[61]），將臺語漢字書寫表現系統更往前推進一步。第五是關於臺灣漢學傳播與研究發展史。臺灣原為南島語族（Austronesian 或 Malaypolynesian）的生活領域，漢學（Sinology）的傳播與研究要從明鄭時期開始萌芽，當時不只有「海東文獻初祖」沈光文的來臺，亦有「全臺首學」臺南孔廟的設立，到了清領時期更是透過科舉考試與學校教育等方式，產生了更多研讀漢學卓然有成之士人（最具代表性的是清領末期的吳子光），亦有不少鼎鼎大名的漢學研究者來臺仕宦（如「詩經三大家」之一的胡承珙便於一八二一年任臺灣兵備道）[62]，此時期是臺灣漢學傳播與研究發展史上的重要階段。到了日治時期，一般刻板印象可能認為當時臺灣的漢學已經進入蟄伏期，的確，日治時期的臺灣隨著新式教育與現代性觀念的引入而以西學居於標竿與核心之地位，然而藉助著現代化的傳播與印刷媒體，漢學在臺灣的傳播與發展毋寧獲得不少正面而積極的動力，這在以日籍人士為主要讀者群體的雜誌《語苑》都有不少中國古典文學作品刊載亦可略窺一二。

　　總而言之，透過《語苑》上所刊載的中國文學作品，可看出這些作品飄洋渡海來到日治時期的臺灣並且翻譯成臺語白話文之際，所經歷的口語化、簡易化以及在地化的轉化過程，並且在臺語書寫史、臺灣漢學發展史以及臺灣翻譯史等各個層面都有重要的意義[63]。

六　結語

　　日治時期臺灣的翻譯語言極其複雜多元，以上所述之外，尚有中國作家

61　連橫於其《雅言》（臺北市：大通書局，1987年）即云：「臺灣文學傳自中國，而語言則多沿漳、泉。顧其中既多古義，又有古音、有正音、有變音、有轉音。昧者不察，以為臺灣語有音無字，此則淺薄之見。夫所謂有音無字者，或為轉接語、或為外來語，不過百分之一、二耳。以百分之一、二而謂臺灣語有音無字，何其傎耶！」（頁2）。

62　顧敏耀：〈臺灣清領時期經學發展考察〉，《興大中文學報》第29期（2011年6月），頁193～212。

63　《語苑》部分由顧敏耀先生所撰。

以日文譯臺人作品為中文的，最早的單行本小說，應該是胡風從日本《文學評論》上將楊逵的〈送報夫〉與呂赫若的〈牛車〉翻譯成中文，分別刊登在一九三五年五月的《世界知識》和八月與《譯文》，並結集出版的《山靈——朝鮮臺灣短篇集》，一九三六年四月由巴金創辦的上海文化生活出版社出版發行。另外，同樣將日文譯成中文的在中國的臺灣人士有張我軍、李萬居、洪炎秋、劉吶鷗諸人，他們所選擇的日文之作或法文之作，皆有極高的藝術水平，足見其鑑識眼光。此外，《臺灣府城教會報》以「白話字臺灣話文」翻譯的文學作品，《語苑》以「漢字臺灣話文」翻譯的文學作品多達六七十篇，其中有兩篇甚至是以「客語」譯成，分別是五指山生譯〈邯鄲一夢〉（1922年10月15日）與羅溫生譯〈因小失大〉（1925年1月15日），以及北部教會報《芥菜子》多篇翻譯文學等，皆可謂臺灣文學翻譯史上的瑰寶。

　　日治翻譯文學，也由日本人譯家承擔了大宗任務，所譯之作亦極精彩，如果統計翻譯原作家、國別，可見法國文學、俄國文學、日本文學英國文學之影響不小，雖然影響大小不能僅僅取決於譯作數量的多寡，但是文學接受譯作數量的多寡，可以明顯地反映一個民族對外來文學態度的冷熱。此外，促銷煙品的廣告小說亦譯為日文，極力宣傳，鼓動讀者消費慾望，此一情形竟與中國英美香菸月刊所載小說之作法雷同，亦是可以留意之現象。

　　臺灣的文學翻譯與文學運動的進行有著不可分割的緊密關係。作為殖民地的臺灣社會，其文化語境比起日本與中國而言顯得複雜許多，因此在臺灣，歐美文學（以及歐美文化）與日本性、中國性以及臺灣本土性的交會，造就了不同的文化風貌。文學翻譯理論的權威學者佐哈爾（Even-Zohar）曾經以「多元系統理論」（Polysystem Theory）指出，文學翻譯是文學發展的重要塑造力量，這股力量的能量取決於文學翻譯在文學創作中的相對地位，為此，佐哈爾提出了「強勢地位」（primary position）與「弱勢地位」（secondary position）的概念，剖析翻譯文學與本國文學之間的權力關係（power relationship）。佐哈爾認為翻譯文學在大多數的正常情況都是處於「弱勢地位」，它只能作為本國文學的附庸或補充，不過當一個多元系統尚未形成或處於幼嫩時期；文學處於多元系統的弱勢或邊緣狀態；多文學多元

系統處於轉折、危機或真空時期，翻譯文學即會佔據主流和強勢的地位。對
日治時期的臺灣文壇而言，上述前兩項的情況可謂兼而有之，也因此翻譯文
學也就在臺灣文壇佔據了明顯的「強勢地位」。佐哈爾認為「幼嫩的文學要
把新發現的（或更新了的）語言盡量應用於多元文學類型，使之成為可供使
用的文學語言，滿足新湧現的讀者群，而翻譯文學的作用純粹是配合這個需
要。幼嫩的文學的生產者因為不能立即創造出每一種他們認識的類型的文
本，所以必須汲取其他文學的經驗；翻譯文學於是就成為這個文學中最重要
的系統。」[64]關於這種情況，我們馬上可以聯想到的是一九二〇年代萌芽的
臺灣新文學運動。當時為了新文學的啟蒙以及推翻文言文的書寫霸權，白話
文運動需要創造自己的形式與語言，因此往往乞靈於外國文學的翻譯，甚至
是轉載中國文壇對於外國文學的翻譯。於是，翻譯文學在此時期不但不是附
庸，而是處於強勢地位。至於佐哈爾所說的第二種情況，是與第一種大致相
仿，不過主要是出現在相對弱小的文學（或小國文學）上：「一些歷史較悠
久的文學由於缺乏資源，又再一個文學大體系中處於邊緣的位置，往往不會
如鄰近的強勢文學般發展出各式各樣的（組織成多種不同系統的）文學活
動。面對鄰近的文學，這些弱小文學看見一些文學形式上人有我無，於是就
可能感到自己迫切需要這些文學形式。翻譯文學正好填補這個缺陷的全部或
部分空間。（中略）有些文學處於邊緣的位置，即是說，它們在很大的程度
上是以外國的文學為楷模的。對這些文學來說，翻譯文學不僅是把流行的文
學形式引進本國的主要途徑，而且也是帶來改革和提供另類選擇的源頭。」[65]
對日治時期的文學翻譯狀況來說，這種現象恰恰存在於三種不同立場的翻譯
者身上：其一是臺灣傳統文人，其二是臺灣新知識分子（尤其是新文學啟蒙
期過後、一九三〇年代的新知識分子），其三是在臺日人知識分子。這三類
知識分子都不約而同地將西方文學視為現代性（modernity）的化身，他們不

64 佐哈爾：〈翻譯文學在文學多元系統中的位置〉，收入陳德鴻、張南峰編：《西方
　翻譯理論精選》（香港：香港城市大學出版社，2006年），頁118。近來中國學者
　亦借用「多元系統理論」來討論中國五四時期的翻譯狀況，請參見任淑坤：《五
　四時期外國文學翻譯研究》（北京市：人民出版社，2009年），頁73。
65 同上註，頁119。

僅學習西方文學的形式,更學習西方文學的詩學(poetics),亟欲從西方文學身上獲取革故鼎新的養分。因此,翻譯文學也在臺灣文壇佔有強勢地位[66]。

　　綜上所述,不同時代、不同語境決定了「翻譯文學」不同的豐富內涵。本套書涵括內容極為多元,譯者、譯作多采多姿,藝術性極高者觸目可見,本文無法一一介紹,個人相信讀者只要讀過這一批「翻譯文學」,我們將更為科學地透視二十世紀以來臺灣文學的曲折變遷與意義生成,並在具體的歷史情境與文化情境中構築起更為完整的二十世紀臺灣文學地圖。

---

66 從「臺灣的文學翻譯與文學運動」至此為趙勳達所撰。

凡　例

一　本套叢書是日治時期臺灣報刊上的翻譯作品彙編，分為「白話字」、「臺語漢字」、「中文」以及「日文」四卷，及第五卷日文影像集。

二　每冊所收錄篇章皆按照發表之先後順序排列，篇章出處以臺灣報刊為主，中文譯作方面則兼及刊登臺人譯作之中國報刊。

三　每篇譯作首標篇名，右下方則標示作者與譯者，日文卷則加註中譯者。繼而有作者與譯者之簡介，如果有重複出現的作者或譯者，僅於首次出現時予以簡介，排列在後者僅標示「見某某〉」，以供查考。篇末則以不同字體標示確切出處與日期。

四　原文模糊難辨之字，以□標示。錯字以【　】更正，漏字則以〔　〕補之。至於時代性習慣用法或日文漢字，以（　）標示，如里、裡，彎、灣，到、倒，很、狠，少、小等。

五　《白話字卷》除了有原始的「全羅版」白話字（或稱「教會羅馬字」、「臺語羅馬字」）之外，亦有「漢羅版」的譯文以供對照參看。

六　《臺語漢字卷》因為原始文件在漢字右側使用日文假名以及音調符號作為標音，若重新打字不僅十分困難，亦有容易失真的問題，因此以原始圖檔方式呈現其原貌。

七　《日文卷》所收錄之篇章，皆敦請精通日文之專業譯者重新將文章內容再翻成中文，以便利用。凡是原文難以辨認之處則標示並加註說明。

八　本叢書除了《臺語漢字卷》及日文影像集採用原貌之直行排列之外，其餘皆採用現代學界通用之橫式編排，俾於安插英文與阿拉伯數字，及節省版面。

九　各冊若有文字校對、內容說明或是必須附上日文原文以供參照等需求，皆統一以隨頁註的方式說明。

十　本叢書所收錄篇章之來源十分多元，字體與標點符號之使用也頗為紛

雜歧異，現皆一律採用教育部公布之標準字體與新式標點符號，原文
若有錯字也逐一校對改正，俾今人閱讀與研究。

十一　本編凡遇長篇文字，俱為重新分析段落，以清眉目，而無繁冗之苦。

十二　各篇之作者與譯者簡介皆於文末標示撰寫者姓名。各冊書末則附有本
　　　叢書之主編、中譯者以及所有參與編撰者之簡介。

第四卷
目　次

小　說

新 詩

劇 本

兒童文學

其 他

小 説

白牡丹*

作者　スモーク女史
譯者　吸煙散史
中譯　伊藤佳代

【作者】

スモーク女史（Miss Smoke？），在臺灣日治時期僅見一篇作品〈白牡丹〉由吸煙散史翻譯成日文，在一九〇二年四月發表於臺灣文藝社發行的《臺灣文藝》第一期，其餘生平待考。（顧敏耀撰）

【譯者】

吸煙散史，真實姓名待考，僅知曾於一九〇二年四月在《臺灣文藝》第一期發表譯作〈白牡丹〉，其餘生平待考。（顧敏耀撰）

駕駛員是位士官，技術很熟練，用三合一的引擎讓船隻以十六海浬的高速奔馳，用一直線闖過海峽，讓人有舒暢的快感。皎潔的月亮懸掛在天空上，月光在海面變成一片銀波的光景難以言喻。別說雲，連風都沒有，海面平靜無波，船隻就如同在榻榻米上面航海一樣，船員都說這是最近難得的好夜色，大伙集結在機械臺周圍聊著各個港口的八卦，連三等艙的老幼乘客都離開床，走出來到甲板了。

大家互相稱許說很幸福，能夠像這樣一起同乘在海上賞月。愉快的旅行有幾項要素：親密的旅伴、坦率的談話、深厚的情意，缺一不可[1]。這是內地與臺灣之間的固定航線上，臺北丸正開往基隆時的模樣。正當此時，第一甲板上的吸菸室裡聚集了四、五位紳士，聊得正起勁。

甲：「這本名為《菊世界》的書如何？這是臺北北門街土橋商店的廣告用書。社會慢慢進步的話，什麼事情都會進步，像廣告也必須這樣別出心裁。

---

* 原刊同題，並有小字標示為「短篇小說」，題前欄目則為「（本社獨特）廣告小說」。

1　按：原文是將日語俗諺「旅は道連れ世は情け」（如同旅行需有同伴，在人世間也要彼此關懷）改寫而成。

畢竟他的店很會做生意，尤其是最近出色的廣告都是香煙的廣告。」

乙：「讓我看一下，的確，非常精緻而且漂亮。封面是金色的底色上散佈著菊花的花紋，裝訂是流行的大和裝，比一般的菊版大了一些，四六版的兩倍。非常精緻美麗的書。」

丙：「到底寫什麼報導呢？應該都是廣告文，是嗎？」

乙：「不盡然，正文也不容小覷，裡面是以皇室的報導為主，還有一些親王殿下的肖像[2]，除此之外，巧妙的穿插著關於香菸的軼聞。」

甲：「關於香菸的軼聞到底寫著什麼？」

乙：「像是日清戰爭[3]期間，天皇陛下曾經賞賜捲菸給遠征的將士，以此作為慰勞；還有普法戰爭講和訂約的時候，普魯士宰相抽了具有外交手腕的菸草，因而讓印度免受猛獸之害等等。若要舉出比較滑稽之篇章，則是菸商源七抨擊菸草的故事，寫得很有趣。在故事之間插廣告是店家的主意，他們手法非常細膩，令人驚訝。」

丙：「畢竟，這是他為了展示店內商品之一的『菊世界』[4]的價值而做的廣告。」

乙：「應該是這個意思吧。」正在這樣說的時候，在那邊的甲板上傳來宏亮的聲音。

「看到風吹來，雲浮起來。

有一個人不釣魚就要回去了。

但是如果春天來的話，就等一下。

吹來輕柔的晨風，讓松葉發出聲音。

無波浪也無聲音的清晨的海邊，很多釣魚的人在小舟上。」

一個紳士穿著草鞋，用腳打著拍子，唱著謠曲〈羽衣〉。在吸菸室的紳士們聽到他的歌聲，覺得非常好，就請這位同樣在頭等艙的丁野先生過來，稱讚他的歌唱技巧並遞上紙捲菸。

2　按：該書名為《菊世界》，而菊花即日本皇室的家徽。

3　按：即發生於 1894 年的「甲午戰爭」。

4　「菊世界」亦為當時的一個日本香菸品牌。

甲：「現在您唱的是謠曲〈羽衣〉，而這是稱為『羽衣』的菸。請您試試看吧，非常奇妙的味道喔。」

乙：「哎呀，真是不好意思，小弟平常也喜愛抽這一牌『羽衣』，抽了之後就不想換其他的香菸了。」

乙：「本來，千葉製造的香菸，『白牡丹』也好，『羽衣』也好，『菊世界』也好，味道都不會讓人覺得太奇怪，非常適合日本人的口味。」

丙：「那是當然的，他們精選原料，注重製造過程，關心顧客們的喜好，當然不可能不好吧。」

這時候，從寢室的方向有一個美女走來，室內似乎馬上增色不少，苦於無聊的大家，異口同聲的喧嘩調戲說：「好像有一隻好鳥飛來了喔。」

甲：「天仙下凡……女神降臨……清綺水[5]……眼藥……。」他們對她可以這樣開玩笑，看來那美女應該是他們認識的人。

乙：「說起天仙，我想到剛剛『羽衣』的事[6]，很可惜如果妳再早一點過來的話，就能拜聽丁野先生的美聲了。為什麼你不早一點從房間出來呢？不過妳終究還是來了，所以『羽衣』請您過來這邊，不許偷跑喔。」

美女一邊微笑一邊從和服的腰帶裡將菸草拿出來。

丙：「最近變得有點麻煩，雖然沒有氣質，但是在火車或船上抽根菸，是再好也不過的事情了，請您抽一下這根捲菸。」

女：「謝謝，我剛才也不知道到底要不要出來外面，因為我很討厭雪茄的味道，在這類紳士們的場合，總是覺得那種流行的雪茄讓我很受不了，所以我才一直忍耐著沒有過來啊。如果知道有美麗的月色與歌聲，我早就來了。」

丁：「這個妳不用擔心。在這裡雖然看起來是這樣，但其實我們之中沒有現今所謂的那種紳士，所以不會做出將味道一點都不好的雪茄忍耐著一直抽然後一直吐痰那樣的事情。但是如果是個『國粹保存主義』的人，恐怕還是會抽著喇叭煙斗，這種很迂腐的行為也讓人頭痛；不過，又沒有人懂得如何

5　當時日本著名的一種藥。

6　按：「羽衣」（はごろも）在日語中亦指傳說中仙女所穿的衣服。

簡易的使用西洋煙斗。因為大家都是什麼事情都做得很乾脆、爽快、輕便、簡單的『紙捲菸濾嘴主義』的人，所以說入境隨俗，請您把從不離身的隨身護刀收回刀鞘裡面吧。」

女：「您用歌聲就把我們大家立刻都吸引過來，實在是很有趣啊！」

在這段時間，甲田有事出去一下，不久就回來說：

甲：「我剛剛去偷看三等艙的情況如何，哎呀，多隨便！菸草可以躺著吸，飯也可以睡著吃，這個情況跟一等艙比較的話，在飲食與吸菸方面他們是自在主義，但是我們一等艙的人在這一點而言，必須被限制干涉。」

乙：「那就是所謂的平民生活，毫無秩序可言。若說嚴格區分階級，再也沒有任何地方是比船上更會嚴格區隔人們的上下關係的。」

丙：「貴族的身分只用一點點的金錢就買得到，所以要做一點點奢侈事情的話，海上的富貴是很容易就可以買得到的。」

甲：「說到富貴，有一批不得了的貨，堆在三等艙旁邊的船舷。」

女：「甲田先生你又在挖珍品嗎？」

甲：「珍品！珍品！大大的珍品！」

丁：「不會是哪一個美人吧？」

甲：「不，不是美人，然而卻是在唐畫美女圖的景物之中絕對不可或缺的。」

乙：「美女圖的景物？不曉得那是什麼東西？」

載於《臺灣文藝》，一九〇二年四月十五日

心之刺*

作者　チヤーロツト・
　　　エム・ブレーム
譯者　大阪　碧瑠璃園
中譯　杉森藍、謝濟全
　　　吳靜芳

【作者】

　　チヤーロツト・エム・ブレーム（Charlotte M. Brehm？），美國作家，一九〇三年在《臺灣日日新報》曾連載其作品〈心之刺〉之日譯版共四十一回，其餘生平待考。（顧敏燿撰）

【譯者】

　　碧瑠璃園（へきるりえん），本名渡邊勝（1864～1926），筆名或別號還有渡邊霞亭、綠園、黑法師、黑頭巾、無名氏、春帆樓主人、哉平翁、朝霞隱士等，日本知名小說作家、新聞記者、演劇評論家、藏書家。出身尾張國名古屋藩士家庭，品野小學校畢業，進入名古屋好生館就讀，一八八一年任《岐阜日日新聞》文藝欄主任，繼而先後任職於《金城新報》、《燈新聞》、《東京朝日新聞》、《繪入自由新聞》、《大阪朝日新聞》等報社，並且持續發表小說作品，數量甚多，代表作有《大石內藏助》、《渡邊華山》、《渦卷》、《想夫憐》。《臺灣日日新報》亦曾多次刊載其作品，包括隨筆散文，如一九〇一年一月一日的〈崑崙山書屋漫筆〉，亦有長篇小說，如一九二五年十月三十日連載至一九二六年四月八日的〈虛榮〉。（顧敏燿撰）

第一回

　　這是關於梁川伯爵的女兒久良子，不可思議又孤寂的故事。

　　老鷹都築巢在很荒涼的地方，鴿子有時也形單影隻的躲在巢中。所謂的

---

* 原刊作〈心の刺〉。

隱者，不聽別人的聲音，不看別人一眼，過著非常孤單的生活，就這樣死去。但是，山也好、森林也好、沙漠也好，寂寞的程度都沒有像哈魯斯特海這麼嚴重。實在是沒有比這裡更寂寞的地方。

梁川伯爵的家就位在哈魯斯特海的岸邊，伯爵是個幸運的人，有才華，長相英俊，而且又有豐厚的財產，擁有世間所有的福氣。但是，伯爵恣意的揮霍著福氣與財產，享盡了奢侈的生活。長時間下來，當他五十歲的時候，才猛然從錯覺的夢裡驚醒，但那時候健康、毅力、財產都已經完全一塌糊塗，頭髮斑白、視力模糊，原有的骨氣與善良的氣質都完全消失，變成了一個可鄙的男人。

於是伯爵開始懷疑，自己的一生到底該如何改變？

家裡請的律師跟伯爵忠告說：「您從今以後，與金錢結婚是唯一的上策，所以最好找有錢人家的養女吧。」不知該說淒慘還是恰好，伯爵立刻找到一個養女。她家頗有資產，是股票大王的女繼承人，軟弱而膽小。芳齡十九，母親在生下她不久就去世了，父親在這社會所擁有唯一的希望和唯一的喜好，就是金錢，對其他的事情，不抱任何興趣。

她就是縱橫股市而致富的廣津千代太郎的女兒，名叫滿津子。父親千代太郎重視爵位如同金錢一般，因此，企圖讓自己富上加貴，無論如何都要讓孩子跟貴族結婚。但是不知是這樣的貴族不存在或是貴族們不知曉此事，至今無人來迎娶滿津子小姐。

按照這時候的風俗習慣，年輕的伯爵或有男子氣概的男爵等，都渴求將爵位換取黃金，所以應該會對富家的養女很感興趣，但不知為何，至今還是沒有人向這位富有的股票大王的女兒求婚。

第二回

這位小姐總是幻想著像詩或小說般的情節，想像年輕美麗的情人凝視自己的溫柔容貌、或是談情說愛時的甜言蜜語，以及心中小鹿亂撞，脈搏快速跳動等等，只想著這些戀愛中多采多姿的浪漫場景。

然而，她跟梁川伯爵才初次見面就立刻被告知要跟他結婚，以前心中的

幻想，馬上全部破滅。小姐仔細觀察這男人的彎腰駝背、灰白頭髮，以及虛假世故的言行。她太過於專注地凝視著，接觸到伯爵陰沉的眼神之後，隨即安靜下來，失望地把雙臂交叉在一起。

「寧可離家出走而逃避這個命運！」雖然心中浮現這種激烈的想法，但仔細想想，心裡知道，這樣的企圖根本是行不通的。可能是自己沒有抵抗父親意見的膽量，也沒有勇氣，因此，滿津子小姐還是與梁川伯爵結婚了。

參加小姐與伯爵婚禮而群集的人們，只讚歎婚禮非常華麗，一點都沒有發覺從古至今沒有比這場婚禮還要殘酷的事情，而且還完全無人理會這件事。雖然沒有人知道或是在乎這婚姻的背後隱藏著什麼樣的事情，幻想戀愛甜蜜的人，從來都想不到會因為招婿而變得如此不幸，她一天比一天瘦弱與蒼白，原本年輕美麗的外貌，一天比一天衰老。她為了安慰自己沉悶的心情，偶爾舉辦舞會和餐會。此外，也儘量參加其他人辦的舞會，但還是無濟於事。

同時，伯爵照舊過著遲鈍又古板的生活，但他有一個願望，那就是想要有一個兒子可以成為自己的繼承人。但是老天很殘酷，滿津子偏偏不生男孩子而生下了一個女孩子，那時伯爵十分憤怒，發出想把剛生出來的嬰兒從宅邸樓上摔下去一般的氣勢：「啊！男孩，我想要男孩，為何上天願意將男孩賜給最窮、最下等的人們，但卻不賜給我，啊！我這麼想要男孩，但生出可恨、愛哭又虛弱的女兒！」伯爵的憤怒似無止境。

這位伯爵根本就討厭女兒，他祈禱著只要讓他有一個兒子就好，但是最終還是天不從人願。然而，伯爵夫人的心情跟他不一樣，她沒有一天好過的，可憐蒼白地瘦下來，很勉強的活著，當女兒四歲時，終於與世長辭了。

在她臨終之際，可愛的女兒被帶來枕邊，她把心中滿溢的母愛一次表達了出來：「上天如果讓我和這個孩子一起死去，那該有多好！」忍不住這麼喊叫著。母親的心實在是不可思議，總覺得隱隱約約地對女兒將來的命運有不祥的預感，憂慮的影子陰沉地籠罩在臨終的床上。

第三回

伯爵夫人滿津子悲慘地離開人世了。夫人死後，伯爵的性格為之大變。

從前放蕩又揮霍，忽然變得非常吝嗇，把金錢看得跟性命一樣重要，只為了賺錢而活著。將「哈邊蒂爾帕古」[1]這個歷代祖先居住的豪華的房子，以十五年的契約租給別人，自己和女兒搬到「諾爾福克」，住進淒涼的「哈魯斯特希」莊園。

　　伯爵搬到這個莊園之後，他的名字快速地被遺忘，從前人們聚集在一起就常講到梁川伯爵，但是現在已經沒有人再提到他，而且他的老朋友差不多都死光了，所以，年輕一輩的人們忽視他是理所當然的事情。反正他在世人的心裡，已經跟死人沒兩樣了，再加上也沒有為年幼的久良子著想的姨媽或表兄弟姊妹，沒有人驚訝或懷疑久良子是如何被養育的！年幼的久良子作為貴族的獨生女，過著比我們想像中還要可憐的生活。

　　這座名為「哈魯斯特希」的伯爵宅邸，是棟老舊的建築物，從很久以前就是梁川家的房產，但是至今仍然沒有人知道為何梁川家會在這地方購置宅邸。

　　根據像小說一般的傳說，梁川家族裡有個瘋子，一生都被關在這莊園裡的某間堅固的房間裡。另一種版本的傳說是，某個蒼白的美麗婦人在那間房間裡被殺害。這婦人的歷史大家都很熟悉，她的肖像掛在梁川家的走廊，在眾多繪畫當中，堪稱是珍貴的逸品。聽說那位貴婦愛上一個年輕的士兵，但是那個士兵被徵召去從軍，所以她接受家人的勸說與蘇格蘭的貴族結婚。她雖然不得已而服從，但是因為失去戀人的悲傷，最後終於發瘋了，所以被送到「哈魯斯特希」莊園，在這裡孤單的過一輩子。

　　諸如此類，有關這舊房子的傳說，沒有一個是快樂的。在這房子的前面，隔著大海有一片草原，但是浪潮洶湧，連為了防止海水湧入的堅固鐵門都被侵蝕了。這房子非常陰暗而冷清，夕陽西照的時候，令人有種悲傷的感覺。

第四回

　　房子後面有一大片森林通到廣闊的草原，在草原的盡頭，有個美麗的城

1　原文為「ハーベンデール　パーク」，宅邸名。

市叫亞魯古利夫[2]。話說回來，這棟房子寬敞得可以讓一整個聯隊的士兵們都住進來。不過許多房間從未被打開過，有的荒廢到快要塌下來，各個角落都古怪地成為陰暗之所在，從門窗外可以聽到奇怪的呻吟，尤其是那座半球形屋頂的幽暗客廳，看起來簡直像鬼屋，橡木地板上沾滿著可疑的汙點。在這裡發生過許多讓人毛骨悚然的凶殺案，以前有一個非常奢侈、放蕩的老伯爵選擇的居住地就是這一棟房子。

伯爵帶來了名叫勝三的僕人，以及他的老婆阿純，還有一個五十歲左右的老婦，名叫阿代，伯爵委託她為自己所討厭的女兒進行教育、撫養等一切事情。

這位伯爵最親近的親戚叫做植松富業，伯爵死去的那一天，就是這個人繼承爵位而成為梁川伯爵。

其實這一家在英國過著最奇怪的生活，伯爵挑選兩間最好的房間，始終躲在裡面寫東西或是喝頂極的酒，虛度光陰。他每天都不斷地數錢，想著買賣股票或是處理其他各種證券之類的事情。就是因為這樣，他根本沒時間看一下自己女兒的臉或是關心她的事。偶而在微暗的走廊相遇，他馬上就皺起眉頭。因此女兒看到他就害怕，總是趕緊跑走。

所以伯爵完全不會問自己的女兒學什麼或期待什麼、喜歡什麼、討厭什麼等等，對女兒的種種都放任不管。當老婦人阿代跟他領取才一個禮拜的薪水時，伯爵卻持續發著牢騷：「唉啊！為何我沒有兒子，要是我有一個兒子的話，我的生活與現在一定有天壤之別。實在太可悲了！」

這位伯爵不斷地哀嘆自己沒有兒子，所以阿代跟他談起關於久良子小姐的穿著打扮，他也漠不關心，在他的心裡只有給兒子穿好衣服的興趣，至於給女兒衣服，根本是想都懶得想。因此，老婦人認為盡責也沒用，教不教她都無所謂，因此完全放任小姐，雖然偷懶但都沒有人責備，這個後果大大地影響了小姐，發展出本篇故事。

2　原文作「アールクリフ」，地名。

第五回

久良子小姐說：「我今年十六歲，從來沒有開心過」。

秋天的下午，老婦女阿代沒事做而帶久良子到戶外散步。在遙遠的地方，聽得到幾乎要沖刷到低矮岸邊的海浪聲，一望無際的大海拉出碧綠的海平線。松樹與杉樹混雜的森林，好像在低聲地喃喃自語，發出悲傷的聲音，夕陽在西邊的天空正要落下，這實在是非常淒涼的景色，沒有愉快的鳥叫聲，也沒有綠葉隨風搖動的聲音。

久良子接著說：「如果我不從書上了解的話，我永遠不知道快樂是什麼感覺，連這個詞都不知道吧。」

阿代說：「小姐妳吃的喝的都足夠，不要想太多啦！」

久良子果斷地回答說：「唉呀！唉呀，我需要的還很多呢！我覺得在全世界沒有人像我這樣子生活，為什麼我哪裡都不能去？為什麼我連一個朋友都沒有？我讀過的書籍裡，每個小姐都有很多朋友，也有親戚、姊妹，而且可以到外面走走或是接待客人。在我讀過的許多故事裡面，沒有人像我這樣被關在鬱悶的老房子裡，我真的有時候連走路都被自己的腳步聲嚇到！」

阿代隨即嚴厲地說：「您問我為什麼，我也不知道，妳還真會讓一些無意義的事情灌進腦袋裡面。如果一味的想要滿足自己的感覺，也是不行的啊！」

久良子小姐一臉心不在焉，遲鈍地說：「我總是思考著內心的感覺和感覺的缺乏，住在這麼陰暗淒涼的房子，晚上更加陰暗，聽不到一點人們說話的聲音。如果人生就是這樣，我覺得沒有出生在這世界還比較好。」

阿代不想理她，側過頭去。因為這位老婦人只要有很多吃的喝的、具備各種用品的房間、冬天有足夠的火、夏天有涼快的樹蔭就很快樂，不知道還有比這個更高尚的快樂。所以，對久良子所嚮往的美好事情毫無概念，只是渾渾噩噩的生活著。

「啊！我真的很寂寞，又很不安。我父親完全不在乎我在這個世界上是否活著。」

阿代鎮靜地說：「那是因為您讓父親失望，您不是兒子啊！」

　　久良子小姐略顯激動地說：「那有辦法改變嗎？啊！我如果生為兒子，那該有多好！不然也不會躲在這麼陰暗的房子，過著像死人一樣的生活，反而可以儘管出去外面有男子氣概地工作。我現在十六歲，回想起來彷彿被監禁了一百年的感覺，如果現在發生海嘯，把我直接吞沒的話，我根本不知道自己為了什麼而出生就死去，我有時候會認為父親不是人，一點都不關心我，完全忘記我的存在。」

第六回

　　阿代完全不了解久良子所說的意思，眺望著天空說：「我們該回家了。阿順說要烤年糕，那個冷掉就不好吃了。咦！小姐為什麼這麼笑呢？真是奇怪，我完全不懂。」

　　阿代接著呼喊：「小姐，什麼事情那麼好笑？為什麼那樣笑？」

　　「說什麼我想太多，叫我要滿足，可是妳一直在意烤年糕的事情。對著像妳這樣的人說話，實在太無聊了，妳趕快回家吃烤年糕吧！我要去看海。」

　　小姐說完之後，轉身過去，面對著海邊的草原，邁著小步往前走。老婦人睜大眼睛看著她離開，一邊喃喃自語：「這個孩子的前途堪慮，梁川家族看來都是瘋子。」一邊緩步走回家去了。

　　久良子獨自一人走到海邊，漸漸地說不上來的悲哀逐漸蔓延，海浪發出固定節奏的哀鳴，嘩啦嘩啦地粉碎在岸上。海面沒有破壞這寂靜的各種船隻，也沒有映照海浪的陽光或是月光，一整片都是灰色，充滿著悲傷寂靜的感覺。

　　久良子跪在沙灘上，伸手呼喊著：「啊！我的生活！我的生活也跟它一樣，沒有色彩也沒有光明。我雖然是伯爵的女兒，但即使是鄉下農夫的女兒也沒有像我這樣被冷落忽視。如果我出去外面世界的話，人家會不會喜歡我？我在別人的眼裡是怎麼樣的人？啊！美麗的大海！您是我唯一能愛的，我的心與您一樣永遠無法安寧？」

　　夜色漸漸地籠罩在波浪上，四周變得寂靜，在天空掛帆的白雲也不知道什麼時候消失了，與海浪玩耍的海鷗也飛到遙遠的地方去了。現在是一片寂靜的景色。不過，久良子還待在那邊想事情。終於，天黑了，海水和天空的

灰色融合在一起，海水彷彿筋疲力盡的樣子，一邊上下波動，一邊啜泣。

這時候，小姐終於站起來，要走回去，但是看到那個陰暗豪宅的窗戶，說著：「看起來那窗戶全像是鬼臉，看著我，而且裡面的房間瀰漫著陰氣，甚至在走廊有討厭又可怕的聲音。」

久良子站定了好幾分鐘，一動不動地站著看房子，忽然發冷，感覺非常害怕，所以趕快進去屋子裡，在門口遇到阿順。阿順慌張的說：「是小姐啊！我正要去找您呢！您的父親死了！」

聽到這消息，久良子驚訝地說：「你說什麼？阿順！」

阿順重複說：「您的父親死了，阿代說必須即時找到妳。」

第七回

「咦！父親……」久良子小姐的感受與其說是悲傷，不如說是訝異。這個字對她來說完全是新的語彙，她幾乎無法了解死的意思，也因為從來沒有看過死到底是怎麼一回事。她一邊重複同樣的話，然後爬樓梯上去。於是這個感覺好像從四處傳來低聲私語說「死」這個字，到底「死」是怎樣的東西呢？她疑惑著趕緊到阿代的房間。

老婦人的臉變得很蒼白，雙眼因流淚而模糊，聲音也變了。拉著久良子的手喊著：「小姐，您的父親過世了。」但是，久良子只重複唸著「過世」這兩個字，似乎還是搞不清楚狀況。

阿代感到不耐煩地說：「您好像不了解的樣子。」

久良子回答說：「我完全不懂，我從來沒有看過死是什麼？阿代，講給我聽吧！」這樣回答之後，久良子靜靜地站著，她的表情好像是害怕而疑惑的樣子。阿代雖然告訴了久良子她父親突然去世的情況，但久良子緩慢地問說：「父親為什麼去世呢？什麼東西把父親給殺了呢？」

「您父親是因為心臟病而死的，醫生這麼說的。對了，小姐您當然想看看您父親吧！」

「咦！叫我看父親……妳說我父親已經死了。」

「是的，已經離開這個世間了，您不想看看他的遺容嗎？」

「怎麼辦才好？我一定會嚇到吧！」

「給您自己決定，這當然是跟您切身相關的事情。我也叫來了桂木夫人和植松少爺，少爺即將成為梁川伯爵的繼承人。」

久良子懷疑著看阿代的臉說：「妳說的桂木夫人，她到底是誰啊？還有另外一位是怎麼樣的人呢？我完全不懂你在說什麼。」

阿代嘆口氣說：「啊！真傷腦筋呢！雖然不好意思抱怨老爺，但老爺再多關心您一點該有多好，其實老爺禁止我跟您說有關家中的一切事情。」

久良子悲傷的說：「因為父親都不疼我。」

「那倒是真的。因為老爺一直希望有個兒子，所以老爺不願意您替代少爺成為他的繼承人。」

久良子的臉上出現更加悲傷的表情。

第八回

老婦人阿代繼續說：「植松少爺是跟老爺最親近的親戚，所以必定是由他來繼承爵位和領地，成為第十三代梁川伯爵。因此，哈邊蒂爾帕古、費爾奧克斯（Fair Oaks）[3] 還有這間房子，都即將是屬於植松少爺的了！」

「那麼，桂木夫人又是誰？」

「桂木夫人就是剛剛提到的植松少爺的母親，聽說她是全英國最傲慢的人。」

「那妳為什麼叫那種人過來呢？我為什麼要跟那種傲慢的人見面呢？」

「沒有什麼其他原因，只是他們是與您最親近的親戚啊！」

「什麼？我最親近的親戚？我從來沒有看過那些人，想必他們也不知道我吧！」

「哎呀！小姐，您的地位即將完全改變了喔！」

久良子詫異的問：「為什麼？」

阿代笑著說：「您不知道您母親的遺產即將轉移到您的手裡嗎？您難道一

---

3 「哈邊蒂爾帕古」以及「費爾奧克斯」二者都是城堡或領地名。

點都沒有問過嗎？」

「從來沒有人告訴過我關於母親的事，我不知道我母親有遺產呢！」

「原來如此，夫人有龐大的遺產呢！而且現在都屬於您的了。植松少爺當然會接受您的委託來盡力協助，小姐您從今以後要好好維持您的身分地位。」

「什麼，妳說叫我好好維持身分地位？妳難道想說因為我父親去世了，所以我獲得自由和遺產，很開心嗎？我想到這些事情就覺得可怕呢！我怎麼能在這社會保住我的身份地位呢？因為我什麼都不知道、什麼事都不會。我完全沒有接受教育呢！」

「妳對我這麼說，讓我很過意不去啊！我也盡力了。」

久良子很悲傷地說：「可是我不識字啊！」

「管他識不識字，有錢才是最重要的啊！如果您能得到您母親的遺產，就會比這世界上最聰明的、最有教養的婦人還來得好！您還有希望。您將要擁有金錢和爵位，沒有比這個更好的事情了！」

嗚呼！「金錢和爵位」似乎與「死和冷卻」奇妙地攪和在一起，彷彿成為一副很可怕的對聯，久良子一直重複這兩個詞。

第九回

梁川伯爵過世之後，本來就很陰森的房子，看起來更加可怕。兩天後的早晨，久良子一個人待在自己的房間。她感覺好像有一些人來家裡，聽到有腳步聲傳來，屏氣凝神的等待著。這時聽到老婦人的聲音：「小姐，小姐，請趕快出來一下，桂木夫人說想要與您見面呢！讓她等太久可不好呢！」

小姐很興奮地問：「哦？桂木夫人是個怎麼樣的人呢？」

「她與我以前看過的人完全不一樣，非常高尚，同時高傲得像女王一樣，而且穿著相當漂亮的服裝呢！」

久良子嘆氣說：「我從來沒看過穿漂亮衣服的人呢！」

不久，久良子被老婦人牽著手到客廳，看到夫人時感到眼花撩亂，實在是很優雅、美麗、高尚一位貴婦，她白皙的手上戴著很多珠寶，閃閃發光。

久良子小姐非常吃驚，不聲不響地待在那裡，她們也不互相打招呼。因此那裡暫時寂靜無聲。由阿代的介紹，兩方才彼此問候，結束大致上的寒暄，在倆人對話一兩句的時候，聽到腳步聲傳來，房門打開，一個年輕男子走了進來。他就是夫人的兒子。因為小姐從來都沒有看過年輕男子，雖然害怕、膽怯，還是很好奇的觀察那位男子。

男子對小姐說：「請不要太難過，保重身體。」之後男子馬上轉過去看他母親，談一些事情，似乎忘記久良子在那裡。

久良子第一次看到年輕男子，所以好像很高興地盯著他，她希望男子再一次跟她說話。但是他似乎覺得梁川家的小姐就是這麼怪異的女人，露出訝異的表情之後，直接走出去外面了。桂木夫人責怪阿代說，久良子怎麼這麼沒教養，於是阿代詳細說明了伯爵對待小姐的情況。

桂木夫人嘀咕說：「伯爵一定是瘋了，到底想把自己的女兒教成怎麼樣？我原本以為她跟其他小姐們一樣有禮貌、也接受了充分的教育，但事實怎麼會完全相反呢？」

在旁邊聽到這一句話的小姐的心情是如何呢？

小姐心想：「啊！我原來是個這麼貧乏無味的人，好像被認為是從別的世界來的，但沒辦法，我無法表現得像桂木夫人那樣，乾脆躲在這裡等死好了。」

第十回

老婦人阿代安慰久良子小姐唯一的言詞就是母親的遺產會到小姐的手裡這件事。「只要擁有這些遺產，不管自己有什麼缺點，作為梁川家的小姐，世人會體諒的。」小姐這麼想著，自己安慰自己。但其實心中很混亂，沒有明確的想法。

「自己的父親過世了，自己的身份地位將會有所改變吧！而且我看到了我沒有辦法忘記的臉孔，就是桂木夫人藐視我的表情。」諸如此類的種種想法，在她心中雜亂著，無法整理。要是到海邊坐著凝視海浪，應該會好一些，於是那天傍晚，小姐躲過夫人和老婦人的注意，一個人出去外面，到老地方之後，眺望著海面，那時候的心情彷彿是遇到很熟悉的老朋友，感覺海浪唱

頌著奇妙的音律。

「您是大富之家的女繼承人，您的父親已經過世了，您的境遇完全改變，優秀的貴夫人藐視您，您看到了一個美麗的臉孔，那是您喜歡的臉。」

海浪好像不斷的重複這幾句，卻真的有撫慰的作用，她的心情平靜下來了，趕緊回家，在回家的路上突然遇見了那位年輕的伯爵。小姐吃驚而呆立不動，對方也看到她，站住凝視著小姐的臉。

久良子說：「您……請您不要說出去在這裡遇到我好嗎？我覺得大家都不知道我在這裡。」

男子不在乎地笑著說：「我想要知道妳是誰，這樣會更加有趣。」

久良子凝視著這漂亮的臉孔，他還是不在乎的笑顏逐開。

「您不知道我是誰嗎？」

「我完全不知道。」

「我是梁川久良子。」

聽到這一句，男子忽然改變態度，脫帽說：「失敬失敬！恕我無禮，不過您為何一個人來這種地方呢？」

「您能幫我保密嗎？被桂木夫人知道就不好了。」

「我絕對不會說，但我很想知道您為什麼會過來這裡呢？」

「我住慣了海邊，如果心情不好，就會來這邊走走。世上的人都有很多朋友，但我唯一的朋友是這片大海。」

聽到小姐的話，男子哈哈大笑。但他心想，既然身為梁川家的小姐，這麼晚一個人散步是不好的，至於她說大海是她的朋友這一點，讓人感到非常奇怪。因此，兩個人走在一起談過兩三句之後，男子說「再見」而離開了，而他討厭這位小姐。

第十一回

出殯之前，親屬看死人最後一眼是理所當然的事情，因此桂木夫人什麼都不事先告訴她，突然將久良子小姐帶進放置死者的陰暗房間。小姐害怕而喊叫，但夫人無動於衷。

夫人緩和地說：「噓！安靜一點！肅穆是對死者最好的尊敬。」

久良子喊叫：「這不是我的父親。」露出非常害怕的表情，一直發抖。這也是理所當然的，因為她從來沒有看過父親微笑的樣子，總是看到他愁眉苦臉，但現在父親沉靜的表情比之前的愁眉苦臉還要可怕。

久良子喊著：「那就是『死』嗎？我沒有想過那麼可怕的事！」不過很奇妙地，是不是該說這就是父女之間的感情，久良子忽然感覺到悲傷，流出眼淚來，蒼白的嘴唇因為啜泣而一陣一陣地發抖。久良子喊著：「啊！好難過啊！我的父親過世了！」

但是，夫人跟她說：「妳必須要親吻父親的臉。」

小姐比剛剛還要吃驚，退縮著說：「我沒有辦法這麼做，我的父親還在世的時候也沒有親過他一次！現在他都過世了，我為什麼要親吻他呢？」

「俗話說，如果您去死者那裡，不碰觸死者的身體的話，之後兩三個月之間，一定會夢到死者。」

「我不會碰死者，也不想夢到他，桂木夫人，請讓我離開這裡吧！」

「妳真不像梁川家的女兒，太膽小了！來，至少碰一下父親的手吧！」

久良子由於恐懼而蜷縮著身體，額頭冒著冷汗，到父親遺體旁邊，摸了父親的手，但那隻手實在是冰冷得嚇人，小姐更加恐懼了。她曾經在寒冬碰過冰塊，都還沒有這麼冷。小姐覺得因為碰觸這一隻手，連自己血管裡的血液也結冰起來。因此她躲到另外一邊，畏縮著後退，懇求說：「桂木夫人，請妳讓我離開，如果我一直待在這裡，大概我也會死掉。」

夫人終於准許了。梁川伯爵的遺體就按照他的遺言，被埋葬於「哈魯斯特密」[4]莊園附近的墓地。參加伯爵喪禮的人僅有總牧師、醫生、那位年輕的伯爵以及雇用的律師等幾個人。

第十二回

喪禮結束之後，人們從墓地回來了，在大家見證之下，律師梶尾唸出遺

4　按：前幾回出現之莊園名稱「哈魯斯特希」（ハルスト・シー）在此處之後皆改作「哈魯斯特密」（ハルスト・ミー），未知何者為是，茲保留原貌。

言。內容主要包括：將一些遺物分贈勝三、阿順以及其他忠誠的僕人，贈送二十磅給桂木夫人買戒指，也將妻子的財產全部讓給親生女兒久良子，但針對這個財產繼承有一個條件，即是他死後十二個月之內，必須與梁川家的繼承人植松結婚。萬一，久良子拒絕在那期間內結婚的話，財產則將捐給種種慈善事業，只給久良子每年一百磅；而若植松不同意結婚時，財產以及利息將分給貧童。因此，不管怎麼樣，如果植松不跟久良子結婚的話，將得不到任何財產。

遺言裡還寫著：「我本身沒有留下什麼資產，但我靠著自己的努力，把妻子遺留下來的財產幾乎增加了兩倍。這些財產與爵位通通一起讓渡，絕對不能讓我的女兒拒絕結婚。萬一不願意的話，我將無法在墓地裡安息。」

「咦？父親沒有辦法安息？怎麼辦？父親會像我看他的時候一樣，蒼白冰冷的回來找我嗎？」小姐害怕得開始發抖了。

律師梶尾安慰她說：「小姐，那只是這樣說而已。任何人都會在墓地裡永遠安息，這就是上帝的旨意，人一定會這樣子。您不用太過擔心。」

「不過我很害怕，不管晚上或是白天，似乎都看得到父親那一張蒼白又冰冷的臉出現在我眼前。」

桂木夫人離開位子，靠近久良子旁邊說：「久良子小姐，妳也是梁川家的女兒啊！不可以那麼膽怯。」

由於桂木夫人高傲的樣子，使久良子安定下來。

於是，梶尾繼續唸遺言：「我希望我女兒過十七歲的生日時，與植松結婚。到那一天，女兒要跟桂木夫人住在一起。桂木夫人要接受三千磅，作為日常生活的開銷。至於女兒的嫁妝，我會另外準備五百磅。千萬要聽從我的命令結婚。」

那麼，暫時需要談一下桂木夫人和久良子之間的關係，此處先省略不談。反正，小姐和夫人一起離開哈魯斯特密而前往倫敦。這次旅行對久良子來說，是第一次的社會經驗，搬去倫敦之後，夫人盡全力教育小姐，帶她去劇場、音樂會、畫展等地方，不斷的把種種事情說給她聽，僅僅一年時間，比得上一般生活的五年，久良子於是大有進步。

第十三回

雖然經過桂木夫人的教育，久良子有了長足的進步，但是在外貌以及行為舉止等方面，還沒有明顯改善，久良子還是維持高高瘦瘦、很醜的模樣。不過仔細看她的臉就能發現，她將來一定會非常美麗的。

在幾個月後，夫人總是在有來客時，儘量讓小姐出來一起接待客人，因此久良子也有了許多朋友，大部分都只是點頭之交而已。在他們當中，小姐喜歡的和不喜歡的都有，但還沒有遇到有人親密的對小姐說：「久良子小姐，我愛您！」總之，雖然她是個美人胚子，但是沒有人愛上她。

從一開始，植松伯爵就不願意與久良子結婚，而且梁川伯爵的遺言非常小氣，很讓人生氣，所以，植松曾經有想過乾脆全部放棄，去遙遠的其他國家生活。由於桂木夫人苦苦哀求，終於打消了這個主意，心裡卻還是覺得不舒服，因此縱然快到結婚之期，還是前往挪威旅行。

夫人雖也認為小姐不適合當自己的媳婦，但是對兒子來說，金錢是最需要的東西，沒有這些錢，就無法維持貴族的體面，甚至無法繼續待在英國，因此非常擔心。

有一天夫人到久良子的房間說：「久良子小姐，妳什麼時候滿十七歲呢？」

「六月二日啊！」

「我兒子應該在五月二十日會回家，所以我認為到時候再好好確定那個事情，妳覺得怎麼樣？」

久良子害羞臉紅地回答說：「是，我最近也一直在想那件事情，好像作夢似的，我還擔心會不會從夢裡醒過來呢。」她忍不住低下了頭。

夫人最近選擇居住的倫敦住宅，被稱為布雷克區（Black zone），是非常宏偉與漂亮的豪宅，窗外的視野也非常好，彷彿可以摸得到公園的樹木一般，庭院裡也種了很多花。久良子在這個美麗的地方等待著年輕伯爵，也就是即將在五月二十日與自己結婚的那個男人，即使她身上還穿著喪服。

回想起來，一年前住在淒涼海邊的時候，跟現在比起來，處境完全不同，現在是自由之身，能夠享受各式各樣的奢華。她喜歡寬廣的房子、美麗的房

間、精緻的繪畫、高檔的馬車、好馬、好僕人、其他所有的奢侈品。久良子開始瞭解，如果沒有這門婚事的話，自己會失去這些奢侈品，而必須過著比較貧窮的生活。

第十四回

久良子一想到如果談不成這門婚事的話，將會失去所有的事物，實在感到很可怕，但是比這個還要可怕的是，自己無法受到寵愛。她尚未了解社會的人情世故，所以對她來說，不結婚的話，愛情就無法成立，沒有錢的話，就不能結婚。

終於，植松回來了，婚事談妥，服裝、飾品以及其他事情也都準備好了。

小姐一直等待年輕伯爵有一天跟自己說甜言蜜語，她流露出開心的眼神看天空自言自語說：「天空為了我轉晴了，是為了我一個人喔！從今以後我真的會變得很幸福的！」她不問自己對方到底會不會愛她，而光在意自己有多愛對方。

她重複說：「我馬上就要變得很快樂了。我現在一點都不羨慕小鳥和花兒。……我終於變開心了！」

這句話還在嘴邊，眼中還閃爍著戀愛的光芒，忽然聽到有人在講話的聲音。這些話對小姐來說，實在是非常可怕。一聽到那句話，讓她馬上啞口無言，從嘴巴上抹除微笑，從眼中奪走可愛的光芒。那句話就像利刃穿心，殺死她原本華麗又青春的生命。

小姐聽到之後，想要離開到很遠的地方。但是好像腿軟了，站不起來，只好坐在那裡，仍然傾聽著，但那聲音好像是告知自己臨終的鐘聲。

那個聲音就是，年輕的梁川伯爵和桂木夫人坐在窗邊，絲毫沒有察覺久良子在外面的玫瑰園裡，兩人正在對談。年輕的伯爵彷彿嘆著氣說：「媽媽，我怎麼也做不出開心的表情，完全不行，我非常沮喪。這樣下去的話，我想我一定會放棄任何事情的，有一天會到美國去吧！但是這麼做實在對您過意不去。」

「既然你那麼不喜歡，為什麼決定跟她結婚呢？」

「我本來就不想要這門婚事，但我確定她希望跟我結婚，所以……其實我也是可憐她，她年紀還小，而且沒有其他親人……坦白說我討厭她……我不喜歡掩飾自己真正的感覺……還有一點，老實說，因為我需要錢，所以不管小姐怎麼樣都不關我的事，我只需要錢而已。」

第十五回

「那麼與其為她苦惱，乾脆拋棄她怎麼樣呢？」

「不，我雖然不愛她，但是我實在……我實在覺得她很可憐。她非常寂寞，而且有點依賴我的樣子，所以沒辦法啊！如果是再清秀一點的女人，或許還可以，但是她那個樣子，沒有哪一點會讓人愛上她。但是已經沒有別的辦法了。這件事情不要再說了，希望您也不要再提起這件事，我打算現在就去俱樂部。」

「好吧。我與伊東夫人約好了在劇場見面。」

聽到這些話的同時，小姐發出低聲的吶喊，直接倒在玫瑰園裡，但是沒有一個人聽到她的聲音。

夫人前往劇場，年輕伯爵去自己的俱樂部了。家裡重要人物都外出了，所以沒有一個人想到倒在玫瑰園裡的久良子，僕人們各自都待在自己的房間，開著派對，愉快地玩著。

那麼，除了在天上的母親之外，沒有任何人知道她現在正受到激烈的痛苦而倒在那裡。當然也沒有人問：「我們家的小姐在哪裡？」也沒有人因為擔心而去看看她的房間，小姐完全孤獨地倒在那裡。雖是即將成為未來的梁川伯爵夫人，卻很可憐地，等到星星、月亮出現，一直倒在草叢裡。芳香的夜晚，靜靜地占據了這塊土地，連一隻貓都不在這附近徘徊。

小姐不知道自己倒在那裡有多久了，由於周圍的寒氣和露水，忽然醒了過來，一開始絲毫不記得自己在哪裡或是發生什麼事，但接著額頭開始劇痛，因此才發現自己倒在紅玫瑰的刺上面，然後，慢慢地恢復體力和感覺。小姐從被踩碎的花瓣裡爬起來了，站在有晚霞的天空下，交叉兩手嘆著氣說：「啊！我希望暫時像現在一樣，神智不清反而比較幸福，上天為什麼沒有慈悲的心

腸呢？我為什麼這麼的不被別人喜愛呢？」

　　小姐回到了陰暗而淒涼的大房子，但只有聽到僕人們的房間裡傳出來的笑聲而已。

　　不久之後，小姐回到自己的房間，血仍然滴滴答答地流下來，她馬上照鏡子看看，就發現好像是倒下去的時候被銳利的花刺給刺到，額頭上有一個很深的傷痕。久良子對自己說：「不過，比這個傷痕，我的心淌血得更嚴重。」

　　首先，她心中產生了拋棄這次婚事的想法，自己怎麼能夠跟一個那麼明白的說出「為了金錢而結婚，不管小姐怎麼樣」的男人結婚呢？那些殘酷的話語一旦牢牢記住腦海裡，怎麼能忍受看他的臉呢？唉！

　　雖然他說「她沒有一點讓人愛上她的成分」，然而真的是這樣嗎？為什麼老天對她那麼殘酷呢？為什麼其他的小姐或婦人們有被上天授予得到愛情的能力，卻沒有賦予她呢？

第十六回

　　僅僅相隔幾分鐘而已，原本相親相愛、快樂的生活卻全然只是夢想而已。這個迷夢到現在全然都已經甦醒。這個夜裡，小姐即使非常想睡覺，但一點也無法入眠，跟隨著失眠的是浮現父親屍體橫躺在房間中的畫面，寂靜的夜已到了詭異般的景況，她自然而然地聯想到父親那令人難受的嚴厲臉色，彷彿仍在眼前。

　　在房間外的走廊上，發出了輕微的聲響，光是吱吱的聲響就很恐怖。萬一因為自己不和他結婚，父親也無法在墳場安眠了。小姐覺得縱使對方會嫌棄自己，自己還是跟他先結婚比較好，因為父親還未安息永眠。沒有任何一個人告訴小姐，這是個無聊的迷信。小姐覺得很可怕，為了使父親在墳墓平靜的長眠，寧願自己痛苦的過一生也沒有關係。她對此並沒有深思熟慮。

　　翌日，夫人和年輕伯爵都見到小姐額頭上的傷口，覺得懷疑而責備，對她只有因跌倒而受傷的回答，說著：

　　「妳多少也要小心一點，如此粗心大意的舉動，有失小姐的儀態。」夫人這麼勸誡著，並沒有再深入追究。這是久良子的生日和婚禮前一天發生的

事情。

就這樣勉勉強強的，兩人終究結婚了，新娘、新郎及僕役一起前往法國巴黎作蜜月旅行。

這一行人於下午五點向多佛[5]出發，夜間搭船航行至卡萊[6]，再搭火車前往巴黎。且說在前往多佛途中，伯爵首度仔細地端詳妻子的臉孔，膚色不像平日的白皙，總覺得帶有一些憂愁。在白皙的額頭上，清清楚楚地附著紅色的傷口，還是剛受傷且未癒合。

「久良子，妳到底做了什麼？怎麼弄到臉上有傷痕？」伯爵詢問著。不過，當久良子再次回答「自己在尖銳的荊棘上面跌倒」時，在她的心裡面，覺得這個荊棘再怎樣，和自己內心曾被荊棘穿刺之殘酷相比，一點也不覺得銳利。

於是，久良子的臉靠著窗邊，此後不再理睬伯爵，僅遠眺原野、樹林、村莊的景象。這個時候，伯爵亦再對久良子示好，聊起種種的話題，久良子一直冷淡地回應，在這樣的狀態下，他們終於抵達多佛。

多佛車站因為旅客眾多的緣故，非常擁擠而雜亂。就如同往常一樣，其中有幾個悠閒地觀察雜沓景況的人。有一位婦人從火車車廂走下來，觀看旅客的外表，指著梁川夫人的同時，提醒自己丈夫注意。

她批評說著：「老公，你看一下那位婦人，穿著誇張華麗的衣裳。雖然看起來很年輕，臉色卻宛如槁木死灰啊！」她的話語輕輕地飄進久良子的耳朵裡，但久良子只是獨自微笑著。她自己在婚禮的前一晚，已經寫好一封信，現在暗中妥當的收藏著。

第十七回

久良子在沉默的同時，和丈夫一起往碼頭的方向走去，看到有如微微淺笑般的夏季海洋。惹人疼愛的波浪，在碼頭的盡頭有海峽渡輪，伯爵看到後想了一會兒，喊叫著：「啊！是布里斯皇后號，我去年也曾經搭乘過的船隻」。

5　Dover，英國港口名，位於多佛海峽西岸。

6　Calais，法國港口名，位於多佛海峽東岸。

於是大家走下階梯，不久都登上甲板，同時隨身行李也全都搬運到船的裡面。總之，全部整理完畢後，伯爵說：「大致上這樣就好了，渡船何時出發都沒有關係。」久良子張大眼睛四處張望，說道：「我想要先去客艙，我一個人走就可以了。」

「不，這是不行的，我帶妳過去，如果妳安靜地待在這裡的話，我會到後甲板尾端抽雪茄，因為我一直都很喜歡看男人們認真工作的場景。」梁川伯爵說話的同時，和久良子一起走到前往船艙的狹窄階梯旁。

伯爵說：「我還是不要和妳一起下去好了，好像有許多美麗的貴婦在那邊。」久良子轉過頭來，仔細地凝視伯爵的臉孔。

她突然說：「伯爵大人，您剛才說想要和我接吻，我已經拒絕了，現在請和我握手，好嗎？」

伯爵稍覺驚訝，不久，在無語中拉住久良子的手，牢牢地握上約有半分鐘之久，頭偏向自己這邊。梁川夫人走下樓梯，不知為何，身體突然感覺很奇怪，手開始不由自主的顫抖，急忙用力的甩了甩手。

她叫著：「阿菊！」女僕趕緊跑過來。

「請幫我把黑色外套與旅行頭巾拿過來。」

不久之後，久良子的打扮完全不一樣了，亮麗的衣服被黑色外套遮掩，裝飾著羽毛的華麗帽子，由黑色頭巾替代。

「太太，您變成全然不同的風采了。」

「有嗎？你也這麼覺得？」

「我講話一向都很誠實的，太太您也知道。」

久良子走到阿菊身邊來。

「因為我想要前往甲板去……但是由於伯爵大人現在應該正在抽煙，所以就不去那邊打擾他了。當輪船橫渡英國與法國之間，約莫中途的時候，請替我將這封信轉交給伯爵大人，裡面寫了很多有趣、好玩的東西，阿菊，好嘛，拜託妳了。」

女僕阿菊對此事稍微感到有些奇怪，不過有些年輕夫婦之中，也會像情侶做這種事，另外說不定還包含怎麼樣的玩笑意味，所以就這樣接受了信件。

第十八回

　　梁川夫人久良子將信件交給阿菊後登上樓梯，出現在眾人群聚的甲板上，誰也都沒有去注意到她，男男女女做著各自的事情。她率直地向對面放眼望去，自己的丈夫就站在船尾後端。她注視著丈夫的身影有數分鐘之久，接著，頭轉向另一邊，眼眶裡滿溢著滾燙苦澀的淚水。

　　船梯旁邊站著一個男子，久良子立刻走過去，說：「我想要去岸上。」

　　「咦，去岸上嗎？」男子問著。

　　「是的，已經有些遲到了，因為我想到那邊和朋友們見一下面。」說著說著，些許的金錢就滑進男子的手裡。過一會兒，久良子快步走下碼頭，連回頭看一眼也沒有，匆忙的往車站方向走，久良子來到火車即將出發的地方，詢問說：「這是前往何處的列車呢？」

　　對方回答：「前往利物浦。」久良子趕緊購買車票，剛好在汽船離岸前不到十分鐘，搭上前往利物浦最快的列車。一進入車廂就立刻坐上椅子，悉悉簌簌的低頭哭泣。

　　同一時刻，布里斯皇后號生氣勃勃的出航，晴朗的天空，平靜的海洋，梁川伯爵抽著菸，好像很甜美的樣子，比先前的心情還要更愉快。在他的心中，縱然自己不愛久良子，不過再經過一段時日，相信可以非常的喜歡她吧！回憶起她也曾傲然的拒絕自己，忍不住莞爾一笑。

　　「妾身無法接受您的親吻。為什麼呢？那是因為您不愛妾身的緣故。」這樣的話語曾激怒他，但卻另有樂趣，或許他對於久良子還不從船艙出來覺得有些納悶，從甲板上看不到船艙裡面的情況，心裡猜想著恐怕她正在暈船吧！梁川伯爵又平靜的點燃捲煙再慢慢地抽。十分鐘之後，布里斯皇后號平安抵達卡萊斯港口，伯爵從甲板下來船艙，走向階梯邊，由於沒有看到自己的妻子，再往下走到房間也沒看到，「咦？奇怪了！」心想會不會還在甲板的人群之中，走過來向女僕阿菊確認。

　　「喂！阿菊，太太在什麼地方，去告訴她如果拖拖拉拉的話，會被我們放鴿子哦。」

「啊，太太是嗎？……太太不是和您在一起的嗎？我一點也不知道。」

「可是我在輪船出發之前，帶她進入船艙的呀！」

女僕震驚的說：「可是太太在渡輪出發之前又跑出去了，戴帽子穿外套走過甲板了。」

伯爵氣急敗壞地說：「慘了！看來還留在那邊，不趕快找到不行！」

第十九回

大家都急忙地前往甲板尋找，終究還是看不到夫人的身影，這個時候，因為阿菊突然想起夫人委託自己的信件，便將這封信交給伯爵，

「大人，請您要原諒我，太太要我把這封信轉交給您的事我全都忘記了。」

伯爵收了信，叫著：「這是什麼？」

「是什麼東西不清楚，太太要我在渡船航行於英、法之間的海面上時，替她轉交給您。」女僕如此回答著。

但是伯爵全然不瞭解其中的含意，他此時幾乎完全沒有意識這封信的重要，只覺得可能是某種帳單而已，因為他認為自己的妻子應該不至於會寫信給自己吧！

伯爵將這封信拿在手中揉成一團收著，再次去尋覓妻子，向每位旅客探詢妻子的蹤影。看到他痴狂的樣子，大家都暗地裡嘲笑，一點也不理睬他。伯爵在感到很困擾的同時，跑到船長那邊，他也同樣帶著些許的嘲笑意味說：

「什麼！您的夫人失蹤了？……這，這，為什麼呢？這樣的事情完全不可能，實在是匪夷所思，照理說這種貴婦絕對不會來這裡，不過說不定已經跑到岸上了。」

船長接著說：「唉呀，確實有登船沒有錯，由於我有帶領進入船艙的緣故，也絕不會又跑回岸上，因為我對於上岸的旅客會一一查看。」臉上產生奇怪的表情，這麼詭異的事情是第一次發生。他和梁川伯爵共同走向船艙，跟女僕講話，意外地一個男子就在旁邊。

「咦，您的夫人失蹤了嗎？這樣的話，剛好船在出發前僅僅一分鐘左右，一位穿著黑色外套的貴婦，往岸上方向走去，說是要跟朋友見面。」

阿菊聽到後趕緊來到前面說：「那位貴婦是怎樣的裝扮呢？」

「黑色的長外套，戴著怪異的帽子，臉色特別蒼白，感覺神色很慌張。」

「那是太太嘛，是太太不會錯，太太在船艙就是打扮成這樣。」

聽到這樣，伯爵與船長面面相覷，稍後船長表情舒緩地說：

「嗯，看來事情已經徹底的釐清了。」

「可是，我更加不明白，為什麼她會走回岸上？」說話的同時，啪地突然想到那封信，必須先打開才能馬上了解此事件的緣由。讀完之後，俊美的臉龐轉瞬間蒼白，不久，對著驚訝的船長慎重致歉：

「嗯，我知道了……事情完完全全明白了，全部都沒有弄錯。由於妻子已經上岸，做什麼都沒有用了。」伯爵說完就立刻轉身離去。

第二十回

船長向男人說：「在我的船上，至今為止出現過很多奇怪的妓女，但是像這次發生的事情卻是蠻稀奇的，在這世間也算不常見的吧……。只是請加藤先生千萬不要講出去，不然就會變得很麻煩呢！」

男人笑著回答說：「不管如何，就是要用一枚金幣堵住我的嘴吧？大爺，如果真的是這樣，我會每天保守秘密的。」

至於伯爵在讀完信之後，隨即踏上法蘭西的土地。那封信並不很長，但信中主旨卻相當明確。在一開始就寫到：「你收到這封信且在四處遊樂時，我身處遙遠的彼方。對你來說，就讓我永遠像個已死去的人一樣吧。」

接著又說：「週二你在客房的窗邊與桂木夫人說話時，我正坐在玫瑰花叢中，聽到你說你想要的只有金錢，其實不想娶我。我實在羞愧到無地自容！我把你所說的話重覆思考著，你在當時曾說對我沒有抱持著男女的愛戀，但是我卻是真心誠意的愛著你。我絕對不會再見到你，請你把你的必需品，也就是金錢，帶去儘量玩樂也沒關係，而我也絕對不會再見到你。對你來說，我就像是永遠已經死了一樣吧！對於你曾經向我表現的親切態度，我會奉上厚禮以致謝。作為那份親切的報酬的錢，我會拿給你，然後你就可以完全自由了。我想向你提出一個誠摯的願望，就是絕對、絕對不要來找我，那樣只

是浪費時間而已。我對你這個既冷血、無情又殘酷的人來說，就像死去的人一樣。錢財一定可以讓你幸福的吧，我是這麼想的。永別了。」

梁川伯爵為了想充分確認信中所寫的事實，再三地重覆讀著這封信，然後直接去電信局，發了一封電報給母親：「發生了非常緊急的事件，能否到戴爾旅館跟我會面？」

伯爵先前往戴爾旅館，雖然心中盤旋著種種思緒，不過首先最重要的是，這件事絕對不能讓世人知道。自己的妻子竟然會逃走，而且是在結婚當天！受到他人嘲笑是伯爵最不願看到的情況，伯爵光是想像這件事，就氣得咬牙切齒，但是卻束手無策。不管花多少錢，非得要守住這個秘密不可，因此伯爵把女僕和僕人等都叫到自己的房間，命令他們絕對不可洩漏消息，並說：

「接下來我要直接去義大利，你們盡可能就停留在巴黎，找個能夠容身的地方。」雖然已經給他們豐厚的賄賂，但可以想見伯爵心裡多少還是有些不放心：「你們兩人在五年內要回到我這邊來，或者給我些消息。而且如果你們可以發誓一點一滴都不會將這個秘密洩漏出去的話，我會把你們的收入提高到一倍以上。」

女僕阿菊一邊泛著眼淚，一邊保證自己一定會去巴黎找個棲身之地，而僕人也說打算在同樣的地方，收購一小間漂亮的旅社或者餐廳，做點小生意。於是，伯爵心想，這樣就不用擔心秘密會洩漏出去了。

第二一回

梁川伯爵獨自一人佇立在沙灘上，不知不覺已夜幕低垂。星星正閃爍著，海浪起伏如同和緩的音樂，持續演奏著。風就像輕撫一般吹著，使草木也隨之擺盪。

後來伯爵回到單獨一人的房間，不知怎麼地心情開始覺得孤寂且不安，只好到外面去散步。久良子內心原本就脆弱又溫柔，實際上又為寂寞所苦，所以才無法忍耐。因此梁川伯爵現在有股強烈的懊悔感湧上心頭，心中想著：「啊，我真是罪大惡極，久良子實在是太可悲、太可憐了。」同時也覺得波浪的聲音既哀傷又悲切，彷彿正在歌唱著：「我對你而言，永遠就如同死了一

樣」。

在另一方面，桂木夫人接到自己兒子傳來的電報之後，大吃一驚。才剛和家裡的傭人們去了一趟鄉下回來，竟然就發生這樣的事情，於是立即著手準備趕來。

夫人與伯爵在卡萊會合之後，商議種種可能發生的情況。接著，伯爵前往巴黎，夫人則回到英國，下定決心將所有想到的各個地方都找過一遍。但是這件事，對外界的一般人自然不用說，對家中的傭人也都全面封鎖消息。

於是夫人藉口要回故鄉觀賞美麗景色，把僕人都遣退，略過自己的老家，首先前往的是哈魯斯特密，秘密地尋找久良子的行蹤。然而此行不但完全問不到她的去向，反而還被當地人詢問各種有關久良子的事情。

漸漸地，隨著時光流逝，在六個月後，桂木夫人因為自己的兒子不斷地延長滯留在歐陸的時間，而被自己所認識的人到處散播著消息，所以在第六個月[7]底，要自己的兒子先暫時回到英國，可是，只有一個人回國的話，還是會被散播謠言的。

而在久良子方面，就像放下難以負荷的重擔一樣，癱坐在蒸汽火車的車廂裡。現在的她完全只剩自己一個人，永遠地只剩自己一個人了。對於梁川伯爵和桂木夫人而言，她就如同已經死去的人一般。她的思緒不停地轉動，但卻全是混亂的。對她來說，有一點最清楚的就是，那顆對愛情相當敏銳的心，正承受著如同被荊棘刺穿一般強烈的痛苦。

車站站員叫著「索特普爾[8]！」列車停止了。這個地方與朵帕爾[9]相隔有四十哩遠，其中有一班車要開往倫敦，現在就要發車。久良子趕緊去買票，隨即來到了倫敦。她在心裡推測，伯爵和夫人終究還是會來尋找自己的行蹤吧！那麼自己就要盡可能必須假裝不知道那樣的事才行。因此無論如何，若能先抵達倫敦的話，之後便可以再前往英國的其他地方，她認為這才是比較不會引起麻煩的方式。

---

7 按：「月」於原刊作「年」，根據前後文之脈絡予以訂正。

8 原文為「ソートプール」，僅知位於英國，確切地名待考。

9 原文為「ドーパル」，僅知位於英國，確切地名待考。

第二二回

　　久良子因為害怕會留下逃走的蹤跡，所以不去旅館，整夜落寞的一直在市街上行走，心中想著法蘭西的土地和丈夫的事：「啊，那個人應該不會為我的事而感到後悔吧。成為有錢人，而且我又不在身邊，應該正高興著呢！」說著就大大地嘆了口氣。

　　接著天色漸漸變亮，早上六點左右，久良子已經來到約斯頓・斯古耶亞[10]，自己也不知道要往何處去，只是邊走邊看，走到哪裡算哪裡。正好那裡有個車站，現在有一班列車要出發，久良子問了一下，知道是要去拉古畢[11]、古魯[12]、徹斯特[13]，因此她便考慮到徹斯特，買了車票，乘坐蒸汽火車出發。沒多久，就到達了古色古香的美麗城市徹斯特，但是宛如瀕臨死亡那般的沉重心情，卻是變得越來越不舒服，這時才猛然想起自己已經很長一段時間既沒有進食也沒有睡覺了。

　　因此久良子很快地進入一家咖啡店，並要求能有一間房間。她已經體力耗盡，甚至連爬樓梯都很困難。喝著剛剛點的紅茶，沒多久便不知不覺地陷入深深的睡眠之中。

　　當一覺醒來的時候，已經是黃昏。心緒雖多少有清楚明朗一些，但不知怎麼的還是有種不知從何而來的恐怖感覺，眼前好像一片白茫茫的濃霧飄浮著，一切事物看起來都讓人心情憂鬱。

　　久良子覺得，接觸外面新鮮空氣的話，大概會好一點，因而起身下樓去。「我想先租下剛才那間房間，打算今晚就在這邊休息。」說完就再度前往市街。

　　她頭痛愈來愈嚴重，去買了一頂普通的帽子，快速的穿越市街，前往廣闊的鄉村，在心中盤旋種種思緒的同時，一邊到處遊蕩著，天色也漸漸的暗

10　原文為「ユーストン・スクェヤー」，僅知位於英國，確切地名待考。

11　原文為「ラグビー」，僅知位於英國，確切地名待考。

12　原文為「クルー」，僅知位於英國，確切地名待考。

13　按：徹斯特（Chest，又譯為「切斯特」、「雀斯特」），位於英國西北部的古老小鎮。

了。由於過於疲勞的關係，身體發熱起來，那種痛苦實在無以言喻。只好暫時停止走動，靠在籬笆旁邊坐著，只要起身，眼前就出現一片空白，不過還是勉強繼續步行在馬路中央。

就在此時，傳來車輪的聲音。因為四周已經變暗，再加上久良子並未察覺到自己處在危險的位置，所以也沒有特別去閃避。但是，這條道路是急轉彎的轉角，前方的馬車正疾駛著，沒有看到這邊站著的久良子。聽到車輪聲音之後沒多久，一陣塵土揚起，馬車奔馳而來。隨即聽到有婦人叫了一聲「啊！」原來是久良子被馬蹄踢到，額頭受傷，倒在地上。

馬車上的人因為驚嚇的關係，一時說不出話來而陷入沉寂。終於，有個人說了：「哎呀，是位婦人，好像被馬踩到了，要怎麼辦才好？」這樣的話又讓大家再度受到驚嚇，馬伕和僕人飛快的跑下馬車，七手八腳地為久良子處理傷勢，但因為傷勢嚴重，總之先趕快載她回家再說。

將梁川夫人久良子帶回自己家的是秋田幸子這位貴夫人，她的先生名叫秋田樂二郎，性情非常懶惰，行事作風也不正派，不知怎麼搞的卻是個相當能吃、能喝又能睡的人。這個人的工作就只是懶洋洋地坐在「自由」的椅子上而已。

「總之，在這個世上就要輕鬆愉快的活著就好了。」他就以此為專長。「盡可能避免麻煩的事。」還有，「就算不做什麼，事情也會自動解決，那乾脆就什麼事都不要做好了。」同樣都是出自這位仁兄的得意臺詞。二十年前他還是個高雅帶些纖弱的翩翩美男子，但是現在則是個體重幾乎達二五〇磅，且除了些微必要的事以外，鮮少讓身體活動的男人而已。

不過，與他性格正好相反的秋山夫人，其實是位行事明快敏捷的婦人，並且是在工作領域上相當活躍的實業家，不時以輕蔑的方式取笑自己丈夫。她常常說，如果全部交給老公掌管處置的話，這個家一定會變得亂七八糟。

但是，姑且不論這對夫妻在性格上的差異，在整體上他們的意見都頗為一致，所以很少發生爭吵，常各做各的事。也就是說，秋田樂二郎只是吃和睡，在這中間也都是在休息。夫人則是拼命的工作，管理整個家的事情、處理領地的事務、照顧兩個女兒，而且好像還要抽出時間去拜訪附近的人家。

閒話休提，久良子全然失去了意識，在房間裡已經昏睡了好幾個小時，一直躺在床上，夫人則始終在旁看護，同時一邊看著並觸摸久良子華麗的天鵝絨製的旅行服裝，從服飾的品質和裝飾品各方面來看，夫人認為久良子應該是一位貴夫人，但是被馬蹄踏碎的卻是頂普通的帽子。為什麼會戴這樣的帽子呢？夫人實在想不透。

「到底這位婦人是誰呢？錢包裡面還放著上百磅的支票呢。為什麼以貴夫人之身，同時又在昏暗的傍晚裡獨自來到赫林古斯頓[14]街道一帶呢？哎呀，到底從何說起呢？阿末！」夫人叫喚。

夫人一邊跟侍女說話，一邊站在床邊。突然間，床上的婦人從蒼白的嘴唇發出細微震動的聲音，非常微弱、模糊不清，像是喃喃自語般說著什麼。

夫人重複的詢問：「在說什麼呢？」

侍女回答說：「雖然不太能了解是什麼意思，但可以聽到有點像是在說『我心中的刺』。」

夫人說：「什麼？『心中的刺』？真是無聊，我還以為什麼事呢。應該是這個婦人頭部受到嚴重的創傷，所以才有點神智不清吧。」隨後，躺在床上的婦人滿溢著陣陣熱淚，並用著極端痛苦的聲音叫道：

「在我的心裡有根刺啊！對那個人來說，我永遠是個已經死去的人。啊！母親啊！請向神祈願帶我回去吧！誠摯地向您懇求。」

第二四回

夫人對久良子說：「請盡可能地冷靜下來。」

久良子抬頭看著夫人說：「我不知道發生了什麼事。」

夫人說：「嗯，什麼都不知道也沒關係，那樣的事也不需要去在意。來，把這個喝了，好好地睡一覺吧！」久良子照著夫人的話去做，很快就進入熟睡狀態，稍微恢復了一些體力。

她睜開眼睛時已是早上，晨光照入室內。夫人再次來到房間裡，說：「心

---

14 原文為「ヘリングストーン」，僅知位於英國，確切地名待考。

情有比較好一點了嗎？妳會想知道這裡是哪裡吧？這裡叫作『布朗古撒姆·哈魯』[15]，也就是說，這是屬於我們家族的宅邸。我的丈夫名叫秋田樂二郎，我叫作幸子，妳到這裡來，應該要通知妳的朋友們吧？」

久良子以穩定的語氣說：「不用的，謝謝。」

「雖然如此，妳的同伴一定正在為妳而擔心著吧！當妳獨自一人漫步在赫林古斯頓的街道時，我的馬伕造成了這場意外。總之，起碼應該讓我寫封信通知妳在這裡的親友。」

「不，請不用特別那樣做。」因為久良子回答的時候，露出彷彿有些緊張的神情，使夫人更想繼續問下去。

過了一會，久良子低聲說：「對於妳的親切照料，我深深感激在心。等到身體好些以後，我會立刻告辭的。」這句話讓夫人更感到強烈的疑惑，不過她那時並未強硬地質問。

後來，當夫人再度提起同樣的問題時，久良子是這樣回答的：「我並沒有任何朋友。父親已經去世，在這世上我就是個心如死灰的人。我是好人家出身的，絕不是什麼奇怪的人物，也沒有故意隱瞞什麼罪惡，只是我懷著一個秘密而已。這個秘密和我的名字、我的經歷以及我的身體一樣，最後都應該歸於朽壞。但是那些秘密並非由於我的惡行所引起，而是屬於他人的過失所致。請妳相信我說的話吧！」夫人在心中揣測，依久良子所回答的話，想必她一定是貴夫人出身，只是究竟發生了什麼而導致離家出走呢？

夫人說：「那麼，我就像之前那樣相信妳的話吧！但是該怎麼稱呼妳還真是讓我困擾呢。」

久良子思索了一會，回答說：「對於妳的恩惠，我將永誌不忘。以後叫我『桑子』就可以了。」兩人的對話至此暫時先告一段落。

之後的三年間，久良子在夫人家就像被聘雇一樣，受到夫人的照顧，在這期間接受夫人的指導，了解到種種世事，成為一位名符其實、優秀美麗的好婦人。

---

15 原文為「ブランクサム、ホール」。

　　然而三年後，秋田家接到了一件無法拒絕的任務，在秋田夫人的介紹下，久良子將以侍女的身分前往原田公爵夫人的家。根據秋田夫人所描述的，原田公爵夫人當時還是未滿十七歲的女孩，卻被強迫嫁給將近六十歲的原田公爵。然而，公爵因為擁有就像自己小女兒般年紀的年輕妻子，常常懷著幾近瘋狂的忌妒情緒，所以就把他的妻子禁閉在英國境內最陰暗場所之一的烏特希頓[16]寺院，直到現在都還如此，而那個地方就是久良子作為侍女而要前往的地方。

第二五回

　　這座烏特希頓寺院的全部土地，都是由英國國王亨利四世賞賜給原田公爵的，因而成為其家族代代居住的地方。

　　然而，不知道從哪一代的公爵開始與家人逐漸搬離，原本的豪宅成為寺院，所以被當成見證歷史的古蹟而被保存下來。

　　第十九世的原田公爵返回故鄉，在寺院右側建造自己居住的城堡，常常會有好幾個月都在其中閒居，至於他那年輕貌美的妻子也會被叫過去陪伴他，久良子便是要服侍這位公爵夫人。夫人的名字叫做琉璃子，是野村伯爵夫人的小女兒。

　　這位野村夫人是全英國最傲慢又最小氣的婦人，在三十歲的時候，丈夫就英年早逝，依靠著遺產與兩名女兒相依為命，兩個女兒都長得亭亭玉立。夫人將全部心力都投注在她們的教育上，原本自己還曾經想要再婚，都因此而打消念頭，專心致志的為了讓女兒嫁入富貴人家而努力。

　　後來，她把大女兒嫁給英國的大富豪神戶伯爵，再把小女兒嫁給英國第一等的大貴族原田公爵。表面上看起來好像都非常幸福美滿，可是實際上卻類似人身買賣。特別是琉璃子，還是一個豆蔻年華的少女，但原田公爵卻已經是花甲老翁，好像祖父一樣，她實在很難對公爵產生戀愛的感覺。

　　即使如此，公爵的佔有欲仍然非常強，讓妻子住在烏特希寺院裡面，足

16　原文為「ウッドヒートン」。

不出戶，彷彿關在籠子裡面的小鳥，身處於讓人難以忍受的陰暗環境中。久良子因為年輕而且長得漂亮，便被派來服侍這位公爵夫人。兩人沒多久就成為無話不談的好朋友，公爵夫人因此變得比較愉快開朗，把原本封閉的內心都打開了，彼此和睦的生活在一起。在此期間，公爵與夫人之間的關係以及寺院中的氣氛，也發生了相當奇妙的種種轉變，茲不贅述。

後來，原田公爵夫人實在是覺得寺院中的生活太沉悶了，詢問公爵是否可以帶她前往倫敦遊玩，見見世面。公爵不禁面有難色，但是拗不過夫人一再的拜託，只好勉強答應。然而，他跟夫人約法三章，如果要單獨行動的話，不管到哪裡去，一定都要有久良子陪伴才行。雖說如此，公爵想到就要帶著貌美的妻子前往倫敦那個花花世界，心中著實放心不下，頻頻為此嘆息。

此外，對於久良子來說，她原本與夫人聊到倫敦，也只是隨口講講而已，並沒有想太多。可是，現在真的確定成行了，才想到自己出現在倫敦是很危險的事情，不知道丈夫是否就待在倫敦？會不會很不巧的與其相遇？腦中思緒紛亂，心事如麻。

第二六回

如果在倫敦再次見到自己的丈夫時會如何呢？她完全沒有聽到有關丈夫的任何消息，因為她絕對不看當時的任何報紙報導。理由是，若從新聞當中看到他的名字，反而會使尚未痊癒的舊傷再度發作，那是令人害怕的。在她心中的那根刺至今仍是銳利的，所以沒必要再使它更加尖銳了。

那時她的心裡產生一個疑問，就是如果再度相見時，他會認出她嗎？她優雅地走到客廳的另一端，站在大鏡子前，讓鏡子反映自己的姿態，並從頭到腳仔細地端詳一番。

久良子深信，雖然都是同一個人，但過去的樣子已經完全改變了。這樣的話就沒關係，大概不會被他認出來。她那淨白的額頭上留有微紅的傷痕，但不久也會消失的吧！而且久良子仍然記得他那冷淡的態度，他從來沒有好好地凝視過自己妻子的面容。

唯一的難題是桂木夫人。夫人要比他更見慣了她的面容，再加上女人的

記憶力總是比男人來得好。久良子認定，作為原田公爵夫人的朋友兼貼身侍女，進入社交圈的話，即便與桂木夫人相會，也不至於會被發覺。

　　對這些事都不知情的原田夫人向倫敦出發，帶著喜悅對久良子說：「我會把妳當作我的朋友，到處向每個人介紹妳。以妳的姿色，一定可以尋得良緣的。咦，為什麼妳突然吃驚了一下？……為什麼臉色變得這麼鐵青呢？『結婚』這個詞，真的讓妳這麼驚嚇嗎？哎呀！期待一下吧！說不定會找到老先生型的好公爵喔。」原田夫人像花朵般燦爛地笑著說道。

　　久良子的心中卻頻頻嘆息：「唉，如果那件事情被知道的話……唉，如果被知道的話……。」

　　公爵先行出發，琉璃子和久良子也陸續朝倫敦前去。離開這座陰鬱的寺院出外旅行已是三月上旬，公爵的住家原本就是全倫敦最宏偉的宅邸，長期以來為原田家所有，此處將是夫人與久良子的住所。

　　夫人就像是離開牢籠的鳥兒般，這邊宴會，那邊舞會，日夜奔走巡迴在各處人群間，非常快樂而且興致盎然的生活著。她有時會拿「戀愛」當作話題，詢問種種問題，或覺得疑惑，或陷入思考。在久良子的心中，無論如何總是希望眼前這個心情愉快的小女孩，如果能全然不曉得「戀愛」所代表的意義就好了。

　　久良子來到倫敦以後，很快的已過了三週，關於自己丈夫的事，既未見到也從未聽聞過。雖然曾出席各種的舞會和宴會，或有時幫忙夫人招待客人，但在那群人裡面都沒有他的身影。另外，她也盡可能去注意，並傾聽人們的閒談，但都沒有任何人提到他的名字。某天隱約聽到正好有人提到梁川伯爵即將回到英國的事，但是那也並非確定的，而且自己也沒興趣為了問這件事而外出。

第二七回

　　久良子有一天不小心受了風寒，在家休養。公爵夫人勉強答應讓母親野村夫人陪伴保護，母女兩人一起外出參加舞會。

　　那天晚上，她很晚才回家，直接走入久良子的房間，非常開心的拿出一

朵白玫瑰出來，說道：「這是用我自己的紅玫瑰交換來的唷！」原來是那天晚上，有位年輕男子與她共舞，對於夫人的美貌讚不絕口，並與她交換玫瑰花。

夫人認為那個男生的樣貌與烏特希頓寺院裡的騎士畫像非常相似，因為還不知道他的姓名，在跟久良子的對話中，就一直稱他為「騎士」，講得非常興高采烈。隔天，夫人前往聖察姆斯宮殿參加音樂會，同樣帶著開心的笑容回來，說道：

「妳看，我又遇到那位『騎士』了唷，整場音樂會他都坐在我的旁邊。他給人的感覺實在是很不一樣，他剛好和我有同樣的興趣，我喜歡聽的音樂，他竟然也都喜歡耶！」情竇初開的模樣，已經不是先前那個只知道遊戲的小女孩了。

久良子詳細的傾聽之後，苦口婆心的給予忠告。然而因為夫人還很年輕，心性尚未成熟，沉浸在自己的世界之中，不容易受到別人影響，對於久良子的關心，她往往都只是沉默以對而已。後來，在某個夜晚，夫人去看歌劇回來，興沖沖的說道：

「我又看到那位騎士啦！他還特別從他的座位走過來找我喔！」似乎兩個人相談甚歡，彼此感覺更親近一點了。

此時的夫人宛如沉浸在戀愛中的小女生一般，愛情的曙光閃亮的照耀著，臉上也時常洋溢著幸福的笑容。這些久良子都清楚的看出來了。

過沒多久，久良子的感冒已經完全好了，終於可以再來陪伴夫人。先前夫人由母親相伴，總是被當成小孩子看待，在各方面都一直干涉，還會一直說教，讓她很頭痛。

夫人與久良子在晚上就聯袂前往觀賞歌劇，兩人於劇場坐定之後，夫人對久良子說：

「妳在家休養期間，我有時候是跟松田小姐或梅本小姐一起來，不過我母親還是常常跟得緊緊的，並且一再對我訓示要好好理財才行，還有其他各種小事都一再叮嚀，我只能一直說：『好的，好的，我會好好用心的。』實在是很不喜歡母親在我耳邊一直碎碎念。今晚的歌劇是由瑪蒂姆·安德莉娜飾演女主角，妳沒聽過她嗎？她是無人不知、無人不曉、貌美如花的女演員，

三年前和義大利的貴公子結婚，最近才離婚。人們的傳言是，她應該愛上了那位時常跟她演對手戲的年輕又帥氣的男演員。」

久良子聽到這邊，微笑著說：「你今晚真的是為了看這位女演員的表演，才來這座劇院的嗎？根據我的觀察，有人似乎是墜入愛河，想要再來跟那位不知道叫什麼名字的情人見上一面咧！」

夫人本來以為已經巧妙的掩飾成功，這時忍不住滿臉通紅的回答說：「我在想，所謂『戀愛』這種東西，到底是怎麼在人們身上發生的呢？實在是很不可思議啊！」

久良子問道：「是啊，看來你對戀愛已經想得很多了，對你來說，戀愛到底是什麼呢？」

第二八回

「我昨晚在列特哈魯威[17]的舞會，遇到一位紳士，而且就談到關於戀愛的話題。那個人說：『這世上的人，不管是誰，至少都會談過一次戀愛的。不管是幸福、是不幸，靈巧或笨拙，出於善意或出於惡意，無論如何一定都會有過一次戀愛的經驗。』妳認為呢？」

久良子神情嚴肅地說：「這個嘛……，我沒有什麼好說的。但是，想問你一下，妳和那位不知道叫什麼名字的紳士談到這樣的事情，會不會有點講太多或太深入了？」

接著又對夫人進行種種說教，就在這一問一答將結束時，夫人熱切的將眼光專注在舞臺上，不自覺的開口說：

「我實在不知道，究竟是什麼原因？」

「什麼事情呢？」

「她完全把他放在一邊，心中只惦記著要得到聽眾的喝采。現在我如果是她的話，我只會唱歌給他聽，只演戲給他看，腦海中全部都是他，把其他所有事全都忘記。」

---

17 原文為「レデーホロヱイ」。

　　久良子既痛心又吃驚，說道：「這就表示妳是非常不專業的女演員啊！我認為所謂的演員，必須把聽眾時時刻刻都放在心裡。」這時琉璃子拿起望遠鏡，頻頻來回巡視四周，一邊說：「如果我找到那位紳士的話，那個人看到我一定會到這邊來，我也會把那個人介紹給妳。」

　　劇場擠滿了人群，今天晚上有許多達官貴人特地來觀賞，貴賓席不愧是貴賓席，裡面全是身穿華服的俊男美女。久良子也在琉璃子不斷嘮叨之下，意興闌珊地拿起望遠鏡，從舞臺開始巡視劇場四周，果然人人都裝扮得雍容華貴。

　　然而，突然在無意間，她的視線停在一張面孔，不禁愀然心痛，拿著望遠鏡的手也微微發抖。那張臉，是一張俊美的男性面容，有著冷冷的目光，嘴唇因為美型鬍鬚而被隱藏起來。啊！的確是她所熟知的那張面孔。

　　她因為突如其來的恐懼而微微顫慄，臉色也變得鐵青。為什麼那位男性的臉能讓她這麼心神不寧呢？終於，她平定情緒，再度拿起望遠鏡，往剛才的那位男性望去，而這次從她唇邊發出了幾乎像是啜泣般輕微的聲音。

　　她認出他淨白寬闊的前額，還有那男子氣概的傲氣以及閑雅的姿態，的確，就是那個人。在這地球上再沒有第二張像這樣的面容，那確實是她的丈夫梁川伯爵。

　　她將望遠鏡放下來，想讓激動的心稍微平靜。她的臉色已經完全變得鐵青。公爵夫人看到她的臉色，大吃一驚，用溫柔且熱心的態度問：「哪裡不舒服嗎？」

　　久良子回答：「沒有，沒有什麼不舒服，只是覺得有點悶熱，……，請不用擔心。」

第二九回

　　雖然這樣回答，心中的波動卻愈來愈激烈，因此使得全身不斷微微的顫抖，臉色像死人一樣蒼白，全身無力。不過，既然已經選定這個地方，要再去別的地方也不可能了。先是勉強用力抑制顫抖的手，然後再拿起望遠鏡靜靜地凝視遠方，愛戀的心情漸漸萌發，幾乎可說無法忍耐了，覺得整顆心就

要從自己的身體脫離出來，而進入他的身體裡。

「啊！我的戀人，我的丈夫。」在心中對自己喃喃私語，同時關於往日的回憶也浮上心頭。啊！為了從他眼中得到關懷的注視，為了從他的唇得到一個吻，她可以將整個生命都奉上。她在心中自言自語：「那正是我的丈夫，我就是他的妻子，但是，在我還活著的期間，這些事情都無法對他說。」

回想起來，之前她就已在憤怒達到頂點時把他拋棄了；在他以輕蔑般的冷淡言語，恰如短劍一樣刺穿她的心臟時，她便拋棄他了；就在憤怒給予她力量時，她就拋棄他了。

今日再度見到他，那激烈狂熱的憤怒已完全消失，只剩下激動的愛戀。當時如果有自我反省的時間，她絕對不會從他身邊離開的。然而現在再想那樣的事情，也已於事無補。她只能守住自己的本分，永遠讓他認為自己就像死去的人一樣。

公爵夫人親切的問道：「嗯……？妳真的沒有哪裡不舒服嗎？」

久良子簡單的回答：「是的，一切還好。」

「今晚我沒看到那位騎士，他真的是很特殊的人呢！那個人不但喜好音樂，而且……，他說今晚會來啊……。」

「可能是劇場內人潮擁擠，就算那位先生來了，妳也不容易找到他吧！」在她們這番談話之後，經過數分鐘的彼此沉默，接著公爵夫人以非常興奮的語調說：「啊！……妳看，騎士就在那邊。啊！真高興，他今晚在呢！今晚啊，音樂也很有趣，我真的好高興！那位先生如果看到我的話，一定會過來這邊的。」

「他在哪裡呢？」

「第二列的第五個貴賓席那邊，和兩位年輕女士一起，正和其中較年長的女士談話呢！看到了嗎？」久良子那美麗的雙眸，朝公爵夫人指示的方向緩緩地望去，突然間露出驚嚇的表情，又以同樣緩慢的視線轉向公爵夫人說：「不管是誰，我都不會見的！」

「哎呀，妳的聲音變得很奇怪。妳看到那位先生了嗎？看那張秀美的臉龐啊！那就是我所說的騎士。」

久良子暫時沉默下來，想立刻用自然的語調來說話，強制壓抑顫抖的雙唇，說：「那位先生的名字是什麼？妳到現在都還沒跟我說過呢！」

「哦？那位先生的名字啊，他是梁川先生，真的是位特別的人呢！我在之前都沒有跟妳提過他的名字嗎？」

「嗯，所以那個人就是你所謂的騎士先生嗎？」

公爵夫人驕傲地回答：「是啊！就是那個人。」

第三十回

雖然彼此之間有一段距離，不過稍加留意也會發現有人一直往這邊看。梁川伯爵朝這個方向稍微點頭致意之後，果然立刻走向這邊來了。公爵夫人只是凡人又不是神，怎麼會猜得這麼準？她隨即把久良子介紹給他，事實上，久良子覺得胸口就像被割裂一樣。

梁川伯爵只是覺得對方好面熟，但是又不知道是在什麼時候見過，只覺得她與一位記憶中已模糊的婦人相似，最後還是沒有發現她就是久良子，所以相當愉快地與她身旁的公爵夫人談話，而久良子實際上卻很想立刻消失。那一夜，久良子完全不知道自己是如何回到公爵宅邸的，回宅邸後又一直胡思亂想，處在非常困擾的狀態。

公爵夫人將女僕端來的咖啡一飲而盡，接著向久良子提到梁川伯爵時，順便說到自己從兼松夫人之處聽到，包括梁川伯爵懷著一個悲傷的心事、他已經結婚、他有事情堅持保密不肯說、伯爵夫人舉動很怪異等事。但那都不能怪罪梁川伯爵，全部的錯都在他的妻子。

關於那個故事，有點匪夷所思，雖然誰都不曉得背後真正的原因，總之就是當他們新婚旅行時，梁川夫人堅決不回英國了。伯爵的母親對外界解釋是，伯爵夫人在還沒適應天候環境前，絕對不會回到英國。可是世人的猜測是，伯爵夫人可能在哪個地方陷入狂顛而送到病院了，因此伯爵絕口不提關於自己妻子的事。

聽到原田公爵夫人這麼說，久良子不禁怒火中燒，但不得已只能暫時沉默，最後表情嚴肅的問：「這些話是誰說的呢？梁川先生嗎？」

「不是，那位先生完全不提妻子的事。全部都是桂木夫人與兼松夫人對話時所透露出來的，她也沒有講得很清楚就是了，只是我覺得應該是真的沒錯。」

這樣的話，使久良子感到深切的哀傷，不禁暗自吶喊著：「啊！可憐的妻子。」心中百感交集，難以言喻。

有一天早上，公爵夫人對久良子說：「茶倒好以後，好好裝扮一下自己吧！妳猜猜看有誰要來？」

久良子說：「誰呢？我很不會猜謎啊。」

公爵夫人以興奮表情說：「是梁川伯爵呢！昨天我們家的公爵不知在何處遇到他，相談甚歡，就請他到家裡來，還邀他一起到菲爾哈斯特[18]去打獵呢！」

聽到這話的久良子感到很苦惱，心裡覺得梁川伯爵很有可能是為了尋自己開心，故意要求與公爵來往，以方便出入公爵宅邸。

第三一回

梁川伯爵從初次出入公爵家以後，他與公爵夫人之間的親密度逐日增加。但是，有一個人正獨自在旁煩惱苦悶，那就是久良子。不僅如此，在伯爵的談話中，自己以前的事經常被拿出來講，那種聽到冷言冷語的悲哀，實在是讓她難過到不知道怎麼辦才好。

公爵夫人聽到梁川伯爵的經歷後感到非常同情，而且兩人都非常年輕，她把對梁川伯爵的同情與自己嫁給老公爵的深切悲哀揉和在一起，因而與伯爵之間產生一種「同是天涯淪落人」的微妙情愫。久良子日夜為這件事感到憂心忡忡，經常在無人知曉的角落哽咽流淚。某次她對公爵夫人說：

「我把妳當作我妹妹一樣看待，有些話想對妳說，可以嗎？」

「是什麼話呢？」

「我就直說了，就只有一件事……為了那位先生著想，也為了妳著想，所以提出一個忠告，但可能會讓妳生氣。」

---

18 原文為「フェルンハースト」。

公爵夫人笑得更燦爛的問：「妳要說什麼事？我怎麼會生氣呢？」

「妳同情梁川伯爵，而梁川伯爵也同情妳，妳覺得這種同情大概是像哪一種情感呢？」

公爵夫人簡短地回答說：「很像是戀愛呢！」

「沒錯，那就是戀愛。如今既然知道那就是戀愛，對那位先生以及對妳來說，還不會有太痛苦的事情發生。」

「我們沒有互相告白，也沒說過什麼曖昧的話。」

「雖然我相信妳沒說過，不過我還是要向妳提出忠告。所謂的同情是很容易轉變成愛情的。妳還年輕，而且又天真無邪，只是戀愛這種東西總是披著華麗迷人的衣裳而來，非常危險啊！我曾經體會過那樣的恐怖，所以才提出忠告。」

「謝謝妳，對於那樣的情感，我會特別小心。」

公爵夫人接受久良子的忠告，並且說以後會將自己與梁川伯爵間的戀愛轉化為柏拉圖式的愛情，也就是精神上的戀愛，分享彼此的趣味嗜好，共同分擔喜樂悲哀，在一起的時候親密地聊天，分開的時候和睦地彼此通信，這種摯友般的堅定情誼將至死不變。久良子提出問題：「那種柏拉圖式的愛情，與對戀人甚至對丈夫的愛情有何不同呢？」

對此，公爵夫人回答：「我也無法說明清楚，但在境界上是有差異的。總之，如果能讓我以無害的方式去愛那個人，我會很高興的。」不論久良子如何獨自承受著心痛並秘密的向上天祈禱，公爵夫人對所謂柏拉圖式愛情的堅決程度卻是與日俱增。

第三二回

來到了充滿愛戀與歡笑的初夏時節，公爵等一行人遷往菲爾哈斯特，也很快地與梁川伯爵約好，請他到此處一遊。

其後，公爵因為日漸衰老，經常把自己關在一個房間裡，不與人群來往，而且也不出外打獵，只有當梁川伯爵出外打獵歸來，看著他帶來的獵物會覺得高興而已。

梁川伯爵停留公爵家的期間，收到母親桂木夫人的一封信，表示她在不久之後也將將前來拜訪。久良子聽到桂木夫人將到菲爾哈斯特訪問之事，一直不敢置信，情急之下謊稱生病，請求公爵夫人給她一個房間，讓她待在房裡，這樣就可以不用跟桂木夫人見面。公爵夫人答應了這個請求，給久良子一個房間，讓她任意使用。

久良子在房間裡想著種種事情，每當房門外走廊響起腳步聲，總會讓她膽顫心驚一番，有時還會聽到桂木夫人的聲音。桂木夫人與公爵夫人一同悠閒地在走廊漫步，提到：「有位跟妳住在一起的貼身女侍，是年長的老婆婆還是年輕的女孩子呢？」

公爵夫人心裡想著，自己應該比她年輕，但是又沒有什麼適當的說法。於是簡短的回答：「嗯……，和我的年齡差不多。」

桂木夫人又問：「那麼，她是單身嗎？還是寡婦呢？」公爵夫人咯咯笑著回答：「她還是單身，真的是單身喔！從來沒有交過男朋友。」

「她最近是身體不舒服嗎？」

「是的，四、五天前就生病了，一直在房間躺著，讓我有點擔心。」

「如果可以的話，是否能讓我到她房裡跟她見個面呢？我懂得一些醫藥方面的知識。」

「不行，進入那個房間是很危險的，因為好像是熱病之類的疾病。」

桂木夫人說：「什麼，是傳染病嗎？我不曉得她是那樣的病症，那麼確實要迴避比較安全。」

久良子聽到這番談話時，緊張到心臟快速跳動得幾乎要撞破胸口了。託公爵夫人的福，才能避免被桂木夫人發現。

梁川伯爵本以為母親桂木夫人會帶來任何有關久良子的消息，或者有機會見到久良子，於是問道：「母親，關於久良子的事情，您是否有任何線索呢？」

「沒有，任何消息都沒有打聽到。我猜她大概是因為精神失常而自殺了吧？」

「什麼！請母親您不要說那麼恐怖的話。」

「唉，她的父親生前多半也是陷於精神失常吧，會留下那樣的遺言，那

一定是已經發狂了。……所以他的女兒也遺傳到她的父親。」

「那麼，您確定她已經死了嗎？您認為尋找她的工作我們已經盡力了嗎？」

「我是這麼覺得。你也要相信她已經死了比較好，所以你可以放心的再婚也沒關係。如果她還活著的話，我們應該會聽到些許傳聞才對。」

「您真的這麼認為嗎？」

「我既然說『她已經死了』，就會為這句話負責。我是女人，比你更了解女人的事呢！一定沒有錯的。」

梁川伯爵難過地說：「唉，可憐的久良子。」

桂木夫人直言：「該說什麼呢？那也是她自己造成的錯誤啊，如果再稍微多忍耐一些就好了。」

第三三回

自從在菲爾哈斯特舉行一場盛大宴會的某個夜裡，公爵夫人琉璃子與梁川伯爵在百合花以及其他花兒盛開的花園中，一邊踩著月影一邊親密的聊天以後，她的樣貌好像全都變了，沉浸在戀愛之中。對此久良子相當擔心，某次對公爵夫人說：

「難道妳已經跨越摯友般交往的界線，而一腳踏入危險的境地了？那麼我無論如何必須再向妳提出忠告。所謂的戀愛雖是非常令人喜愛的事，然而這當中也包含著毒素，例如薔薇雖可愛，卻在葉裡隱藏著尖刺，所以妳必須現在就打消念頭。妳緊握在自己手裡的戀情，不趕快拋棄是不行的。這根本就是不言自明的事。妳既是已婚的身分，把丈夫放著不管而愛上他人，這樣是絕對不行的。梁川伯爵也是一樣，自己已經有妻子，卻不忠於妻子而來愛上妳，他不可以做出這種事，就名譽、義務以及人與神的各種法律來看，這樣的愛情是不被允許的。如果持續這樣的愛情，我不得不說這就是一種『罪惡』。俗諺道：『罪惡的結局就是死亡。』不合法的愛情會變成罪惡，結局終究還是死亡。愛情已經讓妳盲目了，在落入危險境地之前，請務必慎重考慮啊。」

雖然久良子流著淚苦勸著，但公爵夫人早已認定這份愛戀如同自己生命般重要，因此久良子的忠告絲毫沒有被接受的可能。

像這樣漸漸地秋天也到了尾聲，某天早上，公爵看起來心情頗為愉快，和梁川伯爵等人共進早餐，說：「梁川先生，我們在這個冬季可能見不到面了⋯⋯，等到明年的春天來臨，請您務必再來拜訪。」

梁川伯爵沉默地行個禮，表示瞭解的意思。可是那時久良子從他的眼神與公爵夫人的眼神之間的交會看得出當中別有含意，那意謂著除了死以外沒有什麼能讓兩人分開。

於是，在十月下旬，梁川伯爵終於將離開公爵宅邸，久良子一直注視著他與公爵夫人的樣子，當離別時刻來臨，他面向公爵夫人，專注的凝視她的美貌，一邊說出：「請記得我。」

然後，往久良子的方向伸出手，那時他的臉變得非常蒼白，還是沒有認出眼眶已充滿淚水的久良子。他一言不發的，只是將手伸過去，在這短短時間裡，緊握著久良子的手，接著就頭也不回的離去了。

留在原地的久良子，突然覺得身體就像被黑暗籠罩，耳朵裡彷彿充斥著「鏘——」地巨大聲響。確實，久良子愛他比愛自己還多，然而現在這個人卻如幻夢一般的離去了。

第三四回

自從梁川伯爵離開菲爾哈斯特後，已過了一週，沒有發生任何事情，反而讓久良子心中充滿疑惑。她開始覺得，該不會是自己誤會了，每件事都極其平穩的度過。但是讓人掛心的是，他在告別時向公爵夫人說的那句話：「請記得我。」始終迴盪在久良子的耳中。

某天早上，公爵要久良子打開信件袋，在成堆的信件中，有一封給公爵夫人的信。那是梁川伯爵的手跡，似乎是多重密封的樣子。公爵夫人開封以後，立刻藏入衣服裡，之後約一小時左右，久良子前往夫人的房間時，正好看到夫人身旁散落著書信，夫人跪坐在當中，像心碎般的掩面啜泣著，久良子於是默默的離去。

　　不過，確實在久良子心中認為那反而是值得祝賀的眼淚，也就不再打擾她了。但是，那一整天裡，公爵夫人的樣子不知怎麼的實在很奇怪，好像陷入悲傷的沉思，又好像處在恍惚狀態，前幾天的那種如兒童般純真耀眼的美麗，已經完全消失，變得有點魂不守舍了。

　　她問久良子說，今晚有月亮嗎？還是仍為暗夜呢？久良子受此詢問，感到一種不祥的預感。夫人接著又提出相同的問題，但馬上就露出後悔的表情。

　　另一件讓久良子非常吃驚的事，是夫人原本總是喜歡把久良子叫到自己的房間，和她聊聊當天發生的事，然而今晚卻說：「我今晚很累，所以不用到我房間來了。」不僅如此，當久良子觸碰夫人的手，發現那幾乎就像死人一樣冰冷，而嘴唇卻像火一樣的炙熱。

　　久良子回到自己的房間，心情相當忐忑不安，怎樣都無法入眠，於是打開窗，遠眺戶外。漆黑的夜色，完全籠罩了月亮，些微的星星像是害羞一樣，幽幽的閃爍著極微弱的藍白光芒。風聲迴盪在大宅四周，大樹上的枯枝沉穩的沙沙作響，實在很難說這是個讓人心情愉悅的夜晚。

　　久良子獨自面對這種寂寥，任由時間漸漸流逝，小屋裡的大時鐘已走到十二點，但無論如何就是無法入睡，一直反覆想著公爵夫人的事。

　　就在同時，不知是誰發出了小心翼翼的、緩慢動作的聲響，起初久良子以為是僕人引起的，接下來卻升起一股無法名狀的恐懼與強烈的疑慮。久良子沒有思考太多便急忙趕到大門，發現大門是開著的，走廊一片黑暗，電燈都沒有點亮，公爵夫人房間的門是緊閉的。「那應該是我的幻覺吧。」久良子一邊想，一邊注視著階梯外側下方，才發現完全不是幻覺，而是真的有一個黑布籠罩的身影，緩慢移動著，接著又聽到樓下客廳的窗戶被開啟的聲音。

　　天啊！自己的感覺並沒有受到幻覺捉弄。久良子想大叫卻全然發不出聲音，想要走但自己的手腳好像被螺絲拴住，動彈不得。我的天啊！趁著深夜的寂寥與闇黑離開這個家的到底是誰呢？

　　久良子突然想到可以從走廊的窗戶看到外面，趕緊把窗戶打開，往外眺望。令人吃驚的是，一直往遠方走去的人，就是公爵夫人，沒有錯，那是琉璃子。

第三五回

　　梁川伯爵在告別之際，對公爵夫人說「請記得我」這句話，再加上今早
的信件，這些線索使得眼前一切情況都明朗化了。他為了準備讓公爵夫人逃
家而先行出發，多半是約好就在今晚行動吧？久良子全都明白了。

　　那麼，應該到哪裡去尋找他們呢？即使是五分鐘的拖延，也會跟丟他們，
情況將無法收拾。為了不讓丈夫身陷重大犯罪，也為了把可憐的琉璃子從殘
酷的處境中拯救出來，即使困難重重，也必須追趕上他們、阻止他們。

　　「上帝啊！請給我明示！」久良子一邊叫著，一邊往剛才看見夫人的方
向拚命追趕過去。但因為手腳微微顫抖而無法快速奔跑，再加上夜晚實在太
黑暗，什麼人影都沒看見，久良子幾乎感到絕望了。「上帝啊！請助我一臂之
力吧！」久良子再次呼喚著。

　　突然間，有如回應她的祈禱一般，她走到鐵門旁時，見到兩個人就站在
那裡，還聽到伯爵的聲音，說：「馬車停在離這半英里的下坡道路。」沒想到
全都符合她之前的猜測和擔憂，她再次喚道：「上帝啊！為了拯救她，請給我
力量。」沒有半點猶豫的走近公爵夫人身旁，牢牢捉住她的手腕，大聲說道：
「夫人啊！公爵的妻子啊！妳在做什麼呢？」

　　公爵夫人剎那間大吃一驚，伯爵也一樣，他帶著憤怒又恐懼的表情回頭
看。久良子堅毅地握著公爵夫人的手，啜泣道：「夫人啊！上帝為了要呼喚妳
回頭，才把我派遣來服侍你的。接著，又為了阻止這項惡行，為了要讓他離
開，並且讓妳的丈夫和妳返回自己的家中，現在又把我派遣到這裡來。這都
是上帝的旨意，所以希望妳能聽進去才好。」

　　帶有極度痛苦情緒的聲音，讓兩人陷入恐懼的情緒之中。公爵夫人一直
沉默著，而伯爵則不自覺的吼出：「這是我們兩個人的事情，妳沒有權力干涉。」

　　「不，我就是有這個權力。身為基督徒，我有把陷入地獄的兩個人拯救
出來的權力。我是以上帝的名義來的。」久良子抬頭彷彿向天訴說：

　　「說我沒有置喙的餘地，那麼，梁川先生，你就有偷走他人妻子的權力
嗎？身為英國的貴族，且又貴為伯爵的你，對於殷切款待你、信任你、對你

誠心誠意的人，是以這樣的方式回報的嗎？今天如果有某人偷走他人錢財，你一定會罵那個人無恥。那麼，享受公爵家伙食，又住在公爵豪邸的你，偷走公爵妻子的行為又算是什麼呢？」

在承受激烈言語有如受到鞭打般的痛苦下，伯爵說：「不，怎麼能說是偷呢？絕對不是偷。她是出於自由意志而要和我在一起的，對吧，琉璃子，是這樣的吧！所以沒有任何理由能責備我和她，反倒是那種為了金錢，而把那麼年輕的女孩賣給老人的人，才應該被譴責。她愛著我，我也會讓她幸福的。」

「才不是，你只會造成她的不幸。喪失名譽就不可能得到幸福。你因為個人的私欲而將她犧牲，你奪走的是她的好名聲、她的純潔、她的誠信、她的貞操。所謂的『愛』，絕對不是利用這個神聖的美名而來欺騙別人。我這些話都是用我的名譽對上帝發誓來說的。你把尚且年輕並有著小孩子那般善良心腸的她給毀滅，不是一件很殘酷的事嗎？」

「不，妳不了解。」

「不，我能充分了解。看來你不但瞎了而且還聾了。不論怎麼說，誘拐現為他人妻子的公爵夫人拋棄家庭、捨棄丈夫、和自己一起逃走的舉動就是證據。你是被稱為紳士的貴族，難道覺得這樣的事是正當的嗎？」伯爵對此言論無法提出反駁而陷於沉默。

第三六回

實際上這裡可說是絕佳的舞臺──漆黑的天空，高大的枯樹群，微弱的星光閃爍著，一邊站的是一位如女王般的高貴女子，抱住了哭得像凋零花朵的女子，為了自己懷抱中的女子，她甚至可以輕視全世界。另一邊站著的則是雖然知道久良子每句話都言之有理，但突然間卻被迫要放棄深愛自己的美麗女性，而露出厭惡表情、無言以對的男子。

「來，夫人，跟我一起回去吧。為了把妳帶回去，所以派遣我到這邊來的是上帝啊！今晚這個黑夜裡的秘密，沒有人會知道的。來，跟我一起回去吧！」

公爵夫人說：「啊！梁川先生，你讓我做了什麼，才會讓上帝把她派遣過

來……」

「不管她說了什麼……」

久良子制止他說話：「不，無論怎樣，都必須讓你們分開。公爵將自己的年輕妻子囑託我照顧，他根本不知道你是怎樣的人，才會招待你來，我不會隨便就把夫人交給你。」

恰巧這時傳來吆喝馬匹以及人們喧嘩的雜亂聲音。

伯爵向急速奔馳的人問道：「發生什麼事了？」但是他們都沒有回答，而且也沒有人在這裡停留或責怪伯爵所做的事，反而都急速擦身而過。

伯爵再次向這些人問：「到底發生什麼事了？」這些人當中的一人著急地回答：「我們要到哈蒂爾去請醫生過來，公爵大人已經過世了。」拋下這句話以後，他們又驅車疾行而去。

三人聽了以後感到極度驚嚇。久良子立即對夫人提出忠告，應該感謝神的恩典，將原本墜落萬惡深淵的她拯救出來。夫人彎著腰，低著頭，如同小孩子般哭泣，深切地為自己所做的壞事感到後悔。伯爵同樣也感到非常後悔，對久良子表達誠摯的感謝之後，離開了那個地方。

原田公爵的葬禮風風光光的舉行完畢之後，公爵的外甥繼承了爵位並宣讀遺囑。那是一份讓男女僕役們都感到滿意的遺囑，至於給夫人琉璃子的是位於肯特[19]州的一塊好領地「霍爾姆戴爾」[20]，她就在那個地方住了下來。在那之後，夫人不再與外界交際，也沒有傳來梁川伯爵的任何消息。

自公爵去世以後，已經過了將近一年數個月，來到百花爭妍的春季。這段時間，琉璃子與久良子都是在霍爾姆戴爾渡過。雖然她們絕口不提過去的悲劇，但是琉璃子的心裡非常感謝久良子把自己從險境中救出來。

第三七回

面對梁川伯爵突如其來的拜訪，琉璃子大吃一驚。伯爵說：「你絕對不能

---

19 原文為「ケント」。
20 原文為「ホルムデール」。

生我的氣，我也儘量想遠離你，但是實在無法忍耐，所以……實際想想，以前確實是我的錯，讓你感到困擾……我真是深感後悔。不過，現在已經沒關係了，誠摯地希望能讓我再度像從前那樣來拜訪你……。」說畢，急忙地想訂下約定，努力想要讓彼此重修舊好。

久良子正好外出，回來的時候看到伯爵而大吃一驚。梁川伯爵自從上一次夜晚發生的事件以來，認為久良子實是一位品格高尚、行事正派的女性，因此他以最尊重的方式——將手伸出來，和她握手打招呼。久良子不禁臉色慘白，驚訝到說不出話來。

「我讓妳受到極度驚嚇，請妳千萬要原諒我。」伯爵一邊說著，一邊拉來椅子讓久良子坐下，凝視久良子蒼白的臉，陷入沉思：「真的，當時是我太粗暴了。」聽到此言的久良子也說：「我看到你身體健康，也非常高興。」雖然嘴巴這麼說，但內心情緒卻是激盪的，「啊！伯爵，我是你的妻子久良子，請跟我接吻吧！請握住我的手吧！我是你的妻子！」有種幾乎要叫出來的衝動。

這時久良子心裡正著急著，為了準備馬車而要去別的地方。梁川伯爵對久良子說：「那天實在是承蒙妳的幫忙，才能把我們從罪惡中拯救出來，實在非常感謝。今後也希望能一直維持良好的關係，而且也需要妳來助我一臂之力。事實上，我想和琉璃子結婚……」一聽到這句話，久良子的臉和嘴唇瞬間失去血色，不過實際上久良子眼神中流露出天使般的悲憐情懷，心中滿溢著天使般的愛意，凝視著伯爵說：「你和琉璃子是不可能結婚的。她現在雖然已經是自由之身，可是你……」

「我怎麼了？我做了什麼？」

「你是有妻子的人。」

「說什麼有妻子的……那是像幻影般的事情。對我來說，妻子是不存在的。我在家裡感到非常寂寞，心情相當空虛。在我這一生有四分之一的時間根本就沒有所謂的妻子。」聽到這些話的久良子，那高貴美麗的容顏因悲傷而露出愁容。

他又繼續說：「妳是我最相信的人，總之先請聽聽我的遭遇。啊……，我

要說的不是什麼恐怖的事，妳不需要露出那種神經緊繃的樣子。」

梁川伯爵從過去自己為了取得能夠維持社會地位的財富，所以和一位如兒童般的幼齡女性結婚的事情開始講起。然後在前往巴黎的新婚旅行途中，妻子竟然逃走了。從那以後經過很長的一段時間，即便不斷尋找她的行蹤，也全然不知其下落，而且自己的母親也相信她已經死去了。伯爵詳細地說明了這段如同幻影般的婚姻經歷。他認為與妻子之間的緣份已盡，所以與公爵夫人結婚並無不妥。

第三八回

久良子凝視梁川伯爵的臉，說道：「但是，假定你的妻子還活在某個地方，而且她仍深愛著你，那麼你該怎麼辦？」

「不會的，那樣的事情不太可能發生。萬一她還活著的話，我也絕對不允許她回來。妳無法想像我的家庭是怎樣的吧？為什麼我要一直過著這種無妻無兒、極度寂寞的生活呢？她會決定跟我斷絕夫妻關係，原本就是因為我不是她喜歡的人，會發生那樣的事情也是理所當然的。」

「不過，你還是有跟她結婚吧？」

「是的，我還是跟她結婚了。但是，這段婚姻在結婚當天，就立刻被她永久地破壞了。」

「那是因為你的無理取鬧吧！就算是那位婦人拋下你逃走了，有什麼理由說是她破壞了一切？有沒有受到破壞應該都掌握在你的手裡吧！」

「嗯，仔細想想，不管是按照上帝的規訓，還是按照人世間的法律來看，妻子在結婚當天就拋棄丈夫逃走，再怎麼樣也說不過去。」

「就算是如此，不管怎麼說，既然還未確定你的妻子是生是死，你現在怎麼可以就說自己是自由之身呢？反正無論如何，你不可以跟琉璃子夫人結婚。」

「唉，妳如果稍微退一步思考看看，就會完全改變妳的想法。現在我並不會強制要妳接受這件事情。妳先不要跟公爵夫人提起，之後我會把詳細情形在信中告訴她，那個時候夫人一定會找妳商量。我一直過著這種不幸的生

活，所以千萬拜託，請妳幫我這個忙。」

正當那個時候，公爵夫人進來房間，久良子來不及回答，他們兩人就相偕外出，搭乘馬車離開。自己的丈夫與琉璃子結婚，但是卻只能袖手旁觀，現在真是生命中千鈞一髮的時刻。她雖然瞭解不能說出自己就是伯爵的妻子，但到底該怎麼做才好呢？

在沒有詳加考慮下而拋棄丈夫，現在想起來實在深感後悔，打從心底發出沉重的嘆息，做這樣的事一點意義都沒有。啊！該怎麼辦才好呢？從古至今應該不存在像這樣殘酷的命運，恐怕在這世上也沒有像她這樣被放置在荒謬處境的妻子了。

唯一的希望就是將自己強烈的反對意見，盡可能的傳達給近期想辦理離婚的琉璃子。說不定琉璃子會有所覺悟，甚至可能因此不會答應結婚這件事。如果能如此的話，所有麻煩的事情都將順利解決。不過，僅是如此，就能使琉璃子放棄結婚嗎？

第三九回

梁川伯爵在那天傍晚離開。三天後一件密封的信件寄到公爵夫人宅邸，琉璃子拿著那封信對久良子說：「請幫我讀一下這封信。在妳讀完以後，我就準備回信。」

久良子讀了這封信之後，眼中滿是淚水，心中的刺變得更加銳利。

久良子用平穩的口吻說：「對於這樣的信，只有一種答覆而已吧！」琉璃子顯露高興的表情說：「妳能這麼說，我真的很高興呢！我已經下定決心了！」

「不，我要說的是，夫人妳不可以和他結婚。」

「那麼，妳要說的，跟我所想的不一樣呢！那個幻影絕不會是他的妻子。我已經有所覺悟，將要依照他的安排來決定什麼時候結婚。我不喜歡離婚，但是這樣的情況又很特殊。不管如何，我的想法是不會改變的。」琉璃子以高傲的神情如此宣告。

陽光、花朵、鳥兒和碧綠樹叢是最受人喜愛的，散發迷人花香的夏日午後，久良子獨自一人帶著書本，坐在樹蔭下，想讀點書。那是因為至今為止

發生在自己身上的事件，實在令人紛擾不安，起碼在書本的世界中，還能找到自己的棲身之處。偶然不自覺地拿著琉璃子開封的信件，一邊走在花園小徑上。

「哎呀！原來妳在這裡啊！我從剛才就一直在找妳呢！我有事情要通知妳，雖然一定會被妳指責，但是我並不在乎。今天早上，梁川伯爵來信了喔！他向律師們詢問種種問題，大家都說像這樣的情況下要辦離婚並不困難，那我為什麼遲遲不趕快辦理呢？所以他來信跟我約定結婚日期，我現在就要回信給他，婚禮就決定在八月二十日舉辦吧！不管妳怎麼責怪我，我的決心一點都不會動搖。咦？為什麼妳的臉色這麼難看？發生什麼事情了嗎？」琉璃子問道。

久良子從地上起身，把手放在琉璃子的肩上，專注的凝視著她的臉，懇切的向她說明這樁婚姻絕不可行的理由，但琉璃子完全聽不進去，說：「反正我已下定決心，無論如何要成為梁川伯爵的妻子。」丟下這句話之後，就轉身離開了。留下非常失望的久良子，神情恍惚地坐在地上，「不管怎麼勸她都沒有用。」如此一來，對久良子而言，唯一的希望之網，最終還是全然被劃破了。

這些日子對久良子而言，就像處在痛苦的夢魘那般。伯爵在期間曾來過宅邸一次，在久良子的面前絲毫不避諱的談論著他與琉璃子的未來，而且喋喋不休的說著婚後要住在哪裡比較好、居住地點要怎麼選擇之類的話題，在旁邊聽到這些的久良子，心中的痛苦實在無法言喻，總有一天自己將離開這個地方，永遠的將自己藏起來，任由他們隨意去結婚，就算會引發什麼爭議也不管。

不過，久良子心中還存有道德良知，所以怎麼樣都無法同意他們的婚姻。而且道德良知的高分貝喊話是多麼清晰嘹亮，終究還是無法充耳不聞。總之，現在能作為真誠忠告的，只有一件事，只有用那一件讓她自己痛苦的、關於本身的來歷來點醒他們。

「啊！在這世上應該不會再有像這樣波瀾起伏的命運，簡直就像小說一樣。」久良子仰天嘆息。但這不是小說，整個故事含有九分真實性……

第四十回

公爵夫人正認真地籌備結婚的事情，使得久良子更加沒有勇氣親自去揭發事實。七月底的時候，伯爵又寄來一封信，內容主要是寫著：

「我的舉動可能頗不適當，但是大概明天就會到妳那邊。我先去一趟哈邊蒂爾[21]，蜜月旅行就會去那裡。」公爵夫人把信的內容讀給久良子聽，久良子兩眼茫然，不知如何回答。

那天下午較晚的時候，久良子進入一間平常就很喜歡、適合眺望的小屋，在那裡思考種種事情。必須想辦法在伯爵來到之前，向琉璃子闡明自己的來歷。然而，腦中一片混亂，全然無法理出頭緒來。

當久良子正在煩惱的時候，琉璃子在那美麗的容貌上，展現出極度欣喜的笑容，走進了小屋裡。她在久良子的身旁坐下。「知道嗎？因為梁川先生把那樣的信寄過來，我想他說不定今天就會過來了！他寫著這樣的舉動實在不適宜等等的。咦？妳的表情顯露出非常煩惱的樣子呢！」

「是的，我正在煩惱著。」

「那個人的樂趣就是讓我時常感到驚喜呢！我要跟你談談婚禮的事，雖然我正好二十歲了，但不知道要穿怎樣的服飾才像個新娘子呢！我沒有精緻的婚禮服飾和花環呢！還有，雖然我必須戴帽子，但是戴了帽子以後，似乎感覺有點老氣……」說到一半，突然嚇了一跳，久良子倒在自己的腳邊，正抽抽噎噎的哭個不停。

「我已經無法忍耐了。上帝啊！無論如何請幫助我能把事情講清楚，我已經無法忍耐下去了。」聽到久良子的哭喊，公爵夫人的臉色變得非常蒼白，神情也開始認真起來，說道：

「到底是什麼事？真的把我嚇壞了，在那個人身上到底發生過什麼事情呢？」這時雖然久良子已停止哭泣，但愁苦的臉上仍掛滿淚水。

公爵夫人又說：「實在是嚇到我了，到底發生什麼事？關於我要結婚的話

---

21 原文為「ハベンヂール」。

題，真的讓妳這麼不愉快嗎？」

　　那個時候，久良子伸出蒼白的手，摟住琉璃子，淚如雨下，說道：

　　「請妳再仔細考慮結婚這件事，我有一件事必須告訴你。啊，天啊！如果要說出這件事，倒不如讓我死了吧！」

第四一回

　　「妳要跟我說的是什麼事呢？是關於會妨礙我要結婚的事嗎？」

　　「是的，那件事如果說出來的話，將會妨礙到妳的婚事。啊，請妳仔細想想看，是否能猜得出來呢？」

　　「不行，我無法猜出到底是什麼事情……請直接說吧！」兩人面對面互看著。

　　心中的苦悶實在無法言喻，一會兒久良子用力抱緊琉璃子之後，把臉轉向旁邊。

　　「琉璃子夫人，要我跟妳說出這件事，真的讓我感到非常痛苦，那是比死遠遠來得痛苦的事。但是，無論如何都必須跟妳說……那位梁川先生，一定跟妳提過他妻子的事情吧？」

　　「是那個如幻影般的人嗎？他是有跟我提過。」公爵夫人以輕蔑的口吻說著。

　　「琉璃子夫人，妳難道還猜不出來嗎？」

　　「不，我猜不出來。她和妳有什麼關係呢？難道妳知道什麼有關她的事情？妳跟她認識嗎？」

　　「是的，我認識她。琉璃子夫人，我就是梁川伯爵的妻子梁川久良子啊！」

　　聽到這句話的公爵夫人，短時間因驚嚇而陷入了呆滯，一句話也說不出來。不久，一邊顫抖著一邊甩開久良子的手，毫不掩飾的直接橫倒在旁邊的椅子上，罵道：「妳……這個叛徒，我才不會相信妳的話。妳才不是他的妻子。」但是，久良子的回應只是不斷地哭泣。

　　「妳這個叛徒，我才不會相信妳。妳說的全是謊言。」

　　「請先冷靜下來聽我說。」於是，久良子一邊流淚一邊敘述著至今以來

所忍耐的那些難以承受的痛苦經歷。

琉璃子聽完之後，大感灰心失望，正發出悲傷嘆息時，梁川伯爵來到宅邸，了解實情之後，三人的心情同樣都是極度苦悶。

最後，琉璃子決定選擇正確的路，對於伯爵完全死心，而伯爵也對自己以往所犯的過錯感到後悔。

令人高興的是，久良子又像之前一樣，再度成為梁川伯爵的妻子，她心中的刺已經全部脫落了。接著，琉璃子在這之後，被一位俄羅斯貴公子強烈的追求，後來成為這位他的妻子。（完）

載於《臺灣日日新報》，一九○三年九月十三日至十一月七日

生苔的石頭*

作者　不詳
譯者　上田恭輔
中譯　龜井和歌子

【作者】

不詳。

【譯者】

上田恭輔（？～？），陶瓷鑑賞家。一九〇三年曾於臺灣擔任法院囑託（即顧問）一職，一九〇四年日俄戰爭爆發，隨即被任命為大本營通譯，趕赴戰場。翌年，日本在戰場逐漸佔上風，日軍參謀次長兒玉源太郎採用後藤新平的建言，由當時服務於參謀本部的上田恭輔調查整理有關英國東印度公司的殖民經驗，作為日後佔領滿洲的準備。參與日俄戰爭的經驗，使得上田恭輔相當了解中國的文化民情與滿洲情勢，因而日後造就了《俄國時代的大連》（1918）與《對日華兩國國民說明滿蒙的善後政策》（1932）這兩部著作的問世。此外，上田恭輔最為人所知的身分是中國陶瓷鑑賞家，其相關著作《中國古陶瓷研究導引》（1937）、《中國骨董與美術工藝圖說》（1933）與《中國陶器的各種考察》（1940），都是陶瓷界的權威著作。（趙勳達撰）

入夜沒多久，突然開始下雨下個不停，像小石頭啪叮啪叮地落下來，像快要把屋瓦弄碎似的。東方的天空稍微發白的時候，雨勢漸漸變小了，此時烏鴉拍拍翅膀，飛離鳥巢。當三兩成群的烏鴉的叫聲傳入耳際時，雨竟然就停了下來。不久，從窗縫透出的黃色光線照射到枕頭旁邊。

沒有什麼事物引起我的注意，我也沒有什麼特別的想法，隨意走到走廊上。遠眺著被拭淨了的藍天，有幾朵稍微帶著桃紅色的白雲，輕輕地飄在深海似的天空上，至於遙遠的山峰則都被染成紫色。

似乎還沒有人醒過來的樣子，況且寺院在村外，四下寂靜無聲。光彩奪

---

* 原刊作〈西班牙小說　こけむす石〉，未標作者。

目的綠色草葉上還留著珍珠般的雨滴，早晨的陽光映照在上面，時而紅，時而藍，有時候又變成琥珀色。

我悄悄地打開庭院的小門往外走，來到了這個村莊的墓地。此處不知歷經了幾百年的風雨星霜，鬱鬱蔥蔥的繁茂綠樹之下，有數不盡的各式各樣的墓碑，櫛比鱗次，也看到辦完頭七法事的原色木牌[1]。

我不懷任何目的地走進裡面，呆呆地盯著墓碑，之後一個接著一個觀看墓碑上的碑文。這裡非常寂寥，腳下踩著昨天被雨水沖洗過的碎石路，發出來的聲音足以傳到兩三百公尺以外的地方。

有一隻烏鴉在高處的枯枝上啼叫，不知從哪裡的樹間，傳來其他烏鴉的應答。正殿屋脊旁邊，幾百隻麻雀不知道為什麼吵了起來，喧嚷地吱吱喳喳叫著。遠方庭院角落的鐘樓屋頂上，也有一群鴿子，猶如在談一場命中註定般的戀愛，嘲笑著那些不解風情的烏鴉與麻雀。

不久，傳來寺廟僧侶敲擊的鐘聲，一群鴿子在高高的藍天上漂浮般地迴旋飛舞，像是搭配著早課的誦經聲，上演天界之舞。路旁的樹木被鋸掉之後殘存了一截樹根，我就隨興的坐在上面，聽著僧侶誦經的聲音。

往前一看，發現前方有一塊很素樸的小型大理石墓碑。原本用來比喻美人肌膚的大理石，現在卻因為長滿青苔而變成青黑色。

山縣松太郎之墓

得年二十三歲

一八二七年九月永眠

碑銘平實地刻鏤出安眠之人的生平。墳墓看起來好像有人不斷在修整，墓碑旁邊一根雜草也沒有，一束石竹花插在普通的酒壺裡，好像是近日掃墓的人親手供奉的，花朵完全沒有枯萎的姿態。

我無意間一再重複念著碑銘，像跟別人談話的樣子，大聲自言自語：「得年二十三歲」。那時我才是八歲的小女孩，這個碑文雖然沒有讓人引起任何聯

---

[1] 按：原文作「卒塔婆」（そとば），指插在墓地的長條木牌，上面寫著經文，被認為有超渡亡靈的效果。

想，但是我不由得覺得可憐，大殿所傳來的誦經聲好像也已經停止了，我依然坐在樹根上。忽然有聲音傳來，似乎有人往這裡靠近，我回頭看的同時，猛然發現一位彎腰駝背、拄著短枴杖的老婆婆，站在我身邊，這一剎那間讓我大吃一驚，但她也似乎受到驚嚇。

「是婆婆家的墳墓嗎？」

婆婆滿臉微笑，點點頭。

「小女孩，請念一念這邊寫著什麼？」

我再念了一次：「山縣松太郎之墓，得年二十三歲，一八二七年九月永眠。」婆婆的臉上露出又高興又惋惜的、一種難以形容的奇異微笑的波紋。

「謝謝，其實這一段文字在我腦海中刻畫得非常清楚……到今天為止，我到底看過幾次？實在已經數不出來。……今年的春天，我的眼睛開始衰弱，已經快要看不見了。」

「這是婆婆的兒子嗎？」

「不是，我是他的妻子。」

「真的？」

已經快八十歲了的老婆婆是墳墓裡這位二十三歲男人的妻子。從新建這個墓碑到現在已經過了五十三個年頭，真的是很長的歲月。

「比妳年紀大的人知道這件事情，也都驚訝得難以置信，我今年七十九歲了。」老婆婆頻頻搖頭並誠懇地說：「不過，我確實是這個人的妻子……他死了，我對他的愛也不會改變……。」

老婆婆像獨白一樣，不過我無法充分了解她的意思。

「婆婆，你時常來這裡嗎？」

「是的。夏天到了，每天來到這裡，坐在那邊（指著我所坐的地方），最初我每天哭，呵呵，那也是好久好久以前的事情了，真的。」

老婆婆在追憶中百感交集，似乎又忍不住懷念起過往美好的日子，沉默了一會兒，再開始說話。

「小女孩，妳喜歡紫地丁嗎？墓地剛興建時，我在這附近種了一大片的紫地丁，每次來到這裡都摘兩朵帶回家，所以現在一朵也沒有了。紫地丁枯

死後到現在已經過了五十二年，我也變成老婆婆了。」

　　我還是個小孩，對老婆婆的故事沒有什麼特別的感覺。但不知為什麼，心中興起一股對老婆婆無法解釋的憐憫，我沒辦法想出什麼安慰她的話，只能默默地看著她的臉。老婆婆也許是看到我的神情中露出同情的誠意，便像是個深受同情的少女似地，益發熱心地對我說話。

　　「這個孩子死亡時（她的口氣好像指自己的孫子似的），我每天只能一直哭，祈禱著讓我跟他一起死。我不知道為什麼沒有心碎而死，這也讓我覺得自己很可怕。每次來到這墳墓旁邊，都會突然感覺很寂寞，不想哭也哭起來了。因為那樣很像是刻意來到這裡似的，所以，我後來就不選擇特定的時間，有空就常來這裡走走。過了一年又一年，終於，掃墓變成了我的終生義務，我的生活中沒有比掃墓更快樂的事。」

　　五十四年前已經出發前往未來世界的一個年輕人，老婆婆在腦海裡依然以一個少年的形態來加以描繪，若說老婆婆將那一個年輕人描繪成他的丈夫，不如說是描繪成他們結婚前的親密愛人，是個前額有著飄揚瀏海的的青年。

　　三十年來，通過人生重重關卡的老婆婆，她的戀情在現在已經神聖化了，變成天界的愛。一度當過她丈夫的青年，現在，在老婆婆的心中，變成好像是她的兒子似的，不，變成像是孫子似的。

　　在談到未來在天國的再會時，年輕人對於老婆婆來說，好像不曾離開五十四年那麼久，他彷彿昨天才剛死去。就這麼看待他，也這麼看待自己——如同依然盛開的白色玫瑰花般的，穿著紅色圓圈花紋的鄉下小姑娘。

　　隔天，我摘了一把紫地丁，放在那個生苔的石碑前。不過我自己也不知道為什麼這樣做，我也不認為這個舉動完全是基於對老婆婆的同情。

載於《臺灣日日新報》，一九○三年十一月二十九日

陌生女子*

作者　不詳
譯者　村上骨仙
中譯　謝濟全

【作者】

不詳。

【譯者】

村上骨仙（？～1912），本名村上義信，署名除了「村上骨仙」之外還有「骨仙」、「村上骨仙子」，在臺日籍文人，曾在一九〇八年於《臺灣日日新報》發表譯作〈知らぬ女〉（陌生女子）、〈通り雨〉（驟雨）、〈真心〉，一九〇九則有〈雪の一日〉。此外也加入短歌會「青吟社」，曾於一九一一年與其他社員一同在《臺灣日日新報》發表短歌作品，題為「青吟社詠草」。同年亦獨自於該報發表短歌〈晚き日〉（春天的太陽）以及〈病床より〉（來自病床）。後因肺病在臺北醫院過世，太田金鼓等歌友在臺北為其舉辦追悼短歌會。（顧敏耀撰）

由於沒有人來拜訪聊天，因此我固執地吩咐僕人，勉強要求一個朋友來見我。

不久，僕人說：「有位安東尼先生要見您。」跟在穿著短袍的僕役後面，看見黑色外套的下擺，想必安東尼君也看到我常穿外套的一角，沒有躲藏的藉口了。

「啊，請進來吧！」嘴巴上這麼說，其實是像作家在找尋神思與靈感那般，在這關鍵時刻，觀察他自從踏進我家之後，臉色一陣青一陣白，心情似乎很不好。看著他凝重的臉色，我不發一語地想著：「到底怎樣了？」

朋友說：「請稍待一會兒，心情完全平靜下來後，馬上就會跟你說話。不知道是否在作夢？有一種快要發狂的感覺。」他坐在搖椅上，隨手甩弄物品，一邊以手摀住臉。

---

* 原刊作〈知らぬ女〉，未標作者。

　　看清楚朋友的模樣之後，我驚訝得目瞪口呆，他的頭髮被雨水淋濕，長筒靴和長褲沾滿泥漿，窗外停一輛兩匹馬拉的馬車，朋友的僕人等在那裡。我完全看不出來到底發生了什麼事，看到我的驚訝，朋友終於開口說話。

　　「我去派爾西斯墓園，又從那邊回來。啊！那個該死的化裝舞會，我跟它有仇。」

　　實在想不出來化裝舞會與墓園之間有什麼關係，我不想再思考了，面向暖爐，平淡地回應他，手指開始旋轉雪茄，讓菸草充分的鬆軟，並且問了一下喜愛雪茄的安東尼君要不要抽一口，但他沒有伸手過來拿的意思，我就把雪茄點燃之後再遞給他：

　　「想告訴我的事情是什麼呢？說來聽聽吧！……已經過了十五分鐘，什麼話都不說嗎？……好吧，很好。」

　　我將雪茄放在架上不管，終於放棄了，挺起身體，兩手交叉，正打算要大發雷霆之際，沉默許久的朋友慢條斯理的開口說話了：「還記得數天前你參加的舞會嗎？」

　　「舞會來了二、三百人，甚至有的人都站在場外。」

　　「對啊！沒錯！」邊說邊點頭。

　　那天，和你分開之後，我又去別的舞會，雖然你曾經阻擋，我仍然強行前往，結果幾乎身心俱疲。我不擅長交際，感覺有些孤寂，於是離開無聊發呆的地方，來到熱鬧且沒有座位的處所。

　　走廊、房間、所有可以站的地方都擠滿了人，密不透風，連螞蟻都爬不出來。繞了一圈，約有二十個人叫我的名字，但是根本不知道誰是誰。這裡不管誰都是化裝的。有的扮演古代皇帝，有的假扮漁夫的老婆，有的是快遞馬車的車掌，也有的化妝成小丑。貴族政治時期以及富豪政治時期的人物同時出現，讓人看得眼花撩亂。這裡是讓地位、聲望都屬上流階層的年輕世代流連忘返、沉迷耽溺其中的豪華盛宴。

　　我爬上兩三個臺階高的地方，倚靠在柱旁，半隱著身體，觀看下方走來走去的人們。每個人都有不同的外型，從化妝到服飾，都爭奇鬥豔，幾乎到

了世間難得一見的地步。

音樂開始響起，美妙的音符率引著造型奇異的人們舞動起來。腳步聲、呼叫聲、歡笑聲混雜在一起，熱鬧非凡，看起來像是瘋狂了。每個人互相率著手，勾著手臂，或耳鬢廝磨。男女一起圍繞成圓圈，用力踩踏著，幾乎要將地板踏破似的。

人們揚起的灰塵充斥著房間，透過青色燭臺上的火光，可以看到塵土飛舞跳動的影子，手舞足蹈的男男女女同時一起圍成一圈。肢體動作非常誇張，嗓子也提高音量，快速地轉圈圈。

爛醉如泥的男人愈來愈多，遭受鹹豬手的女人氣憤地斥罵，與其說是正在越過歡愉高峰的滿足享受，實則可說是淫亂。他們猶如一起迷失在地獄，被惡魔綑綁並鞭笞的人們。

聽到眼前往來人們的衣飾摩擦聲，可以感覺空氣的流動。還有每次走過身旁發出醉言醉語的人。包括叫喊聲、竊竊私語聲、移動的腳步聲、樂器聲等，盡皆迴盪於空中，傳入腦海。

不禁懷疑這是夢境抑或實境：「精神錯亂的是自己，別人都是正常的。」如此自言自語著。好像是佛斯特闖進精怪們的宴會那般，被催促並「誘惑」著參加「魔鬼大會」。自己也提高音量，擺著奇怪的姿勢，感覺非常的可笑。這樣的情況離發瘋僅有一步之遙，害怕到幾乎忍受不住，嚇得跳了下來，直接快步逃走。

為了讓如此雜亂的心境平靜，如果跑到街上總覺得有些擔心，所以在玄關的走廊下暫時喘氣休息。萬一這樣貿然跑出去，或許會被馬車迎面撞上。那時的我很像酗酒的醉漢，心裡想著要讓不聽使喚的腦筋稍微恢復意識，看清楚自己現在這個糗樣，身體卻一直靠在公園樹叢與街道交界的郵筒旁，毫無意義的，只是讓眼睛如探照燈般的四處張望而已。

當時有一部馬車靠近門口停下來，一位婦人走下車，不，應該說是從車上跳下來比較妥當。

這個女子一邊以漫不經心的樣子左右觀望，一邊通過圓柱下方走到門口。她穿著黑色衣服，臉部蒙著面罩。

門房問著：「妳的門票呢？」

「沒有門票。」女子回答。

門房問道：「那麼請先到辦公室購買門票後再來。」

女子再一次通過圓柱，手伸進口袋中嘩啦嘩啦地響，漫無目標地隨意尋找著。「沒有錢，那麼，就戒指、戒指囉！」女子邊走向辦公室邊自言自語說道。

「對不起，剛好我身上沒有現金，想以這個戒指換一張門票。」女子有些不好意思的說著。

售票員回答：「這是不行的。」將她的戒指推出來，掉到地上。我聽見聲音，轉過身來。看見女子陷入沉思，想得出神了，身體一動也不動。

我從地上拾起戒指，交還給她，凝視著女子的面紗，稍微看到她的雙眼。女子觀察我許久，竟然抓住我的手腕，說道：「你行行好，帶我進去吧！」

「我已經想要回去了。」我答道。

女子說：「那麼懇請以這個戒指抵押，借我六圓。」跟先前一樣，女子又將戒指拿出來。

我覺得很過意不去，回絕了她的戒指，買了兩張門票，再次成為舞場內的人們。步向走廊時，女子的步伐搖搖晃晃，緊緊的用力抓住我的手。

我問她：「身體不舒服嗎？」

「沒有什麼，只是有點頭昏眼花而已！」她答道。終於我倆進入了像瘋人院般的室內。

兩人被人潮推擠分開，艱苦地在室內繞了三圈。女子聽到別人批評她的時候，總是更加嚴厲地反駁回去。我扶著這位女子，覺得非常丟臉，滿臉通紅地遇到三次同樣的事。接著走到房間的一處角落，女子彎下腰坐著，我站在前面，將手放在女子的椅子上。

「看不出來我是個奇怪的女人哦，我也不明白自己心裡到底在想什麼。這樣的場面（眼睛同時看著跳舞的人群）別說沒有看過了，覺得連做夢也沒夢過。因為有人偷偷告訴我，說我的丈夫會跟某些女人來到這樣的場所，我耿耿於懷，想來實際看看，會喜歡來這種場所的，到底是怎樣的女人？」看

著我吃驚的樣子，女子繼續侃侃而談：

「沒錯，就是這樣，於是我來了，但是想進來卻不得其門而入。我是來尋找丈夫，很多人喜愛來這裡嘛！為了尋覓我的丈夫，赴湯蹈火都不介意。原本在少女時期，若沒有母親的陪伴，從來就沒有單獨外出過，結婚成為妻子後，外出時一定會帶僕人隨行。今晚竟然獨自一人來到這裡，和一個陌生男子牽著手，連自己都感到訝異，我在面紗下的臉頰也是通紅似火。我理解您非常的驚訝，那麼，到目前為止有任何事情讓您感到不舒服嗎？」

我回答：「唉，是有一點。」

「那是我任性地要來到此處，請寬宏大量，睜一隻眼閉一隻眼吧！您知道女人無論是誰，遇到這種事情都會非常介意（想要確認丈夫是否外遇），所以請多多包涵吧！」

正猶豫要不要回答的時候，女子忽然站起來，和先前所見的樣子判若兩人，強行拉著我跟在兩個人的後面。

我墜入五里霧中了。雖大腦思維仍然正常運轉，但是嘴巴已經不知道該說什麼好了。看著女子非常驚慌失措，覺得有些滑稽。儘管如此，我只能像小孩子一樣，遵從女子的命令，其實內心的真實情緒與此相反。我們追蹤兩個化裝的人，一個確定是男人，另一個好像是女人的樣子，他們不知道在講什麼，聲音很小，我一點也聽不到。

女子對我低聲說道：「那是我的丈夫，我從外型和聲音就認出來了。」

接著，身材較高的那個人笑出聲來。「連笑聲也一模一樣，果然找對人了。」女子嘆氣地說道。

他們兩人往前走時，我們也跟在後面。他們離開平面的大舞池，我們也跟著離開。他們走上階梯，進入最頂層的樓上座位，我們更是如影隨形，緊追不捨。終於，他們進入一個私人包廂，關上房門。

倚靠著我手臂的女子，情緒極度哀傷，又很激動，雖然看不到臉孔，但感覺得出來她心臟快速跳動，手腳同時顫抖。這樣的悲劇，這樣的犧牲，偶然的以這種方式知道，實在是不可思議。拋棄這個女子而不趕快回到她身邊，這男人真是悲哀。

　　看見兩人進入私人包廂，女子猶如被雷擊一般，生硬地一動也不動。不久之後，女子走到房門口，偷聽了一會兒。因為即使稍微弄出輕微的聲響，也有可能讓房間內的兩人察覺，所以我強拉女子進入隔壁的房間，並且將房間緊緊地鎖好之後，對她說：「想要偷聽的話，請在這裡聽。」

　　女子以單腳站立著，耳朵貼在牆壁上，我貼著她，站在旁邊。我發現她真是一個理想的美女，沒有被面罩覆蓋的面容下半部分感覺非常年輕、柔弱且豐腴，嘴唇紅潤美麗，牙齒玲瓏、潔白又整齊，手指細緻如畫家的模特兒般，腰部纖細得幾乎可以用兩個手掌圈攏，髮色烏黑光澤猶如絲絹，從衣服下擺露出的玉足，似乎也無法承受如此輕盈優雅的身體。她是個大美女不會錯！可以娶這樣美女為妻子的男人，這輩子這麼有福氣的傢伙，到底腦袋在想什麼？女子突然站立起來，面向我，以幾乎快發狂的語氣大聲叫喊：

　　「我是……至今為止，我都是如同天使般純潔的人……但現在卻……」說這句話的同時，女子溫熱的嘴唇……。

　　一段時間後，女子的情緒恢復過來，透過面紗可以看見憔悴的眼神，蒼白的下半部臉孔，打著牙戰的潔白牙齒。猶然記得當時的情景，女子在我身邊跪了下來。

　　「請當作從來沒有看見我，放過我吧！就只讓我銘記在心裡就好，請忘了我吧！」女子邊哭邊啜泣地說著。

　　她如閃電般地站立起來，推開房門，再次對著我說：「對不起，請原諒我，請您饒恕我！」接著碰一聲關上門，房門將我和女子隔開來，從那個瞬間之後，我和女子就沒有見過面。

　　後來我在舞廳、戲院、民眾集會廳等場所尋找她，但是都徒勞無功。見到蜂腰小腳的女性，必定從後面追上，一睹容貌，但都不是令我臉紅心跳的那位。實在是只會在夢中出現的讓人迷戀的女子。夢啊！的確是個戀愛的春夢，看到迷幻般的身影，接吻的可愛嘴唇仍在眼前，這樣的愛情比火焰還要更熱烈。如果面紗掉落，讓她那宛如雲霧籠罩的朦朧容顏露出了廬山真面目，應該會是豔光四色，讓人無法正視。即使她有一天臉上年輕的皮膚皺了、頭髮沒了、眼睛只剩下空洞的眼白，牙齒也搖搖欲墜，我仍然可以認出她。

　　總而言之，我就是對那一晚出現的女子，如夢境般出現的她，感到懷念不已，魂牽夢縈之際，刻骨銘心的思念讓我快要發瘋，整顆心都要翻出來。

　　到此，我們兩人的談話仍然持續著。友人安東尼君從口袋取出一封信給我看，我隨即接過來閱讀：

　　（前略）請原諒我。您的腦海裡，對好幾天前的那位婦人的記憶，應該已經消逝無蹤了吧，妾身現今雖仍無法忘懷，然而即將踏上黃泉之路。誠如莎士比亞所言，「悲哀，你的名字叫女人」，妾身實在是悲哀之身。這封信傳遞到您的手頭之際，妾身也正是到達天堂之日。倘若您願意對此一不幸婦人死後給予一滴同情的眼淚，請前往派爾西斯墓園，在數量眾多的新墳之中，有一座名字刻著「瑪莉」的墳墓，就埋著妾身之遺骸，這是妾身永久棲息之所。暫且……

　　安東尼君接著說：「前天我接到了這封信，今天早上好不容易找到了那座墓園。在墳前盤桓兩小時，痛哭失聲，一直哭著向神明祈禱。你應該知道吧！在我的腳下這位女子已經長眠不起，她對我來說是個素昧平生的人！真的是個陌生女子而已。女子逝去的同時，我的心也死了。已經冰冷的女子身軀，橫躺在冰冷的地底下，她的內心也同樣地冰冷。我的心難道已經冰冷到可以將女子的種種回憶抹去嗎？那是絕對、絕對不可能的，但也無法再次見到她的容顏！即使挖掘墳墓找出遺體，也無法恢復女子原本的風姿。好愛她！真的好愛，假使這女子和我在一起的話，現在應該還活著，但這位陌生的女子已經一命嗚呼了，我心裡所有想像的事也都成了泡影。」

　　安東尼君話說到此為止，將信紙撕成粉碎，神情狀似瘋狂地痛哭欲絕。我沒有說出任何安慰的話語，跟著流下同情的眼淚。

　　　　　載於《臺灣日日新報》，一九〇七年六月二十八日～七月十二日

女神之像*

作者　不詳

譯者　霜華山人

中譯　謝濟全

【作者】

不詳。

【譯者】

霜華山人，僅知曾於一九〇七年九月廿一至廿二日在《臺灣日日新報》發表譯作〈神女の像〉（女神之像），一九〇九年五月九日在該報專欄「日曜欄」發表小說創作〈隣家の主人〉（鄰家的主人），其餘生平待考。（顧敏耀撰）

沒錯，這位名叫美守哲齋的男子，實在是一位淡泊名利、品行端正的藝術家。

人們在看過他著名的雕刻品，發出讚嘆欣賞的言詞。有位名叫佐鳥的男性如此說著：

諸位現在談論著美守君過去的經歷，瞭解他克服種種的困境後，形成莫大的成就。今天美守在技藝方面的成功受到世人的肯定，榮獲大師的盛名，但他本人仍保持著清高的氣節。先前曾與他閒聊過，聽到一些感人的事蹟，且聽我道來：

偶然與美守結緣，乃是委託他創作幾件美術品。關於創作，他會傾聽我的意見，也很認同我的理念，和我實在非常合得來。由於我家與美守的住所很近，晚飯後他偶爾來和我閒談。由我家送他回家的路上也一直聊天，經常就走進美守的雕刻室，有時因為熱烈討論關於美術的話題，甚至不知已經深夜。

美守的雕刻室位於那棟房子的五樓，以木板與鄰居隔開，他和老母親二人寂寞冷清地居住在這個房間。可憐的老母親，雙眼幾近失明，很少出門，

---

* 原刊作〈神女の像〉，未標作者。

即使偶爾由兒子帶著出去也很戰戰兢兢，到哪裡都無法安心鎮靜下來，所以她沒有比在房間到處慢走而更自得其樂了。

由於老母親在這個房子住了好幾年，她手扶著牆壁同時前後左右慢走，撫摸器物，家中情況非常熟悉，什麼東西放在哪裡都知道，想要拿什麼東西都可隨意伸手拿到，不知情的人看到老母親都不知道她是盲人。

美守似乎每天都從古董店選購雕刻品帶回家觀摩參考，所以，雕刻室內到處散落沒有整理的箱子和包裹，好像走進雜貨店一樣。因為擔心老母親到處摸索時會打翻陳列品，所以美守特地拜託老母親在他外出期間不要進入雕刻室，總之，「想要做什麼都不要進入雕刻室」這類的話一直耳提面命。

倘若老母親在旁邊的時候，美守的朋友嘗試著評論其雕刻作品，並稱讚其精巧的技藝，老母親馬上抑鬱地發牢騷：「沒有比人家在讚美的時候，我卻無法看見雕刻品更加悲哀了。」說完後沉默著含淚以對。

因此，美守絕口不提有關雕刻或設計之事，也拜託親近的好友當老母親在場的時候不要深入談這些話題，就這樣大家談話很都很壓抑且受著拘束，美守一點也不以為苦，然而也是因為這個緣故，他屢次在晚上來我家談話。

不知怎麼搞的，最近美守經常心不在焉，鬱鬱寡歡，他內心因規劃著某種設計而呈現煩躁的樣子，終於他將其構思無所隱瞞地對我全盤托出。美守計畫要雕刻「潘朵拉」女神之像，不眠不休的構想著，雖然對身體的姿態已經有了大致的掌握，但是對於如何表現女神的容貌，卻仍苦思不得。為此試作種種的模型，參考近百張的圖樣，殫精竭慮的進行各種設計規劃，可惜徒勞無功，無論怎麼做都無法展現具有豐富內涵的女神容貌。

某日傍晚，美守依慣例來了，但與平常神情不同，外表充滿勇氣且氣勢頗為軒昂。美守一進到我的房間，立刻喊叫：「終於想出來了！這八個月之間不管怎樣思考都無法在腦中浮現，卻不經意在一瞬之間馬上想到……實際上我也不知道該如何去解釋這種事……由於已經做出來了……本來打算保持原樣，不做增添修改……實在很愉快……非常地愉快。任誰在老母親面前談起也都沒有關係。我很高興、非常高興、高興到快要窒息。可以出門稍微到附近散步呼吸新鮮空氣了。」

　　美守興奮到像是完全瘋狂一樣，就好似剛被喜歡的女人嫌棄且嚴厲拒絕，原已灰心喪志，但女人卻突然態度一變，對他頻送秋波後所顯現的喜悅之情。我在美守的催促之下，胡亂戴起帽子，跟在美守後面下樓梯走到街上。

　　他忽然抓住我的手，急急忙忙的拉住我，加快腳步。沿路美守一直說個不停：「你可以想像到目前為止我吃了多少苦頭嗎？實際上不知道有多少次唉聲嘆氣或絕望失志，這個夢想在得到上帝的託付之前，我遭受了想說又說不出的痛苦，然而靈感就圍繞在我的身邊，現在在雨過天晴了，我理想中的『潘朵拉』女神，於明亮光線下燦爛耀眼，我非常滿意。」

　　他越說越興致高昂，最後表情激動，旁若無人的高聲大笑。原來美守為無比喜悅的情緒驅使著，進而陶醉其中，製作進度十分迅速，塑像早已順利完成了。

　　美守自傲地繼續發出豪語說道：「我打算讓她成為我的名作，不，現在終於發現我完成了這個名作。」美守的語氣真的非常愉快，充滿活力，氣焰萬丈，這也難怪，美守在這八個月期間心裡鬱積的怨氣，到現在才能暫時傾吐出來。

　　他繼續邊走邊說，絲毫沒有稍事休息的意思。我只能乖乖當個聽眾而已，被這個興高采烈而闊步大走的男子拉著走，上氣不接下氣，幾乎快喘不過來。不曉得美守想到什麼，突然停下腳步，如此說著：「雖然很想跟你詳談，但無法以言語來形容我的『潘朵拉』之細部樣貌，還是帶你來看一下實物吧。」

　　不知道他的話有沒有說完，在我還沒回答之前，他如以前一樣催促我快點走，終於到達他家，把我拉了進去。

　　我氣喘吁吁的，邊咳嗽邊跟在美守後面，爬上往五樓的階梯，美守迅速地先走上去，站在有兩個大門的房間之前，沒有聽到什麼聲音，往前彎腰觀察室內，稍微聽到他生氣地喃喃自語：「母親好像來過這個房間。進來這裡做什麼？說好我不在家時絕對不能進來的呀……該不會進去……」話還沒有講完，從暗袋中拿出鑰匙，打開雕刻室的房門。

　　室內傳出東西掉落的聲響，接著聽到美守發出尖銳而憤怒的聲音。後來又是一陣寂靜無聲。我急忙跑上還差兩三段樓梯的雕刻室。

　　美守臉色蒼白，宛如槁木死灰，把身體靠在雕刻室的牆壁上，痛苦到連話都講不出來，一片死寂。老母親同樣臉色蒼白，呆站在房間中央，雙手合掌。兩人中間有座翻倒的四腳雕刻工作檯，上面散落著摔壞的女神雕像之碎塊。

　　我觀察著這個沉默無言的場景所發生的一切，其他人來看的話，可能會覺得像是一齣無聊的喜劇，但我真的很同情美守遇到這樣的事，也體會其內心所湧現的深切痛苦。

　　原來，當美守不在家的時候，老母親照往例地興起好奇心，悄悄摸進雕刻室裡面。不久之後，聽到樓梯間傳來腳步聲，好像兒子回來了。由於意識到自己違背了兒子屢次的叮嚀，想在還沒被發覺前，儘早離開此房間，匆促之間不小心踢倒檯子。

　　可憐的盲眼老母親擔心害怕地兩手發抖，兩眼含淚，默默地站立在雕刻室的陰暗角落。我覺得老母親的樣子實在很可憐，催促她坐下來。老母親終於鼓起勇氣，以變了調的顫抖聲音說：「行行好吧，趕快跟我說摔落的是什麼，不是『潘朵拉』神像吧……還是……？」

　　美守看著眼前老母親可憐的樣子，重新打起精神說：「不……不是的，母親，不是『潘朵拉』雕像。這是，這是我為了研究而試作的樣品……很粗製的半身像而已，剛剛我也嚇了一跳。」

　　老母親臉上露出安心的神色，手指也不發抖了，她放鬆地嘆了口氣：「啊，還好還好，這樣我就安心了，幸好沒事。這樣可以重新再做一次。好的，我絕對不敢再嘗試單獨進來你的雕刻室。一定遵守跟你的約定，請你原諒我。」

　　目送老母親離去的背影，美守對著已碎得無法拼湊的土塊啜泣：「如同你所看見的完工作品，想必你也能體察我的心情。實在很遺憾，我已經沒有收拾殘局的勇氣，不過這件事情，請不要讓家母知道，不要讓她再為此擔憂了。」

　　美守把快要掉下來的眼淚噙在眼睛裡。老母親會明瞭事實真相嗎？毀壞「潘朵拉」雕像的事情可以隱瞞老母親到什麼時候呢？感受到美守溫柔美麗的內心，我也與之同泣。

載於《臺灣日日新報》，一九○七年九月二十一、二十二日

驟雨*

作者　不詳

譯者　骨仙

中譯　謝濟全

【作者】

不詳。

【譯者】

骨仙，見〈陌生女子〉。

秋日的傍晚，已經連續降雨好一陣子，還沒有想要停歇的跡象。天空烏雲密佈，讓人感覺非常苦悶，幾乎就要發狂。

在這孤寂的傍晚，一個小而美的大概三坪大的房間，有兩位女士圍繞在火爐邊，正低聲地交談著。

不管稱呼誰是姊姊或妹妹，看起來都只是二十歲左右的樣子。非常可愛、膚色白淨、美目盼兮，充分具備美女的條件。

然而仔細觀察，總是覺得在美麗的容顏上，籠罩著憂愁的陰影，漂亮眼睛之深處浮現著深深哀戚的神色。

水壺傳來無精打采的沸騰聲。

兩位女性是某對兄弟的妻子，各自都組成和樂的家庭，度過一段無憂無慮的歡樂時光，但殘酷的命運之神蠻橫地從她們身邊奪走了愛人。

姊姊的丈夫是軍人，階級為陸軍中尉，為偉大的帝國盡忠而勇敢地出征，在這次的戰爭立下令人敬佩的軍功。最後貫徹其平素之志向，於秋風開始吹拂之際為國捐驅，留下了形單影隻的妻子。

妹妹的丈夫是船員，他是在暴風雨時，因羅盤指引方向發生錯誤，撞上暗礁，和船隻一同覆沒。

也就是說，兩位女性幾乎同時成為寡婦，此後一生處在落寞與孤獨中，

---

* 原刊作〈通り雨〉，未標作者。

不得不互相慰藉以度過餘生。

很多人前來拜訪這個孤寂之家，以溫柔的言語來安慰兩人。可是卻沒有任何人從內心深處因同情而流淚，只有姊妹兩人相依為命，彼此扶持而已。

姊姊突然從夢中醒來：

「春子，我肚子好餓喔。從早上到現在都沒有吃東西，何不暫時先忘掉一切，一起吃個飯？」

不像姊姊那麼溫和柔順且意志堅定，妹妹是個感情非常脆弱的人，聽到姊姊的話之後，不禁流下了眼淚：

「在這個世上有誰像我們姊妹這般不幸，想想無論是神還是佛……」，稍後只聽見啜泣的聲音。

兩人又再次回復以前的沉默，這段時間只聽到兩人的呼吸聲而已，最後誰也沒有再講話，躺在被窩裡，嘗試著回到剛剛的夢鄉。

春子覺得自己的前途比在山中趕夜路的孤獨旅人還要更加黯淡，兩眼睜得大大的，完全沒有睡意，無意識地數著從屋簷上「啪搭啪搭」滴落的單調雨聲。回想起去年的冬天，四個人圍繞在長形火爐邊，柔和的燈光映照在閒話家常而開朗歡笑的容顏，一想到此情此景，胸中傳來陣陣揪心的痛楚。因淚水已經流乾了，內心只剩悲傷，更感哀痛。

此時突然間，春子耳朵聽到有人敲門的聲音。

「現在這個時刻有人敲門，莫非……。」想到這裡，春子起身下床。

女人的內心是很軟弱的，因為丈夫是託付終身的對象，即使親眼看到他的遺體，都還不想放棄希望，何況僅僅是傳來死亡的消息，如何能讓女人完全死心呢？

敲門聲愈發急促而大聲，隔著厚實的牆壁，也傳來其它細微的聲音。春子感到半憂半喜地，不讓姊姊知道，靜悄悄地走到窗邊，打開窗戶，接觸到外面濕潤的空氣，往大門方向望過去。

門前因為提燈的光線而顯得明亮，光線在積水上面滑動，周圍卻籠罩著一層黑暗。那個光線也映照出一名男子，仔細一看，是附近旅館的老闆。

「這不是吉先生嗎？有何貴事？」

老闆回答：「啊！是春子小姐嗎？鞠子小姐呢？都還好嗎？」

「到底是什麼事？」

「哦，有大好的消息呢！現在有一位來自房州的人，打聽著本村是否有叫春子的人。問他到底有什麼事情，說是春子的丈夫，山中先生，昨天乘坐美國船進入館山港了。本村的人怕那人說的是假話，所以很仔細地詢問他，若是有什麼疑問，請等到明晚即可分曉。詳細情形不清楚，只知道他明天就可以回來了。請放心，妳的丈夫身體無恙，非常平安，有話明天再說，請早點休息。」

好心的吉先生一邊說有話明天再講，一邊走回去了。提燈的光線從黑暗之中穿越過去，愈來愈小，最後終於消失不見，一直凝神目送的春子內心真是……。

原來實情與傳聞如此不同，總覺得世事真是奇妙，從極端悲觀轉變成歡欣雀躍，春子的心境再次鳥語花香，美麗的春天又來到，不由得坐立難安。一心一意只想讓姊姊知道，飛奔似的往她的睡鋪邊跑，忽然想到姊姊的處境依舊沒變，自己雖然已經有了巨大的變化，但姊姊仍然保持原狀。

「真是可憐，情況不知道會變成怎樣呢？」春子如此自言自語著。

仔細的觀看姊姊的睡姿。鞠子側臉靠在枕頭上，稍微側身的趴著睡。不可思議的是，稍稍帶著期望的神情，洋溢在沒有血色的兩頰上。

因為鞠子的內心猶如寬廣深邃的湖泊，即使投入一顆石頭沉入湖底，湖面也絲毫不會遺留任何波紋，即使已經悲傷到極點，看起來好像還是非常靜的樣子。

春子自己雖然重新獲得了幸福，但是心中的歡喜之情卻被油然生起的憐憫姊姊的情緒所替代，同情的眼淚不知不覺已流滿臉頰。

窗外是冷冽的寒冬，呼嘯而過的刺骨寒風，從裂開的窗紙侵入，玩弄著油燈的火焰。一邊是懷著歡喜的心情、吹著凜冽寒風的春子，一邊則是心如止水、呈現平靜睡姿的鞠子，這不是很明顯的對比嗎？

夜闌人靜，鞠子忽然從歡樂甜美的夢境中驚醒。

鞠子昏昏沉沉地張開眼睛，其實還沒真正醒過來。街景被早晨的濃霧所

圍繞而看不見近處的事物。腦筋模糊不清，無法分辨眼前的情景。但這只是片刻的事情，漸漸地眼睛與頭腦都甦醒的同時，耳朵也清楚地聽到外面大馬路上傳來叮鈴叮鈴的聲音。

剛開始的時候，直覺的認為這個聲音應該完全和自己無關，終於拉近現實，感到這個聲音與自己隱約有著什麼關聯，鞠子走出去想要瞭解那個聲音是什麼。

叮鈴叮鈴的聲音愈來愈近。

房間之中，因為豆油燈火已經熄滅了，顯得有些昏暗不明，充滿著哀愁的氣氛。

她急忙起身，走到窗邊，打開窗戶。

風雨都已經停歇。如撕開棉紙般的浮雲之間，掛著檸檬形的月亮，柔和的銀色月光灑落在濕潤的屋簷、水窪以及道路。

鞠子將頭伸出窗外，看見一位年輕男子，充滿活力的聲音呼喊著：「號外！號外！」一面快步走來，搖動著腰間的銅鈴，丟出一張報紙給人們之後就離開，往其他地方走去。

原來是號外快報，到底寫一些什麼事情？她猜測是自己丈夫陣亡的報導成了號外消息。「號外──戰爭勝利──」民眾們手拿著號外新聞，一再高呼萬歲，他們忘記戰爭勝利之中，隱藏著多少的悲傷。

藉著微弱照射的月光，她開始閱讀。

「我軍夜襲敵軍的某處駐地，俘虜軍官與士官共三百名。敵軍死傷約五百人，我軍陣亡不超過五十人。先前數日於某地戰鬥之際，行蹤不明的山中中尉以下三名，也在此次從敵軍手中救回。」

蒼白的臉孔上，兩側臉頰開始紅潤，眼睛開始閃爍著希望的光彩。

鞠子心中湧現懷疑與期望的念頭，互相交錯，內心深處喊叫著：「這是謠言！」另一方面又說這是真的。

心情開始輕鬆起來，將手伸往妹妹的肩膀，想要趕快讓她知道。但心魔突然來襲，又將手縮回來。

點燃豆油燈火，感覺好像從一個夢走向另一個夢，讓人陶醉的光線映照

在天真無邪的睡覺中的妹妹臉上。氣色紅潤的玫瑰色臉頰，優雅可愛的嘴唇洋溢著喜悅的笑容。看見這個景象的鞠子，心中交雜著幸福的感覺以及對妹妹的憐憫，想著就先把這件事情擱置下來好了，不要破壞妹妹的恬靜美夢。

　　鞠子發現妹妹沒有蓋好被子，直接被清冷的夜風吹著，很容易著涼，悄悄地剛要替妹妹拉上被子的時候，觸摸到她柔軟的肩膀，眼淚不知不覺地流了下來，落在天真無邪的臉龐上……妹妹也醒來了。

載於《臺灣日日新報》，一九〇八年九月二十日、二十七日

真心[*]

作者　不詳

譯者　骨仙

中譯　吳靜芳

【作者】

不詳。

【譯者】

骨仙，見〈陌生女子〉。

　　一份電報傳來，上面寫著一輛昨天從福岡警局出發而將在明天到達熊本的列車裡，護送著一名重刑殺人犯。熊本警局的一名警官為了押解那名殺人犯而前往福岡。

　　四年前，熊本縣有明町的某戶人家遭強盜闖入，家人遭到脅迫與捆綁，家中值錢的東西都被搶走。不過，強盜怎麼可能從如同蜘蛛網般的警網之中脫逃呢？不到二十四小時之內，立刻人贓俱獲。但是，就在帶回警察局的途中，該名強盜把繩索切斷，奪下警察的配劍，刺死押解的警員之後逃走，其後四年間他過著隱姓埋名的生活。

　　在那之後，來自熊本的某位特務前往福岡監獄時，突然間發現正在服勞役的四人中，有一張臉是他這四年來，深深地烙印在腦海而無法忘記的面孔。他問看守者：「他叫什麼名字？」看守者回答：「是一名竊盜犯，名叫草部。」特務接近這名男子，並說：「你根本不叫草部，你是在熊本犯下殺人罪的野村貞一。」

　　這名兇手最後將所有的犯行都坦白供出。

　　我混雜在人群中，前往月臺，等待著列車的抵達。我期待著群眾見到犯人的時候，想必會出現叫罵聲，接著就是暴力舉動。因為被殺害的警員相當有人緣，而且該警員的親戚也在這人群中，更何況熊本市民的性格也絕不溫

---

[*] 原刊同題，未標作者。

和，所以許多巡查都來到這裡，嚴加戒備。然而，事情的發展與我想像的完全不同。

　　列車到達了——下車乘客的木屐聲、四處兜售報紙、彈珠汽水小孩的叫聲，就像往常一樣混亂，相當令人煩躁。柵欄外的我們幾乎等了五分鐘。不久，在警官的戒護下，低著頭、雙手被銬在背後、一臉凶相的犯人出來了。犯人和警官停在柵欄前面。群眾為了看犯人而一直推擠著——靜靜地推擠著。警官大聲叫道：「杉原女士？杉原沖美女士？麻煩請出來一下。」

　　站在我旁邊，一位背著小孩、身材瘦小的女士回應道：「好。」將群眾推開，往前走了出去。這位女士是殉職警員的遺孀，她背的小孩即為警員的遺腹子。

　　警官將手高舉，向群眾示意，群眾便往後退去，使警官與犯人的周圍空出了位置。那位女士背著孩子走向那個地方，站著面對犯人。群眾安靜得連咳嗽的聲音都沒有。

　　警官不知為何沒有直接向那位女士說話，而是向她背著的小孩說話。聲音很低，但很清楚，雖然有點距離，但我也能聽到。

　　「小朋友，這個人就是在四年前殺害你父親的男人。那個時候你尚未出生，還在媽媽的肚子裡。讓你失去能夠疼愛你的父親，就是這個男人造成的。你要好好地看著他（一邊說著，一邊把手放在犯人的下巴，強制將他的臉抬起來），看吧，要好好地看，沒什麼好怕的，就好好地看著他……記住這個人，這是你對父親應盡的義務。」小孩在母親的肩上，流露出恐懼之情的眼神，警戒地看著，接著便哭出來了，淚水從眼眶中滿溢出來。但仍然遵守警官所說的話，緊緊地注視著那個低頭不語的男人。

　　群眾們如石像般靜靜地站立著，一動也不動。

　　犯人因為非常難過，臉部表情扭曲，突然間，就好像忘了自己被銬上腳鐐一樣，彎腰跪了下來，把臉貼在地上，嗚咽著流下悔恨的眼淚，接著又大聲地哭泣著。這是從內心深處流出的眼淚，圍觀的群眾也不自覺地因感動而流淚。

　　「請原諒我，小朋友。我並不是出於恨意才這麼做的。只是因為一心想

逃走而沒有考慮太多，結果做出那樣的事。我真是個罪人。犯下了無法言喻的重大惡行。但是，現在我可以為自己所犯的錯誤而死去。我想死，如果讓我死的話，我反而比較高興。無論如何，請你一定要原諒我。」

　　這個孩子並未出聲而只是哭泣。警官把全身顫慄著的犯人從地上拉起。沉默的群眾左右分開，讓出道路。突然間，群眾中有人開始啜泣。當如同石像那般的情緒絲毫未曾受到動搖的巡查經過時，我看到了一般人至今不曾見過的景象，連我自己也從未見過，而且恐怕無法再見到第二次──我看到了巡查眼裡停留的淚水。

載於《臺灣日日新報》，一九〇八年十月四日

戀*

作者　莫泊桑

譯者　若林青也

中譯　阮文雅

莫泊桑像

【作者】

　　莫泊桑（Guy de Maupassant, 1805～1893），法國自然主義小說家，著有近三百篇短篇小說及六部長篇小說，被公認為法國最偉大的短篇小說家。一八七〇年投筆從戎，加入普法戰爭，戰爭的經歷也成為他優秀短篇小說的素材。莫泊桑出身於一個沒落貴族之家，長期生活於中下階層社會，對於階級差異及兩性關係的矛盾有深切體會，成為他創作的泉源。少年時期的莫泊桑親受寫實大師福樓拜（Gustave Flaubert）的薰陶，這位摯友對於莫泊桑的寫作生涯影響至深，造就其精鍊的小說語言，尤其擅長描寫現實社會的人情世態，並從平凡的瑣事中截取富有典型意義的片段，以小見大地概括出生活的真實。莫泊桑筆下法國人的清純和他們形象的精確，是他的作品中兩項最成功的特色。代表作有長篇小說《她的一生》（*Une Vie*, 1883）、《兩兄弟》（*Pielle et Jean*, 1888）、《如死一般強》（*Fort comme la most*, 1889）。短篇小說《脂肪球》（*Boule de Suil*, 1880）大獲好評，奠定作家之名，也因而贏得「短篇小說之王」的美譽，對後世產生極大影響。（潘麗玲撰）

【譯者】

　　若林青也（？～？），可能是通曉外語的日籍文人，僅知曾於一九〇八年十二月十三至二十日在《臺灣日日新報》發表譯作〈戀〉，一九〇九年一月一日則於該報發表譯作〈年玉〉（壓歲錢），其餘生平待考。（顧敏耀撰）

　　我在報紙社會版上讀到一則驚心動魄的情殺新聞。男子殺死女方後自己

---

* 原刊同題，作者標為「モウパッサン」。

也死了，仔細想想，他一定是愛著她的吧。撇開他倆之間糾纏的男女關係之真相不管，這件事不單單只是一則社會新聞，我的內心深處被觸動了。會這麼說是因為我年輕時，有一次去打獵，見到了戀愛的光芒，恰似古羅馬時代天空深處出現了十字架一般，深深烙印在我心底。那則新聞毫不留情地喚起了我的回憶。

本來，由於我天生就具備原始時代人類的本能與情感，雖然這多少受到世間的教育所調和，但不知是否因為如此，我瘋狂地喜愛打獵。冷眼看著受傷流血的野獸，玩弄著被鮮血濡濕的禽鳥等，因而得到無上的滿足。

那一年，某個暮秋寒冷的日子，想在黎明時分到沼澤獵鴨，前往拜訪表兄卡爾·迪·拉維爾。表兄一頭紅髮，身形矮小，鬍鬚茂密，正值不惑之年，標準的鄉村紳士模樣，一言以蔽之，算是法蘭西特有的鄉村氣質，極為悠哉而風趣的男子。

他的住家兼具農舍與別墅的風格，蓋在一彎河流蜿蜒的廣闊山谷，河水左右圍繞，遠方小山丘上林木蔥籠。那座茂密到恐怕連在法蘭西國內也很罕見的幽深森林，靜靜地維持著遠古幽寂的形象。禽鳥遷徙於沙洲之間時，旅途中彷彿充分了解到祖先起源於此處，將此視為避難所一般，非得在這邊的樹枝上棲息一次不可，因而不時能夠在枝頭上獵到老鷹等飛禽。

矮木圍籬的牧場座落於山谷深處，內有溝渠引水。水源地的河流在稍遠的地方開展成沼澤，事實上那個沼澤就是至今我們看過最適合打獵的地方。表兄的樣子就像在公園打獵一樣，極為全神貫注，而且興致昂然。沼澤裡長著密密麻麻的燈心草，如果乘著平底的小船，撐篙靜靜通過滿溢的碧水，蘆葦之類的植物就會擦舷而過，發出沙沙聲響。敏捷的魚兒在草間游竄，鷗鷲一見魚兒探出頭，便倏地鑽進水裡去捕捉。

我本來就非常喜歡水，但由於大海過度遼闊且不穩定，說起來有種高深莫測的感覺。比起來河流就美多了，河水滔滔一去不復返，如同光陰年華一般。但是沼澤又不一樣，容納了許多未知的水生動物，自成一個生命世界，其內有居民，也有過客。一旦想到那呢喃的水聲，就會感受到濃厚的神秘氛圍，讓人感到不安、迷亂，甚至是恐懼。

　　如此被水覆蓋的這片低地，為何會讓人有這種恐懼與迷亂的感覺呢？原因包括了：燈心草葉的摩擦聲、偶而出現的奇異鬼火、無邊無際的沼澤被陰森夜色籠罩而躺臥於黑暗之中、如夢似幻而縹緲神秘的霧氣、魚兒跳出水面的聲音、迂迴蜿蜒的水波、比人類的槍炮更為嚇人的空中雷鳴……隱藏著所有的秘密、猜疑、恐懼，有時也會不禁覺得，我們想像的地獄深處是否就存在著這些？慢著，在這神秘與沉默裡，除了浮現於濃霧中的這等光景之外，我感覺到某種超脫於這些事物的存在，不僅是陽光下緩慢流動的水、沉重的溼氣，更有那創世之初被投下的生命種子，是吧？

　　話說在我抵達表兄家的寒冷夜晚，戶外結的厚冰彷彿能夠敲碎石頭那般。晚餐設在一個大房間裡，架上、牆上以及天花板上緊密陳列著老鷹、蒼鷺、貓頭鷹、鷳、禿鷹還有遊隼等展翅以及棲息在樹枝上的標本。表兄穿著海豹皮短上衣，裝扮得彷彿是來自寒冷國度的異獸，他把獵場內備有的種種用具都向我說明了一番。

　　由於預計要在清晨四點半前抵達事前選定的獵場管理處，所以必須於三點半出發。那裡雖然小，但好歹蓋了間小屋，多少能起點遮風避雨的作用，但清晨冷冽的寒風還真叫人受不了。彷彿被鋸子割裂肌肉、被插了毒針、被冰冷的刀鋒劃過，又像是被火焰灼傷而留下火辣辣的刺痛感，著實令人難受。

　　「這可真是我們所遭遇過最冷的夜晚。」表兄一邊搓著手一邊說：「才傍晚六點，就已經零下十二度了。」

　　吃過晚餐後，終於到了該睡覺的時候，在臥室熊熊燃燒的暖爐旁取暖，頃刻便舒服地進入夢鄉。

　　表兄在深夜兩點左右叫我起床，看到他已經裹上了熊皮，我也穿上羊皮衣。我們喝了兩杯滾燙的咖啡後，接著灌下一杯酒，帶著一名僕人、兩條狗出發了。

　　一出門我就像被注入惡寒的汁液般，不由自主的抖了抖身子。這樣的夜晚看起來就好像地球死亡了一樣，空氣被凝結起來，走每一步都像神經被縫死而伸展不開似的。草木從表皮到裡面都乾枯了，所有的昆蟲，甚至是鳥類都無法在枝頭上棲息，紛紛墜落於堅硬的地面，最後身子逐漸僵硬死去。

該升起的凜冽寒月，在山的那端凝結，宛若失了神似的，正灑下它那臨終的蒼白光芒。滴滴凝結的寒露，似乎對這嚴峻的氣候已經習以為常，看起來簡直就像耶穌復活時的奇異光芒一般，令人驚嘆。

表兄和我佝僂著背，雙手插在口袋，將獵槍夾在腋下，並肩而行。為了不在河川的冰面上滑倒，也為了隱藏腳步聲，我們用羊毛包覆著長靴，獵犬則不斷呼出白氣。

沒多久就到了沼澤的前方，那是條枯草密佈的森林小徑。先前提及的燈心草覆蓋住小徑，碰到手臂時發出「卡沙卡沙」的聲響。我一次又一次陷入某種情緒，視線所到之處都被這些枯草包圍，不知為何甚至有種被屍體環繞的感覺，讓我心驚膽戰。好不容易走到那棟遮風避雨的小屋，迅速入內鋪了毛毯，稍事歇息。

剛忘了說，這小屋並非木板或樹枝搭建，其實是用冰塊蓋成，所以再沒有比這更冷的了。就算不是如此，沼澤吹來的冷風也會將這孤立於荒野中的屋子灑上冰霜，我不禁咳嗽起來。

「這樣的夜晚，如果沒有滿載而歸的話，可划不來呀！」表兄關懷地說：「要是感冒了可不行哪！」叫僕人去割枯草過來。

我們在小屋裡挖洞，放上僕人搬來的枯草並點火。火焰竄起，熊熊燃燒。過了一會，琉璃似的冰柱竟然開始融化，宛如山崖汩汩冒出清水那般。由於表兄在屋外喊著：「出來看，出來看一下！」心想不曉得出了什麼事，急急忙忙跑出去，只看到火光映照著熠熠生輝的圓錐狀小屋，像座發光的宮殿，閃耀著光芒，絢爛的倒影映在沼澤冰面上。其中兩隻獵犬就像古希臘的彫刻一樣，正以奇特的姿勢取暖。

倏地，詭異的叫聲掠過我們頭頂，不必透過爐火的火光確認就知道那是一大群野鳥。初冬的曙光暈染了地平線，凝結的空氣被夾著鳥鳴與振翅聲的巨響劃破，好像宇宙天地間的魂魄突然四散般壯觀。

「太好了！太好了！終於天亮了！」表兄精神十足的叫道。

天空一片魚肚白，野鳥群的黑影到處流竄，然後又像灰燼飛揚般，一隻隻消失在眼前。

　　火花從槍口迸出，表兄開了槍。兩隻獵犬飛奔向前，接著，獵物登場了。野鳥的飛行只要稍微慢了下來，槍枝就趕緊發射子彈。我倆追尋著有如片片毛屑般的身影，表兄開槍時，我就瞄準獵物，我開槍時他又準備瞄準，如此這般，管他三七二十一地亂射一通，獵犬氣喘吁吁，輪番叼著獵物過來，其中有的獵物還睜著炯炯雙眼，彷彿直盯著我瞧似的。

　　太陽從山峰上完全升起，天空晴朗無雲，遍地光輝。我們整理好大批戰利品，正想回去時，有一隻伸長著脖子振著翅膀的鳥，有如短兵相接般的突然迅速掠過我頭上。我開了槍，一發命中，牠墜落至腳邊，一瞧是隻有著銀白胸部的野鴨。

　　讓人不忍的慘叫聲，短促反覆，有如哀歌，高亢的刻畫於蒼穹。原來是失去愛侶的另一隻鳥，遠遠看到橫躺在我手裡的屍體，慌忙的飛了過來。

　　表兄裝好彈藥，肩抵著槍托，認真屏著呼吸說：「既然如此，怎能讓你逃走！」被他瞄準之後，無論是百年或者幾年的壽命，都要立刻劃上句點。然而，這隻鳥不停的盤旋在我們頭頂，像在哭訴其孤獨無依的身影一般，低吟似地持續痛哭，雖然令人心碎，卻也讓我迷惘該不該替牠哀悼。有時作勢開槍要脅，想將牠趕到遠處，牠卻一再的去而復返，焦急地朝伴侶飛來。

　　「把打到的那隻鳥丟到地上吧，另一隻就會飛到比較好瞄準的地方了。」表兄說。

　　那隻鳥果然不出所料地飛了過來，因為這令人迷失的愛情，因為難以割捨被我殺死的這隻鳥，不顧危險地飛來。

　　表兄開了槍。空中的黑點像風箏斷了線似地飄落，「啪」的一聲掉在沼澤那端。不久後，獵犬將牠叼了回來。

　　我將這對比翼鳥──身子已然冰冷的這對戀愛的屍體裝進同一個袋子裡，在當晚回到巴黎。

載於《臺灣日日新報》，一九〇八年十二月十三、二十日

春[*]

作者　莫泊桑
譯者　西波生
中譯　阮文雅

【作者】

　　莫泊桑（Guy de Maupassant），見〈戀〉。

【譯者】

　　西波生，應為通曉外文的日籍文人，「西波」殆即其姓氏。曾於一九〇九年一月一日至五日在《臺灣日日新報》發表譯作〈春〉，其餘生平待考。（顧敏耀撰）

　　自從初春陽光普照大地，沉睡的天地萬物悉數甦醒，披上綠盈盈的薄紗，輕風徐徐吹拂臉龐，彷彿搔著肺葉，令人對郊遊的嚮往愈發強烈。原本在寒冬時節非常蕭條的原野，此時已經四處洋溢著青春氣息，森林萬物處處生機盎然。

　　早上起床從窗口俯視街道，輕波盪漾的水缸中映照著天光。天空逐漸渲染成一片紫霞，原本緩緩升起的春陽，突然「啵」地蹦了上來，還可以看到好嗓音的金絲雀快活地盤旋。門口站著一位看似剛起床的女僕，鎮上某處傳來喧鬧的聲音。一眼望去，那也很美好，這也很不錯，爽朗的身心正巧呼應著晴朗的天氣。

　　漫無目的地走著，逢人便漾著微笑，世界好像回歸到樂天之神的管轄之下。早上用心畫了妝的妙齡女子，三五成群，如彩蝶般翩翩輕舞羅裳。

　　不知是怎麼走到的，也不知為何而來，我不知不覺駐足在塞納河畔。

　　好幾艘小蒸氣船往返於塞納河上，每一艘都坐滿了人。也許是初春的太陽一向有著平易近人的好性情，才引出了沐浴在陽光下的這片人山人海吧。我也按耐不住遠遊的念頭，興致勃勃地搭上了小蒸氣船。

　　我隔壁鄰居家裡有位小姐。她恰巧搭上同一艘船，就坐在我前面的位置。

---

[*]　原刊同題，作者標為「モウパッサン」。

雖然是女工出身，卻是位好女孩，平常愛穿棗紅色的衣裳。每當耳邊輕盈歛著的頭髮被微風吹起，雪白的頸項就會散發淡淡的香味，著實是令人看了一眼便會心醉神馳的女子。

由於受到我目光的吸引，女孩望向這邊，隨即點個頭，壓抑住即將綻放開來的微笑，皺著靈巧的鼻尖。微微赧紅的面容沐浴在陽光下，宛如花朵輕覆上一層薄紗，實在美得無與倫比，絕不誇張。

安靜的河面漸漸廣闊開來，空氣也漸漸溫暖起來。

女孩抬起頭時，瞬間與我四目相交，莞爾一笑。那具有魅惑人心般的魔力，我想恐怕是古今所有詩人們夢寐以求、也是天底下的男士不斷追尋的美吧。不，我根本連想也無法想，只是完全地沉醉其中。甚至有一股衝動，想要伸手將她拉到某處，在耳邊傾訴情衷。

正當我想先開口說點什麼時，不知哪位仁兄碰了我肩膀一下，嚇得回頭一瞧，有個面容長相極端平庸的男子，甚至無法分辨是老是少，正傷心地凝望著我。

「請和我聊聊吧！」男子開口了。

我不禁皺了皺眉頭。男子理解了我的表情後，補充說道：「是對你而言非常重要的事。」

我於是起身走到男人的座位旁。

男人說：「問你喔，要是下起陣雨、刮著暴風雪的冬天來臨，醫生會說什麼？應該會說：『請注意保暖，小心感冒、支氣管炎、風濕、肋膜炎』吧？謹慎的你想必會因而裹上層層毛衣，再套上厚厚的外套和靴子。那麼在天空染上彩霞，大地妝點著花朵的春天來臨時，會是如何呢？這徐徐的輕風，原野上清新的草香，煦煦晃動的游絲光影，一不留意，這些便會成為意料之外的錯誤根源。你呀，對戀愛這件事要是不多留神，可是很危險的啊！這名為『戀愛』的陷阱，被設在所有你即將到達的地方。那些殘酷的戀愛武器，正埋伏在你腳步將會踏到的城鎮各個角落啊！比起喝下烈酒、罹患肋膜炎，它們要來得危險多了。你呀，千萬要小心戀愛、留意戀愛啊！」

「這應該還不需要你來提醒吧。還有，照你這麼說，當春天來臨時，法

國政府不就要公告：『請防範戀愛！請勿靠近化妝的人』？」

「你講到重點了，正因為政府沒有這麼做，所以我才越俎代庖的。現在你正要誤蹈戀愛的陷阱，就算基於義務，我說什麼也得拉你一把。」

原來還有這麼了不起的人啊，原來真的有人做著這麼令人尊敬的事啊，我感到格外地訝異。

「說不定根本就沒那回事，而且也跟你無關，你這不是多管閒事嗎？」

男人突然迅速後退，說：「啊！你呀你啊，見到人們身處險境而快要無法自拔，拯救他們不是同胞的義務嗎？才不是什麼多管閒事呢。總之請先聽聽我的故事，也許你就會明白我這麼雞婆的原因是什麼了。」

　　嗯，故事的開頭是去年，提到這就不能不先說說我之前在海軍局當屬官的事。那海軍局的主任實在是個沒人性到令人傻眼的人，即使下屬連芝麻綠豆般的小錯都沒犯，不合他意的人立刻就會被免職，真受不了。不說這個，由於從局裡窗戶可以窺見小小藍天的一角，在這樣的春季，戀上白雲的小鳥也感到害羞，時而躲在書櫃的陰影裡蹦蹦跳跳。

就因為有那個我剛才提到的壞心眼的主任，讓我心中有一股想要跑出去的念頭，我心不甘情不願地走到主任面前。

「不好意思，我身體有點不舒服，所以想先早退。」我一這麼說，他便回答：「事實上我無法接受，不過你回去也好，局裡有像你這樣的職員，事情都無法順利進行。」你聽，他就是這樣的人。不過，我還是不在意地照樣離開。世事難料，如今後悔也沒用，但我現在常常想到，要是那時主任沒有准許，我就不會在這裡了。

恰巧就是和今天一樣的好天氣，一樣地搭上這塞納河的蒸氣船，我因遠方景色以及柳樹的青翠倒影而感到心靜如水。正當船停在特洛卡迪時，一位將小包包夾在腋下的美麗女子搭上船，坐到我對面的位子。

天氣這麼好，女子也這麼美麗，那優雅的氣息，我吸一口都會迷醉。從來，女人就被視為是一種特殊毒藥的存在，給人一種像在吃完起士後喝下葡

萄酒的感覺。[1]

一到聖羅拉多，因女子下船，我也跟著下了船。然後兩人手牽著手走進森林，雖說仍是初春時節，但是陽光映照在嫩葉上，閃耀著鮮明色彩，也在一片綠草如茵之上描繪出波紋，我這時才了解到原來所謂的綠蔭遍地就是這樣的景色呀。鳥兒到處吱吱喳喳的叫著，小蟲在樹枝上排列，我想著，牠們也是夫妻嗎？

就是那段時光令人感到格外地珍貴，尤其嫩綠的香氣是醉人的東西。也許是因為如此，女子突然充滿活力的跑了起來，我也和她一同跑去。

在森林裡的這段時間，可能是把蔚藍天空與廣闊森林直接當成了舞臺，女孩唱起了民謠。就是那一首天空馬塞特，並不是太好聽的歌，但當時我卻覺得這首民謠如詩一般優美而愉悅不已。

由於女孩看似累了而在草地上坐下，我也在她的腳邊席地而坐。見她可愛的小手鑲著針狀的疤，我試著把玩一下，然後輕輕說：「這是辛苦的神聖記號。」

「你明白這神聖記號的意義嗎？」

何只知道，手上留了這種疤痕的女子，是社會底層的勞苦民眾，這些人大都既沒什麼修養，也沒有口德，更別提所謂的理想。

即便是那時，我知道雖不至於感到厭惡，但由於有種莫名的奇怪感覺，我倆一度無言的凝視彼此，她眼裡的秋波是如此可怕，讓人神魂顛倒、意亂情迷。彼此之間好像建立了多麼奧妙且不可思議的默契，人們近來常說心電感應，但我告訴你，那是騙人的！如果真的可以互相感應，我就不會這麼老是吃虧了。[2]

所謂戀愛就是男方為幕前表演者，女方為幕後製作人，不，應是商人之於藝術家般的關係。[3]

噢，這女人不過是假裝愛上我罷了，但凡夫俗子的悲哀就在於暈頭轉向

1　日譯者註：中略。

2　日譯者註：中略。

3　日譯者註：中略。

而無法自拔，在一起之後的第三個月，我們便結了婚。

　　後來你猜怎麼了？有人會猜想，獨居寂寞而沒有家累的職員因為有了太太，可能會從此感受到人生的美好，但實際上你結婚看看就知道了，從早到晚一直被「老公、老公」的叫著，這忍耐一下也就算了，對不明就裡的事情開始嘮叨個沒完，賣木炭的來家裡就和他聊起來，連對工人也把一些家庭瑣事都拿出來講，還有夫妻之間的秘密也拿去跟隔壁女僕等人開玩笑。

　　還有更受不了的呢，整天唱著馬塞特實在是煩死了，布店的人一來，就一副和他站在同一國的樣子，馬上跟先生開始談判。就連之前提到辛苦的神聖記號之類的怪疤，其實只是我太過一廂情願的迷思而已，不是嗎？就算這輩子會發生什麼事，也絕不想和唱馬塞特之類民謠的人結婚。我都快聲淚俱下地拚命告訴你，你還是把我的話當成馬耳東風。

　　說到這，男人貌似痛苦地噤了聲。船已經前進相當遠了。我其實對這唐突又直接的人抱以同情，正想對他說個一、兩句話時，船抵達聖克盧，停了下來。

　　女孩起身，邁開步伐時還故意碰了碰我，在經過眼前時偷偷瞥了我一眼並莞爾一笑。不一會，女孩走上了橋板，我也打算跟著出船時，那男人卻緊抓著我的手不放，正想擺動身體甩開他，男人抓住我衣擺往後方一拉，大聲說：「你不能去，快站住！」

　　其他乘客全看向我，笑了出來，而我卻無法拿出對男子怒吼的勇氣，只是茫然坐著──回過神猛然站起一看，由於我沒有跟著上岸，那個女孩忿恨的望著我。至於那卑鄙的傢伙則雙手合十說：「我已經盡力勸說了，你你你，要是不聽進去可是不行的啊。」

　　　　　　載於《臺灣日日新報》，一九〇九年一月一日～五日

新年賀禮*

作者　サアベスター
譯者　若林青也
中譯　彭思遠

【作者】

　　サアベスター（Sarbester?），僅知為法國作家，其作品〈年玉〉（壓歲錢）曾由若林青也翻譯為日文在一九〇九年一月一日刊登於《臺灣日日新報》，其餘生平待考。（顧敏耀撰）

【譯者】

　　若林青也，見〈戀〉。

　　正月初一，又是一年的開始。剛到中午時分，就有人來敲我的門。正在納悶這會是誰的當下，一個清寒打扮的女孩探頭進來，並且叫著我的名字。起初我一點也認不出來，可是她毫不害羞地瞧著我微笑著。對了！這是芭蕾特啊！我差不多已經一年沒看到她了，以前還只是個黃毛丫頭，如今宛若三日不見的櫻花般，轉眼間已然是含苞待放的妙齡少女了。

　　芭蕾特長得蒼白而瘦弱，服飾裝扮也很質樸，談不上是那種會讓人多看一眼的美人。可是她有著一雙水汪汪的大眼睛，那純真的臉龐上，總是掛著一抹微笑，彷彿渴望獲得友誼的可愛嘴唇，以及那稍嫌靦腆但卻悅耳的聲音。芭蕾特雖然稱不上是大美人，但是在我心目中，她可是要比誰都美麗。

　　說起來，這是前些年某個節日晚上的事了。在建築物的周圍，五彩繽紛的吊燈在繩子上搖曳著亮光，許多小旗子迎著晚風飄動，廣場中央放著煙火，一束束火樹銀花，煞是好看。突然間，人群裡起了騷動，彷彿看到什麼可怕的東西似的，不知名的恐懼瞬間在擁擠的行列間擴散開來。大家一邊吶喊，一邊四處奔逃。一些體力較弱的人失足跌倒了，狂亂的群眾爭先恐後地踐踏過他們的身軀。

---

* 原刊作〈年玉〉，作者標為「佛國サアベスター」。

　　奇蹟似地逃出那場混亂的我，正要遠遠逃開之際，卻聽到混亂中傳來一陣稚女慘絕人寰的求救聲。於是我又回到迷亂的人群裡，費盡了心力，才把芭蕾特從鬼門關前給救了出來。當時也不知自己從哪兒來的勇氣，可能一切都是神的旨意吧！現在回想起來，還讓人心有餘悸呢。

　　這件事發生已有兩年，之後一直都沒有碰面，我幾乎把芭蕾特給忘了。不過她卻時時感懷在心，趁著年節時分來向救命恩人祝福，並且獻上一份新年賀禮，也就是一株開著花的紫羅蘭。

　　她親自栽培，完全不假他人之手照顧，所以這是意志和耐心得來的壓歲禮物。紫羅蘭在一只粗糙的花缽裡綻開著，現在是擔任紙盒工人的芭蕾特，用一個厚紙板做成的盒子包住花缽，外面還用有圖案的色紙點綴一番。裝飾雖然簡樸質素，卻令人覺得別出心裁。

　　這份出乎意料的新年賀禮，小女孩臉頰嬌羞的神情，和她那結巴不清的祝辭，宛如冬陽一般，把我心裡像是鉛塊那般沉重的鬱結都給撫平了。我的心情猛地從傍晚的灰暗，變成黎明的桃紅色。我讓芭蕾特坐下來，愉快地和她談話。小女孩最初只是用隻字片語回答，但是隨著陌生感逐漸消失，沒多久就換成我不時用驚嘆詞打斷她滔滔不絕的發言了。

　　這可憐的孩子過著艱苦的生活，身為孤兒的她，長久以來與弟妹四人由老祖母隻手把他們帶大。如今，芭蕾特已經在紙盒工廠工作，妹妹柏麗露正在學裁縫，弟弟亨利則是印刷廠的學徒。雖然收入稱不上豐厚，但比起從前已經好很多了。一切將會更美好的，只要沒有工作上的損失和請假，沒有穿壞待補的衣服，沒有因弟妹正值發育期而驟增的食量，沒有漫長難熬的冬天。

　　芭蕾特抱怨著蠟燭太短和柴薪漲價，她們住的閣樓裡，壁爐是那麼大，以致於一捆木頭在裡面彷彿只有一根火柴的效果。冬天時，風雨冰霰都從門窗縫隙灌了進來，連坐在爐火旁都擋不住刺骨寒意，因此便將壁爐棄置不用，僅以一個陶鍋煮飯兼取暖。祖母曾和附近的舊貨商談過火爐的價錢，可惜對方索價七法郎，而她只出得起二點五法郎，這交易從此就沒下文了，一家人只好繼續窩在老屋裡挨餓受凍。

　　芭蕾特說得越多，我越疼惜其堅忍不屈的生存方式，同時也逐漸拋開自

己多愁善感的心境。聽完這意外訪客毫無保留的告白，在我內心湧現起一股希望與計劃。我問她當天還有什麼事情，芭蕾特告訴我待會要和祖母、弟妹去向雇主與客戶拜年。我頓時決定實行心底的計劃，送她出門的時候，便和小女孩約定好晚上會前去拜訪。

我把紫羅蘭連花盆擺放在窗臺上，只見一道暖陽照向它表示歡迎。麻雀在樹梢愉悅地跳躍鳴叫，元旦的晴空，萬里無雲，讓我不禁興致高昂，敞開了喉嚨，用破鑼嗓子在房間內高聲歌唱，一邊穿上衣服外出。

白晝已漸近尾聲。我和鄰近的工人談妥了交易——卸下我的舊壁爐，並且保證弄得煥然一新。日落前的五點左右，要把這玩意安裝在芭蕾特的祖母家中。雖然與芭蕾特約定的時間已到，不過她一家似乎還在外面拜年未歸。這可正中我的下懷，於是協助工人裝起了壁爐，也買來成捆的柴薪，排列在那碩大的壁爐裡。沒有這壁爐我倒無所謂，反正可以藉著散步取暖，或者早一點入睡就得了。

每次聽到樓梯上響起腳步聲，我的一顆心便噗通噗通的跳，我害怕別人在準備未就緒時突如其來的打斷，這將有損我為這家人精心設計的驚喜。幸好這份擔心並未發生，事情彷彿按照劇本所寫的那樣進行。柴火在壁爐內發出興奮的嗶剝聲，那小小的油燈在桌面閃爍著微弱光暈，而油壺也已經擱置在架子上頭。這時工人已經回去了，而我原先的擔心，卻轉化為無邊等待的焦躁。不知道過了多久，終於聽到小孩們的聲音在樓梯處響起。現在她們推開門，走進來了……齊聲帶著驚喜的狂叫，呆立現場。

看到了油燈、火爐，和一位宛如魔術師般的訪客站立其中，她們驚嚇得張口結舌，久久說不出話來。芭蕾特馬上就明白是怎麼一回事，等隨後蹣跚來遲的祖母進門時，才把我的傑作交代清楚。

那是怎樣的驚訝、感動和狂喜啊！可是連串的驚喜尚未結束。妹妹拉開爐門，發現了一些已經烤熟的栗子，祖母在櫥架上找到幾瓶蘋果酒，而我拿出隱藏在木材堆下面的籃子，裡頭有一盤奶油和一些新鮮麵包。

沒過多久，驚訝就被讚嘆所取代。這個屋內從未有過如此豐盛的饗宴！大夥把餐具擺上桌，繫上圍巾後，坐下來享受美食。此刻每個人都沉醉在幸

福喜悅的氛圍中，我只不過帶來晚餐，老婦人和小孩則回報了純真的歡愉。說起來，我才是收穫最多的人呢！

　　幾則無聊的笑話也可以逗樂她們，許多完全雞同鴨講的問題與回答，讓大家開懷捧腹。整個屋子裡洋溢著一家團圓而歡樂和睦的氣氛，暫時把現實生活中的悲慘與憂愁都拋到九霄雲外去了，臉上滿是無憂無慮的笑容。我與這一家人共同度過這段美好的時光，分享他們的幸福與喜悅，縱使是家財萬貫的人，恐怕都無法體會這種快樂。

　　時光飛逝，夜已深沉，老婦人追憶起她的似水年華，有時含著微笑，有時又用手帕擦拭眼淚。芭蕾特的妹妹為我唱了她的拿手歌，在出版社工作的弟弟則能如數家珍的講出現今知名的作家，更得意的說他已經能夠協助校對的工作了。

　　我依依不捨的向他們告別，門外是一片枯枝落葉的荒涼景象。我一面玩味著這一夜的美好回憶，一面漫步走回家，回想著方才共處的愉快情景，我幾乎就要喜極而泣。

　　現在黎明已近，年歲已更新了，而我對人生也萌生新的了悟與體認：沒有人是窮到完全無力施捨他人，也沒有人是卑微到毫不值得關懷。過去的一年已如一去不返的流水，我們為何又要為不可知的未來命運發愁呢？想到以前鎮日為名利汲汲營營，新年多半窩在床裡昏睡，實在是太無聊與無意義了。如果能超越芸芸眾生之流俗所為，大概就離聖賢的境界不遠了。

　　當我抵達家門時，正好遇到我那富豪鄰居的新馬車。打扮時髦的女士，看來八成是剛從派對歸來，帶著焦躁的腳步跨下馬車，同時嬌嗔抱怨著：「總算回家了！」至於我呢，當離開芭蕾特的小屋時，口中說的卻是：「難道就要回家了？」

載於《臺灣日日新報》，一九○九年一月一日

花花公子*

作者　狄更斯

譯者　瀨野雨村

中譯　謝濟全

【作者】

狄更斯像

狄更斯（Charles John Huffam Dickens, 1812～1870），英國小說家，維多利亞時期的寫實主義大師。原本家境小康、生活無虞，後來遭逢劇變，父親破產入獄，全家也被迫一同遷至牢房居住，當時十二歲的狄更斯只好到鞋油場當學徒，每天超時工作，備嚐艱辛、屈辱。由於這段經歷，看盡人情冷暖，使其作品更關注底層社會勞動人民的生活狀態。脫離了悲慘的童工生涯後，狄更斯陸續擔任了抄寫員和通訊記者的工作，此時所培養的觀察力與創作力，奠定了日後成為大文豪的基礎。代表作有《孤雛淚》（*Oliver Twist*, 1837～1839）、《塊肉餘生錄》（*David Copperfield*, 1849～1850）、《董貝父子》（*Dombey and Son*, 1846～1848）、《小氣財神》（*A Christmas Carol*, 1843）、《雙城記》（*A Tale of Two Cities*, 1859）等，皆為世界文學經典名著。（趙勳達撰）

【譯者】

瀨野雨村（？～？），日籍文人，僅知曾於一九〇八年九月二日在《臺灣日日新報》發表〈そゞろごと〉（漫談），一九〇九年一月一日至二月七日發表翻譯自狄更斯作品的〈華華公子〉（花花公子），一九一〇年一月一日發表譯作〈除夜〉，其餘生平待考。（顧敏耀撰）

本篇為狄更斯青壯年時期的作品，文筆詼諧有趣，不愧是日後成為大文豪的創作，輕妙的筆鋒到底非常人所能及。我的翻譯像是新年描畫福神的遊戲一般，內容拙劣，無法充分發揮原文的精妙，讓我甚感遺憾，如專有名詞、

---

* 原刊作〈華華公子〉，未標作者。

白話式口語、諺語等難以譯成和日文相通者，儘可能地修改成日本風格，乞願觀覽如下之內容。

一

「老公，先前的那場晚宴裡，那個人非常會取悅照子呢！」杜戶夫人正對著整天在鎮上忙碌工作疲憊而歸的丈夫說話，他的頭髮纏繞著絲巾，雙腳靠在火爐邊緣，小口啜飲著葡萄酒。

杜戶夫人繼續說道：「是真的，非常非常的討好她，我覺得，我們家已經充分準備好了，不知道什麼時候可以招待他來呢？」

杜戶一臉驚訝地說：「那是誰啊？」

「唉呀，討厭啦，你明明就知道。他留著黑色鬍鬚，配戴著白色的頸飾，不久前加入聚會，經常成為女孩們背後議論的對象。那個年輕紳士叫什麼名字？阿鞠，他好像是叫什麼……？」

阿鞠小姐是杜戶夫人最年幼的女兒，正在編織著錢包，表情端莊大方，雙手仍然不停的工作，像是為情所苦的少女般，嘆氣地回答說：「名叫須原春三。」

「對對，對啦！就是他，須原春三，我沒有見過如此氣質高尚的人，他當天晚上過來的時候，穿著體面，可說是丰姿卓絕，好像……。」

「好像是年輕的貴族，高尚而典雅。」阿鞠小姐充滿無限感慨地說著。

杜戶夫人仍然繼續說：「喂，老公，我們家的照子已經二十八歲了，必須早做打算吧！」

杜戶照子小姐的身材嬌小，不管怎麼看都覺得有點胖胖的，是位臉頰紅潤、性情溫柔的小姐，現今仍小姑獨處。這絕對不是她不夠積極的緣故，這十年之間，她也非常努力的裝扮自己。不僅是來自東京的年輕人，杜戶夫婦甚至和大森、品川等家世背景相稱的家族也有往來，但照子小姐就是沒有遇到合適的對象，甚至還被取了一個「金逆戟鯨」[1]的外號，絲毫沒有墜入愛河

1　中譯者註：日式建築物屋脊兩端的獸頭瓦。

的機會。

　　夫人繼續說：「如果是那個年輕人的話，你一定會喜歡，因為他氣質很高尚喔。」

　　阿鞠接著說：「而且穿著打扮又很體面。」

　　「還有能言善道！」照子小姐又加上這麼一句。

　　接著，杜戶夫人以誇張而撒嬌的語氣，對著丈夫說：「而且那個人對你非常尊敬佩服呢！」

　　杜戶先生隨即清了清嗓子，眼睛看著火爐的方向。

　　「那還用說嗎？我覺得他一定是想和父親交際應酬。」阿鞠這麼回應，照子小姐也幫腔說：「那當然啊。」

　　夫人隨即附和道：「是真的，那個人要我保密不能說出來。」杜戶先生心情愉悅地說：「好吧，我瞭解了。若是在明天的聚會上相遇的話，我會請他來我們家，我們家所在的『大森柏邸』，他應該知道地方吧？」

　　「最起碼會知道這個的啦，他連你擁有一輛好馬車都曉得呢！」

　　杜戶先生以臥坐的姿勢邊說：「那就好，剩下的就交給我吧，很好，很好。」

　　杜戶先生是個專心於商業經營的人，每天思考的事情總是僅侷限於蒸氣輪船公司、證券交易所、銀行等。他以前沒沒無聞、不為人知，生活也不富裕，但是因為在兩三次的投機事業幸運地獲利，突然之間其姓名被刊登在紳士名錄。

　　如同社會上屢見不鮮的情況，他自己及其家人隨著財產的增加，愈來愈驕傲自滿，從流行、嗜好到其他種種無聊愚蠢之事，無不模仿上流社會的人們，然而對於被認作下層階級的人，則避之如瘟神。

　　杜戶先生不學無術而且高傲，個性乖僻又執拗，但為了塑造良好的形象與名聲，頗愛招待賓客，經常舉辦盛大宴會，這也是為了滿足自傲與虛榮心的緣故。然而，誰也不會說出「我不克前來」之類的話，因為世上沒有人會和美食過意不去，所以杜戶家宴會上的賓客總是絡繹不絕。

　　杜戶先生在招待客人時，盡可能選擇聰明才智之士，因為和這些人談話與往來，很能夠顯現出自己的不同凡俗。不過，他對於被稱為「狡猾的傢伙」

之類的人則是敬謝不敏，這大概也合乎父母顧慮子女們的保護心態吧！關於此點，實際上兩位女兒過得相當安逸，絲毫沒有想到父母的用心良苦。

　　總之杜戶先生一家的願望就是能夠結交比本身高一等的上流社會人士，他們雖然想要廣泛交際，但是對於自己狹隘的生活圈以外的社會環境一點也不瞭解。當然，任誰也想要與名門貴冑的人士結為至交，因此當杜戶家舉辦宴會的時候，彷彿只要進入了大森柏邸之門，便是拿到通往上流社會的入場卷。

　　須原春三在聚會中出現，引起了許多宴會固定成員的訝異與好奇心，「他是何方神聖呢？」觸目所見的人們客氣地問。看他時常在閉目沉思，可能是一位牧師？然而舞技又太過於精湛。是律師吧？但是在法院裡卻沒有見過他。

　　他講話時的用詞遣字非常高雅，博學多聞，也許是出色的外國紳士，如此瞭解我國的國情、風俗、習慣，並且盡可能地出席官辦的舞會、宴會，或者是為了磨練學習上流社會的禮儀文化，特地來此的呢。不，言談之間沒有絲毫外國口音啊。

　　還是外科醫生？雜誌的投稿作家？小說家？或者是畫匠？不！他似乎不屬於上述任何一類。但大家一致取得共識：「他絕不是普通人。」對於這一點，沒有人有異議。

　　杜戶先生的內心也附和著：「沒錯，他必定是如我等身分高貴者，我們要努力爭取機會。」

二

　　這個談話後的隔夜即「宴會之夜」，一輛雙頭馬車被命令於九點整來到柏邸大門前停下。杜戶家的小姐們穿著裝飾人造珠花的淡藍色綢緞衣裳走下來，接著出現的是杜戶夫人，她也穿著相同的服飾，身體稍微肥胖，看得出來有大女兒照子的兩倍之大。長子杜戶力造穿著一套燕尾服，巧妙裝扮，風采頗為賞心悅目，是位理想的接待員。次男頓馬，服裝更是細緻，青色上衣、白色衣襟、金光閃閃的鈕扣以及紅色的錶鍊，若要評論他的樣貌，沒有比「好像雜耍小丑演員」更為適當的了。

全家所有成員，個個都想成為貴公子須原春三君的好友，行動非常積極。其中的照子小姐已有二十八歲，由於是個正在尋覓良婿的女性，打扮非常可愛，興味盎然地接待他，自然不在話下。就連杜戶夫人的臉上也始終堆滿了慈愛與微笑。還有阿鞠小姐拿出金蘭簿[2]，請他寫下短歌、詩作以等待日後這些真蹟可隨其身價而水漲船高。

杜戶先生對於此時能在大森的柏邸親自接待這位出色、但不知道是何方神聖的貴公子，感到與有榮焉。聰明的頓馬，不時留意這位貴公子究竟對於鼻菸草、雪茄菸草等令人感到有興趣的主題瞭解多少。至於力造，就嗜好、服飾以及當今流行風潮的相關事情來說，他本來就是一家之中的佼佼者。他在市中心的日本橋附近有自己的住宅；不管何時，不管身上有沒有錢，只要興致一來就想跑去看歌舞伎表演；穿著打扮則每個月不落人後地跟上流行，在交際應酬的旺季則每週一次前往隅田川上的船屋遊樂，也與住宿過帝國飯店的紳士互相熟識，親密來往。連如此風流瀟灑而精通時尚的力造，也覺得須原是個非常有趣的傢伙，心想是否該跟他挑戰最高級的撞球球技。

如此光鮮亮麗的家庭成員，在進入舞會場地的剎那，全都把目光投注在那個隨時看到都覺得趣味盎然的春三君，額頭的中間是飄逸中分的秀髮，一直憑靠在大廳裡的椅子上，似乎陷入幽遠的思索之中。

杜戶夫人對丈夫耳語道：「老公，你去他那兒吧！」

照子小姐想說話卻囁嚅著：「簡直像是拜倫[3]呢！」

阿鞠小姐悄悄地說：「也有像蒙哥馬利[4]的地方呢。」

頓馬的嘴巴也念念有詞：「也好像郡司大尉[5]的肖像。」

杜戶先生突然斥責道：「不要說蠢話！」只要頓馬在場的時候，經常像這樣地被斥責，這大部分是希望頓馬不要成為「狡猾的壞傢伙」而對他的苦心勸告，不過那是不必要的擔憂，其實不需要對頓馬有如此過多的操心。

2　紀錄親友姓名、住址的聯絡簿。

3　George Gordon Byron（1788～1824），英國浪漫派詩人。

4　James Montgomery（1771～1854），英國詩人。

5　郡司大尉，指郡司成忠（1860～1924），日本海軍軍官探險家。

到現在為止，一直保持優雅姿態的須原先生，在杜戶一家悉數進入舞會場地後，忽然起身，以非常自然的態度，表現出驚喜的神情，對杜戶夫人以無比誠懇的言語奉承，對小姐則是散發出無限的個人魅力，對杜戶先生幾乎只差沒有跪拜而恭敬地鞠躬哈腰，接著就是跟公子們握手寒喧，又像喜悅又像受到恩澤般地回禮。

寒喧一圈後，春三君更加恭敬地鞠躬，對照子小姐說：「杜戶小姐，請問一下，我有這個榮幸能成為您的舞伴嗎？」

照子小姐裝模作樣地說：「我是並沒有特別約定好的對象啦，只是剛剛已經有好幾個人來邀請了說……」。

春三君的神色如同被砸了一臉的橘子皮，亦如《忠臣藏》第三段中狼狽的鹽谷判官[6]，說道：「是的，很好。」

但是，照子小姐接著開懷的笑說：「好啊！」很清楚地看到春三君十分尷尬的臉色，像是被驟雨淋濕的陳舊帽子那般。

春三君成為女兒的舞伴，杜戶先生則目送他們加入正在開始跳舞的人群之中，高興地說：「他實在是個好紳士啊。」

力造也附和說：「還是個言行舉止非常得體周到的人。」

只要一說話就出差錯的頓馬，還是跟以前一樣，毫無悔改之意，點頭說道：「他是個優秀的人物，口才之巧妙連競標拍賣會的主持人也比不上。」

父親聽到這句話，聲音拉高，嚴厲地斥責：「少說蠢話！不是跟你講過好幾次了嗎？」可憐的頓馬像雨天清晨的公雞一般悄然無聲。

第一支舞結束後，二個人高興地在室內漫步，春三君開始懇切耐心地說：「照子小姐，我好開心，無論是暗淡無光的暴風雨，或是世事無常的人生苦痛，全都一掃而空，是的，那是比飛翔還要快速的感覺，很容易就褪色，更容易轉瞬即逝。和某個讓人懷念、高尚的人在一起，她的憤怒等於我的末日，她的冷漠使我感覺快要發狂，她的薄情會讓我的身軀毀滅，她的真情使我非

6　原文為「三段目の鹽谷殿」，意指日本著名的戲劇作品《假名手本忠臣藏》第三段的主角鹽谷判官。該劇根據歷史事件「元祿赤穗事件」改編，十分膾炙人口。

常愉悅，很高興她的愛情為我所有，上天最善最美的賞賜集於她一身，不！豈止如此，只要能允許我陪伴在她身旁的話，就非常開心，快樂到什麼程度呢？簡直是無以言喻。」

「嗯，多麼深情的人啊！」照子小姐如此認為，更深深地倚靠在須原君的懷裡。

「不過，停下來吧，停下來吧！我究竟說了什麼呢？我這種人說這些情話，成何體統啊！」春三君說起話來，恰如鄉村戲劇中好男人的語調，此時突然又沉默不語了。

「照子小姐，您覺得我是個失禮的傢伙吧？我想要對小姐您說……」，春三君說到這裡，照子小姐高興得身體稍微顫抖，滿臉通紅地說：「可是我還沒有跟父親大人說呢！」

「令尊應該不會有不同的意見吧？」

「不一定耶，你對我父親真實的個性還不瞭解啊。」關於此事，其實照子小姐連一點點憂慮都沒有，她充分的知道實情如何。他們兩人的談話十分熱絡，照子小姐甚至還覺得這次的見面如同小說的場景那般夢幻，急著就打斷了對方的談話。

春三君稍微訝異的說道：「我剛剛是想說，我要奉上一杯汽水給您。令尊該不會禁止您飲用吧？」

「喔，是不會這麼誇張啦。」照子小姐搞清楚情況，不禁悵然若失。

宴會結束後，杜戶先生和兒子們與須原君站著閒聊時，杜戶先生告訴他將於星期天的大森柏邸，準備粗茶淡飯招待。春三君恭敬地致謝，答應了如此榮耀的邀宴。

三

滿腦子構思著如何把女兒推銷出去的杜戶先生，對著這位了不起的新朋友遞出鼻菸草盒，並且說：「講實在話，即使我們舉辦這樣的聚會，在寒舍柏邸，安閒地……不！可能講『奢華』會比較適當吧，在愉快程度上而言，『安閒』根本不到其中的一半，豈止呢！因為安閒的聚會恐怕只適合老人而已啊，

哈哈……」

假裝哲學家口吻的須原君，一派正經地說：「的確。畢竟所謂的『人』到底是什麼？成為『人』之特質究竟為何呢？」

杜戶君：「是啊，這確實是個重要的問題。」

須原君仍然繼續說：「依我們所知，人依存於這個空間，出生後要呼吸，其他還有欲求、願望、希望、口腹之欲等。」

力造君以「果然深得我心」的樣子點頭道：「的確沒有錯。」

春三君得意洋洋地益發提高音量：「大家都知道，我們所謂的『空間』只是『我們在此存在』這個事實而已，不過，我們不得不停滯在此處，乃是個人智識受限所致，我們能到達的頂點也會僅止於此，可是我們最後的目的地卻是在這裡。如前面所述，我們到底知道了什麼呢？」

力造君回應著：「什麼都不知道。」果然世上已沒有如力造君這般，能立刻做出如此適當回答的人，頓馬則嘗試著想說一些話，但早已先被父親怒目相對，猶如偷吃食物的小狗，夾著尾巴，靜悄悄地伏下身子，默不作聲，這對父親的聲譽有很大的幫助。

全家搭乘馬車回家的途中，力造以非常欽佩的口吻說：「須原這個人，實在是令人驚訝的青年，學問非常淵博，什麼事都能理解透徹，語言的表達方式也很高明。」

阿鞠小姐說：「我覺得他是某位隱姓埋名的賢人，應該不會錯的啦！」

頓馬則膽怯地說出口：「以大聲音量滔滔不絕地說話，到底在講什麼我完全都聽不懂。」

聽過須原春三先生的談話而有深刻領悟的杜戶先生，深深地嘆息道：「我對你也感到很擔憂，你究竟要到什麼時候才能具備理解力呢？」

照子小姐也說：「小頓啊，你今晚表現得非常愚蠢。」

「沒有錯！」、「真是傷腦筋！」、「要用心啦！」這些批評的聲浪從四面八方湧入，真是悲哀呀！頓馬盡可能地縮小自己的身體，瑟縮在角落。

當晚杜戶夫婦為了女兒可盼望的前途以及今後的計畫，進行了冗長的討論，還有規勸照子小姐，將來倘若嫁入某種爵位稱號之家庭，就不要再跟現

在的朋友一起出去玩，諸如此類杞人憂天的無聊話，直到就寢入睡。照子小姐整夜夢見了隱藏身份的貴族、大型的夜晚宴會、駝鳥的羽毛、還有來自各方的賀禮，當然還有須原春三先生，一直夢到天亮。

且說，到了星期天早上，在家庭成員之中提出一個很大的疑問，那就是大家所期待與喜愛的春三君，到底要搭乘什麼過來呢？他擁有馬車嗎？還是會騎馬過來？或者乘坐驛馬車？還有其他像這類重要的疑問，杜戶夫人和女兒整個上午一直胡亂猜測到忘我的境界。

杜戶先生也被夫人抓著不放，頻頻抱怨心中的不滿：「真的很困擾啊，今天的飯局，你姊夫，也就是那個沒有水準的人，會不會不請自來啊？今日因為須原先生要來，所以除了洞井先生之外，其他人都刻意不邀請的啊。你姊夫來的話，實在令人無法忍受，因為他骨子裡就是個商人，對於我們這些上流階級而言，是容不下姊夫這粒砂子的。在那位貴客面前，不要讓姊夫喋喋不休地聊著生意經，即使給我們一萬元，我們也受不了，不是嗎？雖說姊夫很會察言觀色，會隱瞞家中的醜事沒錯，不過對於自己的生意又很愚蠢地自鳴得意，刻意的到處對人吹噓。」

現在提到的這位人物，名叫原戶利平，是個大雜貨商，極為粗俗，一點也沒有想要變得更高尚的心意，常常毫不避諱地公開揚言：「我用買賣來追求利潤，被任何人知道都沒有關係的啊！」

有位戴著藍色眼鏡、體型矮小、冒冒失失的男人進入室內，杜戶先生立即迎接說道：「哦！洞井先生，歡迎！看過信件了嗎？」

洞井先生：「是的，拜讀過了，專程前來叨擾。」

杜戶先生：「啊！是這樣的，由於你的交遊非常廣闊，你知道有一位須原先生嗎？」

說到洞井，每晚遊歷各社交圈，閱人無數，交遊見聞非常廣闊，雖說他自稱熟知每一個人，事實上卻誰也不認識。因為杜戶一家熱衷地想聽取上流社會人士所講的任何話語，所以他特別被看重，被視為一名當代的紳士。

洞井先生充分地瞭解杜戶一家是什麼樣的人，他很愛說自己的人面非常廣，即使都只是吹牛也不介意。此人的習氣因杜戶一家而愈來愈誇張，但是

他大吹法螺的方式倒是頗為特別，絕對不從正面且大聲地誇大吆喝，而是時常從真正的事實當中穿插交雜著吹噓的內容，這樣反而成效不錯，還有，此人也絕口不提個人的事情，這麼一來就擔心被別人覺得「那傢伙就只會吹噓自己的事情而已」。

洞井先生接受杜戶先生的詢問之後，裝腔作勢地壓低音量說：「不，沒有聽過，但是這個名字和我認識的一個人相同，他是個體型很高的人嗎？」

照子小姐說：「中等身材。」

洞井先生小心翼翼地試探著：「黑色頭髮嗎？」

照子小姐熱烈回應：「是的。」

洞井先生：「鼻子寬扁是嗎？」

照子小姐有點生氣的說：「不，很高挺。」

洞井先生意識到有些失言，技巧性地裝糊塗道：「我也不認為他的鼻子不夠高挺。那他是身材削瘦的年輕人嗎？」

照子小姐：「是，沒錯。而且非常讓人喜愛。」

家族成員一起說：「是的，和您所知道的沒有不同。」

杜戶先生得意地說：「他是怎樣的人呢？以無所不知的你來判斷的話，他究竟是何方神聖？」

洞井先生稍微沉思默想，以接近低聲私語的音量悄悄說：「嗯，照您所形容的樣子來看，和東花園春若麿公爵君非常相似。但是此人是個才子，也有些怪癖，所以或許有難言之隱才會暫時改名呢。」

聽到此話，照子小姐心情自然地激動起來，那個人真正的名字叫做東花園春若麿公爵啊？多麼好的名字呢。照子小姐想到白色綢緞繫著兩張光澤閃耀的名片，上面會漂亮地刻寫著什麼呢？是「東花園公爵夫人」啊，喜悅之情油然而生。

杜戶先生拿出手錶看了一下，說道：「喔，還差五分鐘就五點，希望不會讓我們失望。」

這個時候，聽到非常用力敲門的聲音，照子小姐下意識地叫著：「請進。」

大家開始出現裝模作樣的臉色，不管是任何人進來，盡可能地以事不關

己的態度。對於久候不到的人終於來臨之際,任誰也都會這麼做。稍後,大門打開,僕人恭敬地接待。

「原戶先生,您來了。」

「唉呀!」杜戶先生鼓起簧舌,若無其事地迎接道:「是原戶先生啊,有帶來什麼奇聞軼事嗎?」

以「傻人有傻福」為座右銘的雜貨店老闆,像往常那般憨厚地說道:「不,沒有什麼特別的,這樣說好像我有什麼事呢!對了,照子和力造他們最近還好吧?哦,這是洞井先生,好久不見囉!」

頓馬將頭伸出窗外,一會兒突然發狂似地叫喊:「啊!須原先生終於來了!騎著非常駿偉的黑馬!」

誠如他所見,春三君騎乘一匹高大的黑馬,奔跑、跳躍、拉著韁繩、騎馬後退,隨後附加的是依慣例般的馬兒的鼻子粗魯地喘氣,後腿站立起來,前腳旋踢,像是逗人發笑的馬戲團小丑般,手忙腳亂了一陣子後,在距離大門約半條街外的地方,終於停止下來,滿頭大汗的春三君下馬之後,將馬匹交給杜戶家的馬伕,悠哉悠哉地走進來。

完成了公式化的介紹形式之後,洞井先生的眼光透過青色眼鏡,很裝腔作勢地看著春三君,春三君則以一種無法形容的吸引人的眼神看著照子小姐的容顏,照子小姐也回送熱情滿溢的秋波。

杜戶夫人往餐廳方向走去,對著攙扶著自己的洞井先生低聲私語:「那一位真的是東花園公爵閣下嗎,名字叫什麼呢?」

「哎!好像真的是,又好像不是。」這位博學多聞的老師如此辯解著,實在是不得要領,夫人又再次詢問:「那他到底是誰啊?」

「稍安勿躁。」洞井先生表明自己知道那人的名字,不過事關國家大事,不便明講,以非常嚴肅的態度制止了夫人。他認為那或許是朝廷裡的大臣,為了探查民情,故意喬裝,以年輕、具當代風格的水戶黃門卿[7]的裝扮現身。

7　水戶黃門,即德川光圀(1628～1700),德川家康之孫,水戶藩第二任藩主,曾任黃門之職。民間相傳他時常微服出巡,探訪民情,懲奸除惡。

　　杜戶夫人頗為高興的說道：「須原先生，請坐，可以坐在女生的中間，治助哪，在照子小姐與阿鞠的中間擺上須原先生的椅子。」

　　治助是平常在杜戶家擔任馬伕與園丁的男子，由於今天要讓須原先生覺得這裡是個大戶人家，所以才勉強穿著不習慣的禮服，喬裝成第二位僕人站在此處服侍。

四

　　依照往例，宴會的菜餚很高級。春三君汲汲於討照子小姐的歡心。宴會上誰都不特別偏向討好某一方，獨獨杜戶先生十分瞭解姊夫原戶先生的性情，在這種場合之下，通常如果說出不入流的話語，事後再想挽回對這一家人突如其來的恥辱，已經後悔莫及，將歷經不為外人所知、內心非常懊惱的悽慘情況。

　　「洞井先生，你最近有跟你的朋友島田三郎約出來見面嗎？」杜戶先生特意舉出這位名人的名字，並且頻頻地從眼角餘光觀察春三君臉上會有怎樣的反應。

　　「不，最近沒有特別約他出來，只是前天在早稻田伯爵家裡剛好有看到他。」

　　「啊，果然，伯爵應該無恙吧！」杜戶先生說得好像和伯爵有交情的樣子，其實充其量也只不過是從照片上見過而已。

　　「是的，和往常一樣強健。承蒙種種問候，他日相逢必然向伯爵稟告，我誠摯地代替伯爵領受您的心意。長久以來僅限於思念而無法與您當面詳談，實在感到非常遺憾，剛剛我是去拜訪一個朋友，他是銀行家，這次當選為本市的議員。」

　　主人非常誇張的說道：「啊！那個人嗎，那個人的話我也知道，實在是縱橫商界的名人。」其實主人什麼也不知道，洞井先生亦是如此。主人擔心的事情終於要發生了，坐在餐桌中間的原戶先生插話說：

　　「說到商界，杜戶先生，在你第一次成功獲利的投資時，所結識的那位紳士，前些日子曾經來過我的店舖。」

「原戶先生，原戶先生，麻煩你了，請稍微將馬鈴薯……。」主人的話很像要把燙手山芋甩掉般，慌亂地打斷談話。情勢的發展與妹婿真正的企圖相反，雜貨店老闆原戶先生毫不在意，繼續口若懸河地說著：「是啊，那位紳士真的很樸實哪。」

杜戶先生在此緊要的關頭又打斷說道：「原戶先生，請將馬鈴薯拿到這邊好嗎？」

這可惡的原戶先生，認真地將馬鈴薯轉交給主人，仍繼續說話：「講到那位紳士，你的生意是怎樣做的呢？我在此說個玩笑話，如你所知，我做事的風格是絕不嫌棄自己的職業，我的職業也不會嫌棄我，情況就是這樣，哈哈哈哈哈。」

主人更加慌張，極力掩飾其狼狽失措：「須原先生，喝一杯葡萄酒如何？」

「非常感謝。」

主人：「別這麼說，我才要感謝您的賞光蒞臨。」

須原君：「謝謝。」

「前幾天，討論有關人類天性的高論，實在是真知灼見，我心中只有欽佩而已。」主人轉而這麼對須原君談話，一方面是為了讓每個人知道這位新結交的朋友有多麼辯才無礙，另一方面是藉此打斷雜貨商老闆的講話。

力造君隨後附和著：「我也非常佩服。」須原先生優雅地點點頭，表示謝意。

這次輪到杜戶夫人開口：「須原先生，關於我們女人，可否聆聽您的看法呢？」女兒聽到之後，不由得掩口「呵呵呵」地笑了出來。春三君抬頭挺胸道：

「沒問題。男人如果只有孤單一人，即使生活在宛如天堂般的美麗舒暢的花園裡，或者是在比這裡更優美的地方，只會感到更加荒涼寂寞。相反的，縱使是生活在極其平凡無味的地方，即使身處任何場所、任何境遇，包括寒帶地區那有如撕裂筋骨般的寒風之中，或是被赤道下那炎熱灼燒般的烈日所曝曬，只要有女人相伴，男人就不孤獨。」

杜戶夫人說：「實在是非常正確啊！相當好的見解，讓我受益良多，非常

高興。」

「我也是。」照子小姐以牡丹花盛開般的紅潤神色說道。因此，春三君以過份驕傲的樣貌，洋洋得意地環視座上。

「我的意見是……。」原戶先生一這麼說，杜戶先生以將要宣布一件重大事情的模樣，馬上插話進來：「原戶先生，您要說的話，我都知道，不過我不同意。」

聽到這樣的話語，雜貨商驚訝地睜圓眼睛說道：「咦？為什麼呢？」

杜戶先生已經把他當成真正的對手，以堅決果斷的語氣說：「很抱歉，您的論說不正確，恐怕不只這樣，我甚至覺得是胡亂評論，您所講的無論如何我都不同意。」

原戶先生更加訝異地說道：「我什麼都還沒講啊，我想說的是……。」

杜戶先生顯現愈來愈強硬的態度：「不！您說什麼我都不會信服，絕不！」

不知什麼跟什麼，完全不明瞭父親的攻擊言論，力造君也跟著開口說：「我也是，無法全然同意須原先生的論說。」

春三君看到杜戶家族的女士們，每個都很熱衷於傾聽自己的言論，益發佯作學者而滔滔不絕地高談闊論：「什麼？反對啊？然而，究竟是先有因才有果？還是先有果才有因呢？」

洞井先生以相當同意的語調說：「這就是重點所在啊。」

杜戶先生說：「的確如此。」

春三君更加趁勢說道：「恐怕是先有因才有果，如果是要說先有果才有因的話，很抱歉，我將毫不猶豫斷定您的論點謬誤。」

習慣阿諛的洞井先生對此回應：「和我想法一致。」

須原君說：「至少，我認為這個合乎邏輯的結論完全正確。」

洞井先生再次地幫腔：「已經連些許的疑點也沒有，這個結論可以就此拍板定案。」

力造君也無可奈何的說：「或許是這樣沒有錯，到現在為止我沒有注意到這一點。」

雜貨商的臉上露出已無法領會的表情說道：「你們說的話我完完全全聽不

懂，就此打住吧！」

五

杜戶夫人將女兒們拉到餐廳，輕聲地對兩人說：「他真的是辯才無礙啊。」

女兒們回答：「毫無疑問的，他對於世界上的所有事情都瞭若指掌，他的談話簡直就像預言一般。」

落在後頭的紳士群，暫時中斷談話，不論是誰似乎都被先前高尚、幽玄而又微妙的議論所壓制一般，露出頗為認真的神情。其中，洞井先生決定在此就要摸清楚須原春三的底細，看他究竟是何方神聖、從事什麼職業，於是先開口說：

「失禮了，須原先生，您看起來對法律有所研究，事實上我也一度有志於此，因此，現在律師界大名鼎鼎的人物，大抵都是我的熟人。」

春三先生略顯猶豫地說：「我其實也沒有啦……沒這回事。」

洞井先生越發謙遜地說：「但我認為您確實和這群同伴長久有所來往啊，對吧？」

「是啊！沒錯。」須原先生說。

至此，洞井先生已經充分洞悉此人的身分與職業，因而給予此問題最後的結論——須原春三先生確實剛剛當上律師，是個有身分地位的年輕紳士。

頓馬此時初次開口：「像我就不會想當律師。」言畢，無一人搭理他說的話，他環視餐桌，依舊無人回應。在此，頓馬下決心再說一次：「我才不想戴上律師那種帽子。」

杜戶先生以訓斥般的語氣說：「這個，現在不是說這種蠢話的時候，你給我乖乖聽著大家說話，不准再逞口舌之快。」

「是。」頓馬回答。

「好了啦，小頓，別放在心上，我同意你，我也不想戴上律師那種帽子，相較之下，穿上圍裙[8]要好的多。」想當好人的姨丈這些話剛說完，杜戶先生

---

8 按：指店家老闆或掌櫃所穿之圍裙。

就激烈地假裝咳嗽，試圖打斷其發言。

原戶先生又說：「如果每個人都能致力於自己的職業……。」

杜戶先生的假咳比先前更激烈十倍，連原戶先生也大吃一驚，於是忘了自己原本打算要說的話。洞井先生再次對著春三先生說：「那麼，須原先生，您莫非住在日本橋一帶？認識寺田先生嗎？」

「認識，今年新春的名片交換會上和他初次碰面，其後也有一次機會承蒙他的惠顧。」春三先生剛說完，就猛然警覺，馬上避口不談，臉色通紅。但是洞井先生絲毫沒有察覺這等舉動，依舊深深崇敬地說道：「能幫那位先生效勞，實在是您的福氣。」

隨後，大夥一塊走向客廳，洞井先生向主人杜戶先生講悄悄話：「我還是無法明確知道他究竟是誰，不過，肯定是個身分高貴、與法律相關的人。」

杜戶先生點頭稱道：「沒錯。」

接著，這一夜就在非常歡樂、一團和氣的氣氛中度過。特別是討人厭的原戶先生酣睡了，令人擔心的禍源已經消失，主人杜戶先生臉上的喜悅顯而易見。其中，照子小姐演奏拿手的音樂，博得滿堂彩。然後，力造君認為自己和須原先生的聲音頗為調和，便在力造的協助之下，兩人試了好幾次的合唱。春三先生原本就對音樂一竅不通，由於這個缺點，他索性不管樂譜了，使得合唱有種奇妙的感覺。儘管如此，在場眾人無不大大滿足，度過歡樂有趣的時光。十二點將屆之時，須原先生說他必須返家了，於是馬夫將他那匹好像靈車專用的駿馬率了出來，杜戶夫人突然提出一個方案：

「須原先生，您明晚能不能加入我們，大家一起去看戲？」

須原先生恭敬地點了個頭，並且約定說：「那麼，明晚在四十八號包廂恭候大駕。」

照子小姐以相當撒嬌似的語調說：「我們明天要和母親去購買各式各樣的東西，請您……委屈一下，可不可以在上午陪我們去？男士們好像都非常討厭和女人去購物呢，呵……。」

春三先生再次彎腰行禮，賠罪道：「我也非常渴望與您結伴購物，但是明天早上有各種要事。」

洞井先生則是仔細地靠向杜戶先生耳邊說：「早上是辦公時間。」

六

翌日的十二點，為了載送夫人與小姐到遠處，一輛輕型馬車被牽引至柏邸的大門前。夫人心裡盤算著：首先驅車到朋友的宅邸，在那寄放帽子和裝飾品的紙盒，以便吃過晚餐之後，在觀賞舞臺劇前可以好好粧扮。當天第一急務是購物，所以只好先到神田的某些商店，之後再到日本橋、京橋，其次前往芝區的露月町，還有其他普通人沒聽聞過的種種地方場所。

結果，卻到處都買不到理想的物品，期間女兒們稱讚須原春三，並對僅僅為了節省五毛錢、卻帶她們跑到大老遠的母親有所抱怨，紛紛哀聲嘆氣或大喊無聊：「啊，什麼時候才會到達目的地啊？」

馬車不久後停在一家有點髒污、寒酸的綢緞莊門前，店門口懸掛著各式各樣的碎布頭，架上從一段可賣三圓五毛錢的高級布料，到價值五、六毛錢的女用圍巾，全都布滿灰塵。其中商品種類總共約有三十五萬項，這是全東京價格最公道的綢緞莊，備有最多商品，而且賣剩的商品還以原價五折的大折扣拍賣。當然，這是店家老闆親口說的，絕不會錯。

照子小姐說：「唉呀，母親哪，帶我們到這裡來，若是被須原先生撞見的話，那可怎麼辦？」

阿鞠小姐也前後左右地四處觀望：「是啊是啊！」

「歡迎光臨，啊，請參觀選購。」梳洗乾淨的頭髮漂亮地中分，穿戴著誇張的高領衣服，彷彿是油畫展覽會上常見的拙劣的紳士肖像，連連不停的點頭並招呼著。

杜戶夫人以趾高氣昂的貴婦人姿態說道：「請給我看一些絲織品。」

店主人向著店內喊著：「是！馬上來。喂，中村君在哪兒啊？」

「老闆，我在。」

「趕快給我過來，每次有急事找你的時候都不在，很傷腦筋啊！」

老闆這麼抱怨，中村君隨後身輕如燕地從櫃檯的桌面上翻越，咻——地出現在新客人的面前，看到他之後的杜戶夫人不自覺地低聲發出「哎喲」一

聲。照子小姐正彎下身和妹妹講話而沒有發覺,忽然抬起頭來,啊!這是夢境嗎?現在,眼前出現的正是貴公子須原春三本人。

後來發生什麼事,說來很老套,不說為妙。

小說中的男主角這個不可思議的、有哲學家氣息之心理學者須原春三,以照子小姐的目光來說,猶如業平[9]與源氏[10]的主角混合體,像現在這樣子,到目前為止是小說、夢境般的情節,覺得不會在現實環境中發生。不管是貴公子或是風雅男士都無法形容的男人,原來工作場所是在這麼小家子氣的寒傖商店裡面,而且還是在一間開店以來不到三週、不知道何時會關門倒店般搖搖欲墜的商店裡面任職掌櫃,名叫中村某某的微不足道的男子。

由於這次不經意的相會,這個至今柏邸表現出色、集一家人之敬愛於一身的男人,其慌張遁逃的模樣,宛如偷吃東西的小貓後腳不小心打翻藥罐後趕緊逃離的樣子。隨之而來,杜戶一家的希望所寄,也像是某間公司董事會席上的檸檬汁所放進的冰塊一樣,立刻消失得無影無蹤。

在這個可怕的早晨所發生的事情過後,柏邸庭院中的雛菊早已花開三度,大森的梅林裡,黃鶯也已三次鳴春,但是杜戶家的小姐們依然小姑獨處,特別是照子小姐的期望落空,較以往更甚。洞井先生的名聲愈來愈接近頂峰,杜戶一家人目前還是一如往昔的崇拜貴族階級而嫌棄下賤平民,不,恐怕比以前更加嚴重呢。(終)

載於《臺灣日日新報》,一九〇九年一月一日~二月七日

9　中譯者註:業平,即「在原業平」(825~880),平安初期的歌人,阿保親王的第五子,容姿端麗、放縱不羈、熱情的和歌名手,為典型的美男子。常為能樂、歌舞伎、淨琉璃等戲劇的題材。

10　源氏,指紫式部《源氏物語》的男主角「光源氏」,周旋於眾多女性之間的美男子。

醫師的妻子*

作者　シーランドロフ・
　　　　リナフィールド
譯者　骨仙
中譯　吳靜芳

【作者】

　　シーランドロフ・リナフィールド（Sheerandolpf Rinafield?, ？～？），僅知村上骨仙曾於一九一一年九月五～十四日翻譯其〈醫者の妻〉（醫師的妻子）刊登在《臺灣日日新報》，其餘生平待考。（顧敏耀撰）

【譯者】

　　村上骨仙，見〈陌生女子〉。

　　許久以來，承蒙讀者諸君厚愛的小說〈狗與人〉，終於結束了。今日要重新開始連載一篇嶄新的翻譯小說〈醫師的妻子〉，原著本來就是短篇小說。有位文學士高田梨雨，更進一步的予以改寫成非常清新的小說而發表出來。

　　帕納比急忙地穿上雨衣，朵拉的衣服邊走邊沙沙作響，從客廳進來。女傭從二樓走下來，馬上就被女主人朵拉盯上，並被問到男主人的事。正好女主人那時聽到穿雨衣的聲音，轉而注視男主人問道：

　　「你要到哪裡去呢？」朵拉以驚訝的口吻問道。

　　帕納比輕聲說：「要出外看診。實在很麻煩啊，雨下成這樣。但是也沒辦法，是工作啊！」

　　朵拉的視線越過自己的肩膀……也就是禮服的網狀裝飾散發白色光芒的肩膀，偷偷地觀察以確定女傭不會聽到，接著，靠近丈夫旁邊，認真地解開雨衣的鈕扣，斬釘截鐵地說：「今晚你哪裡都不可以去。」

　　帕納比握住朵拉柔軟的手，笑容滿面地將她的手從自己的身上拉開。

***

* 原刊作〈醫者の妻〉，作者標於連載的最末一篇之後。

「這是我的工作，所以沒辦法。」他說。

「說什麼是工作，那要到什麼時候才能結束？我真的覺得很煩了。」她說出了這句話，且顯露出因憤怒而泛紅的臉色。

「妳啊……。」玩笑般地握住她的手。

朵拉把他的手甩開，兩手一邊緊緊地合握，一邊嘆道：

「我已經厭倦你所謂的工作了。你要拋棄我嗎？如果是你的朋友就算了，不認識的人一叫你去，你就把我放在一邊。你都忘了曾在上帝面前所發的誓……。」

「因為對方是病人……。」帕納比感到非常困擾，露出驚訝的表情。

「不管是生病的人或是健康的人，你都是這樣。對你來說，他人的事比較重要吧？就算是完全不認識的人，以醫師自稱的你，其實只要有錢賺，你就會過去吧？無論在什麼時候，或發生什麼事情，只要你覺得有興趣，我怎麼樣都不重要吧？」

接著，突然改變先前的情緒和態度，變得像是哭泣般地說：「你這次就不要過去了吧……！拜託你了。應該可以答應我吧？」朵拉不悅地說，並繞到後面拿起帽子。「如果又說要外出的話，那麼請你今天一定要帶我同行……。今天請你務必不要出診。至今為止曾有過為了和我一起去哪裡而休診的嗎？一次都沒有吧！對你來說，我和女傭有什麼不同？」朵拉帶著攻擊意味的語氣說。

「笨蛋！不要說那種無聊的話。」帕納比一邊穿戴手套一邊瞪著，說道：「醫師的生活就是這樣，義務和快樂同時並存著。」

「但是，只要這次就好。真的，只要這麼一次答應我就好，拜託……。」朵拉連聲音都變得慌亂起來。

帕納比到門口把門推開，意味深長地指著前方不遠道路的一端，有一戶人家的門柱上閃爍著紅色燈火。

「朵拉，有看見那個嗎？」帕納比往後退，一邊拉著朵拉的手，一邊以嚴肅的語氣問：

「有看到嗎？這樣就知道為什麼了嗎？那個紅色的燈火，就是在痛苦海

洋中遭遇海難的身體之船的燈塔啊！既然如此，我還能和妳以及妳的客人們愉快地用餐嗎？我看得見那代表痛苦的信號，耳朵也聽得見病人奮力地叫喚請求救助的聲音，這樣還能愉快地用餐嗎？若身為海岸監視人，或是應該搭乘救生艇前往救助的人，當下就必須前去救援瀕臨死亡的人，如果視而不見而在那燈火旁邊自顧自地遊樂，換做是妳的話，會怎麼想呢？」

朵拉甩開手，往門外跑去，手指著遠處在濕冷雨中有著微微閃爍紅色燈光的他方。

「看那個地方。」朵拉說。「那個地方不是我們的家。」靜靜地，似乎被雨淋濕的朵拉進入屋內。「那麼，我該怎麼做才好呢？」朵拉一臉可憐的樣子，對著那個地方。

「你是醫師的『內人』。」

「『內人』……是『妻子』的意思？還是下女？」朵拉對著丈夫，用輕蔑的口吻說著。

「朵拉，你說的話都是在無理取鬧。不論是誰都有他的工作，妳也應盡到自己的責任才對。如果輕忽、怠惰自己的工作，那麼妳也就無可救藥了。」

「我應盡的責任就只是做好你要我做的事情而已！」朵拉輕蔑地低下頭，一邊說：「那麼就請你儘管前往那個管他是誰住的地方去工作吧……把我丟在一邊好了。」

朵拉快步地走回客廳。帕納比則一臉落寞地站著，目送她離開。過沒多久，耳邊隱隱地飄盪著人們的喧嘩聲。朵拉把門開著，所以帕納比能瞄到室內愉快而熱鬧的情況，但女人馬上就把門關上，雙方的溝通就此結束。

帕納比長嘆一口氣，從走廊望著濕冷黑暗的街道。雨細細地落下，空氣的溫度也降得更低了。帕納比神經質地捻著鬍鬚，想著這真是個恐怖的夜晚啊！他從午餐以後就沒再進食過，使得一整天下來總有心情煩悶沉重的感覺。

他望著閃著紅光的電燈，抬起頭，從胸口深深的吐了口氣，聳聳肩，冒著雨，朝門口大步走去。

路邊傳來馬車奔馳的聲響，他伸手要打開門，但馬上就停止動作，轉頭回到走廊。

　　光亮的馬車漸漸靠近，他大聲地對馬夫說：「威爾遜，稍等我一下。」話還沒說完，已大跨步地走入客廳。

　　「我有事必須外出。」一邊別有用意地注視著客人們，一邊輕聲說。「給各位帶來困擾，實在是對大家非常抱歉……朵拉，有些話想跟妳私底下說……」說畢，帕納比又退回走廊去。

　　朵拉的眼神顯露出「不可思議！」的情緒，然後站起來，向客人們一一致歉，並且伴隨著衣服摩擦時的沙沙聲響，來到帕納比的身邊。帕納比在朵拉把門關起之後，以認真的表情低聲說：

　　「讓我親一下吧……」

　　「啊？什麼……？」

　　「讓我親一下吧……」單手輕輕地放在朵拉肩上，再一次地說道。

　　「就……就這件事？」朵拉猛地轉身離開。

　　「唉……」帕納比注視著關上的門。他遲疑地把手伸出去，像是要碰觸門的把手，但還是向後轉，跟先前一樣再度聳聳肩，往馬車方向走去。

　　「威爾遜，我們走吧。已經很晚了啊！得趕快去密耶浦‧古洛斯[1]才行，知道嗎！」

　　「請您上坐。」熱心的馬夫單腳踏出馬車，一邊說著。

　　「好。」帕納比急忙乘入馬車，將毛毯蓋住胸口到膝蓋的部分，接著馬車便往廣闊的農村奔馳而去。

　　闇黑的夜，顯得有點愚蠢的暗夜，而且是個被朵拉拒絕親吻的夜。

　　強烈的燈光照著大雨，落在他前端就像是白色窗簾一般，飄進來的兩滴撞到他的臉，感覺有點疼痛。他前去看診的患者可能活不過今年。

　　帕納比很快地來到鄉間道路，馬車高速奔馳著，將穿過的低矮樹籬壓倒成兩排，泥水也飛濺至車輪上，發出紙片碎裂般的聲音，把車輪轉動的軋軋聲給掩蓋了。

　　馬車馳騁於密林小道間的路況，有如小屋裡因生火而冉冉上升的煙霧

1　原文作「ミエプー・クロス」。

般，有時沿著坡道而下，有時遇到轉角而轉彎。行駛到此處，濕冷的雨水不斷地吹進耳中。頸部到身軀之間滿是雨水，水滴滴答答地流下來。

當馬車沿螺旋狀坡道向上行駛時，帕納比突然感到一陣暈眩（這已經是今天的第二次了），因為程度比較輕微，不久就自己好了。馬車避開雜草叢生的道路而行駛，他要馬車暫停在木造牆旁。在馬車後方，高高低低的小房舍中有一兩戶窗散發著光芒。

帕納比搖搖擺擺地下了馬車，踩過水窪，推開一扇小門，一邊脫下手套一邊安靜地走在狹窄的道路上。步履蹣跚地踏著淹至腳踝的濕土，穿過高麗菜園。不一會兒，突然入口的門打開，出現一位矮小婦人，舉著枯乾的手看著他。

「瑪莉黛夫人，我來了。」帕納比為了讓夫人聽見而大聲地說。

「非常感謝你。」口中低聲說著，領著帕納比進入點著火的廚房。「我先生從六點左右，情況就變得危急起來……。」瑪莉黛夫人在帕納比進屋的同時關上門，把裙襬往前捉著，急忙地向帕納比指向樓梯的位置，說道：「我先生可能無法等你太久。」

帕納比站在樓梯下，默默地脫下雨衣。講話要讓瑪莉黛夫人聽到是非常困難的。接著，他每步橫跨三階，快速地踏上二樓，進入一間有低矮天花板且點著蠟燭的寢室。雙人床上面向小窗戶的方向，躺著一位面黃肌瘦的老人，因痛苦而虛弱地發出呻吟。

帕納比沿床邊坐下，握著老人纖弱的手。

「很虛弱啊。身體狀況怎麼樣呢？請不用擔心，已經不要緊了，有我在這邊。」被握住的手也緊緊地回握帕納比的手，但未發一語。

「光是這週就已經第三次了，其實也沒關係。」說畢，帕納比手伸入口袋，從盒子裡取出針筒。老婦人在旁邊再度喃喃自語。

「來吧，可能會有點痛，但身體很快就會變得比較舒服了……。」

帕納比站起來。瑪莉黛的臉因期待病情好轉，痛苦的神色略為減輕。

「因為妳叫我過來醫治，現在他的病情已大有好轉。明日請無論如何都前來取藥。」帕納比一邊說著，一邊走向洗手臺，把針頭放入水瓶中。

　　當帕納比以開朗的音調說聲「再會！」並轉身下樓時，老人以靜默的笑容回應。

　　瑪莉黛夫人像是要跌倒般地匆忙走到點著燈的廚房。在走廊的帕納比正要穿上雨衣。老夫人從擺放裁縫用具的抽屜裡，找出一個用來放財物的小煙草盒，從盒中三枚裡選最亮的一枚面額半克朗[2]的錢幣，緊緊握在掌心，快步走向帕納比。

　　「實在非常感謝你。在這大雨中還讓你出門。」瑪莉黛低聲地說。

　　「謝謝。後續病況有什麼變化的話，記得再跟我說……。另外……。」

　　「另外什麼？」

　　他彎下身軀，以相當平穩的語氣，靠近瑪莉黛的耳邊說：

　　「情況危急的話，可以立刻派人去找我過來。」帕納比慢慢地、一字一句地說。

　　「雖然那樣的病痛真的非常痛苦，但是路途實在太遙遠，而且我們也沒有可以派遣的人。」瑪莉黛呆然地往前望著帕納比的臉，一邊說著。

　　「不過，如果可以僱個小孩幫你們越過原野來通知我的話……。」

　　「啊……？」

　　「我說，可以僱個小孩，幫你們越過原野……。」

　　「沒有小孩願意的，他們總擺出一點也不瞭解他人苦痛的臉。」

　　「但是，如果給他們一些零用錢，派他們過來的話……。」

　　「啊？我聽不太懂……。」

　　「給小孩的零用錢數目，只要有剛才妳給我的半克朗中的一先令[3]，就足夠驅使他們。」

　　「我知道了。那樣的話他們應該會願意的……。」

　　「會的，一定可以的。那麼，再見了。」

　　「再見，非常感謝你。好好休息。真的非常感謝您過來。」

2　按：克朗（Crown），英國貨幣單位，等於 25 便士。
3　按：先令（Shilling），英國貨幣單位，等於 12 便士。

　　老夫人一直目送著醫師通過狹窄走道、乘入馬車，一陣風吹過，斗大的雨滴啪答啪答地落在臉上，身體一陣寒顫，趕緊把門關上。

　　於是帕納比離開了那個地方。

　　電鈴聲激烈地響著。朵拉並未睜開眼，只是躺著稍微移動身體而已，但是……，鈴聲實在響太久了，她終於張開眼睛，但仍側身躺著，「又來了……義務……」表情充滿不悅，等到鈴聲停止，才使耳朵得到短暫的清靜。

　　「你啊，聽到電鈴聲了沒？」朵拉忍耐不住，再說了一次，然後又倒向枕頭。但是，在臉頰快要接觸到溫暖的布面時，她突然又起身了。那是因為自己剛才問的話，丈夫並沒有回答，而且連個動靜都沒有，這才回想起自己要就寢時，帕納比跟本還沒回家。

　　朵拉將身體伸展至旁邊應該是丈夫躺著的空間，扭轉桌子上的一座小型電子時鐘的開關。

　　「兩點……！」朵拉因驚訝而提高音量。想著難道帕納比回家後，過沒多久又被叫出門了嗎？來回看著床鋪，上面並沒有丈夫躺過的痕跡，不禁有些同情起來。

　　「好可憐……。」用相當同情且溫柔的語調說著。

　　震耳欲聾的電鈴聲再度響起，朵拉離開床鋪，經過面向街道的門口，來到話筒的附近。

　　「從八點左右到現在兩點為止，已經過了六個小時了……，應該不會耗費這麼長的時間才對。」突然間恐懼感籠罩全身，也因此讓她產生種種恐怖的想法，而且陣陣寒意更給內心帶來痛楚。朵拉接起電話，以顫抖的雙手拍打臉頰，並發出急促的聲音：

　　「喂？喂？……啊？……咦？……咦？……糟了……。」

　　朵拉奔至窗戶，將窗簾左右分開並拋到肩後，然後像盲人找東西一樣，摸索著把窗戶的鎖扳起，打開玻璃窗。

　　朵拉倚著窗，以焦躁的語氣說：「咦？……怎麼……怎麼可能！……難道聽不見嗎？」

僕人退到街道上，抬頭看著朵拉。

「看那邊……」朵拉用手指著說：「看得見那紅色燈光了嗎？快點過去，告訴葛萊斯頓醫師說帕納比發生意外了，並且帶他過來。快點！」

那人朝門外奔去，隨即又返回，說道：「沒看到哪裡有紅色燈光。」

「那是因為剛才熄滅了。就在那邊，那邊！去找有黃銅門牌的住戶就是了。快一點……。」朵拉大聲地說道。回到房間後的朵拉，像是精神恍惚般，一邊啜泣一邊匆匆忙忙的穿上衣服。連衣服都還沒換好就鎖上寢室的門，急著前往閣樓的入口，想親自叫醒女傭，因為在這重要的時刻，並不想引起他人注意，但緊張情緒無法掩飾而發出陣陣腳步聲，之後聽到女傭發出愛睏的回應聲。朵拉說道：

「那個，主人發生意外了。大家快點醒醒。將一間房間空出來，好好地清理一下。主人馬上會被人帶回來。大家先準備好……要生火，還有準備洗澡水……大家動作快一點！」

無意間，朵拉想到帕納比這時不知是生是死，在房裡一邊顫抖一邊哭泣，很快地從衣櫃拿出頭巾與外套，穿戴好之後，急忙到樓下去。

為了等帕納比回來，門並沒有上鎖而是直接開著。這時，僕人跑回來了。

「裡面都沒人應門。我一直按電鈴，窗戶也都快被我拍到破掉，還是沒人回應。」僕人上氣不接下氣地說。

「怎麼辦呢！」朵拉一邊說一邊推開他，急速奔向街道，僕人也跟隨在後。

「還沒把人叫醒以前，你不應該回來的。」推開掛著葛萊斯頓醫師門牌的門，朵拉一直走到停放馬車的地方，抬頭看著漆黑的窗戶。

「再按一次電鈴，然後敲門看看，敲門……。」朵拉全身顫抖著，一邊為了能看到上方窗戶而往後退一步，因疲憊而有氣無力地踩在滾動的石頭上。

突然間，朵拉撿起一塊石頭，丟向窗戶。

窗戶的玻璃被打破了，在響起一陣巨大聲音的同時，也可以聽到從那個房間裡傳來一陣女人恐懼的尖叫聲等各種紛亂的聲音。

「再按一次電鈴看看，再敲門看看！」大力地踏著腳步，顯得相當煩躁

的朵拉說道。

突然，窗戶打開了，發出男人震怒的吼聲。

「什麼事？到底有什麼事？」

「醫師、醫師，我的丈夫帕納比遭遇意外了。請快點來！我的丈夫正倒在高速公路的路邊。」

「啊？是帕納比醫師的夫人嗎？是嗎？」

「是的，請快一點……。」

「好的，我馬上過去。」說畢，身體又縮回窗戶裡。

「謝謝您，真的非常感謝您。」輕聲細語且說得很快的朵拉，從馬車停放處走到濕潤的道路，似乎至此就能放心一般，站立著四處觀望，但是彷彿又想起了什麼事，再度奔回馬車旁邊，對僕人說：「葛萊斯頓醫生的汽車放在那個地方！想辦法把那臺車開出來，多少能節省一些時間吧。來，一起過來吧！」

但是車庫是鎖上的。可以見到朵拉兩手握著門鎖，拼命搖動車庫。

「不行，不行……。因為有門閂鎖住，就算這樣扯，門也不會打開的。」僕人既驚訝又好笑地小聲說著。

「都已經是這麼生死危急的重要時刻，如果可以讓人拉得開就好了！」朵拉以激烈的語調說著，然後再度搖晃著車庫的門。

「好了，好了，夫人。我現在就把那臺車開出來。」

朵拉吃驚地回頭看，有個人像影子一樣來到身邊，如盲人摸索般找著能開啟門鎖的鑰匙。

「啪！」的一聲，火被點起。朵拉看到葛萊斯頓醫師原來就在他們的身邊。他以焦急的眼神看著朵拉和站在她旁邊的僕人，以高亢的語調說：「看到妳都這麼著急了，能不趕快過來幫妳打開車庫門嗎？我會帶妳前往那邊……來吧，已經準備好了，夫人請上來吧。」

朵拉坐到車子裡。那位醫師也覺得似乎要發生什麼大事一般，深深地嘆了口氣，一起坐入車內。朵拉聽到他的嘆氣聲，對他投以銳利且驚訝的目光。

「實在很抱歉。在悠烏馬吉斯[4]，我的太太臥病在床已經五天了，而且我到今晚為止，可說幾乎沒有好好睡過覺……，妳所說的災難到底是怎麼發生的呢？」葛萊斯頓一邊問一邊把車子從停車場開出來，讓在門口等候的僕人上車後，一行人便向那個地方出發。

「似乎是在一個轉角，正好要轉彎時，馬車出了問題。接著馬車右轉撞上堤防，導致馬車翻覆。裝載蔬菜要運到市場的載貨馬車從希布里[5]那邊過來，發現帕納比醫師被壓在馬車下方，正在呻吟著，我們合力將馬車抬起推到旁邊。但是，對於醫師的傷勢處理，我們覺得還是先讓他躺在那裡，不要隨意移動比較好。」僕人坐在葛萊斯頓的後方位置，站起身來大聲說道。

「然後，你駕駛那輛本來要去市場的馬車過來了。是那樣的嗎？」葛萊斯頓往背後大聲斥責。

「是的。」

「嗯……一小時才行駛三哩路嗎？是那樣的吧！把受傷的人放在那裡，然後駕駛裝載高麗菜的載貨馬車，悠悠哉哉地來找醫生。能做出這種拖泥帶水式的處理，就是你這副像高麗菜一樣，青澀得毫無行事章法的人會做出來的事。」

「但是也沒其它可以解決的辦法了。」僕人面露不悅地坐下。

「唉，那腳是生來做什麼用的？應該用跑的時候，卻坐在一堆高麗菜上面……。」葛萊斯頓加重語氣責怪僕人，然後對著朵拉說：

「夫人，振作一點！就快到了……。」

經過幾分鐘以後，汽車行駛到轉彎處，為了避免衝撞到路邊的人群，必須踩住兩邊的煞車。朵拉從座位站起來，很快就看到帕納比乘坐的馬車停放在路邊。

「你在哪裡？在哪裡？」朵拉跳下車，大聲叫著。

帕納比躺在路邊，身上蓋著雨衣，上衣滿是皺摺。在他旁邊有一盞提燈，

4　原文作「ヨウマチス」，地名。
5　原文作「ヒッブリ」，地名。

微微地散發寂寞的光芒。

「啊，已經死……了！」朵拉因太過疲憊而突然腿軟，坐倒在離男子一步距離之處。

「不，才沒有。」葛萊斯頓冷靜地說。

女人站起來，奮力捉起帕納比的手圍住自己的身體，強硬地要托著他到其它地方去。

「請清醒一點。做那種事只會讓他的手臂脫臼而已。妳暫時到那邊去。我來看看他哪裡受傷了。」

朵拉虛弱地退至後方。接著在馬車的踏腳處彎下腰，抽抽噎噎地啜泣起來，並且凝視著葛萊斯頓醫師的一舉一動，這時看到他再度起身。

「已經死了嗎？還是有救呢？」摒住呼吸，小心翼翼地說。

「沒死。我還救助過比這個更難治療的病人呢，讓我把他治好給妳看。」

「實在是非常感謝您。葛萊斯頓醫生……。」女人深深一鞠躬，一邊握住醫師的手，一邊像是要陷入狂亂般，撫著自己的肩頭。

「不帶他回去不行。」說完，葛萊斯頓醫生往僕人的方向走近，指示他們把雨衣包裹著的帕納比抬起來，搬到車子裡面。

就這樣，帕納比被載回自宅去了。

睜開眼睛以後，當他能認出自己周圍環境時，已經是隔天快接近中午的時刻了。

由於房間是微暗的，一直在他身旁看顧著的朵拉，還未能發覺到這樣的變化。

他也暫時無法認出朵拉。睜眼凝視著天花板，似乎是已了解過去發生的事以及目前自己所在的位置，腦中能將事件經過按先後順序組合起來了。不一會兒，朵拉的頭稍微往前動了一下，身體和窗戶連成一線，陰影中的上半身映入帕納比的眼中。

「讓我親一下吧！」帕納比細細私語著。朵拉靜靜地站立起來，有點猶豫地與帕納比接吻，很快地他再度陷入熟睡。

　　某天在很晚的時候，葛萊斯頓醫生再度來訪。而且還帶了一位護士前來，希望能代替朵拉做照顧的工作。

　　「一般人的家裡只要有一個患者，就很有得受了。夫人，請妳好好地睡一覺。深沉地睡上一覺會比較好喔！帕納比已經好多了。」

　　朵拉無法拒絕這個提議，而且帕納比也恢復意識，起碼他還有要接吻的氣力。她因為擔心與煩悶而筋疲力盡，身體一躺到床上，不知不覺就陷入昏睡之中。

　　突然間一陣強烈的憂慮感襲來，朵拉從夢中驚醒，立刻穿上衣服，走到帕納比的房間。

　　在房門前，朵拉因驚訝而呆住，如同石像般站立著。帕納比一副軟弱無力的樣子，說話前後不連貫，互相矛盾，而護士卻露出不在乎的表情，坐在另一邊角落的安樂椅上。

　　「護士小姐，帕納比這樣語無倫次，為何不通知我？」

　　「夫人，這樣的情況是不要緊的。葛萊斯頓醫生也說過會出現這樣的情況。」護士小聲地說。

　　「什麼不要緊！請馬上通知醫生過來！」

　　「真的不需要這麼大驚小怪，這樣的情況是自然會出現的，而且葛萊斯頓醫生也說，如果今晚還沒停止這樣亂說話的症狀，再叫他過來——已經半夜三點了——」

　　「那樣的話，我就請悠嘉特[6]倫敦的奧斯朋醫生過來。」朵拉更加堅持己見。

　　「可是夫人，奧斯朋醫生如果沒有受到葛萊斯頓醫生的委託，是絕不會出來看診的，這是醫師之間的規則。」

　　朵拉沉默以對，回到自己的房間，過一會兒，又悄悄下樓，打算去找葛萊斯頓醫生。電鈴聲一直響著，四處都可以聽到急促的電鈴聲，但一點用都沒有。拼命敲著門也沒反應。後門是關閉的，再怎麼用力敲門也上不了二樓。

6　原文作「ヨーチャード」。

　　反覆敲幾次門，不間斷地按著門鈴，都沒有回應。朵拉對於未能叫醒葛萊斯頓而覺得生氣，但馬上又為自己的舉動覺得不好意思。不知怎麼地，突然覺得就算厚著臉皮猛敲門也沒用了。既然如此，那就去敲奧斯朋醫生的門，把他叫醒，或許能請他破例一次也說不定。像這樣的情況，想必他也很難拒絕。

　　不過，朵拉想起護士所說的，關於帕納比這樣無意識的胡亂講話，從他目前的情況看來是很自然的事，不需要過於慌張，而且葛萊斯頓醫生也預料到了。所以，就算這時朵拉一直在意未能見到葛萊斯頓醫生，也只能對他的診斷和經驗予以充分信任。

　　於是，朵拉悶悶不樂地回家了。

　　而帕納比安靜地睡著了。

　　隔天，朵拉向葛萊斯頓醫生提到這件事，因為她無法逃避良心的譴責。

　　他同情地說：「我知道電鈴響了的事。而且我也曾吩咐女僕把後門開著。真令人同情啊！不過那也不是指病人恐怕會發生什麼事的意思喔！今早病人的狀態已經好很多了，這一兩週內康復的情況會更明顯。」

　　帕納比的恢復情況非常良好。葛萊斯頓醫生回去以後，朵拉要護士去躺一會兒，自己接手看護的工作。帕納比看著坐在自己旁邊的朵拉，心情愉悅的笑了出來，伸出虛弱的手，想要去握住朵拉的手，他看著朵拉的臉，光是想像就滿足了，這是經過這麼長的時間以來，一直未能表達出來的。

　　「妳啊，一定受到驚嚇了吧？」終於他開口說道。

　　「是啊！這是我第一次感到這麼疲累……」說著，身體微微顫抖，緊握著丈夫的手。

　　「那是因為妳一看到葛萊斯頓醫生的紅色燈光，就急忙把人家窗戶玻璃打破的關係吧？」帕納比邊笑邊問道。

　　「唉唷，哪有這回事？」朵拉頭低低的，小聲地說。

　　「那麼，請向醫生誠摯地表達感謝之意。」

　　「說真的，我沒有變成醫師的寡婦，還能當得成醫師的妻子，真的是很高興。今後我不會再任性行事了，請原諒我。」朵拉很快地說，並且滿心歡

喜地投入丈夫的懷抱裡。

載於《臺灣日日新報》，一九一一年九月五日～十四日

命運[*]

作者　ホーワン氏

譯者　丁東

中譯　李時馨

【作者】

ホーワン（Horwan?）氏，僅知曾由平澤丁東翻譯其〈運命〉在一九一三年一月六日至七日刊登於《臺灣日日新報》，其餘生平待考。（顧敏耀撰）

【譯者】

丁東，即平澤丁東（？～？），原名平澤平七。日治時期通譯、臺語學家、臺灣民俗學家。一九○○年來臺，原任法院通譯，後編制於總督府編修課，負責訓練日籍警察的臺語能力。他是首位研究臺灣歌謠並發表相關研究論文的人，曾於《語苑》與《臺灣警察時報》等官方語學刊物上發表文章，並輯錄〈天烏烏要落雨〉、〈一隻鳥仔哮挨挨〉、〈食人鲍仔水冷心肝〉、〈龍眼干〉等臺灣歌謠。亦曾先後編撰《臺灣俚諺集覽》（1914）與《臺灣の歌謠と名著物語》（臺灣的歌謠與名著物語，1917），為其代表作，尤其是後者輯錄了二百首以上的臺灣童謠、俗謠，是臺灣第一部專門研析臺灣歌謠的作品，不但保留了臺灣珍貴的文化遺產，亦影響臺灣民俗學研究甚鉅。（趙勳達撰）

我們對於關乎命運的大事件的理解，是很不足的。有時候渾然不知地過日子的情況也不少。包括了真相被埋藏的事情、只有負面影響被注意到的事情，以及其他就在眼前發生卻不知道的事情等等，像這種情形到底有多少，我們無從得知。如果所有的這些變化跟發生的大小事情都能被我們每個人察覺到的話，生命這件事就會有太多的期望且充滿恐懼，徒勞無益的突然感到喜悅或是失望，恐怕連一天好好享受真實平靜的機會也沒有。

這正好可以從「甲午」不為人知的事蹟裡看出來。

「甲午」是一個今年滿十五歲的少年，從小學畢業沒多久，就被在波士

---

[*] 原刊作〈運命〉。

頓做雜貨商的叔父叫到身邊當見習生。他在今天的破曉時分就從故鄉出發，慢慢地往波士頓的街道前進。

烈日的陽光在接近中午時就像火焰一樣毒曬下來，汗流如注地累了大半天，甲午暫時坐在樹蔭下乘涼。十分茂密的楓葉，擋去了大部份的陽光，在這一小塊地方，涼爽的風吹拂著，草叢裡的泉水更像是為了甲午而不斷湧出，於是甲午就像在親吻聖潔不可冒犯的處女一樣，盡情地喝著清澈的泉水。甲午的條紋包袱裡放有換洗的襯衫跟褲子，他把這個包袱當作枕頭，靠在身後的石壁上，獲得重生般「呼」地喘了口氣，開始好好的休息。

因為昨天下過雨的關係，路上的灰塵沒有被捲起，青綠的草地簡直就比家裡的床還要適合這個少年，泉水在他的身邊潺潺地、蜿蜒地流著，樹木垂下來的青綠將天空的蔚藍遮蓋住，時而發出催人入眠像浪濤一樣的聲音，甲午的腦袋一片空白，恍惚了起來，不知不覺地睡著了。

他在樹蔭下打鼾也不知過了多久，現在正是人們活動的大白天，往遠方去的人、要來此地的人、騎馬的人、揹運行李的人、馬車、貨車跟各種人潮不間斷地在路上來來回回交織出動線。大家或許是有急事的關係，走過甲午的身邊時，看都不看他一眼，好像在說著「現在豈是在路邊睡覺的時候」似的快速通過，或是就好像看到乞丐一樣，說些「還真是會睡啊」之類的不必要的壞話。

其中就有一位中年婦人無預警地突然走進樹蔭來，對於甲午好像很舒服地在睡覺這件事感到不以為然，用著「這是在做什麼啊」說教般的眼神，目不轉睛的盯著他，打算在晚上的說教會裡，將睡在這裡的甲午當成醉倒路邊的酒鬼，把這個當成一個可怕的實例說出來作為訓示。

被笑也好、被稱讚也好、被大聲叫罵也好、被嘲笑也好，對在睡覺的甲午來說，就像什麼事都沒發生。

這時候，兩匹馬拉著的漂亮馬車經過，因為輪軸的軸心掉下來的關係，車輪就快要脫落了，要回波士頓的車主為了讓馬伕好好修理車輪，便走進樹蔭裡，打算暫時乘涼歇息一會。看到在睡覺的甲午時稍微嚇了一跳，不過車主不希望驚動少年，所以他盡可能不讓痛風的腳踩出聲響，他的夫人則是不

讓絹織的裙擺發出聲音，兩人靜悄悄地走過來，很怕少年會被吵醒。

「睡得很香嘛！」紳士車主低聲說著。

「像那樣安穩的呼吸是怎麼做到的呢？……如果我的身體也很強健而不用擔心、不用吃藥，能像這樣無憂無慮地睡覺的話，讓我的收入少一半我也願意啊！」

「是啊！」

夫人也忘我的看著少年這麼說了。

「再怎麼健壯也敵不過年紀的增長啊……，說什麼想要再一次變得這麼無憂無慮的，早就已經是無能為力了，對吧？……」

夫人這麼說完，用羨慕的眼神一邊看著睡得很香甜的少年，一邊因為陽光穿過樹縫閃閃的照著少年的臉，她就折了一些樹枝疊起來將陽光擋住，就像是在照顧自己的孩子般。

「其實這不就是神明要把這個孩子賜給我們嗎？」夫人低聲說著。

「你不覺得他長得很像我們過世的兒子嗎？把他叫起來看看吧。」

「為什麼？」紳士有點著急了起來。

「我們不知道他是什麼樣的人不是嗎？」

「雖然是這樣，可是啊——你看看他睡覺時那張無辜純真的臉。」

夫人也以相同的語調回應著。

他們這樣一直輕聲交談著，睡著的人卻一點也不知道，對於現在眼前將有龐大資產降臨在他身上這件事，一點都沒察覺。

這位紳士自從重要的獨生子過世之後，因為沒有繼承人的關係、對於遠房親戚能夠繼承的人又時常感到不滿意。所以要說在這種情況下會做出什麼舉動的話，就是一旦發現中意的、長相跟兒子神似的人，就會熱情得立刻想把他當作自己的兒子,而現在什麼也沒想而在睡覺中的甲午就是那個兒子啊。

「不把他叫起來看看嗎？」夫人不斷慫恿她的先生。

就在那個時候，突然從後面傳來聲音。

「那個……車子已經準備好了！」馬伕過來說著。

老夫婦這才回過神來，轉身站了起來,「怎麼現在會出現這個奇怪的想法

啊？」兩個人都感到不可思議，接著從容地坐上馬車離開了。在他們心裡思考著將來有一天要為不幸的人設立養育院的計畫。

甲午一樣舒適地繼續睡著。

就在馬車離開不到一兩里，接著有一位美麗的少女快步走來。少女呼吸急促，小小的胸部也跟著波動，就跟運動過後鞋帶鬆掉一樣，她的衣帶（這麼說也滿奇怪的）鬆開了，少女便往樹蔭下走去。一看見在泉水旁邊睡覺的少年，她覺得自己好像衝進了紳士的寢室一樣，瞬間臉蛋就漲紅了起來。正想要墊起腳尖悄悄跑出去時，沒想到危險的事發生了：一隻蜜蜂開始到處嗡嗡地飛著，最後就快要停在甲午的臉上了。

少女聽說如果被蜜蜂刺到的話，有時候也是會死掉的，於是此刻便毫不猶豫的用手帕把蜜蜂趕到樹外去。少女心裡一邊想著，自己怎麼做出這麼不好意思的事，一邊卻又偷偷地看著少年的臉。

「哎呀……真可愛啊……」少女在心裡低聲說著，臉頰染上一抹紅暈。

眼前出現了這麼甜美的好運，不知甲午是否夢見了呢？這麼美麗的幸福也即將要往遠方走掉了啊，甲午卻都沒察覺到，他的睡臉一點開心的表情都沒有。

沒有絲毫不純潔的思想，正值適婚年齡的美麗少女，奇妙地被吸引住了，對少年產生了愛慕之意。

不知從哪裡冒出想要手牽手遊玩、想要心連心、想要真誠地聊天說話的想像，小小的胸口被湧現的幻想所填滿，少女的臉蛋泛紅發愣著，盯著少年看了一陣子。

這次也會擦身而過的吧，在甲午的一生裡，像這樣美麗的好運氣可是再也不會發生第二次了呀！

「真是會睡啊！」少女雖然這麼喃喃說著，最後還是依依不捨地站起來，離開了這個地方。

少女的父親是這附近鄉下裡相當富有的商人，正好在招募像甲午這樣的年輕人。假使甲午跟這名少女一起走的話，一定會被雇用為少女父親的秘書，最後繼承其資產和贏得這位如花美眷吧。

　　事實上甲午再度受到幸運之神的眷顧，當蜜蜂停在少女的衣服上，被睡覺中的甲午拍個正著，但是他依舊沒醒過來，最終還是沒能接收這個好運。

　　少女一離去就有兩個彪形大漢走過來。一眼看去就是逞兇鬥狠的臉，用佈滿髒汙的帽子斜蓋著額頭，穿著髒兮兮又破破爛爛的衣服，露出兇狠的眼光，一副左顧右盼、靜不下來的樣子。

　　這兩個人是惡名傳千里、壞事做盡的無賴，不知道是在什麼事情的空檔之間，想要賭一把運氣試試看，才走到這個樹蔭之下的。

　　「你看那個怎麼樣？那個用來當枕頭的包袱。」

　　另一個人沉默地點了頭，靜悄悄地盯著看……稍微將手指比出「OK」。

　　「那個，是放在襯衫裡，還是褲子裡啊？來賭一升酒吧？……」

　　「可是那傢伙要是醒來了怎麼辦？」

　　另一人將夾克脫下，用手指了指藏著的刀柄，點了點頭。

　　「啊……原來還有那個啊……」

　　就這樣那個人將小刀握在胸前，悄悄地往甲午的身旁湊上去，而他的同伴作勢要將當做枕頭的包袱抽走，怎麼說呢，現在就是兩張帶著猙獰、令人害怕的臉孔包圍著可憐的被害者，看上去可是比在老虎面前的小羊還要危險。

　　這時的甲午仍然還是像躺在母親的懷抱裡一樣，安穩的睡著。

　　就在這個時候，一隻狗嗅著地面走進樹蔭裡來。牠可疑地一個接一個把兩人看過之後，就將視線移到睡夢中的少年，接著又邊聞邊走到泉水邊喝起水來。

　　「可惡！」其中一人對狗罵了一聲。

　　「哎！沒辦法下手了，狗的主人要過來了。」

　　「啊……可惡啊！真令人生氣，沒辦法了，我們喝一杯然後離開這裡吧。」

　　拿刀的那個人將刀子收進衣服裡藏起來，接著拿出了「手槍」。說是手槍嘛，也不是那種拿來殺人用的，而是裝著酒，像水壺一樣的東西。兩人都喝過之後，不知不覺地心情也放鬆了，什麼都忘了一般，從樹蔭下走出去了。

　　「喂，等我一下啦，你這傢伙走這麼快是在急什麼？又不是有情婦在等你！」

「哈哈！不要因為辦不成事就生氣嘛，還有很多『好事』啊。嗯……不過還真的是讓煮熟的鴨子給飛了呀，哈哈！」

這個聲音就斷斷續續地消失在遠方，這件危險的事除了在此陳述之外，是誰也不知道，誰也無法想像的。當事人更是一點感覺也沒有、安穩地繼續睡著。隨著時間的推移，甲午已經不像剛睡時的樣子，開始時而抽動著身體，時而喃喃地蠕動雙唇，不知所云地說著些什麼。一輛驛馬車發出「喀啦喀啦」的聲響駛來，甲午被那巨大的聲音吵醒，從夢中完全驚醒，跳了起來。

「喂！車夫先生啊！可以載我一程嗎？」甲午一邊喊叫一邊追著馬車跑。

「要去北方的話就搭上來吧！」車夫將車停下來回答甲午。

於是甲午就坐上馬車，以風景在眼前飛奔而去的速度前往波士頓了。

而他不知道的是，他在泉水旁睡覺時，錯失了繼承一大筆財產的機會，也不知道戀情曾經在耳邊甜美的私語，更不知道死神的雙手曾經要將他的胸口染紅一片。他除了自己在睡覺這件事之外，什麼都不曉得。

不管是醒著也好，睡著也好，我們對於發生在自己周遭的事情，只要是不知道的，就會當作什麼都沒發生過一樣。事實上呢，我們並不知道自己的未來將會有那些看不見、無法預測、甚至無法想像的事情，陸陸續續的發生在我們身上。

但是在此同時，某些既定的事物又像是被充分預見、預期過後按照邏輯地發生了，那就是神的巧手所成，人生不也因為這樣才有趣、有價值嗎？

即使有春秋時代魯國大商人「猗頓」那般的財富，也該當作朝開暮落的槿花那樣短暫虛幻，更別說是簞食瓢飲般的安貧樂道啊！在葫蘆花棚下納涼，也是一種樂趣。這麼說來，在失敗中寄予希望，在希望中寄予光明，不也是同樣的道理嗎？

載於《臺灣日日新報》，一九一三年一月六日、七日

流浪者[*]

作者　梅里美
譯者　根津令一
中譯　杉森藍

【作者】

梅里美像

梅里美（Prosper Mérimée, 1803～1870），法國短篇小說大師、劇作家、歷史學家，學識淵博，精通多國語言，是法國現實主義文學中的學者型作家。他在擔任歷史文物總督察期間，漫遊了西班牙、英國、義大利、希臘等國，進行考察之餘，廣泛接觸各階層人民，了解軼聞趣事、民間風俗，大量累積了小說創作的素材。他的作品題材浪漫，以文體古典細膩和收束有力著稱。短篇小說想像力豐富，充滿神祕的異域風光和地方色彩，奠定了在法國文學史上的地位。一八三三年發表的短篇小說《馬特奧・法爾哥內》（Mateo Falcone），引人入勝的故事情節和鮮明的人物形象，成為其著名作品之一。而梅里美的代表作《卡門》（Carmen, 1845），經法國音樂家比才（Georges Bizet）改編成同名歌劇後獲得世界性的聲譽。其他重要作品還有《克拉拉・加蘇爾戲劇集》（Le Theatre de Clara Gazul, 1825）、《雅克團》（La Jacquerie, 1828）、《查理九世時代軼事》（La Chronique du temps de Charles IX, 1829）、《哥倫巴》（Colomba, 1840）、《羅馬史研究》（Etudes sur l'histoire romaine, 1844）、《拉基》（Lokis, 1869）等。（潘麗玲撰）

【譯者】

根津令一（？～？），在臺日籍文人，通曉外文，曾在一九二〇年代在《臺灣遞信協會雜誌》與《臺灣日日新報》發表數篇譯作，包括〈漂浪者〉（流浪者）、〈こわれた花瓶〉（破碎的花瓶）、〈ふらんすの詩三つ〉（法國詩三首）、〈無題〉、〈戲曲の主題〉（戲曲的主題）、〈佛蘭西の詩〉（法國詩）、〈美しき都巴里は〉（巴黎是個美麗的都市）等，其餘生平待考。（顧敏耀撰）

---

[*]　原刊作〈漂浪者〉，刊頭未標作者，然於文末標有「メリメ著作集より」。

　　在寂然無聲的小屋裡，孤獨的老人還沒入睡。面對著柴火坐著，把身體靠近餘燼，看著遠方的夜霧降下，慢慢擴散。他的女兒到荒涼的原野去，一向就那麼愛好自由，想做什麼就做，應該不久就會回來吧……然而，現在夜已深，月亮早已沉入籠罩著地平線的煙靄之中，女兒桑菲拉還是沒有回來。老人等到很累，晚餐也冷掉了。

　　女兒終於回來了，有一個年輕人跟著她站在外面的草原上，是個陌生人。

　　女兒說：「爸爸，我帶客人來了，在草原那邊遇到的。因為夜已經很深了，我想讓他住一晚，所以才帶他回來。他也跟我一樣想要流浪，是真的，而且是我的好朋友，名字叫做阿烈科，我們不管到哪裡都在一起。」

　　老人對阿烈科說：「好的，今晚就住在小屋裡吧。如果你願意的話，停留更久一點也沒關係。房間借給你住，我們的麵包也分給你吃，你可以成為我們的一份子。你會逐漸習慣我們這樣的生活，對於流浪的日子、困苦貧窮、自由的一生，也都會產生親切感喔。明天清晨我們三個人一起開車出發吧！選個工作，譬如打鐵，或是從這村到那村，跟熊一起唱著歌流浪也好，就找個工作來做吧。」

　　阿烈科：「別說了，我會一起住下來的。」

　　桑菲拉：「他是我的，誰都不能把我們分開。唉呀，已經這麼晚了，新月已經看不見，夜霧籠罩著整片草原，我的眼睛忍不住要閉起來了。」

　　太陽高高升起，老人慢步巡視沒有動靜的小屋：「桑菲拉，起來囉！太陽都高掛天空了，起來啦，客人，時候不早了，趕快起來，從懶惰蟲的床上下來吧！」

　　年輕人用消沉的目光掃視了一遍沒有人影的荒野，他無法用言語表達出內心的苦悶與哀愁，縱使擁有美麗黑眼珠的桑菲拉在他身邊也一樣。現在的處境是自由的，而廣闊的世界就在眼前。頭頂上，白天的光輝之中，太陽燦爛地照著。不知為何，年輕人的心糾纏在一起，無法解開！是什麼不為人知的憂愁讓他這麼煩惱呢？

　　「神的小鳥無憂無慮，也不知道要工作，連製造堅固耐用的床鋪都感到

疲勞！夜晚很長，樹叢當床就夠了。太陽啊，閃耀地升起吧。小鳥傾聽神的聲音，拍動翅膀唱歌。大自然裡，鮮豔的春天過去了，夏天帶來酷熱，秋天帶來霧和寒冷，人生的悲哀啊。不過，飛向遙遠國度，穿越藍色大海，朝向溫暖的地方，小鳥往前飛去，直到春天才會再回來。」

他是一隻無情的小鳥，正在流浪中的流浪者，沒有固定的家，連固定的習慣都沒有，一切都不是固定的，到處都有臨時的住所，以神的旨意來過一天。生活中的工作不會擾亂心理的平靜，光榮的歡喜有時在眼裡閃亮，如同遠方的星星一般。回憶著過去的榮耀和快樂，好像就在眼前。此外，常常頭頂上轟轟雷鳴，但是他卻像是在清澈的天空下睡覺一樣，四周強風暴雨，他卻無動於衷。阿烈科如此過一生，忘掉盲目命運的惡作劇。神啊，這麼純淨的心境裡有什麼樣的熱情呢？因為自我苛責而產生的煩惱，就在胸中這麼湧現出來吧！已經遺忘好久了……是永遠如此嗎？有一天會不會又再次想起來？他，是怎麼想的呢？

桑菲拉：「你對於將要永遠放棄的東西，不會感到捨不得嗎？欸，你啊。」

阿烈科：「放棄的東西？」

桑菲拉：「家人和都市生活等等……。」

阿烈科：「妳說捨不得嗎？你是說叫我在讓人窒息的都市裡當奴隸嗎？在那裡，連清晨都沒有清爽的空氣，更別期待牧場春天的香味，連想都不敢想。想到這些事情……還是算了吧。出賣自己的自由，在銅像的腳下爬行，乞求金錢以及束縛。而且，妳說我放棄的東西？所有是非不明的偏見之類的東西，都可以毫不考慮地丟棄。」

桑菲拉：「但是！在那裡有壯麗的房子、五彩繽紛的地毯、還有賭場、熱鬧的慶典、女人的衣服……唉呀，怎麼那麼多東西。」

阿科烈：「說到城市中的快樂，在那充滿著噪音的環境中，根本就沒有愛，也沒有真正的快樂。女人……其實，妳贏過其他人。沒有珍珠、首飾、裝飾品來過分打扮的妳，比其他人好很多，是真的。我唯一的希望是與妳相愛，一起平靜的過著隱居生活。」

老人：「你在富有的家庭中長大，請你不要愛我們，『奢侈過一次的人，

不習慣自由的。』我們說著這樣的話。以前，曾經有個南方人，被國王驅逐，流放到這裡來。因為他的名字很罕見，所以讓我印象深刻，但現在已經忘記了。他雖然上了年紀，但他的心很年輕，渴望遇到好運，他有唱歌的天分，歌聲像潺潺小溪的水聲一樣，大家都喜歡他。他住在多瑙河畔，安分守己，跟老人和小孩聊天，逗他們開心。他像個小孩，既膽小，身體又虛弱，什麼也不能做。所以我們會分給他獵物和魚，還有，在溪水結冰、寒風刺骨的時候，我們也會以溫暖的羊毛幫他做柔軟的床鋪。但是他還是被生活所壓迫著，臉色慘白憔悴。他總是說：『上帝還在生氣，還在責備我所犯的過錯。』一直等待上帝消氣的那一天，但無論如何上帝還是沒有消氣。不斷地哀嘆自己的處境，在多瑙河畔流浪，回想著遙遠的故鄉流淚。在他過世的時候，遺言說日後要遷葬到南方國家，可能沒有辦法在這個流放來的地方得到安息吧。」

阿烈科：「上帝的孩子們的命運都是這樣嗎？羅馬、世界的盟主、情歌的傳唱者、神明的禮讚者、光榮是什麼？告訴我吧。那是墳墓下的回音、讚嘆的呼聲、不斷口耳相傳的傳聞，或者是在燻黑的茅草屋裡述說的流浪者的故事呢？」

兩年的時間，一轉眼就過去了。

春天的陽光曬著老人的背。在搖籃前，他的女兒哼著戀歌，阿烈科聽了之後，突然變了臉色。

桑科拉：「過去的怨恨啊，瘋狂的怨恨，要切斷就切斷、要燒掉就燒掉吧，我很清醒。縱使被火燒掉或是被切斷，我不喜歡你，我很討厭你，我有喜歡的人呢！要在相愛之後死去。」

阿烈科：「不要唱了！不舒服，我不喜歡那麼粗俗的歌。」

桑菲拉：「討厭啦！沒辦法啊，是唱來安慰的。」

（她唱）「要切斷就切斷，要燒掉就燒掉吧，無言以對。以往的怨恨啊，瘋狂的怨恨，心上人是誰？」

「比春天的感覺還涼爽，比夏天的感覺還炎熱。雖然很年輕，膽量卻很

大，何況對方也喜歡他呢。」

「我喜歡的妳，在睡覺的時候，我也有哄過妳喔！我們兩個人一起笑著慢慢變老吧。」

阿烈科：「閉嘴，桑菲拉！夠了！」

桑菲拉：「唉唷，你以為是唱給你聽的啊。」

桑菲拉：「儘管生氣吧！我要繼續唱！」（唱著副歌到外面）

老人：「對了，我想起來了。這首歌是我年輕的時候出現的，人們都一邊唱著一邊互相開玩笑呢。某個冬天晚上，我在卡古爾（Cagoule）的草原露營，啊，那時候在爐邊哄著我的小孩，聽到可憐的瑪莉烏拉（Mariura）唱過的。過去的往事，每個小時、每個小時都在我腦海裡攪混著。這首歌也記不住了，大概不能再想起來了吧。」

非常安靜的夜晚，月亮高掛在南邊的夜空。桑菲拉搖醒老人：
「爸爸！阿烈科好像在怕什麼。您聽，您聽，翻來覆去，發著牢騷還有呻吟。」

老人：「不要把他叫醒比較好，安靜點，根據俄國人的說法，那是半夜親人的靈魂過來，招睡覺的人的脖子，黎明時大概就會離開。妳就先待在我旁邊吧。」

桑菲拉：「爸爸，他似乎在說著什麼，是說『桑菲拉』！他在叫我呢！」

老人：「連夢裡都在找你啊，那表示他愛妳比愛他的生命還多。」

桑菲拉：「我越來越討厭那個人愛我，好厭煩喔，我想要分手了……噓！再聽聽看。」

老人：「他在叫什麼？」

桑菲拉：「就像斷氣似地很痛苦呢，在磨牙……好嚇人！我叫大家起來。」

老人：「叫大家起來也沒用啊，不要打擾夜晚的精靈，祂們自己會離開啦。」

桑菲拉：「他在扭動身體，好想快醒過來了，在呼喊我的名字！唉唷，醒來了，我要過去了，晚安。」

阿烈科：「妳跑去哪裡？」

桑菲拉：「我去爸爸那邊。你剛剛被夜晚的精靈折磨了呢，做著夢，你的靈魂很自責。原來你怕我離開？一下子沒有呼吸，一下子邊磨牙邊叫著我的

名字。」

阿烈科：「我有夢到你。我還記得是關於我們兩個人之間……實在是很可怕的夢。」

桑菲拉：「怎會有這樣的夢呢？不會是真的啦。」

阿烈科：「啊，關於夢想、快樂的誓言、還有妳的心，我都不再相信了。」

老人：「你是怎麼了？年輕人怎麼總是唉聲嘆氣呢？在這裡的人們都是自由的，天空也非常清澈，女人被誇讚著她們的美貌，別哭了！如果你痛苦的話，我也會很快哀老呢。」

阿烈科：「她已經不愛我了！」

老人：「別愁眉不展啊，像個小孩似的。我不知道你在傷心什麼。愛情對你來說，是苦悶和煩惱的根源。你看，在這個藍色的天花板上，太陽隨心所欲地漂流著，並且將陽光照射自然界中的萬物，從雲縫間透出亮光，把雲朵照耀得非常燦爛，接著，橫越天空下山，日復一日，恆久不變。誰有辦法設定太陽在天空中像這樣的行進路線呢？誰能命令太陽停在那裡呢？就如同誰能向年輕小姐的心說『要愛我，絕對不要改變』呢？……別愁眉不展啊。」

阿烈科：「以前她多麼愛我。有一晚住在野地裡的時候，多麼溫柔地把身體靠在我旁邊，讓我覺得怎麼那麼快就天亮了。她像個小孩一樣的跟我玩，在我耳邊，低聲細語或是接吻，她讓我多麼高興。真是個無情無義的傢伙！她已經不再愛我了。」

老人：「那，你來聽聽我經歷過的事情吧。很久以前，莫斯科人還沒有到多瑙河畔的時候，當時講到蘇丹的名字，大家都怕得渾身發抖呢，畢竟帕夏[1]統治著布絮克（Bujak）呢。我年紀很輕，每天都開開心心，無憂無慮，快活得不得了。在我喜歡的美女群當中，有一個——對我來說，是像太陽那麼耀眼的女人，後來她成為我的妻子。啊，我的青年時代像劃過天際的流星一樣，很快就過了，但是戀愛的時期更早過去，我的妻子瑪莉烏拉只有愛我一年而已。不知道是什麼時候，在卡古爾河遇到陌生的一群吉普賽人。他們在山麓

1　按：帕夏（Pasha），對鄂圖曼土耳其帝國之文臣武將的尊稱，置於姓名後。

上的我家附近，搭建了一座小屋。我們在前兩晚都相安無事，第三個晚上，他們就離開了……還帶走了瑪莉烏拉……我毫無察覺地睡到早上，天亮醒過來的時候，妻子已經不在了。我四處尋找，到處喊她的名字，卻連她去哪裡都不知道。女兒桑菲拉哭了，我也每天以淚洗面。自從那一天之後，對我來說，世上所有的女人都變得毫無價值，從此不再動結婚的念頭，寂寞孤單的時候也沒跟任何人訴苦。」

阿烈科：「為甚麼沒有馬上追過去呢？還有，為什麼對誘拐妻子的傢伙和背叛離開的妻子，不予以還擊呢？」

老人：「什麼？青年人不是比鳥兒更自由自在的嗎？你想想看，什麼樣的力量能阻止愛情呢？快樂是每一個人輪流享受的。所以，已經嘗過快樂滋味的人，是不能夠再次得到的。」

阿烈科：「我不是那樣的人，不會不爭取就放棄我的權利，至少，我要嘗嘗報復的滋味。絕不善罷干休！如果哪天我看到仇人睡在海邊的無底洞旁，卻不把他踢下去的話，恐怕連上帝都會遺棄我！當我把仇人踢到海浪之中，他剛好醒過來，充滿驚慌和恐懼，如果我能夠享受這種快感的話，我確實應該感謝上帝。仇人掉下去的噗通聲在耳朵裡餘音繚繞，成為讓我愉快和微笑的回憶的話……這真是上帝的恩惠。」

年輕的吉普賽男人：「請妳再親我一次、一次就好。」
桑菲拉：「我們分手吧。老公很愛吃醋，脾氣又不好。」
年輕的吉普賽男人：「一次就好了。為了告別，給我一個長吻……。」
桑歐拉：「你走吧，我老公可能會來這裡。」
年輕的吉普賽男人：「什麼時候還會再見面呢？」
桑菲拉：「今晚，月亮下山時，在那墳墓旁邊見面吧。」
年輕的吉普賽男人：「是不是騙我的？妳不會來吧？」
桑菲拉：「你就過來吧，我一定會在那邊等你。」

　　阿烈科在睡眠中，被不安的夢擾亂著。他喊叫著醒來，被嫉妒心驅使，伸開雙手抱住的卻是冰冷的棉被。他發現妻子不在身邊，搖搖晃晃地趕緊站起來。四周非常寂靜，他的身體開始顫抖，滿臉通紅。他從小屋出來，在車子的周圍亂跑，沒有聽到任何聲音也沒有妻子的回應。外面是晦暗的月亮沉在霧氣裡，閃亮的星光映照在露水上。

　　阿烈科找到腳印了，一路前往瓦拉根（Waragan）的方向。他心裡很著急，跑到小路附近的白色墳墓旁，步履蹣跚，嘴唇顫抖，膝蓋也發抖。他繼續向前走……是夢嗎？他看到前面有兩個影子，聽得到在墳墓旁交談的聲音。

　　第一個聲音：「我要跟你告別了！」

　　第二個聲音：「還可以多待一下吧？」

　　第一個聲音：「不，不行。真的，我要走了。」

　　第二個聲音：「等到天亮再走吧。」

　　第一個聲音：「我會擔心啦。」

　　第二個聲音：「幹嘛這麼害怕！再待一下。」

　　第一個聲音：「真是傷腦筋呢。」

　　第二個聲音：「多陪我一下。」

　　第一個聲音：「如果我丈夫醒來，發現我不見了的話，我要怎麼辦……」

　　阿烈科：「我早就醒來了！別跑！兩個人都站住！竟敢在這裡……」

　　桑菲拉：「快跑吧！」

　　阿烈科：「站住！你要去哪裡！這傢伙！等一下！喂！」

　　桑菲拉：「老公！」

　　年輕的吉普賽男人：「呃，好痛——！」

　　桑菲拉：「老公，你殺了人！唉呀？你滿手都是血！該怎麼辦？」

　　阿烈科：「沒什麼。這麼一來，終於把愛情緊緊捉住了。」

　　桑菲拉：「好哇！我不會怕你！你在幹嘛？想威脅我啊？殺人了啊！」

　　阿烈科拿刀刺進她的身體：「一起死吧！」

　　桑菲拉：「死了也要愛。」

　　東邊天色漸白。在地上，阿烈科全身沾滿了血，一手拿著刀，坐在墓碑

前。腳邊有兩具屍體，他手足無措，臉色慘白。

——來自梅里美（Merimee）著作集

載於《臺灣遞信協會雜誌》，第五十九期，一九二四年八月十七日

苔依絲*

作者　法朗士
譯者　西條まさを
中譯　彭思遠

【作者】

法朗士像

　　法朗士（Anatole France, 1844～1924），原名阿那托
爾・弗朗索瓦・蒂波（Anatole Francois Thibault）。法國
詩人、小說家、文學評論家。生於巴黎書商家庭，早期
從事詩歌創作，受「當代巴那斯派」影響，標榜「為藝
術而藝術」。一八八〇年代起，逐漸對資本主義社會產生
懷疑，同情人民疾苦，宣揚人道主義，並致力於小說創
作，《波納爾之罪》（*The Crime of Sylvestre Bonnard*, 1881）
讓他在文壇上聲名大噪。法朗士的小說運用日常所見的平凡生活片斷，哲學的論
辯超過事物的描寫；對醜惡現實的嘲諷，幽默雅致卻不失高貴矜持的風度。一九
二一年獲得諾貝爾文學獎，獲獎理由為：「他輝煌的文學成就，乃在於他高尚的文
體、憐憫的人道同情、迷人的魅力，以及一個真正法國性情所形成的特質。」重
要作品有《苔依絲》（*Thaïs*, 1890）、長篇小說四部曲《當代史話》（*A Chronicle of Our
Own Times*, 1901）、《企鵝島》（*Penguin Island*, 1908）、《眾神渴了》（*The Gods are
Athirst*, 1912）、《天使的反叛》（*The Revolt of the Angels*, 1914）、詩歌《金色詩集》
（*Poèmes dorés*, 1873）、詩劇《科林斯人的婚禮》（*The
Bride of Corinth*, 1876）等。（潘麗玲撰）

【譯者】

西川滿像

　　西條まさを，即西川滿（にしかわ　みつる，1908
～1999）筆名。他是日本福島縣人，日治時期在臺日人
作家的代表人物、裝幀家。一九一〇年隨雙親來臺，其
間除返日就讀大學外，一直到一九四六年離臺為止，在

---

* 原刊作〈タイス〉，作者標為「アナトール・フランス」。

臺灣度過約卅年的歲月。雖非在臺灣出生，卻也被稱為「灣生」（在臺日人第二代）。
一九二〇年就讀臺北一中，開始對創作與裝幀藝術產生興趣。一九二七年，進入
早稻田大學文學部就讀，專攻法國文學，師承吉江喬松、西條八十、山內義雄，
因而養成浪漫且藝術至上的文藝美學，畢業論文研究法國詩人蘭波（Arthur
Rimbaud）。一九三三年畢業，恩師吉江喬松勸他回臺灣「為地方主義文學奉獻一
生吧！」促成西川滿回臺的決心，也預告其文學路線的選擇。一九三四年進入《臺
灣日日新報》社，並主編該報文藝欄。同年任《愛書》編輯，又創設媽祖書房，
刊行《媽祖》雜誌。一九三九年發行研究臺灣風俗的《臺灣風土記》，創立「臺灣
詩人協會」並刊行詩誌《華麗島》。一九四〇年改組「臺灣詩人協會」為「臺灣文
藝家協會」，發行《文藝臺灣》，成為一九四〇年代在臺日人作家最重要的據點。
西川滿的作品多以異國情調描寫臺灣的歷史與風土，代表作如詩集《媽祖祭》、小
說集《赤崁記》、長篇小說《臺灣縱貫鐵道》等。此外，西川滿的文學亦呈現服膺
於日本帝國主義的一面，一九四三年出版的詩集《一個決意》（一つの決意）即展
現出響應國策的決心。戰後在東京組織「日本天后會」，擔任總裁，顯見其對媽祖
的信仰。一九九九年逝世後，兩萬餘冊藏書都贈予真理大學臺灣文學資料館。（趙
勳達撰）

　　「苔依絲」是安那托・法朗士（Anatole France）的代表作之一。法朗士
原名安那托・堤波（Anatole Thibault），一八四四年出生於巴黎。他可說是法
國文壇上自然主義以後的第一寫手，同時也是首屈一指的詩人與文藝評論
家。法朗士對古典文學的造詣精湛深厚，並且擁有過人的機鋒和超凡的想像
力，使其文名迅速攀升高漲，終至躋身大家之列。可惜在最近[1]，甫以八十高
齡辭世。〈苔依絲〉這部小說中，展現出法朗士流麗輕快的文體，自然微妙的
戲謔嘲諷隨處可見，堪稱為諸多作品中的一顆寶石。

1　指 1924 年。

一

在羅馬的右邊，埃及的尼羅河兩岸，有無數的簡陋小屋，夾雜幾棟豎起十字架的教堂。許多獨居修士，在此過著刻苦禁慾的生活。其中修行功夫最臻上乘的要算是昂第諾艾修道院的院長帕弗奴斯了。這一天，他回憶起從前在故鄉亞歷山大的華麗劇院裡，見過一個名叫苔依絲，體態豐滿且美艷絕倫的舞孃。她在戲裡賣弄色相，花枝招展地表演各種舞蹈，那些靈巧而有節奏感的動作，輕易的就撩撥起觀眾最激烈而無法壓抑的情慾。帕弗奴斯決定到亞歷山大，把苔依絲從罪惡的深淵中拯救出來，使她皈依天主。

下定決心之後，他便去拜訪一位叫做巴魯孟的隱士商量討論，希望能獲得老友的贊同。巴魯孟勸諫他不要離開靈修小屋，涉足塵世俗務，以免背離良善美聖。聽到這番警語，帕弗奴斯不免也猶豫不決起來。但是神啟終究戰勝了遲疑，為了拯救被罪惡綑綁的苔依絲，他告別諸多門徒，邁向漫長的救贖之旅。

他在路上遇見各式各樣的人，不久來到昔日友人尼西亞斯的住家，如同對巴魯孟一樣，他也將心中的計劃和盤托出。尼西亞斯委婉地提醒他：「要提防觸怒維納斯女神，她的報復是很可怕的。」即便如此，帕弗奴斯依舊不為所動。

有一天，他前往劇院看苔依絲表演，她那輕盈而律動的腳步，贏得所有觀眾的喝采，歡聲雷動。這時只見帕弗奴斯從座位躍起，宛如與群眾唱和般，張大嗓門叫道：「異教徒們！崇拜魔鬼的無恥小人啊！……」他決意要使苔依絲脫離惡魔般荒淫的生活，便毅然來到她居住的寧芙洞裡。

二

苔依絲成長於卑微且貪財的父母所經營的小酒店。她從幼年起就聽慣了醉醺醺的水手嘴裡吐出不知含意的下流話語，有時還目睹酒醉者打架時刀光劍影、鮮血直流的恐怖場面。

在如此不堪回首的童年裡，幸好有個溫柔善良的黑奴阿梅斯，常常把苔

依絲抱在大腿上，視如已出地疼愛她。阿梅斯曾經受過洗禮，是位十分虔誠的基督徒。他每天都講耶穌基督的故事給小苔依絲聽，使她認識神與真理，並且在復活節來臨的某一個夜裡，偷偷地帶領苔依絲穿過幽暗長路，讓她接受神聖的洗禮。

然而，溫柔善良如阿梅斯，終究也因為主人疑懼他會煽動奴隸造反，加上異教徒對他滿懷仇恨，就被誣陷迫害而釘在十字架上，像晨露一般永久消逝了。苔依絲目睹這一切，幼小心靈裡不禁萌生了一個念頭，就是如果要在世上當個善良的人，不付出可怕的痛苦為代價是不可能的。

有一天，苔依絲受到比平日加倍嚴厲的毒打，她無精打采地蹲在門前。就在此時，時常帶領一些年輕男女跳舞，在富人的宴會上表演而討賞的老太婆莫洛哀來到跟前。在莫洛哀的甜言蜜語慫恿下，可憐的苔依絲未經思索便加入她的旗下。莫洛哀預料苔依絲未久將成為絕世美女，因此揮著鞭子逼迫她，要她學會音樂和韻律。

在嚴格的教導下，苔依絲很快就成了出色的演員與舞者，常常在富商的宴會中登場。此時的苔依絲尚未了解愛情的真諦與代價，宴席散後，在河邊的小樹林裡，她輕易委身任何帶她出場的人。這其中，她也曾經和全身洋溢著青春與情慾光輝的總督之子，共度一段美好時光。但是有一天，苔依絲突然感到空虛和孤獨，便離開了他。

許多裸體的少女們在神廟內載歌載舞，成群結隊的妓女在歐隆河畔的森林出沒，繁華巨大的城市裡所有的娛樂，她沒有一樣缺席。仗著美貌威力，加上一身好本事，苔依絲很快地在亞歷山大城的舞臺上展露頭角，博得全城人民的仰慕寵愛。

她接待過許多人，包括帕弗奴斯的昔日友人——哲學家尼西亞斯。他的敏銳才智並未贏得苔依絲的芳心，反而被她訓斥道：「我看不起像你這樣對人生一無所求，也一無所懼的俗人。」為了認識人生的意義，她甚至嘗試閱讀艱澀的哲學書籍。她的童年日漸遠離，讓她更緬懷與阿梅斯相處的甜蜜回憶。不過一想起自幼即失去雙親的憐愛，又不禁悲從中來。

過去二十年來，在君士坦丁大帝的保護下，基督徒已經獲得信仰自由，

而阿梅斯的為教義殉身，也得到大家的尊崇與追念。看見信徒一個接一個地
在他墓前跪拜祈禱，苔依絲在讚嘆中想著：「他當年如此卑微，現在卻是偉大
又崇高。那比財富、享樂更有價值的未知事物究竟是什麼呢？」於是她也謙
恭地跪地，用她那挑起無數人慾念的嘴唇親吻阿梅斯冰冷的墳墓。

　　可是一旦過了這個神秘之夜，苔依絲又重新投入她所沉醉的淫蕩生活
中，繼續用美貌和軀體賣力演出，讓拜占庭劇院裡的群眾，受到蠱惑而在雙
眼射出異樣光彩。她所居住的寧芙洞，經過一番窮奢極侈的裝潢之後，也成
為全城眾所周知的著名花園宅第。就在此刻，帕弗奴斯已然來到寧芙洞門口。
他打定主意，要向這個可憐的迷途羔羊傳揚神的永生不死之道。

　　苔依絲望著這個神情與言詞怪異的男人，並不覺得討厭，反倒以為他是
知曉長生不老秘訣的仙人。她決定委身於他，因此便假裝害怕的樣子，後退
了好幾步，一直走到山洞盡頭，才在床邊坐下來。她俐落地撥理衣物，掩蔽
胸口，然後只是靜坐不發一言，垂下眼皮等待著。

　　她那長長的睫毛在臉頰上呈現出柔和的光影，全部的姿勢體態在在顯示
出害羞的神情。她赤裸的腳丫安靜慵懶地晃來晃去，宛若一個坐在河畔冥想
的少女。但是帕弗奴斯仍然紋風不動，只一味地緊盯著她看。他的雙腳僵直
無力，口乾舌燥，腦袋一片昏沉，視線也變得迷濛模糊起來。他相信這一定
是耶穌基督的手遮住他的眼睛，好讓自己看不見那女人的媚態。

　　於是，他以莊嚴的態度說道：「如果妳獻身於我，妳以為在真神面前能隱
瞞得了嗎？」聽到這話，苔依絲無力地搖搖頭問道：「真神？有有誰強迫真神
必須時時刻刻監視著寧芙洞嗎？如果我們觸怒祂的話，祂就會把我們離棄不
顧了嗎？既然祂依自己的形體創造了我們，同時賜給我們身體，擁有一些本
能，讓我們依照著行事，那麼祂斷然不會為此發怒的。大家都渲染了神的大
能，甚至把有些莫須有的想法也算到祂的頭上來。陌生人，你是否真正明白
神的本質呢？以神的名義和我說話的究竟是誰呢？」

　　聽到她這樣問，修士立刻回答道：「我叫做帕弗奴斯，是昂第諾艾修道院
長。」聽見帕弗奴斯的大名和尊貴的頭銜，苔依絲嚇得面無人色。她披頭散
髮，雙手合十，跪拜在聖徒腳前，梨花帶雨的哭泣著說：「不要傷害我，不要

叫我害怕,請你離開這裡吧!」帕弗奴斯不發一語,只在妓女的前額輕柔地親吻一下。

由於受到神的啟示,他決心帶領她到由凱撒大帝的女兒阿爾賓娜所主持,離大海不遠的女修道院去苦修以便洗淨罪污。為了讓這個妓女的心中充滿救贖的喜樂,為了讓她不再眷戀過去的淫穢生活,帕弗奴斯對她說:「苔依絲!凡是所有妳接觸過的罪惡器具,都將被魔鬼賦予生命,應該被火吞噬,直到把上面的邪靈燒盡,方得罷休。感謝上天,這些外衣,這些面紗,它們看過比海浪還數不清的接吻,不過現在只得去跟火舌親熱了……。奴隸們,快多拿些木柴投入火堆裡!至於妳苔依絲!回到屋子裡去,丟棄妳身上污穢不堪的服飾,改穿上卑微奴隸的長衣吧。」

苔依絲默默地服從了,而此時帕弗奴斯彷彿是發狂了一般,一邊向空中揮舞手臂,一邊像怒獸般咆哮著,神情十分恐怖。幾個黑奴把許多珍貴的寶物,諸如象牙、珠寶首飾、松木長椅、七弦神像等,一股腦地全都丟進火焰中。附近鄰居被喧鬧聲吵醒,其中有些是先前時常販售服飾和香水給苔依絲的商人,等到他們弄清楚怎麼回事後,因為心急衣食父母即將棄他們而去,紛紛驚呼:「苔依絲就要奪走我們的麵包,不再餵養我們了。」

帕弗奴斯和苔依絲無視眾人的叫囂阻撓,毅然邁開大步,奔向滌罪之路。她順服地跟隨他,在崎嶇漫長的求道路途中,疲憊折彎了她的雙膝,乾渴燃燒著她的身軀。但是帕弗奴斯正值虔誠聖心狂熱之際,對她那犯下諸多淫業的肉體所受的痛苦非但不同情,反倒湧現一股莫名的喜悅與快感。只要一想到假道學的尼西亞斯曾經是這女人的恩客,他全身的鮮血瞬間全部湧向心臟,胸口幾乎就要裂開來。

阿爾賓娜在苔依絲的額頭上親了一下,對她的來到表示歡迎。帕弗奴斯走到泉水旁,抓起一把黏土,在土裡放進自己的一根頭髮,吐上一些口水,然後把黏土封住整個門縫。在這狹小的靈修密室裡,只有一張床,一張桌子和一個水壺。苔依絲踏入密室門檻剎時,心中滿是重生之喜悅。帕弗奴斯靠近窗櫺端詳,只見苔依絲露出安詳滿足的神情。他大聲說道:「走在生命小路上的女人是多麼可愛啊!她的雙腳多麼美,她的臉多麼容光煥發呢!」

三

　　帕弗奴斯回到神聖的沙漠裡，他的門徒們都興高采烈地跑來迎接，一面讚美神，一面跟隨著他，因為大家都已知悉這位聖徒在亞歷山大城裡完成救贖苔依絲的偉大事工。弟兄中較為年長的福拉維恩，突然感受到聖靈附身，開口唱起啟示的聖歌來：「這是真神降福的日子啊！我們的父親歸來了！他一身是新的功績，回到我們這裡，真是讓人滿心歡喜。」

　　然而，帕弗奴斯徹夜無法入眠。輾轉反側時浮現的苔依絲身影，要比寧芙洞中所看見的更加鮮明難忘。他為自己辯護說：「凡我所作所為，都是為了榮耀神……。但是我的靈魂啊！你為什麼悲傷，你為什麼讓我思緒紊亂，讓我在長夜嘆息不得安寧呢？」為了躲避這些可怕的夢境與邪念，帕弗奴斯決心去徵詢老友巴魯孟的意見，於是，他離開已污穢不堪的小屋，到沙漠深處裡進行更為嚴苛的苦修。

　　見到巴魯孟後，帕弗奴斯鉅細靡遺地敘述那擾人的幻象與揮之不去的夢魘，然而保守的巴魯孟只勸告他虔誠勞動，以便彌補因旅行而中斷的苦行功夫。帕弗奴斯日夜不停地走著，最後來到一座廢棄的異教徒寺廟。在寺廟的角落，有一根柱子，頂端空無一物，頹然孤立著。他搬來梯子，爬上柱頂，跪拜祈求神賜給他格外的恩寵和永生。

　　如此奇特的苦修方式旋即傳揚開來，每到了安息日，住在山谷附近的居民，紛紛扶老攜幼地前來瞻仰這位柱頂苦行僧。帕弗奴斯的弟子們也聞風而來，每天都懷著景仰的心情，圍著師父聆聽教誨。他開口說道：「孩子們！始終要像耶穌所喜愛的小孩一般，那就是神命定之福，就是永遠的生命。」

　　來朝聖的人紛至沓來，從未間斷過，柱頂隱士的名聲也日益響亮起來。但是有一天，又饑又渴，疲憊不堪的他，突然間又聽到那個令他不得安寧的聲音在耳際響起：「你瞧！我既神秘而美麗。快來愛我吧！到我的懷裡傾瀉那折磨你的愛情吧！屈服吧！親愛的修行者，你是無法擺脫我的。」究竟是夢境抑或真實？那仿佛是苔依絲的幻影在對著他呢喃囈語。

　　就在帕弗奴斯的苦行聲譽如日中天之際，突然傳來修道成聖女的苔依絲

病入膏肓，不久人世的消息。聽到這個消息，帕弗奴斯彷彿遭到雷殛一般，登時呆若木雞，旋即朝向阿爾賓娜女修道院狂奔而去。

在無花果樹蔭下，苔依絲無力地躺在床上，全身著白衣，手臂交叉著擺在胸前。帕弗奴斯呼喚她：「苔依絲！苔依絲！」她抬起頭來，蒼白無血色的嘴唇裡吐出輕微聲息：「我的神父，是你嗎？我已經在神真正的愛裡活過了。」

死亡已經悄然降臨，一隻斑鳩引吭高歌起來，哀慟的啼聲劃破這莊嚴的靜肅，童女們詠唱的聖歌中混雜著帕弗奴斯的嗚咽聲。

「請潔淨我的污穢，

　洗滌我的罪惡。

　因為我明白，我的不義和我的罪行，

　都將不停地在我眼前出現。」

突然間，苔依絲從床上坐起來。她睜大那雙紫色的眼睛，手指向遙遠的山丘，用無比清澈的聲音呼喊著：「瞧啊，那裡有永恆之晨的玫瑰花！」

帕弗奴斯跪了下來，用他黝黑的雙臂擁抱她。「我的苔依絲！妳不要死！」他用連自己也認不出來的聲音喊道：「妳聽我說，我愛妳！我欺騙了妳，我原來不過是個可憐的傻瓜。神或天國，這一切都微不足道，只有凡塵俗世的生活和芸芸眾生的愛情才是真實的。我愛妳！妳不要死！跟我在一起，我們一塊逃跑吧。讓我抱著妳到遙遠的地方去。來！讓我們相愛吧。我的愛人，快點說：『我會活下去，我要活下去！』苔依絲！苔依絲！」將她緊緊摟在懷裡。苔依絲只是喃喃自語：「天國近了！我看見了天使、先知和聖人……。」發出喜悅的嘆息後，她的頭頹然倒在枕頭上，就此香消玉殞了。

被完全的絕望與煩惱佔據的帕弗奴斯，抱起苔依絲，用充滿慾念、忿怒和激情的眼神凝望著她。阿爾賓娜修女對他咆哮說：「滾開！該死的東西。」然後用手指輕輕地闔上苔依絲的眼皮。帕弗奴斯踉踉蹌蹌地往後退，眼睛裡燃燒著火焰，覺得大地宛若在腳底下裂了開來。童女們詠唱起撒加利亞的讚美詩：

「感謝天父，感謝以色列的神啊！」

忽然間，歌聲在她們的喉嚨裡消音了。她們看到帕弗奴斯的臉，都嚇得

一邊逃跑一邊驚叫：「哇！吸血鬼！惡魔！妖怪！妖怪！」他變得那麼難看，連用手去觸摸自己的臉，都可以感覺到那份近乎恐怖的醜陋。

　　以上是全篇內容的節錄梗概，由於是一部文學名著，要如何縮編摘要，可謂煞費苦心。筆者不才，唯恐以此禿筆翻譯，有損大文豪安那托・法朗士名作之文采。然而因為篇幅所限，無法對細節詳加描繪敘述，尚請讀者諸君見諒。不過就算只是節錄梗概，倘若承蒙拜讀之後，多一位喜歡安那托・法朗士的書迷，對於筆者以及原作者法朗士而言，誠乃可喜可賀。從下一輯起，希望能以更簡潔的摘要，為讀者介紹所有的世界名著。（1924 年 12 月 9 日夜）

　　　　　　　　　載於《文藝櫻草》，第一期，一九二五年一月一日

米蘭之女[*]

作者　薄伽丘
譯者　陳是晶
中譯　楊奕屏

薄伽丘像

【作者】

　　薄伽丘（Giovanni Boccaccio, 1313～1375），義大利作家。生於佛羅倫斯（Florence），一說生於巴黎（Paris），少年時曾在那不勒斯（Naples）學習經商與法律，後來經常出入當地國王的宮廷，同王公貴族與學者們共同研讀古代文化典籍。大約在一三四〇年回到佛羅倫斯，在激烈的政治鬥爭中，他站在共和政權那方，反對貴族勢力，此外也勤於著述，最出色的作品是故事集《十日談》（1348～1353），描寫當時的社會現實，批判教會以及貴族的黑暗面，是歐洲文學史上第一部現實主義巨著。此外也創作了傳奇《菲洛柯洛》（1336～1338）、長詩《苔塞伊達》（1339）、《菲洛斯特拉托》（1340）、牧歌式傳奇《亞梅托的女神們》（1341）、長詩《愛情的幻影》（1342）、長詩《菲埃索勒的女神》（1344～1345）、傳奇《菲婭美達的哀歌》（1345）、傳奇《大鴉》（1355）以及研究論著《但丁傳》等。（顧敏耀撰）

【譯者】

　　陳是晶（？～？），畢業於臺北帝國大學（今國立臺灣大學），曾於一九二八年十月十五日在《臺灣日日新報》發表譯作〈ミランの女〉，並曾前往上海訪問當紅女星胡蝶，並將訪問記錄刊登於一九三〇年八月十九日與廿三日的《臺灣日日新報》，其餘生平待考。（顧敏耀撰）

　　有一位住在米蘭的德國軍人叫做加法德。他為人很好，就如同多數的德國人那般，在工作上很稱職。尤其在付錢一事上很爽快，從不拖延。所以很

---

[*]　原刊作〈ミランの女〉，作者標為「ボッカチーオ」，出自薄伽丘《十日談》。

多商人不論何時都願意以極少的利息將一大筆錢借給他。

　　他很中意一位叫做安布蘿契的女士，那女士是他的富商老友戈斯巴路羅的妻子。他一直很小心翼翼不讓別人知道。有一次，等到一個好機會，他向女士表白愛意。結果，女士開了兩個條件要他答應。其一是，嚴守秘密。其二是，她正好需要兩百法林[1]，是否能給她這筆錢。

　　加法德聞言，愛意轉為憤怒和羞辱，對她貪婪的行為非常生氣，所以決定要設下一個陷阱。他先表示只要是女士的心願必定照辦。任何時候，只要她需要這筆錢，儘管吩咐。他會帶一名絕對信得過的親信友人將錢送去，女士很滿意這回答，並表示丈夫近日內將會離家數日到傑諾瓦[2]，待丈夫啟程後再行通知。

　　加法德先至其夫戈斯巴路羅處向他這麼說：

　　「我有急用需要兩百法林，請你先借我，我將萬分感激。」

　　戈斯巴路羅答應他。接著，如同女士所言，其夫戈斯巴路羅在兩三天後啟程至傑諾瓦。她立刻傳話請加法德過來，並要他帶著兩百法林。

　　加法德隨即帶著友人造訪，一開始他就當著友人面前將錢取出，並說：

　　「夫人請妳先保管這錢，待妳丈夫回來再交給他。」

　　她收下了那錢，但是心裡很不解加法德的話。後來猜想是因為不想讓朋友知道實情，才這麼說的吧？

　　「好的！錢先讓我看一下。」

　　加法德拿出桌上的錢來給她看，確實是兩百法林。她很滿意的收下，而後引領加法德進房間。之後幾天，加法德趁著她丈夫不在家，又造訪了好幾次。

　　待其夫返家後，加法德找機會上門拜訪。並在安布蘿契聽得到的時候，向其夫表示：

　　「向你借的錢已經不需要了。我立刻就拿來還給你的夫人了，請從帳簿

1　中譯者註：舊荷蘭幣。
2　中譯者註：義大利西北部地名。

上消掉這筆帳吧！」

　　戈斯巴路羅轉身向妻子確認，安布蘿契不知如何否認，因為她收了錢是事實，只好回答：

　　「沒錯！我已收下了！只是忘了告訴你。」

　　「好！非常謝謝！我們的帳就此勾消了。」

　　　　　　　　　　載於《臺灣日日新報》，一九二八年十月十五日

廣播電臺火刑[*]

作者　Sterling Gleeson
譯者　森　隆三
中譯　杉森　藍

【作者】

Sterling Gleeson（？～？），僅知有小說作品〈廣播電臺火刑〉與〈航空郵件事件〉由森隆三翻譯為日文，分別在一九二九年與一九三一年刊登於《臺灣遞信協會雜誌》，其餘生平待考。（顧敏耀撰）

【譯者】

森　隆三（もり　りゅうぞう，？～？），來臺日籍文人，有時署名「もり隆三」或「りゅうぞう」。曾任職於鵝鑾鼻無線電信局，一九三二年間任臺灣總督府交通局書記，兼任無線通信士資格檢定委員。一九四〇年升任總督府交通局副參事，敘勳從七等，不久又敘高等官七等。在臺創作主要以短歌為主，從一九二九年至一九三七年間持續發表大量作品於短歌雜誌《あらたま》，其間在一九三一年九月與十二月亦曾發表零星數首於《臺灣日日新報》。此外，曾在《臺灣遞信協會雜誌》發表散文〈なんたん・まんだん〉（南端・漫談）與〈海岸局夜話〉（皆 1929 年）、〈逝くなった二宮一二君〉（逝世的二宮一二君）（1933　年），以及譯作〈ラヂオ火刑〉（廣播電臺火刑）（1929 年）、〈ゑあ・めいる事件〉（航空郵件事件）（1930年）。（顧敏耀撰）

美國哈洛德・戴爾電影製片廠中很高級的室內舞臺上，有武裝的騎士、穿著豪華服裝的貴婦人、紳士、自由民、農奴等等，還有打扮成其他所有階級的演員們跑來跑去，哈洛德・戴爾製片廠內最新式的有聲電影攝影機在這時開始拍攝。

帶著鎧甲，手上拿著傳聲筒的哈洛德・戴爾，指揮著在大型移動式舞臺

---

[*]　原刊作〈科學小說　ラヂオ火刑〉，作者標為「スターリング・グリーソン」，譯者標為「もり隆三」。

上正在準備大戰爭場景的導演們。

「戴爾先生！」有人叫他。

一回頭，就看到扮演騎士的男人站在移動式舞臺旁邊。他的臉被騎士頭盔的帽沿遮住，戴爾把他遞上來的一張紙條打開來看。

「我想要馬上跟您單獨見面，請您跟著我過來。歌莉亞小姐敬上。」

戴爾向主導演說：

「我有事要回家一趟，你們繼續錄影吧。」他回過頭，卡擦卡擦地發出鎧甲聲音，跟隨信差走了。

他實在不知所措，因為這不是普通的事。歌莉亞常常飾演他的螢幕情侶——粉絲謠傳說，兩人可能假戲真做——她從來沒有用過這種方式叫他過去，到底怎麼了？

跟著信差走到位在辦公室建築最角落的房間，他越來越搞不清楚狀況了。那裡是他所擁有的廣播電臺 WROT 的廣播室和機器。

信差在寫著「操縱室」的門前停下腳步。在此室內有 WROT 裝置的主要部分，戴爾很納悶地看著他。

信差跟他說：「歌莉亞就在裡面。」

戴爾帶著手套不假思索地抓住把手，謹慎地開門。果然看到歌莉亞坐在椅子上，嚇到臉色發白，手也在發抖，他毫不猶豫地走進去室內。

忽然，他的頭上發出一道閃光，他雖然試著舉手，卻立刻被兩個人綁住手臂。他被放到與下巴齊高的圓桶裡面。歌莉亞在椅子上呆望著，操控室的對面，有個黑頭髮、表情兇猛的高大男人，手上拿著武器站著。

歌莉亞一發出叫聲，黑頭髮的丹迪・狄阿波羅就大步地走過去，把她綁了起來。

他向同夥命令說：「堵上她的嘴！」

嘴臉兇惡的男人把很厚重的東西確實地堵住她的嘴巴，手腳都綁在椅子上。

「狄阿波羅，你為什麼做這麼殘酷的事情？」戴爾難以了解歹徒的意圖。

「我把理由說給你聽吧，你長久以來一直瞧不起我，這是報復啊。」

　　手上拿著口塞，他來到這無助的勇士旁邊，哈洛德突然把自己的身體往前傾，圓桶搖晃起來——三個強壯的爪牙，扶住要倒下來的圓桶，把它重新立好在原來的位置上，接著把戴爾的鎧甲脫下，確實地把口塞堵在嘴他巴裡，再讓他穿上鎧甲。

　　狄阿波羅嘲笑著說：

　　「喂，這是你長久以來妨礙我工作的總清算啊，你認為你總是在鏡頭前勝過我，所以在其他事情方面，也必須要贏過我，不過，哈洛德・戴爾，你錯了，你的生命即將結束的現在，我才是贏家啊！」

　　狄阿波羅從包裹裡拿出一大捆沉重而可以彎折的彩帶型銅線，把一頭固定在圓桶。戴爾往下看，發現有絕緣電線一圈又一圈的捆繞在圓桶上，數不清有幾圈。

　　狄阿波羅解開電線的另一端，把它從圓桶拉到 WROT 的發報配電盤儀器端子，然後，再把另外一端接到一捲很大的「送信線輪」[1]。

　　狄阿波羅仍然繼續嘲笑著說：

　　「哈洛德・戴爾，你一定覺得很不可思議吧。你現在是在很大的電感線圈裡面呢，電感是連結到 WROT 可怕的發報機，請你這個聰明的頭腦，想一想線圈的現象吧。假如某個導體被放置在有電流的線圈電場的話，電流經過導體，會發生什麼事情你應該非常清楚吧。因為這導體的電阻，使得電力變成熱力，溫度隨著電流的增加而提高。所以，我只要在這條線圈通過非常高頻率的強力電流，可想而知，導體產生的熱能是非常可觀的。這個現象是真空中高頻率電流的作用，也就是連金屬都可溶解的高頻率爐的原理啊。」

　　「哈洛德・戴爾，你就在我所說的線圈的磁場內呢。於是，你的身體縱使不是良好的導體，但你的銅製鎧甲與頭盔卻一定是。喂，常勝軍，你穿著盔甲，活生生地燒死在這裡，歌莉亞小姐和我兩個，會拋下你呢，這美人一定會後悔曾經拒絕我的告白。我記得很清楚，我們一起去拍外景的時候，我

---

[1] 原文即為「送信線輪」，右側小字標註「インダクダンス」，即 Inductance，今稱「電感」或「電感應器」，是一種產生電磁的裝置。

和你要送午餐給歌莉亞時，她拒絕我給她的起司三明治，卻接受你的烤肉。沒錯，看來我如果給她烤肉的話，她應該也會接受，所以我藉由廣播頻率爐的幫助，你將成為一塊大大的烤肉。」

他一邊描述這令人震驚的事情，一邊走近發報配電盤，確認發報機和天線絕緣。真空管從方才已經被點火了，他打開開關，這間大房間的遠處角落開始發出嗡嗡的轟鳴聲。狄阿波羅盯著金屬板供應電壓錶，等待它到達最大值。不久，他開始慢慢地轉動包著合成皮的把手，調整電波的頻率。

各個儀器開始運作了，他控制電阻器，操縱其他各種調整器，逐漸把廣播頻率電路調整為同樣頻率，廣播電流隨著增加輸出功率而上升了。

在鎧甲中的哈洛德·戴爾，頭髮逐漸豎立起來，最後終於感覺快附到鎧甲表面。他皮膚很麻，感覺到鎧甲逐漸發熱，讓他越來越難受。

狄阿波羅扭一下蓄電器，電阻器提升到最高值，測量儀爆錶了，戴爾感覺到愈來愈熱，稍微有劈劈啪啪的聲音，捲線圈的圓桶開始冒煙。歌莉亞不忍的閉上眼睛，戴爾使了一下眼色，要她振作一點。她以那雙美麗的眼睛，用哀求的眼神望著狄阿波羅，但是，對於擁有像化石般惡魔之心的他來說，再怎麼可憐的哭訴都沒有用，歌莉亞已是熱淚盈眶了。

鎧甲逐漸無法承受，戴爾的衣服烤焦了，頭盔快要爆炸，鎧甲的縫隙開始膨脹，發出了劈劈啪啪的聲音，一縷白煙從鎧甲裡面產生，並從底邊的縫隙冒出來。

歌莉亞看到這個情形，感同身受的覺得痛苦——要喊出來也因為嘴巴被堵住而無法出聲——終於受不了而暈倒了。

但是，縱使處在這麼可怕的考驗和酷刑之中，不屈不饒的哈洛德·戴爾始終保持冷靜的頭腦。他看到歌莉亞暈倒而不再痛苦，反而稍微放心。

腦海中閃過所有的辦法。看樣子終究是沒有辦法逃跑，即使大聲呼救也沒用，剛剛也吩咐同事在自己出去的時候繼續進行拍攝，所以他們不會馬上過來救他。

鎧甲已經熱得無法忍受，他試著想要移動自己的位置，發現只有手臂可以稍微前後動個幾寸，不禁絕望地搖了搖手。

他注意到發報配電盤，目光被那指針吸引住了。指針正在左右地搖晃著！他看著它的動態，逐漸了解那隻針和自己手臂的晃動一致，心中思索各種可能的原因。

一移動手臂的位置，就好像影響到巨大發報機裡某個電路的電流。為什麼呢？終於知道理由了，他的心裡湧現希望，搖動手臂並不是毫無意義。慎重考慮後，他把帶著笨重鎧甲而不像樣的手，用力地揮動了。

裝有收音機的警車在聖林大道緩慢的巡邏。車內的電臺檢察官梅立茲坐在裝有精確接收器的位子。在這一帶，各種小廣播電臺都需要申報，因此，他依照各個廣播電臺分配到的頻率而調整波長，逐一檢查。

他一降低刻度盤的度數，就感覺到好像有超強力的廣播電臺放送波傳來，讓收音機發出尖銳的嗶嗶聲。他仔細聆聽，其音調不只不穩定，而且音色也一直變動，實在很奇怪。這到底在搞什麼？梅立茲檢察官用力歪著嘴，心想這好像是大型電力廣播臺的工程師在惡作劇的樣子。

這樣的行為已經觸犯了廣播取締條例中的「禁止無目的發送無線電波乃至故意妨礙」。

但是這實在是很詭異的電波，他連接測量符號強弱的收訊機，指針超過度數，急遽左右地振動。

檢察官著急地等待指針停止，但指針沒有停下來，他的頭腦機械式的開始試著把指針的震動翻譯成摩斯密碼。

梅立茲檢察官大吃一驚，三次短振動和三次長振動、三次短振動——SOS！他把鉛筆緊緊握住，繼續寫著：

「SOS！SOS！SOS！我是 WROT 廣播電臺的哈洛德・戴爾！SOS！SOS！SOS！我是戴爾！SOS！請求救援……」

梅立茲檢察官毫不猶豫地打開窗戶，跳進駕駛座旁邊，同時說道：

「立即前往戴爾電影製片廠——快到的時候再減速就好！」

這臺大型警車向前疾駛，在交通繁忙的路上，猛烈地鳴笛，以讓人暈車嘔吐的速度，橫過繁忙的交叉路口，幾乎就要撞上路上的車輛和行人，接著

在街口緊急大轉彎。

梅立茲檢察官坐在駕駛旁邊計畫著工作的步驟，在前方開始看到了戴爾攝影棚巨大設備的牆面。他停止鳴笛，警車斜著衝入通往本館的車道，警衛丟掉還沒看完的報紙，從舒適的椅子上跳起來，閃到旁邊。

大型警車連停都不停，一口氣撞斷門口橫掛的鐵鍊，向通往本館的碎石路慢行，警衛一邊跑一邊跟在汽車後面。

梅立茲檢察官喊叫：「趕快過來吧！我需要援助！」

檢察官敏銳的目光在通到那裡的路上，發現了播放室。他們在走廊上飛奔，建築物的盡頭有一間寫著「操縱室」，梅立茲檢察官手上拿著沉重的軍用手槍，跟著他來的每個人都把手指扣住扳機，三個人悄悄地接近走廊，在「操縱室」的門外停下來了。

微弱的電動機聲音傳了過來。

「準備！」梅立茲叫道。他隨即打開門，黑頭髮的老大震驚地回頭，立刻被三支可怕的手槍包圍了，他下意識地把手舉起來。

梅立茲四下張望，找到戴爾，他一看就了解情況了，只是勇敢的英雄這時已經奄奄一息。

梅立茲快速地舉起手槍，拉扳機，射擊狄阿波羅所固定的支撐電波銅線的絕緣物。裸露的彩帶型銅線劃過高壓電線，掉下去了。

爆出綠色火光之後，長長的銅線纏在一起，燒熔成兩段。

檢察官到配電盤前，關掉發動機的開關，巨大的發報機停止了。梅立茲把滅火器的塞子拔下來，將液體噴向戴爾的鎧甲。發出吱吱聲，冒出蒸氣，不久就安靜下來，哈洛德・戴爾睜開眼睛。

梅立茲詢問：「到底是怎麼一回事？」他和巡警把戴爾頭上的電感器拿起來，並且慢慢把演戲用的鎧甲脫下來。

「實在不知道我到底是做了什麼，必須遭受這麼恐怖的待遇。」戴爾慎重地回答說。「因為我的鎧甲是電感器中擁有傳導性的，所以鎧甲有辦法晃動的話，兩個電路之間的關係就會產生變化，我進而想到，可以試著改變線圈的交會點看看。於是，我擺動手臂之後，就能夠讓發報機共振或不共振，祈

禱有人聽到我用摩斯密碼打的信號。」

檢察官誇獎他說：「真是個聰明的好辦法。」戴爾終於脫下這套死亡鎧甲，接著，他在美麗的歌莉亞旁邊，切斷了把她綁在椅子上的殘酷繩子。他溫柔地扶她起來，從玫瑰花苞一般的嘴巴上拿下口塞，她的眼皮抽動著。

他叫：「歌莉亞！」

她睜開眼睛，重心不穩地自己站起來，環視四周後，有點搖搖晃晃。戴爾以他強壯又溫柔的手臂扶住她。

狄阿波羅咬牙切齒，忿忿的說：「我又失算了。」

戴爾從正面凝視著他說：「沒錯，你又失算了，而且還一敗塗地。」

然後，純潔正直的哈洛德‧戴爾，帶著那位美人一起離開，朝著光明燦爛的未來大步邁進。

載於《臺灣遞信協會雜誌》，第九十六期，一九二九年十一月

航空郵件事件*

作者　Sterling Gleeson

譯者　森　隆三

中譯　杉森　藍

【作者】

Sterling Gleeson，見〈廣播電臺火刑〉。

【譯者】

森　隆三，見〈廣播電臺火刑〉。

　　——有顆彗星出現在天際，一邊發出微細的嗚嗚聲，一邊發出明亮的光芒，劃破落磯山脈上如同灑滿濃墨般的夜空。——

　　約翰‧梅杜爾是全世界屈指可數的快速空中運輸公司的首席駕駛員，他就乘坐在這顆彗星裡面，穿過群星，飛到這邊來。

　　這顆彗星的機翼末端，引擎發出巨大的聲響，兩條排氣管噴出藍色的火焰，光芒非常耀眼，但是四周卻是一片漆黑，伸手不見五指。

　　接下來的幾十分鐘，梅杜爾繼續像淡藍色彗星似的，在黑暗裡閃爍著飛行。然而，他有信心準確的飛在設定好的航路上，誤差小於一個機身的寬度。「快速空運」砸下重金購入了目前最好的配備，讓他的自信不曾落空。

　　雖然這是最勇敢的駕駛員們的冒險，但是至今為止，人們還是認為航空運輸應該盡可能在夜間飛行比較安全。主要的原因是飛行時使用了兩條放射式的無線標識。運用這方式的時候，運輸機就像火車在軌道上行駛一樣，能夠精確地依照著航路飛行。

　　此無線標識是非常簡單的裝置，兩個發報機向航道平行發射電波，駕駛員擁有特殊的接收器。這兩個發報機發射出同一波長的訊號，但是一臺發射短點，另一臺發射長點，以固定的頻率來發射。駕駛員精確地飛行在兩種波束中間時，接受器從兩種電波接受同等的衝擊，他就可以操作著電信按鍵，

---

* 原刊作〈科學小說　ゑあ‧めいる事件〉，作者標為「グリーソン」。

讓短點和長點像重複發出連續音一樣。使用普通的中介電信按鍵便可使其順利運作。只要正確的在航道上飛行，機盤中央的白光燈就會亮著，萬一機體從航道偏離，便會接收到更強烈的波束，藉由可判別短點或是長點頻率之特殊中介電信鍵盤之運作，綠色或紅色的指示燈會亮起，以提醒駕駛員飛行路線已經出錯。

　　配備這個無線裝置之後，「快速空運」的飛機連一臺都沒有從航路偏離。只有一次因為駕駛員彎腰撿拾掉落的手帕，讓飛機緊急降落而導致延遲送達。由於這個違反規定的行為，他立即被停職，如此明快的處理方式，讓「快速空運」受到高度評價，成為航空運輸業的明日之星。

　　即使是以意志堅定聞名的梅杜爾駕駛員，也不禁因為眼前出現的微光而感到歡喜。在正前方，雖被螺旋槳擋住，還是看得到光點閃爍著。梅杜爾為了確認光線而往前探頭，隨即拉下機頭，降落在這些大探照燈的光線之中。人們將會迅速地把運輸郵袋搬下來，裝進等待的卡車，再送到貨輪裡。到時候，終於鬆一口氣的他，為了讓筋疲力盡的身體好好休息，應該會立刻回到等待著他的家裡吧。

　　這無線標識已經好幾次引導他像火箭一樣，筆直地穿梭於好萊塢與鹽湖城之間八百英里之遙的山脈和沙漠。

　　閃亮的光線隨著越來越近而分成兩個光柱。他在眾多光芒之中找出降落地，在那裡可以看到以小型燈泡排成的代表鹽湖城的英文字母縮寫「SL」[1]。

　　梅杜爾為了要看清楚地面上指示降落方向的大型燈光箭頭，所以持續盤旋著，不久，在箭頭指示的方向降下了機頭。打開汽笛閥門，排放瓦斯廢氣，鈴聲一陣一陣的響著。梅杜爾將飛機緊貼著線上停好，正在等候的卡車來到旁邊，三個工作人員從機體的隔間裡扔下郵袋。梅杜爾將飛行服的領子拆下來，放到肩膀上，將防塵眼鏡推到頭上，從駕駛座上輕快地跳下來，看了一眼停在旁邊的汽車，陰暗的內部讓人感到不舒服。

　　這時。

1　鹽湖城英文為「Salt Lake City」。

「手舉起來！」

「快速空運」西部終點的邦迪機場充斥著不安的氣氛。從鹽湖城出發而預計正午到達的夜間輸送機，已經超過預定到達的時間有十分鐘之久了，目前仍然尚未到達。這驚人的消息傳來，「快速空運」的名聲甚至已經被人們拿來當成賭注了。這到底發生了什麼事？

報告顯示，梅杜爾在邦迪機場時鐘所指示的精確時間出發，其後比預計時間早了兩分鐘，到達位在喜雅拉高山山頂的狼橋（Wolf Bridge）看守所。當時即使不使用夜視鏡也能清楚看見駕駛機在八點八分低空飛過，此後音訊全無。梅杜爾在八百英里的航程固定都飛一百五十六分鐘，從未延遲過十分鐘這麼長的時間。

難道是這位首席駕駛員有所疏失？人們心中不禁飄過這片陰影。假如有什麼原因耽擱的話，那一定是極為突發的事件，否則駕駛員為何不發出裝置在「快速空運」所有飛機上的遇險自動信號？

他是不是墜機之後迷路在山峰或絕壁，乃至沙漠或鼠尾草的樹叢裡面？是不是因為馬達故障而無法前進，因此折返？還是這位讓人信賴的駕駛員竟帶著重要郵件逃亡？隨著時間一分一秒的過去，對於在邦迪和鹽湖城機場等待的人們來講，一分鐘彷彿是一個小時那麼難熬。

下午兩點十三分，拉風的高速汽車開到蒼白的機場，走出一位高大的人物，他就是「快速空運」董事長兼大股東，阿弗烈・尼泊爾。他在睡夢中被叫醒，得知今晚的運輸機已經延遲了三十分鐘之久，嚇得急忙起來。他上氣不接下氣，慌慌張張的火速前往飛機庫，一腳踏進亮晃晃的辦公室就氣喘吁吁的詢問：

「還沒到嗎？」

無線工程師搖搖頭。在這段時間裡，延誤的這臺飛機，其行蹤只是更加不明，也更使人猜測梅杜爾可能已經墜機身亡。尼泊爾董事長說；

「我們必需召開緊急會議，快通知毛瑟上尉和董事會的夥伴們。」

董事們從好萊塢城的四面八方開始集合，秘書搭他所經營的計程車來

了，公車裡走出一群董事們，會計開自家用的改裝汽車，各個都到達了。尼泊爾董事長停止撥弄那所剩無幾的頭髮，把一張板子蓋在兩個空箱子上，當作臨時會議桌，叫大家過來圍坐著開會。

在手電筒燈光映照下，汗流浹背的董事長，說出這場可怕騷動的來龍去脈。

——不屈不撓的駕駛員可能正在勇敢地和大自然持續進行激烈的奮戰，也有可能正面臨著良心和野心之間精神上的艱苦考驗與誘惑。他扼要地說明「快速空運」今日在一般民眾之間已經獲得百分之九十九點九九九的信賴度，現在公司的營運狀況到達了最高點。連全世界最讓人信任、名聞遐邇、俠義心腸、親切待人、公正無私的人物也成為快速空運的顧客。

這個人不是別人，正是大名鼎鼎的電影演員、製作人哈洛德・戴爾。他最近有一個特急件指定「快速空運」來寄送。這件事成了向全體大眾播放的最有效的廣告。整個世界都在關注著，如果成功了，「快速空運」必定更蓬勃發展，萬一失敗了，恐將前景黯淡。

「來！各位！」董事長決定了，他彷彿興奮地扣下手槍的扳機，敲著護牆板：

「『快速空運』失敗了！沒錯，我們不幸地要破產了，我們終究還是延誤了貴重的影片，甚至連影片都再也不會回到我們的手裡了。梅杜爾駕駛員已經延遲了兩個小時，各位，這事實表示他必定已經降落了。他飛機上裝的燃料只夠一趟航程，不可能在超過抵達時間後還能在空中續航。因此，我毫不猶豫的斷言說，這背後可能有不法的勾當，這麼一來，各位，我們必須要採取必要措施才行，各位應該了解自己的義務，請你們開始行動吧！」

太陽光穿透晨霧，鹽湖城機場開始有許多飛機在線上排隊。

作為飛行指揮官也是公司監事的毛瑟上尉，為了追查這架失蹤的飛機，從邦迪機場趕過來。早晨的濃霧原本讓人感到擔心，但是升起的太陽開始讓它散開了。他要求無線工程師全部出動，電子鍵盤叩叩作響，在鹽湖城機場，有個人揮手打信號，一旁等待的二十架飛機同時起飛。飛機在空中劃出長線，

隨即消失於眼前。有如死亡般的寂靜覆蓋了鹽湖城機場。

　　持續詳細搜尋了數十分鐘，終於確認失蹤飛機不可能被發現的事實。尼泊爾董事長走進邦迪機場的辦公室，好像發狂一樣，他害怕承認其組織方法的失敗，縱使以心胸開闊聞名的哈洛德‧戴爾能夠包容原諒而忘記此事，「快速空運」也將名聲掃地吧，不明事理的大眾，才不會考慮先前已經有過數百次的成功飛行，只會記得這一次的失敗。董事長一剛開始熱心地期待消息，但是現在卻怕再聽到有任何消息。沒發現失蹤飛機的話，「快速空運」必須要面臨衰敗的命運。

　　勉強忍住不安的心，尼泊爾董事長聆聽無線工程師敲打通訊的打字機聲，他從他們的背後凝視紙上拼寫的詞句。

　　「我在狼橋看守所，沒見到失蹤的飛機　　毛瑟」

　　尼泊爾靠近電話機，說道：

　　「跟他說折返回來吧。」

　　不再猶豫了，不得不通知哈洛德‧戴爾。經過速記員、秘書、其他很多電影演員的輾轉聯繫，終於找到他了。

　　亞弗烈‧尼泊爾以講電話很急著稱。哈洛德馬上拿起聽筒，他的臉隨著報告的聽取，轉為蒼白，不過還是勉強打起精神說：

　　「尼泊爾先生，關於飛機失蹤，用不著那麼擔心。我信賴兩條放射無線標識的作用。我也知道貴社的駕駛員和飛機都非常優秀，我認為這不能說運氣不好，恐怕背後有更深層的陰謀。尼泊爾先生，你可能不知道，有些人為了陷害我，連翻天覆地的事情都會做出來。他們一定是想要立刻打倒我，使出殺手鐧，要讓我陷入不能發片的困境。我想，事發之後，在岩石和山脈上的地毯式搜索都是白費的。」

　　董事長回應說：「如果這推測正確的話，陰謀策劃在這件事的不法之徒，一定又會如法炮製像這樣的掠奪。命令經理，晚上的運輸飛行，在我回到那邊之前，請暫時停止。」

　　「不，尼泊爾先生，那負片藏在地下的底片儲藏室。我來準備複製正片，可以交由今天下午的班機載送出去。請不用擔心，我一點都不會責怪貴公司，

這樣的事件不是單純突發性的，你們的飛機每日飛行那條航線，幾個月來也沒出事，為何特別只有今天發生這樣的事呢？我的底片使用航空運輸，而且現在全市的電影院都等著上映我的電影，這些消息目前可說無人不知──我也不想隨意揣測別人的陰謀，但我認識一個人，老是與我所製作的影片和我個人作對，對我們能夠提供大眾更好的作品而感到眼紅，背地裡不斷搞破壞，因此我們必需馬上想辦法應付。」

那天早上坐在辦公桌之前，哈洛德‧戴爾將三封特別緊急訂貨單的資料，寄到影片沖洗廠、郵袋製造者和某個化學藥品供應所。

在當天午夜，運送機從邦迪機場起飛，並且讓大名鼎鼎的哈洛德‧戴爾坐在副駕駛座上，這對「快速空運」來說是空前的光榮。即使是在兩條放射標線發明之後的首次飛行，也沒有這麼讓人激動而緊張。但是，隨著分鐘累計成小時，未發現任何異常，因此，機上的緊張程度緩和了。在幾個小時前就經過狼橋機場，不久在地平線上開始看見白光，那真是鹽湖城機場嗎？

哈洛德‧戴爾的手錶指著十一點四十八分，如果是提早降落的話，表示克雷格駕駛員沒有正確地測量速度。

隨著越來越近，白色光點成為探照燈的亮光。飛機往下降落，劃出很大的弧線。戴爾從機體旁邊看到用小燈泡排出的字母「SL」。飛機停在貨車等待區的旁邊，克雷格駕駛員關上了開關，引擎熄火了，他帶著笑容：

「安全抵達鹽湖城了。」

哈洛德拿下防塵眼睛詢問說：

「這不是太早了嗎？」

當克雷格駕駛員還在微笑，哈洛德轉身一看，在堅固機體的陰影下，有個凶惡面孔的男子輕蔑的笑著：

「不，哈洛德‧戴爾，你來的時間剛剛好啊。」

「果然不出所料，是狄阿波羅！」

「哈哈！今天我受到幸運之神的青睞，抓到了你這條大魚。高傲自大而

自以為是英雄的你，已經落入我手上了。這次形勢不同了，你拍的大多數影片，都僥倖逃過我的手掌心，但是在你生命中的這次插曲，勝利是屬於我的。以後你那些無聊的舞蹈，再也不會受到假笑的婦人以及多愁善感的男人們的稱讚了。結局由我來決定，正在渾身發抖的傲慢英雄先生，你太小看我狄阿波羅的實力！」

不過，勇敢的哈洛德・戴爾絲毫不為所動。

「狄阿波羅，還沒有結束啊，這件事和其他所有的事件都一樣，勝利屬於正義的一方，你別再自欺欺人了。」

狄阿羅把挾持著他們的手下叫過來，嗤之以鼻地吩咐說：

「讓這兩位紳士們到客廳來好好款待。」

哈洛德和克雷格駕駛員被爪牙們用手槍抵著，帶到一間飛機庫旁的簡易小屋，從地上看的話，好像只是暫時組裝的帳棚。他們被強壓在椅子上，粗暴地被綁起來了。郵袋被拿了進來，丟在角落。狄阿波羅命令說：

「把口塞和炸彈拿過來，好好讓貴賓享用吧。」

克雷格駕駛員雖然個性剛毅，但是臉色已變得慘白，如同曬得變色的上衣那般。勇敢的哈洛德・戴爾毫無懼色，嘲笑著說：

「呵，狄阿波羅，你又在虛張聲勢了，在你確定獲得勝利之前，先打開你眼前的郵袋，查查看裡面的影片吧。」

狄阿波羅半信半疑的跟手下吩咐：

「拿出他的鑰匙，打開郵袋！」

哈洛德的眼睛突然閃過特異的亮光。他乖乖的聽從命令，伸手到口袋裡掏取，將小小的鑰匙扔出來。

「不用擔心啦，自己打開吧！」

狄阿波羅以發抖的手打開郵袋的鎖頭，哈洛德注視著。

「解開裡面的繩子看看吧。」

狄阿波羅把手伸進郵袋裡面，拿出有封蠟的金屬製影片盒，生氣地說：

「你故意想跟我耍嘴皮而拖延時間對吧？喂，把這位貴賓再綁緊一點。」

但是，哈洛德露出像是在愚弄他的笑容，把身體向前傾。

「狄阿波羅，在那郵袋裡面確實都有影片嗎？」

「明明就都很重啊。」

他把另一個郵袋也打開了。這裡面也有影片，於是，打開第三個袋子，並解開繩子。

哈洛德輕輕地把臉側過一邊，把鼻子用力壓在毛皮外套上，閉上眼睛。

傳來玻璃管破裂的微弱聲響，還有某種東西噴發的聲音。

狄阿波羅叫出聲來。

「這什麼鬼啊！」

他剛剛從郵袋裡面拉出了圓筒型的金屬罐，上面附帶著細小的玻璃管。拉繩直接被綁在罐子的小玻璃管周圍，罐子被鐵絲彎曲著綁在郵袋裡，在那下面才放著影片盒。

狄阿波羅把手伸到郵袋裡面，說：「影片都在這裡面吧？」

但是，他的聲音開始沙啞，哈洛德以斜眼瞄他一下，壞蛋的雙眼流下大量眼淚，面露痛苦的表情。哈洛德嘻笑著問說：

「怎麼啦？狄阿波羅，你終於回想起壞事做盡的生涯，對此犯罪感到後悔莫及嗎？」

凶惡的男人好像衷心的後悔，真情流露的在哭泣，即使是在電影中，也難以看到這種滑稽可笑的畫面。

狄阿波羅彷彿心碎般的啜泣著，爪牙們也開始流下眼淚，像是被他們老大懺悔過去的模樣所感動。

連克雷格駕駛員也感同身受般地不禁撲簌落淚。哈洛德・戴爾以眼角餘光看見一個爪牙持槍，坐在入口。眼淚落在被擦得光亮的槍身上，那男人的肩膀上下晃動，槍枝隨之擺動，無意識地點著頭，沒多久就昏倒了。

哈洛德立刻緊閉雙眼，連同被綁住的椅子一起往門口衝過去，咚咚咚的逃到戶外，椅子終於壞掉，雙手可以自由活動了。

趁著狄阿波羅的爪牙頭昏眼花之際，哈洛德把他們全部都綁了起來。他用手帕搗在自己的臉上，尤其覆蓋著眼鼻，接著跳進屋內，拉出克雷格駕駛員，用小口袋裡的噴霧器把回神藥噴在他的臉上。

「快幫我一下。」哈洛德催促著

不久，狄波羅和他的爪牙們都被綁住手腳，坐在地上，他們拿來做壞事的所有武器也被放在一旁，心胸寬厚的哈洛德並不打算拿來使用。

由於從噴霧器噴出的回神藥，俘虜們甦醒了，兩眼惺忪的望著彼此。

「如果要馬上載這四個人回去，單單使用我們和狄阿波羅的兩臺飛機，看來是不可能的，請你幫我到那間有無線天線拉進去的房間，看看是否有發報機可以用。」

克雷格駕駛員向那房間走去。

「！」

身體虛弱而手臂下垂的男子出現在眼前，他身穿「快速空運」的制服，被繩子牢牢綁住。

「是梅杜爾駕駛員！我們終於找到你了！」哈洛德・戴爾喊叫。

「『遲到總比不到好』，對吧？」梅杜爾笑著回答。

「我聽到外面的騷動，心想狄阿波羅的計畫發生變故。當「催淚瓦斯」的臭氣產生，刺激到眼睛的時候，我暗自叫好。克雷格，你現在立刻向鹽湖城機場請求支援吧！」

聽到這句話，狄阿波羅恨得咬牙切齒。

他嘲笑著說：「你大概以為我輸了，但是哈洛德・戴爾你給我記住，最後的勝利是屬於我的。」但這嘲笑帶有空虛的感覺。他知道他被打敗了。

懶得看那失敗的敵人，哈洛德回答：

「狄阿波羅，當我在社會上得到更好評價之際，你得到的卻是美國空運掠奪者的惡名。你不但在大多數電影製作上落後於我，今天欲奪我生命的計畫也失敗了，最後，我告訴你，不知悔改的邪惡終將受到制裁，你必須在聯邦法院誠實地講出這次犯罪的經過。你至今為止已經很多次堅定地發誓要改邪歸正，卻一直欺騙我，因此法律上也沒有再加以斟酌的餘地了。現在你的計畫已經一敗塗地，你從實招來，我們的飛機從鹽湖城飛來的途中，你是如何讓我們從兩條放射無線標誌之間脫離，並且來到這個假的降落地？」

「哈洛德・戴爾，不要把自己估計過高，還沒有結束呢，別忘了法律有

很多漏洞可以鑽咧，這個事件想必馬上就會被報紙披露出來，我就先告訴你吧。兩條放射標識讓飛機飛在正確航道時會亮著白光燈，偏到航道的左邊時，會亮起紅色燈，偏到右邊則會亮起綠色燈，就這樣，飛機像火車一般地航行兩條筆直的軌道中間。我所發明的裝置就像火車的轉轍器一般地運作，與邦迪機場和鹽湖城機場等距的地點裡，選出夜空中看起來酷似鹽湖城的此地，安裝標線發射器，並將之調整為與鹽湖城的電波頻率相同。並且在中途使用無縫接軌開關，飛機經過這交接點的時候，儀表先會顯示紅色，接下來顯示綠色，接著，飛機變更航道與否就掌握在我的手裡。此外，我還需要讓飛機走上我們設定的航道，所以，我在飛機上改動發報機，正確地調整成與鹽湖城的標識頻率相同，免得夜間運送延遲的通報被發送出去。精確計算之結果，我們跟蹤運輸機，偷偷逼近飛行，不要讓他發現飛機所噴出的火焰，並用望遠鏡監視著。」

他接著說：「你知道了吧，從我們飛機的發報機將單色的無指向性電波，調整成與鹽湖城的標識一樣，讓其中一方的放射波變強，使運送機的中介電子鍵盤顯示紅色燈。因此，駕駛員被這逼真的手法騙過，往錯誤的方向前進。如此一來，駕駛員依循著這標識，正確地降落在錯誤的機場，直到被我們抓住之前，都不會發現被騙了呢。」

「原來如此，幾乎是天衣無縫的計畫啊，難怪讓你得逞了。你邪門歪道的小聰明造成如此嚴重的後果，你的惡行將會被整個社會知道。我雖然對於構想出這個計畫的狡猾頭腦感到佩服，但從正當性的立場看，我的數萬粉絲們滿心期盼的電影因此被迫延期，所以，我實在沒辦法稱讚你這個被正義打倒的失敗者。」

不久，地上燈的光芒中，降落三架飛機，機身上漆著「快速空運」的標誌，兩個攝影師跳下來，扛著攝影機跑來了。

「來，狄阿波羅。」俘虜們自己站起來了。戴爾面向著攝影機，露出聞名全球的招牌笑容……。

載於《臺灣遞信協會雜誌》，第九十八期，一九三一年一月

等候中的轎車*

作者　O・亨利

譯者　M. U.生

中譯　李時馨

【作者】

O・亨利像

　　O・亨利（O・Henry, 1862～1910），原名威廉・雪梨・波特（William Sydney Porter）。美國小說家。生於南卡羅來納州的醫生家庭，但隨著母親死亡與家道中落，從十五歲起被迫外出討生活，卻都一事無成。一八九六年，被銀行以詐領罪提告，雖然真相不明，卻導致其逃亡宏都拉斯。一八九八年，聽聞妻子病危的消息而回國投案，刑期五年。服刑期間，將一生遭遇寫成短篇小說，以「O・亨利」的筆名發表，因此得以模範囚犯的身分獲得減刑。一九〇一年出獄後投入紐約文化圈，其小說以機智、幽默、文字遊戲、溫暖的人格特質與意外的結局著稱。代表作為以中美洲見聞為基礎《甘藍菜與國王》（*Cabbages and Kings*, 1904）與描寫紐約庶民生活的《四百萬》（*The Four Million*, 1906）。一九一〇年因過勞與飲酒過度而死亡。（趙勳達撰）

【譯者】

　　M. U.生（？～？），在臺日人，真實姓名不詳，曾任職於臺北車站，並且曾於《臺灣鐵道》第二二九期（1931 年 7 月）發表譯作〈等候中的轎車〉、第二三〇～二三一期（1931 年 8 月～9 月）發表譯作〈警察與讚美歌〉、第二三三期（1931年 11 月）發表散文〈錦水遊記〉、第二三四期（1931 年 12 月）發表散文〈角板山遊記〉、第二三七期（1932 年 3 月）發表譯作〈衝擊性宣告〉、第二三九期（1932年 5 月）發表散文〈血！！〉，以及《專賣通信》第十二卷一期（1933 年 1 月）發表散文〈巡回映畫の旅〉、《臺灣教育會雜誌》第四〇九期（1936 年）發表散文〈八

---

* 原文大標題為〈オゥ・ヘンリー〉，文中的小標題為〈自動車待たせて〉，小標題後括號註記為：「街の聲より」（擷取自《街之聲》）。

イキング種種相〉。其餘生平待考。（顧敏耀撰）

　　世界上就是會有這種人！倒了滿滿的一杯酒，卻連一口都沒喝，豪氣萬千的整杯倒掉後，居然還舉起空杯向主人致意。還有一種人，抽煙只抽一半，就浪費的把剩餘的部份扔掉，還覺得這樣很帥氣。不光是喝酒、抽菸，像這類浪費的行為，在我們日常生活當中，看到或聽到的例子，多得數不清。這真是令人感到可恥！

　　在經濟活動頻繁的現代社會裡，我們多數人不論是在精神或是肉體上，不眠不休的從事各種生產行為，甚至沒有進行任何休閒娛樂或嗜好的時間。生產的目的就在於促進有意義的消費行為，哪怕是杯子裡的一滴酒、抽到剩下一點點的香菸，都是由我們高尚的生產行為所得來的。

　　若說暴殄天物是一種罪惡的話，那麼在自然物質上加工的這種對「物」的冒瀆，又該稱之為什麼呢？思及此處，對於這世界上竟然有那麼多不懂得反省自己，只注重外觀和表面形式，而不好好善加利用珍貴物資本身價值的傢伙，真是令人感到不快！

　　我們家裡向來是出了名的節儉，現在當然也是如此，也希望將來能繼續將這項傳統美德保持下去。小時候，只要浪費一粒米，我的父親就會馬上橫眉豎目的大罵說，我們是在糟蹋農民們辛苦的結晶！如今回想起來，確實能體會到父親所說的話是完全正確的。

　　好了，說到我當初在學堂念書的那兩年，那時被迫買了各式各樣的教科書。學堂這個地方呢，只要你用功讀書，就會對自己有所幫助。換言之，就是能讓自己變得厲害、了不起！若非如此，世界上再沒有一處像學堂一樣，這麼浪費時間和金錢的了。通常學期結束的時候，原本應該從頭到尾上完的教科書，卻只勉強用了一半而已，剩下的部分，老師都粗略地帶過，必須靠我們努力自修。其實這對學生來說，也是理所當然的事情。

　　差一點就要離題了，我要說的是上述那些只粗略帶過的教科書當中，其中有一本叫做"Selections From O‧Henry"的英文課本，那時一本定價是六十五塊錢。我是在快要畢業的時候買來的，上課幾乎都沒用過，好幾年來，就

這麼壓在書櫃的最下層擺著，書頁都泛黃了。直到最近，因為剛剛的那番思緒，才決定把它翻出來讀讀看。

雖說這本書才值六十五塊錢，但是一想到作者 O‧Henry 的苦思，還有從原料加工成紙張，再到印刷工程，乃至於裝訂、運輸、販賣等等，這些經由人們耗費的種種心力，最後這本書才得以到我的手中。所以百分之百的讀完這本書，也就是我應盡的義務了。

因此，我就利用閒暇的時間把還沒有讀過的部分試著翻譯出來。話雖如此，我充其量也只是一名鐵道員，並非專業的翻譯家那樣了不起的人才。提起筆來書寫，讓文字填滿紙面，我心中真的感到非常不好意思。所以，這樣讓大家來閱讀我的譯文，實在是始料未及的！

我本來只是因為不喜歡自己總是無法表達出自己內心所想，這才開始寫作的。別人要看不看，對我來說，都無所謂，坦白說只是為了滿足我自己的私心而已。每一個人，都會為了自己內心所嚮往的目標而有所行動——這是亞當‧史密斯的學說所揭櫫的概念。我想沒有必要將這概念侷限在經濟學的範疇，只要是有關這世上真實存在的人、事、物皆可適用。

先在這裡稍微說明一下這短篇集作者 O‧Henry 的生平。O‧Henry 其實是他的筆名，本名是 William Sydney Porter，生於一八六二年，卒於一九一〇年。雖然他四十歲的時候，就已經在紐約寫短篇小說了，但是他前半段的人生卻過得十分坎坷。十五歲開始，受叔父的照顧，到叔父家開的藥房幫忙，二十歲的時候，有段期間在德州的牧場養病，接著就在商店、銀行、公司行號等等的地方上班。其中，由於偶然的一點小事件，盜用了銀行的錢。為了要躲避罪責，逃跑至遙遠的南美國家。在那裡滯留了將近一年之後，因為收到了妻子重病的消息，便又返回德州。也因為這樣，不得已只好入獄服刑，之後有五年的時間都是在牢獄中度過的。

O‧Henry 之所以受歡迎，關鍵在於他所寫的短篇小說裡，那些處理故事發展的巧妙手法，以及活潑逼真的俚語特色。翻譯這樣的作品，在文字語言的使用上，比起翻譯其他作家的作品，會比較容易失去原有的趣味性。即便如此，他那宛若單口相聲一樣的內容，就算只看最後的結尾，也能讓讀者的

心被深深擄獲。

　　他這種作品風格，多半是來自他前半段人生的體驗，還有就是他充分體會到 Franck Norris（1870～1902）所說的「現代作家必須要能理解一般大眾（Plain people），必須能用一般大眾能了解的、清楚明瞭的話語來敘述。否則最終就會失敗！」的道理。開場白就說到這裡，接下來的是我最先開始著手翻譯的部分。

　　那是某日天色開始漸漸昏暗的黃昏時刻。在一座安靜的小公園，誰也不會經過的角落裡，那個女人不期然的出現了。因為距離晚報的發售還有三十分鐘的時間，女人坐到一張長椅上開始看書。

　　在此必須要稍微說明一下。女人身著灰色的衣物，透露出無可挑剔的品味，還有完美合身的裝扮，再加上那顏色調和的搭配，更加豐富了典雅細緻的感覺。網格稍大的面紗和無邊帽雖然遮住了她的臉龐，卻也藏不住女性沉著的氣質和毫不矯揉做作的美麗。這個女人在昨天的同一個時間也出現在這邊，前天也是。然而，只有一個男人知道這件事。

　　那個年輕男子學中國人一樣燒香拜佛，甚至不惜焚燒供品，拼命的向命運之神祈求好運。今天，他一如往常的在長椅附近一帶遊蕩著。長久以來的供奉，今天終於得到回報了！在女人翻頁的那一瞬間，不知怎的，書就這樣莫名從她手中滑掉了。

　　男人迅速的把書撿了起來，十分恭敬的還給了它的持有者。這一幕，我們經常能在公園或是其他地方目睹得到——該怎麼形容呢？懷抱著某種願望的男人，向婦女獻殷勤的模樣——那動作就好像是在對尊敬的巡邏警察致敬一般，男人表現出來的舉動就給人這種感覺。

　　他雖然因為這神奇的一刻而感到惶恐不安，卻仍舊露出很開心的表情，試著跟女人搭訕。他想用天氣作為主題來開頭，可是語調卻又完全不是那麼一回事。這種話題，多半不會帶來多少好運的。好不容易說完了，男人屏息等待著女人的反應。

　　女人目不轉睛的將男人從頭到腳打量了一番。他雖然穿著便服，可是看

起來整潔清爽，長相平凡、沒有什麼過人之處。

　　「你願意的話，可以坐下來喔！我是真的想請你這樣做，因為天色暗下來了，我已經沒辦法再繼續讀下去。我們就來聊聊天吧！」

　　女人的聲音相當沉著且帶有磁性。於是，這個被幸運女神眷顧的男人，就這樣緩緩的坐到女人身旁。

　　男人就如同鎮長在開會時一樣，開始說著那些一成不變的開場白。

　　「目前為止，在我所看過的女人當中，你是最美麗的！昨天我也有看見妳，就像天方夜譚裡的阿拉丁神燈一樣閃耀！你可知道有男人傾倒於你驚為天人的美貌嘛？啊！忍冬[1]小姐，請允許我這樣稱呼妳。」

　　「你到底是誰？」

　　「…………」

　　「我可是一名淑女！我想，或許你跟你的朋友會搞不清楚狀況而犯下這種錯誤，這次我就先不追究了。雖然是我邀請你坐下來的，但若你要如此失禮的叫我『忍冬小姐』的話，我就要收回先前所說的話了。」女人冷如寒冰的話語迴盪在耳際。

　　男人的表情漸漸的從心滿意足轉變為懊惱與羞愧。

　　「哎呀！真的非常抱歉！真是不好意思……是我不對。我想說的其實是……絕對不是，呃、就是公園裡頭，會有許多夫人們在，當然妳不可能會知道……啊、可是那個……」他哀求的說著。

　　「請不要再繼續說下去了！我能明白的。與其說那個，你看那邊那條馬路！到處都擠滿了人。那些人是要往哪裡去呢？為什麼總是匆匆忙忙的呢？不知道那些人是否過著幸福的生活呢？」

　　男人聽到這些話，馬上收起了諂媚的態度。但是他是處於被動狀態的，絲毫不知道接下來自己將要扮演什麼角色。只能一邊揣測女人的想法一邊講：

　　「說的也是，像這樣在這裡觀察人們的動靜，也滿有趣的。這就好比是

---

[1]　忍冬，又名金銀花，多年生常綠藤本植物，原產於臺灣、日本、中國，可作為園藝觀賞以及藥用。

一部描繪人生的連續劇。有的人要去吃晚餐，也有的走到這邊之後，又要前往別的地方去。想著這些人是從哪來又要往哪邊去，真的很有意思呢！」

「不是的，我不喜歡做這樣的猜想。我之所以坐在這裡，是因為不這麼做的話，我就接觸不到活在社會底層的人們，不能感受他們為生活付出的偉大精神！在我所生活的環境當中，這是我無法感受得到的。這樣你就能理解為什麼我會跟你說話的原因了吧？雖然我並不知道你叫什麼名字……。」

「啊，我叫包肯史塔卡。」

男人報上名字，並且又再度燃燒起熱情與希望，神采奕奕。這是因為他企盼著女人會叫他的名字。

可是，女人並沒有叫他的名字，反而舉起纖細的手指，微笑著說：「不，我的意思是，名字還有肖像這一類的東西，一旦成為印刷品，就很難不被人記住。所以我才會這樣戴著女僕的帽子，又用面紗遮住臉而微服外出啊！司機一直想盯著我的眼睛瞧呢！我只跟你一個人說，在耶路撒冷神殿裡的至聖所，紀錄著五、六個名字。而我，正是來自於那其中之一的望族！明白了吧，史塔肯波特先生。」

「不對，是包肯史塔卡。」他就連糾正自己的名字也是提心吊膽的。

「是、是，包肯史塔卡先生，對吧？總而言之，我之所以跟你說話，是因為我不想要和那些令人不悅的趨炎附勢之徒，以及因為自己是上流階級就自以為很了不起的人說話。一次也好，我想試著和普通人談話。啊，啊！你一定覺得我怎麼會對這種無聊的事情感興趣對吧？……你不懂的。錢，錢這種東西，我已經厭煩得不得了，然後還有我那些像機械人偶一樣跳著舞的朋友，我也實在覺得很厭倦了。享樂、寶石、旅行、社交，這極致奢華的生活，我已經不想再過下去了！」

男人雖然要說不說的顯得很猶豫，最後卻還是這麼說了：「可是，像我就老是想著，還是要有錢才好啊！」

「當然啦，要活下去當然是需要錢的，不過要是擁有好幾百萬的話可就……」

話還沒說完，女人就已經露出了不耐煩的表情。

「每一件事都一直重複的、不厭其煩的舉辦的話，要說是單調嗎？倒不如說我是真的感到厭惡至極！就因為有用之不盡的財富，豪華盛大的出遊、午餐會、看戲、舞會、晚宴等活動。有時我甚至只要聽到把冰塊放進香檳裡那『喀啦』的聲音，我就覺得自己快要發瘋了！」

包肯史塔卡這個男人，現在居然一副很開心的樣子。

「我從以前就很喜歡聽，或是看一些關於富豪們進出上流社交圈的故事。因為這樣，我可以算是個冒牌的紳士吧。可是剛剛聽了妳的話，有些地方跟我所知道的有所出入，想跟妳確認一下。那個，香檳應該不是倒進玻璃杯之後才加冰塊的吧？難道不是整支酒拿去冰的嗎？我一直以為是這樣子的啊！」

女人打從心底覺得很有趣的大聲笑了起來。然後用甜美的語調開始說明。

「你要記清楚了，吶，像我們這種有錢有閒的人呢，喜歡把打破慣例或廢除傳統儀式當作是一種樂趣。你剛剛說的香檳就是其中一種。香檳加冰塊這種做法根本只是因為好玩而已。這是在 Waldorf 飯店招待達塔利公爵時，開始流行的做法。但是，接下來要是有其他新鮮事物開始風行的話，這件事很快就會退流行的。前一陣子，在瑪金森大道舉辦的晚宴上，在大家的餐盤旁邊都擺有一個綠色的羔羊皮手套，那是給大家吃橄欖時戴的。像這也是其中一個例子。」

「啊，是這樣子的啊！我總算瞭解了。真的呢，高貴人士之間的遊戲，像我們這樣的人還真是完全無法理解呢！」

男人話中有著自卑感。女人聽了他這貧民式的告白後，稍微把頭低了下來，順勢點點頭繼續說道：「我時常想著，如果要談戀愛的話，我的對象首先要是社會低階層的人。不過我討厭遊手好閒的人，最好還是跟工人之類的談戀愛，不過這當然是不可能的。從階級制度與財力上來看，會有許多忌諱、束縛，我一定沒有自由戀愛的權利！事實上，現在就有兩個人向我求婚。一位是德國某個公國的大公，我想他是結過婚的，說不定現在也是有妻子的。當然，將來我可能會為了他的品行不端和殘酷暴虐而發狂也說不定。另外一位是英國的侯爵，他個性冷漠，而且還聽說相當貪婪無厭。比起這個冷酷無

情的侯爵，我還寧願嫁給大公。啊！我怎麼會跟你說這些呢？帕肯史塔卡先生。」

「不，是包肯史塔卡。」他仍舊不敢肆無忌憚地說出來，只在嘴巴裡糾正。

「哎呀，我真是感到惶恐。妳一定不明白能夠成為讓妳傾訴這些話的對象，對我來說是一件多麼光榮的事。」

女人用那貴婦人般毫無感情的眼神仔細的盯著他看，開口說道：「你是做什麼工作的？」

「那是一份十分低微的工作，但是總有一天我必定會出頭天的。話說回來，妳剛才說的話是認真的嗎？妳說即使對方是毫無身分地位的人，妳也願意愛他，這是真的嗎？」

「我當然是認真的。可是我剛剛也說了，這只能存在於想像中而已。你也已經知道了，大公跟侯爵向我求婚的事。只要是我真心喜歡的人，不論他從事什麼行業，在我看來是沒有貴賤之分的。」

包肯史塔卡氏終於下定決心，大聲的說：「我在餐廳工作。」

聽了這句話，不知為何女人稍微縮了縮身子，像是懇求似的問：「應該不是服務生吧？嗯，原來如此，體力勞動是很神聖的工作。可是，呃，伺候人的工作……」

「是櫃檯，我在對面那間餐廳的櫃檯工作。」

公園前方銜接著一條馬路，男人指的是在正對面，霓虹招牌閃閃發亮，寫著「餐廳」二字的那間。

女人看了一眼左腕上那支極具匠心巧思的手環裡鑲嵌著的錶，突然慌慌張張的站了起來。接著，把書硬塞進掛在腰間的皮包裡，顯然，那本書對皮包而言太大了。

「那你現在怎麼不在店裡上班，卻一直待在這裡呢？」她問。

「我今天是值夜班，還有一個小時才上班。那麼，我們還有機會見面嗎？」他問。

「這個嘛，我不知道。像這樣因為好奇而跑來這裡解悶的事，已經不會

再發生了也說不定。啊！我必須趕緊離開了。雖然這是每天都有的行程，今天也還是要去參加晚宴，然後再去戲院包廂看戲呢！你來這裡的時候，有沒有看到那輛停在公園前面的轎車？白色的那輛？」

「車子的手排檔是紅色的那個？」男人陷入自己的思緒裡，皺著眉頭反問。

「沒錯，我都是坐那輛車外出的。皮耶羅正在車子裡等著我呢！他以為我是去對面的百貨公司購物，你瞧，我還得跟司機說謊才能來這裡。你能想像我們這種沒有自由的生活嗎？那就先這樣了，晚安。」

「天色已經這麼暗了，公園裡又經常有奇怪的男子出沒，讓我送妳過去好嗎？」

聽見包肯史塔卡這麼說，女人斷然拒絕：「不，如果你多少能夠體諒我心情的話，在我離開之後，請在這張長椅上好好的待著，十分鐘以後再走。並非是你做錯了什麼事，只是你能了解的吧？自用轎車上都會有主人的姓名縮寫。那麼，晚安了。」

夕陽映照下，女人依舊不失高貴的儀態，迅速離去了。走到公園旁的步道後，靈敏地轉身沿著步道，往車子等候的轉角走去。男人靜靜欣賞著她優美的姿態，不過，還是違背了女人的命令。心裡雖然感到猶豫，他仍然為了不跟丟女人的蹤影，穿越過公園裡的雜樹叢，追了過去。

女人走到轎車旁，只看了車子一眼卻不坐上去。過了馬路之後，又繼續往前走了。追過來的男人就站在轎車旁的陰影裡，一直注意著女人的行動。女人繼續在公園對面那條街道走著，最後竟然走進了剛才說的那間霓虹招牌不停閃爍的餐廳裡！

餐廳位於一棟全是白漆和玻璃組成的建築物，非常搶眼。是一間看上去極為簡陋、廉價的餐廳。女人進入員工備勤室，很快就又走了出來，頭上已經沒有那頂帽子，遮住臉的面紗也拿下來了。從店門口可以看得到櫃檯，一位紅髮的年輕女子就站在凳子上，眼睛直瞪著時鐘看，沒多久就下來了，換那個女人站上去。

那位年輕男子兩手插在口袋裡，拖著腳步往來時路走回去。走到轉角時，

腳絆到了一本平裝版的書，他一腳把書踢到草坪，看到封面上的圖案後，才發現是之前那個女人在看的書。他隨手撿了起來，看見上面寫著作者是Stevenson，書名是《新天方夜譚》。男人把書又扔回草坪上，接著無意識的在附近晃了一陣子之後，就坐進那輛轎車裡，靠在軟綿綿的椅墊上，對司機只說了一句：「亨利俱樂部」。

載於《臺灣鐵道》，第二二九期，一九三一年七月七日

聖誕禮物*

作者　O・亨利

譯者　セイズ・ソナタ

中譯　彭思遠

【作者】

　　O・亨利（O・Henry, 1862～1910），見〈等候中的轎車〉。

【譯者】

　　セイズ・ソナタ（Seize Sonata?），僅知曾於一九三一年七月七在《臺灣鐵道》第一三七期發表譯作〈クリスマス・プレゼント〉（聖誕禮物），同年八月三日、九月一日亦於《臺灣鐵道》發表譯作〈盜まれた手紙〉（被盜的信件），其餘生平待考。（顧敏耀撰）

　　一元八角七分。全都在這兒了，其中六角是一分一分的銅板。這些銅板是從雜貨店老板、菜販和肉店老板那邊軟硬兼施，幾近吝嗇地一分兩分地扣下來，直弄得自己羞愧難當，深感這種錙銖必較的交易實在丟人現眼。新婚的婦人黛拉反覆數了三次，還是一元八角七分，而第二天就是聖誕節了。

　　除了撲倒在那破舊的小睡椅上大哭一場之外，顯然別無他法。世界上為什麼充滿了令人傷悲的事呢？真正能快樂過活的時光實在少得可憐啊！想到這裡，黛拉的滿腹愁緒重新被挑起，不禁又悲從中來。

　　趁著女主人哭得渾然忘我之際，讓我們來看看這個家吧：一個附有傢具的公寓，房租每週八美元。看起來絲毫不像豪宅，樓下的玄關裏有個信箱，可永遠也不會有信件投進去。還有一個電鈴，鬼才能把它按響。而且，那兒還有一張名牌，上寫著「詹姆斯・迪林翰・楊格先生」。

　　「迪林翰」這個名號是主人先前春風得意之際，一時興起加上去的，那時候他每星期掙三十美元。現在，他的收入縮減到二十美元，「迪林翰」的字母也顯得模糊不清，似乎它們正嚴肅地思忖著，是否縮寫成謙遜而又講求實

---

* 原刊作〈クリスマス・プレゼント〉，作者標為「オー・ヘンリー」。

際的字母 D。不過房子的主人詹姆斯・迪林翰・楊格先生覺得，雖然家道已
然中落，但每當下班回來時，黛拉便前來迎接她的吉姆（這是黛拉呼喚丈夫
的小名），送上熱烈擁抱與香吻，這是小倆口不折不扣的愛巢呢！

　　黛拉哭完之後，往面頰上抹了抹粉，她站在窗前，呆呆地看著外面灰白
色的後院裡一隻灰白色的貓正行走在灰白色的籬笆上。明天就是耶誕節，她
只有一元八角七分可以買禮物給吉姆，她的吉姆啊。為了給他買一件好禮物，
她自得其樂地策劃了好些時日，要買一件精緻、珍奇、有價值的禮物。至少
應該有點配得上吉姆所有的東西才成啊。

　　即便只有這一丁點錢，卻也是她日復一日，一分一毫省吃儉用積攢下來
的成果。每星期僅僅二十美元的收入，哪夠應付日常柴米油鹽的支出，所以
每星期的結餘都以赤字告終。唉！只有一元八角七分，能買到什麼呢？她的
吉姆！她親愛的丈夫啊！黛拉花了好多心思在買禮物上。最好是美麗而罕見
的東西，稍微高貴氣派一些，讓吉姆穿戴上去能更有品味。

　　這房子的窗戶間有個壁鏡，或許讀者之中有人知道，在每週八美元租金
的公寓裡，壁鏡是多麼美好且實用呀。如果是極為削瘦而敏捷的人，可以在
由上往下跨步之際，迅速地瞥過狹小的鏡面，從而精確捕捉到自己的容貌。
可想而知，身材偏瘦的黛拉，可是相當精於此道呢！

　　突然，她從窗口旋風般地轉過身來，站在壁鏡前面。眼眸裡逐漸散發出
異樣神采，然而在轉瞬間，臉色也頓時變得慘淡蒼白。她急速地解開頭髮，
使之完全披散開來。那豐沛閃亮幾可及地的金髮，正無力下垂著。她是否想
到什麼主意了呢？

　　原本迪林翰夫婦各有一件特別引以為榮的寶物──吉姆有一個金錶，是
他祖父傳給父親，父親又傳給他的傳家寶；黛拉則有一頭金色秀髮。對黛拉
來說，雖然那是她唯一的裝飾品，不過卻只有女王的珍珠寶貝差可比擬；對
吉姆而言，那只祖傳的金錶，無異是讓帝王君主吹鬍瞪眼忌妒萬分的貴重物
品。

　　此時此刻，黛拉的秀髮潑灑在她四周，微波起伏，閃耀著光芒，宛若金
褐色的瀑布。她的美髮長及膝下，彷彿是一件長袍披在肩上。接著她又跟誰

生悶氣般地趕緊把頭髮梳理好，在鏡子前躊躇了一分鐘，動也不動地杵在那裡。破舊的紅地毯上，濺落了一兩滴清淚。似乎是下了個重大決定般。

她穿上那件茶褐色的舊外衣，戴上一頂舊帽子，眼睛裡殘留著晶瑩剔透的淚珠，裙子一擺，便步出房門，下樓來到街上。她走到一塊招牌前停住，上面寫著：「索佛蘿妮夫人──專門收購各式頭髮」。黛拉直奔上樓梯，氣喘吁吁地定了定神。那位夫人的身軀臃腫肥大，過於蒼白且冷若冰霜，同索佛蘿妮的封號簡直牛頭不對馬嘴。黛拉問道：

「妳要買頭髮嗎？」

「當然買呀！」真是魯莽而簡慢的回答「不過先脫下妳的帽子，讓我瞧一瞧！」

那褐色的瀑布潑灑了下來。

「二十美元！要不要？」索佛蘿妮夫人一邊內行地抓起頭髮揉搓，一邊說道。

「可以馬上拿到錢嗎？」黛拉問道。

哎呀！接下來的兩個小時宛如長了玫瑰色翅膀一般，愉快地飛揚而過。可想而知的，此刻她正穿梭在各家店舖，為丈夫挑選禮物。

總算讓她給找到了。這鐵定是專門為吉姆打造的。找遍了所有商店，才尋著這份獨一無二的禮物，一條極佳的白金錶鍊，上頭還鏤刻著花紋。正如同一切美好的事物一樣，在眾多低俗、虛矯的裝飾品當中，它宛若純真脫俗的少女般，流露一股清新高雅的氣質來。這正好搭配吉姆的金錶，她一窺見這條錶鍊，就知道非它莫屬。簡直就像吉姆一般，規矩而正直，而這樣的形容詞對雙方都恰如其分。

她花費二十一美元買下錶鍊，匆忙趕回家，荷包裡只剩下八角七分錢。黛拉心想：「儘管祖傳金錶穩重大方，但是因為皮帶老舊，往常吉姆總是裝成不經意地瞥一下錶面。現在匹配這條白鍊，以後不管任何場合，他都可以堂而皇之地看時間了。」

回到家後，黛拉的心境由先前的狂喜，逐漸沉澱為審慎理智。此時心裡

懸念的是該如何交代自己的頭髮。她找出燙鐵鉗，點燃煤油爐，著手修補頂上因為愛情加上衝動所造成的損壞。這永遠不會是輕鬆寫意，說得誇張些，那簡直就是一項艱鉅的工程哪。

約莫四十分鐘後，方才大功告成。她的頭上布滿了一綹綹的波浪捲，看起來活像個頑皮的野丫頭。她小心又苛刻地盯著鏡中的自己，自言自語道：「待會兒吉姆看到我這模樣，不殺了我才怪！他或許會說：『這婆娘倒像個科尼島[1]合唱團女孩！』但是我又能怎麼辦？只有一元八角七分，我能幹什麼？」

七點鐘，她已經煮好咖啡，把煎鍋放在熱爐上，隨時都可以煎肉片。

吉姆準時回到家。黛拉將錶鍊對折好握在手心裡，坐在離他一貫進門時最近的桌子角落。接著就聽見樓梯響起了他逐漸靠近的腳步聲，她開始緊張得臉色發白。平常她會為一些瑣碎的小事祈禱，此刻她不禁悄聲說：「神啊！求求您讓他覺得我還是美麗的吧！」

門開了，吉姆進來後隨即闔上門，他顯得消瘦而一臉肅穆。天可憐見，他今年才二十二歲，就要挑起養家活口的重擔呢！他的大衣已經十分破舊，連個禦寒的手套也沒戴上。

一踏入室內，吉姆雙腳像被釘死了一般紋風不動，宛如發現到鵪鶉的獵犬似地，兩眼直視黛拉。那複雜的神情令她難以明白，令她毛骨悚然。既不是忿怒，也不是驚訝，又不像不滿，更談不上嫌惡。說穿了，根本不是她所預料的任何一種表情，而他就只用迷濛困惑的眼神，固定在妻子身上不放。

實在受不了這無形的拷問，黛拉倏地一起身，慢慢地走向丈夫：「吉姆，親愛的！」她略帶嬌嗔說道：「別這樣看人家嘛！我把頭髮剪掉賣了，因為不送你禮物的話，我是無法過聖誕節的。頭髮很快就會長出來，你不用擔心。快說一聲『聖誕快樂』，讓我們歡喜慶祝吧！你一定猜不到我為你買了一個多精緻美好的禮物呢！」

「妳把頭……頭髮給剪……剪掉了？」吉姆吃力地問道，似乎他絞盡腦汁也無法理解擺在眼前的事實。

1　中譯者註：Coney Island 是位於紐約市長島西南端的海濱遊樂場。

「是啊！剪掉賣了。不過我還是原來的我啊！難道你會這樣就不喜歡我嗎？」黛拉略微抗議道。

吉姆六神無主地環顧房子裡面，像個笨蛋般問道：「妳是說妳頭髮……沒了？」

「不用找啦！不是告訴過你，我已經剪了、賣了嗎？今天可是聖誕夜，親愛的！你可得善待我。也許我剩下幾根頭髮都數得出來，然而這一切都是為了你呀！」黛拉語調陡然轉為溫柔地說道：「不過誰也數不盡我對你的愛呢！別在意了。現在我可以煎肉排了嗎？」

吉姆彷彿大夢初醒般，突然把黛拉緊緊擁入懷裡。緊接著從大衣口袋裡頭掏出一個小紙盒，扔在桌子上。

「別誤會我，黛拉！」他說道，「無論是剪髮、修面，還是洗頭，絲毫都不會減低我對妳的愛情。不過，只要妳打開那包東西，就會明白剛才我為什麼恍惚失神了。」

白皙修長的玉指輕巧地解開包裝盒，緊接著聽到的是黛拉欣喜若狂的尖叫。哎呀！這可不得了。縱使吉姆慌張地撫胸拍背，並且輕聲細語安慰，黛拉仍然歇斯底里的一直哭個不停。

這一切只因為桌上的東西——全套髮梳，包括修理鬢角用的、梳整後面的，一應俱全。那是很久以前，黛拉在百老匯的櫥窗裡看到，並且渴望得要命的寶貝。這些純玳瑁製造，邊緣鑲嵌珠飾的美麗髮梳，色澤正巧與她失去的秀髮匹配。她心知肚明，這套髮梳的要價不菲，所以只敢隔窗編織夢幻，從未妄想能夠擁有。現在，居然夢想成真，怪不得她要喜出望外了。

只可惜足堪與這寶物匹配的秀髮，卻已杳然無蹤了。不過，她依然把髮梳緊抱在胸懷，過了好一陣子，才抬起那淚水迷濛的臉來，微笑著說：「我的頭髮可是長很快的噢！」隨後，黛拉好像一隻被燙傷的小貓般跳起來，喃喃地叫道：「噢！不！」差一點就忘了，吉姆還不知道他的聖誕禮物呢！

她迫不及待地將手伸到他面前攤開，那沒知覺的金屬正躺在那裡，閃亮著光芒與熱情。

「漂亮嗎？吉姆。我可是找遍了全城才找到的。從今天起，你每天可以

看上一百次時間了。把手錶給我，看看它們搭不搭配！」

　　吉姆非但沒有聽話行事，反而還枕著手臂，閉目養神，嘴角還掛著一抹微笑說：「親愛的黛拉，咱們暫且就把聖誕禮物的事擱置一旁吧！這麼貴重的錶鍊對我來說有點浪費。老實說，我已經賣了金錶，換來妳的髮梳。現在，妳可以煎肉排了。」

　　──一九三一年六月一日──

　　　　　　　載於《臺灣鐵道》，第一三七期，一九三一年七月七日

警察與讚美歌*

作者　O・亨利
譯者　M.U.生
中譯　李時馨

【作者】

O・亨利（O・Henry, 1862～1910），見〈聖誕禮物〉。

【譯者】

M.U.生（？～？），見〈等候中的轎車〉。

一

　　瑪蒂斯公園的長椅上，索比坐立難安。此時，正是雁子開始叫的夜晚時分，也是買不起海豹皮毛上衣的婦女們，親密地縮進她們丈夫懷抱裡的時候，再一次，索比又在長椅上不安的扭動了。聰明的各位讀者們，想必已經發覺到現在正是冬天快要來臨的時節了。

　　一片枯葉飄然落在索比的膝蓋上，那是冬將軍即將來訪的通知單。冬將軍是這座瑪蒂斯公園的常客，待人相當親切和藹，從來都不會忘記通知他來訪的明確時間。十字路上，他讓天空的僕人──北風，到處傳達這項訊息。就這樣，公園裡的人們，根據北風捎來的消息，陸陸續續地進行各種準備。

　　為了度過即將來臨的寒冬，最近這一陣子，每個人似乎都搖身一變成為「單人制歲收委員會」，忙著儲備物資。想必索比同樣也感受到必須趕緊準備過冬的時刻已經到來，這才在長椅上不安地蠕動吧！

　　索比渴望的過冬方法，不管怎麼說，都不能算是高水準的。舉凡在地中海乘船遨遊，或是在充滿夢幻南國情調的那不勒斯灣航行，這些全都不是他能力所及的奢華享受。他唯一的願望就是能夠到那座島（布拉克威爾島，設

---

*　原刊作〈巡查と讚美歌〉，題後標注「『大ニユーヨーク』より」，作者標為「オゥ・ヘンリー」。（擷取自『大紐約』）

有監獄醫院）度過這三個月的時間。島上會有餐桌和寢室，以及意氣相投的
夥伴，既不用擔心寒冷的北風吹襲，也不用顧忌藍衣人（聽說那邊的監視者
都穿藍色的衣服，因為從來沒去過，所以不知道是不是真的）。這種生活，若
能讓索比過上三個月，對他而言，根本就是夢中的桃花源。

　　這幾年來，布拉克威爾的監獄醫院向來都是他最愛的避寒好去處。如同
那些比他富有的紐約客們購買前往佛羅里達棕櫚海灘，或是熱那亞灣沿岸的
海濱風景區的車票一樣，每年索比為了能順利到那座島上過冬，他就必須出
門做一些事前準備才行。於是，準備的時機到來了！就在他預定出發去那座
島的前一天晚上，他充分利用了三張星期天的報紙：一張鋪在衣服裡面；一
張把腳踝包裹起來；最後一張蓋在膝蓋上，然後就躺在公園的噴水池旁，他
固定的老位子──那張長椅上睡覺。

　　但是，寒氣逼人，那幾張報紙根本就發揮不了作用。因此，在索比的腦
海中，那座島的景象越發清晰，令他嚮往不已。他對於這座城市給予無法謀
生者的種種「慈善」救濟，十分不以為然。若按照索比的邏輯來思考的話，
與其獲得「慈善事業」的幫忙，訴諸「法律」反倒還比較令人感謝。當然啦！
紐約市裡那些具有「慈善性質」的永久公共設施，多少還是有那麼一點幫助
的。雖然過著極為簡單的生活，但是索比正是靠著這些設施，才能享有他的
床鋪和餐桌。然而，所謂的慈善救濟，卻也深深地刺傷了索比的自尊。

　　正因為得到慈善救濟不需要花一毛錢，所以無法避免遭受精神上的侮
辱。俗諺說得好：「月亮雖美，烏雲來遮；花朵雖美，風雨相摧[1]」，想要在溫
暖的床上睡上一晚可是麻煩得不得了！只要沒洗澡就不給睡！為了一小塊麵
包，就必須鉅細靡遺地交代生活上大小事才行！所以，索比這才寧願成為受
到「法律」制裁的常客。只要完全按照遊戲規則去做，那些處處對我們這位
紳士的隱私指指點點的事情就不會發生了。

　　於是，下定決心要到那座島過冬的索比，立刻著手準備實現他的願望。
輕易就能達成願望的方法有兩三種，而當下最輕鬆的一種就是到高級餐廳飽

1　按：原文為「月に叢雲花に風」。

餐一頓之後，只要在結帳時表明自己身無一文就可以了。這麼一來，店裡的人便會二話不說地報警處理。接著，警官們就會帶他到那座島去了。

　　所以，索比隨意地漫步走出公園，橫越過百老匯大街與第五大道的交叉路口。接著，在百老匯大街轉角處，索比在某間外觀相當氣派的咖啡廳門前，停下了他的腳步。那是一間每天晚上都會提供上等好酒的地方，還有，那裡的女服務生，身穿絲綢，滿場飛舞。

　　索比對自己最有信心的地方，就是從臉部到背心最下面那顆鈕扣之間。因為他把鬍子刮得很乾淨、上衣也好好整理過了；另外，他還繫上感恩節（在美國，一般來說是在十一月的最後一個星期四）時，女傳教士送給他的那一條樸素的黑色領帶。接下來，只要他能走進餐廳，在餐桌前順利地坐下來的話，他的計畫就絕對會成功。從餐桌上看過去，若只有上半身的話，服務生一定不會因為他的儀容而對他起疑心的。

　　索比盤算著：點烤鴨這道菜是最恰當的吧！加上一杯白葡萄酒和康門貝爾乳酪[2]、餐後的黑咖啡，最後再來根一塊美金的雪茄就很棒了。他猜想等到結帳的時候，這幾樣加起來的價錢應該不會貴得讓老闆氣得七竅生煙才對。而且，如此一來，前往那座島的途中便不會感到飢餓，可以開開心心地度過這趟旅程。

　　但是，索比才剛一腳踏進餐廳，領班立刻就注意到他破爛不堪的長褲以及佈滿頹廢痕跡的鞋子。瞬間，拳頭就呼地到了眼前，店員一句話都不說地就把索比推到大街上去。就這樣，差一點就要到手的鴨子就這麼飛了。

　　索比於是又重新回到百老匯大街上。如今，通往他渴望的那座島的道路，已經變得不如享樂主義者所想像的那般樂觀與平坦了。如果想要開始他的牢獄之行，索比必須要想出其它辦法才行。

　　走到百老匯大街六段的轉角處，他看見了使用燈器、玻璃來裝飾的商店展示窗，裡面擺有價值不菲的陶磁器。索比這時不知道哪一根筋去想到，拿

2　按：康門貝爾（Camembert）乳酪，原產於法國康門貝爾地區，是法國最具代表性的白黴乳酪。

起一顆石頭，就這麼用力地朝展示窗扔了過去。

在警察還沒來之前，就已經有許多人跑過來圍觀了。索比這才突然驚覺自己做了壞事，心裡嘀咕了一聲「這下糟糕了！」兩手插進口袋裡，裝作一副毫不知情的模樣，面露微笑地直盯著警察制服上的珍珠鈕釦看。

「犯人逃到哪裡去了？」警察激動地問。

「難道您看不出來我和這起事件有所關連嗎？」

他的語氣中，沒有一絲挖苦的意味，好似在祝福對方好運一般，十分友善地回答著。

然而，警察卻一點也不認為索比就是握有案件線索的重要人物，因為破壞展示窗的犯人怎麼可能會留在案發現場等著要跟執法者自首呢！一般來說，肯定是馬上就逃離現場！就在這時候，對面有一位急急忙忙趕著要去搭車的人引起了那位警察的注意。轉眼間，警察就掏出警棍追了過去。索比無法平復再次失敗的打擊，心不在焉地走著。

二

前情提要

索比是佔據在瑪蒂斯公園某張長椅上的一名乞丐。隨著冷冽的北風吹落枯葉，這是他最討厭的冬天即將來臨的訊號。於是，在他慎重地考慮該如何度過這個冬天之後，決定要依照往年的慣例，到布拉克威爾島上的監獄醫院去過冬。至於前往那座島的方法，他想了很多種，最終決定去吃霸王餐，然後讓警察逮捕送往那座島，這是他覺得最簡單的一種。

事不宜遲，他很快地走出公園，漫步走到百老匯大街上某一間美輪美奐的咖啡廳。鼓起勇氣，採取行動，才剛一腳踏進店門口，就馬上因為他破舊的褲子和鞋子而被趕了出去。第一回合就此以失敗收場。

他沮喪地信步走到某間商店的展示窗前，突發奇想，撿起兩三塊石頭往玻璃窗扔了過去。不久，警察就急忙跑到圍觀的群眾前方了解狀況，為了讓警察將他移送法辦，索比既不躲也不逃，兩手插在口袋裡，十分冷靜地待在犯案現場。然而這次的舉動卻依舊沒能順利地讓他被逮捕歸案，警察反而在

一眼瞥見對街匆忙趕著搭車的人之後，就馬上追了過去。索比不禁悲觀地想著，看來前往那座島的車票，不是那麼容易就能到手。

　　百老匯大街的對面，有一間不怎麼起眼的餐廳，是讓荷包不怎麼飽滿的一般民眾果腹一餐的地方。餐具厚重粗糙，濃湯稀得跟清水差不多，餐巾薄得像紙張，以上正是這間餐廳廣為人知的特點。

　　即使穿著那雙怎麼看都難登大雅之堂的鞋子，還有那件會洩漏他窮困潦倒這一事實的長褲，索比這次倒是毫無阻礙地在這間餐廳裡坐了下來。首先，他點了一客牛排，再來一份甜煎餅、甜甜圈和餡餅。將這些食物通通吃下肚子裡後，索比就對服務生說自己現在連一塊錢也付不出來。又說：「好了，別拖拖拉拉的了，趕快把警察叫來吧！怎麼可以讓紳士久候呢！」

　　「放心！對付你這種貨色，是不需要叫警察來的！」服務生像奶油蛋糕般甜膩地說著，然而眼神卻有如曼哈頓雞尾酒裡的櫻桃一樣赤紅。

　　「喂！阿肯！過來一下！」

　　此時，兩名服務生很有默契地將他扔了出去。在冰冷堅硬得令人厭惡的人行道上，索比像是木工蹲跪在地上的姿勢，幾乎要平趴著，好不容易爬了起來，用手拍落衣服上的灰塵。現在，要被送往警察局已經成了一個遙不可及的夢想，他心心念念的那座島，前去的路途也模糊得看不清了。從剛才那間餐廳往旁數的第二間店──那間藥房的門口，一位警察目擊了整件事的經過，卻只是乾笑了幾聲就離開了。

　　之後，索比差不多走過五條巷弄，才又再度鼓起勇氣實現他的夢想。然而，這是因為他遇到一個該稱之為從天上掉下來的好機會。他眼前的場景是這樣的：一位穿著整齊、氣質高尚的少婦就站在商店展示窗前，專心地看著店裡陳列的刮鬍子用的杯子跟墨水瓶架。並且，一位莊重威嚴的警察，正倚在距離展示窗大概有兩碼遠的消防栓上。

　　索比打算扮演一個追求被拒，卻一直糾纏不休、令人徹底感到厭惡的色胚流氓。目標物看起來十分嫻淑優雅，雖然在必須忠實執行法律及職責的警察面前，此舉猶如飛蛾撲火，然而對現在的索比來說，他開心得彷彿已經感

受到雙手被套上繩索，就要被帶往他的避寒處——那座島一樣。

　　索比將領帶重新繫好，再把折進去的袖口、歪掉的帽子穿戴整齊後，就往那位年輕少婦的方向走過去。他拚命地送秋波，間或輕咳幾聲或微笑，想以此吸引她注意。索比絲毫不畏怯地扮演著色胚流氓該有的不要臉及卑鄙下流的舉動。他用眼角偷偷地觀察一旁的警察有什麼反應，但是到目前為止，警察只是一直盯著他看而已。少婦雖然往旁邊移動了兩三步，眼睛卻仍然專心注視著那個刮鬍子用的杯子。索比又再度大膽地靠近她身邊，脫下帽子後，說：「哈囉！出來逛街啊，貝蒂莉亞，怎麼樣？要不要來我家玩呢？」

　　果不其然，警察目不轉睛地盯著他看。女人只是朝他揮揮手，一句話也沒說。然而索比卻覺得他彷彿正一步一步踏在前往樂園之島的路上，腦海裡立刻浮現自己窩在島上的監牢中，那幅溫暖舒適的景象。

　　過沒多久，那位少婦轉過身來面對索比，伸出一隻手抓住他的領子，開心地說：「你是說真的嗎？邁克，那你一定要請我喝那種會冒泡泡的酒喔！其實，我剛才就想回應你的邀請的。可是你看那邊，都是因為那個警察一直盯著我們看的關係，我才沒有馬上理你。」

　　接下來，這兩個人就像攀附著窗櫺生長的藤蔓一般，彼此緊緊依偎著，就這樣從警察面前走過去了。警察的表情像是吃了什麼苦藥一樣地悶悶不樂，而索比仍舊再一次犯罪失敗。

　　一直走到下一個轉角，索比才突然一溜煙地拔腿甩掉對他來說已經毫無用處的夥伴。過沒多久，索比的腳步停在一處一到晚上就燈火通明、熱鬧喧嘩的街道，有踏著輕快腳步的行人、互訴衷曲的戀人們，還有吟唱詩歌的聲音迴盪著。這是一條五花八門、充滿歡笑的巷弄。身上包裹著毛皮大衣、溫暖外套的紳士淑女們，呼吸著冬天的冷空氣，開心地嬉鬧著。

　　此時，索比心中驀地冒出了一個想法：目前為止，所有的一切就好像冥冥之中他突然有了一種免疫力——不會被警察逮捕的免疫力！一想到這裡，他不由得感到一絲恐慌。接著，在某間鋪張炫目的劇場前，他不期然地遇上了一名正在悠閒地巡視著四周的警察。正所謂急病亂投醫，索比打算不顧一切地在那個警察面前引起一場騷動。

索比開始在人行道上像醉漢一樣用嘶啞的嗓子，咆哮著不知所云的話語。他又跑又跳，大聲怒吼，嘴上念念有詞的拼命說話，瞬間就在周遭掀起了一陣波瀾。

警察對著一名看熱鬧的民眾揮舞著手套，這麼說：「喂！這是個耶魯小子在歡呼啦！因為今天對哈特福大學的球賽把對方完封，大獲全勝，雖然有點吵鬧，但是還不至於造成危險。上面也命令我們放任不管就好。」

再三陷入失望漩渦的的索比，一聽到這些話就停止了剛才那些無用之舉。這些警察，為什麼始終對他不屑一顧呢？在他的腦海裡，那座島似乎已經變成了他永遠也到不了的希臘夢。索比感到寒風前所未有地冷冽刺骨，立刻將薄襯衫的鈕扣全部扣起來。

菸草店的門前，一盞懸吊著的油燈旁邊，一位儀表堂堂的紳士正抽著雪茄。那位紳士將一把絹布洋傘倚放在門口之後，就走進店裡頭去了。索比走過去默默地拿走那把洋傘，用極為緩慢的速度離開店門前。那位抽雪茄的紳士看到這一幕，慌慌張張地追過去：「那個，是我的傘。」他激動地說著。

「啊啊，是這樣子的嗎？」明明就是竊盜犯，索比卻還用一副要把人給吃了的模樣，不屑地說著。

「是喔，既然如此你怎麼不叫警察過來呀？我可是偷了你的傘啊！為什麼你不趕快叫警察過來啊？對面不就剛好站著一個警察嗎？」

結果，洋傘的所有人，那位紳士居然放慢了腳步。而索比也因此不得不跟著把速度也放慢，心中卻泛起了不好的預感，幸運之神仍舊不向他招手的預感。對面的警察現在正用一種很難讀解的表情看著他們。

「嗯，當然啦！」紳士說。「可是，那個……，我怎麼會搞這種烏龍呢？如果說這是你的傘，實在很抱歉……，其實啊，這是我今天早上撿到的傘。如果真的是你的傘的話，請你一定要聽我解釋！」

「你在說笑嗎？這當然是我的傘啊！」索比帶怒咆哮而出。

被這麼一吼，那把洋傘的前一位主人不禁退卻了。可是那位至關重要的警察，卻在這時候突然跑去幫助行人了──因為一位身穿晚禮服、有著白皙的皮膚和一頭金髮的美女，正想穿越有兩三輛市區電聯車通行的馬路。

　　一旁便是施工重整中的道路，索比朝著東邊走去，他粗魯地將那把洋傘扔進了水溝裡，嘴上實在是忍不住要對那些戴著頭盔跟手套的警察們嘀咕幾句怨言。他一心一意地想要被警察逮捕，可是那些警察卻都當他是神聖不可侵犯的國王似地，敬而遠之。

　　就在他胡思亂想的時候，他穿過了某一條大道，往東邊走去，這邊是不怎麼熱鬧繁華的街道，索比就佇立在街頭，靜靜地遙望著瑪蒂斯公園所在的方向。他現在非常想要回家，雖然能回去的地方，依舊是公園裡的那張長椅。

　　又走了一會兒，索比突然在一個安靜的街角停了下來。那裡有一棟風格古樸的瓦房建築物，那是一間教堂，老舊得搖搖欲墜，飄盪著一股怪異的感覺。透過紫色玻璃窗灑下的，是柔和的光線。美妙的樂音悠揚，輕輕地流入索比的耳中。這一定是風琴手為了準備下周日的讚美歌，正在努力練習的聲音吧。索比聽得入迷忘我，不知不覺中，他倚靠在教堂的柵欄上過了好久。

　　天空晴朗無雲，打破黑暗的明月高高掛在天上。車馬人潮漸漸散去的街道，只剩下屋簷底下的麻雀正在發出好像在說夢話的叫聲。頓時，眼前彷彿出現了一幅人煙稀少的鄉村教堂景象。風琴手所演奏的讚美歌，讓索比牢牢地固定在原處，怎麼也離不開教堂外的柵欄。

　　因為他想起了從前，想起了家人間的親情、那些幸福快樂以及充滿光明的希望、可歌可嘆的友情，還有款款的心事和潔白的衣領。風琴手演奏的，正是這些人事物都還存在於他過往生活中時，他經常吟唱的那首讚美歌。

　　由於此時在索比心中有著豐富的感受性及敏銳度，再加上從這座古老教堂傳來感情上的強烈催化，就此為他在心境上帶來了驚人的改變。

　　索比回想著，在他落魄沉淪的地獄深淵裡，每天虛度浪費掉的時間、毫無意義的願望、消極的心願以及被自己捨棄的才能，尤其一想到當初那該被唾棄的動機時，他便不寒而慄了。

　　此時，索比因為滿心的恐懼而清醒了過來。這一瞬間強而有力的衝擊，讓對命運絕望的他湧起了奮力一戰的決心！他想要從泥淖中拉自己一把，征服困住他的可恨心理，脫胎換骨，重新做人！現在開始也不算遲，因為他還很年輕。

　　索比再次喚起曾經懷抱過的夢想，並且決意要朝著目標勇往直前，這次絕對不允許失敗！莊重又甜美的風琴樂聲竟在他心中捲起如此巨大的革命漩渦。來吧！明天就立刻行動，到鎮上去找工作吧！記得從前某位毛皮進口商人曾經邀請我去當他的司機，明天就去找他，請他給我一份工作做吧！這樣我就能成為一個了不起的男人了！然後我就……。

　　突然，有人抓住他的手腕，嚇了一跳的索比轉頭一看，身旁站著一位長相粗獷的警察。

　　「你在這裡做什麼？」警察問。

　　「沒什麼。」索比這麼回答。

　　「那麼，你跟我來警察局一趟！」警察這麼說。

　　於是，翌日早晨，法庭傳來了判決處分——「布拉克威爾島，刑期三個月。」（果然是法律無情嗎？……作者）

　　　　　　　　載於《臺灣鐵道》，第二三○期，一九三一年八月三日

被盜的信件[*]

作者　愛倫坡
譯者　セイズ・ソナタ
中譯　楊奕屏

愛倫坡像

【作者】

　　愛倫坡（Edgar Allan Poe, 1809～1849），十九世紀美國詩人、短篇小說家和文學評論家，以懸疑、驚悚小說最負盛名，開創了美國偵探小說和科幻小說的先河。生於波士頓，維吉尼亞大學肄業。一八二一年自費出版首部作品《帖木爾》（Tamer-lane）詩集，就此展開創作生涯。一八四〇年出版短篇小說集《述異集》（Tales of the Grotesque and Arabesque）；一八四五年發表詩作《烏鴉》（The Raven）而一夕成名。愛倫坡小說的特點是，故事情節富於戲劇性，注重細節描寫，推理合乎邏輯。他的詩歌既優美又神祕，詞藻華麗而又極富韻律感。法國「象徵主義」受愛倫坡的詩歌和意象的啟發並以他的詩歌為範本，創造了現代「純詩歌」的理論。代表作有《莫格街血案》（The Murders in the Rue Morgue, 1841）、《竊信案》（The Purloined Letter, 1845）、《金甲蟲》（The Gold-Bug, 1843）、《黑貓》（The Black Cat, 1845）、《厄舍古厦的倒塌》（The Fall of the House of Usher, 1845）、《阿芒提拉多的酒桶》（The Cask of Amontillado, 1846）等，對後世影響深遠。（潘麗玲撰）

【譯者】

　　セイズ・ソナタ（Seize Sonata?），見〈聖誕禮物〉。

　　眾所皆知愛倫坡是位被稱為現代偵探小說鼻祖的詩人，他的作品中特別以「摩路古街殺人事件」和本作品最廣為人知。如同科南・道爾寫的夏洛克・福爾摩斯，江戶川亂步寫的明智小五郎，愛倫坡也設計一個叫杜班的厲害角

---

[*]　原刊作〈盜まれた手紙〉，作者標為「エドガー・アラン・ポー」。

色，快刀斬亂麻地解決許多案件。

　　愛倫坡的文章以艱澀難懂聞名，我深知以我輩年輕譯者之力，實在難以承擔，卻仍執筆譯之，若有誤譯之處，還請見諒。

一

　　睿智最不應過度聰明。——塞內卡（Lucius Annaeus Seneca）

　　一八某某年的秋天，某個風特別大的夜晚，我和我尊敬的友人希・奧古斯特・杜班兩人在巴黎市法布爾杰耳曼的杜儂街三十三番地四樓一個小而整潔的書房裡，邊抽著煙斗邊沉思。

　　時間大約經過一個鐘頭左右——至少——兩人皆已陷入深思中了吧！這時若有一個完全不知情的人突然開門進來看到這一屋子滿是煙霧，必定以為兩人正在享受吞雲吐霧的樂趣吧！其實我正為了那晚兩人討論的問題在絞盡腦汁呢！那問題就是摩路古街事件，也就是瑪利羅傑被殺的不可思議事件。剛好在這時，我的舊識巴黎警視廳的 G 總長進來了。

　　這個叫做 G 的男人，是個多少帶有些警察特有狡猾的卑劣男人，但是好歹也有些優點，再加上已經久違多年，所以我們高興的迎接他的來訪。杜班站起來打算點上燈，但是，其實我們一直未點燈坐在那裡，G 先生來訪的目的是為了某個困難的案件，想請教杜班有什麼高明的見解，那種問題在黑暗之中反而比較好說明，所以就維持原樣，繼續話題的進展。

　　「其實這也是個詭異事件呢！」

　　總長開口道。但是這總長習慣將自己的頭腦所無法解決的事全稱為詭異事件，因此，若以他的論調來看，他自己本身就好似鎮日生活在詭異事件當中。

　　「哈哈！是這樣呀！」

　　杜班一邊為他搬來椅子一邊說。

　　「這詭異事件到底是什麼？難不成又是兇殺案之類充滿血腥味的事？」

　　我也插嘴道。

　　「不！不是那類事件。是一件非常簡單的事，我確信靠我們自己也可以

解決，但因為實在太離奇，我想杜班先生必定很感興趣。」

「你的意思是事件很單純但詭異？」

杜班以其一貫不變的語調說道。

「正是如此！但正確的來說又並非如此。坦白說目前正棘手呢！明明是一件極為簡單的事件，我們卻不知如何著手。」

「你的意思是因為太單純而解決不了？」

杜班很認真的說。

「哈哈哈！我實在說不過杜班先生呀！」

總長大笑起來。但杜班依舊連眉毛動也不動一下，一臉嚴肅繼續說道。

「或許不能解決是因為事情過於單純吧！」

「您在開玩笑吧！別再讓我們笑了。」

「不！就因為太過於單純才會解決不了？」

「哈哈！您實在讓我沒轍啊！」

總長像是忍不住似地大笑起來。但是，杜班依然一臉正經。

「到底你所謂的事件是什麼？」

我插嘴問道。總長這才深深吸了一口煙開始說道：

「我就大致說說了，但是在這之前我要請大家先保密，千萬不能洩露任何風聲，這是攸關我職位的重大事件。」

「這太難了吧！」我說。杜班也從旁半帶諷刺地說：

「你可以不用這麼勉強。」

總長略顯狼狽地開始說明。

「快別這麼說，請大家聽聽。其實我是收到『某權貴人士』在宮中有一件資料被盜的訊息，而且也知道誰是偷取之人，這是無需懷疑的。更清楚的說，他，亦即犯人偷取時已被看到了。同時也知道那份資料還在盜取之人手中。」

「為何知道還在犯人手中呢？」杜班問道。

「因為從資料的性質可以推測得知，也就是說那份資料如果離開盜取人之手，必然發生的反應在目前尚未發生。」

「可以請你再說明清楚一點嗎？」我說。

「好的！我就直說了。那份資料在某方面會給予擁有者莫大的權力。」講話時喜歡使用如外交官一般的言辭，一直是總長的壞毛病。

「我還是不明白。」杜班悻悻然的說。

「也就是說那份資料落入第三者（他的姓名恕我無法奉告）的手裡，將會對『某權貴人士』的名譽造成很嚴重的問題。所以那份資料所有者對『某權貴人士』而言是站在極優越的立場，『某權貴人士』的名譽和平靜會瀕臨危險。」

「但是，」我插嘴說：「所謂站在優越立場，不就意味著犯人知道『某權貴人士』曉得信是他偷的，若不知道，這事將無法成立。然而誰敢這樣……」

「那犯人就是 D 大臣。這大臣很強勢，他的盜法也非常大膽巧妙。那個發生問題的資料我就明說了，是封信件。被盜者『某權貴人士』自己一個人單獨在宮中女士專用房間的時候收到的（作者按：到此我們可以推測出『某權貴人士』是位女性），當她正在讀信時，忽然有其他大人物進來，對這女士而言這封信就是最不能讓他看見，所以很快的想藏起來。但是來不及了，只好將信留在桌上。她原先認為信件只露出收信人，內容並未露出，別人不會特別注意到才對。剛好這時 D 大臣走了進來，他銳利的眼光一下子就看到桌上的信，從筆跡就知道寄信人是誰，然後又發覺『某權貴人士』的狼狽樣，於是完全了解一切了。而後就以他一貫略帶急促的語調跟大家說完話後，拿出一封和桌上的信很類似的信件，煞有其事地念了起來，接著故意將兩封信放在很接近的位置，之後若無其事和大家閒聊了約十五分鐘後，臨走前不著痕跡的將自己的信留在桌上，而拿走那封有問題的信。『某權貴人士』明明知道卻不敢當場阻止，害怕因此在大家面前曝露了那封信的內容，不得已只能眼睜睜看著信被拿走。」

這時杜班轉過身對我說：

「這麼一來我就明白了。」

「D 大臣在過去幾個月內靠著擁有這封信件，運用特權行使他政治上的目的，已經到了極危險的地步。被盜者非常急迫的要將信件拿回，卻無法由

公家單位處理，所以事情就轉到我手上了。」

　　杜班在一片煙霧中說道：

　　「會選上你真是有慧眼呀！再也找不到比你聰明的人了，不！我連想都想不到有誰比你更聰明了。」

　　「你過獎了，不過，對方好像也是很仔細的挑選適合來處理的人。」

　　總長心情很好。我接著說：

　　「如您所說，那封信現在確實仍在大臣手中，因為擁有那封信所帶來的特權並未消失。」

　　「正是如此。我也依此推論開始行動，首先就是徹底搜索大臣官邸，但是搜索行動絕不能讓大臣發現，這非常困難，若稍有不慎被發覺，事情就不好辦了。」

　　「這方面你們可是專家，巴黎警視廳從前做過更艱難的秘密偵查不是嗎？」

　　「的確是如此，我至今未曾有過失誤。而且，更巧的是大臣經常晚上不在家，再加上他家的傭人不多，傭人房離主人起居室有段距離，他們大多是拿坡里人，睡前有喝酒的習慣。如同你們所知，巴黎沒有我進不去的房子，過去三個月間，我幾乎每天晚上都親自潛入 D 大臣官邸搜查。這件事攸關我的名譽，而且，事成之後也有相當的報酬。但是我三個月不眠不休的努力進行，卻完全沒有收穫，我所能想得到所有藏信的地方，不論多麼小，整個屋子全都搜遍了就是沒有。我想是否推測有誤，目前已停止搜索了，但是坦白說，官邸已沒地方可搜了。」

　　「你確定 D 大臣還持有信件是不容置疑的，但是，沒有任何證據顯示他不會把信件藏在官邸外面呀！」我說出心中的想法。

　　這時杜班開口道：

　　「不！這恐怕不太可能。宮中情勢瞬息萬變，而 D 大臣又扯上許多政治陰謀，使用那封信有其緊要性，一定要放在萬一發生事情，隨時就可取出的地方，才能發揮效果。」

　　「你是說萬一發生事情，隨時就可取出的地方？」我反問。

「是的！萬一發生事情來不及取出，就一點用都沒有了。」杜班簡單明快的回答。

「所以信件毫無疑問一定還在官邸，難不成大臣自己隨身攜帶著也不無可能。」我下了肯定的判斷。

「這一點倒是。坦白說，我們曾經兩次在大臣經過的路上安排臨檢，做過徹底的調查。」總長似乎在誇耀自己很聰明般，為我的說法背書。但杜班說：

「這麼笨的事虧你還真的敢做出來，D 大臣若不是個百分之百的笨蛋，他必定早就料想到會被臨檢一兩次。」總長碰了一鼻子的灰，但又不認輸的繼續說：

「他可能不是個百分之百的笨蛋，但他是個詩人，詩人什麼的和笨蛋只有一線之隔罷了。」

「是這樣嗎？」杜班說。他拿起煙斗深深的吸了一口後又吐出來，「順便告訴你們，我也稍微會作些小詩。」

這時，我將話題再拉回來。

「總之，請將你搜查的情形詳細的說明一下。」

接著在我和總長一問一答之間，杜班毫不感興趣（至少我是這麼認為），只是自顧自地抽著煙，陷入沉思。

「簡單來說，就是花費許多時間徹底的搜查。只要所有看得到的抽屜，都要鉅細靡遺的搜查，如你們所知，對一個優秀的警官而言，秘密抽屜什麼的一點用都沒有。如果想靠製作秘密抽屜逃過搜索，這是愚昧至極的行為。雖然每個房間都有許多要搜查的地方，我們連極其微小的地方全都徹底檢查。像椅墊這類地方，用長而尖的針戳過，桌腳也都拆開檢查。」

「為何要將桌腳拆開呢？」

「不只是桌腳，檢查傢俱的接合部分是否有被解體作為藏匿的空間，這是例行的公事，也就是在桌腳上鑽洞，將物品藏入其間，再從上面嵌入木板的方法，鈕扣或床腳等也常使用這種手法。」

「但是有挖洞的話，敲一敲就可以由聲音知道了呀！」

「那可不行！若是藏東西進來的話，周圍也會被用棉花塞得緊緊的，況且我潛入搜查時，必須保持安靜無聲。」

「但是，用這方法將所有可能藏匿東西的傢俱全都分解開來，恐怕不太可能喔！像信件之類的東西，如果捲成棒針大小藏入椅子木條內，就不可能發現吧！」

「這不成問題，我們將官邸內所有椅子的木條全都查過了。別說是椅子了，所有傢俱的接合面，全都以精密的放大鏡做過檢查。特別是看來留有像最近才拆解過的痕跡，就會更加徹底檢查。我們打算不漏掉任何一個接合不自然或極細微咬合不整齊的地方。」

「全身鏡和鏡子都翻過來仔細檢查了嗎？床呢？窗簾呢？地毯呢？」

「也都檢查了。就像這樣將傢俱全檢查完以後，接著又將官邸內外查了一遍。我們把整座宅邸劃分為幾個區域，包括隔壁的兩棟屋子，每一寸地都用放大鏡檢查過了。」

「還真是辛苦呀！」

「這是當然的。但是，看在報酬很豐厚的份上。」

「房子周圍的地面呢？」

「地面則是把紅磚全翻起，這還算容易。我們檢查紅磚和紅磚之間長出的青苔，卻沒發現有最近動過手腳的痕跡。」

「書本應該也檢查了吧？書房的書本和書本之間呢？」

「這還用說！任何包裝起來的物品全都打開來看，書本也不是只有一本本的檢查（我們有這方面的專業警官），而是一頁頁翻過來檢查呢！書的封面也先以精密的尺來量過厚度，再用放大鏡檢查。發現有新裝訂的書會特別仔細再查，有五六本看似才剛送去裝訂的書，還特別用針刺過呢！」

「地毯下面的地板呢？」

「將地毯全翻起，用放大鏡檢查過了。」

「壁紙呢？」

「嗯！當然檢查了！」

「地下室呢？」

「這還用說。」

「好像是你預期有誤了，看來那封信不像是在官邸內的樣子。」

「是呀！我也開始這麼認為了。」

這時總長轉向杜班問道：

「杜班先生，您覺得如何呢？可否聽聽您的卓見？」

杜班在一旁靜靜的做他一貫「沉默的推理」（過去未曾發生過杜班沉默的推理無法解決的事），以冷冷的語氣若無其事的回答：

「再重新調查一次官邸。」

「絕對沒有這個必要，那封信不在官邸內就如同我會呼吸般的理所當然。」總長好似聽到什麼荒謬的話語一般極力反駁。

「可是我能說的就只是再進行一次官邸搜索而已。」杜班冷淡的表示，並問：「那封信的樣子你清楚嗎？」

「——」

總長拿出記事本詳細的說明信件的內容外觀後，意志相當消沉的站起來告辭，我和杜班都未看過如此頹喪的總長。

二

前情介紹：一八某某年秋天在法蘭西宮中，有一封某權貴人士極重要的信件被盜走。那封信可以帶給所有者在政治上極大的權力，偷走信的是 D 大臣，而從大臣取得許多政治利益來看，信件仍在他手中是無庸置疑的。某權貴人士秘密命令巴黎警視廳的 G 總長毫無遺漏的搜查 D 大臣官邸，但是，總長卻一無所獲。他懷疑信件另有藏匿之處，因而登門造訪杜班，希望能得到一些幫助，但杜班堅持信件必定仍在官邸內，主張「再重新調查官邸」後，G 總長黯然離去。

那之後還不到一個月，總長又再度來訪。我們還是和平時一樣，他一坐到椅子上取出煙斗開始閒聊，片刻後我不禁開口問道：

「對了！之前那件盜取信件的案子進行的如何了？有找到 D 大臣的弱點

嗎？」

「不！那真是個可惡的傢伙。坦白說，我們又聽了杜班的意見再次進行調查，依然一無所獲，看來這次真的是徒勞無功了。」

杜班問道：

「你說報酬大概有多少？」

「非常豐厚——清楚的數字恕我無法回答。但是若能替我拿到信的人，我將給予五萬法朗致謝——我先前這麼表示，然而這信的重要性現在一天比一天還大，最近報酬又加倍了，不過就算酬勞增為三倍，我也一樣束手無策了。」

「但是……」杜班吸了口煙，懶懶地說：「我是這麼想：實際上你在這件事中尚未傾注全力。要不要在其他什麼地方再下一些工夫呢？怎麼樣？」

「為什麼？怎麼說呢？」

「為何在這事件中都沒想過要請一位顧問？你聽過『阿巴尼希』的故事嗎？」

「不知道。是什麼故事？」

「是這樣的，有一個有錢男子非常吝嗇，他希望找名醫『阿巴尼希』免費看病，所以想了一個好方法。在某次見面時先互相寒暄之後，想要故意不經意地提及自己的病症，希望醫生能給他一些處方，因此，這男子趁機問道：『順便一提，有一人的症狀是如此這般，請問應如何處理最為恰當呢？』結果『阿巴尼希』的回答是什麼呢？『還是去請醫生仔細檢查一下吧！』」

話說到這總長略顯不安。

「其實，我也正在找願意當顧問的人，我會給他相當豐厚的報酬。我是真的在想若有人可以提供一些有關這事件的消息，我將贈與五萬法朗。」

「既然如此」杜班從抽屜中拿出支票本，並說：「請將金額寫在支票本上，如果你在這上面簽上名字，我就會將你想要的信件給你。」

我自然是一臉驚訝，但比我更訝異的是總長。像是被電到一樣，一句話也說不出來，像個石膏像般直挺挺的站著，嘴巴開得大大的，眼珠更是大得像要掉出來一般，好一會兒才拿起筆，盯著紙，猶豫了一會兒，最後寫上金

額並簽上名，將支票交給杜班。杜班仔細的檢查以後，將支票放入口袋，打開文件盒的鎖，拿出信件交給總長。總長不知是高興還是難過，一臉表情複雜，好似被摑了一掌般，顫抖著手打開信，迅速將信看一遍，就立刻跑到門邊，飛也似地跑出去了。

　　總長離開後，我尊敬的友人才慢慢地開始說明原委。

　　「巴黎警視廳技術非常高明，他們堅忍不拔、行動簡潔明快，並通曉所有必備專門知識，最初 G 總長說到搜查 D 大臣官邸時，我確信他們的搜查是以他們的能力而言，已經做到極為完備、毫無遺漏。」

　　「以他們的能力而言？」

　　「是的。」杜班繼續說道：「選用的手法不僅是他們的最高級手法，同時又毫無遺漏地全盤具體施行。所以，若那封信真的在他們的搜索圈中，毫無疑問他們必定會發現。」

　　我不禁笑了出來──但是杜班看是來是正經的。

　　「他們在手法上並沒錯，實行上也非常徹底。他們的缺點在於用錯對象和地方，也就是說總長具有相當的才智，但空有才智卻喜歡墨守成規而不知變通。他每回都會做過度推理或推理不足而導致失敗，還比不上一個小學生的推理程度。你還記得約八年前有個小孩非常擅長猜『奇數或偶數』的遊戲而無往不利的事嗎？這個遊戲是用彈珠來玩，一個人手握若干彈珠讓對方猜測彈珠數為奇數或偶數的遊戲，若是猜贏了，可得到對方一個彈珠，若猜錯則賠上一個，最後，這孩子得到全校孩子的彈珠。這孩子其實是有秘訣，所謂秘訣也不是什麼困難的事，只是去觀察對手小孩的智能程度來推測而已。例如，對手是頭腦非常不好的孩子，第一次先猜『偶數』，結果對方握的是奇數就輸了，但是從第二次開始他就不會輸了，因為他會在心中開始進行推理：『這小子有點笨，這次握奇數，下次必定改握偶數，他就算絞盡腦汁想了許久，最後還是捏著偶數。』因此下回他一猜偶數就贏了。若是和比較聰明的孩子為對手，第一次先嘗試，接著就開始解讀別人內心企圖。其它的孩子不懂他的推理方法，只當他很幸運。所以最根本的問題到底是什麼呢？」

「就是了解對方的心理，和對方一樣程度的腦力來思考問題。是否就是如此？」

「正是如此。我曾試問那孩子『想要推測其他孩子的心理怎麼做最好？』他的回答是：『若是想知道對方頭腦的程度或他現在在想什麼，就是儘量去試著模仿對方的表情，然後一邊和對方做一樣的姿勢，靜靜等待感覺和想法浮現腦海。『拉・布呂耶爾』[1]也好，『馬基維利』[2]或『康帕內拉』[3]等偉人們的狗屁艱深理論，不過比一個小孩子的做法好一點而已。」

「但是若要以對方的智能程度來思考、將自己的智能配合對方，首先第一要務就必須適當判斷對方的智能。」

「你說的完全正確，判斷對方的智能之後才可以依此做推理。總長和他的幕僚在這第一點上就失敗了。其次是未正確判斷對手的頭腦智商，不！說不定他連想都沒想過什麼對手的智商之類的事。他們僅以自己的頭腦來推理，搜查隱藏物也只搜查自己認為可能藏東西的地方。若犯人的智商偶然和他們相同，這個方法就會成功。但若犯人程度和他們不同，就必定失敗。大部份情形都是犯人程度遠高於他們，極少是低於他們的。他們在犯罪搜查方針上毫無變化，一有突發事件，又聽到有豐厚報酬，他們也未定出特別方法，仍以其常用手法再更仔細的執行。例如這次 D 大臣事件，他們有訂出特別搜索方針來行動嗎？他們有做出可靠的推理架構，做有科學性根據的搜查嗎？他們只是盲目的拿針到處找，將傢俱大卸八塊，用放大鏡四處看，結果看出什麼嗎？花了好幾個月依然毫無收獲，卻還是堅持一貫手法，不斷反覆，在他們眼中好像所有人藏信都只會藏在椅腳的洞中之類的地方。這種搜查方法若是對一般事情或一般人，是可以派上用場，話說回來，遇上隱藏物品的案件，這方法是誰都想得到的。所以，只要在執行上有足夠的注意力、忍耐力及決心，按理說應該找得到。因此若那封信真的藏在總長的搜查範圍內，也就是說，隱藏方法就是總長所認為的方法——亦即犯人的頭腦程度和總長的

1　按：拉・布呂耶爾（Jean de La Bruyère, 1645～1696），法國作家。

2　按：馬基維利（Niccolò Machiavelli, 1469～1527），義大利哲學家。

3　按：康帕內拉（Tommas Campanella, 1568～1639），義大利哲學家。

差不多時——要找出來就變得很容易了。但是我們總長這次可是被將了一軍，為什麼他會被整得這麼慘呢？總長太小看 D 大臣了，這就是他失敗的根源，他將 D 大臣以詩人聞名解釋為『傻子都是詩人』，但『傻子都是詩人』並不意謂『詩人皆是傻子』，也就是說『道理顛倒不一定通』呀！」

「但他真的是詩人嗎？我是知道他們兄弟兩人在藝文界很有名，我沒記錯的話，D 大臣不是在微積分方面造詣很深嗎？他是數學家，而非詩人吧！」

「你有所不知，我卻很清楚，他既是數學家也是詩人。正因為兼具這兩個身分，他才能做出這番狡猾的推理，若他單只是數學家，絕對做不出這次令總長顏面掃地的事。」

「你的說法很奇怪，和一般社會上的說法邏輯相反，不是嗎？我們一般都認為數學性的推理才是最優異的，按你的說法，完全不是如此。」

「尚福爾[4]不是早有明言：『世俗的說法全都愚蠢到極點，太死板不知變通』。也就是說，數學家什麼的只是死守狗屁不通的道理而不知變通。」

「這下好了！你又罵到數學家了。」

「我不贊成從數學性的研究中找出推理性。數學是形狀和分量的科學，數學性的推理應該只單純適用在有關形狀和分量的觀察上。將單純的數學原理用於一般性的道理上，原本就是錯誤的。但是，這種錯誤卻早已被毫不懷疑的普遍接受運用。數學性定理，絕不同於一般定理。」

我笑了出來。他又繼續說道：

「若 D 大臣只是個單純的數學家，總長現在可能就沒必要將支票給我吧！所以我知道他同時也是個詩人，我還知道他是宮中大臣、大膽的策略家。我認為他一定非常清楚警察的常用手法，他可能已預期到會有路上的臨檢，所以絕對不會露出馬腳。他也很容易想到自己家裡會被潛入搜查，所以先前 G 總長說的老天保佑 D 大臣晚上常不在家，我認為那也是一種策略。故意給他們充足的時間進行搜索，讓他們早點覺得那封信不在官邸內。不僅如此，他們的搜查方法必定早就在大臣的預料之中，所以他會避開一般認為的可能

4　按：尚福爾（Nicolas Chamfort, 1741～1794），法國作家。

藏匿地點。他必定會想到自己宅邸中哪怕是細微的小地方也將被地毯式的全面搜索，正因他已看透總長的手法，所以乾脆極簡單的做出逆向而行的『單純』藏匿法。你或許還記得最初我強調這點時，向總長表示事情可能因過於『單純』而無法解決，總長毫不掩飾其自身推理的淺薄，還狂笑笑的事吧！」

「嗯！我記得很清楚。我還差點以為他是痙攣發作了呢！」

「我請問你，走在路上時，你覺得是道路上寫得大大的街名或是展示櫥窗比較引人注目？」

「我倒沒想過這個。」

「那麼我打個比方，有一種『地圖遊戲』，玩法是由一個人先說河名或國名，另一人在地圖上找出來。若是外行玩家就會故意找極小的文字或在地圖角落的小地名讓對方找不到，而越是老手玩家，反倒會說跨過全圖的大地名，你將會發現寫得如此大的字，卻因字體太過清楚明白，反而容易成為人們眼中的漏網之魚。從這裡我們知道物理原理未必和心理狀態一致，因為存在太過理所當然，反而忽略未注意。D 大臣身陷信件必須放置身邊，而又不容許藏匿於房子裡的兩難。大膽的大臣基於以上的理由可能使出『不隱藏的隱藏法』這種聰明的手段。也就是可能選擇藏於完全不適合藏東西的地方，他認為直接將重要信件放在眾人眼皮底下這種『連菩薩也想不到』的手法，和東藏西藏的方法比起來，似乎恰當得多。」

「我基於以上的推理，某一天戴上綠色眼鏡，出其不意的拜訪 D 大臣的官邸。他依舊佯裝生活是如何的百般無聊，但是我深知在不為人所見之處，他恐怕是現今社會最有效率最充滿精力的人。我也不甘示弱，嘮叨地敘說自己因眼睛不好，得依賴眼鏡，造成生活上多大的不方便等等。其實我正從眼鏡下仔細注意觀察房間內一切，然後又裝出聚精會神聽他說話的樣子。」

「我特別注意他坐的位子附近有張大桌子，但桌上只零散地放著兩三本書和各種資料，看來並沒有像我想找的信件。所以又四下打量房間，這時發現在暖爐前的裝飾布幕中央，有一個小小的黃銅把手，垂下一條骯髒青色緞帶，旁邊掛著一個很破舊的信件收納袋，分成三四隔，上面插著五六張名片和一個信封。這封信非常髒，滿是皺摺，而且中間幾乎快被撕成兩半，看起

來像是原先想撕破扔棄，又忽然心意改變，將信放入收納袋內，上面有黑色的封蠟，清楚地簽著 D 大臣的名字，還有娟秀的女性字跡寫著『D 大臣收。』」

「我第一眼看到就直覺應該是那封信了。雖然它的外觀和總長所說的樣子大不相同，依總長的說法，封蠟應該小而紅，同時上面有 S 公爵的簽名。這封信的封蠟黑而大，簽名的是 D 大臣本人。依總長的話，收信人應是『某權貴人士』，這封信卻是寄給 D 大臣自己，只有大小是一致的。但是，最大的差異是在非常骯髒這一點，這和有潔癖的 D 大臣個性相矛盾，怎麼看都覺得很像是故意弄得很破很髒，好顯示它的無價值。而為何被放在一個如此明顯的位置，道理就如同我前述的理論，所以更引起我的猜疑。」

「我盡量想辦法將拜訪的時間拖長，找許多大臣感興趣的話題，假裝和他熱切的討論，其實不忘仔細地打量那封信。我努力記住那封信放在收納袋內的位置，這時又有一重大發現足以解釋剛才的幾個疑點，就是我仔細觀察後，發現信封角露出厚牛皮紙反折時特有的摺痕，有這個發現就夠了，大臣一定是將那封信的信封反折，重新寫上收信人和上封蠟。我趕緊將話題結束，離開時故意把金色的香煙盒遺忘在桌上。」

「隔天早上，我假裝要拿回香煙盒再次造訪。然後又開始繼續昨天未聊完的話題，就在我們聊得很愉快時，忽然窗邊下方街道上傳來槍響，接著是恐怖的叫聲和群眾的喧鬧聲，D 大臣走到窗邊，探身出去，想看個清楚，這時，我趕緊將那封信由收納袋取出，放進我的口袋，然後把一封事先做好外觀接近的信放入。」

「大街上的騷動是個拿槍的男子瘋狂鬧事引起的，男子向女人和小孩開槍，雖然槍裡沒放子彈，總之因造成紊亂還是被警方制伏，男子被抓起來後，大臣又從窗邊走回。我又和他聊了一會兒就告退，當然，那位發瘋的男子所引起的騷動是我安排的。」

「可是你不用大費周章的掉包信件，在第一次拜訪時就直接要大臣交還他偷走的信，不就成了嗎？」

「這可不行！大臣是個兇悍強壯的男人，況且他官邸內也有侍衛，若依你的做法當場行動，我還能活著走出他家嗎？我親愛的巴黎市民朋友們，之

後恐難聽到我的消息啦！但是，對我而言，我做這些事還有個目的。你應該很了解我的政治立場，其實，我想藉由這件事，為『某權貴人士』助一臂之力。過去十八個月來，她完全受制於大臣，現在情勢逆轉，她反過來把大臣捏在手裡了，所以我故意放了一封假信，D 大臣還以為自己擁有它，仍繼續仗著威勢騁馳於政界，這無異自掘墳墓，總有一天他會從政界失勢。我不會為他流下任何同情的眼淚，也沒有任何憐憫之情，他是個可怕的怪物！墮落的天才！但是我現在真想知道他被那位總長口中的『某權貴人士』反擊之後，回家看到我留下的假信時，到底是什麼心情？」

「為什麼？裡面放了什麼嗎？」

「因為只放一張白紙進去太侮辱人了。坦白說，過去曾在維也納被他擺了一道，我那時只是笑著告訴他『這件事我一定會記住的』。另外，我覺得他也應該很想知道是被誰設計。況且什麼線索也沒有留給他的話，實在太可憐了，幸虧他知道我的筆跡，我就在白紙正中央寫下克雷比隆詩中的一段：

『不是惡魔的話，

到底是誰，

計畫了如此恐怖的陰謀啊！』」

　　　　　　　載於《臺灣鐵道》，一九三一年八月三日、九月一日

莉莉絲的女兒[*]

作者　法朗士
譯者　河合三郎
中譯　彭思遠

【作者】

法朗士（Anatole France），見〈苔依絲〉。

【譯者】

河合三郎（？～？），來臺日籍文人，出身滋賀縣。一九三二年畢業於臺灣總督府臺北高等學校文科甲類，繼而考入臺北高等商業學校，翌年畢業。歷任臺北帝國大學理農學部副手（臨時性的研究助理）、花蓮港中學校囑託、教諭。在臺發表之作品有小說譯作〈リリスの娘〉（莉莉絲的女兒）（《翔風》，1932 年 1 月）以及報導研究〈じょらうぐもの產褥造營〉（《臺灣博物學會會報》，第 184 期，1939 年 2 月）等。（顧敏耀撰）

我離開巴黎已經是傍晚時分，之後不得不窩在火車廂的一個角落，無奈地送別這漫長寂靜的雪夜。隔日在 X 車站度過百無聊賴的六個小時，總算在中午過後，搭上一輛要前往阿提古的農家破舊馬車。

許久以前我也曾經路過此地，當時鄉間小徑兩旁的農田，在陽光下映照下，好像正正方方且明暗對稱的格子布。如今放眼望去，大地宛如覆蓋一層雪白面紗似的，唯獨交纏的黑色葡萄藤蔓，猶凌亂頑強地露出地表。我的車伕溫柔地揚起鞭子，輕輕催促著老馬前進。我們奔馳在無垠的寂靜中，只有偶爾傳來幾陣鳥兒因為飢餓或是寒冷而發出的悲鳴，劃破這無聲世界。

我不禁在心底暗自祈禱著：「神啊！慈悲的天父！懇求您把我從自暴自棄與諸多罪惡之中拯救出來，教我遠離任何您所不許的罪惡吧！」過了一會，帶著血色紅光卻不刺眼的夕陽，循著千古不易的軌跡，往地平線彼端沉沒。回憶起神聖的天主以及在加利利為世人犧牲的耶穌基督，我的靈魂深處突然

---

[*]　原刊作〈リリスの娘〉，作者標為「アナトール・フランス」。

湧現一絲希望來。

馬車輪子大口咬嚙雪塊的聲音不絕於耳。車伕用鞭子尾端指向一片暗紅色暮靄之中如幻影般矗立的阿爾丁古的尖塔。他轉過頭來向我問道：

「先生！您剛剛吩咐要在那邊的教堂前停車，您是否認識那位神父？」

「是啊！我從小就認識他了。上小學時，他還教過我呢！」

「那麼，他的學問怎麼呢？」

「朋友，沙佛拉克先生不僅學識淵博，人品也高尚呀。」

「大家也都這麼說，不過他們還謠傳一些別的事情。」

「到底是什麼事情？」

「沒什麼。一些無聊人喜愛捕風捉影，反正嘴巴長在他們身上，我是隨便聽聽而已。」

「你就別再賣關子了，他們究竟說了些什麼？」

「哦！他們謠傳沙佛拉克先生懂得巫術和咒語，還會幫人占卜算命呢！」

「這真是無稽之談。」我駁斥道。

「還不只是這樣。站在我的立場，實在不該講太多，但是倘若他不懂得巫術咒語和算命的話，又為什麼要花上大半輩子讀那麼多書呢？」車伕不解地問道。

此時馬車已經到達教堂前面。我告別了車伕，跟隨神父的女僕走到她主人房間，裡頭已經擺設好餐桌。

我第一眼就察覺到，才不過短短三年沒見面，沙佛拉克先生的外貌有著顯著的改變。他那高大的身軀已經變得佝僂衰老，臉頰削瘦，唯獨目光依然銳利逼人，鼻子似乎比之前長些許，挺立在萎縮成一團的嘴唇上方。

我飛奔向前，緊緊握住他的手臂，眼淚不聽話地湧上來，哭喊道：

「我屬靈的父親啊！我來這裡是因為我犯了戒律。親愛的神父，我不曾片刻偏離您偉大智慧的啟示與父親般的慈悲。噢！我心靈唯一的朋友，請您啟蒙我、拯救我，當我的明燈吧！」

他緊緊抱住我，對著我露出憐愛的微笑。自從有記憶以來，他那註冊商標式的微笑，不曉得多少次撫慰了我幼小受創的心靈。慢慢地，他鬆開緊抱

住我的手，往後退了幾步，彷彿要把我瞧個更仔細般：

「你來得真好！」

他用略帶鄉音的語調向我打招呼。沙佛拉克先生成長在南方陽光和煦的加隆河岸，世代經營知名的葡萄酒釀造廠，人傑地靈的環境，孕育出他與生俱來的溫文儒雅。歷任波爾多、博第耶、巴黎等大學教授哲學後，他提及此生唯一的願望，就是回到出生地，當個謙卑的窮神父，就此終老一生。他在阿爾丁古落腳傳教已經六年，在這個名不見經傳的村莊裡，向眾人講授最謙卑質樸的虔敬與最清明透徹的睿智。他笑著說：

「孩子！你信中提到要來訪，著實讓我既興奮且感動。這表示你沒有忘掉我們的昔日情誼！」

我趨向他腳跟前跪下，結巴地回答：

「請赦免我的罪！」

不等我把話說完，他即以溫柔但堅定的手勢打斷：

「艾瑞！明天再慢慢告訴我你想講的話。在那之前，先暖暖身子，接著來吃晚餐吧。」

此時老女僕把熱湯端上桌面，熱氣騰騰，早已催得我飢腸轆轆。老女僕用條黑色絲巾覆蓋住一頭銀髮，在佈滿皺紋的臉上，麗質天生的優雅和伴隨衰老而來的醜態強烈混合交錯。我兀自陷溺在深沉的人生困惑之中，然而身處此聖潔的神殿裡，爐邊歡愉舞動的火光醞釀出一股安寧氛圍。潔白的桌巾、濃郁的葡萄酒、冒出熱氣的食物，不知不覺間我的靈魂已經軟化。在飽餐美食的當下，我幾乎快忘記來此爐邊與神父見面的目的，是要讓他將我的悔恨之糟粕，點化為醒悟之朝露。

沙佛拉克先生宛如追憶逝水年華似地，談起以往在大學教我們哲學的情景：

「艾瑞呀！你一直是我最得意的門生。你的聰穎機智總是超越教師，所以我立即注意到你，並且喜歡你，也佩服你是個勇敢的基督徒，在面對異端、無神論者無情攻擊與羞辱時，能夠挺身而出，捍衛自己的信仰。當今的教會裡滿是羔羊，而它所需要的卻是獅子。誰能夠還給我們凌駕一切科學知識、

有王者之風的領袖呢？真理就像太陽存在一般，需要有明察秋毫的鷹眼去發掘它。」

「噢，沙佛拉克先生！您才是那深具慧眼，能洞悉一切問題的智者。我還記得那些敬仰您聖潔品德的同事，有時也被您的意見驚嚇萬分呢！您勇於接受新觀念，並樂於探索這紅塵俗世的因果報應之糾葛。」

聽到我的讚美，他的眼睛散發出異樣的神采。

「我曾經思索過，那些膽小鬼要是看到我讀的書，會怎麼說我？我在如此美麗的天空下，神特別創造揀選的大地上工作。你是知道的，我懂得希伯來語、阿拉伯語、波斯語，另外還略通幾種印度方言。你也清楚我帶來整個圖書館的古典手抄本，傾注了畢生精力研究原始東方諸國的語言和風俗習慣。靠著真神的幫助，這件困難的事工不會徒勞無功才對。

我就快要完成有關『起源』的研究了。針對今日各種大不敬的異端邪說對聖經之攻擊，我在書中試圖提出革命性的看法與解釋。慈悲的神終於允許科學與宗教和解了。我基於以下幾個前提，推展本研究來達成劃時代的大和解。簡單說，這部基於聖靈感動而寫成的聖經，告訴我們世界上唯一的真理，它唯一的目標，就是要信徒獲得救贖，除此以外，沒有別的。它的內涵極其廣闊無限，同時卻又是單純至極的方便法門，此即人類神聖之歷史宿命；它是完整而不可撼動的；它不容許有絲毫褻瀆的懷疑。懷疑上帝存在的科學也無法在默默賜福世人的天主面前築起勝利之塔。我所謂的真理，就在這兒啊！現在，我要大聲疾呼：『你們錯了！聖經絕對沒有吹牛騙人，因為它從來不曾宣稱要告訴我們神所有的啟示啊！』

以下是我的最新解釋：藉由地質學、史前考古學、東方天地開闢說、希地人和蘇美人遺址、另外還有保存在塔爾慕德的卡爾狄恩與巴比倫文明。綜觀以上各項，我不禁要推斷有早於亞當的人類存在。創世紀的作者為什麼沒有記載這些呢？唯一的合理解釋就是，如果承認亞當之前有人類的存在，將抵觸上帝救贖亞當後裔子孫的應允。」

他到這裡就暫時打住。隔了好一會，才語帶虔敬地低聲說道：

「我，馬沙・沙佛拉克，終究不是天主稱職的僕人。身為一個地質學博

士，我素以虔誠的天父之子自居，服從聖母教會的權威。但是有一件事情我敢明確斷言——我以神聖的羅馬教宗與宗教會議起誓——沒有別的，就是完全按照真神形象所造的亞當，有兩個妻子，而且夏娃是第二任。」

此等有違常理的論調，漸漸將我導向奇思幻想的世界裡，此刻我早已被好奇心所填滿，因此當沙佛拉克先生重新把手肘攔回桌面，對我說以下的話時，真叫人好生失望：

「這個話題就到此為止吧！改天你說不定會讀到我寫的書，到時自然就能夠分曉這箇中奧妙了。基於教會的嚴格規定，我必須把手稿交給大主教過目，獲其恩准後才能刊行。目前大主教還在審閱中，但是我並不悲觀，甚至有十足把握一定會被認可的。親愛的孩子，多吃一些吧！吃看看我們從附近山林採收的香菇，還有自己釀造的葡萄酒。這裡簡直就是第二個神所應許之地，而第一個應許之地純粹是幻象，只存在夢境預言裡面。」

這時我們的話題，總算又慢慢回到比較切身的共同回憶上。

「孩子！你的確是我的得意門生。就算神的審判是絕對公平無私的，我想祂應該會允許這小小的偏愛吧！所以我一開始就看出你具有基督徒的特質，這並不意味說我沒有察覺你其他的軟弱缺失，比如說優柔寡斷、三心二意、容易分心等。你的熱情被壓抑在靈魂深處，兀自燃燒著靜候破繭而出的一天。我愛你那躁動不安的特質，正如我也曾經喜愛一位和你性格截然不同的學生——保羅·戴爾威，由於他那堅定不移，近乎愚直的生活態度……。」

聽到保羅·戴爾威的名字時，我臉上不由得一陣紅熱，繼而緩緩發白。好不容易才克制住想要狂叫的衝動，我清一清喉嚨正要答腔，卻發現舌頭好像長繭變硬了般，大半晌吐不出隻字片語來。沙佛拉克先生似乎沒有注意到我的異狀，繼續說道：

「我如果沒有記錯的話，他應該是你最好的朋友吧！從認識你們以來，你們倆一直都是焦不離孟，整天膩在一起。我知道他以外交官為職志，也努力朝向此目標邁進，日後應該會有一番作為。相信對你來說，保羅稱得上是肝膽相照的知己吧！」

「神父！」我好不容易擠出幾個字來：「明天我想跟您談保羅和另外一個

人的事情。」

　　沙佛拉克先生緊握住我的手，和我說晚安之後，我便回到已準備好的客房裡面。躺臥在瀰漫薰衣草香味的床上，我夢見自己彷彿又回到少年時期，跪拜在學校的禮拜堂前，悠然神往於充滿金髮美女圖像的展覽館。突然好像從頭頂的雲端傳來一陣聲音：

　　「艾瑞呀！你相信她們全都是女神的化身，」這些女人，展覽館中的女人們，與你夢中的女神完全相同啊……

　　隔日早上，我醒來時發現沙佛拉克先生就站在床沿。

　　「來吧，艾瑞！我要為你舉行彌撒，等聖禮結束後，再來聽你的告解吧！」

　　阿提古教堂是個頗富諾曼風格的小修道院，在十二世紀阿基泰尼時期即已遠近馳名，受到當地人的禮讚崇敬。之後由於年久失修，就任憑其荒廢，棄置於鄉野間。二十幾年前經過一番修繕，又在頂端加蓋了原先不在計劃中的鐘樓。總而言之，它雖然比不上昔日的鼎盛風華，好歹也保持了純淨樸實的格調。

　　我夾雜在人群之中，做完晨禱後，隨著沙佛拉克先生走到主祭席區。在那裡享用過一些麵包和牛奶後，我們進入沙佛拉克先生的房間裡。他把一張掛有十字架的椅子拖到壁爐旁，示意我坐在上面。他也在我身旁坐下來，用等待的眼神看著我。外頭雪還靜靜地下著，我開始了以下的告白：

　　「我屬靈的父親啊！我離開您的身邊進入社會生活，轉眼間已過十年。我一直沒有背棄信仰，但是純真早已離我遠去。我無意跟您談論我那段荒唐歲月，您應該很清楚您向來是我精神上的引導者與靈魂的安息所。如今，有件突發事件深深地撼動我的生活，致使我不得不急於向您尋求答案。」我吞了吞口水，繼續說道：

　　「這是發生在去年的事了，我家人開始頻繁地催促我結婚，我當下也沒表示反對。他們再三保證為我挑選的年輕女孩一定符合完美媳婦應該具備的一切條件。更何況她是個美女，讓我由衷地愛上她。她很快地接受我的求婚，於是我們就訂婚了。

　　出乎意料地，保羅‧戴爾威寄給我一封信，提起他已經從康士坦丁堡踏

上歸途，日內即將抵達巴黎，並且渴望與我見面。可想而知，此時我還沐浴在愛河中呢。我趕去巴黎跟老友碰面，順便報告我要結婚的消息。他誠心獻上祝福說：『親愛的老友，我真為你感到高興！』我邀請保羅擔任婚禮的見證人，他也爽快答應了。婚禮將於四月十五日舉行，而他休息到六月初再向職場報到即可。我開玩笑地說：

『我可真是走運啊！請到你這個大忙人。對了，你的感情生活怎樣？』

『哦！我嗎？我……』

聽到我這麼問，他用悲喜交加的微笑回答：

『我該如何是好？我快要瘋狂了。艾瑞！不知道幸或不幸，我恨女人啊！現在我可是一隻腳踏入天堂，另一隻腳踩在地獄。這份用罪惡買得的幸福，我不知道該從何談起才好，總之是有人辜負了我的心。不想影響到你戀愛中的心情……，我還是走吧！走到遙遠的地方──康士坦丁堡。』」

沙佛拉克先生打斷我：

「我的孩子！別再錯怪任何人，直接切入主題吧！」

我答應他的提醒，便繼續說下去：

「這時保羅察覺到有人走進來，登時停住不再說話。出乎意料地，似乎就是他所提到的女人，穿著一件水藍色居家便服，她是如此優雅而自然，但是我實在無法用任何言詞描述對她的第一印象。當她瞧見保羅時，臉上那份驚愕與狼狽，只能說是我從未見過極其不自然的表情。不過從她眼眸，從她謎樣般的雙唇，從她充滿柔軟韻律吹彈可破的肌膚，從她輕快的步調，從她宛若長著隱形羽翼的圓潤臂膀後面，另外，從當時一觸即發的緊繃狀態來看，我感受到莫名其妙的異樣氣氛。當她以如此難以名狀的姿態出現時，我卻感到一種奇怪的嫌惡與惱怒。看到她進來時，保羅稍微皺了下眉頭，不過很快地回復原本快活的語調向女人招手：

『蕾拉！我來為妳介紹我最好的朋友。』

蕾拉回答道：

『如果是這位先生的話，那我早就知道了。』

對於素昧平生的人而言，這般見面詞未免有些奇怪，但更妙的是，她聲

音裡透露出一股不自然的亢奮感。如果玻璃窗能夠說話，發出來的大概就是這個聲調吧！

『艾瑞再六個星期後，就要結婚了噢！』

聽到保羅這樣說，她用哀傷的神情望著我，眼眸流露的是個決然的『不』字。

我當下感到渾身不自在，匆忙告退，而保羅也絲毫沒有挽留之意。我鎮日在街頭漫無目標地徘徊，我的心靈荒蕪空虛。終於在向晚時分，我發現自己佇立在花店前。我頓時想起我的未婚妻，進去挑些她喜愛的紫丁香。

正當我握著花束時，突然有隻圓潤的玉手一把就從我手中搶了過去。是蕾拉！她面帶笑容地轉身飄然而去，身上穿著銀灰色短衣與同色夾克，外加一頂小圓帽。我必須承認，這套巴黎女性喜愛的外出服裝穿在她身上，實在很不搭配，甚至有種化裝舞會裡小丑裝似的突兀感。再次相見，我深深覺得已經不可自拔地愛上這美麗又俏皮的女子了。我試圖叫住她，但是她的芳影早已杳然無蹤。

從此以後，我就像行屍走肉般，整天魂不守舍。之後我又拜訪了保羅幾次，可惜都和蕾拉緣慳一面。保羅一如往常客氣地招待我，但是從來不曾再提起蕾拉。我們對話有一搭沒一搭的，而我總是滿懷悲傷離去。終於有一天，僕役告訴我：

『保羅先生不在，不過或許你會想見到夫人。』

我立刻回答『是』。我的神父啊！這男僕口中冒出的幾個字句，頓時治癒了我胸中的鬱結和血淚，叫我心底兀自澎湃洶湧。沒過多久，我就發現她穿著金黃色衣服，露出白皙小巧的一雙腳丫，身子斜掛在躺椅上。忽然間我的喉嚨好像燒焦了般，半晌發不出聲來。從她誘人的肉體散發出一股混合著珍貴沒藥與香水的芬芳，仿佛所有東方神秘的味道齊聲穿透我顫抖的鼻梢，使人不由自主地沉醉在愛慾和渴望之中。

不！這女人絕對不屬於此俗世，因為從她全身上下瞧不出一丁點凡人該有的東西。在蠱惑人的同時，她毫無表情的容顏下，隱藏著（好壞另當別論）感官情慾的誘惑與不可侵犯之聖潔。毫無疑問地她注意到我的痛苦，因為一

陣好似山谷清泉的輕聲細語在我耳際響起：

『是什麼在折磨你？』

『我已經瘋狂地愛上妳！』我淚流滿面跪在她腳跟前哭叫著。

她張開雙手，緊緊把我擁入懷裡，用那坦率而勾魂攝魄的目光問道：

『你以前為什麼從來沒提過？』

這一刻真是令人難以置信！我居然擁抱著蕾拉。我簡直是飄飄欲仙，軀體就要填滿整個宇宙穹蒼似的。我化身為太陽神阿波羅，將所有地球之美、自然之和諧，一網打盡全攬入懷。比如星星、花卉、唱歌的森林、河流、大海，都幻化在我倆的親吻之中……。」

到目前為止，一直耐著性子聆聽的沙佛拉克先生，此時突然從爐邊站起來，將長袍捲至小腿肚取暖，一邊用不屑的眼神說道：

「你真是個無藥可救的褻瀆者！你不但沒有為犯下的罪懺悔，還自得其樂地吹噓它們，真是忝不知恥。我不想再聽下去了！」

這番話猶如雷擊般打醒我。我淚流滿面，跪求他寬恕，等神父息怒後，我保證不會忘記自己的罪愆，而且儘量簡短地告解：

「神父！離開蕾拉以後，我胸中充滿了悔恨。但是隔天，她卻找上門來，開始了一段交織著歡愉和鬱悶的痛苦日子。我真羨慕保羅啊！雖然他被我背叛，但卻是我不分晝夜承受著良知的苦刑哪！妒嫉使我成了無比卑鄙的傢伙，使我心裡充塞數不清的齷齪思想。蕾拉有時會安慰我，有時則嘲諷我對友情的背叛，她的心思真是令人捉摸不定。我只能說，她對自己挑起的感情出軌總是一臉無辜樣，但是她用情慾毒藥封鎖了我的靈魂，我已深深陷溺其間而不可自拔。沒有她我不能獨活，只要想像失去她就會令我驚恐顫慄……。蕾拉似乎沒有一般人所謂的道德觀念。但是請不要誤會她是個薄情寡義，或是厚顏無恥之類的人。與此相反地，她極其溫柔且富同情心。她也並非欠缺智慧，只是和我們認知的不盡然相同；她的話不多，並且拒絕回答任何有關她過去歷史的問題；她對於我們所知的一無所知，對於我們所不知的，卻又無所不知。由於是在東方受的教育，她精通印度和波斯語言，心血來潮時，她會優雅地吟誦幾段充滿抑揚頓挫的詩句來自娛。任何人聆聽她描繪創世紀

那時『美麗的黎明』景象，都會以為從宇宙洪荒開始，她就已經活在世上了。我曾經打探蕾拉的年齡，她只是笑著回答：『沒錯，我真的很老了！』」

從剛才就一直站在爐邊的沙佛拉克先生，不時地彎下身體傾聽，顯示出迫不及待的樣子。他催促著：

「說下去吧！」

「神父！好幾次我試圖跟蕾拉談論宗教信仰，但是她的答案只千篇一律的說：『我不相信任何宗教，也不需要任何信仰。不過，我的母親和我的姊姊們可都是神的女兒噢！雖然她們並沒有向神立下任何誓約。』她頸下垂掛著一條嵌有紅色黏土的護身符，據說是為了紀念她的母親。」

我話語方歇，沙佛拉克先生突然臉色亢奮而發白，全身微顫地緊抓我的手叫道：

「她說的是實話！我終於明白了！艾瑞！我大概知道她是誰了。她的確不是普通的女人，所以你的直覺並沒有錯。快繼續說下去！」

「神父！我差不多快要說完了。唉！由於對蕾拉的痴愛，我破壞了神聖的誓約，背叛了最好的朋友，也觸怒了上帝。保羅得知蕾拉的不忠之後，悲痛到發狂的地步。他威脅著說要同歸於盡，不過她只淡然地回答：

『殺了我吧！我渴望死亡，但總是無法自行了斷。』

接下來的六個月，蕾拉完全委身於我。然而有一天早上，她突然表示即將返回波斯去，而且永遠不會再見到我。聽到這消息，我一邊哭泣、一邊發瘋似的對她怒吼：

『妳之前的甜言蜜語都是謊言！妳從來就不曾愛過我。』

『不，怎麼會這麼說呢？』她平靜答道：『怎麼把我講成那麼惡劣呢？唉呀！我要告別了！再見。』

緊接著兩天，我陷入亢奮與昏睡輪番交替的狀態中。等到慢慢恢復意識與理智後，首先浮現在腦海裡的念頭，就是靈魂的救贖，於是趕緊來找您。神父！請拯救我！洗淨我污穢的靈魂！讓我的內心有力量！我還是無法忘記對她的愛！」

我漫長的告白終於結束了。沙佛拉克先生把手靠在太陽穴，似乎陷入沉

思中，隔一會才打破沉默說道：

「我的孩子！這證實了我的偉大發現。你的告白足以打破現代懷疑派黨羽的虛偽了。聽我說！我們與創世紀時期的人一樣，活在充滿奇蹟的時代中，從古代到現代都沒有改變。昨晚跟你提過，聖經只介紹亞當第二任妻子夏娃，完全沒有提到第一任，其實，她的名字叫做莉莉絲，並不是從亞當的肋骨所生，而是和亞當一樣，從我們腳下的紅色黏土捏製而成，所以和亞當並無血緣關係。

她自願離開當時仍舊純真無知的亞當，來到當時比亞當後裔美麗聰明許多的『亞當前人』所占領的地方，亦即今日波斯人定居之處。也因為她並未參與第一代先祖密謀偷食禁果的罪行，所以其後代子嗣都躲過上帝嚴屬的懲罰。至於她則是免於悲傷和死亡，沒有靈魂被救贖，沒有是非善惡之紛爭。不管莉莉絲任何作為，都無法界定為美德或罪行。她生的女兒也理所當然地承襲了母親的不死之身，思想與所作所為都不受神的懲罰或道德律法拘束，反正她們不能從上帝那裡得到或者失去什麼。孩子！我手中有不容置疑的證據，這位使你墜入靈性深淵的蕾拉，絕對是莉莉絲的女兒之一。好好準備向上帝祈禱，明天我再聆聽你的告解吧！」

他沉默了一會兒，接著從口袋中掏出一張紙片來，繼續說道：

「昨晚和你道過晚安之後，被大雪延誤行程的郵差，送交我一封助理主教寄來令人傷透腦筋的信函。裡頭說我寫的書惱怒了大主教，害得他期待已久的聖母瑪利亞祭典，都無心情享受呢！甚且還批評說書中內容充滿愚昧的論述和偏見，連教會裡的權威人士都群情激憤，對我交相指責撻伐！總而言之，大主教無法認可我殫精竭慮的心血大作，這就是我得到的答案。不過，我會立刻寫信把你的遭遇告訴他，這樣就可以證明我所說的莉莉絲的存在，並非是虛妄空談。」

就在此時，我請求沙佛拉克先生再聽我說一些話：

「神父！蕾拉要離去時，給了我一片黑紗當作紀念品，上面寫著幾行我無法判讀的怪異字體，大概是護身符之類的吧！」

沙佛拉克先生把那片黑紗映照在燈光下，仔細端詳一番後說道：

「這是用波斯帝國全盛時期的文字所寫成，大意如下：

『莉莉絲的女兒——蕾拉的祈禱文』

神啊！請賜予您的女兒死亡的滋味吧！

神啊！請賜予您的女兒悔恨的心情吧！

神啊！請賜予您的女兒和夏娃的女兒們相同之肉身吧！」

載於《翔風》，一九三二年一月二十五日

勞工的家庭生活*

作者　ロバート・
　　　トレソール
譯者　不詳
中譯　阮文雅

【作者】

ロバート・トレソール（Robert Tresor? ？～？），根據本篇日譯者註記，他出生於英國，以油漆工為業，一生貧困仍創作了關懷底層人民的小說，被稱為「衣衫襤褸的博愛主義者」。本文發表於他死後的一九一四年。其餘事蹟待考。（顧敏耀撰）

【譯者】

不詳。

「你聽！」媽媽高高地伸長了手指說。法蘭奇喊著：「是爸爸！」在走廊上往門口的方向跑去，猛地打開了門。

法蘭奇扭開樓梯的門時，歐文恰巧登上樓梯的最後一階。

他上樓後累得隨即進房，坐上最近的椅子，一邊喘氣。太太帶著責怪的口吻抱怨：「為何你老是這麼慢吞吞地爬上來呀？」

稍稍平復呼吸後，他回：「我每、每──次都忘、忘──了嘛！」

極盡憔悴蒼白的臉龐，雨水從溼透的衣服上滴下，在椅子裡伸懶腰時的歐文看起來狼狽得嚇人。

法蘭奇畢竟是個孩子，驚恐地觀察到媽媽駭然盯著爸爸的樣子。

「爸爸好像總是這樣呢！」法蘭奇啜泣著說。「到底媽媽要重複說幾次同樣的話，爸爸才能記得呢？」

「知道了，兒子。」歐文一邊說著，拉過法蘭奇，在他覆著卷髮的額上親了一下。「嘿，法蘭奇，爸爸衣服底下藏著你喜歡的東西唷！猜猜看是什

---

* 原刊作〈勞働者の家庭生活〉。

麼？」

　　法蘭奇叫著：「是小貓嗎？」隨即將藏在爸爸衣服下的小貓拖拉出來。「是全黑的耶！這一定是混種的波斯貓吧，剛好是我想要的耶！」

　　歐文將沾了牛奶的麵包餵過小貓後，趁著小貓和法蘭奇玩的時候，走進臥室換了套乾衣服……。

　　孩子上床後，風從門縫中鑽入房間，歐文獨自坐在桌邊思考事情。

　　雖然房裡點著火，但由於是閣樓，所以非常地冷。風呼嘯吹過三角牆，房子就要倒塌似地晃動著。

　　他茫然盯著燈火，想著將來的事。

　　幾年前，他原以為未來應是美好又神秘，存在著什麼好事的，而今晚卻感覺不到那樣的幻想。這是因為不久後他便明白未來和過往並無二致。他今後也會繼續工作吧！然而他們一家三口也得繼續過著一貧如洗的生活吧！一旦丟了工作，全家就只有餓死一途了。

　　是好是壞都無所謂了。得知自己僅剩兩、三年壽命的他，並不太在意自己的事。只要能夠獲得足夠的食物和衣服，因為再怎麼在意自己，也活不過兩、三年了。不過死期終於到來後，家人們會怎麼樣呢？

　　並非完全不希望孩子能長得健康、甚至粗暴、自私，為了成功立足於人世，殘忍、自私、不近人情是必要的，然後擠退他人，踩著別人的不幸前進。

　　歐文起身，像是被什麼可怕的念頭重挫一般，在房裡踱步。不久他走回火爐旁，整理起烘乾了的衣服。長靴因離火太近，烘乾得太快，一隻鞋底裂開了。修好鞋，將衣服還沒乾的部份朝向火源時，他將目光停留在上衣口袋裡的報紙。他開心地歡呼，將報紙取出，上頭有著能使他轉移注意力的新聞。然而一翻頁，他的注意力便被牢牢的吸引在第一欄的醒目標題：「令人戰慄的家庭悲劇：兇手殺死妻子和兩名小孩後自殺」。

　　這是起因於貧困的常見犯罪之一。由於丈夫長期失業，家人將家具以及所有物全拿去典當、變賣。但這樣得來的錢，最終也一定會花得精光。然後某天鄰居發現那戶人家總掩著百葉窗，嗅出空氣裡不尋常的靜默。在警方臨檢時，二樓房間的床上，並排躺著已被割喉的妻子以及兩名小孩的屍體，床

上鮮血淋漓。

　　房裡既沒床架，也沒有半件家具，地上只有乾草填充的棉被以及破爛的衣物和毛毯。

　　丈夫的屍體在廚房被發現，喉嚨有令人毛骨悚然的傷口，臉倒在血泊裡，雙手僵直，喉嚨明顯是被右手握住的剃刀所割。

　　連個食物的影子都找不到，一張染了鮮血的紙被釘在廚房牆上，上頭用鉛筆寫著：「這並非我的錯，是社會的錯。」

　　接著報導裡說明這個殺人行為，一定是犯人由於先前的煩惱，導致一時瘋狂而犯下的錯。

　　「瘋狂！」歐文看到這簡短的結論時叫了出來。「瘋狂！是啊！若這名男子沒殺了家人，肯定瘋了。」

　　比起延續他們的生命，讓他們往後吃苦，天知道讓他們長眠是多麼明智、人性的決定。

　　同時，對於犯人為何採取這樣的手法，而不選擇其他更乾淨、簡單、較不痛苦的方法呢？歐文覺得很奇怪。

　　像是用喝的方式，明明有毒藥可以致死。當然要拿到毒藥是得費一番苦心，還有對於服用時會伴隨強烈痛苦的毒藥，也得多加注意。

　　歐文走近書架，取出《一般用藥百科字典》。這是本很舊的書，要說有什麼特別的，這是本落伍的好東西，因為似乎記載著符合他需求的內容。他看到非常多種只要想要就能輕易拿到手的毒藥，感到十分驚訝。而且這些毒藥能快速見效且不會引起痛苦，頗值得相信。它甚至不必花錢買，任誰都能在路旁的籬笆和草地收集到。

　　他愈想愈覺得，剃刀這種無厘頭的方法竟然會被廣泛使用，真是不可思議。絞殺、上吊應該都要比剃刀來得妥當。當然在他們住的平房裡，連要上吊都嫌小，因為家裡連個能掛上繩索的橫樑、斜樑都沒有。不過，還是可以再往牆裡打進更大的釘子或鉤子。

　　說到這，歐文想起門上就有掛衣服的鉤子，他覺得對他來說這或許比毒藥更好。他可以假裝要給法蘭奇看什麼新奇的遊戲，說不定還可藉機演習一

番。如此一來，孩子就不會抵抗，只消兩、三分鐘就能把計畫付諸實現。

他將書本丟出，雙手摀住耳朵。正當他跪倒在預想死亡的痛苦裡時，聽見孩子手腳並用敲打門板的聲音。

雙手無力地垂放身側，他想會不會是法蘭奇在叫他。

「爸爸！爸爸！」

歐文打開了門。「法蘭奇，你叫我嗎？」

「嗯，我叫你好久了。」

「是想要什麼嗎？」

「爸爸過來，我要告訴你一件好事喔！」

「是什麼好事呀？爸爸以為你早就睡了呢！」歐文走進孩子房裡說。

「我想說的是這個啦！小貓睡得好熟，人家卻怎麼也睡不著。數一二三等等，什麼都試了還是一點用都沒有。我想過了喔，如果是請爸爸到身邊，讓我握著你的手，過一下子，就能睡著了吧？這才想來房裡問問你的。」

孩子雙手緊緊環抱住歐文的脖子。

「啊，爸爸，我最愛爸爸了！」法蘭奇說。「人家最愛爸爸了，到死都要緊緊抱著你喔！」

「你抱得這麼用力會勒死我啦！」

鬆了鬆環住脖子的手，法蘭奇輕輕地笑了。

「像這樣表達最愛爸爸，是不是很好笑啊，爸爸？像緊緊抱到要勒死你這樣。」

「對啊，是很好笑啊。」歐文一邊替孩子拉高棉被，啞聲說著。「好了，不要說話了，拉著爸爸的手，就會睡著囉。」

法蘭奇抓著爸爸的手，時而親吻它，靜靜地躺著，一下子便沉入夢鄉……。

歐文躺在床上，聽著風聲咆哮以及重重濺落在屋頂上的雨聲。然而使他不成眠的不只是暴風雨，釘在廚房牆上那張染血紙裡的那段話，整夜縈繞著他的思緒——這並非我的錯，是社會的錯。

譯者註：作者是出生於英國，以油漆工為業，貧困一生的人。此作品出

版於他死後的一九一四年。

載於《翔風》，第十期，一九三二年一月二十五日

獸性 *

作者　ベン・リンジイ、
　　　ハーヴ　ー・ジエー・オーヒギンス
譯者　不詳
中譯　阮文雅

【作者】

　　ベン・リンジイ（Ben Lindasy?），日譯者於本篇附註云：他被稱為「少年的法官」，是《友愛結婚》的作者。另一位共同作者ハーヴイー・ジエー・オーヒギンス（Harvey・J・O'Higgins?）則未有介紹，生平事蹟待考。（顧敏耀撰）

【譯者】

　　不詳。

　　結果在我隔天翻開報紙的第一頁時，以令人血液倒流的新聞記事方式出現了。新聞內容不僅是城鎮居民的說辭，也是當地警務委員的說法。法蘭克・阿達姆斯甚至草率地高聲向新聞記者們說明事件的經過。他公開表示孩子們說的不是實話，我則是已經「瘋了」，而監獄中的情況都有盡力做到最好。

　　不過，這樣的回答正中我們下懷。我隨即要求展開調查。警務委員表面上雖答應了我的請求，卻沒有訂定調查的日期。我們當場便決定了星期四下午兩點，在法院裡我的準備室集合。請畢鮑迪審理官、萊特市長以及市裡十五名有力的牧師，還有警務委員和數名市參議會委員前來聽證。

　　週四早上，從和我頗有交情的代理行政官處得知，先前命令交送傳票給多名身為受害者的孩子們，但傳票其實並沒有傳到他們手上，我聽了便渾身發抖。我的證人一位都不會來，而且審問勢必於三小時後開始。我懇求代理行政官幫忙，他卻說集合這些少年至少需要約兩天的時間。「沒辦法了」我說。「我有個請求，想請你接米奇過來我這裡。」

　　米奇？對了，他被稱為「鎮上最壞的孩子」。從前他的照片曾經以「鎮上

---

* 原刊同題，題後括號標註「拔萃」（指「摘錄」）。

最壞的孩子」登上報紙——透過人群肩膀空際，可以看見最讓人喜愛的被告席上，被告賊笑著的嘴邊叼著香煙，拇指勾著肩上的吊帶，像冷酷的小惡魔般交疊著雙腳。他至今因為遊手好閒、惹事生非，不只一次被帶到我這裡。我曾在法院的監督下，規劃組織報童工會，從那時便開始雇用他。加上他是曾被獄吏毆打的許多少年中的一員，所以我很慶幸曾為他辯護。

行政官將他帶過來時，轉眼便到了中午。我說：「米奇，我遇到麻煩了，請你無論如何都得幫幫我！你知道我曾幫過你吧！」

「我知道啊，法官，我們是同一國的。到底要我怎麼做呢？」

我告訴米奇我需要他盡可能集合曾入獄的少年，「而且一定要在兩點前將他們帶到這個房間，你辦得到嗎？」

「可以啊，法官你放心！只要借我一輛單車，這樣就夠了。」米奇伸出髒髒的小手說。

我同他走到外頭，交給他一部腳踏車。然後他騎上車，像在第十六街飛舞般揚長而去。他的腳很短，所以幾乎踩不到腳踏板下半部。我回到房裡等著米奇歸來……。

午後兩點將近，牧師漸漸走進準備室坐下，各自著手準備。威爾森先生代表警務委員出席了。地方律師代理來了，市參議會幹部的委員長也來了。萊特市長與畢鮑迪訴訟審理官也來了。然而，少年們卻半個都沒到！不知怎地，我不由得有種感覺，彷彿我正在一間奇怪的餐廳裡，與一群好友都點好餐後，卻突然發現自己忘了帶錢包。

正要找藉口解釋時，我聽見小腳興奮地達達爬上樓梯的聲音、腳步拖著地板的聲音，以及米奇帶來的少年們集合在準備室外的聲音。我推開門，米奇喊著：「法官，我把他們帶來囉！」

他將少年們帶來了，約二十名的少年們。鬆了口氣的我默默拍了拍米奇的肩膀。「法官，我們是你這一國的，對吧！」他輕笑著說。

他連我至今見過的州級法院少年囚犯中最糟糕的那一夥，也都認識。他隨即得意地指向號召來的同伴裡紀錄最為輝煌的一員——那名叫「斯吉尼」的少年，才十幾歲就入獄二十二次！我對他們說：「好，我並不全認識你們，

所以就把米奇所說的當作大家的意見。你們全都待過監獄，所以應該都曉得在牢裡你們被強迫非做不可的事——所見所聞所做的骯髒事吧。我想請你們對這裡的紳士們描述那些事情。不用害怕，直說無妨，在座的人和我一樣，都是你們的朋友。你們告訴我監獄很恐怖，警察們卻說你們撒謊，不相信你們的話。我想請你們說出事實，只要完完整整地說出來就好。米奇，請你依序從中選出一名，依序帶入。先選出你覺得最好的證人。」

我回到房裡，說：「各位，準備好了。」

我走向大桌子坐下，右邊坐著訴訟審理官，左邊是市長。桌子的兩端是監督委員長與威爾森，牧師則坐在旁邊的椅子（我覺得可能會出現怎麼樣都無法付諸印刷的殘酷內容，所以沒有開放新聞記者列席），米奇送了第一位證人進場。

每位少年進來時，我提醒他們切記要描述事實，拿出勇氣，不要膽怯，努力使他們感到安心。首先我問他們各自曾入獄幾次，又在監獄裡看到了什麼，然後坐下，請他們一五一十地說明。

若是讀者們聽到少年們描述的事件，應該會嚇得頭髮直豎吧！初次聽到事情詳細經過的三、四名牧師額頭充血泛紅，隨著審問持續進行，臉上也冒了汗。有人因驚訝而滿臉蒼白地坐在椅子上，盯著長滿雀斑的少年們。從少年們小小的口中，娓娓道出孩子們知無不言的熱忱與獸行故事。

正因為他們說話的態度是那麼天真、無畏，反而更令人覺得可怕。這些話就連大人聽了也無法不掉淚。在座幾位父親的眼裡，潸然留下不忍、恥辱的淚水。某幾位少年在道出被年長囚犯施以卑劣的猥褻行為時，崩潰地號啕大哭。

我看見一位「調查委員」咬緊下顎的肌肉顫抖著——他像是喉嚨卡了東西，要把它努力嚥下的樣子——也有人為了設法克制而別開視線，直盯著地板。由於警務委員威爾森過度嚴苛審問第一名少年，他赤裸的回答反而揭露了更嚴重的事實。

於是少年一個個全都問話完畢，身為天主教牧師的歐萊恩教父高聲吶喊：「噢，主啊！已經夠了！」畢鮑迪訴訟審理官啞聲說：「我從未想過會有

這等可憎的邪惡之事！」有人則呻吟：「太可怕了——啊，實在太可怕了！」

「各位。」我說。「像這樣被送到監獄，被迫做這些事的少年，在丹佛就超過兩千人以上。怎麼樣，各位還是認為維持這個狀態，什麼都不改變才對嗎？」

畢鮑迪訴訟審理官站了起來。「不。」他說。「不能再這樣下去。我至今從未聽聞過像今天從這群小朋友口中所得知的那般極度腐敗、背德、醜陋、齷齪之事。我所能做到的處置，沒有比在林賽法官試圖打破這般令人戰慄的狀態，努力使之通過議會的立法案上簽名更重要的了——而在我能力所及的範圍裡，這將是最令我感到榮幸且樂意的。如果……」他對著警務委員說：「如果林賽法官『瘋了』的話，請把我也加入瘋子的行列，將我的名字簽在林賽後面吧。若是有人說這裡的孩子們撒謊，那人才是撒了真正的謊！」

「嘖！」調查委員被廢除了，少年們鬧哄哄地走出房間。牧師們為了講述在我這戰慄的房裡，所默默聽到的兩小時戰慄事實而回去各自的講道所。他們的講道被刊載於各報轟動大標題之下。隔週的週末前，我們的少年法庭立法案就在議會通過，正式列於科羅拉多州的法律。

日譯者原註：Ben Lindsay（班·林賽）被稱為「少年的法官」，亦為《友愛結婚》之作者。

載於《翔風》，第十期，一九三二年一月二十五日

衝擊性宣告*

作者　O・亨利
譯者　M. U.生
中譯　李時馨

【作者】

O・亨利（O・Henry, 1862～1910），見〈等候中的轎車〉。

【譯者】

M. U.生（？～？），見〈等候中的轎車〉

　　有一種被稱為公園貴族的人。他們不光是公園的主人，連那些把公園當作自己家的人們，也都在他們的管轄之下——對華倫斯而言，與其說是知道有這麼一回事，倒不如說他是切身感受到公園貴族存在的其中一人。因為，就在華倫斯逃離了自己的小小世界、遭到這混亂喧囂的社會放逐的那一刻，他的腳就帶著他直直的往瑪金斯公園走去。

　　在這嫩芽初萌的五月天，空氣中飄蕩著一股宛如看到穿著古板的女學生那樣令人憂鬱和沉重的氣息。華倫斯將上衣的鈕扣扣好，接著點上最後的一根香菸，就在長椅上坐了下來。華倫斯將身上僅存的一千便士，花到只剩一百便士。這是因為接下來將會是他最後一次可以乘坐汽車了。這種感覺好比改騎腳踏車那般令他難受，所以他很珍惜的盯著手中這最後的一百便士，盯了足足有三分鐘那麼久。

　　他再次努力的對身上所有的口袋作戶口調查，然而結局當然是一無所獲。因為就在這一天的早晨，他將公寓退租，離開了他的住處。他所有的家當，都變成貸款的抵押品被拿走了。除了他現在穿著的衣服以外，其他所有的衣物，也充當是付給僕人的滯發工資，一件都沒留下。

　　從他坐到長椅上的那一刻開始，這城市便沒有一處能提供他一張床，更別說是一條烤魚、一便士的車費，還有一朵能裝飾鈕眼的康乃馨。如果不去

---

*　原文於題後括號標明：擷取自《都市之聲》。

借住朋友家，或是製造個不實的藉口，似乎就無法獲取上述那些物資。這就是華倫斯選擇走進這座公園的理由。

這一切的一切，全都是因為他的叔父與他斷絕親屬關係，進而剝奪了他的繼承權的緣故。從那以後，華倫斯就失去了每個月叔父給他的生活津貼。這位叔父之所以對華倫斯這麼殘忍，是因為他沒有遵照叔父的命令去處理和一位少女之間的關係。

話雖如此，關於這位少女的事並不會在此提及——因為，他聽到有關少女的事之後，不想繼續讓大家知道連髮根都用梳子仔細梳理的人的事了。——但是，這位叔父在另一邊的家族裡還有一個姪子。

『俺ァ今朝からたつた二つのプレッツェルとそれから林檎一つ喰つた切りなんだ、それで居てさ　明日になつたら君大枚三百萬弗の相續をしやうてんだよ』

「我啊！今天早上除了兩塊鹹脆餅和一顆蘋果以外，可就什麼都沒有吃了。然而，我明天卻要繼承三百萬元！」

那個人也曾經備受寵愛，並且在當時也是眾所矚目的繼承人。不過那個人本身並不是一個積極的人，外表也不怎麼出眾。很久以前就因為長期在妓院中打滾而變得意志頹靡。如今，他時來運轉，因為上帝對他伸出了救助之手。也就是說，那位叔父要再次以繼承人的身分將他接回家族裡了。華倫斯就這樣從天堂掉落到地獄，住進這小小的公園裡，與窮途落魄的人群為伍。

在長椅上坐著的華倫斯，用彷彿在微笑的表情，吸著口中的香菸，朝著正上方突出的一節小樹枝緩緩吐出煙霧。由於他的不聽話，而導致現在這突如其來的狀況，從此將他與錯綜複雜的生活之間的羈絆完全粉碎，整個人變得無拘無束。他心中湧起了一股不知道該形容為恐懼還是高興的莫名興奮感。內心的騷動就好比是坐在沒有降落傘卻仍舊在空中緩緩飄蕩的熱氣球乘客一樣。

再過一會兒，就要十點了。公園長椅上，零零散散的坐著先前所說的那

些遊手好閒者。這些公園的居民面對秋天的寒意時,雖然算得上是一群相當頑強的戰士,可是面對早春的寒冷軍團前線部隊之襲擊,反應卻是十分遲鈍。

　　就在這個時候,原本在噴水池旁的長椅上坐著的某個傢伙,像是想到了什麼似的,突然站起身,走到華倫斯身邊,一屁股坐了下來。華倫斯無從判斷這名男子是否比自己還要年長,那是一位很難從外觀來分辨年齡的男人。不管怎麼說,感覺上他像是剛從廉價旅館走出來一樣,全身上下黑得不像話。剃刀及梳子這兩樣東西似乎與他無緣,或許應該說,只有酒才是他的莫逆之交。

　　「借根火柴吧!」他向華倫斯開口說道。看樣子,這似乎就是所謂公園的長椅階級[1]們正式的招呼方法。「你不是這裡的常客對吧!一看到你穿的衣服,我就這麼覺得了。衣服的縫工相當不錯。」他接著又對華倫斯說:

　　「你是這座公園的過客,真正的目的地在別的地方,現在只是在這裡稍做休息而已。哎,你別擔心,聽我說,我啊!可是好不容易才找到一個願意聽我說話的傢伙。我啊,很害怕,非常的害怕。可是當我試著把我的故事說給對面那兩三個無業遊民聽之後,他們居然個個都當我是神經病!所以,你就聽我說吧!我啊!今天早上除了兩塊鹹脆餅和一顆蘋果以外,可就什麼都沒吃了。然而,我明天卻要繼承三百萬元!當然啦,到時候前面那間四周停滿汽車的餐廳,對我來說可就是小意思了!不敢相信吧!你相信會有這種事嗎?」

　　「哎呀,聽起來你不像是在騙我呀!」華倫斯笑著說。

　　「我呢,昨天在前面那邊『工作』,可是今天晚上卻連一杯五便士的咖啡都喝不起!」

　　「我看你怎麼都不像是我們的同類!好,我來猜猜看!不過話又說回來,我在四、五年前也曾經是個胸懷大志的人啊。對了,你為什麼會跑到這裡來啊?」

---

[1] 譯者原註:「原文是 park bencher,這是個多麼貼切的說法呀!然而,我卻只能翻出『長椅階級』這種拙劣的翻譯,這實非我的本意;但是我又真的想不出其他更好的詞彙來取代。」

「我嗎？我啊，我失業了！」華倫斯這麼說。那個男人接著說：「這真是一個該死的無聊社會！在這個城市裡，你今天還在用陶瓷餐具吃大餐，到了明天卻是用破碗吃稀飯。像我們這種人啊，不得不比別人加倍辛苦的活著。這五年來，我跟個乞丐沒兩樣！哪，說真的，從早到晚任何事情我都能漂亮的解決，可是每天每天過的卻是向人乞討的日子。——哎！不管那麼多了，我就說給你聽吧，我真的很想很想告訴別人這件事！啊啊，真糟糕，忘了告訴你，我的名字叫艾迪。雖然你應該不會相信我所說的事，但是那位伯丁先生，那位住在 Riverside Drive 的百萬富翁啊，是我的叔父！如何？不敢相信對吧！哎！這可是真的呢！我以前曾經住在他家裡一陣子。那時還真是花錢如流水呀！喔喔，對了，你身上的錢，夠喝兩杯咖啡嗎？那個，你的名字是——」

「我叫道森。不過，很可惜的是，我現下的財務狀況是身無分文。」

艾迪又繼續滔滔不絕地說：「我呢，在過去的這一個星期，都住在迪威臣街（Division street）的某個煤炭場裡。跟一個被稱為『飛眼莫利斯』的傢伙一起住在那裡。因為，我們都是無家可歸的人。但是你知道嗎？聽說就在我今天外出的時候，有一個口袋裡裝著文件的男人上門來找我。我當然對這件事一點都不知情。一開始我還以為是哪個勤勞的巡警找我麻煩呢！等我回到家也已經是晚上了，一回去就看見那個人留給我的信件。喂，道森，你認為那會是誰？那個人是商業區首屈一指的律師——梅特氏！你在安恩街（Ann Street）有沒有看過他掛在事務所上的招牌？原來剛剛講的那位伯丁氏老人又找我回去當他家的執褲子弟了！——叫我重新回到他身邊，當他的繼承人，揮霍他的財產！現在，我就只要等到明天早上十點，去律師事務所辦理繼承手續就好了。道森，三百萬元的繼承人喔！也就是說一年有一萬元的零用錢可以花用的意思耶！可是——我卻覺得很害怕，啊啊，好恐怖啊！」

這個無業遊民就這樣說著說著，突然就站起身來，全身顫抖、激動的抱著頭，甚至歇斯底里的喃喃自語。

華倫斯著實嚇了一跳，趕緊抓住他的手腕，將他拉回長椅上坐好。

「小聲一點！」他命令的說，語氣多少帶有一點不悅的感覺。

「別人聽到了，還以為是哪個破產的人在嚎叫呢！明明接下來就要繼承巨額財產了，你有什麼好害怕的？」

艾迪渾身打顫，就縮在長椅上坐著。而且，他還緊緊抓著華倫斯的袖子不放。這位無業遊民的新手華倫斯，靠著從百老匯大街傳來的一點光亮，發現這名講述著某種莫名恐懼的傢伙的額頭上，冒出了幾滴冷汗。

「嗚哇——！在明天早上來臨之前，一定會有意外發生在我身上的！會是什麼意外我也說不上來，第六感告訴我一定會發生讓我無法繼承那筆財產的事情。該不會是一棵大樹倒塌，然後好死不死重重的壓在我身上吧？——不對，應該是被汽車撞死，不然就是被屋頂的磚頭砸傷。啊啊！絕對會發生！絕對會發生的！我從來不曾

『うめえ、俺ァ今年になつて未だ始めてだ、こんなうめえのいただくなァ、オイ•ドースン、君も一ときれどうだい』

「好吃！這可是我今年頭一次吃到麼美味的食物。喂，道森！你要不要也來一片啊？」

像現在這樣感到這麼恐懼。我啊，在這公園找不到食物吃的時候，沒錯，我就會像個雕像一樣，一動也不動的坐著度過每個夜晚呢！可是，現在跟以前不一樣了。我啊，想要錢！道森，我想要有大把大把的金幣從我這指尖滑過，想要被淹沒在音樂和花海，還有成山成堆的華服裡！這樣一來，人們就會對我點頭哈腰。——只要一想到這種情景，我就感到無比的幸福！從前窮困潦倒的時候，有些事對我來說，明明是不管怎樣都很好的，像是整天衣衫襤褸，餓著肚子坐在這裡，聽著噴水池的聲音，看著路上馬車來來往往，光是這樣我就已經覺得很滿足了。可是現在呢，我卻恨不得明天趕快來臨！接下來的十二個小時，我實在是等不及了！道森，我啊，真的無法忍耐！即將發生在我身上那件令人恐懼得不得了的事情，居然還有十加二個小時才會到來！——我在這之間可能會變成瞎子！或是會得心臟病也說不定！不然就

是在那之前，世界末日就會……」

　　說到這裡，他又突然發瘋似的又叫又跳。四周的人都跑出來看到底發生了什麼事。華倫斯抓住他的手說：「跟我來，我們去散步吧！」他用安撫般的語氣哄著，「稍微走一走，冷靜一下吧。這並不是什麼值得讓人興奮又驚嚇成這樣的事啊！什麼事也不會發生的，這會是一個跟以前一樣平靜的夜晚，你不要擔心！」

　　「嗯，是這樣嗎？」艾迪說。「我喜歡你這傢伙！哪，道森，你會陪在我身邊的吧！暫時跟我一起行動吧！我從來沒有這麼動搖過。雖然我也曾經遇過很可怕的事情……。對了，你有吃的東西可以讓我祭祭五臟廟嗎？我現在連去乞討的力氣都沒有了。」

　　華倫斯帶著這位一副像是遭人遺棄的同伴，一路走到了五段街上，接著左轉到了三十段路口，正對著百老匯大街。

　　「你在這裡等我一下。」讓艾迪在隱蔽的角落裡待著，華倫斯就一腳走進有熟人在的飯店裡。他像從前一樣，用一種高高在上的姿態，走到了酒吧前面。

　　「喂，吉米，有個可憐的傢伙在外面等吃的呢！」他向酒保這麼說。「那個傢伙竟然對我說他肚子餓了。要是給這種傢伙錢的話，到後來會發生什麼事，你也是知道的。你可以做一兩個三明治給我嗎？我正煩惱該怎麼辦才好，不過事到如今，也不能就這樣把他丟下不管，你說是吧？」

　　「這是當然的，怎麼能給他們錢呢！」酒保說。

　　「不過即使是那種人，讓他們餓肚子可也不是鬧著玩的。」

　　酒保把現成的免費午餐用餐巾包起來，華倫斯收下之後，就回到他同伴的所在地了。一看到他手上拿著的東西，艾迪兩眼為之一亮，拔腿飛奔而來，馬上狼吞虎嚥。

　　「好吃！這可是我今年頭一次吃到這麼美味的食物。喂，道森！你要不要也來一片啊？」他這麼說。

　　「不用了，謝謝。我現在還不餓。」華倫斯說。

　　「那我們回公園去吧！」艾迪說。「在這裡遊蕩的話，巡警會過來跟我們

囉嗦個沒完的！我要把剩下的火腿跟麵包好好收起來，這樣明天的早餐就有著落了。啊，吃的真飽！今天有吃到這餐就很足夠了，我吃了這麼多會不會肚子痛啊？沒錯，如果我今晚因為胃痙攣而死的話，明天我就拿不到那筆錢了。哎呀，哎呀，好險呀，這可不行！──距離我跟律師會面的時間，還有十一個小時哪！道森，你會一直陪著我吧？沒關係吧？我還是很害怕會發生什麼事，害怕得不得了啊！還是你有其他要去的地方？」

「沒有，沒有，今天晚上我跟你一樣，除了公園的長椅之外，就沒有其他可以去的地方了。」華倫這麼回答。

艾迪接著說：「如果你說的是真的，唉，不要想太多，你別太悲觀！一天之內丟了自己喜歡的工作，不管是誰都會覺得心情很糟的。」華倫斯微笑著說：「所以我之前不是說了嗎？就算失業，到了明天就有一大堆財產可以繼承的人，自然是能夠冷靜地輕鬆面對這些事的。」

「不管怎麼說，我們究竟要在怎樣的因緣際會之下，才能有所收穫。我一想到這件事，就覺得實在是妙不可言。」艾迪思考著這件非常具有哲學性的事情。「道森，這裡有你的位子喔！就在我的旁邊。在這裡不會被街上的燈光照到，我非常喜歡。對了，道森，我這次回去之後，跟那位老爹說一聲，讓他給你一個工作。今天晚上你為了我盡心盡力啊！要是沒有你在我身邊，真不知道會變成什麼樣子。我想我一定無法順利地捱到明天吧！」

「嗯，謝謝你！那你都是怎麼睡的呢？是橫躺在這上面？還是就這樣坐著睡覺？」華倫斯一說完，就透過樹枝間的空隙，凝望著天空閃閃發亮的星星，過了好久都不見他眨一下眼睛。他入神的聽著公

他微微抬起頭，眼中閃爍著異樣的光芒。

園南方像海洋一般綿延漫長的柏油路上，那清脆響亮的馬蹄聲。他意識雖然清楚，可是他的思緒卻已經入睡了。所有情感波動都消失無蹤了。悔恨、恐懼、苦痛，甚至是不愉快，現在的他已經什麼也感覺不到了。即使是那位少女，也好像是某個住在遙遠星球的居民一樣，一點也想不起來了。但是，一回想起這個同伴那滑稽的行為，卻又不禁偷偷笑了起來。不過這絕對不是因為覺得他可笑的關係。終於，賣牛奶的車隊打破了街上的寧靜，就在那時，華倫斯已經在他那張不是很舒服的長椅上進入夢鄉了。

隔天早上十點，他們兩個人就站在安恩街上的梅特律師事務所門口。

隨著約定的時間逐漸到來，艾迪全身上下的肌肉前所未有的激烈顫抖著。華倫斯看到他這副模樣，實在不忍心就此離開，讓他一個人面對如此恐怖又危險的對手。

當他們兩人走進辦公室時，梅特律師不知為何用一種不可思議的表情看著他們。他跟華倫斯是舊識，在打過招呼之後，梅特律師便轉過頭來面對彷彿是嗅到危機一般，臉色蒼白且手腳不停顫抖的艾迪。

「那個，昨天晚上我又寄了一封要給你的信。」律師說。

「至於內容是什麼，我今天早上知道了。昨天晚上你似乎不在，所以那封信沒有交到你的手上。那封信的內容大致上是這樣的：伯丁氏重新考慮了將你以繼承人的身分接回家族一事。也就是說，他打消了這個念頭。自此伯丁氏與你的關係就如同以往，沒有任何一絲的改變。還望你能諒解。」

艾迪的顫抖在一瞬間突然停止了。臉色潮紅，背部挺直僵硬，他微微抬起頭，眼中閃爍著異樣的光芒。他單手將被自己捏得不成形的帽子往身後一扔，另一隻手握緊拳頭朝律師的方向伸去，接著他深深地嘆了一口氣，便隨即發出了一陣令人毛骨悚然的空虛笑聲。

「你替我轉告伯丁氏那個老不死的，就跟他說：混帳王八蛋，隨便你吧！」清楚明白的大聲宣告完畢之後，艾迪就邁開步伐，大步轉身離開事務所了。

接下來，梅特律師微笑著轉過頭來，對著華倫斯愉快的說道：「你能來真是太好了！你的叔父希望你能馬上回去。對於那件導致他貿然將你趕出家門的事情，你叔父現在也能充分諒解了。所以現在由他自己提出希望能儘速將

所有你的——啊！喂，來人啊！趕快拿水來！水！」梅特律師話突然說到一半，著急的呼喚一旁的員工。

　　「水啊！誰快倒一杯水給我！華倫斯先生昏倒了！」

　　　　　　　　　載於《臺灣鐵道》，第二三七期，一九三二年三月一日

討厭男人的女人[*]

作者　保羅‧哈澤德
譯者　黃木田兼二
中譯　楊奕屏

【作者】

保羅‧哈澤德像

保羅‧哈澤德（Paul Gustave Marie Camille Hazard, 1878～1944），法國比較文學學者、歷史學家。一九一〇年在里昂大學教授比較文學，從此展開他的教書生涯。一九三五年的"La Crise de la conscience européenne"（"The European Mind, the Critical Years, 1680～1715"）探討了十七世紀新古典主義和理想的完美秩序之間的衝突。一九四四年的"Pour que vive l'âme de la France"（"So That the Soul of France May Live"）曾遭法國秘密審查。一九四六年的"European Thought in the Eighteenth Century"則是延續歐洲中心論的思考。哈澤德也是評價北歐的兒童文學成就超越南歐的第一人，重要作品有"Histoire illustrée de la littérature française"（1923～1924）、"Leopard"（1913）、"Lamartine"（1926）、"Stendhal"（1927）、"Don Quichotte"（1931）、"Livres, les enfants et les hommes"（1932）等。（潘麗玲撰）

【譯者】

黃木田兼二，僅知曾於一九三二年七月十七日在《臺灣遞信協會雜誌》第一二六期發表譯作〈男嫌ひ〉（討厭男人的女人），其餘生平待考。（顧敏耀撰）

距離天亮還有一些時間。

厚重的烏雲覆蓋在維蘇威火山上，直往拿坡里的方向延伸過去，讓人無法將海邊的城鎮看清楚。

海面很寧靜，但是漁夫們已經開始在工作了。

---

[*]　原刊作〈男嫌ひ〉，作者標為「バウル‧ハイゼ」。

　　有從夜間出海打漁回來，正將小船拉上沙灘來的人。也有正在從有窗戶的小屋裡，拿出舵跟帆架的人。

　　「拉烏蕾拉，克拉特教父來了喔！」老婦人對正在使用紡錘的女兒這麼說著。

　　「您要搭船對吧？安東尼諾說是要到拿坡里喔！」

　　她向身形矮小、慈眉善目的僧侶招著手說著。那時，小船中的僧侶正坐上凳子，才剛剛將黑衣的衣襬整理好。一看見僧侶，海邊的人們都停下手邊的工作，目送他出海。僧侶向大家溫柔地點頭致意。

　　「這天氣沒問題吧？」僧侶有點擔心地望著拿坡里的方向。

　　「太陽還沒出來。」年輕人如此回答。

　　「霧會散去的！教父大人。」

　　「那麼，就讓我們在天氣還沒變熱的時候抵達吧！」

　　安東尼諾拿起長槳，正準備要出發的時候，抬頭看見索倫托的城鎮通往海邊的斜坡道上，一位少女急忙地跑過來，手上還拿著布揮舞著。少女的腋下夾著小包裹，衣著寒酸，但是把頭髮全部束起，繞著額頭的髮辮，像頭飾一樣的髮型，很適合她。

　　「你在等什麼呢？」僧侶問。

　　「那邊有人指著這條船跑過來了。多半是要去拿坡里的人吧！如果您願意的話，不妨就讓她搭船……。」

　　此時，少女的身影從坡道轉角的牆壁陰暗處出現了。

　　「這不是拉烏蕾拉嗎？她到拿坡里有什麼事情呢？」僧侶自言自語著。少女快步走了過來。

　　「早安！討厭男人的小姐！」在場的兩、三個漁夫這麼叫著。因為克拉特在這裡的關係，不敢造次，不然他們一定會說些其他有的沒的。

　　「早安，拉烏蕾拉！」僧侶也喊著。「妳也要去拿坡里嗎？」

　　「如果您願意讓我共乘的話。」

　　「妳問問看安東尼諾吧！他是船主。」

　　「我身上只有半卡林，這樣能不能讓我搭船？」眼睛沒有看年輕的船家，

拉烏蕾拉這麼說著。

「這錢你比我更能善加使用吧！」年輕人打斷了少女的話，把裝著柳橙的箱子推到一旁，讓少女有個可以坐的地方。

「免費的船，我不坐。」少女這麼說。

「好了，沒關係，坐上來吧！」僧侶說。「這個體貼的年輕人，不想跟像妳這樣的貧窮人家收錢，藉此成為有錢人啦！快，坐上來！」一邊說著，他一邊朝少女伸出了手。「妳看那個，為了讓妳坐得舒服，還幫妳舖上衣服呢！對我可就沒這麼好啊！哈哈哈……好了好了，安東尼諾，不需要解釋啦！」

拉烏蕾拉不發一語地把衣服推開之後，就坐下了。年輕船家嘴上念念有詞地說著些什麼。終於，小船駛出了峽灣。

「那個包裹裡面裝的是什麼？」小船沐浴著晨光，在逐漸明亮的海上行進時，僧侶這麼問著。

「是絲綢跟捻線，教父大人。絲綢是賣給做緞帶的人，而捻線是要賣給其他人的。」

「妳不是也學過怎麼做緞帶嗎？」

「是的。但是母親的身體狀況又不好了，我沒有辦法離開家裡。說是這麼說，其實我也買不起紡織機……。」

「身體狀況又變差了嗎？復活節我過去拜訪的時候，我看她還能起床做事的呀！」

「春天是母親身體況最不好的時候。自從那場暴風雨來臨之後，就一直臥病不起了。」

「要常常祈禱，向聖母請求天主保佑，妳可千萬不要偷懶喔！對了，拉烏蕾拉，妳到海邊來的時候，大家對妳說：『早安！討厭男人的小姐！』為什麼會被這樣叫呢？」

少女褐色肌膚的臉突然漲紅，但是兩眼卻炯炯有神。

「因為我不像其他女孩一樣會跳舞、唱歌，他們是在嘲笑這樣的我。我沒有對那些人做出什麼不好的事情，像我一樣不理他們，明明他們也可以別理我的。」

　　像是要把那又美麗又大的黑眸藏起來一般，她蹙起眉頭，垂下了眼睛。

　　小船繼續往前行駛。太陽已經爬上群山照耀著大地，還在山腳徘徊的雲端上頭，維蘇威火山露出山頂，高大的聳立著。索倫托平原上，家家戶戶散落在綠意盎然的柳橙園中，散發著耀眼的光芒。

　　「那位畫家沒有跟妳聯絡嗎？」僧侶又發出了疑問。

　　「拉烏蕾拉，說需要妳的那位拿坡里人，他完全沒有聯絡嗎？」

　　少女搖搖頭。

　　「那位明明很想要畫妳，為什麼拒絕了？」

　　「那個人不知道是為了什麼想要畫我？比我還要漂亮的女生到處都是啊！如果讓他畫了，不知道會發生什麼事情。說不定他是要來騙我的，讓我心痛，不！搞不好還會殺了我呢！」

　　「妳不可以把它想成是這麼罪孽深重的事喔！」僧侶認真地說著。

　　「若沒有神的旨意，就連一根頭髮也不會掉落，不是嗎？只不過是一幅畫像，妳覺得那個人有比天主還要偉大嗎？妳明明就知道那個人對妳是很溫柔的。」

　　「我最討厭男人了！真的！」少女反駁著。

　　「喔喔，莫非妳向天主許了什麼願望嗎？」

　　少女搖搖頭。

　　「他們那樣子稱呼妳雖然不好，但是看到妳這麼倔強的樣子，我想那也是無可厚非的吧！拉烏蕾拉！人是不可能只靠自己一個人活在這個世界上的。妳把想要照顧妳跟妳母親的男人全部趕跑，是不是有什麼原因呢？」

　　少女膽怯地看著拼命划著槳的年輕人。年輕人盯著海面，一臉在想事情的樣子。僧侶看到少女的這個動作後，就把耳朵湊了過去。

　　「教父大人不知道關於我父親的事情吧？」女孩輕聲說著，眼神黯淡了下來。「其實，我母親的病，都是被我父親害的。」

　　「為什麼呢？」

　　「父親虐待母親！用手打、用腳踢。那天深夜，父親回來發飆的景象，我到現在都還記得很清楚。母親毫無怨言地遵照父親的話去做，但父親還是

打了母親。母親倒在地上，父親就馬上將她抱起並且吻了她。從那時候起，母親的身體狀況就很不好。父親死後，都已經過了這麼久了，母親還是未見起色。如果母親這麼早就死去的話，我想我知道兇手是誰。」

僧侶搖著頭，想著這個少女所說的事情，終於他這麼說了。

「拉烏蕾拉，就像妳母親寬恕了他一樣，妳也原諒他吧！不要一直想著這麼傷心的事情會比較好喔！幸福會讓妳忘記這一切的。」

「不！教父大人，我是絕對不會忘記的！」她全身顫抖地說著。

「所以，我會一直保持著處女之身。現在有人要毆打我或是親我，我都可以抵抗。但是母親因為愛著父親，所以才沒有辦法抵抗。因此，我不會去愛任何一個男人，我不想因為這樣而生病，陷入慘狀。」

僧侶雖然想了很多要說給少女聽的諺語，卻看見站在另一頭的年輕船家聽了少女的話之後，顯得心神不寧的樣子。於是，他什麼話也沒有說出口。

兩個小時後，他們抵達了拿坡里的一個小港口。安東尼諾恭敬地背著僧侶走到沙灘上。拉烏蕾拉不等他走回來帶自己過去，就拉起裙襬，提著鞋子和包裹，濺起水花急忙地走上岸。

「我今天會住在拿坡里。」教父說。「不需要等我了。然後，拉烏蕾拉，幫我向妳的母親問好。這禮拜找一天，我將過去拜訪。妳會在天色暗下來之前回家吧？」

「如果到時候有船可以搭的話。」少女撐著濕掉的裙襬說著。

「妳知道我是一定要回去的吧？」安東尼諾說。語調就像他說的話一樣冷淡。「我會等妳的，到傍晚為止就是了。來不來都沒關係。」

「不可以不來喔！拉烏蕾拉！」僧侶插嘴說道。「不能讓妳母親一整晚都一個人在家喔！那麼，再見了！安東尼諾，再見！」

拉烏蕾拉親吻了僧侶的手背後，就說了再見。或許是因為對他的態度與安東尼諾的不同，安東尼諾在僧侶面前脫帽致意，卻沒有看拉烏蕾拉一眼。

可是，當兩人跨步離去，安東尼諾目送僧侶的背影一會兒，接著，他的目光馬上就轉向往右方的山丘走去的少女。用小跑步爬著山丘的拉烏蕾拉，像是要稍做休息一般停下了腳步，轉過頭來。

　　海岸橫臥在腳下，四周高聳著巨石，海洋閃耀著美麗的湛藍色。很湊巧地，安東尼諾和少女的視線相碰，接著兩個人慌張地把臉轉開了。

　　還不到下午一點的時候，安東尼諾坐在小酒館的長椅上，已經有兩個多小時了。好像在考慮著什麼，每五分鐘就站起來，觀察著通往城鎮的道路。正當老闆娘拿第二瓶道地的拿坡里酒過來時，拉烏蕾拉踩著沙，從左方的沙灘上走過來了。她稍微點頭打過招呼後，就不知所措地站著不動。

　　安東尼諾趕緊到船下解開繩索，等候少女上船。少女像是在等其他同行的人來似的，四處張望著。然而，早上一同前來的其他人，都要等到天氣涼爽一點之後才要回去。

　　安東尼諾像抱小孩子一樣抱著少女送她到船上。划個兩三下，他們就離開岸邊了。

　　坐在船頭附近的少女，從布包裡拿出麵包後，便開始吃了起來。安東尼諾見狀就從早上那個裝滿柳橙的箱子裡，拿了兩顆柳橙給她。

　　「跟麵包一起吃吧！我可不是為了妳才特地留下來的喔！這是從箱子裡掉出來的。我把空的箱子拿回船上的時候發現的。」

　　「你吃吧！我有麵包就夠了。」

　　「天氣熱的時候吃這個會覺得很涼快的！妳從很遠的地方走過來的不是嗎？」

　　「我在岸上喝了一杯水，現在很有精神。」

　　「隨便妳！」他把柳橙又扔回了箱子。

　　沉默持續著。海洋像鏡面一樣平滑，船底幾乎沒有發出聲響。在岩洞築巢的海鷗也沒有一點動靜，牠們出去打獵了。

　　「不然，妳拿回去給妳母親吃吧！」安東尼諾再度開始說話。

　　「我家裡還有！已經吃完的話，我會去買的。」

　　「反正妳就拿回去吧！就說是我給的！」

　　「我母親不認識你啊！」

　　「那妳就跟他說我是誰不就好了！」

　　「我也不認識你啊！」

　　他們就像彼此仇視的敵人一樣，在船上坐著。兩個人的心臟鼓動得像要衝破胸口。

　　安東尼諾漲紅了臉，濺得水沫四起、使勁地划著槳，他的嘴唇時而發怒般地顫抖著。少女裝做沒有注意到的樣子，上半身伸出船外，將雙手浸入海中，讓海水滑過她的指間。她用沾濕的手掌，拍一拍燒紅了的雙頰，想藉此冷靜下來，卻是一點效果也沒有。

　　此時，他們正在海中央，四周看不見其他船隻。小島仍在遙遠的前方，而海面上水氣瀰漫，朦朧之中看得見海岸隱約在遠處躺臥著。一片死寂之中，就連一隻海鷗也沒有。安東尼諾四處張望著，他有了一個想法，不知何時，他臉上的紅潮已然退去，雙手放開了船槳。拉烏蕾拉看著他，雖然很緊張，卻並不感到害怕。

　　「我忍不住了。」年輕人貌似不吐不快地這樣說著。「妳剛才說妳不認識我對吧？我像個瘋子一樣，不斷在妳身旁走過來走過去。因為很想跟妳說話，所以就在妳附近徘徊，這些事妳分明知道很久了，不是嗎？但是妳卻總是轉過身背對著我！」

　　「我和你之間有什麼話好說的嗎？」她說。「關於你說你一直想要跟我進一步接觸，我是知道沒錯。但是，我並不想成為別人閒聊話題的主角！因為，你，不對，是每一個人！無論是誰都無法成為我的丈夫！」

　　「每一個人？你是因為拒絕了那個畫家才這麼說的嗎？什麼啊！那個時候的妳，才只是一個小孩子罷了。現在一定覺得很寂寞吧！然後，像妳這種笨女人就一定會跟著最先來的追求者走的！」

　　「將來會發生什麼事，誰也不知道吧！即使是我，也有可能會改變想法啊！但是，這跟你又有什麼關係？」

　　「跟我有什麼關係？」他生氣地跑回去握著船槳，小船激烈地搖晃著。

　　「我對妳是如此地，這麼地──如果妳對別人比對我還要溫柔的話，我一定會殺了妳的！」

　　「隨你高興！不管你怎樣威脅我，我一點都不會害怕的！」

　　「我可是個男人！」他嘶啞著聲音說著。「你現在就在我的掌心之中，我

說到就會做到！」

安東尼諾站了起來，用雙手抱住女孩。然而，在那一瞬間，他縮回了右手——血！少女用力地咬了他！

「你說到做到？」她叫喊著。「我是不是在你的掌心之中，你就睜大眼睛看清楚吧！」

少女跳下船，暫時沉了下去不見蹤影，接著她浮上來之後，不發一語地就往岸邊游。裙子緊貼著身體，頭髮被海浪沖散，垂掛在脖子上。他被突如其來的狀況嚇得茫然失措，過沒多久就飛奔回船槳處，用盡全身力氣向少女划過去。從他的手滴落的血，染紅了船下四周。他馬上就划到了少女的身邊。

「啊啊，這下不得了了！」他叫喊著。

「回船上來吧！是我太愚蠢了，我氣得完全失去控制，不知道自己做了什麼、說了什麼。妳不原諒我也沒關係，拉烏蕾拉！就只有妳的生命要緊，快！趕快回來啊！」

少女不發一語地繼續游著。

「想想妳的母親吧！如果妳在這裡就這樣溺死了，我會活不下去的！」

拉烏蕾拉目測了自己與岸邊的距離之後，一句話也不說就游回船邊，兩手抓住船緣。

安東尼諾拉她上來時，因為船的重心偏向一邊，他的衣服就滑落海中了。她坐回船上後，安東尼諾就走回去握著船槳。她把裙子的海水擰出來的時候，注意到了船下方的血滴。拉烏蕾拉看了他的手一眼，他的手彷彿沒受過傷一樣地划著船。她遞出了自己的布條給他，他卻搖搖頭，繼續划船。

拉烏蕾拉站起身來，走到他身邊，用布條好好地包紮好傷口後，從他手中搶過船槳，面對著他坐了下來。拉烏蕾拉一邊盯著染血的船槳握把，一邊開始划著。快要靠岸的時候，遇上了準備在夜間出海捕魚的漁夫們。他們向安東尼諾打招呼，接著又把拉烏蕾拉嘲笑了一番。然而，他們兩人一句話也沒有說。

回到家的安東尼諾，感到右手疼痛，就坐到椅子上，將繃帶解開來，鮮血又不停地流了出來。「她是對的，我是一個瘋子。」——他用另外一隻手和

嘴巴努力地再將傷口包紮好後,將拉烏蕾拉的布條洗乾淨,拿到太陽下曬乾。接著就倒在床上,閉上了眼睛。

明亮的月光和手上的疼痛,讓他從夢中醒了過來。

想用水讓自己清醒而爬起床時,他聽到了敲門聲。開門之後,出現在他眼前的居然是拉烏蕾拉!她不發一語地走進房間裡。

「妳是來拿布條的吧?」他說。「明天早上我會去奇澤貝,我再拿過去給妳就好了。」

「不是,我不是來拿布條的。」她很快地解釋著。「我去山上採了止血的藥草過來。拿去吧!」她把手上的籠子打開。

「謝謝妳!可是,已經不用了。與其說這個,妳來這裡要是被人看見了怎麼辦?妳知道那些人可是很長舌的。」

「沒關係。」她粗魯地回答道。「讓我看看你的手!我幫你上藥!」

「真的不用了!」

「既然如此,那就讓我看啊!讓我相信已經沒問題了。」她不由分說地抓住他的手,將繃帶拆開。一看見腫起來的傷口,「哎呀!」聲音顫抖著。

「稍微腫起來了,不過,到了明天早上就會消腫的。」他說。

她細心地清洗過傷口之後,再把藥草碾碎敷上。用她帶來的亞麻布,靈巧地將繃帶綁好後,安東尼諾說:「謝謝妳!然後,如果你願意的話,我想請妳再幫我做一件事。就是我希望你能忘記今天我做的那些愚不可及的事,以及我所說的那些話。我自己也不知道為什麼我會變成那樣子。」

「不!應該是我要向你道歉才對!」她打斷了他要說的話。「我不應該那麼做的,沒有跟你和平相處。我無視你,惹你生氣──最後還讓你受傷──。」

「不是這樣的,妳會那樣是理所當然的。況且,也因為妳咬了我才讓我恢復正常的。好了,妳該回去休息了。」他把布條拿給她。

可是,拉烏蕾拉的心中仍舊掙扎著,終於,她說出口了。

「為了我,你的衣服掉進海裡了。我知道的,那衣服裡面有賣柳橙的錢。我沒有辦法賠錢給你,不過我把銀十字架帶過來了。這是那位畫家給我的,把這個拿去賣,應該可以換到二、三枚披亞斯特(Piaster)的。不夠的話,

每天晚上等我母親睡著之後，我會努力做女紅還錢的，請你原諒我吧！」

「我不需要這個東西！」

「不！請你一定要收下。」她說。「你的手變成這樣，接下來的一個多禮拜是沒有辦法出海的。而且，我也已經不想再看到這個東西了。」

「那樣的話，你就把它丟到海裡去吧！」

「我又不是要把它送給你，這是你應有的權利啊！」

「權利？我哪有什麼權利啊！」安東尼諾將布條以及十字架都塞進她的籠子裡蓋起來。

大滴的淚珠從女孩的臉頰上滑落。

「妳怎麼了？」他叫道。「怎麼全身發抖？」

「沒有，我沒事。再見！」拉烏蕾拉搖搖晃晃地往門口走去，結果她一頭撞在柱子上，接著便激動地哭了起來。他嚇了一跳，趕忙跑到她後面的那一剎那，拉烏蕾拉突然轉過身來緊緊地摟住他的脖子不放。

「我再也忍不住了！」她抱著他如此喊著。

「你這麼溫柔地對我，我實在是受不了！你打我吧！用腳踩我吧！在我做了這麼多壞事之後，如果你還是說你愛我的話，就讓我成為你的人吧！我任憑你處置！但是，就是不要叫我回去！」接下來又是一陣激動的啜泣聲。

「妳問我是不是還愛妳？」他緊緊地抱著她說。「妳在說什麼？難道妳認為這麼一點小傷，就會讓我心裡的血都流光，變成一個無情的人嗎？」

「我愛你！」她用濕潤的雙眼看著他說著。「我一直不敢把這句話說出口，但是，已經沒辦法再忍下去了！請你吻我吧！然後，『女孩吻了他。拉烏蕾拉只跟要成為自己丈夫的男人接吻』我在心中如此祈禱著。」他們兩人吻了一次、兩次、三次。

「晚安！我最親愛的你！好好保護你的手。不用送我了，我只怕你一個人，其他人我誰都不怕的。」她這麼說完之後，過一會兒就離開了。良久，安東尼諾佇立在窗前，遠眺著海洋，他覺得天上的每顆星星好像都在搖曳閃爍著。

之後，那位身形矮小的克拉特教父，聽完了拉烏蕾拉長長的懺悔後，從

懺悔室走出來的那一刻，暗自忍住不讓自己笑出來。

「誰能想得到，天主竟這麼快就把祂的仁慈憐憫施與這個奇特的女孩。」他自言自語著。

「主啊！願我能早一日看見拉烏蕾拉的長男代替父親出海的那一天！啊啊，啊啊，討厭男人的女人啊！」

載於《臺灣遞信協會雜誌》，第一二六期，一九三二年七月十七日

陷阱[*]

作者　貝德福特・瓊斯

譯者　越村生

中譯　吳靜芳

【作者】

貝德福特・瓊斯像

　　貝德福特・瓊斯（Henry James O'Brien Bedford-Jones, 1887～1949），生於加拿大，後入籍美國。他是一位寫作速度驚人、敘事能力極強的小說家，他甚至強迫自己一天必須完成至少兩萬五千字，已撰寫超過八十本小說，專寫具歷史色彩的冒險、科幻小說。他的作品被大量連載刊登在*"The Magic Carpet"*、*"Golden Fleece"*、*"All-Story Weekly"*、*"Argosy、Blue Book"*、*"Weird Tales"*等雜誌上，豐富的創作量及豐厚的酬勞為同時代作家之冠，被稱作「精湛的專業作家」。他也是一位歷史、軍事戰略書籍的狂熱收藏者，並將他對武器及各國地勢優劣等戰術純熟地運用在其探險小說中。重要作品有：*"The Seal of John Solomon"*（1915）、*"John Solomon"*（1916）、*"Supercargo"*（1824）、*"The Shawl of Solomon"*（1925）、*"Solomon's Carpet"*（1926）、*"The Wizard of Atlas"*（1928）等。（潘麗玲撰）

【譯者】

越村長次像

　　越村生，即越村長次（こしむら　ちょうじ，1893～？），石川縣金澤市人，東京帝國大學外語科畢業。一九一六年任職於總督府通譯官房外事課，翌年前往英屬婆羅州以及菲律賓出差。一九二一年兼任臺灣總督府官房外事課職務，一九二五年轉任衛生課。一九三二年受聘為總督府翻譯官、文書課勤務，不久又轉任外事課。同年敘高等官七等，敘勳正八位。一九三四年升敘高等

---

[*]　原刊作〈短篇時事小說——罠〉，作者標為「ベッドフオド・ジヨーンズ」，並標註「ショート・ストリーズ誌所載」，即轉載自*"Short Stories"*雜誌。

官六等，敘勳從七位。翌年兼任總督官房外事課勤務。一九三七年升敘高等官五等，敘勳從六位，不久又敘勳六等授瑞寶章。一九三九年敘勳正六位，同年依願辭官，返回東京。在臺期間發表文章甚多，包括散文創作，如〈海外珍事漫談〉（《臺灣警察時報》，1930 年 7 月）、〈登山〉（《臺灣婦人界》，1934 年 7 月），亦有不少譯作，如〈臺灣の印象（一～四）〉（《臺灣警察協會雜誌》，1928 年 1～5 月）、〈臺灣を跋涉して〉（《臺灣山岳》，1932 年 12 月）等。（顧敏耀撰）

本篇登場人物

威廉斯　甯州的美國領事
歐尼爾　美國的退役將領，四川省長的顧問，中將
巴克特　同上
艾米爾‧修威　法國人，惡漢
蔣將軍　甯州縣長
王省長　四川省省長
其他還有多位中國將領兵士、村民

一

甯州的美國領事（實際上是副領事）。年過四十且是個刻苦耐勞的男性，剛才穿過縣長公署外的荊棘，通過第二接待室，現在不耐煩的等待著。由於幾天前省政府的兩名美籍顧問抵達甯州，暫住在這座公署內，就是為了與其他人會面而來到這裡。

不久，兩名顧問出現在接待室，歐尼爾是一位身材高大、身穿正式的陸軍中將軍裝、作為軍人實無處挑剔的男子，正經嚴肅的臉上正含著微笑。巴克特則是具備穩重頑強的體格，從外表來看，要比歐尼爾更顯得沉穩威嚴。

「哎呀，終於可以外出了呢，威廉斯先生。」歐尼爾一邊與他握手一邊說：「這位是巴克特將軍，作為我的同伴、帶我熟悉環境的人，是我的談話對象以及唯一的好友。您抽菸嗎？」

　　領事對他這麼客氣的態度露出稍稍驚訝的表情。

　　「還好我搭乘飛機，才能來到這裡。」

　　「嗯，如果沒有飛機的話，到現在仍無法抵達呢！那是因為王省長派遣的使者奉承了這裡的蔣將軍啊！不過，趁著蔣將軍還不知情，我們來到了這裡。還有，我想將軍在這一兩天應該會與我們見面才對。」

　　「那太危險了。」領事表情嚴肅地這麼說著。

　　歐尼爾的眼裡閃爍著異樣的光芒。

　　「這也太杞人憂天了。那麼，領事您來訪的用意是說必要的時候很樂意給我們提供協助囉！」

　　「不，不是那樣的。」威廉斯慌忙地予以否定。

　　「你們是給外國雇用的美國人，也就是說已經放棄領事的保護了吧。不過，說起來的話，恐怕是我這邊還要煩勞你們的援助。」

　　「別開玩笑了！」巴克特脫口而出，「而且我們也沒說要放棄權利。」本來要接著說下去，但因為歐尼爾的眼神而把話吞了回去。

　　「不管有什麼事，我們都願意效勞，但是到底是什麼事呢？」歐尼爾好奇地問道。

　　威廉斯領事說：「甯州作為一座山城，扼有從四川通往西藏與沙漠[1]的貿易路線，前陣子在西藏國境有個美國的考古探險隊將標本和古器等其他種種物品送過來，但最終還是被蔣將軍私吞了，雖然我一直努力著，但實在都無法使他吐出來。」

　　「好吧，我試試看。」歐尼爾很快地回答。「反正我們從王省長那裡得到全權處理的權力。」

　　威廉斯領事對這番話感到驚訝，「但是，你們連一兵一卒都沒帶著。」

　　兩人突然大笑起來，巴克特首先說道：

　　「我們到省城與王省長進行交涉，省長也把我們當做惡魔一樣覺得很厭惡，總之他先用一些什麼的來應付我們，任命我們為中將且給予顧問的榮譽

1　按：沙漠（原文為「砂漠」）指今中國新疆（又稱「東土耳其斯坦」）與中亞地區。

職，然後又給了一架兩人座福克（Fokker）飛機[2]。我們的使命是造訪省內各都市，說服土匪首領向王省長歸順。嗯……，此地蔣將軍的人頭價值兩萬元的賞金，那份賞金多少已經領了一部分。如果可以的話，我還想要蔣將軍被免職。」

這番言論著實讓領事大吃一驚。其實說來，領事是一位極為嚴肅的，不知何謂「玩笑」的男子。

「你們是不是瘋了？我從來沒聽說過這麼胡扯的事。況且蔣將軍這個男人根本就不是省長的屬下。他作為土匪的實力已掠奪下這座城，並且以自己的兵力守衛這座城。反正把他免職是不可能的事。何況他是個不知死為何物的硬漢。」

歐尼爾爽朗地說：「哎呀，我會好好地做給你看的。當然王省長的權力只限於省城範圍內而已，像蔣那樣的土匪首領有那麼多，如果我們能順利完成工作的話，王省長的權勢就會倍增，財富也會增加，失敗的話，頂多就我們這兩個被王省長視為干擾者的莽漢和那一臺飛機從此消失就好了。」

領事以極為認真的語氣說：「不可以這麼隨便地看待這個問題。因為你們並不認識那個不怕死的蔣，而且那個男人還相當地聰明呢！」

「我們也很聰明啊！」歐尼爾不甘示弱地說。

領事進一步熱心地說：「不過，蔣為了顧及自己的面子，恐怕也會把你們留滯在這裡，然後要你們執行王省長的權力。王省長曾兩度遣使至此，但是都被蔣將軍殺了。你們也會被殺的喔！因為他討厭外國人啊！」

歐尼爾相當氣定神閒地說：

「謝謝您的忠告，我一定會讓他交出探險隊的文物。請不用擔心，不過這是要付出代價的喔！」

說到這個代價的問題，威廉斯領事不禁臉色一變。

「哎呀，我說的代價不是金錢，是汽油。」歐尼爾一邊笑著說，「要真正

2 　中譯者註：文中的フォッカ飛機可能是由荷蘭人 Anthony Hermann Gerard Fokker 於 1910 年在德國柏林設立的飛機製造廠所研發的戰鬥機機型的一種。

美國產的汽油喔！用普通價格買的話，實在無法拜託中國商人，但福克機還是需要真貨才行。」

「好吧！」威廉斯領事稍微露出安心的樣子，「我知道有個男子擁有新的汽油。現在我馬上到那個地方去——二十分鐘以內，可以吧？」

「好的。」

於是威廉斯領事與兩人握手後，便離開了公署。巴克特兩人前往東門內停放福克機的練兵場，歐尼爾在說好的汽油到手以前，先檢查發動機，巴克特則與副官（實際上是負有護衛與監視任務的兩名上校）閒談著，無論是上校還是中將，在支那的土匪軍裡就像螢火蟲的數目一樣多。

歐尼爾和巴克特懷著如此大膽的使命，他們應該相當清楚一旦到達甯州，不知何時那恐怖的魔手就會伸向他們，但是也意味著他們對這種非常冒險的賭注實在感到很痛快。不過，蔣對於他們這項計畫仍全然不知。

歐尼爾在中國出生，通曉各地方言，在加上他那愛爾蘭人血統中存在的豪膽，不管身處多危急的情況下都絲毫不變。另一方面，巴特‧巴克特則是對中國民情全然不知，但是他具備在面對極為險峻的危局時，使局勢化險為夷的能力。

到達甯州後，他們還真幸運，蔣將軍因為一直以來都過著驕奢淫佚的生活，身體欠安，還不能馬上與兩人會面。所以，直接將他們安置於這座豪華壯麗的宅邸中，並且持續地監視他們。由於甯州距離省城成都相當遙遠，所以蔣完全如同土皇帝一般君臨此地。名義上雖受王省長的支配，但實際上就和其他土匪一樣，不承認他是王省長的下屬，並且在他管轄權內的住民也受到他的權力所壓迫。

這兩位美國人看起來既不擔心，也沒有不安的樣子，回到他們住的地方。關起門只剩兩人獨處時，很快地便卸下假面具。歐尼爾皮笑肉不笑地點燃菸草卷，說道：

「進行得滿順利的呢！巴克特。」

「看來，只要汽油一加滿，不管什麼時候都能逃出去的意思囉！」

「也不是那樣，那個叫威廉斯的男人正伸長脖子等著結果，還是先不要說明比較好，對他隨便敷衍一下就好。」

歐尼爾一邊說，一邊抬頭注意上方的天花板，真不知道會不會有人在哪個地方躲起來偷聽。

數分鐘過後，來了位副官，在門口以站姿敬禮以後，轉達蔣將軍將在明天中餐後與兩人會面：「現在的甯州不管何處都完全聽命於蔣將軍，而且順從於他所要求的，王省長的外國人顧問也就是我們的賓客，凡是蔣將軍的擁有物都請你們自由使用，這座城裡唯一一輛屬於蔣將軍的汽車也請自行使用。」

「那太好了呢！」歐尼爾爽快地說，「那麼半小時後，請找一位護衛來當司機。」

這位副官恭敬地行禮後，另外還問兩人如果需要酒與餐點的話可以代做準備，例如香檳或者晚宴等。因為歐尼爾乾脆地拒絕了，於是副官跟他們約定半小時後會準備好汽車便離去了。

經過一會，聽到汽車已經準備好了，兩人從窗口一看，是英國製的汽車，前方座位有一名護衛和司機。不久車子便響著警笛並且飄揚著軍旗馳騁而去，在日落之前到市區參觀。武裝侍衛似乎也沒有特別要監視他們的樣子，看起來只是像警戒著是否有暗殺或無禮的行人。

二

雖然道路非常難行，但蔣將軍為了能乘坐汽車，正在開通數條大道。從東門出去以後，經過了郊外的幾個道觀寺廟。

「可以交談了吧。」巴克特說，「反正啊，這段路上如果有埋伏，就讓他們嘗嘗子彈。」

「還不到時候呢。」歐尼爾用下巴指著隔個玻璃窗的那兩個中國人。

「下次再用汽車帶我們到處參觀時，將會有很多的侍衛同行，然後在適當的地方就把我們丟出車外，當然，是不小心地把我們丟出車外的。接著，再派遣殺手把我們解決掉，蔣將軍的手段大概是如此。不過，最重要的是蔣將軍要怎麼知道我們已到了哪裡？」

歐尼爾的想法是，蔣將軍款待我們兩人之後，最後就不再保護我們，突然就把我們解決掉。所以我們人身安全的危害仍沒有減低。首先必須要有先發制人把蔣將軍撂倒、完成使命就此逃走的覺悟。

接近日落時，車子繞著山麓走，出了大路以後就看到城門了。車子來個大角度的急轉彎，但前方有太多人，根本無法通過。因為有兩臺牛車[3]相撞，道路上充滿了百姓、客商、軍人和車，顯得擁擠不堪。

「把手槍準備好吧。」歐尼爾一邊小聲地說。

「這搞不好是最佳手段喔。」

「首先是解決司機。」巴克特回答。

汽車的警笛一直響，也可見到護衛兵正大聲怒罵，但車子無論如何都不得不停下來了。這同時，有一輛在四川省內常用來載物的單輪手推車，車上坐著個留著鬍鬚但幾乎禿頭的短小肥胖男子，正手持頭盔搧風，一看見汽車完全停好以後，急忙點頭並跳下車，來到汽車的旁邊。

歐尼爾觀望著群眾中是否會有暗殺者出現，由於他認為沒有危險的疑慮，所以當他見到那個白人來到車子附近時就把車窗搖下。

「兩位先生。」那個矮小男子上前攀談，看他說話的樣子、臉孔和態度，應該是法國人。

「兩位先生是白人軍官，所以無論如何請幫助我。」

「到底發生什麼事了？」

「我的女兒，兩位先生，我的女兒，那可愛的薇奧雷朵。」突然間哭泣起來，「被那如惡魔般的畜生蔣將軍……。」

「你到底在說什麼？」巴克特驚訝地說。

「你好好的從頭說起吧。」

「我叫做艾米爾・修威。先生，我在山上經營一座小型銀礦山，且住在城裡，一週有兩天會到那座銀礦山去。我的女兒薇奧雷朵和我同住，並且不

3　中譯者註：原文寫「田舍車」，但因為前文寫到這一地區只有蔣將軍擁有汽車，所以在此翻譯成「牛車」。

管什麼樣的食物都能幫我烹煮出來。我們就在像這樣具有惡劣氣候的土地上生存下來了。然而，今天有個人突然到銀礦山來，我正在想到底出了什麼事時，就被那鴉片給麻醉了，壞到骨子裡的蔣將軍要把我殺掉。」

「你不是還活蹦亂跳的嗎？」歐尼爾驚訝地說。護衛下了車，怒罵混雜在群眾中的士兵們，並努力闢開出一條通道。司機與車上的兩位美國人談話著，偶爾偷看一下外國人，但是似乎無法知道他們談話的內容。

「我的女兒。」修威悲戚地嚎叫著。

「蔣甚至擁有二十位妻妾，但還是把我的女兒帶走了。請你們幫幫我。你們是紳士，而且還身穿軍服。」

「好吧！」歐尼爾很快地答應。他看到汽車通行的路清空了，而且護衛也回來了，「約一小時後來公署一趟，就是那座以前的師範學校，就說要找歐尼爾將軍，談過以後再看看有什麼能做到的吧！」

由於護衛已把道路清空，便坐回司機身旁，而汽車也再度行駛。巴克特諷刺地低聲說：「你說到底我們能幫那男人做什麼事？到最後無能為力的時候，難道要發揮你最得意的愛爾蘭式的膽量讓良心麻痺嗎？」

「哎呀！說這樣的話。如果我們的工作能順利地解決的話，幫助那位法國女孩也很簡單吧！把前面窗戶打開，那兩隻鳥不知道在嘰喳什麼[4]，靜靜地打開吧。」以便能聽到兩人的對話。

因為兩人嘀嘀咕咕地用粗野的四川話交談，巴克特完全聽不懂他們在說什麼，歐尼爾倒是還瞭解一些。司機說：「那個外國人是女孩的父親，對車中的這兩人講之前的那件事，現在那戶人家有兩個衛兵在看守。」

「兩人而已，就能看守女孩和珠寶？」護衛問道。

「嗯，兩人就夠了。將軍也不想讓太多人知道這個問題，所以要把女孩移到公署呢，可能就在明天吧。將軍派了兩名侍女將那位女孩漂亮地打扮一番，今晚遲一些的時候照例應該會舉行酒宴。由兩名侍女監視著女孩，這樣的話，兩名士兵看守門口應該就很充分了吧！」

4　中譯者註三：歐尼爾所謂的「那兩隻鳥」，應是指前面坐的司機和護衛。

「不知道我能否也加入輪班行列？聽說將軍在那春豐殿過夜的晚上，輪班的士兵能得到更多的賞賜喔！」

歐尼爾屏氣凝神聽完，靜靜地把窗戶關上。正好車子開入城門，哨兵和衛兵對車子敬禮。

「我完全聽不懂，你聽到什麼？」當巴克特問道，歐尼爾便點頭說：

「薇奧雷多小姐的事啊。現在她被幽禁在春豐殿，門口有守衛兩名，又有兩名侍女，從將軍的其他妻妾那邊借來珠寶打扮那個女孩。好像今晚九點，蔣要到女孩那裡舉辦婚宴的樣子。」

巴克特眼中閃爍著奇異的光芒，「不賴嘛，如果我們能進去那宮殿，成為接待委員之一就好了。」

「對啊。」歐尼爾點點頭，「首先，必須先找到會場的宮殿才行。從名字來看，似乎是蔣所掠奪的那座有庭院的小寺廟。回去之後，你先假裝要去散步，到附近探聽消息，如果沒有護衛隨行的話，更要徹底調查。」

「那你要做什麼？」

「我要嚇嚇蔣將軍，然後讓他不要去春豐殿。」

太陽西下，他們抵達了公署。歐尼爾留下巴克特，進入自己的房間，一喚秘書，那個男人便手持紙、筆和墨水出現了。歐尼爾以王省長的名義寫了一封關於美國人探險隊的詰問信給蔣將軍，措辭十分嚴厲。

信上說：「關於侵占此探險隊所送物品，應該要有人負責。務需進行斷然的處置，彌補先前的錯誤。基於公理正義，一定要嚴懲不法分子。」寫完後並署名，交給驚慌失措的秘書。

「將軍大人不在公署嗎？」

「外出前往夏殿了。我即刻呈送此信給蔣將軍。」

歐尼爾獨自一人，邊抽著菸邊等著巴克特的歸來。這封信將會激怒蔣將軍一事，歐尼爾了然於胸。他的手段是激怒蔣、使他舊疾復發，而後去找醫生。在蔣寫回信的同時，他進行自個兒的計畫。

「蔣會不會派間諜來探聽我們的計畫？」

那時，巴克特正好回來了。

「一切都進行得很順利，並沒有誰尾隨在後，我自由地到處閒晃，發現蔣將軍可能正在設下陷阱。」

「你看到福克飛機了嗎？」歐尼爾問道。

「那個地方有可能會疏忽掉嗎？自從我們下福克飛機後，就一直受到監視。」

歐尼爾從手提包中取出甯州地圖展開在桌上。由於這是中國製的地圖，在歐美人眼中會感覺到有些怪異。歐尼爾一邊把巴克特招來，一邊用手指著。

「此處是我們所在的師範學校，這裡是蔣現在身處的夏殿。啊！找到了。看吶，這就是春豐殿。這裡記的是觀音寺，而且還有庭院呢。」

但是，東門內的練兵場離此處並不近，春豐殿也遠在鎮上住宅區域約一哩的小山坡上，離東門比較近。

不久，副官來問「是否要用晚餐？」，歐尼爾只是點個頭，不到十分鐘內，隨著沉重的腳步聲，數道菜餚便送了上來。原本考慮到該不會裡面已下了毒吧？不過怎麼想都不覺得蔣會是那種在公署內首次的晚餐就毒殺賓客的人，所以他們就開始用餐了。用餐過程中他們問起侍者夏殿的位置，侍者回答：「就是最近已整修的省長舊宅邸。」

冗長的晚餐時刻進行到中途時，副官傳達了艾米爾·修威來訪的通知。歐尼爾命令副官請他進來。不一會兒，前述的法國人已出現在房間內。副官離去時，歐尼爾很快地看著他的手錶，「七點十分了，八點整在公署外側等我們，你馬上離開這裡。」

修威滿頭霧水，但看見巴克特眼中的暗示，表示辭意後便離去了。

「歐尼爾，來做那件慣例的事吧。」

「趁夜逃走嗎？」

三

當晚八點五分前，兩人藉口到附近散步並拒絕了副官的隨行，在門口接

受哨兵恭敬的敬禮後便外出了。不用說，兩人的口袋裡都藏著手槍。

「抵達這裡的時候，本來以為間諜會在天花板或門口監視我們，但是你看，沒有任何人尾隨在後面，可以安心了吧。」巴克特說道。

「不，我們似乎還在敵人設下的陷阱裡。今晚絕對要見到蔣，除了直接談判之外，如果沒有拿到上次提到的賞金，料想很難從這裡逃出去。」

「嗯，那倒是真的。」巴克特一派輕鬆地說，「先把他狠狠地揍一頓，打得他趴在地上爬不起來，然後就回去我們的地方，這應該可以順利的進行吧。」

「似乎可以的樣子。」歐尼爾平靜地說。

不過，歐尼爾仍然憂心忡忡。總覺得有種危險的預感緊緊地壓迫著胸口，像這樣的心情在他身上是很少發生的。也就是說，心裡隱約覺得應該避免明天與將軍會面，而且應該由我們這方立即採取猛烈攻擊才對。然而，命運之神以艾米爾・修威作為替身來插手這件事了。

跨出正門，走了一段路不久，身著白色服飾的修威從暗處現身。

「兩位將軍。」

「嗯，知道你的女兒在哪裡嗎？」巴克特問道。

「是的，我的一個乾兒子探聽到她被幽禁在一座有大庭院的寺院中。」

歐尼爾說：「聽說有兩名衛兵駐守，還有兩名侍女監視著她。而且蔣今晚九點將前往她的住所，趁我們現在人在外面，帶我們去吧。」

修威走在兩人前面默默地前進。

奇怪的是修威的態度，讓歐尼爾覺得不可思議。一般來說，修威應該不至於沉默不語才對。自己的女兒能夠得救的話，照理他應該會相當高興而喋喋不休才對。這樣不很奇怪嗎？歐尼爾又再度陷入思考。

三人行步匆匆地趕往鎮上。前方並沒有門，而是在牆壁中有個入口，命運就在那裡等待著他們。走進入口後，不久就抵達被樹林包圍的小寺院。這座寺院門口兩側各站一名衛兵。

「左側的傢伙歸你，右側的歸我。」歐尼爾竊竊私語。

「好。」巴克特重重地點頭。修威抹著汗水淋漓的臉頰，依舊默默地前進。

　　寺院的入口處點著燈籠，他們向盯著他們軍服的兩名衛兵行嚴正的敬禮。歐尼爾直接走近左側的衛兵，在橫膈膜處猛然一擊。突然間的一拳讓衛兵感到疼痛，小型槍枝也離手了，虛弱地將要倒地。接著，瞄準下顎的第二擊就讓衛兵完全喪失了力氣。

　　歐尼爾解開衛兵的皮帶，綑綁衛兵的兩手兩腳，巴克特則用兩手扣住衛兵的咽喉，完全像是被獵犬咬住的老鼠一樣。不一會兒這兩個衛兵已經虛弱地任人橫置在外牆的地方。歐尼爾對驚訝的法國人說：

　　「這樣就解決了。跟著來吧！」

　　三人通過鋪著石子的通道，並進入由樹林和庭院包圍的石造小寺院。這時東面的山坡上，一輪明月漸漸升起。過一陣子月光就會毫無遺漏地照亮整片大地，但至今四周仍處於一片黑暗之中，樹叢間似乎聽得到夜鶯的鳴叫。

　　莫名的不安預感再度襲來，但歐尼爾打消這個念頭並專注於計畫中。首先將女孩奪回，之後就直驅夏殿，和蔣將軍直接談判，然後一切就解決了。接著便搭乘福克機飛向明月高掛的夜空，這計畫其實很簡單。按照最初的計畫來看，沒必要在這裡等待蔣的到來，現在就應該進入戰鬥階段。

　　修威先行進入，打開幕簾往裡面偷看，然後招手示意兩人跟來。三人進入寺院中央的一間廣闊房間。是一間擺設著佛像，長約三十尺左右，具佛教氣息的房間。牆壁上裝飾有金銀的刺繡和陳舊的簾幕。左右邊有窗簾，通過窗簾似乎就能到旁邊的房間的樣子。這房間的中央有個低矮的臺座，上面放置著巨大的燈籠，是這房裡唯一的燈。巴克特對歐尼爾說：

　　「你往左邊房間的方向去，我往右邊去。不知哪個方向的房間有那個女孩？」說著，便直接帶著修威往右邊疾去。歐尼爾再度受到不好的預感所襲擊，突然間似乎是巴克特的呼叫聲被人抑制住的樣子，為時已晚，果不其然，事情發生了。

　　兩側窗簾搖晃的瞬間，突然出現數名把窗簾推開的男子。雖然歐尼爾掏出手槍，但已經來不及了，入口處響起許多腳步聲，巴克特已經被來福槍托擊倒在地，看著他跌跌撞撞地倒向房間中央的臺座處時，燈籠突然被弄熄，

整個房間陷入完全地黑暗中。

　　這幾乎可說是一瞬間發生的事。慌張的聲音四處響起，似乎不知是誰點燃火柴，將火燭放入燈籠裡。有十幾位將校士兵在房裡，當中還混雜了艾米爾‧修威的身影，巴克特的身體倒在臺座旁邊。一名士兵趕過去，打算用槍上的刺刀刺向他時，被其中一名將校所阻止，房間裡唯獨不見歐尼爾的身影。

　　「在庭院！快去搜！而且最外頭的門也要警戒，他應該逃不遠的。」舉著手電筒的一名將校叫著。

　　騷動平息後，臺座上燈籠的光芒微弱地照著四周。遠方側面入口處出現一名高大威嚴的男子，就是蔣將軍。

　　「竟然讓其中一人給逃跑了，真是一群笨蛋！」蔣將軍怒罵著，一邊對指揮官說：「立刻找到那個男的，辦不到的話就把你們全都給斃了。」接著看著昏倒的巴克特說：

　　「把這個男的綁起來。現在只逮到他，就這樣先放著，明天在東門把這兩人凌遲處死了，然後釘在城牆上。」

　　士官向蔣敬禮後帶著部下離去。其中一名部下把巴克特綑綁起來，兩人往門口守衛的方向走去。蔣將軍對著修威說：「大功一件呢！」

　　修威撫弄著下巴說：「呵呵，怎樣說都行，約定好的獎金呢？」

　　蔣緊盯著那個法國人瞧了一陣子。蔣是個高高瘦瘦的男子，因為吸食過多的鴉片使臉頰顯得凹陷。軍服上的勳章閃耀得令人無法逼視，手裡始終握著手槍。

　　「吶，獎金在這裡，」蔣把大把的鈔票交給修威，「你放心。」

　　「真是多謝您了。閣下，如同您所設想的，汽車停下來的時候，讓那兩個美國人聽到那番話了呢。那兩人聽到司機和護衛的話，就這樣掉入陷阱了。」

　　「不過這也多虧了你在成都已知道這兩人的事情然後前來想我報告。」蔣又說著，「哼，你也沒怎麼想過要幫我吧。你所做的壞事我可是瞭若指掌。」

　　修威因為這些話而抬頭看蔣。修威的臉像死人一樣蒼白，眼裡充滿恐懼，支支唔唔地說：

　　「為什麼說對我做的壞事瞭若指掌？」

「的確是瞭若指掌啊。聽說你在上海被聯合法庭依恐嚇取財判處徒刑，可是你不但逃走了而且還殺了密告的婦人，不是嗎？就這一點，對我來說你絕對不是個能讓我信任的男人。」

蔣握在手中的槍聲響起，修威痛苦地倒去，不一會兒就死去了。蔣收起手槍，冷冷地走過去，把剛才給的鈔票拿回來，並以威嚴的口氣命令兩名士兵：

「把這個男的拖到門外。」

蔣一邊看著被拖走的男子溢在石子路上的血滴，一邊從嘴角浮出冷笑。把鈔票取出，用手指數著這筆從外國銀行發行的巨額鈔票，「兩萬美元[5]這麼大筆錢，那個笨蛋還真以為我會給他？這個數目的錢可是要花上我三個月的鹽稅呢！」

蔣走向巴克特，正當搜索他的口袋時，突然間巴克特張開眼睛了。蔣靜靜地笑著說：「清醒了嗎？不久就要把你凌遲處死而且釘在東門牆上，這就是所謂王省長連我的一根手指都動不了的證據。我已經知道你們的任務了，要我聽你們這些傢伙的命令，對吧？然後如果我不承認你們這些傢伙的權力，就要對我課以罰金，是吧？這整件事真是可笑。」蔣將軍可怕的臉正笑著。

「再說，你並沒有收到王省長的命令書，應該是同行的那個男人收到的。那麼我就把那封命令書一起釘在你頭頂上方的牆壁吧。等一下，命令書好像放在房間裡。」

蔣走向右手邊的門，中途停下來拿出菸捲，用火柴點燃，然後站立在畫著慈悲女神的觀世音菩薩的壁龕[6]前面。

絹製布幕搖晃的瞬間，突然有一隻手從後面伸出來捉住蔣的皮帶，好像有個涼涼的東西抵著蔣的頭部。

「完全正確！」是歐尼爾的聲音。他用四川話說：「的確在這裡面，我一直都在這裡面。如果不好好聽話，乾脆就射穿你的頭吧！」

5　中譯者註：原文為「弗」，為「美金」之意。

6　中譯者註：「壁龕」是嵌在牆壁中的櫥櫃。多呈半圓形或長方形，用以裝飾壁面及陳列神像、佛像雕刻品等。

蔣於是變得安分起來。

四

歐尼爾冷冷的說：「我是很想射穿你的頭啦！不過還是有讓你活著使用它的目的，命令所有士兵們都撤離這裡！快點！」

兩名士兵馬上被叫來。他們看到的是蔣背靠著簾幕，若無其事般地抽著菸，完全沒看見蔣背後的那支手。在蔣兩三句的命令下，將校群聚起來，敬禮之後便連同士兵們一起退出這個房間。

「你明天早上好像要把個那男人槍斃的樣子，都是因為我逃走的關係，那也算是他的運氣不好。喂，還不起來嗎？巴克特？」

「起來吧！你的腳又沒被綁住。走到這邊來，蔣將軍大人似乎把繩子解開了。那個，把蔣的手槍拿起來。」

巴克特搖搖晃晃地站起來，眼部上方流著血，來到蔣的面前，命令蔣把他手上的繩子解開，然後巴克特便奪走了蔣的手槍。

歐尼爾從布幕後面跳出來，對著將軍驚恐的臉，哈哈大笑。

「哎呀，真是可憐的小地頭蛇，我從省長那邊授命，如果你不遵從命令的話，便要你繳交罰金五千美元，但你竟然還要把我們兩人殺了，加上給巴克特的損害賠償，我們要求另外付五千美元。巴克特，在我寫收據的時候，幫忙暫時把蔣捉住。」

巴克特非常高興地遵照命令。歐尼爾在燈籠旁邊很快地寫了一張收據並簽了名放入蔣的口袋裡，看到巴克特手裡拿著那些鈔票。

「巴克特，把那些鈔票放進口袋，用一隻手捉著他。那麼，蔣將軍，聽好了，我們接下來要與你一同前往練兵場，如果你大聲呼救的話，就在你的橫膈膜上開一個大洞，瞭解嗎？」

「知道了。」蔣只回答這句，他的臉像死人一樣蒼白。

「給我裝得自然一點！不要表現得像我們迫害你的感覺。走吧。」

不久，蔣帶著眾多將校兵士回到了鎮上練兵場。由於他兩手被綑綁，在

路上遇到的將校們也因此全部都被命令要跟著過來。很快地，一抵達練兵場之後，眾多的將校們也全部都聚集在此。

蔣用顫抖的聲音叫來高級副官。那個男人來了以後，蔣命令道：

「你們馬上到公署發布以下公告。今晚我處罰了一個企圖暗殺王省長公使的法國人。因為王省長是我所敬愛的人士呢！那麼，把飛機的戒備撤下，我要歡送他們。」

明月升至天空的中央，照亮了地面上的一切。練兵場的中央停放著被月光照耀而閃閃發光的福克飛機，它的機翼寫著省長的姓氏。三人一起走向飛機。歐尼爾微帶笑意地說：

「再會啦，蔣先生。您真是個有人情味的男人。希望下次能再度相會。」

說完便直接走向飛機。不久便發動啟動裝置，引擎開始轉動。

巴克特也沒打算動粗，他在蔣的耳邊說：「無論如何請不要忘記。為了美國領事所以請交出探險隊的物品，明天一早就趕快辦，給我好好處理啊！不然的話，我們又會回來的喔！」

一邊輕聲說著，一邊厭惡般地一腳踢向蔣的要害，繼而乘入飛機。飛機輕輕地駛離地面。不知緣由的眾人同聲喝采，但是只有緩緩站起的蔣，全無和大家一同喝采的心情。（完）

載於《臺灣警察時報》，一九三二年十月一日、十一月一日

吉屋出售*

作者　阿爾封斯・都德
譯者　曾石火
中譯　吳靜芳

【作者】

阿爾封斯・都德像

　　阿爾封斯・都德（Alphonse Daudet, 1840～1897），法國小說家。一八五六年擔任教師謀生，一八五八年開始了他的文學創作之路。都德的作品主要以其富於幽默感和描繪法國南方風土人物的人情味而聞名於世。曾以長篇小說《小弟弗羅蒙和大哥黎斯雷》（*Fromont jeune et Risler aine*, 1874）榮獲法蘭西學院獎。都德重視觀察，並慣於隨身攜帶小手札，以記錄生活的資料做為自己寫作的題材，是屬於以左拉為首的自然主義派。他的作品忠實反映現實世界的多樣色彩，細膩敏銳地描寫各種人物內心的複雜情感。在都德的作品中，可以看見樂觀的因子在真實與幻想、諷刺與同情、絕望與醜陋中跳躍。代表著作有《小東西》（*Le Petit Chose*, 1868）、《磨坊書札》（*Lettres de mon moulin*, 1869）、《塔拉斯孔城的達達蘭》（1872）、《女戀人們》（*Les Amoureuses*, 1858）等。短篇小說〈最後一課〉（*La Dernière Classe*, 1873）已被翻譯成多國語言，是一部全世界愛國主義教育的典範小說，已成為世界文學的珍品。（潘麗玲撰）

【譯者】

曾石火像

　　曾石火（1919～1940），臺灣南投人。新文學作家。東京帝國大學英文學部畢業，嗣後入法學部研究國際法。曾任國際文化振興會翻譯部主任。一九四〇年三月七日病逝於東京帝大醫院。曾石火在留日期間，曾參與一九三二年「臺灣藝術研究會」的成立，這是臺灣新文學運動在日本最重要的一個據點。曾石火作品不多，詩

---

* 原刊作〈賣家〉，作者標為「アルフオンス・ドオデエ」。

作僅有〈低氣壓〉（1941）、〈湖心〉（1941）與〈臺魚その他〉（〈蠹魚其他〉，1942）三篇；譯作有都德（Alphonse Daudet）〈賣家〉（1941）、〈艦上の獨白〉（1941）與〈牛四十頭〉（1941）。皆發表於《フォルモサ》（《福爾摩沙》）與《臺灣文學》。《臺灣文學》更曾於創刊號（1941 年 9 月）推出「追悼特輯」，悼念曾石火與陳遜仁這兩位英年早逝的文學家。（趙勳達撰）

　　開著大大的縫隙，任憑院子前的沙塵和路面的泥土混雜在一起，在修復情況惡劣的木窗上，從很早之前就可以見到，有個在盛夏陽光裡一副悠然的樣子，卻又受到秋風任意作弄、不斷搖晃、滿是補釘的招牌——「吉屋出售」。而且，附近也傳言這是間廢棄房子，正是如此，這周遭的確是一片寂靜。

　　不過，那間房子有人住著。從牆壁和參差不齊的紅磚煙囪裡冒出淡青色炊煙，如同這細細薄煙一樣，顯示出一種避世的、思慮重重且悲觀之人的生活。而且，那間房子的樣子不像被通知要出售或搬家時，那種些微的受到遺棄、空虛、混雜的感覺，在那搖搖欲墜的圍牆縫裡，能看到內部有著整理乾淨的小徑、細心維護的涼亭、位在盡頭處盥洗盆旁的澆水器，以及靠在小屋旁的園藝工具。

　　這的確是間井然有序的庶民小屋。小屋靠著一座小梯子取得平衡，另一側朝向南方，這一側完全如同溫室一樣，階梯上堆積著玻璃罐，有些是空的，有的是倒置的。種植天竺葵和檸檬馬鞭草的花盆整齊地排列著，還能看到炎熱的白砂上有零星擺放的盆栽。

　　另外，除了有兩三株懸鈴樹之外，這座庭院未有什麼遮蔽，陽光可以完全灑落於庭中。再稍微看一下的話，裡面還有像是被鐵絲尖端穿透的扇子，或者像是棚架那般數量眾多的果樹，在燦爛的陽光下挺立著，部分的樹葉已掉落，露出僅是一心等待果實收成之日的厭倦姿態。

　　庭院裡還有荷蘭莓，以及用木棒支撐的豌豆。一邊為這些作物所包圍，一邊沉浸在這秩序與靜謐中，有位戴著草帽的老人，每天在庭園小徑來回走動，一到清晨就做些澆水、修剪樹枝、整理枝葉之類的工作。這位老人在這個村裡沒有熟識的人，除了送麵包的貨車經過這家門口時會停留之外，從來

沒有任何人來拜訪。

　　偶爾經過的人，會因為見到這座樸素卻又茂盛的果樹園而想要購買這塊山腰上的土地，於是停下腳步，看見廣告招牌，按下門鈴。起初庭內沒有任何反應，繼續按鈴以後，庭院內部傳來細微的木靴聲漸漸逼近。接著，那老人以一副將要怒罵人的樣子，把門打開一條縫隙。

　　「有什麼事嗎？」

　　「這個房子是準備出售的嗎？」

　　「是啊。」老人卯足全力地回答：「是啊，是準備賣掉的家[1]啊。雖然如此，但是價格很高喔！」

　　然後，他的手像是等在那裡，隨時要把門關起來一樣，遮住門口。他的眼神透露出「你們快離開吧！」的意思。時常，他的怒氣總是表露無遺，一直站在那裡，擺著像惡龍一樣的表情，凝視滿是菜園與鋪著砂地的小小庭院。

　　在那當下，對方開始覺得是老人精神狀態有問題，為何明明不打算出售的房子，卻又把它當作出售品，對此實在理不出個頭緒，因而一邊反覆自問著，一邊踏上歸程。

　　這個謎底，被我解開了。

　　某日，我一來到這個小房子的前面，就聽到激烈爭吵的聲音。

　　「賣掉吧！爸爸，不賣不行啊……。爸爸你都那樣約定好了……。」

　　一會兒，老人發出顫抖的聲音。

　　「你們認為我一定是準備哄抬這間房子的價格，所以才貼出那張告示的吧？」

　　他們一時語塞。強迫老人將他心愛之處進行處分的，是在巴黎當小販商人的兒子們和媳婦們。但是，原因是什麼？我也不太明白。唯一可以知道的是，這件事之後沒有獲得解決，他們從那天起，固定在每週日來此，讓這位不幸的老人大傷腦筋，強迫他履行已經約定好的事情。

　　能停下耕田播種等工作、稍事休息的每週日裡，在那一片沉靜中，即便

1　中譯者按：日文的「家」可指有形的房子與無形的家庭，此處則是一語雙關。

是在路旁，我也如同能身歷其境般一五一十地聽到那裡所發生的事。

小販商人他們，一邊喝著酒一邊喋喋不休地討論。混雜了像投擲鐵環般的尖銳聲，老練的話語以一種不帶情感、冷淡的聲調說出。

一到傍晚，房子裡的這群人準備回去。老伯為了趕他們出門而走到外面，但在那條路上走不到五步的距離，又轉頭返回，很快地進入屋內，一邊幸福地想著再來又有一個星期可以考慮的時間，一邊馬上把門戶緊閉。然後在一個星期之內，這個家又能恢復到原有的平靜。從陽光照射的小庭院中，只傳來踩在砂礫上的沉重腳步聲，以及用耙子整理枯葉時發出的沙沙聲響。

即便如此，一週期間將至時，老人心中的焦躁與煩惱也與日俱增。可以見到小販商人們相互輪流、改變手法，而且還派出小孩子來哄騙老人。

「爺爺，把這個房子賣掉吧，和我們一起生活，好嘛，這樣的話會有多麼開心呀。」

然後，角落的四處開始出現細微談話聲，在庭院小徑上無止境的漫步仍持續著，他們高聲地談著心中的盤算。

就在某個時刻，我聽到有一女子大聲地說：

「像這種破房子，根本不值百文，……，不如廉價拋售算了。」

老人不發一語，默默地聽著。這些人似乎已經把自己當作不在人世一樣，說著關於自己的事，而且似乎也把這裡當作倒塌了一般，說著這間屋子的事。

他彎下腰，一邊流著眼淚，就像平常一樣，為了沿途經過時，順便去修剪應該修剪的枝葉，去找尋能夠摘下的果實而出門了。之後，人們便已感受到，老人的生命已根深蒂固地深埋在這一角落的土地裡，沒有什麼理由能將這份生命力除去。

實際上，就算這些人費盡唇舌、好說歹說，在他們離開的瞬間時，他仍是感到不安。讓綠葉的季節散發香味的果實——櫻桃、醋栗的果實、覆盆子[2]——成熟的夏季來臨，他就自言自語著：

2　按：原文作「キヤシ」，遍查字典，未知所指為何，此根據趙少侯編選：《法國短篇小說選》（北京市：中國青年出版社，1978 年），譯為「覆盆子」。

「就等到收成之後吧……，到時候再立刻賣出。」

可是，收成結束後，就算過了櫻桃的季節，還有桃子、乾葡萄的季節按照順序來臨，在乾葡萄之後，有美麗的山楂子。那可說是雪降下以後才能採收到的東西。接著，冬季就來臨了。田園在陰鬱氣氛的籠罩下，庭院裡一片空蕩，路上稀見行人來往，也就更不會有人想來買這間房子了。週日的時候，連小販商人們也不再來了。準備播種和採收水果的三月裡，在重要的休息期間中，無用的招牌垂盪在路面上，被風雨左右擺弄。

兒子們知道老人在用盡辦法驅離買家，已經無法再忍受了，於是做出一個重大決定。派出一個媳婦來跟老人一起住。這個婦人一大早就會先上好妝，裝作很溫柔、待人和善的樣子，然後被她看到像是慣於做買賣的人經過，無論如何先把身段放低，向對方說些討好的話。她的體格嬌小。完全一副這個家就是屬於我的表情，把門敞開，大剌剌地說個不停，無論是誰，只要是經過那個地方的人，她都微笑以對，就好像要說什麼的樣子。

「歡迎光臨……，請進來參觀……，這是要出售的屋子！」

對於可憐的老人來說，已經沒有任何讓他考慮的餘地了。有時可以見到，他像是忘了媳婦還在那裡，自顧自地挖掘四方型菜園，重新種下種子。這就如同瀕臨死期的人，對恐懼已經麻木，反而進行各種計畫的行為是一樣的。

女小販對他的舉動每次都會囉囉嗦嗦。

「哎，那個，您到底打算怎麼樣？……又要費心費力準備播種了嗎？」

老人並沒有回答。他以那頑固莫名的牛脾氣，埋頭熱中於工作。

任其荒蕪的庭院，對他而言多少像是失去了這個家，同時也是他和這裡開始疏離的第一步。而且庭院小徑上一株草都沒有。薔薇樹上也沒有築巢的美食家。

左等右等，不見前來詢問的人影。那時正值戰爭時期，婦人也只能敞開著大門，對往來的人們投以虛偽的微笑，但會進進出出那個家的，除了搬家的車輛和塵埃以外，別無他物。

隨著時日的增加，那媳婦變得不耐且不悅。正好巴黎的生意需要她。我聽到她像是推諉責任一般責罵著老人，一點也不感到羞恥地猛烈敲打著門。

老人弓著背，小心翼翼地看著漸漸長大的小豌豆，一邊遠望出售的告示，暗自感到安慰。

它恆久地在同一個地方。

「吉屋出售」

……我今年來到鄉下，又見到了那個房子。但是，啊！原本在那裡的告示已經沒有了。那張碎裂的、發霉的，之前還貼在牆壁上的海報……，萬事休矣，房子已經賣出去了！灰色的大門已經消失，取而代之的是有稍偏圓形山牆的綠色大門，從格子間的縫隙望去，似乎可以窺視到庭院。

原有的果樹園早已消失，而是有樹叢、草地和小瀑布等市民風（原註：布爾喬亞風）的布置，而且靠著階梯入口前懸掛一個金屬製的大球體，可以映照庭園中全部的景象。從那球體表面可以看到，庭園小路上由一叢叢嬌豔華麗花瓣交織而成的花網，還有兩個高大的人體，猛地一看，原來是在金屬面反映下呈現的誇張身影。一位是滿身是汗地來回將鄉土味重的椅子收起來，曬紅了臉的男人，以及一位正在喘氣的異樣女人。

那個女人，一邊拿著灑水器做環狀噴灑，一邊叫著：「我給鳳仙花澆了十四罐的水唷！」

這些人搭起棚架，建造木牆。就在這充滿濃厚油漆味的新居中的小角落裡，一臺鋼琴，彈奏著普遍流行的方塊舞曲和舞會的圓舞曲。那樣的琴聲使人心浮氣躁，而且音量很大，一直傳到路邊。

七月的塵埃、盛開的花朵，以及一大群進行無意義的喧鬧的婦人們等，這些混雜在一起之後所彈奏出的舞曲，讓我胸中有揪然心痛的感覺。

我想起那看起來是那麼幸福、那麼寧靜，總在那裡來來回回走動的老人。這小小的家被賣了、新式收銀機裡面的錢幣正叮噹作響、媳婦高聲歡呼、老人則是充滿寂寥，眼中滿溢淚水，在最裡面的房間戒慎恐懼地微微顫抖，並一邊回憶那懷著園藝家的驕傲以及戴著麥稈草帽的自己，這些場景在我腦海中一一浮現。

載於《フォルモサ》，第一期，一九三三年七月十五日

舞會*

作者　雷尼耶
譯者　西川滿
中譯　杉森藍

雷尼耶像

【作者】

雷尼耶（或譯為「雷尼埃」，Henri de Regnier, 1864 ～1936），廿世紀初法國重要的象徵主義詩人、小說家。雷尼耶出身古老的諾曼第家庭，在巴黎學習法律期間，受到波特萊爾（Charles Pierre Baudelaire）、馬拉美（Stephane Mallarme）等象徵派詩人的影響，於一八八五年發表第一部詩集《明日》（Lendemains）。爾後陸續發表了《田園和神聖的遊戲》（ Les Jeux rustiques et divins, 1897 ）、《泥土勳章》（ Les Medailles d'argile, 1900 ）、《生翅膀的涼鞋》（ La Sandale ailee, 1906 ）等。一八九六年與詩人埃雷迪亞（Jose Maria de Heredia）的女兒瑪麗（Marie）結婚，婚後雷尼耶放棄早期自由不羈的風格，傾向於古典形式，寫出了大量回憶過往生活的小說，也緬懷十四世紀和十八世紀的義大利和法國，諸如《雙重的情婦》（ La Double Maitresse, 1900 ）、《愛的恐懼》（ La Peur de l'amour, 1907 ）、《女罪人》（ La Pecheresse, 1912 ）、《愛之旅行》（ Le Voyage d'amour, 1930 ）等作品。雷尼耶高尚的品德，與貴族特有的氣質和趣味，在兩世紀交替之時，成為法國知識界的重要人物。（潘麗玲撰）

【譯者】

西川滿（にしかわ　みつる，1908～1999），見〈苔依絲〉。

「歡迎您來見我。」

法朗索亞・貝拉格一面說著，一面把蓋著腳的膝毯，拉到膝蓋上面。那溫柔又吸引人的微笑，讓他消瘦的長臉返老還童。接著，他比手畫腳示意我

---

* 原刊作〈舞踏會〉，作者標為「佛國アンリ・ド・レニエ」。

坐在那裡。

　　因此我坐在被分配到的椅子上，一直凝視著這位法朗索亞‧貝拉格。我忽然感覺到無法言喻的畏怯。

　　因為我對貝拉格，抱有深深的敬意。他的作品對我來說非常有親切感，而且我是他的詩和故事的忠實讀者。如果說一方面貝拉格的作品深深吸引著我的話，另一方面，可以說他的生涯讓我抱持著真摯的敬意。實際上，對他的文學作品雖然十分崇敬，但我更崇敬的是他博學高尚的精神、抱持著頑固的自尊心來實行每件事。

　　因此，貝拉格縱使六十歲，也不被大眾肯定，而是孤獨又赤貧。我在面對他的時候，油然升起一股無法壓抑的感動。這份感動也夾雜著內心對他感到慚愧的心情。沒錯，我慚愧著讓他回答我的問題，攪亂這位大藝術家的生活，浪費他的時間。

　　他寄宿在位於薄酒萊（Beaujolais）街上的老舊房子的五樓，要爬上去真是非常辛苦。在這房間觸目所及的一切，明顯地證明這位偉大的作家、出類拔萃的詩人，過著與他的盛名極不相稱的生活。牆壁掉漆的書房、極為破爛的家具、很平常的長椅、蓋著身體的磨破的膝毯，但是，此人應該穿更好的衣服、應該住在更氣派的房子裡吧。啊！他具備的思想和他的生活型態之間，怎麼有這麼大的的落差呢？

　　我保持沉默，貝拉格對我說：

　　「對了，你是說你想知道我年輕時代所發生的事情當中，深深影響我的一生，並且我還清楚記得的事情，對吧？」

　　他露出微笑，慷慨大方又親切的樣子，敲打焦炭燃燒的火爐灰爐，繼續說：

　　「那件事情是剛好在我十一、二歲的時候，在我出生的鄉下小鎮所發生的。其實大概幾個月之前，我回到那市鎮，這次旅行的動機是因為我家人有一個年老的女性朋友過世了。老實說，若非如此，與其看風景，還不如看很多書，更適合我。」

　　「然而，我心中對故鄉依舊抱持美好的回憶。因為離開相當長的時間，

隔了很久才回去。所以我的心以這樣的思緒而跳躍著。雖然如此，另一方面，火車橫越這地方，運送我的這段時間，我也多少抱持著擔憂的心情。我現在的所作所為是不是很荒唐？所謂的青春年華是以很多幻想所裝飾的過去，因此，換個角度來說，我是否硬要冒著危險踏上悲傷的幻滅之路？」

「因此，我抱持著這樣的畏懼心情，總之到了克萊瓦（Clerval）[1]，但一下火車我後悔了。事到如今，要回頭已經太遲了，所以，我下決心往車站出口走去。之後，沿著那步道，就有兩三輛『共乘馬車』並排著，其中一輛立刻吸引了我的目光。那是有兩匹衰頹老馬的古老馬車，而那馬車的門上寫著『三鳩館』。我看到那些字，就覺得很放心。『三鳩館』還有鬆動的馬車，這才是代表以前的克萊瓦街的一切。那些事物迎接著我，我甚至想要擁抱車夫，將我的旅行箱託付給他。」

法朗索亞・貝拉格稍微安靜了一下，接著又說：

「其實我打算寄放行李之後，徒步去克萊瓦街。為了好好感受這最初的印象──。一邊走路，我能夠重新找出我所在之日的克萊瓦街。很多城鎮常常改變它的樣貌，但只有這個城鎮一點都沒有變。不論是街道、教會或市場的廣場、鎮公所、河上架設的小橋、甚至那間茶房，我都有印象。現在的克萊瓦市鎮跟我的少年時代毫無不同。我身體忽然顫抖，停在一間房子前。這就是我出生的房子，而我父母親曾經在此生活。與自己回憶中的樣貌完全相同，而且實在太像了，所以我不由得想要到門口按門鈴，但好不容易壓抑下來了。我感覺只要去按門鈴的話，親人會出來迎接我，而且跟自己的家人一起，可以睡在那少年時的狹窄寢室裡！」

「這幻想深深打動我心，讓我不得不度過憂鬱的一夜。回到三鳩館之後，也一直回想遙遠以往的日子，那些歲月實在是讓人懷念。有時我在回憶裡關注著，那悲傷又痛苦的、讓人懷念而單調的昔日歲月。只有一次我懷著不顧一切的心情而做了一件事情，這就是我現在要開始講的少年時代的插曲。」

1　按：原文作クレルアル，即克萊瓦（Clerval），或譯為克萊瓦勒，法國東側靠近瑞士的小鎮。

　　法朗索亞‧貝拉格把從膝蓋滑落下來的膝毯，再次蓋好了。

　　「我的父母親曾住在克萊瓦鎮，過著非常規律的生活，所以那位杜‧拉‧內魯茲因為要在普列希昂的家中舉辦舞會而邀請他們的消息，對他們來說實在是意義重大。好幾週的時間，我都聽到他們在我面前討論種種有關這宴會的準備。我常常跟著媽媽去服飾店，試穿的時候，我以好奇之眼在旁看著。我追根究柢地詢問著關於杜‧拉‧內魯茲氏舞會的事情，母親感到有些困擾。而我對這件事情非常熱中地抱有興趣，所以在我這個小小的腦袋裡，開始有了莫名的慾望。」

　　「終於，到了那盛大的夜晚。母親在吃晚餐之前，穿了衣服。因為到普列希昂，要走相當長的路……。用餐時間我悶不吭聲。然而，當母親說要出門時，我已經哭著哭著，跳進母親的懷抱裡。接著說我也想去舞會，請您一定要帶我去。」

　　「父母親一開始笑著我的一時衝動，但逐漸感覺情勢不妙。他們跟我說：你要是聽話，我們會給你獎賞，但我當然不理睬，我糾纏不休地努力著。誰來說服我也沒用，還哭著跺腳。終於父親發怒了，但是嚇唬我也沒有比獎賞更有力的。時間一分一秒的過去，父親大概越來越著急吧。忽然抓住我的手臂，馬上扒下我的衣服，猛力把我放在床上，關門出去了。」

　　「我一開始對父親這樣的做法不知所措，但醒悟過來之後，扯開嗓子憤怒地呼喊，發出絕望的嗚咽聲。老好人露西婆婆聞聲而來安慰我，卻徒勞無功。屋子裡充滿著我的叫聲。可憐的露西也手足無措，開始一起放聲大哭。事實上，我覺得露西婆婆一定也跟我一樣，在心裡埋怨我的父母親怎麼不容許這讓人疼愛的小少爺一時小小的任性，露西婆婆從剛剛把棋盤格的手帕從口袋拿出來擦眼淚，忽然吃驚地望著我。」

　　「那是因為，我坐在床上，宛如很滿意、順利、做了報仇等等得意的表情微笑著，的確我是獲勝的。事到如今，我的父母親沒有帶我去杜‧拉‧內魯茲氏的舞會，其實也沒什麼。我要去參加精彩的宴會，那是比起我父母親從我這奪走的那個宴會，還要更精彩的宴會，沒錯。一躺在床上睡著之後，『假侯爵』漂亮的帶蓬馬車過來，一定帶我去『樹梢上』的『蟋蟀』公館。一路

我們邀請『灰姑娘』、『白雪公主』、『穿長靴的貓』還有『拇指公主』。然後大家一起進去以豪華吊燈裝飾的宮殿裡面。於是『驢皮公主』和『睡美人』一定會迎接我們。然後與『白馬王子』[2]一起，舞會就開始了。互相打招呼，跳著四步舞。饅頭、點心都有、燈光也有。就這樣跳到早上。然後，我就把鑲著很多鑽石的很大的點心帶回來給露西婆婆吧！」

　　陳述到這裡，法朗索亞・貝拉格那消瘦的長臉上浮現了帶著悲傷的微笑。然後再補充：

　　「也就是說，這是我第一次體驗的舞會，而且這件事是讓我第一次了解想像力的重要性。在我的生涯當中，我為了忘記現實中的悲哀，不知道幾次借了這個叫做想像力的魔術力量！所以你回去之後，請您把這個故事傳達給讀者。這個故事就是明確地讓讀這篇的人們了解，為什麼我不想要做一個嚴肅的人，還有如何為了彌補自己平凡的命運，懷抱著夢想來實行。」

附記

　　在這篇故事中所出現童話人物都是夏爾・佩羅（Charles Perrault）所創造出來的。像日本桃太郎的故事一樣，佩羅的童話培養法國少年少女們寬大的精神。（譯者）

　　　　　　　載於《臺灣婦人界》，第一卷第八期，一九三四年十二月十日

2　按：以上皆為童話故事之篇名。

星空下的對話[*]

作者　保羅・哈澤德
譯者　島田謹二
中譯　李時馨

【作者】

保羅・哈澤德（Paul Hazard），見〈討厭男人的女人〉。

【譯者】

島田謹二（しまだ　きんじ，1901～1993），日本比較文學權威、英美文學學者。畢業於東北帝國大學（位於今日本宮城縣仙台市）英文科。一九二九年來臺，歷任臺北高等學校、臺北帝國大學教授。一九三一年起開始運用比較文學的方法研究近代日本文學。而後結識作家西川滿，對在臺日本人的文學活動產生興趣，一九三五年遂著手研究臺灣的日本人文學，進而有「外地文學論」的提出和《華麗島文學志》書寫計畫。所謂的「外地文學」，就是以寫實主義技法，描寫具有特色的外地風景，以及外地居住者特有的心理，因而會顯現出強烈的「異國情調」，同時也是日人在臺經驗的真實紀錄。因此，結合寫實主義與異國情調的「外地文學」，就成為區別於東京文學的一種明顯的標誌，此論述也深深影響著四〇年代臺灣文壇，成為在臺日人作家的創作方向。一九四四年離臺。戰後任東京大學教授，開設比較文學課程。一九六一自東大退休後，轉任東洋大學教授。其後發表兩部海軍軍人評傳《廣瀨武夫在俄羅斯》（ロシヤにおける広瀬武夫，1961）與《秋山真之在美國》（アメリカにおける秋山真之，1969），都廣受好評。一九九三年卒。兩年後，他的學生將《華麗島文學志》整理編輯出版，此書原訂於日本領臺五十年之際出版，但因太平洋戰爭的結束而作罷，島田謹二「外地文學論」的重要觀點，幾乎都收進此書，是研究「外地文學論」的重要材料。（趙勳達撰）

那是個悶熱得快要下雨的星期天傍晚，兩個人相偕走在一起，不斷地穿過群眾，群眾對他們而言像是不存在一般，看不見也聽不見。其中一個人是

---

[*] 原刊作〈星下の對話〉，作者除了標示原文之外，也有片假名「ポール・アザール」。

生理學家，另一個人是文學史家，他們正各自熱衷於自己的夢想。事實上，現在正是 College de France 的會議剛結束，兩個人一起走出來的時候，會議中報告跟投票的結果是要幫 Joliot Curie 教授開設核子化學的課。原子核中子的發射也好、原子核的破壞也好，這些一聽就令人頭暈目眩的各種奇特現象，都讓這位文學史家心跳不已，沉迷其中，將那份狂熱及鄉愁傾吐了出來。

　　「我真是羨慕你們啊！像我啊，覺得自己在這麼長的歲月裡，好像把時間跟勞力都浪費掉了呢！我只是從過去一直活到現在而已啊！只是把文字當作生存的工具活下來而已啊！即使調查出 Diderot 之於 Lessing、或是 Edgar Poe 之於 Baudelaire 的影響，那對人類的幸福來說一點意義都沒有。而身為真正的科學家的你們，卻能夠看清事實，將各種奇蹟與修復的技術一同展現出來，不畏懼地奮勇激進，探索神秘的本質，那個所謂『生命』神秘的本質。就這樣，即使是在我們說話的這一刻，你們也正將『生命』的祕密一個個的呈現在世人眼前啊！」

　　「以前我們被教導宇宙、大地與我們的肉體，是從不能被分解與還原的單一元素裡被製造出來的，而你們卻發現了那單一元素是可以被破壞的事實。鐳元素，作為所有能量的來源，證實了泉水在使用過後會有鉛元素的形成，在那之後，你們推翻了單純的物質不見得能分解成其他元素的說法。你們用神奇的技術將我們帶到『變質』現象的領域，用氧氣創造出氮氣。所以說煉金術士們最初的夢想、那些曾經被認為是狂妄的想法，今天都得以成真，成為生命的一環了。最後，你們創造出了過去自然界史無前例的新元素。不容置疑的，像現在這樣悲慘、憂鬱的時代，也肯定能託你們的福，被認為是偉大的年代而閃耀於未來人們的眼裡。現在社會上的激奮心情，在我們死去好一段時間後，被認為不過是過往時代的一縷輕煙時，我們的這個時代必定會因為你們的發現，而成為不朽的年代吧！」

　　「你們是魔法師、修道的術士，是強者、君臨天下的王者。生物學的學者們也讓我們大開眼界呢！說到底『性別』這件事情是由『天地萬物』為了要維持平衡所控制的啊！但是如今你們卻至少能透過卵子，隨意的改變性別。在受精卵上使用某種化學物質，就能讓它遵循你們的要求，將『性別』

換成男性或是女性。明天過後，你們也會繼續帶給我們更多的驚喜，現在就已經在準備其中一部分了吧！古人所說的『不可企及也』指的就是你們沒錯吧！你們的膽識跟能力已經是沒有極限了，究竟你們能夠到達什麼樣的境界呢？」

賣報的小販大聲高喊著：「第六版出爐了，只要五蘇（法國舊貨幣單位），就能將所有的怪事跟罪惡都呈現在您的眼前喔！」酒跟炭火的味道從咖啡店的陽臺飄散出來，喧囂的巴士車隊將精疲力盡的人們運往補充養分的地方、運往休憩娛樂的地方。這位生理學家到目前為止都沒有開口打斷過文學史家的話，一直靜靜地聽著，而現在輪到他說話了。他的聲音非常的溫柔沉著，從來不說些不確切的話。

「我們啊，不碰到難關是不會停下來的喔！物質本身並不會改變，不同的只是我們每次如何去解釋、使用它們而已。」

說了這些話之後……

「為什麼你們總是不相信自己所扮演的角色是很傑出的呢？你們將人類所有的奮鬥記錄下來，代表著所謂的『歷史』，對不斷躍進的我們來說是唯一的起點。教導後進的年輕人正確思維的，正是你們喔！你們鍛鍊那些年輕人的理性思維，給予刺激、磨練。你們喚醒所有人的想像力，將我們全部的努力與發現用『美』去詮釋，進而宣揚它們，你們才是 Esprit de finesse 權利的擁護者，如果沒有那樣的精神，我們終將捨棄具體的事實而陷進完全抽象的詞句裡，因為『真理』雖然能以多種不同的面貌呈現，但是其中的精神就只有一個啊！」

「在不久之前，我被邀請至某個心急、惦記著要培養醫師群的國家去。我這麼問了，『究竟現在需要多少位醫師呢？』他們說是需要五萬人，『大約想花多少時間湊齊這個人數呢？』，說是要在五年以內，『這些醫師真的可以幫得上忙嗎？』他們回答『我們還不清楚』。所以說，那都是錯誤的預估。事實上他們深信，只要給予學生全部的專業知識教育就可以了，其實卻不然。只靠專業技術的話，有的是無論如何不能給予的東西，而那是對那些認識、理解他人，嘗試治癒他人的人們來說絕對不可或缺的。於是，我們現在正在

試著換一種方法學習，我們效法過去的精神，我們學歷史、學拉丁語……」

　　在巴黎夜裡，大量湧現奔馳的思緒中，這兩位朋友的理論也經由互補、彼此修正獲得最後的共識。所謂發現的喜悅，是站在多數未知的現象前，用等待新發現、謙遜的心情去安撫自己，只要尚有一線希望，自己就會產生無法想像的體認。未來，並不是用來否定過去的，而是用來記取經驗教訓的，進而經由走在不同的道路上，那些追求盡善盡美的人們才會以手足相稱，互相締結友好關係。到此為止，他們兩人的想法終於互相吻合，甚至一同肯定了對人類古老的守護神「Humanites」的讚美。

　　此時，其中一人已來到自家門前，兩人互相道別離去。雨停了，抬頭便可看見雲層漸漸散去。然後，在天空的深處，那些我們稱之為星星的東西，發出耀眼的光芒，不停閃爍，佈滿整個天空。

【附註】

　　Paul Hazard 是法國當代文學家，西元一八七八年四月二十日生於法國 Nord 省 Noordpeene，在本世紀初受到的 Joseph Bedier（中世紀法國文學家）、GustaveLauson（近代法國文學家）、Auguste Angellier（英國文學家）及 Charles Andler（德國文學家）的薰陶，師出 L'Ecole Normale Superieure 後，開始他前往德國、英國、義大利的求學之旅。西元一九一○年以《法國革命與義大利文學，1789-1815》（ *La Revolutioln francaise et les Lettres Italiennes, 1789-1815*）為題的法義文學比較研究發表，獲得 docteur es lettres 的學位，隔年擔任 Lyon 大學文學院比較文學系的講師（那是由 Joseph Texte 首任，由當時 Fernand Baldensperger 卸任後的位置），進而擔任教授。Paul Hazard 於世界大戰後也在巴黎大學教課，更在西元一九二五年轉任 College de France 的教授，在那裡擔任南歐拉丁美洲比較文學課的教職，一直到今天。

　　Paul Hazard 的貢獻主要在於研究南歐各國與法國文學之間的關係。主要的著作，有前文所提及的學術發表：*"Giacomo Leopardi"*（1913）、*"Don Qaichotte de Cervantes"*（1931）等，以及與 Bedier 共同編輯而廣為人知的 *"Histoire de la Litterature francaise illustree"*（1924），除此之外，也編寫了

"Lamartine"（1925）、*"La Vie de Stendhal"*（1927）等讀物，而寫出法國十七、十八世紀古典主義思想的變遷及經過的近作（1935 年發表），更是一部光是題目就震撼了文學界的巨作。

Hazard 自西元一九二一年以來與 Sorbonno 教授 Baldensperger 合作，共同研究「Revue de la Litterature comparee」。他的作品在 Hugo P. Thieme 的 *"Bibliographie de la Litterature francaise"* 中有詳細的記載外，其他值得注目的各著作列舉如左，也就是：《法國概論》（*Discours de la langue francaise,* 1913）、《義大利的少年文學》（*La Litterature enfanfine en Italie,* 1914）、*"Dante et la Pensee francaise"*（1921）、*"Les Influences etrangeres sur Lamartine"*（1922）、*"Trois Mois au Chilli"*（1924）、*"Romanfisme Italien et Romantisme curopeen"*（1926）、*"Les origins du Romantisme et ses influences etrangeres, Le Midi"*（1928）等。

【譯者註】

〈星空下的對話〉一文刊登於今年二月二十九日巴黎的《藝文週報》（*Les Nouvelles Litteraires*）上，是這位文學家最近的心得感想。我認為有值得學習的地方，是以特地在此發表譯文，還請讀者諸君賞光。

載於《臺大文學》，第三期，一九三五年六月七日

預防接種*

作者　魏德金
譯者　ネ・ス・パ同人
中譯　李時馨

魏德金像

【作者】

魏德金（Frank Wedekind, 1864～1918），德國劇作家，自小在瑞士長大，大學肄業後先後在瑞士蘇黎世擔任公司職員、在德國慕尼黑擔任文藝諷刺雜誌《西木卜利齊西木斯》編輯，後在萊比錫、慕尼黑和柏林劇院擔任編劇、導演和演員，一九〇一年在滑稽諷刺劇院擔任歌手及朗誦演員，一九〇五至一九〇八年在柏林德意志劇院任職。其創作文類主要是劇本，反對自然主義，常採象徵手法，重要作品有《青春覺醒》（1891）、《地神》（1895）、《潘朵拉的盒子》（1904）、《亡靈舞》(1906)、《宮廷歌手》（1899）、《書報檢查制》（1909）、《弗朗采斯卡》（1911）、《赫拉克勒斯》（1917）等，在過世之後逐漸受到重視，被譽為「表現主義戲劇」之始祖，影響了如布萊希特在內的許多重要劇作家，其劇作至今仍不斷被演出。此外，他也創作了一些詩歌和短篇小說。（顧敏耀撰）

【譯者】

ネ・ス・パ（讀音為：Ne Su Pa）同人，即《ネ・ス・パ》雜誌的內部成員。僅知曾於一九三五年十一月十五日在《ネ・ス・パ》第六期發表譯作〈豫防種痘〉，其餘生平待考。（顧敏耀撰）

　　親愛的各位，現在開始我要跟大家講一個故事。但是，諸如女人是很大膽厚臉皮的，而男人是很愚蠢的，這種事，完全不是我所想要表達的。這只是從心理學角度來看，會是一個很有趣的故事。我想不只是各位，應該無論

---

* 　原刊作〈豫防種痘〉，作者標為「ヴエデキンド」。

是誰都會有興趣的吧！我認為聽完這個故事之後應該會對各位有所幫助，所以提出來跟大家分享。可是，要是因此被大家認為「這個傢伙竟然把以前的戀愛史拿出來炫耀」之類的話，可就令人感到遺憾了。所以，我特意事先聲明，我絕對不是這個意思。至於從前那些輕率荒唐的行徑，直到現在我依然深感後悔。即使要讓我再做一次，眼下的我頭髮已經白了，腳也站不穩了，不管是興致或是體力各方面都油盡燈枯了呀！

「一點都不需要害怕喔！可愛的小少爺。」在某個知道丈夫已經回來了的晚上，芳妮對我這樣說著。

「所謂的丈夫啊，幾乎每個人都是一樣的，容易會有一些嫉妒的心理。如果說連一點點關係都沒有的話，就不會吃醋了。一旦起了嫉妒的心，而且有了一個理所當然、冠冕堂皇的理由，就會從那一瞬間開始，變得盲目得不得了呢！」

「我不管怎麼樣都很在意他的表情啊！」我不安地答道。「我覺得他一定是察覺到什麼了。」

「那是你多心了啦！可愛的小少爺。」她這麼說著。「說到那個人的表情啊，那是為了確保他不會吃你的醋，也讓他永遠不對你起疑心，我想出了一個對策，而結果就是那個表情啦！」

「什麼對策？」我驚訝地問她。

「這算是一種預防接種吧。在我決定要跟你在一起的那一天，我馬上抬頭挺胸跑去跟那個人面對面地說出我愛著你的事。然後每天不厭其煩地在睡覺前、在起床時一直跟他說。我還對他說，你怎麼可能不吃那個可愛青年的醋呢！因為我真的很愛他呀！我到現在還能恪守婦道，既不是因為你也不是因為自己的關係，而是全拜那個人所賜喔！」

我聽完這段話之後，終於明白那個人為什麼會有那樣的舉動了。明明就是個和藹可親的人，也不知道我偷偷地觀察他心裡在想什麼，卻時常用一種悲憫的眼神，像是在嘲弄著什麼似的表情看著我。

「可是，你認為這招能用到什麼時候呢？」我還是很擔心。

「萬無一失。」她像天文學家一樣有信心。

雖然她說人的心理就是這樣，並不會出差錯。但我還是覺得提心吊膽的。

然後在某一天，發生了某一件事。這件事解開了我的疑惑，讓我大吃一驚。

當時我住在市中心的一條狹窄通道旁的公寓大樓裡。那是一間位於五樓附有家具的小房間。我那時的習慣是睡到大白天才醒。某個天氣晴朗的早晨，我想應該是九點左右吧。開了門之後，她走了進來。說到接下來發生了什麼事，呃，那的確是絕無僅有、十分罕見的事。不過仔細想想，在人類精神生活當中也是極其理所當然會發生的事。如果不是她讓這麼令人目眩神迷的一幕活生生地在我眼前上演的話，我是絕對描述不出來的。她將身上的衣服全部脫光之後躺到了我身邊。像這樣讓人臉紅心跳而太過刺激的事情，我就不能再說下去了。各位，總之大概就是這樣子的。

為了以防萬一，我要再次跟各位強調，我絕對一點都沒有要講風流韻事的意思。

我正想著她那美麗的身體讓棉被包裹住的樣子，不久，門前突然清楚地傳來了腳步聲，然後是敲門聲。驚慌失措之下，趕緊拉起棉被才剛藏好她的臉時，她的丈夫就走進來了。大步爬樓梯上來的關係，他滿身大汗又一直咳嗽。但是他的表情卻很開朗，滿面紅光、很開心的樣子。

「我和羅耶貝爾、薛列特要去野餐，來問你要不要一起去？先坐火車到艾班豪森（Ebenhausen），接著再搭車到阿默爾蘭（Ammerland）。其實我今天本來打算在家好好工作的。但是我老婆一大早就出門，去布利西曼家探望小寶寶的狀況了。天氣又這麼好，我實在是沒辦法老實地待在家啊！就在路易波爾特咖啡館碰到了羅耶貝爾和薛列特他們，大夥就決定要一起出門玩了。我們會坐十點五十七分的火車。」

就在他說話的這段時間，我稍微冷靜下來了。「可是你……。」他一邊笑著說。「我現在可不是一個人喔！」「嗯，我知道。」他揚起了意味深長的笑容後答道。他雖這麼說，眼睛卻睜得大大地，笑個不停。他略感猶豫地往前走近一步，然後站到椅子的正前方。那張我總是把脫下來的衣服放在上面的

椅子。椅子的最上面有一件縫上高級麻布做成的精緻蕾絲並且用紅線繡著名字的貼身內衣。另外還有金色透花模樣的布襪子。雖然是女人的衣服，不過光看這些也看不出個所以然。但他還是用好色的眼光一直盯著那些衣服看。

這時我心中突然警覺，這樣下去很有可能某一瞬間會讓他想到「哎呀，我好像在哪裡看過這些東西耶」。一定要讓他把目光從這些危險的衣服上挪走才行。對，不能讓他把視線從我身上移開，我得要抓住他的注意力。為此，除了讓他看到空前絕後的精采景象以外，再無其他辦法可想。電光石火之間，我下定了決心要做某一件事。雖然當時靠它解救了我的危機，然而在已經過了二十年的今天，那依然是一件讓我內疚不已的事情。我居然做了那麼荒唐的舉動。

「我現在可不是一個人喔！還有啊，要是你能想像得到這個女的有多美妙的話，你會很羨慕的。」我邊這麼說邊顫抖著將一直放在臉上的手壓上應該是她嘴巴的地方。

說不定會讓她沒辦法呼吸。可是現在也顧不得這麼多了。要是她不小心發出一點聲音的話，可就不得了了！她的丈夫目不轉睛地往波浪一樣起伏著的棉被那端看去。

終於，我揭開了那令人心跳不已、空前絕後的一幕。我抓住棉被的尾端，將棉被往上掀開來。除了她的臉以外，其他部分皆無所遁形。「你可曾見過這種尤物？」我如此問著。

她的丈夫睜大了眼睛，大大地吃了一驚。

「嗯！嗯！的確，你的眼光很不錯。那我該回去了。不好意思，打擾你了。」他邊這麼說著邊往門口走去。我把棉被好好地蓋回去之後，從床上跳起，匆匆忙忙地趕到門口，站在他的面前，遮住他的視線。這麼一來就不用擔心他會去看到椅子上的襪子了。

「我一定會搭中午的火車去艾班豪森的。」我趕緊握住門把這麼說著。「在那裡的祖爾波士特旅館等我吧！在那裡集合之後，再一起去阿默爾蘭吧！今天的野餐一定會很棒的。啊！謝謝你特地過來約我。」

然後，他留下了沒有惡意，朝氣蓬勃的玩笑話後，就走出了我的房間。

而我，直到聽見他的腳步聲從樓下的玄關消失為止，就好像腳底生根似的，就這麼站著一動也不動。

　　請容我在此告訴各位，在我讓她遇到這麼可怕的事情之後，那位夫人陷入憤怒與絕望的恐怖情景。我嚇得魂不附體。她一股腦地將滿腔的怨氣、憎惡還有輕蔑全部都發洩出來。她是目前為止唯一一個這樣對待我的女人。一邊迅速地穿上衣服一邊做了一個對著我的臉吐口水的威嚇動作。當然，我自動放棄為自己說任何一句辯解的話。

　　「接下來你打算去哪裡？」

　　「不知道。去跳河或是回家，不然就是去布利西曼家那裡看小寶寶的狀況。我不知道啦！」

　　下午兩點等我們全員到齊後，就到艾班豪森的祖爾波士特旅館附近，坐在茂盛的栗樹林蔭下，大快朵頤地吃著鮮嫩多汁的烤雞和新鮮的生菜沙拉。心裡有鬼的我不禁多疑地觀察著他的臉色，想知道現在他的心情如何。幸好他一副興高采烈的樣子，著實讓我鬆了一口氣。他用戲謔的眼神看著我，一邊洋洋得意地竊笑著一邊輕輕擦撞了我的手一下。不過，像是「為什麼這麼高興？」的話，我一個字也問不出口。

　　我們的野餐風平浪靜地結束了。晚上大約十點左右我們回到了市中心，大夥約好了稍後在停車場的某一個啤酒廳碰面。

　　「我先離開一會兒。」那個朋友這麼說著。「先回家把我的老婆大人接過來。今天天氣這麼好，卻一整天都在照顧生病的小寶寶，到了晚上如果還是讓她一個人待在家的話，肯定會不高興的呀！」

　　不久之後，他果然帶著他的妻子來到了我們約好的啤酒廳。今天的野餐自然地成為了我們閒聊的話題中心。大夥在幾分醉意下，拼命地把無聊的野餐說成是趣意盎然的。他那年輕的妻子，始終話不多，看也不看我一眼，感覺她心慌意亂的。與她這模樣恰恰相反，她丈夫的臉上卻出現勝利意味的笑容。那副興奮快活的樣子，比起白天時候，尤有過之。我怎麼樣都想不懂他怎麼會這麼高興。而且，承受他那像是把人當做笨蛋、驕傲眼神的對象已經不是我了，反而是他那個沮喪不已的妻子。他真的是一副打從心底感到快樂

滿足的模樣。

一個月之後的某一天，我們倆久違地單獨相處的時候，她替我揭開了謎底。在我默默聽完她又一次驚心動魄的詰難後，我們有表面上和解的共識。好不容易和好之後，她就告訴我那天晚上她丈夫回家後，雙手交疊，迫不及待地說出了以下的這段話。

「關於妳那個可愛的小少爺，我今天可是知道他的真面目了！妳每天每天都在說妳好愛那個男的，你被當成是可笑的玩物啦！事實上，今天早上我去了那小子家裡一趟。當然啦，他可不是一個人在家啊！如此一來，我總算弄明白那個男人為什麼沒有接受妳的熱情，沒有對妳出手的原因了。也該當如此啊！說到那個男人的戀人，可是一個有著非常曼妙身材的女人啊！實在是令人甘拜下風！像妳這種半老徐娘，怎麼可能鬥得過人家！」

親愛的各位，預防接種的效果大致上就是這樣。想提醒大家千萬不要上這種神秘離奇招數的當，所以將這故事說出來跟大家分享。

載於《ネ・ス・パ》，第六期，一九三五年十一月十五日

銀頂針*

作者　弗朗索瓦·科佩
譯者　石濱三男
中譯　楊奕屏

【作者】

弗朗索瓦·科佩像

　　弗朗索瓦·科佩（François Coppée, 1842～1908），法國詩人、劇作家、小說家。出生於巴黎一個公務員家庭，高中畢業後進入戰爭部工作，開始寫詩，一八六六年首部詩集《聖遺物匣》(或譯為《聖骨盒》，Le Reliquaire) 發表後，成為有名望的高蹈派詩人。此外，他的獨幕詩劇《行人》(Le Passant, 1869) 獲得演出機會，確立了他在戲劇界的地位。其後，科佩的詩風轉向民眾派，其代表詩集《平凡人》(Les Humbles, 1872) 描寫了平凡人的樸素感情，為他贏得「平凡人的作家」之稱。一八七八年成為法蘭西劇院的檔案管理員，一八八四年被選入法蘭西學院，一八八八年獲法國榮譽軍團勳章。(趙勳達撰)

【譯者】

　　石濱三男(？～？)，日籍文人，通曉法語，譯作主要刊登於《臺灣日日新報》，如一九三六年的〈銀の指貫〉(銀頂針)、〈フランス童話：盲目の乞食犬〉、〈可愛いい女紙屋〉(可愛的紙店女孩)、〈鱒〉，一九三七年的〈國際的文學の危險〉、〈優しい女〉(溫柔的女人)、〈フランス怪奇小説：ペイルヴイニュの一夜〉、〈モンテルラン會見記：「力」の作家は語る〉、一九三八年的〈コルニーユ：親方の祕密〉、〈アルフオス：ドオデエの博物館〉等。此外，亦有部分譯作刊登於《臺日グラフ》，如一九三七年的〈香水〉、〈驢馬のピエロちゃん〉、〈山羊のフィネット〉。

---

* 原刊作〈銀の指貫〉，作者標為「フランソワ・コツベエ（佛）」。日文「指貫（ゆびぬき）」即中文「頂針」，台語稱「針指」、「布指」或「銅指」，縫紉時套在手指上的環狀物，用以推針穿布，保護手指，大多用金屬製作。

其餘生平待考。（顧敏耀撰）

香裴爾在摩洛哥的別墅裡，因過於悲傷和寂寥，覺得自己快死了。

她在這二十年間過著飲酒作樂、鎮日狂歡的日子，卻無損其身為一個名妓的美貌。但是，最近那雙眼睛（那雙曾讓許多男人意亂情迷與絕望的眼睛）卻一天比一天飽受白內障的折磨。她在兩年前就感覺到些許症候，某天早上坐在化妝臺的鏡子前，覺得自己的臉好像隱藏在一片薄霧之中，隔天這層恐怖的霧又變成更不透明。香裴爾想起這陣子常頭痛，也感到偏頭痛，眼前有黑點、蜘蛛絲，還有飛舞的蒼蠅，非常不舒服。立刻就請了幾位眼科醫師來看，但是，無論哪位醫師的診斷結果都一樣，這病症正在緩慢的惡化中，同時建議她動眼科手術。

她很猶豫退卻。即使她過去曾經痛苦地折磨過許多不幸的男子，但她自己卻對痛苦很恐懼，因過度縱情玩樂已鬆弛的神經是禁不起手術刀觸碰的。她非常抗拒，她可是曾經讓羅瑤蒙修道院[1]裡面不滿二十歲的年輕王子因對她過於迷戀而死於刺客刃下的女人呀！而現在她將外科醫師逐出家門，任由病情惡化。

香裴爾的別墅是在這個叫做摩洛哥的樂園中最美、位置最好的地方，當路人眺望那爬滿藤蔓的窗櫺邊掛著薔薇色的布簾，總想著這窗內住的人是多麼幸福呀！

但是香裴爾卻痛苦得簡直想死去，她只能靠著花香感覺花朵之美，地中海那一大片碧藍之美，也只能靠著有旋律的浪聲來欣賞。過去靠著五感恣意妄為享樂的她，現今只能靠僅存的感官來感受了。

她收到一束花，只稍微嗅了嗅香味，隨即發怒，將花束拋開。她對她最後動情的情人——彈奏優美華爾滋為她解悶的波蘭鋼琴家，也是在一次發現自己無法看見他斯拉夫人特有的藍眼時，在盛怒下就將他趕出去。

---

1 原刊作「ロワイヨウモン」，指 Royaumont Abbey（羅瑤蒙修道院），位於巴黎北郊三十公里處，建於十三世紀。

　　舊土耳其皇族之子古雷哥斯哥，他是唯一會在眾人面前向她伸出手的男人。他帶著她在賭場繞了一圈，她對已經看不到的亮閃閃金幣發出的吵鬧聲只感到煩躁不耐，連牌桌一分鐘也待不住。她從前可是在這兒廝殺累積許多財富並得到「賭后」這稱號的女人呢！

　　但是若是會發光的物品，香裴爾睜著半盲之眼，靠得很近，是勉強可以看得到。因此，她依賴眼睛能得到的最後快樂，就是將自己的鑽石或珠寶一一拿近眼前欣賞。

　　每天晚上，她的女僕瑪涅特，這個女僕很以自己在一八六七年博覽會時，曾在她女主人的床第之間看遍歐洲所有君主自豪。在香裴爾的小寢室內「擺好桌子」鋪上石榴色的輕紗，並在點著二十根蠟燭的大燭臺間，放上裝滿主人身上行頭的銀鎖黑檀箱子。

　　香裴爾坐在扶手椅子上，從箱子中將珠寶盒拿出，一個個打開，靠著她快消失的眼力，項鍊也好、耳環、手鐲、別針也好，皇冠也好，仔細的端詳，這是對於老女人已漸日薄西山的眼睛而言，至高無上的享樂。鑽石或珍奇的珍珠、高價的寶石等，好不容易為這雙眼點燃些許亮光。

　　對光線非常饑渴的瞳孔，這時歡愉地睜得大大的。她直盯著發光寶石，想起從前送她這些珠寶的男人。與其說是講給坐在一旁的女僕聽，倒覺得是機械式的在說給自己聽。香裴爾想起好似已消失在夢境中的香豔故事、年輕時的事、污名及漫長的賣春生活：

　　這個紅寶石首飾可是位國王給我的呢！他的馬車被擲炸彈，現在被逐出國逃到蘇格蘭，這可憐的波爾三世，現在一定無聊得發慌呢！這真是漂亮的石頭呀！這是個珍寶呀！只有錫蘭島才有的呀！這個是碩大的珍珠項鍊，那人呀！破產後，現在已經不行了。真是的，精明的猶太人還會破產，實在少見。

　　然後這是昂貴的黑珍珠。啊！對了！他還買了一模一樣的東西給他太太呢！再來是這副耳環，這人雖不是什麼有錢人，但他可是位真正的紳士呢！結果他在盜用公款的告示發布前一天，就拿手槍對著自己心臟打了發子彈。唉！其實我也不在乎啦！這個顏色很深的藍寶石有六克拉之多呢！給我這個

的是個窮光蛋，八成是前一天在賭場贏來的。還有這顆是綠寶石呢！可是，我的朋友沒有一個好下場的。這人曾任埃及大臣，沒多久國王下令將他處絞刑，可是看看這綠寶石，多麼完美呀！

然後這是尼特阿尼亞王給我的寶冠，當中鑲有大鑽石，大概有半座三錫山這麼重了。這顆鑽石大有來歷，它是喬四世與公主結婚時，從珠寶商手中想盡辦法買來的。這麼說來，這位國王還算過得好的，只是最近好像有點禿頭了，在金幣還有郵票上的頭像已戴起假髮，連鬢髮好像也染了……。

就這樣她結束了充滿恥辱和悲劇的冗長陳舊故事後，香裴爾將箱子闔上，發條發出乾乾的寂寞聲響，她將剛剛拿出來的珠寶盒一個一個很有耐性的將它們放回黑檀箱中，宛如歷代祖先的棺木整齊的排列在墓地中。

有時她會把手伸到箱子底下，挖出許多亂七八糟，已過時的、或不能戴的珠寶。但是因為它們全都暗澹無光，所以她也看不見，連送的人的名字都想不起來，這裡可說是記憶的共同墓地。

女僕瑪涅特最喜歡在這時坐在她身邊，這是為什麼呢？因為這時主人會把一些彎曲的戒指、壞掉的珠寶或金飾的殘骸送給她。

但是，有一天晚上她正在把玩這些珠寶時，女僕瑪涅特忽然發現一個像是窮女孩戴的銀製頂針，嚇了一跳。這個頂針完全比不上其他珠寶，甚至放在一起都會覺得羞恥的程度。

瑪涅特把頂針套在食指上邊笑著問夫人：

「是個銀頂針呢！夫人！這到底是怎麼回事？」

香裴爾看不到那東西，她將頂針拿到手上放在指間玩了一陣子。

在那一瞬間，忽然她像是被雷擊中般，她想起自己還是個品性端正名叫維吉妮寶拉時的事情。

她剛結束在丹尼斯鎮上花店的工作時，附近一個名叫喬巴吉司特的年輕男子送的。

他深愛著她，也很想和她結婚。他一整天在巴黎市內奔波，但是，到晚上必定會來接她，一起到他當門房的雙親家。這個一頭亂髮，有著紅撲撲臉頰的和氣男孩對她來說是再恰當不過的丈夫了。但是兩人賺的錢合在一起也

不過八法郎這麼一點錢，兩人要如何生活？因此，她拒絕這婚事。當散步到郊外葡萄園高臺上，走到某香煙店前，她停下腳步告訴他：

「你不要再約我出來了，我是說認真的，巴吉司特。」

那之後不到八天，她就在朋友的介紹下，來到蒙瑪羅這花花世界，並立刻釣了個男人。可憐的巴吉司特，為了這女人而死。

六個月後，當她正和別的男人在咖啡廳裡時。他自縊而亡，一旁還留有遺書。

「我是為了維吉妮寶拉而死的，我對她有著難以壓抑的愛情。」

盲眼老妓香裴爾的臉上暗淡下來。接著，很乾脆地將銀頂針放入箱子底。

「太太！」女僕露出愚蠢的笑容，「妳想起這東西是怎麼來的了嗎？」

香裴爾很快地將箱子蓋上蓋子。以她一直沒變的乾巴巴的聲音回答：「這東西？這沒什麼！不過是我年輕時的一點東西而已。」

載於《臺灣日日新報》，一九三六年一月七、十二日

可愛的紙店女孩*

作者　弗朗索瓦・科佩

譯者　石濱三男

中譯　李時馨

【作者】

　　弗朗索瓦・科佩（François Coppée, 1842～1908），見〈銀頂針〉。

【譯者】

　　石濱三男，見〈銀頂針〉。

　　郊外，一個人聲鼎沸的城鎮，從早到晚都有貨車與公車頻繁經過，讓每戶人家的玻璃窗震動不停。在這裡，有一位無人不知、無人不讚賞與敬重的可愛的紙店女孩。這也是理所當然的！會這麼說是因為在小而整潔的店內，身著整齊合身衣服的金髮女孩，敏捷地摺疊著散發著剛印刷好的氣味的晚報。那姿態之優美，無與倫比。

　　雖然我剛才說她是個金髮女孩，但也許該說是個褐髮女孩才對。因為，那一頭總是好好地用梳子梳理整齊、多而濃密的頭髮，是比較接近銅褐色的，像米糠一樣的斑點反而更能襯托出明亮的薔薇髮色。在有著美麗端正輪廓的臉上，淡褐色的可愛雙眼，炯炯有神。

　　做生意的人或許本該就是這麼一個模樣——溫柔又親切可愛。一般來說，無論是多麼親切的店員，面對只花一文錢的客人，都會稍微露出厭惡的表情。但是這個女孩，卻一點也不會這樣，這就是可愛的紙店女孩她的美好之處。

　　如果你是住在這郊區裡的人，每天早晨要前往工廠或辦公室以前，比起到別家店，必定會先繞點路來這家店買報紙的。會來這裡買報紙的還有像是小家子氣又偏偏每次一定要繫上新領帶的時髦男性、百貨店的老闆、或是自以為美男子的傢伙們。但是，女孩為人實在太拘謹的關係，來的每一個人都

---

* 原刊作〈可愛いい女紙屋〉，作者標為「フランワ・コツベエ」。

不敢大聲說話。況且，店內收銀臺的後方，還有頭戴希臘帽、身穿針織背心，留著一臉落腮鬍的老爹鎮守著，他的手因為輕度中風而抖個不停。這位老爹曾經有段時期在有電梯的人家裡當過門房。

老爹原本是某銀行家的僕人，罹患中風之後，只能靠微薄的生活津貼過日子。誰都曉得要是沒有這個親切又工作勤勞的女兒，他就只能被送到養老院了。女兒不但奉養他，還溫柔地看護著他的病情，每天早上，都會讓他坐在那張舖有像擦碗布一樣洗得很乾淨的亞麻布的扶手椅上。並且，讓老爹覺得自己不需要別人擔心掛念，是個頂天立地的男子漢的，也是她。因為即便家中一切大小事均由她一手包辦，她仍舊常常跟鄰居這麼說：「爸爸真的經常幫忙做事喔！……要是沒有爸爸在，我真的會忙不過來的！」

然而真實的情況則是一天當中有四分之三的時間，他幾乎什麼事也沒有做。不過，來的客人如果是不趕時間的，或是花一枚銅板買一枝鐵管筆的乳臭未乾的小學生，還有買一本備忘錄卻花了二十分鐘在聊天的對面燒肉店老闆娘的話，這位可愛的紙店女孩就會讓忠厚老實的老爹去接待他們。

老爹會倚靠著家具東搖西晃地慢慢站起身來。這時，女孩為了不讓父親察覺她的貼心用意，總是裝作一副很忙碌的樣子對客人說：「我說的沒錯吧！爸爸不在的話，我實在忙不過來的！……尤其是今天特別忙，因為我還要整理那些賣剩下的週刊雜誌呢！」

大家一定認為這位去年剛滿二十歲的可愛的紙店女孩要找到戀人肯定是非常容易的一件事。當然往好的方面想是這樣的。其實卻不然！這個女孩氣質出眾，大有「千金小姐」之姿，郊區這一帶的低俗無聊男子們，是得不到她的芳心的。

每天到店裡買《燈籠》（La Lanterne）雜誌的某個肉販屠夫，向女孩求婚被拒絕了。這個男人，可算得上是一表人才，又有積蓄，甚至考慮要自立門戶。只是，他那滿是血水的圍裙，讓平時只用乾淨的日用品和一碰到純白紙張就會感到開心愉悅的女孩覺得很恐怖。

女孩同樣讓另外一位男子失望了。那個男人是擁有二十四家店的食品雜貨商老闆的兒子。他在女孩面前會變得膽怯，小心翼翼地燃燒著對女孩的愛

戀之心。當然,她是用委婉、不傷人的方法拒絕他的。

　　這個男人叫做阿納特歐爾,是個有著鷹勾鼻,過分老實的人。可是愛空想,老是作著到遠方國家探險,英勇果敢的冒險夢。他每隔八天就會來店裡買《旅行雜誌》,而買這種雜誌也是為了滿足他腦中那些不切實際的幻想,例如獅子與獅子間的打鬥,或者是戴上軟木頭盔、腳穿長統靴、手持卡賓槍的紳士在處女林地裡……等等的景象。就是在他買一本叫做《食人族的飲食》的書時,他愛上了紙店裡的美麗女孩。

　　就像在歌劇裡常發生的,女孩對他表現出來的熱情一點反應也沒有,裝作一副完全沒有察覺的樣子。可憐的阿納特歐爾,只能在星期六早上買兩本名叫《在冰山釣海馬》及《剛果的活人祭品》的書,一邊用心神盪漾的眼神看著女孩,他也只能滿足於這樣的情景了。

　　那麼,就在這個可愛的女孩的心還沒被任何人擄獲的某個早上,一位身材又瘦又高,散亂著頭髮,穿著一身黑的男人,走進店裡跟女孩買了一份半法郎的報紙。他有著看似發呆無神卻又黑得像鑽石一樣發亮的眼睛,嘴角彎起年輕神祇般的微笑。

　　就在這個時候,可愛的紙店女孩突然莫名地有了一個她將會陷入不幸的預感。

　　接下來,那個男人每天都出現在店裡,而且只在女孩跟他收一枚銅板時,才會看女孩一眼。但是,女孩覺得即使他沒有朝這邊看,還是有一股被一直凝視著的感覺,女孩想知道他是個怎樣的人。

　　於是,女孩從水果店的老闆娘那裡聽說,那個男人就住在鄰近某個安靜的房屋中,位於六樓的閣樓裡。據說那房東的原則是不租給有小孩、小狗或是有鋼琴的人。此外,那個男人是一個劇作家,晚上連續好幾個小時都一邊哼著詩歌一邊來來回回地踱步,也因為這樣而被房東要求搬離。此後,聽說那位房東下定決心將劇作家這種像瘋子一樣的行業,也列入拒絕往來戶。

　　在此之前,不管怎麼說,這位可愛的紙店女孩向來對文學沒有多大的興趣。一般來說,就跟糖果師傅討厭吃糖,賣報紙的不會去看報紙是一樣的意思。

但是嚐到戀愛滋味的女孩，為了找出那位眼中似有火焰在燃燒的男子的姓名，拼命地翻看報紙。但是女孩能找到的，仍舊是男人那客套敷衍的微笑和玩世不恭的態度，這件事讓女孩感到非常地痛苦。

不過女孩終於還是在一份不是很知名，賣得不是很好的報紙上，小說部分的最後面，發現了男人的名字。那篇文章的內容是，在這片天空下，一個住在離你最近的房間裡的男人，身穿看得出肌肉線條、滿是皺褶的大禮服，專門寫熱衷於追求奢華的賣春婦和一些伯爵夫人們的事情。

於是，每天早上，每當那個男人來店裡買一枚銅板的報紙時，這個可憐的女孩漸漸地感到悲哀，覺得自己被輕視，就連希望他能看著自己的勇氣也沒有了。

就這樣持續好幾個月，數不清的歲月都消逝了。詩人一直就住在這附近一帶。後來他找到了一個位於某個庭園深處，不管怎麼吵鬧也不用擔心有人會聽見的一個角落，就在那裡住了下來。

不過，新房東的反應雖然跟從前允許酒商在此處吹奏角笛時，一樣搖頭嘆氣，卻也就這樣讓他住了幾個月。一年多之後，在這段期間內，可愛又熱情的紙店女孩不斷作著許多美夢，偶爾嘆息，又時而淚濕枕邊。

不久之後，詩人搬走了，就此再也沒有回來過。女孩雖然感到很悲傷，卻沒有向任何人傾訴。又過了一陣子，女孩的心才得到了些許的平靜。知道自己就快要迎向人生最後一刻的老爹，催促著女孩趕快結婚。

但是，沒有一個男人是女孩中意的。於是，老爹去世了。女孩懷抱著悲傷的心情，過著只剩下她孤伶伶一人的日子。就這樣，就像有著美麗肌膚的金髮女孩常常會有的結局──她未老先衰，過不了多久，就變成一個年紀輕輕，卻看起來像個老婆婆的樣子。

然後在某一天──啊啊！已經是過了十二年之後的某一天。她從報紙得知以前的客人──他的作品在法蘭西劇場上演後，大受好評。他已經儼然成為一個有錢人，一個有名的作家了。直到現在，仍然保有一顆美麗的心的她，喜不自禁！

"L'Illustration"雜誌上，刊載著詩人那因為成功而顯得年輕有朝氣、跟從

前一樣漂亮的臉部肖像。她惱怒地盯著那肖像看，卻在內心感到幾分驕傲，就把它放到陳列架上。接著，就在此時，從前迷戀她的阿納特歐爾來了。

阿納特歐爾一點也不為世上激烈競爭所困，繼承了他父親的事業，成為二十四家食品雜貨店的老闆。結婚之後，成為一家之主的這個鷹勾鼻男人，從前對紙店女孩的那份熱情，到了現在，已經完全不見半點蹤跡。來這裡只是為了要買《旅行雜誌》罷了。看樣子，他依然沒有失去對冒險的熱情。

她想要讓這個雜貨店老闆注意到"L'Illustration"雜誌上面的肖像，想要讓他知道因為好評如潮的劇作而一夜成名的詩人的事情，想讓阿納特歐爾回想起這位有名的作家，以前還每天早上都來這裡買報紙的時候，他們跟他是鄰居。……想著這些事情……對現在已經是一個老婆婆的她來說……她變得想要將一切告訴這個知道她那被葬送的青春時代的人，如今發光發熱的詩人就是從前讓她神魂顛倒，讓她的愛在心中萌芽、深種的人。如果能這樣說出心裡的話，對她來說一定是一件很開心的事。

可是，奇怪的阿納特歐爾冒冒失失地走進店裡後，一言不發地拿了一份報紙，今天的頭版封面是波斯王被大臣們刺殺的圖片。接著，往收銀臺丟了兩枚銅板，打了聲招呼之後，就匆匆地離去了。

於是，她深深地嘆了一口氣。最終，誰也不知道那些她心裡藏著的秘密了。

載於《臺灣日日新報》，一九三六年二月十六、二十一、二十三日

鱒魚[*]

作者　德利耶

譯者　石濱三男

中譯　楊奕屏

【作者】

德利耶像

　　德利耶（Claude Adhémar André Theuriet, 1833～1907），法國著名詩人、小說家、劇作家。生於塞納瓦茲省（La Seine et Oise），早年在母親的故鄉洛林（Lorraine）接受教育，後來到巴黎攻讀法律，並擔任公職。從一八五七年起，陸續在《兩個世界雜誌》（Revue des Deux Mondes）發表詩作，一八六七年將詩作集結出版為《林間小路》（Chemin des bois）。爾後又陸續出版了《真實人生之詩》（Poèmes de la Vie Réelle, 1874）、《我們的鳥兒》（Nos oiseaux, 1886）等詩集。他在作品中刻畫自然簡樸的農村景物，尤其擅長描寫森林。此外，其小說受到寫實主義的影響，描寫精確，意象獨特，在現實和心境的描述之間達成平衡，常以幼年生長的洛林為故事背景，著名作品有《兩朵矢車菊的家》（La maison des Deux Barbeaux, 1879）、《寧靜別墅》（Villa tranquille, 1899）等。一八九〇年獲頒法蘭西學院的維特獎（The Prix Vitet），一八九六年成為法蘭西院士。詩人戈紀耶給予極高評價：「德利耶是一位細膩、含蓄的才子，文風有如林間的清新、朦朧、寧靜。使風景變為活栩的人物無聲地滑過，像在苔氈上滑行。然而，那些人物給你留下回憶，出現在由陽光照亮的綠色背景上」。（顧敏耀撰）

【譯者】

　　石濱三男，見〈銀頂針〉。

---

[*]　原刊作〈鱒〉，作者標為「アンドレ・トウリエ」。

「絲克拉蒂克！」

「是的！蘇路達先生！」

「鱒魚就拜託妳了……還有湯妳也要注意一下！白葡萄酒、三葉菜、麝香草、月桂、韮菜再加上洋蔥什麼的，要一直加進去呀！」

「請別擔心，我已經儘量為您放入許多蔬菜了！」

「只要加入一點檸檬就好，醋一點都別放進去……然後十點半鋪桌巾，十一點整準時將餐點準備好……差五分鐘都不行，剛好十一點，知道嗎？」

身為馬威爾法院法官的蘇路達先生，對女傭下了極簡潔的幾句最後的命令後，就邁開規律輕快的步伐穿越廣場，來到位於郡公所後方的法院。

蘇路達先生身軀雖然略為肥胖，但可是個步伐穩健的四十五歲單身漢。他圓潤的肩膀、低沉的聲音、留著短髮的圓頭、濃密的睫毛下銳利的灰色雙眼，看起來好像在發怒的大嘴、略黑的臉頰上不整齊的鬢毛，好似在取笑「人總是擺著副好人臉可不行」，他生就一副好似極易憤怒的臉。

不！的確蘇路達先生不是個和善的人，他自己本身也引以為豪。在法院內，他對誰的態度都是專制的、易怒的、言語粗暴的，對被告像石頭般冰冷，對證人們也沒好臉色，對律師則充滿攻擊性。也就是說，他無論和誰接觸都像全身是刺，大家都對他避之唯恐不及，沒有人想和他親近。

但是，鋼鐵般的他有兩個弱點。首先，他的姓氏「懷廉瑟」因為和他形象太相符（壞臉色），常成為笑柄。其次，他是個有名的美食家，極具品味的美食慾望已幾近狂熱。他安定的生活中唯一的樂趣就是餐桌上的美食，在這個比利時屬地阿爾丹奴國邊境附近悠靜的小村莊，法官對料理的挑剔，周遭十里內已人盡皆知。

「傳說他只吃當天早上釣到的魚，因為早上的魚經過一個晚上的休息，情緒穩定，所以肉質更為鮮美。他還想出在煮蝦之前先將活蝦丟入煮沸的牛奶中的點子，據他說這麼一來將有極為特別的口感。」

他將這料理法告訴聖維克多魯寺平時極為克制口腹之慾的和尚時，這了不起的和尚立刻漲紅了臉，將兩隻有力的大手舉向天空大喊：「這樣太過份了，你太過份了蘇路達先生！能夠盡情品嚐美食雖然很好，但是這種吃法你

會遭天譴的，你無論如何一定要跟神明告解！」

　　對和尚的憂心，法官卻報以惡意的微笑，以美食誘惑這位值得人尊敬的好朋友也是法官的壞心眼之一。這天早上，他又請和尚過來早餐，正和書記官一起等著和尚來呢！昨晚他得到一隻重達兩斤的粉紅色鱒魚，生長於澄澈乾淨的水裡。鱒魚是他最喜歡的魚，料理這柔軟肉質的魚花了他一個早上大部份的時間。

　　他手上拿著肉片，苦思如何料理以證明鱒魚煮成的湯，比一般配菜的日內瓦或波蘭口味的醬汁還美味。鱒魚放入煮肉的湯汁中，而且一定要完全放涼之後才可以端上餐桌。法官信奉這般極近獨斷似的絕對信念，就如同遵守刑法的法條般嚴謹。他披上法官袍，一邊翻閱一份最近才審理完的某事件調查書，一邊腦海裡還反覆思索料理的事。

　　這犯罪事件前陣子在法院內還掀起不小的騷動，那有如連續劇般的情節和蘇路達先生腦海中湧現的美食成為奇妙的對比。

　　在一個黎明時刻，森林看守員被發現慘死在伐木後留下的滿布荊棘的溝渠裡。這案子原先認為是發現屍體的盜獵者所犯下的，但接著許多證據顯示並非如此。事件宛如墜入迷宮般，因為案發地點就在接近國境的製炭人休憩小屋附近，這點讓法官起疑，很快的找來製炭人問訊。

　　結果，案發當天晚上，製炭人都不在小屋裡，由製炭老爹的年輕女兒負責看守竈火。蘇路達下令逮捕一位從前曾和被殺的森林看守員起過爭執的二十五歲製炭人，然後傳令老爹的女兒來訊問，事件就是從這裡開始混亂的。那女孩並未到案說明，就此行蹤不明，法官只得派憲兵追緝，目前還在等待結果。

　　十點左右，法官室的門被打開。憲兵戴著三角帽和黃色皮帶出現。

　　「如何呢？」蘇路達不耐煩生氣地問。

　　「法官大人！我們連草都翻過來找過了……我們從一大早找遍了整個森林，就是完全不見小姑娘的蹤影，連那些製炭人也很擔心，大家都不知道她跑到哪兒了！」

　　「這群笨蛋！」蘇路達失望地說：「他們根本是在耍你們……把他們全都

捉來⋯⋯沒用的傢伙！⋯⋯你們都下去吧！」法官看了看錶，十點十五分。事件以失敗告終。他想在客人到達前盡主人的本份再到餐廳繞一下，所以脫下法官袍回到家中。

六月的陽光照在明亮華麗的餐廳，那白色的牆、灰色系的窗簾、高高的大理石火爐，再加上鋪著雪白桌巾的餐桌，讓人感覺非常舒服，像是在等著客人前來。

餐桌上整齊地擺著三人份的餐盤，小巧柔軟的麵包被輕輕地包裹在紅色的亞麻布裡，紅酒在酒瓶中發亮，裝飾著花朵和萵苣葉的沙拉放在右邊，盛著奶油蝦的料理在左邊，鱒魚被盛在飾有三葉菜的大盤子裡，它銀色的腹部有些許褐色細斑點，青色的背部許多道刀痕中露出鮭魚般粉紅色的肉，尖尖的嘴部也帶有些粉紅，一旁的湯碗中放著冰鎮的冷湯，所有的食物都飄出一股茴香味，使鼻腔極為舒暢。

這情景讓法官原本不好的心情改善許多，他又將布滿灰塵的陳年老酒改放到銀色的酒籃中，漸漸地心情就變好了，就在那時，餐廳的大門被粗魯的推開，從走廊上傳來女人的叫聲：

「我說過我要找法官，法官大人一定也正在找我！」

幾乎是同時，一隻穿著短袖的手臂推開擋在入口處的杜希普書記官，一個奇怪的女孩跑進餐廳。

那是個年紀很輕、身材很瘦、被太陽曬得黝黑、頭上沒戴帽子、被風吹成一頭亂髮的小姑娘。她沒穿襪子的腳上套著一雙男用的笨重靴子，穿著灰色粗棉印花布的衣服，伸出細細的手腳，胸部如同小孩子般，胸口前綁的線快鬆開了。因為天氣熱再加上跑得很快，她的兩頰通紅，灰褐色的雙眼在亂七八糟的栗色頭髮下發亮，她嘴巴張得大大的，滿臉慌張。

「這到底是怎麼回事？」法官皺著眉頭問道。

「是這個製炭女孩在喊叫。」杜希普書記官回答道。「她在您去法院時跑來的，說是有事情要告訴您，然後就發瘋般的跟我到這裡來了。」

「是什麼事？」法官不高興的問。「妳讓我們等了三天都不出現，為何現在又這麼著急呢？⋯⋯妳為何不快點出來應訊？」

「我有我的理由。」她像野鳥般的眼神看了看餐桌和那兩個男人。

「妳的理由我等一下再聽。」法官生氣的說。「妳讓我們案子無法進行下去呢！……」他將掛錶拿出來看一下，差十五分十一點……還有時間……「杜希普，你準備一下做筆錄……我來問問看……。」

書記官拿來紙張和墨水瓶在桌子一邊坐下，然後將筆夾在耳邊等著。

法官四平八穩地坐在稻桿長椅上，眼神堅定地盯著站在火爐前的小女孩。

「妳叫什麼名字？」他冷冷的問道。

「梅莉奴・薩耶魯。」

「年紀和家庭狀況？」

「十六歲……我和做製炭工作的爸爸住在昂茲・弗地奴的小屋。」

「不可以說謊啊！」

「我就是想說真話才來這裡的。」

「那麼把手舉起來……好……妳那天晚上兩點到三點間一直待在小屋裡，而蘇隆看守員在小屋附近被殺……將妳所知道的全說出來。」

「請聽我說，事情是這樣的。我的伙伴們大家都送炭到斯多安去了，留下我一人獨自在爐邊看守，剛好是月亮下沉的兩點左右時，樵夫馬薩經過小屋前。『嗨！你起得真早！』我向他打招呼。『工作還好嗎？』『不太好。』那人回答。『我太太在發燒，小孩在挨餓，家裡一片麵包也沒有。我現在要去打隻兔子，天亮再拿到馬威爾去賣。』他說完後就走向昂茲・弗地奴方向，直到看不到身影。」

「但是到了天快亮的時候，風大了起來，我正在為燒炭爐架上圍欄時，忽然傳來一聲槍響，同時有聲音往小屋的方向傳來，是兩個男人在吵架：『這個乞丐！』是森林看守員在大叫：『我要把你送去官府法辦！』馬薩拼命拜託看守員：『請把兔子還給我，我家的孩子正在挨餓！』『你在說什麼！快拿來！』兩人吵著吵著就扭打起來，其間有幾聲槍響在夜空響起……突然看守員『哎呀！』地叫了一聲就倒地不起。我因為太害怕了，腦子一片混亂就躲到屋後。我想這時馬薩應該是穿過大森林逃往比利時的方向……我知道的就是這一些了。」

「嗯！」法官略帶不滿的問道：「為何妳先前不像這般到法院說明呢？」

「事情又不是我做的，況且我不想害馬薩被捉呀！」

「哦！然後今天早上妳又改變主意了嗎？」

「我今天會來是因為聽說丘斯坦會被控告。」

「丘斯坦又是誰？」

小姑娘說到這裡臉紅了起來，小聲的說：

「是我們製炭伙伴的一人……他是個連蒼蠅都不敢殺的年輕人呀！……您想想看呀！」她接著激動的說：「他會被當成殺人犯，我光是想像就受不了。所以決定要來這裡！我一個人穿過大森林跑到這裡！我再累都沒關係！就是要我跑到明天也沒關係！因為我可以發誓丘斯坦和這件事一點關係也沒有！……就是要我把手伸到火裡發誓我也願意！」

聽了小姑娘熱情的陳述，雖然她身穿破爛衣服，看起來卻異常美麗，連兇悍的法官本人都為她努力辯護的樣子動容。

「唉呀！」他看到小姑娘臉色一變，身軀搖晃的樣子，嚇了一跳，「妳怎麼了？」

她臉色蒼白，冷汗從鬢邊流下來。

她喃喃道：「頭好暈，再也撐不住了。」

法官斟了一杯葡萄酒。

「快將這杯喝下！……」

老法官在這面露痛苦的小姑娘面前完全不知所措，然而又不想麻煩正在做菜的女傭絲克拉蒂克。所以，以眼神向正啃著麵包的書記官示意詢問：

「她大概是因為肚子太餓，快昏倒了！」

「妳肚子餓嗎？」法官問道。

她虛弱的點點頭。

「對不起！我從昨天就沒有吃東西……所以才頭昏昏的……」

蘇路達先生這幾十年來的單身生活造成冷酷的心裡竟然為之柔軟，他想到這瘦弱的小姑娘為了將自己的同伴從法曹的虎口中救出，居然走了三里路，想到她在這六月天走三里路……！這真的深深觸動他的內心，他猶豫一

下，瞄了瞄餐桌上的美食，這沙拉和蝦對於錦衣玉食的人們來說根本不算什麼……「好！」他叫了一聲後，堅定的把盛鱒魚的盤子拉近，將魚背上的一大塊肉撥下放到小盤子裡，端到小姑娘面前，並要她坐下。然後充滿威嚴的說：

「吃吧！」

他沒有必要再招呼第二次、第三次，因為她毫不遲疑的大口吃著，幾乎是瞬間就吃光盤中食物。蘇路達先生心情大好，又為她盛放一盤魚。

杜希普書記官在一旁睜大了眼睛。但法官眼中看不到這一幕，他雖然心裡有點遺憾，但正盯著旁若無人、津津有味、食慾充沛的吃著魚的小姑娘，然後在心裡喃喃道：

「唉呀！竟把我那麼好的一塊魚吃掉！」

這時門打開了，第三位客人聖維克多魯寺的和尚穿著新袈裟，腋下挾著三角帽走了進來，他看到餐點前的姑娘，嚇了一跳，停下腳步。

「你運氣真好！和尚！」蘇路達先生低聲的說，「鱒魚已經沒了！」接著向僧侶說明這女孩的故事。

僧侶嘆了口氣，深深覺得法官犧牲的偉大，他半是感動半帶笑意的拍拍法官的肩膀。

「蘇路達先生，你遠比你自己所想的還偉大呀！……坦白說，因為這條我沒吃到的鱒魚，你的美食罪孽一定可以得到救贖！」

載於《臺灣日日新報》，一九三六年三月十三、十七、十九日

馬爾欽的犯罪*

作者　魏斯科普夫
譯者　高野英亮
中譯　杉森藍

【作者】

魏斯科普夫像

　　魏斯科普夫（Franz Carl Weiskopf, 1900～1955），德國作家。生於當時奧匈帝國布拉格（今屬捷克）。一九一八年入軍隊服役，開始接觸馬克思主義。次年入布拉格卡爾大學修習文學和歷史，一九二三年獲博士學位，期間加入共建黨，爾後多次被指控觸犯「文字叛國罪」。一九二七年參加在俄國莫斯科舉行的第一次革命作家代表會議，翌年移居德國柏林，婚後擔任《柏林晨報》文藝編輯。一九三〇年參加在哈爾科夫召開的第二次國際革命作家代表會議。一九三三年被納粹驅逐出境，返回布拉格，擔任《工人畫報》（後改名《國民畫報》）主編。一九三九年德軍進佔之後，輾轉經巴黎逃亡美國，持續創作活動，並參與「流亡作家委員會」，幫助許多作家逃離納粹控制下的歐洲。終戰之後，歷任捷克駐美國大使館參贊、駐瑞典公使、駐中華人民共和國大使，一九五三年移居東柏林，入籍東德，參與編輯《新德意志文學》雜誌，二年後病逝當地。創作文類以小說為主，包括長篇作品《斯拉夫人之歌》、《誘惑》、《新日子來臨之前》以及三部曲小說《告別和平》、《在洪流中》、《世界在陣痛中》，另有報導文學《轉乘通向二十一世紀的列車》、《未來在創建中》、《廣州之行》，散文作品《強權者》、《不可戰勝的人們》，還著有關於文學和語言的論著《在異國天空下——德國流亡文學綱要，1933～1947》、《保衛德語》、《文學巡禮》，另有譯作《中國詩歌》等。（顧敏耀撰）

【譯者】

　　高野英亮（たかの　えいりょう），日籍文人，通曉外文。目前僅知曾有譯作〈マルチンの犯罪〉（馬爾欽的犯罪）在一九三六年五月四日刊載於《臺灣新文學》，

---

* 原刊作〈マルチンの犯罪〉，作者標為「ヴァイスコッフ」。

譯作〈エミーリエ〉（愛蜜莉）在一九三六年七月七日、八月五日刊載於《臺灣新文學》，其餘生平待考。（顧敏耀）

同志：

我必須要向您報告。聽說您和我弟弟馬爾欽見過面，但您知道他把我們很多優秀的同志，交給國家警察間諜們。

本來我應該拜訪您，口頭上更詳細地報告整件事情的來龍去脈並且連同昨天所發生的事。但是我不但不能夠去您那裡，因為昨天爆發的事件，讓我必須急忙躲身，因此，雖然很遺憾，但實在沒辦法。

就是因為這樣，我要寫這封信。首先，談談看為什麼馬爾欽敢於當間諜吧。他只不過是被迫當間諜而已。蓋世太保[1]用某些方式強制他。但是我對這件事，雖然很遺憾，但我現在只能極為簡單的描述。不過，我想這樣簡單的記述也是足夠的。其理由與其說是辯護馬爾欽必須要做或是不得不做，不如說為了闡明事實而從他身上得到一個教訓，因此我寫下這封信。

如您所知，馬爾欽在國會議事堂縱火事件之後，早已不能待在他的地區。他在那個地區變得太有名了。他逃到Ｒ區。然後發送非法的宣傳單，在地下室設置印刷機。但是因為在鄰近的地區，有一個同志被逮捕，他在那個地區的工作——是發行報紙的工作，也要馬爾欽負責了。

原本萬事都很順利，但是，Ｓ街的秘密印刷廠突然被破獲，緊接著就是一連串的抄家。雖然馬爾欽隻身逃出，倖免於難，但他們自從那時候以來，記住他的臉孔，不斷地跟蹤他。毫不知情的馬爾欽，沒有意識到他學生時代的一個摯友已經設下了陷阱。所以，他被逮捕的時候，他們馬上識破他持有的偽造證件，揭露了他的真實姓名。

根據他以前的工作來判斷，他被認為一定認識很多同志，他們要求招供同志們的地址，並且要他指認被逮捕同志的臉。但是他不肯招供任何事情。於是，他們把他拖去派佩街，監禁於地下室三天。我的妻子兩個禮拜之後，

1　原註：納粹的國家秘密警察。

被允許在某間醫院會見他，但他幾乎昏迷不醒，全身鼓脹地腫起來。妻子將他的內衣帶回家裡，髒到了不忍再看的程度，實在非常嚇人。

之後，他又被監禁六個禮拜，日以繼夜的不斷被訊問。但他直到最後都忍了下來。反而讓他們感到痛苦，並筋疲力竭了。於是，他們暫時釋放他。他們大概以為那麼做，可以刺探出他跟誰聯繫吧。但是他有所察覺，始終窩在家裡，一步也不曾踏出家門。這是他自從被逮捕以來，第一次能稍事休息。

但是，在好不容易跟同志取得聯繫之際，轉眼間他又被捕，再次歷經派佩街、醫院、蓋世太保這個過程。他們跟我說他在宮殿般的「哥倫比亞房」，但是我心想無法再見到他了。然而事情並未因此結束。他們仍然糾纏不休地企圖向他打聽消息。他後來跟我說，他自己也不知道當時為什麼能夠忍耐他們的毆打和訊問以及數小時的挺立。他時時刻刻走進死亡的深淵。那種感覺彷彿自己已經沒有活著，但也不完全是在另外一個世界一樣。

不久，他又重新思考。他們在搜索住宅和逮捕時帶著他去。當某人被逮捕或者新的線索被發現的時候，馬爾欽都必須隨同指揮官，站在同志們的面前。所以在別人看來，他簡直成了搜索隊的「帶路者」。

他好幾次完成這個職務了。而這是他昨天最後斷言，他把很多祕密文件交給獄中的同志們。那是為了弄清楚自己的立場，但不用說，這些祕密文件在途中被攔截。

他們訊問被逮捕的同志們時，讓他站在詢問室的門外，把同志們帶到他面前。然後他們在室內向同志們說：「你無論如何都不能說謊，比你先被逮捕的同志們，是那麼痛苦的。來，為了救他們，不要做些微不足道地掩護，趕快招供吧！」另一方面，馬爾欽在那段時間內，迅速地被迫更換衣服，成為相當出色的間諜。馬爾欽雖然咳嗽咳了好幾次，努力讓被逮捕的同志知道警官們在作戲，但是混帳警官們連這都當成已安排好的喜劇。同志們對馬爾欽的懷疑越來越深。

然後，某份宣傳單出現之後，他是被收買的間諜已是不容置疑的了。那張宣傳單大概是由蓋世太保做出來的，其實，他們應該更正確地印刷幾可亂真的宣傳單，當然那是不可能做到的吧！縱使馬爾欽被釋放之後，我們也沒

有人要跟他一起行動了。我們沒有錯，我們必須要懷疑、警戒。我們無法仔細探究他的辯解。我們必須考慮到他做出使組織陷入危機的不正當行為的這確鑿的事實，來採取行動。無庸贅述，這才是高明的做法。

　　他昨天跟我說：「自己已經很清楚地預料到會這樣。但是被誤會做了間諜是無法忍受的痛苦，煩惱到差一點要自殺。」但是誰能斷定他是因為懷有惡意，才那麼煩惱呢！我努力的想相信他。不過，最後我將作為「走狗的證明」的錢放在信封裡，遞到他面前。馬爾欽不肯碰錢。但這其實也有可能是他的奸計。現在要斷言孰是孰非是非常困難的，我茫然了。我感覺好像從頭被套上了網子那般，那是我的生涯中最悲哀的瞬間。

　　他們又逮捕了馬爾欽。再次讓他站在搜索隊的最前頭，恰似過去被帶到法院的樣子。他以前的朋友們成排地站在他面前。他們再次不斷地跟他說：「來，像頭母羊一樣，安靜一點！快招供吧！保持沉默也沒用！你的同志把你稱做渾蛋呢！他們已經完全放棄你。他們像瘋狗一樣伺機打倒你。不管你要不要站在我們這邊，對黨來講，你都是背叛者。所以，恢復理性，為我們工作吧！」如此，訊問、說教和毆打，沒完沒了地持續著。

　　他們給他看我們的「黑名單」，上面標記他是間諜。不久，他們告訴他：「本來要射殺你，但不想這麼做。」取而代之的是，日日夜夜試圖說服他。「你現在是為了硬要堅持無產階級的驕傲，保持沉默，但你的純潔早已消失了。我們縱使現在殺你，但你的身體也不會清白無辜的。你是身為背叛者而死去的！」

　　他們終於打敗他了。他昨天向我懺悔。他好像完全被打垮一般，筋疲力盡，狠狠地被砸碎。

　　他向他們供出同志的假名和地址，但是這份招供對他們來說已經不起任何作用，因為他跟組織太久沒有聯繫了。所以，他們把他關進哥倫比亞房，吩咐他從事指認被逮捕的同志之任務。他被硬拖到他們無法判斷的同志面前來，他從這些人們中，挑出認識的人，他們知道他認識非常多的同志。

　　從此，他不曾回家。他們擔心他會被同志們所射殺，他住在離城市有點距離的一個刑事課長家。

　　沒想到，昨天他來找我。我本來不想讓他進來房間，但，他怎麼也不走，所以只好讓他進來了。

　　他向我傾吐胸臆，那簡直是青天霹靂。無論是對我還是對他而言，都是無以名狀的痛苦。我能夠領悟了，他努力過，但他們比他更強。他們最後把他砸碎了。我能夠領悟了。我們怎麼能夠讓他證明我們必須要比他們強呢？他是正確的，只是他的做法不好，輸了。但是，事到如今，沒有人能救他。啊，他是不應該活著的。

　　我拿起手槍，是他自己的手槍。然後開了一槍，把他射殺了。從他的口袋裡，發現了報告書和五十馬克。

　　我知道，我不能向您求救，我也不敢奢望。我只想早日脫離這痛苦，盡快向黨投案自首。五十馬克就希望捐給 XX 救援會。你必須要在報紙寫：馬爾欽是過於害怕或是良心麻痺而自殺了，他是筋疲力盡的人。這就如這封信的開頭，決不是為了他的辯解。萬事只有當時的事情能夠證明，我能負起責任地說，他現在完全清白。

　　以我們的問候，為紅色戰線戰士同盟！

Hermann・H

【原刊附記】

　　這篇是反納粹的亡命作家的機關誌《德國新浪潮》（*Neue Deutche Welle*）五月號的譯本。原題為〈更強的人〉，〈馬爾欽的犯罪〉是我取的標題。

載於《臺灣新文學》，第一卷第四期，一九三六年五月四日

艾蜜莉*

作者　赫曼・克斯坦
譯者　高野英亮
中譯　伊藤佳代

赫曼・克斯坦像

【作者】

　　赫曼・克斯坦（Hermann Kesten, 1900～1996），德國小說家、劇作家。他在一九二〇年代先後完成《約瑟夫尋求自由》（*Josef sucht die Freiheit*, 1927）與《放蕩的人》（*Ein ausschweifender Mensch*, 1929），因而成為德國新即物主義運動（New Objectivity movement）在文學領域的旗手。其後，又陸續創作了《幸福的人們》（*Glückliche Menschen*, 1931）、《江湖藝人》（*Der Scharlatan*, 1932）、《異國神祇》（*Die fremden Götter*, 1949）等，開始對時代有批判性的懷疑，並因洗鍊的異國情調與幽默風格，使其成為國際性的作家。除小說之外，亦有文學評論、劇作與葉慈文學翻譯等多種作品。一九三三年開始流亡海外，一九四〇年入籍美國。一九七四年獲頒布屈納（Karl Georg Büchner）獎，是現代德國最具權威的文學獎。一九八五年，以其為名的文學獎「克斯坦獎章」（Hermann Kesten Medal）成立，用以資助受迫害的文學家，並彰顯克斯坦一生反抗威權的精神。（趙勳達撰）

【譯者】

　　高野英亮，見〈馬爾欽的犯罪〉。

　　他以含著苦澀食物般的心情對待她，沒辦法像吃到難吃的止咳糖那樣把她立刻吐掉，也不能殺她。他不是粗暴的男人，不過偶而也想像過她的死。唯有她死，才能讓他解脫。但是他比她早死三年，棺材裡面的他看起來是如此的內向與謙虛。

她的名字叫做艾蜜莉。法律命令他扶養她，供她吃穿，把房子給她住，並且同床共枕眠。他恨法律。他很明白因為自己的軟弱，使他最近變成被強迫出租房子的人。他因此輕視自己。

「法律不會強制我們。」他對咖啡店的服務員這麼說。那個服務員偶爾讓他賒帳，所以願意聆聽他的話。

「法律不會強制我們娶妻，又強制我供應她吃飯。」他一而再再而三的溫習自己所發現的這個警句。結婚後的第十四天，他毆打自己妻子，原因無非是他有這樣的性格。他越來越沉浸於自我的孤獨感了。

他十七歲開始寫詩，四十歲當上代理經理。他已經不再寫詩，卻已養成對別人沒興趣的話題也喋喋不休的習慣。他自認為聰明，事實上他確實聰明。他自認為感覺敏銳，事實上確實感覺敏銳。他自認為寂寞，事實上他確實寂寞。他親手打造了自己的生活。何以如此？因為他有將他的性格染上自己生活的能力。所以他難以取悅的個性使他的命運變成難以取悅的命運。

艾蜜莉是他的妻子，是他第一個女人。她留著大捲金髮，因為結婚而變得富有。她大他四歲。她的名字是艾蜜莉。她跟他一樣出生於巴伐利亞的菲爾特。她在十四歲時失去了信仰，十七歲時失去了童貞。並且以放蕩聞名，傳聞說她在金錢方面也是如此。

她在四十四歲時認識他。他住在她的樓下。在樓梯間初次相遇時，他臉紅心跳到喉嚨梗塞說不出話來。從那之後，他的心中小鹿亂撞到幾乎每次都忘記跟她打招呼。她完全不把他放在眼裡，帶著妖豔的香味與他擦肩而過。貧窮的他不習慣接觸噴有濃郁香水的女人。她每天穿著絲質衣服。如同民歌裡常常出現的這種男女邂逅，吹皺了他心中的一池春水。他對抒情詩特別容易有所感動。

某個星期五晚上。人們常說：人的不幸之所以年年增加，是因為一個星期裡有讓人討厭、遭到詛咒的星期五。他跟一般人同樣有著如此的想法。他是個迷信的人，一輩子都記得那個星期五晚上的事情。

他吃完晚餐從咖啡店回來，坐在附有家具的出租房子裡。對房間裡陰森的憂鬱裝作不以為意，但是那個感覺依然在心底縈繞。因為他忘了買火柴，

所以沒有點瓦斯燈。他不想去找房東太太。那是個性情乖僻、嗓門又大的寡婦。她有時一整天躲在廚房裡，在那裡一直洗衣服，不洗衣服的話心裡會不舒暢。她也在那裡吃東西，不吃東西的話會感到不安。她也在那裡碎碎念，更睡在那裡，那是她的家，就靠著年金這樣過日子。他很怕房東太太，所以，只好在黑暗中一直坐著。

那時還是初春，房間的窗戶開著，對著被防火牆圍起來的細長走道盡頭裡的中庭。天空中飄著一朵很像鍋蓋的浮雲。中庭裡，有終日傳來鐵槌聲響的小型鐵工廠、對著雞窩大叫的孩子們、狂吠的狗以及一棵枯萎的樹木。不分晝夜寒暑，那棵樹木一直矗立在中庭裡，到了冬天就光禿禿的，樹枝絕望下垂的樣子就像溺死的屍體一樣，在寒風中不斷顫抖。

不過，到了夏天，那棵樹長滿了茂密的綠葉，積滿了灰塵。他靠在窗邊眺望中庭。他在想，那棵依然光禿禿的樹木，就像把即將到來的春天藏在樹皮之下一般。而逐漸璀璨的星光，慢慢點亮了黃昏的天空。柔軟的、涼快的微風吹拂著他，他全身感覺到春天的使者來臨了，不禁深深的吸了口氣。

他聽到敲門聲，不慌不忙的站起來打開門。門一打開，迎頭撞上一個人，是艾蜜莉。她看起來又激動又著急，心慌意亂的樣子，催促著陪她上去二樓的房間。「別笑我，好像有人偷偷進入我的房間。」

他把自己的房間鎖上。他很大膽，走在她的前面上樓去了，她隨後而行，身上帶著濃郁的香水味。她不斷跟他說話，打開房門走了進去，沒有看到人影。不論在床下或櫃子裡面都沒有人。

儘管如此，她還是害怕。然後，她拜託他暫時跟她在一起。她將簡樸的晚餐端到他旁邊。她一直跟他說話，吃很飽的他也一起閒聊。他將剛想到的警句覆述了兩三遍，她靜靜聆聽著。過了半夜，他離開她的房間。什麼都沒有發生。他說話的時候，她都專注的傾聽。

之後，他們兩個常常碰面。在街上，在樓梯，在他們的房間。最後他們每天，有時候甚至是大白天，也會互相去找對方。可是他們兩個不像情侶的樣子。他們也不會笑鬧取樂。他發表新創的警句，而她稱讚他。有時候稍微讚美，有時候熱烈的稱讚，她是個優秀的聽眾。

有個星期天，他們約好一起去郊遊，就約在城市上小劇場前的廣場碰面。她遲到了十分鐘，他站著廣場等她。雖然城市裡旭日初昇，但是城市彷彿在這快到天亮的時刻，安靜的歇息著。他已年逾四十，忽然深切的感到寂寞。他想到自己獨自一人寂寞的站著廣場，等著跟他唯一有關係的女人，忍不住開始發抖，臉也發熱起來。他現在獨自一人站在這個廣大的多角型廣場，彷彿是要獻祭給這片土地，感覺到自己好像變成英雄人物了。

早晨的微風吹拂著，仰望著天空，心中若有所思。他仍然必須等待一段時間，而時間無情的流逝。由於過分期待，心臟的跳動快要停止下來了。現在的他已經將生命交給她的心，然而不管是誰都無法支配自己的命運。一想到此，他不由得珍惜起自己的生命。這一切的思緒糾葛隨即被完全打斷，因為遲到了好久的她終於出現了。

兩個人走下石階，從廣場旁出去。道路一直連接到小橋，穿過牧場，一直延伸到視線看不清楚的遠處。兩個人享受著春天的美麗早晨，腳下的新鮮嫩草綠油油的，朝露也在陽光下閃耀著。頭上的天空因朝陽的照映而呈現藍色。艾蜜莉看起來美得無話可說，美麗的藍色瞳孔在陽光下更為明亮動人。往後看的話，巴伐利亞的工業大城菲爾特，安靜的被籠罩在安息日的蒼穹之下，看不到煤煙，也聽不到喧囂。

他們倆一邊蒙受著灰塵，一邊沿著國道往前走。穿過森林之後，不久就來到了宛如享受著朝陽而揚起璀璨浪花的運河邊。兩個人沿著運河旁的小道往下走。晨曦不久轉為烈日，正午的陽光熾熱。迎著涼爽微風的綠野，眼中看到的是柔軟輕盈的白雲，運河兩岸農舍的灰色屋頂，茂盛林立的花草樹木，道路沒有鋪上柏油，也沒有用成碎石子路，對村民而言，這才是稀有的平地。

鞋底沾滿了不黏底的柔軟土壤，光是味道就令人覺得可以成為田裡的肥料，藍色的空氣，長久嚴冬過後的溫暖，人們稱之為春天的所有事物一應俱全。特別是令人驚艷的女孩，可愛的艾蜜莉就在他的旁邊，她的香水就像這條街一樣，散發著豐腴的香味，她穿著絹製衣服使得她每走一步就發出窸窸窣窣的聲音。這一切對他的心臟而言太過負荷了，舒爽的心情滿溢出來，使

得他的靈魂都快要被淹沒了。

　　在他心神恍惚之際，艾蜜莉說：「我們要不要在這片夾雜在運河與小溪之間的小草原上，躺下來休息一下？」那是在運河與小溪之間的小草原，看起來毫不起眼，卻十分乾爽，周遭被樹林圍住，前面有草叢遮住，離道路稍微有段距離，四周皆是春天的花草。啊！他是幸福的。

　　接著兩人在那草地上吃午餐，艾蜜莉也好像是肚子餓似的，她帶來了白麵包、黃色的奶油、玫瑰色的柔軟火腿、很營養的褐色香腸。她將這些東西從籃子裡拿出來鋪在白色的餐巾上，兩個人有說有笑的吃著。

　　突然，他感到一陣寒氣而站了起來。艾蜜莉原本躺著，一看到也跟著站起來。這時的她跟他開一個小小的玩笑，走到他身邊，露出了溫柔但卻又有點怯懦的微笑，她說：「我的名字叫艾蜜莉。」她撥弄了一下脖子後的頭髮，覺得自己想到了一個高明的玩笑。

　　然而，這時候她出乎意料的看到了他認真思考的表情，憂心忡忡的樣子，在額頭上也出現了皺紋。她突然心情沉重了起來。以往那麼開朗的他，突然變得沉默，臉上浮現陰影，看到這個情形，她不由得哭了起來。

　　她一邊哭一邊穿上鞋襪，一邊收拾吃剩的東西，提起籃子安靜的走向他。艾蜜莉就像是在等著他安慰似的一再啜泣，他安慰著說不要哭了，他不自在的伸出手來握住她的手，越握越緊，她小而豐腴的手所傳來的溫暖與細緻的觸感，使得他心慌意亂起來。

　　他用另一隻手撫摸她的頭髮，接著把手放在她的香肩，再將手環過她的腰。這一切宛如是要奉獻給他自己的，事實上也是如此，就像今天早上他支配著那個多角型廣場似的，現在他又再度支配一切東西。他突然覺得自己變得很偉大，心胸都開闊了起來。

　　他是個公民，因此終究會像一個公民般的作為，才會讓他覺得自己的幸福是完全的、永久的。當他這樣認為的時候，開始後悔以往讓自己的道德感沉睡。他自己不是很清楚，但覺得自己是強奪了她，她自己本身也覺得自己身上爆發了某種事。就這樣子，不久兩個人就結婚，搬到了附近一間長久未使用但有廚房的房子，兩個人住在一起，開始了婚姻生活。

那是結婚後第一個晚上的事。艾蜜莉半夜突然醒過來，整個房間、自窗外看出去的一片夜空、幾個傢俱、兩人共枕的床、她自己、他，所有被夜幕所遮蔽的一切、包括夜晚本身，全部都被皎潔的夜光所映照著。

艾蜜莉張開嘴巴，睜大眼睛，剛才還沉睡夢中的她，這時，月光照著那被快感濕潤的雙眼。她的良人再度沉睡著，她咬著嘴唇，用膝蓋與手肘，將他推到較高的另一邊，然後背向他，自己再度進入夢中。

隨著黎明來到，日光逐漸強烈，週遭開始變得明亮。屋前的雀鳥群宛如在證明好天氣似的飛舞著。然而艾蜜莉與他的良人羅伯特之間發生了一件急待解決的問題，那就是，不知什麼原因，艾蜜莉稱呼她的良人為「羅伯特」，然而他真正的名字是「格歐魯克‧菲斯特」。艾蜜莉不喜歡這個名字。或許是因為覺得很俗氣，或者讓她想起了年輕的那段歲月。

結婚典禮隔天，兩人在接吻之際，她撒嬌的請求允許叫他「格爾魯根‧羅伯特」。那時候他覺得艾蜜莉不喜歡他的某些地方，一想到她並不是喜歡他的一切，感到有點不愉快。

但他明白她把所有的美麗都送給自己，所以喚他別的名字，只不過聽起來的語音不同罷了，其他各方面都讓人很滿意，加上被她熟練的接吻技巧所誘惑，終究還是答應了。然而在此時，他對於自己的幸福開始感到不安。因為他並不習慣幸福。

他們決定出門拜訪友人，吃過午飯，兩人離開了午後的房間。陽光照著菲爾特街上的狹小巷道，紅男綠女雜沓往來。整個市街都很閃亮耀眼，被春天包圍著，宛如義大利的某個華麗小城。艾蜜莉挽著格歐魯克的手，心情輕鬆的走著。

映照著街道兩側的玻璃窗反射出來的無數光線，兩人也十分耀眼炫麗。一切是如此的明亮，充滿生機，目光所及之處盡是春天，包括灰塵、街道、天空、家家戶戶、人們、艾蜜莉等等，一切都是春天。他緊緊依偎著她，感受她自她手臂傳過來的溫度，他一面走一面用手碰觸到艾蜜莉的臀部，啊！他自己本身也是春天。他清晰的感覺到自己環繞在艾蜜莉身上的血液在上上

下下的奔流，他相信世界已經被自己掌握在手中，就像是從灰塵微粒子當中，感受到自己掌握到上帝似的，因為上帝是包羅萬象的，如果可以沉默的話，這一瞬間的自己是多麼幸福啊！

他完全陶醉在自己的世界，身心都醉了。他對艾蜜莉說：「嘿，可以來點溫柔話語嗎？愛的耳語或者其他隨便什麼話都好。」但她沉默不語，她不喜歡這種戲謔式的調情。她是散文般的女人，當他沉醉在空想之際，她內心在盤算著，她繼續沉默的走著。沉默在他們兩人之間恰似一條黑色河流或者陰影般流過。

兩個人突然察覺到這樣的情形，不禁都抖了一下。她將他挽著的手抽開，他嘆了一口氣，過沒多久，她開始談論到未來的家庭以及她工作的話題，「你啊！打算怎麼辦呢？告訴我吧！明天是上班日耶！」

他又再度嘆氣。只有成功者才喜歡談論自己的業績，歡樂只有附著在有錢人身上吧！長久以來一直都是如此。婚前艾蜜莉也幾度勉強試著對格歐魯克提到此話題，那個時候的艾蜜莉就像是剽悍的以假藉精神和平之名，將好逸惡勞的他從夢幻小島拖出回到現實世界般。他們互相欺騙。如果這世界有真理存在的話，恐怕也將因人們之間的虛偽而被染污，因人們之間的欺瞞而被塗上顏色。

他誇大了自己的收入，就像是為了討好她似的，吹噓自己的工作成果。然而，艾蜜莉只是緊閉著雙唇，高傲般的點頭罷了！這時候的他就像在人類所築的迷宮裡迷路的熊似的，對於艾蜜莉暗示他的財產僅不過如此而感到迷惑。

菲斯特（雖然現在被稱為羅伯特）第三次嘆氣，開始有點不高興，信口開河的說道：「如果世間真的有所謂的公平的話，自己也一定能夠做出一番事業。」他說話方式過於高明，而且似乎出自於真心，連艾蜜莉聽了都深信不疑。然後，艾蜜莉心想，只要緊緊抓住這個假羅伯特，兩三年後說不定就可以過著富裕的生活了。

兩個人連續幾個小時持續在聊天，不久都忘記了拜訪朋友、春天、街道、國道等等，來到了離菲爾特很遠的陰暗森林，彼此戰戰兢兢的用眼角餘光偷

瞄對方，不知為什麼，都感到良心不安，內心也變得空虛起來。

這時他們不約而同的越走越開，腳下踩著發出窸窸窣窣聲響的枯枝與落葉，急促的快步穿過森林，沒時間抬頭仰望星空，也不打算好好觀賞，只是被不安所侵襲，各自慌張的回到國道，之後返回菲爾特。

星期一變成星期二，星期三過去，星期四、星期五接踵而來，然後星期六，他最期待的是星期天，因為一整天都可以和艾蜜莉一起過。

就這樣子，第二週也過了，在這段期間菲斯特什麼都沒做，但卻覺得很幸福。當然，艾蜜莉並不如此認為。

菲斯特被幸福的迷霧包圍著，但就像是走鋼索似的，萬一掉下來，就會往那恐怖的無底深淵跌落，這樣的心情使他不吐不快。他說：「星星確實存在於我看得到之處，上帝也讓人相信，然而妻子的心，有誰能夠給我保證呢？」或許是因為他開始懷疑艾蜜莉到底愛不愛自己了，在某個星期天的早晨，他賴在床上之際，試著這樣問著自己，一整天都未闔眼，那是一個陰霾的雨天，雨點打在窗戶，打在屋頂，街道濕淋淋的。

菲斯特憂鬱的起床，閉上雙眼，聆聽雨聲，同時以甜蜜的心情，聽著艾蜜莉在整理東西的聲音。他瞇著眼睛，宛如惡作劇的小孩般，看著艾蜜莉，卻發現她正望向自己，就在那一瞬間，他大吃一驚。艾蜜莉那因憤怒而扭曲的臉，正在瞪著他，瞪著沉浸在幸福中的菲斯特。

那眼神就像是一條猙獰的蛇，或是徵稅官、執行官，或者說在瞪著她的敵人似的。完全遭到背叛的他，即便受到驚嚇，心裡還是想著：或許是因為自己睡眼惺忪的關係，因此所看到艾蜜莉的臉就像是映在凹凸鏡般的扭曲，一想到如此，他試著把眼睛完全張開，然而這樣做只不過告訴自己這一切不是夢。

他更加睜大眼睛，然而所看到的果然是艾蜜莉，那充滿憎惡，厭惡與憤怒的表情。「艾蜜莉！」他大叫著：「是我啦，你的羅伯特啊！是怎麼回事？你難道已經不愛我了嗎？」艾蜜莉大笑著，轉頭走向另個房間。

他一邊吶喊一邊走到廚房，轉身面對牆壁，開始哭了起來。雨停了，但天空是灰色的，不久那灰色逐漸擴散，如同幽靈一般籠罩著街道上的房子，

宛如蜘蛛網似的，宛如破爛溼透的衣服包裹著心臟似的。

　　他從這房間跑到那房間，終於在艾蜜莉面前停下來，凝視著她的臉。她避開他的視線，頑固的沉默著，從窗邊走到門口，從這面牆走到那面牆。

　　「我到底做了什麼事！喔！天啊！到底發生了什麼事？」菲斯特內心呼喊著。「是我給的愛不夠嗎？還是她愛上了別人？」「我不像腓尼基眾神般尊敬她嗎？我拒絕她挽我手臂睡覺嗎？我們不是很幸福嗎？為什麼她選擇沉默？再也沒有比沉默更令人害怕的。」

　　他說：「艾蜜莉啊！妳已經不愛我了嗎？妳不愛我了吧？妳說話啊！艾蜜莉！妳說話！你說話！」艾蜜莉三緘其口。

　　他變得惶恐不安，開始被恐懼所侵襲。雖然如此，但自己其實也不知道害怕什麼，心情變得很不愉快，人們彼此之間少有不抱著恐懼感的，然而他們兩個人開始對彼此有更多的恐懼，縱使以往他們彼此是那麼信任對方，羅伯特現在卻開始擔心起來了。

　　然後，羅伯特突然想到，是否是因為生病的關係？「艾蜜莉，要不要睡一下比較好？我去找醫生來，醫生會跟我來的。妳生病了，艾蜜莉，妳生病了啦！還是說，妳懷孕了？艾蜜莉，聽說女人懷孕的話，精神狀況會不好喔！」羅伯特快速的拿了帽子與外套，準備出門請醫生來。

　　羅伯特想起了婚前的那些幻想，宛如小孩子現在就要出生似的，同時，宛如幸福即將來臨似的，羅伯特喋喋不休的說著將來小孩子的事情。這時，剛才刻意選擇沉默的艾蜜莉，打算要更加惡作劇，如同要嘗試劇烈毒藥的藥性般似的，逐字逐句小心措辭的開始敘述她那胡亂捏造的故事：

　　「我以前曾被其他男人拋棄並且墮過胎，那時候的產婆技術非常不好，害我躺了好久後才幫我做了手術，因為那樣，我這一輩子都沒辦法生育了。」

　　菲斯特瞠目結舌。就像快死的魚那般，嘴巴快速的一張一閉。艾蜜莉面對著他，看著他的臉高聲笑了起來。「為何眼睛睜得那麼大呢？關於小孩子，你想要創作什麼驚世駭俗的警句嗎？」艾蜜莉說。羅伯特快速衝向艾蜜莉，挺直身軀（因為他比艾蜜莉稍微矮了些），往艾蜜莉的臉上打了個巴掌。一聲清脆的聲響。艾蜜莉就像是在街上裸奔的夢遊者總算醒過來一般，呆若木雞。

　　有天早上，艾蜜莉一醒過來，突然發現隔壁床位空無一人，她跳了起來，以為羅伯特掉到床底下了。她一邊哭得像個天真無邪孩的孩子似的，一邊趕緊下床尋找，但不見羅伯特蹤影。是自己讓羅伯特這麼痛苦的嗎？艾蜜莉內心激盪不已。沒有一個解剖學家可以一窺艾蜜莉的內心，即使像艾蜜莉這樣的女人，她那充滿灰塵的內心深處，在某個角落其實也有善良的一面。

　　恐怕所有的凡夫俗子在其內心深處的某個角落裡，縱使很可惜的難以被顯現出來，但都存在著善良的一面，這樣的事使得大部分的人類變成相似的人。也因此人與人才會結合在一起。當然，所有的人都會死，這個事實的確使得人與人的結合更加緊固。當然，這情形很複雜，非三言兩語所能道盡。

　　羅伯特自從上次動手打了艾蜜莉之後，宛如瓢蟲將身子縮成一團般過日子。這隻瓢蟲就停留在拇指上的指甲上，就是那種頭上有幾分綠中帶黑，背部有兩處黑色斑點的瓢蟲，被莫名的彈力嚇到而安靜的附著在手指尖上，一動也不動的就像是手指尖長了一顆銅褐色的疣一般。羅伯特過的就像是這樣的生活。一直到「疣」開始動而飛了起來之前（既然會飛起來就表示那不是疣，真正的疣是不會動的），只不過是一隻溫柔的小蟲罷了！不過，他決定要違背自然的天性，準備要起飛了。可惜羅伯特只是個代理經理，卻不是代理蒼蠅[1]。

　　羅伯特心想總有一天要艾蜜莉順著他的意思稱呼他為格歐魯克，他已經不允許艾蜜莉用其他名字稱呼他。根據他自己的說法，羅伯特已經死掉了，羅伯特是充滿幸福時的菲斯特，但現在已一無所有。過去的格歐魯克·菲斯特是人生的搞笑演員，他的影子就是現在的自己。理由是因為在不幸的時候，人只不過是他自己本身的影子吧。不過，格歐魯克很痛苦。悲哀啊！沒有比無法痛苦的還要更像廢物的人。

　　格歐魯克的婚姻生活比以前更加悲慘。他明知艾蜜莉已經不愛自己，但他卻難以放棄愛著她，但是，他再也難以從深愛著艾蜜莉中找到喜悅。對他而言，愛只是一種義務，一種必要，但絕不是快樂，就像步行之於痛風患者

1　原註：「德文中的『飛』與『蒼蠅』同音，此處是在開玩笑」。

那般。

　　然而，他會突然想到一直沒有小孩這件事，實在是非常匪夷所思。四十年的歲月中，他偶而會在街上摸摸別家小孩的頭，過去從未想到有自己的小孩。這樣的一個男人會突然想起這件事，就像是一種生理疾病般，這也難怪艾蜜莉不懂。這確實讓他痛苦（雖然那也是他自己選擇的），艾蜜莉也注意到了。但事情並不因艾蜜莉有所察覺就可以解決，艾蜜莉確信他非常煩惱。不過，艾蜜莉所說的完全是個謊言。她絕對不是不能懷孕，產婆的事、墮胎的事完全是一派胡言的。

　　格歐魯克比以前更加賣力工作，但是家中經濟毫無改善。他考慮著，家中支出過多，先不論自己賺的，首先是那個女人到處賒帳就不可原諒，這樣下去永遠入不敷出。

　　艾蜜莉到處賒帳，包括麵包店、肉店、裁縫店、鞋店、布料店、寶石店等等。還錢的卻是格歐魯克。新的借據來了，然後借款直線上升。格歐魯克受到艾蜜莉的影響，變得事事計較。他可以說是愛情製造機、舊式的（真的是舊式的？）愛情自動販賣機（十塊錢投下去就會有甜點掉出來！），他就像懷錶滴答計時似的事事計較，就像是被馴服的猴子，或者像被馴服的國中生班長，也像是來朝貢的家臣似的順從。他非常熟練的把以上這些特質都融為一體。他就像是新兵一樣，接受嚴酷的訓練，理由是他深愛著自己的下屬士官。

　　因為這樣，他很了解艾蜜莉只有當他賺了錢回來時才會對他阿諛奉承，當他身無分文回到家時，艾蜜莉則是趾高氣昂。他已經不再說什麼警句了。為了什麼而說警句呢？沒有人願意聽的。當然艾蜜莉是連聽都不聽。應該說艾蜜莉「變得」連聽都不聽。因為這樣，格歐魯克的情感受到傷害。即使如此，他的內心依然充滿著愛，沉浸在愛當中，就像是沾滿血跡的繃帶般。

　　某一天，一個陰沉沉的日子。天空一片黑，帶點黃色，雲就像野貓脖子上的那圈花紋。強風隨即把那片雲吹散，不久之後佈滿了灰色的雨雲，開始激烈的出現火紅的閃電。他覺得這就像天上滴落的血一樣。

　　那是正午過後不久的時候，菲斯特在這天一反常態的沒有走進那家常去的咖啡店。不想見朋友，也沒有心情對那個服務生說說警句，那個服務生時常給他賒帳，所以願意聆聽他的話。迎風走入大街上的菲斯特，沿著某個住宅旁的街道步行下去。

　　他一想到自己的生活，不由得厭惡起來，一想到自己的妻子，不由得討厭起她。他甚至連艾蜜莉這個名字都變得不喜歡。他想要有小孩，卻連個影子都沒有，心中不禁一陣煩亂。他的眼神時而飄向地上，又時而飄向天空。突然間，菲斯特看到自己妻子的背影，就離他大概二十步遠的前方，挽著一位穿著絹製品外套、體格雄偉的男人一起步行著。

　　「我……」菲斯特說：「那不是我，我沒有那麼高。到底那個人是誰？那個女人的確是我的老婆，但作為一個老婆應該是跟我這個老公挽著手走在街上，但那個男的卻不是我。」他覺得眼前一片黑暗，全身開始顫抖，感到頭昏眼花，呼吸急促。

　　走在前面的兩個人轉過街角時，菲斯特也毫不猶豫的轉身往右邊開始快走。原本因為不想惹人注意，所以沒辦法用跑的，但走到一半時便開始用跑的，然後在下一個轉角轉彎。菲斯特考慮是否要趕在他們前面，跟他們來個正面相對，艾蜜莉竟然挽著陌生人的手臂，要給她一點顏色瞧瞧。然而他汗流浹背，喘不過氣來，拖著像是快斷掉的膝蓋轉過街角時，已經太遲了。她們兩個人正要走進豪華別墅的大門。菲斯特只能夠一瞥艾蜜莉的背影。他茫然的矗立在那裡。

　　當下，菲斯特想要一股腦的在道路中間坐下來。他覺得大腿已經腫了起來，正隱隱抽痛著，痛到想要把它打碎得七零八落。終究他還是抱著膝蓋坐了下來，就這樣他在路邊呆坐了兩個多小時。在這兩個多小時內，他覺得自己整個人生完全被撕裂了。而且，從出生到這時的生命，在時間上，在範圍上，在份量上，他覺得就等於只有這兩個小時。

　　忽然，他就像被電到似的跳了起來。別墅的門打開了，艾蜜莉挽著那個高大男人的手臂，往他這個方向走來。看到這樣，菲斯特覺得心臟又快速的縮在一起。膝蓋宛如快要斷裂的他，環顧四周打算逃跑，他就像希臘神話中

的獨眼巨人扛著整座山那般，冷汗直流，衣服都濕透了，但是仍然奮力的往兩人方向衝過去。

菲斯特來到兩人面前三步遠的地方，非常有禮貌的脫下帽子，深深的行一鞠躬，看起來就像是鞠著躬等著兩人通過那般。菲斯特聽到那個男人問艾蜜莉說：「這個全身濕淋淋的傻瓜是誰？」他也聽到艾蜜莉回答：「他是我丈夫。」接下來就是兩個人爆出一陣大笑之後離去。

菲斯特用手遮著臉，臉是溼的，「因為下雨。」菲斯特說道。然而其實那是因為眼淚濕透了他的臉。「我在吃醋！」菲斯特說道。「以往我都沒有發現這個女人欺騙了我，我由衷深愛著的這個女人，啊！我怎麼會這麼不幸！」

菲斯特吞吞吐吐的喃喃白語：「你到底要我怎麼做呢？我也是活生生的人！我也會感到痛苦！你為什麼要這樣對我？沒有人有權力可以讓我這樣痛苦！」

菲斯特的悲傷突然轉為憤怒。他想到剛剛雙方互相打招呼的畫面，忍不住要大聲吶喊，只不過是小聲的在自己心裡：「為什麼你要脫帽子！你不知道對方是壞蛋嗎？帽子不能脫！帽子不能脫！」緊接著菲斯特慢慢的偏著頭講出一句警句：「愛上一個卑鄙的女人，皆因戀愛的衝動掩蓋了一切缺點」。

菲斯特完全看穿了艾蜜莉絲毫沒有體諒與理解他的心情，性格是如此的輕佻與膚淺，他完全看清楚這個女人的同時，也深深體會到在這種女人面前的自己是多麼的愚蠢與滑稽。

他，格歐魯克・菲斯特，是悲慘的。然而，是誰造成他變成這樣一個悲慘的男人呢？是社會境遇、富人、國家或是其他人們讓菲斯特變成這樣的傻瓜嗎？為什麼只有他？為什麼？問她的良心看看吧！為什麼黑影會出現在心中？為什麼心痛？為什麼苦惱？

然而，對於艾蜜莉而言，她所覦覬菲斯特的其實只有養老保險與年金，其餘都毫無價值。即使如此，她依然忍耐著，就向工人對於老闆百般忍耐似的，為了錢，老闆是必要的存在。艾蜜莉一方面伸手向菲斯特拿錢，一方面卻是更加憎恨他。她曾想過：「我的薪水太少了」。

當她意識到有異樣，自己跑去讓醫師診斷，原來已經懷孕了。她變得瘋

狂似的開始憎恨他。艾蜜莉一想到菲斯特搖身一變即將為人父親就更受不了。只不過菲斯特是否真的是孩子的父親？這不無疑問。為什麼呢？因為那個時候正好是艾蜜莉和幾個男人睡過的時候。

即使如此，法律上的父親只能有一個人，那是無庸置疑的。無處宣洩的那種可怕的憤怒侵襲著艾蜜莉，因為過於煩悶，使得她開始衰弱。她對於自己的身體無計可施。艾蜜莉思考著：

「啊，我是怪獸的餌。他們把我圍起來，追著我（她忘了自己從那些男人身上獲取金錢），任意的玩弄我，讓我有了身孕，事到如今卻要我負起養育小孩的責任，這太過分了！甚至要我回到那個沒用的菲斯特那邊，藉此來懲罰我，這太過分了！而當我肚子腫大起來，菲斯特就開始變得幸福，我難以接受菲斯特變得幸福。啊，我該怎麼辦呢？對了，我要把肚子裡的這個腫瘤拿掉，我要把這毒苗燒掉，讓它爛掉。但是這樣一來我就沒錢可拿了。」

之後不久，有一天艾蜜莉叫著他的丈夫：「我有事要對你說」。菲斯特眼皮抽蓄著看向艾蜜莉，目光稍微瞄了一下艾蜜莉的小腹，緊咬著下唇。艾蜜莉異常冷靜的說道：「相信我所說的，到這種地步還要說些格言警句就不像平常的你了，聽好囉！其實，之前我對你說過謊，但這次我是要說實話。」

菲斯特內心雖然恐懼，但他目不轉睛的盯著艾蜜莉的眼睛。艾蜜莉臉色變得通紅。菲斯特就像前科累累的殺人犯似的盯著艾蜜莉。突然，菲斯特如同一隻飛鳥般衝出去，三十分鐘後帶了一個艾蜜莉不認識的男人回來。菲斯特向艾蜜莉介紹這位帶著金邊眼鏡、有著啤酒肚的金髮紳士是位助產士。菲斯特說：「這位醫生親切的跟我回家來，艾蜜莉，妳讓他診斷看看吧。」看完診後，醫生一邊在青陶洗手臺洗手，一邊說：「夫人真的是懷孕了，但是預產期還要一段時間。」他把眼鏡收在背心裡，就告辭走了。

菲斯特沒有親吻艾蜜莉。醫生出去後，他就站在房間中央，洩氣般的呆站著，然後眼皮快速一張一闔的回頭看著站在一旁的妻子。這時的艾蜜莉就像原本躺在懸掛於兩棵樹中間的吊床，在美麗的藍天與大地之間搖擺，沉醉於不可能實現的願望，正感到身心舒暢之際，突然被驚醒。不知道是否因為

過於憤怒、羞恥或者困惑，總之開始哭了起來。

菲斯特並不像常人一樣永遠當個傻瓜（雖然這樣，不過，偶而看起來確實像個傻瓜），他躡手躡腳的走出房間。他很高興，是真的，他很高興。差一點就發出聲音大叫。呀呼！萬歲！他很高興！只不過是安靜的！偷偷的！秘密的！秘密的！在內心裡！他很高興。只不過菲斯特沒有把這樣的心情表現出來。

菲斯特飛奔至那家咖啡店，償還了一些欠款給那個服務生，並且滔滔不絕地訴說自己即將當父親的事，以及「艾莉卡」簡單的特徵。艾莉卡一定很聰明的。菲斯特不知從哪裡聽到即將出生的孩子是個女孩，那只有惡魔才知道，但是菲斯特知道，因此他將這女孩命名為艾莉卡。為什麼取做艾莉卡，沒有人知道。但是不管怎樣，在菲斯特想像中的這個女孩已經四歲了。由菲斯特到處去宣傳孩子這件事看來，可以知道他是多麼喜歡這個女孩。

不管是客戶、工作夥伴、朋友還是誰，總之菲斯特四處拜訪他們，到處宣傳他自己即將為人父的消息。啊！天啊，他這樣做會讓自己變成一個小丑般滑稽。但那不是問題，他很高興，非常高興。但菲斯特在艾蜜莉面前則是假裝毫不知情。

因為，菲斯特知道艾蜜莉不只憎恨著他，菲斯特甚至有預感艾蜜莉也憎恨著他的孩子 —— 是他的孩子，不是她的孩子，艾蜜莉的肚子不過是借來的。那就像住在屋主家裡面的房客並不是屋主的所有物一樣，艾蜜莉肚子裡的孩子未必是她的所有物。

菲斯特在路上碰到小孩子時就停下來，摸摸他們的頭髮，並且習慣分給他們餅乾或者糖果吃。為此，菲斯特總是隨身帶著餅乾出門。看到嬰兒車時，菲斯特甚至比他們媽媽更會哄小孩。菲斯特每天一定會在玩具店前停留八次，買一些童話故事書，並且從頭背誦到尾。簡單的說，根據艾蜜莉以及一般有識之士的評斷，他就是一個無藥可救的傻瓜。

這樣幸福的情景持續了兩三個星期。

某天傍晚，菲斯特比平常提早回家，那是因為途中覺得肚子很餓，於是加緊腳步趕回家。回到家裡，艾蜜莉不在家。菲斯特走到廚房找了麵包、奶

油以及起司便開始吃了起來。就在感到肚子稍稍變飽之際,菲斯特聽到有人開門的聲音。門口站著一位約十一、二歲的女孩,是個金髮碧眼的瘦小女孩。

菲斯特問她的名字。女孩回答:「格蘭特‧麥雅」。菲斯特問他找誰呢?小女孩回答找菲斯特叔叔。「是誰叫你來的?」「是我媽媽。」「那,有什麼事嗎?」菲斯特問道,「是不是忘記了?你有什麼事要找我?」小孩答道:「不,是我媽媽說:菲斯特嬸嬸今晚不回家了,但不用擔心。媽媽要我來向你說一切都很順利。」

菲斯特的心臟忽然好像停了下來,然後又再度快速跳動起來。「什麼事情一切順利?」菲斯特問道。然而格蘭特並不知情。

菲斯特無法在家裡多待一秒鐘,趕緊關好門窗。帽子未戴,拐杖未拿,慌慌張張的跟著麥雅跑回她家。她家是間平房。格蘭特將菲斯特帶到廚房,然後留他一個人在那裡便走出去。

廚房到處都是鍋壺與盤子,充滿著廉價精油的香味,菲斯特的心跳得更快。這時,在附近傳來一陣女人高聲的嘶喊。菲斯特一聽就知道那是妻子的聲音,頓時他腦中一片空白,他低聲吼叫著:「啊,艾蜜莉!」竟在他要衝出廚房時,在門口撞上了麥雅。

菲斯特大聲叫著:「艾蜜莉!」「她好得很啊!」麥雅邊笑邊說著。「你是大人耶,不會哭吧!一切都搞定了,已經完全結束了,不用這麼緊張吧!」「艾莉卡!」菲斯特大叫著。

「好了啦!」蘇塔吉雅‧麥雅大吼著。「為什麼把這個人帶回來?格蘭特妳這個傻瓜,真是的!妳帶他回來做什麼?是要來驚動街坊鄰居的嗎?你振作一點,冷靜一點!」

「艾莉卡!」菲斯特大叫著。「你們殺了我的艾莉卡!」菲斯特抓起爐子上的盤子(上頭還殘留著些許烤肉汁),用兩隻手將那盤子敲破。盤子的碎片割傷了他的手,不過菲斯特自己並未注意到。

盤子碎片掉落在地上,發出很大的聲響,菲斯特從尖叫中的蘇塔吉雅身邊飛奔而過。艾蜜莉的聲音變得細微聽不清楚了。菲斯特慌張的跑到外頭。手指腫了起來,臉色蒼白,心灰意冷。他漫無目的地遊蕩在菲爾特的街上。

　　冰冷與陰沉的感覺湧上菲斯特全身，他的心臟逐漸變冷。在某個骯髒的水流旁，他在水面上照著自己的臉。他將上半身盡量地往水面移動，直到幾乎要掉到水裡為止。映照在水面上的天空是暗黑色的，星星看起來就像是沉在水底般。晚風將水面吹起陣陣漣漪。他一直注視著流水。

　　菲斯特突然起身，以一種足以嚇到路人的音量狂吼著跑了起來。這種樣子，就像小偷被神明發現一般，就像賽跑選手，就像小孩子，或者如拚命狂奔的大人似的，亦如瘋子似的。

　　菲斯特就像氧氣不足一樣大口喘氣，他跑回空蕩蕩的家裡，用頭將門頂開，爬上樓梯，進到房子裡，爬上床。身體緊緊蜷縮，整個人躲進了被窩，在被窩裡，他就像是求救般的大叫著。

　　菲斯特心想：「我不想死，我不能死，我不能死。」他很害怕，害怕什麼呢？害怕陰暗？怕那長滿蘆葦的沼澤？冰冷的地方？世界末日？永生？命運？不，不是這些。不是。他所害怕的東西無法言喻，無以名狀。他就像個鬧脾氣的小孩子，兩腳踩著棉被，雙拳敲打著牆壁，敲打著自己的額頭。

　　菲斯特突然想到：「人是一種奇怪的動物，在悲傷的時候竟然變得如此粗暴。」不久他開始啜泣，緊接著嚎啕大哭，眼淚溼透了麻製枕頭，要找手帕卻找不到，菲斯特把鼻涕擤在枕頭上，又繼續哭泣，不知不覺中睡著了。作了惡夢，睜開眼已是半夜。

　　菲斯特走到家門前的馬路上。靠著牆壁仰望星空。他注視著，注視著星空，然後自言自語：「再也看不到了。」就像喝醉酒般的走著，來到警察派出所前。瞪大眼睛，佇立著，然後整個人倒了下去。

　　不久，他恢復了意識，發現自己在一間黑暗中的房間裡，躺在稻草堆上。他開始感到不安，懷疑自己是不是死了。他甚至由衷地希望自己像來不及出世的女兒艾莉卡一樣死掉。他想就這樣溺死在黑暗中。他希望永遠就留在黑暗裡。菲斯特緩緩起身用手試探著週遭的牆壁，雖然腦中一片迷惘，他再度躺了下來，不是要睡覺，而是懷著空虛的心在黑暗中張大眼睛。

　　天亮了，他才知道自己是被留置在派出所。「以後不要喝到爛醉。」被這樣狠狠地訓誡一番。菲斯特結結巴巴地回答：「不，不是這樣的，但，但是我

做錯事了，我，我很後悔。」在這樣說著的同時，菲斯特想起了昨晚的事。「老闆，在菲爾特那裡有六間聚集小偷的小酒館。」他添加了毫無根據的假話。「我喝了很多了，對，很多。」「你怎麼樣？已經酒醒了嗎？」警官問話。「啊，對，當然我已經……。」菲斯特被釋放了。

在這個早上，還是經過兩三天後的早上，艾蜜莉回來了。菲斯特如同討債者一樣，又像同時被神魔附身似的，或像是狂風驟雨般地毆打她。艾蜜莉只能不斷往後退，大聲嚷著：「殺人啦！」

此後，菲斯特的生活就像是為尋求宇宙無限深度的行星一般。他無計可施。開始覺得單純的事情反而少見，不可思議的事情比比皆是。菲斯特掉進了自己所挖掘的一個叫做自己的井裡，他過著離艾蜜莉三步遠的生活。即使同床共枕，菲斯特的心中經常是離艾蜜莉三步遠。兩個人熱戀時期的懷念，對他而言已經是另一個世界的廢墟，那種生活就像是從光明的世界掉到無底深淵的黑暗世界，而且連完全割捨艾蜜莉都辦不到。

他以含著苦澀食物般的心情對待她，沒辦法像吃到難吃的止咳糖那樣把她立刻吐掉，也不能殺她。他不是粗暴的男人，不過偶而也想像過她的死。唯有她死，才能讓他解脫。但是他比她早死三年，棺材裡面的他看起來是如此的內向與謙虛。

她的名字叫做艾蜜莉。

載於《臺灣新文學》，第一卷第六、七期，一九三六年七月七日、

八月五日

便宜行事的結婚*

作者　米凱爾・佐琴科

譯者　南次夫

中譯　杉森藍　謝濟全

【作者】

米凱爾・佐琴科像

米凱爾・佐琴科（Mikhail Zoshchenko, 1895～1958），蘇聯小說家。生於烏克蘭，但一生幾乎都在聖彼得堡渡過。他曾參加一次大戰，負傷。一九一八年加入紅軍。一九二二年以處女作《希涅布留霍夫的故事》登上文壇。常借小說人物之口激烈地批判小市民的劣根性，因而贏得諷刺作家的名號。一九三〇年代，積極提筆諷刺時事，先後發表了《克連斯基》（1937）與《塔拉斯・舍甫欽科》等傳記小說。其後，又接連發表諷刺性自傳小說《黎明前》（1943）與批判蘇聯社會之偏執面的小說《猴子的冒險》（1946），因而受到當局的注意，甚至遭受蘇共高官吉達諾夫（Andrey Zhdanov）的嚴詞批評。（趙勳達撰）

【譯者】

南次夫（？～？），日籍文人，通曉外文，曾在一九三六年至一九四〇年間於《臺灣日日新報》發表譯作多達三十八篇，包括〈イギリス童話：茶色のバンニイ〉（英國童話：茶色的兔子）、〈動亂渦中のスペイン文學〉（動亂漩渦中的西班牙文學）、〈最近のデンマーク文學〉（最近的丹麥文學）、〈ドイツ童話：嬉しいスケート〉（德國童話：快樂的溜冰）、〈ジヨンの裏毛の手袋〉（約翰的毛內裡手套）等，另有〈新米のライオン馴らし〉（馴獅新手）刊登於一九三七年的《臺日グラフ》，其餘生平待考。（顧敏耀撰）

　　聽說從前的人沒有嫁妝是沒辦法結婚的。若要打個比方，就如同一個風度翩翩、為人認真的求婚者手握著槍，抵著他未來岳父母的頭威脅地說：「你

---

* 原刊作〈夜の讀物　便宜上の結婚〉，作者標為「ミカエル・ゾシチエンコ」。

要給我多少錢？不給的話可就不娶你女兒喔！」的情況是一樣的。

冷靜下來的父母便說出一個金額，以及要讓新娘帶著嫁過去的財物。

如今，我們連「嫁妝」這個名詞都不記得了。甚至實際上，我們根本無法想像所謂的嫁妝是怎麼一回事。

當然，即便是在這安定的年代，偶爾也會遇上想利用結婚來得到額外好處的人。

只是現在，那已經不是一件容易的事了。未來的女婿那愚不可及的夢想是不可能經常實現的。

打個比方，就用接下來這個簡短的例子來說吧！一個女孩子戴著可能是非常高級的胸針，但是這並不代表著什麼。有一個男人要和她結婚，而他的新娘知道自己並不是這個胸針的擁有者。重點在於那個胸針是跟朋友借來的。總之，那是個用黃銅做成的胸針。

或者是說，房間裡有一件掛在帽鉤上的高級大衣。

之後你就會知道那是租這房間的其中一人的東西。那件大衣只是那個人暫時掛在上面的。

沒錯，現在要結婚的人都清楚地知道自己的新娘沒有要帶很多嫁妝過來的意願。

當然了，比起用妻子的財產來審視她的地位，多數的人會看她的工作，但不是任何時候都是用這兩種方式之一來判斷的。

曾經發生過這樣的事。

有一位青年被介紹給一位既漂亮又活潑，令人頗感興趣的女孩子認識。跟她的容貌相比，令他為之驚艷的，則是她擔任出納員這件事。這讓他思索了一番。

出納是非常需要專注力的。出納員人才少，薪水很高。

也就是說，這位青年有著極端冷靜的人生觀。

他對於戀愛一點概念也沒有。他只熱衷一件事，那就是如何才能過更好的生活、如何才能獲取豐富的養分滋潤自己。

就在這時，絕佳的機會以女出納員的形式出現了。出現了能讓他的人生

有所改善的康莊大道。所以他逐漸跟這個女孩子熟稔起來。他常常帶她去看電影，然後對她表達愛意。接下來他這麼說了：「你會跟我去結婚登記處嗎？」然後女孩子這樣回答了：「嗯，我當然會去，我很高興。一定會去的。」

於是他們兩個人就這樣結婚了。

他非常喜歡她，女孩子也有著同樣的感覺。

接著有一天女孩子下班回來後，對他說：「嗯，貝其亞，大致上是這樣的，我辭職了。我一直夢想著要離職好久了。這件事我不能瞞著你，必須告訴你，對吧？我常常希望如果結了婚就要馬上辭職的。再也不用到處去敲辦公室的門了。」

這下可把她的丈夫給嚇壞了。他喘著氣大喊，要求她回去工作。

「即使這是惡作劇，你對這件事是怎麼想的？」他如此自問自答著。「我當然全是因為她的工作才跟她結婚的！」

「喂！我受夠上班了！」他的妻子如是說。「我已經不想再去工作了。我一點都不想把我的青春美麗浪費在悶熱潮濕的辦公室裡。」

他陷入了悲慘的狀態，於是他開始考慮要跟她離婚。但是要離婚豈是這麼容易的事？因為兩個人早就同住一室了。

無論當時的情況如何，他是打錯如意算盤了，而估計錯誤的代價顯然現在就得要陸續償還了[1]。

載於《臺灣日日新報》，一九三六年十月二十五日

1　原註：米凱爾・佐琴科是蘇維埃最耀眼的短篇作家之一。一八九五年出生於貴族世家，大戰時以士官階級從軍，因瓦斯中毒受傷。一九一八年被編入紅衛軍，著有十冊以上的短篇集。

溫柔的女人*

作者　弗朗索瓦·科佩
譯者　石濱三男
中譯　李時馨

【作者】

弗朗索瓦·科佩（François Coppée），見〈銀頂針〉。

【譯者】

石濱三男，見〈銀頂針〉。

在十一月，某個快要下雨的傍晚，家家戶戶燒飯煮菜的火光閃閃地映照在泥濘的街道上。有一個看起來失魂落魄的男人，肩膀擦撞著已經打烊的店門口，嘴上念念有詞地沿著這條街走著。那個男人的年紀大約是二十歲左右，走起路來搖搖晃晃的。經過他身邊的人都會回過頭來看他，甚至有些人認為他是醉漢而嘲笑他。事實上，這個男人是因為飢餓、疲累而憔悴不堪。

他是雷奧·貝魯尼斯。他從小就深信自己是塊當詩人的料。在從小長大的故鄉，那裡的神學院僧侶們因為他是虔誠信徒所留下的孤兒，所以好心的教導他一點希臘語和拉丁語。但他是個懶散的學生，他的程度就是偶爾有那麼幾次寫出讓老師們感到驚喜的佳作罷了。十七歲的時候，雷奧因為回答不出伯羅奔尼撒戰爭發生的正確日期，而沒有取得大學的入學資格。因為不管怎麼說，伯羅奔尼撒戰爭發生的日期是日常生活中不可或缺的常識。

但是，雷奧的修辭學老師，一位感情豐富、有赤子之心的老僧。為他的畢業給予祝福及擁抱，並且預言只要他走文學這條路，就一定能成功。這是因為雷奧給這位老先生看過他寫在筆記本上的處女詩作，那些詩作就如同四月的杏桃樹般新鮮、文雅、如春。

一離開令人厭煩的學校後，他很快地就飛往巴黎，跟許多年輕人一樣，過著充滿理想與希望的生活，卻吃著有一頓沒一頓的豬肉料理。寫悲歌就是

---

* 原刊作〈優しい女〉，作者標為「（佛）フラソア·コッペ」。

要吃薄肉腸、流行歌就是要吃豬乳做的乾酪。話雖如此，這些只不過是因為年輕的詩人們生活困苦，無法取得其他的食物，所以才如此。

雷奧仿效其他人的做法，將寫好的稿子拿給了某位知名的編輯。兩個月之後，他收到了編輯公司的評論家寫的簡短回覆。上面寫著大力讚揚他的話，並且還說如果雷奧願意出資的話就會幫他出書。總而言之，他獲得讚美，而他的稿子獲得承認。可是，他從來沒想過要出書。

以現在做著廉價家庭教師及無趣寫作工作的他來說，在考慮要用藤蔓花紋和插圖的埃爾澤菲爾（Elzevir）活字印刷出版他的書之前，首先必須要煩惱的還是每天的豬肉料理。他仍舊滿足於香腸碎片和冷肉捲（Galantine），還不到非要買炸肉排來吃的地步。

也就是說，他過著非常高貴又單純的生活。

說到底，在詩人同行當中，那些已出人頭地、讓人敬愛的成功作家們，從前那種口袋裡從沒有超過兩枚四十蘇[1]硬幣、滿腦子天真爛漫地思索著跟錢無緣的藝術日子，他們有沒有珍惜過呢？

不管怎麼樣，雷奧·貝魯尼斯的生活實在是太窮苦了。不久之後，他連家庭教師和寫作的工作也失去了。為了飽餐一頓和躲避風雨，他受雇於某戶人家，做照顧狗的僕人。也因為如此，他徹底地不行了。

今天，他已經連續第三天在街頭上徘徊，到了晚上就睡倒在垃圾堆裡。而今晚，這個寒冷又被濃霧遮蔽的夜裡，他之所以一副馬上就要倒下去似地走在街上，是因為他已經十四個小時沒有進食了。也就是說，除了一大早他吃了一塊小麵包和從前吃的那種薄肉腸之外，沒有再吃下任何東西了。

口袋裡連一文錢也沒有，不過今晚倒是有可以睡覺的地方。今天早上給他飯吃的某個男人，他幾乎跟他一樣貧窮，而且也是一大早就要出門四處找工作，他應該會讓他睡在天花板上的閣樓裡。

但是這位朋友住在非常遙遠的彼尼特·蒙馬特，而雷奧從早為了避寒，一直待在聖潔娜維耶芙的圖書館中，直到現在才從那裡走出來沒多久。想要

1　按：蘇（SOU），法國舊制的錢幣單位，為法郎（franc）的二十分之一。

到附有家具的那間租屋裡，抱著餓壞的肚子躺在長椅上的話，就必須走上一個半小時左右才行。

雷奧這個可憐的孩子，開始覺得靠顫抖的雙腳實在是走不到那裡。肚子咕嚕咕嚕叫，頭也開始刺痛了起來。

突然，從某個角落，一個聽起來沙啞卻不低賤的女人的聲音在他耳邊響起：「這位金髮的先生，要不要到我那裡去？」

雷奧下意識地看了她的臉。是一位不算年輕，已過三十的褐髮的胖女人。頭髮散亂著，在不起眼的衣服上還圍著懸掛樂器用的黑色布條。與其說她是酒家女，還比較像是女工的樣子。但是，從她眼睛及兩頰塗上的濃妝，可以看出她是個做賣笑生意的女人。

年輕詩人的想法還是很天真純潔的，只喜愛自己夢中所編織出來的仙女和公主。所以，當雷奧看到眼前的這個女人，心裡就感到一陣恐懼，慌慌張張地想要逃走，卻使不上力氣，他好不容易走了五、六步之後，就重重地靠在牆壁上，再也動不了！

「那個人是怎麼了？是不是哪裡被打了？」那個女人走到雷奧的身邊，目不轉睛地注視他的臉。

憔悴不堪的雷奧，額頭上冒著冷汗。「不要管我！」他小聲地說著。

接著，女人的表情突然變了，眼神中透露出她良善的人品。「先生！您哪裡不舒服嗎？」

早已體力透支的雷奧，閉上眼睛，嘆了一口氣之後，輕聲說著：「早上八點吃過飯以後，就再也沒吃東西了，肚子好餓！」

女人聽到這句話之後，突然抓住他的手腕，拖著他走進一旁的小路，打開了某扇門以後，就推著他走進裡面。那是一個在地下室的房間，有兩三把稻草編的破舊椅子和一張舖著紅色羽毛被的床，那羽毛被的棉絮都已經露了出來，桌上還擺著銅製蠟燭臺，燭光閃閃。

肚子很餓，心裡很羞愧的雷奧癱倒在椅子上，用他的兩隻手遮住臉，開始抽泣了起來。

女人被這情景打動，大顆的淚珠流在化了妝的兩頰上。但她還是打開食

物儲藏櫃，在餐桌上舖上桌巾，然後迅速地把麵包、酒瓶跟冷掉的小牛肉擺到雷奧的面前。雷奧一邊哭一邊說：「謝謝！謝謝！」女人這次顧慮到眼前這個男人的不幸遭遇，就不像先前那樣尊稱他為「您」，溫柔地對他說：「說話會累的，等你吃飽了再說吧！」雷奧顫抖著雙手，狼吞虎嚥地吃了起來。女人怕他凍壞了，就蹲到火爐前開始生火，她一邊生火一邊自言自語地說著：「真是可憐的人啊！真是可憐的人啊！」

生了火，她又走回到他的身邊，注意到他有所顧忌的模樣，怕他吃得不夠飽，就主動地在他的盤子裡添肉，又在杯子裡倒滿了酒。就像是在照顧小孩子的母親一樣。接著她又突然說：「哎呀，我真是笨呀！為了幫助消化，我應該讓你吃點熱的東西才對啊……要不要喝杯咖啡？」

她再一次走到火爐前，先用她的雙腳把咖啡壺夾住，再將咖啡壺把手轉過來。

雷奧靜靜地凝視她。這個女人是生活在社會最底層的女人，風韻褪去，有著虛胖浮腫的身體以及和洗碗工一樣粗糙的手。這個女人從前也曾是健康有活力的嗎？還是說她也曾經有過其他的魅力呢？必然是不曾有過的。現在的她已經像個老太婆一樣，浮腫肥胖、有三層下巴，就連額邊的頭髮也開始泛白了。

雷奧‧貝魯尼斯骨子裡是個詩人，將來也以成為有名的詩人為目標。他熱淚盈眶地用充滿愛憐和感謝的眼神望著她的身影。女人幫他倒了一杯咖啡，雷奧在兩三滴咖啡喝進嘴裡後，便以「為了增進感情」為理由，問起了她的姓名。

她卻沒有馬上回答。好像在害怕什麼似的，站在餐桌的對面，交叉著手臂，手臂緊緊地貼著身體，一副想事情的模樣。終於，她開口說：「問這個要做什麼呢？即使知道了我的名字，對你也不會有什麼好處的，不是嗎？像我這樣的女人和你這樣高雅的紳士，完全一點交集也沒有……我的所作所為是很微不足道的。再說，除了這些，我再也沒有其他能夠為你做的事情了……雖然，現在的你看起來並不幸福，但是你既年輕又有才華，請拿出勇氣來吧！話說回來，你是做什麼的呢？……」

「我是寫詩的。」雷奧如此回答。

女人並不感到驚訝地說：「是寫歌的呀！你要忍耐啊！這樣一定會成功的……如果想知道我的名字，大家都叫我瑪格。若是你偶爾真心地想起了我的事，就請叫我瑪格莉特吧！」

女人閉上眼睛，就此不再說話了。他必須要走了。

在門口告別時，雷奧・貝魯尼斯在這個悲哀的女人身上，發現了溫柔與溫暖的同情心，為此而感動的他，有了一個很詩人風格的想法。他舉起了女人的手，那隻滿是皺紋、指甲細縫全是污垢、同時兼做服務生和賣笑婦的手。接著他緩緩地低下頭，恭恭敬敬地親吻了那隻手，彷彿那是女王陛下的手！

載於《臺灣日日新報》，一九三七年六月三十、七月一日

旅行箱[*]

作者　布魯諾・法蘭克
譯者　椎名力之助
中譯　楊奕屏

【作者】

布魯諾・法蘭克像

　　布魯諾・法蘭克（Bruno Frank, 1887～1945），德國詩人、劇作家，早年在幕尼黑攻讀法律與哲學，後來在此成為劇作家與小說家。一九三三年希特勒開始執政，具有猶太血統的他擔心受到迫害，先移居英國，繼而於一九三七年到達美國，從此致力於劇本撰寫與電影工業。著名的作品有詩集《來自金貝殼》（1905），小說方面則有描述十八世紀德國貴族歷史的 "Trench"（1920）、《帝王時代》（"The Days of the King", 1924），然卻受到國家主義者的嚴厲批評。此外，劇作《一萬兩千》（"Twelve Thousand", 1927）在德國與美國上演時都獲得極大的迴響，使他獲得很高的名聲，堪稱其代表作。（趙勳達撰）

【譯者】

　　椎名力之助（？～？），曾就讀於臺北帝國大學文學科，專攻英文，約略於一九三四年畢業，畢業論文為〈濟慈研究〉（"A Study of John Keats"），亦曾於《臺大文學》發表多篇關於濟慈的評論。（趙勳達撰）

一

　　他一直盯著那女子的身影，直到她消失在月臺上，那步履充滿年輕氣息，活潑有彈性，但一點都不花俏。不！反倒有點樸實感。女子浮現一抹微笑又回頭向男子揮揮手。但就在那一瞬間，在出入柵欄處高舉的手，一會兒就沒

---

[*] 原刊作〈旅行鞄〉，作者標為「ブルウノオ・フランク」。

入另一側人群當中。

他坐下來，在火車未離開車站前，拿出報紙攤開在面前的桌上。

他原先有輛轎車——有時，將眼神從工作中移開，停留在十一月下午被灰暗光線包圍的陰霾普魯士景致。鮮紅色的落日餘暉照在成群低矮山巒後正迅速的褪去，彷彿在告知即將到來的黑夜。

火車穿過平交道，慢慢的往前行，這時，他注意到在道路上有臺看來寒酸的小車正等火車經過。不知為何，他有種看美國喜劇片時滑稽的感覺，簡直是一團即將告別人世的破銅爛鐵。這讓他想起停放在家裡的自用車。

他的車子實際上也到了該賣掉換臺新車的時候了，他必定也看遍店裡陳列的車子，想過挑臺最新型樣式的車放在家裡。但是，他想到務實的妻子（恐怕是有點務實過了頭）並不表贊同。所以，眼光又回到報紙上。

抵達目的地時，天色已黑，幾乎看不到四處走動的拖行李小弟，他將資料夾在腋下，直盯著自己的大行李箱被放在已堆滿行李的手推車上，接著又被推往出口的柵欄。

飯店位在距離車站相當遠的地方，正巧遇上劇院開演的時間，數百萬的柏林人正籠罩在快樂氛圍中。馬車四處走動，看來可派得上用場的車子全用上了，全身裹著毛皮、戴著珠寶的婦人，隔著微亮的車窗玻璃，看起來更加充滿魅惑感。

每兩個月他就會在這個黃昏時刻從車站驅車來到飯店。這一來一往的細節都深刻的在他記憶裡，他也很清楚這情景會勾動心中什麼事。因為今天也不例外，他忍不住自問：「這裡顯然可以讓人生更加豐富精采，我將自己剩餘的半輩子留在那樣相隔數哩外黑暗的鄉下小鎮，這是正確的選擇嗎？我活在一種順應世道但精神卻充滿無力感的狀態下，我不過是個循規蹈矩的成功企業家。」他是這麼看自己的。況且以一般常識來看，四十五歲的人有這樣的成就，也沒什麼好不滿意的。

就在各種思緒縈繞下，他抵達飯店。早已熟識的飯店人員，為他準備特別的房間，是間寬敞安靜的雙人房，備有厚窗簾可將兩張床遮起，必要時可當辦公室或招待朋友的客房。

　　他在飯店帳簿上簽名，待行李運來後，房間裡就只有自己一人。因為隔天一早就要開始工作，所以他決定早點上床休息。

　　他打開行李一看，瞬間吃驚的倒退一步，因為擺在最上面的並不是他的東西，而是一件暗綠色絹織的衣裳。是送錯行李了！他感到不高興。人在小的時候還不打緊，越是年紀大，自己慣用的東西不在身邊，會讓人很不自在。

　　但接著他把這件事情想了一下，發現也沒什麼大不了的。行李箱的蓋子裡是放了一些錢，但丟掉也無所謂。面額大的紙鈔都放在資料夾中了，實際上來說，比起丟掉指甲刷、拖鞋、刮鬍用具等，錢還比較不要緊呢！但是不管怎麼說，他想到自己這些貼身用品現在全攤在一個陌生人的面前，心裡就不舒服。特別是依眼前的東西看來，那還是個女人呢！這暗綠色的絹織衣物正散發出一股極有品味的香水味。

　　完全是出於好奇心，他將蓋子蓋上，再看一次，果然和他的行李箱大小一樣。一樣是有光澤的褐色外皮，尺寸一樣，連鎖頭也一樣是銀製的，看來也不能怪搬行李的小弟了。總之，到車站去就可以換回來了吧！那位女士應該也會這麼做，這麼一來就解決了。

　　他已經伸手準備按鈴叫人來，這時，忽然他的手又縮回來，因為他又想到其他方法。說不定這包包中可以找得到女子的名字和住址、名片或是像別人寄給她的信件之類的東西。女人用的淡淡香水味又在空氣中漂起。他再將包包打開來，濃郁的香氣立刻包圍他。

　　他小心的將最上面的暗綠色絹織衣裳取出，仔細的端詳，伸直了手臂，直立起身子，將那透明美麗的衣服掛在手上。就這樣，行李中所有精緻的物品，全部都在他目光下一覽無遺。

　　看起來女人比起他更有品味，過著更有品味的生活。他想到自己包包裡的東西就不好意思，恐怕在這同時，在某飯店的一個房間內，他的行李蓋也正被打開，然後女人可能也嚇了一跳。也或許多少有點厭惡感，他幾乎可以想像到女人吃驚後退的樣子。

　　當然，他的東西裡也沒什麼不好的物品，全是高級的貨色。但大部分都很舊，不但被用得很破舊，而且都是很實用的物品。最上面的是，想到這裡

他就不舒服，一雙舊的黑色皮製拖鞋，已穿得變形，內側也因被磨到發亮。一旁是刮鬍刀刷毛，同樣因使用許久，已和禿掉沒什麼兩樣，自己卻還捨不得丟掉。然後，是剛才還覺得比放在資料夾中的的紙鈔還重要的木製指甲刷毛，也放在最上方，這也是一件高級貨。

但最傷腦筋的，是拿來當睡衣的襯衫，雖說它是如何新穎，如何乾淨，又用熨斗燙得如何平整，終究睡衣襯衫就是睡衣襯衫，而且還是件沒品味的襯衫，實在悲哀，這完全就是生活安逸的中產階級象徵。

關於這點，這幾年他已經和常去的乾洗店老闆辯論好幾次。「在我服務的上流社會客人中，就只有您堅持不穿真正的睡衣，為什麼呢？」他好似聽到那老闆這麼說。當然那老闆太客套了，實際上，自己也不是什麼上流人士。他直著身子盯著女子的私人物品，但一想到那女子發現自己的襯衫時，不知做何感想，不禁痛苦起來。

香水的芬芳氣味盈滿一室，新鮮而又讓人感覺到強烈的高級貨。總之，這令人聯想到呼吸急促的年輕女子，有著纖細緊實的身軀，細而有力的手臂，有個性的圓臉，淡色眼珠略帶嘲諷的眼神，淡金色的亂髮輕垂到倔強表情的臉上。想像總是最美的，說不定這包包的主人是個肥胖的老婦人或是臉上滿是皺紋的鷹鉤鼻老姑婆……。不！不可能有這種事！他非常確定。

他像是受了蠱惑般，感情被不可思議的刺激著，感到一陣眩暈，他想做的事完全不正常，坦白說還有罪惡感。他像是和陌生的女人同室要鎖門那樣，走到門邊上鎖。因為想要不被打擾，好好一件件查看女人的私人物品。

他馬上發現暗綠色是女人最喜歡的顏色。這顏色和黑色玳瑁毛刷、梳子、橢圓形化妝鏡非常協調。這些發亮的物品，還有像水晶般透明的瓶子上，都印著小小的金色「M」字。瑪姬、瑪格列特、夢娜──只有這些正統的英文名字才符合她新穎有力的年輕容貌。他又找出一本包著白色書套的小說，也許是在火車上閱讀用的，但是到處都找不到名字，連一點可以讓人猜測的線索都沒有。

連小小的裝磨指甲刀的袋子都是暗綠色的，品味很好的拖鞋是柔軟的皮製品，邊緣還裝飾有絨毛，當他取出這些物品，細看發現都不新，還真鬆了

一口氣。拖鞋內和腳磨擦的地方顯得有點發亮。

顏色略帶亮綠的絹織睡衣被折疊好放在左側角落。這種漂亮的睡衣，連那乾洗店的老闆也沒話說了吧！細細的摺痕顯示它是件舊衣服，接著又找到一個裝寶石的暗綠色小皮製珠寶盒，發現這盒子時，他才深感自己所做所為異於常理，不禁心跳加速，但是卻又很享受這罪惡感。

他期待打開後看到閃爍耀眼的美麗寶石，但又感到恐懼，戰戰兢兢的打開那盒子。不知是否在考驗著自己的誠實度，他其實沒有任何權利可以將他人遺失的貴重物品放在身邊一個鐘頭以上而未拿到警局。但是，他憎恨將這些美麗的東西交出去的想法。因為，他幾乎可以想像到這盒子將會和一些雜七雜八的遺失物品一起，被放在架上的可憐情景。

但是一看到盒中物品，他大大鬆了一口氣——流行的項鍊和胸前飾品是金屬製的，寶石也全是過時的、過大的假玉石。他偷笑這些都可以送回西非的海關了。但是，可笑的是自己。這些引人側目的裝飾品，件件都顯示是女人的所有物。能夠用這些誇張的飾品，可想見是具有相當的青春魅力和自信的女人。這些像小孩玩具般的東西，不管怎麼說，都不是值得送交警局的物品，特別是像他這種地位的人，沒必要自己覺得像小偷，對這點他稍感欣慰。

一直到深夜他都睡不著，上床後又無法熟睡。

隔天早上，他要飯店服務生買來兩三種必要的盥洗物品。而後在九點時小心將房門上鎖，離開房間。他的同事發現他在商談時顯得心不在焉，不僅如此，他取出皮夾裡的麻紗手帕時，在一旁的人都很驚訝竟聞到香水味。

那天晚上，他搭電梯上樓時，好似樓上房內有哪位女人等著似的，心裡感到一陣悸動。他一打開房門，點亮電燈，嚇了一大跳，女僕已整理好房間以供客人晚上休息。但不是為他一人，為了讓客人賓至如歸，行李箱內的東西全被取出，只剩空箱放在椅子上。

玳瑁毛刷和如水晶般的透明瓶子被排放在化妝臺上，化妝時穿的防塵衣物掛在椅子上。床前隔間用的簾幕被收好，兩張床都鋪好了，昨晚他沒用的那張靠門口的床的旁邊放置那雙有品味的拖鞋，枕頭上橫放著海水顏色的薄紗睡衣。這些物品看來就像在等著女主人，又或女主人在等著他。

二

　　從他未將行李箱送回車站時，就開始了一連串不誠實的行逕。他常常聽著同事們叼著雪茄，有意無意的在面前賣弄在柏林這大都市中的許多冒險故事。聽他們說起來，似乎不認為結婚後就該喪失這特權。

　　他未曾想過去體驗同事們所述說的花花世界，只想早點回家，逃離這些小誘惑，只想搭火車回到鄉下小鎮，一如平常和太太親吻。難道同事們身上沒發生什麼事，反倒是發生在我身上。他低調的態度原本就廣為人知，但也不是特別受人尊敬，在有些普通人眼中，這態度看來只是很愚蠢。

　　沒有人的婚姻比他更幸福了！他娶了個美麗妻子，實際上，現在她還是有特別風韻與充滿魅力的美麗婦女。而且還生了三個讓丈夫自豪的兒子，她是個完美的主婦，但未曾嘮叨家中瑣事，非常體諒丈夫工作的辛勞，同時給予關心，但卻又在該保持緘默時不多說話。

　　她具有寬大的胸懷，能了解別人的幽默，卻不會做出愚蠢多餘的舉止。她具有同情心，但不會過於多愁善感。坦率而不鬧彆扭。容易被人間的美感動，然而面對人生實相卻又不感厭煩。她的風評極好，認識她的人都認為她是個了不起的女人，事實上也是如此。

　　但是，當一個男人處於人生轉折點上，對自己至今的日子感到厭惡時，即使是位絕世美女也無力改變什麼。現在的他像正爬上一條緩升的坡道，既沒有叉路也沒有十字路口，每回抬頭看著黑暗的坡道前方，他只覺得再也難以忍受下去。

　　在過去數年間，他的生活中曾出現過幾個危機，這事除了他自己之外沒有人知道。其中一個危機剛好是在他過四十歲生日當天，他們一起舉杯致謝時，拿著杯子一站起來，他有股衝動要做一次大家料想不到的演講，想擺脫掉他生命當中的所有羈絆。所幸一開口只說了些他人預料中的感言，除此之外，什麼也沒說出口。

　　另外一次，這件事還深深在他記憶中。這是在還不到一年前發生的事。在一個冬天的假日，他們待在開羅一天。夫婦走在當地街道上骯髒混亂的人

群裡，偏離大馬路，彎進曲折的巷子，他看到在那陰暗的後街內，如幽靈般飄盪的一個穿著華麗的人影，就在那時，忽然，他甩掉穿著旅行服裝的妻子的手，一句告別的話都沒說，就被一股激烈的欲望鞭策往後街裡鑽。這後街無庸贅言的和其他幾十條後街都長得一模一樣，他一步步向前行，直到從後街的另一端出來為止。

他想順著這條源自東洋的偉大無名河流，任憑自己的身軀漂到非洲中央，混入幾百萬的亞洲人群眾之中，一直漂一直漂到任何地方，直漂到可以逃離現今美滿生活和婚姻的地方。

這世上感受到這股激烈衝動的人不知有多少呀！這股衝動存在所有人的靈魂中，特別是正值人生轉換期的男子是最強烈的。在想像或者意識到死亡時，這種念頭就會開始萌芽。與其說是對周遭事物不滿，其實是對自己的不滿。他們的生活方式雖有不同，但從成長於搖籃至死亡於墳墓之間，不斷抵抗著孤獨的命運。

我們生而為人，受限於很多無法改變的事，要逃離的唯一路徑就是冒險。在未知的土地、多彩的景物之前，會產生衝動。也有人可以享受著煩惱，在人前展現親和力，一邊找出逃避之道，憧憬自己宛如藝術家一般。也有人會捨下俗世，遁入寺院的靜寂中。這些欲求不滿的情緒、若有所失的情結，對於背離愛情走進旁門左道或站在十字路口時所有不誠實的行為，起了如同鬼火般的作用。

這個未曾謀面的女人，單憑她有品味的芳香高級物品的這女人，就勝過他在柏林看到的成千個女人。他真正動心了，但是，並未向任何人傾訴。因為他很清楚，像他這般有名望的人、一家之主，又是位熱心的成功企業家，心中這種浪漫的幻想，非常難以啟齒。心中感到一陣羞恥，這可說是打從年輕以來最羞恥的事了。而這番異常的感動更刺激他的感官，全身無法動彈。

他忽然想到一件事，自己房間的女侍每晚為一個不知名的女人鋪床，她必定覺得很困惑。——在走廊下相遇時，他悄悄將紙鈔塞入女子手中，這恐怕是女侍未曾領過的高額小費。

當從男人手裡拿到錢時，她抬起頭，露出一抹狡猾詭譎的微笑，這是一

種共犯的笑，她的笑意洋溢在臉上。他在沉默中感覺血液流到臉上，雙頰發燙。他每次都小心注意的鎖上門，然後將鑰匙帶在身上。

那天晚上，他用那不知名女人的肥皂洗了身體，這是他肉體最接近女人的第一步，因為這樣的接觸，他發覺自己感性的疲倦。肥皂是女人剛用過的，連表面英國公司的名字都還清晰可見，這肥皂比起自己用過的還容易起泡，顏色也很好，他的浴室內充滿著滿是青春氣息的香味。這股香味從他的身體刺激到鼻腔，漸漸漫延至全身。上床就寢時，他覺得好似女人年輕的肉體正輕擁著他入睡。

這是他和女人所做最深的接觸了。隔天早上醒來，他覺得必須要做一個重要的決定。危機發生在前晚，他仰躺在床上，將手臂枕在頭下，開始思考自己妻子的事。妻子正在距離幾哩之外的地方，等待他的歸來。

他心疼妻子，但事情演變至此，也不知道接下來該如何。他已經反常的停留在這許久，而且他發現自己甚至期待就此繼續下去，永不停止。只有奇蹟發生，才能讓他歸巢吧！他還期望奇蹟呢！但是要如何奇蹟才會發生？他自己也不知道。

他茫然的穿上衣服，在化妝臺前坐下，仔細想想實際的行動。他希望自己能做出正確的事。他瞧不起不光明正大的告別，只圖自己方便的自私行為。他是否能讓家人獨立，過富足安樂的生活呢？而且不因自己過世而改變。

這世上四十五歲過世的人，每天有好幾百人，不是嗎？他還有可以接續他工作的忠實朋友，另外也有很有出息的長男可以繼承，然後，我自己呢？我自己可以放棄掉這一輩子的工作嗎？我可以不在乎嗎？我花許多精力在柏林訂下買賣契約、購思各種計劃，不就是為了給自己的店裡帶來利益嗎？他一如往常深深觸動心中的弦線，但是，卻發不出任何聲音。

他邊想邊將玳瑁小化妝鏡在手中繞來繞去，不經意的看到鏡中自己的臉，寬大的嘴巴、容貌端正的男性面孔。在發呆的時候，他注意到手上的東西，同時驚訝的發現手上這美麗的鏡子不知何時已失去魅力。那是個綠色或微微發亮的褐色。其它女人的所有物也一樣，這些東西已經不為他存在，那些只是藉口，只是偶然的機會出現。

　　他在一個未知的女人身上尋求，而且他所希求的仍是個巨大的未知。他希望能獲得自由，他希望能求取自由，下定決心再次重新出發。

　　他很少回想少年時代的事情，但事情至此，為了慎重，從前所用的課本中的一頁，少年時他所讀的某首詩中有兩行藍筆畫線的地方，清晰的浮現在腦海裡，從那一天到今天為止，三十年的期間，已忘懷的那兩行詩又再次浮現眼前。

　　選擇自己所走的路，

　　正是所謂「自由」。……

三

　　他將所有事情處理好，但是仍不想走出飯店。他不想和任何人見面，只想獨自一人想一想。除了急忙寫下的兩張明信片外，他沒有給家人任何信件。

　　午後，他到積雪的動物園，在步道上來來去去的散步。回到飯店已是夜幕低垂，他發現鑰匙竟插在門上——這幾天一直沒上鎖。他一如往常打開門，發覺有人在房裡。他屏住呼吸，好似聽到女人的啜泣聲，並非發出聲音哭泣著，但確實有人在哭。

　　他打開電燈時，竟發現自己妻子靠在化妝臺上，臉就埋在玳瑁毛刷和透明瓶子當中。每啜泣一次肩膀就隨之顫動，他四下看了看，房間已整理好了，化妝椅上放著綠色絹織衣服，薄紗睡衣就在床上，拖鞋好似正等著主人把腳伸入。

　　兩人一動也不動，一句話也沒說。妻子竟跑來接他了，像這樣的事，先前也有過一兩次，當然她不是因懷疑丈夫而來，只是想給他一個驚喜罷了。她原本是想在房間裡等候丈夫回來，但可以想見她所受的衝擊一定很大，不知道她蹲在那兒多久了，真不知她是如何忍耐的。

　　傷腦筋的是，他不知要從何解釋起才好。他完全無力讓狀況回復，妻子必定是在心中描繪了想像中的人物，她淚流滿面。其實什麼事也沒發生，但事情又比她所懷疑的還嚴重，不說謊又要如何將這恐怖奇怪的情景從她腦中去除。說謊是沒有用的，事實已經擺在眼前，他不應再猶豫，現在就是說出

來的好機會。

　　那瞬間他完全不在乎妻子的感情，反而必須要更加深她最大的恐懼。他應該說出自己內部精神的黑暗動態及心中的不安，他應該像個少年那般，說出孤寂心靈的痛苦和急迫要逃離的熱切期望。他應該說出為了避開看見這些玳瑁和絹織物，日漸擴大的恐懼，生與死的恐懼。到了這把年紀，他還必須拄著枴杖離家出走。但是，他真的做得到嗎？拋棄工作，離開他一直寄予期望的兒子們和多年來對他忠實毫無缺點可議的妻子？但是，無論做不做得到，對他來講都是必然的事，現在能阻止這件事情的，只有奇蹟了。

　　好一會兒，妻子抬起頭來，他看了那連續哭了好幾個小時的女人的臉，絕稱不上好看，特別是飽受恐怖驚嚇之際。滿頭亂髮，散亂的頭髮垂在激動的雙眼前，她伸手撥開髮絲看著他。嘴唇輕輕的動了一下，好不容易才發出聲，卻是低沉沙啞的聲音。

　　「你在飯店⋯⋯和女人在一起吧？太過份了！⋯⋯」

　　現在正是將一切都說出來的時候，只要兩句話就能解決的時候到了。但是已經惘然的他卻找不出要說什麼，一股憐憫之情在他心中升起，然後，他只講了一句男人在這時都會說的話。

　　「這裡沒有任何女人來過。」

　　她站了起來，這是個適合雄辯的夜晚，他們面對面在房間裡。那時他料想接下來要聽到女人不留情面的話語了，但是沒想到，痛苦瞬間從女人臉上消失，眼淚當中甚至還看到一抹微笑的光芒在閃爍。

　　他聽女人問道：

　　「沒有女人來過，是真的嗎？」

　　「沒有，絕對沒有。」

　　他只有這個回答。

　　「也就是說明明什麼事也沒有，我真是白哭了。」

　　他聽到妻子愉悅的說：「這是真的，那太好了！」她跑到丈夫身邊，拉起他的手。他心中開始動搖，他覺得心中有一股什麼痛切的、難以忍受的、甜美的某個東西在心中裂開──。某個東西？那必定就是奇蹟了。

　　她相信了。在皎潔燈光照耀下的這一切明確的證據，都比不上丈夫的一句話。在那小行李箱中，這不知名女人的物品，她根本不看。她相信丈夫的話，早已奪走這些物品的一切意義，她已不需要任何證據，也不要任何說明。

　　相信本身就是奇蹟，完全是融洽的奇蹟，真有此事。這世上再也沒有比這更好的恩賜了。假使他手持枴杖，再次離家周遊各地，想體驗世上最不可思議的事，又或他在一生中能有能力感受到任何不可思議，最後的結果恐怕是──人生都已無法再給他什麼了。這是為什麼呢？因為他已經擁有人生最偉大的經驗了。

法蘭克小傳

　　《Trench》及《帝王時代》的作者布魯諾・法蘭克，從少年時代就勤於筆耕。在德國中堅作家當中，也佔有一流的地位。他很早就抱定志向要成為作家，一路朝目標邁進。事實上，他在十八歲時，作品就第一次付梓，題為《來自金貝殼》的那部詩集（書本尺寸不詳），每一版都在數週內就悉數賣盡。他的作品雖然不多，但這些作品在文壇裡，特別是湯瑪斯曼、艾密爾盧德義、里昂弗依德格之間，得到極大的評價。

　　布魯諾・法蘭克於一八八七年六月十三日出生在斯圖加特（Stuttgart）。接受德國特有的嚴格教育，在慕尼黑、萊比錫、斯多拉思布魯克、杜林根等地上過大學。一九一二年從杜林根大學得到文學及哲學的博士學位。

　　他對十八世紀的歷史很感興趣，有關那時代的完整研究全凝聚在以佛里德里希（Friedrich）大公為主題的作品《帝王時代》當中（1927 年英譯），因其見解過於獨特，引起衛道人士和國家主義者強烈的憤怒及譴責。但法蘭克這番關於帝王的新說法還是得到為數不少的支持者。

　　小說作品《Trench》（1920 年出版）是以佛里德里希大公鍾愛的寵兒之經歷為主題所組成的故事。在此同時，他完成了劇本《一萬兩千》，在德國的一百五十幾個劇場上演，該劇於一九二八年在紐約上演，非常成功。此外，布魯諾・法蘭克對國際問題也極有興趣，從一九二九年出版的政治小說《波斯人的到來》之中，即可窺知一二，他對當時德國與法國敏感人士的思想傾

向了做精闢的描述。

　　法蘭克夫人是維也納著名歌劇演員芙麗茲瑪莉的女兒，繼母也是德國一流喜劇演員瑪絲帕蓮貝魯。法蘭克一家住在慕尼黑，作家目前和四隻曾在《帝王時代》中出現的黑色長毛犬過著一邊創作一邊玩狗的日子。(《現代作家》，R・S譯)

　　　　　　載於《臺大文學》，第六期，一九三七年二月二十八日

哥尼猶老爹的秘密[*]

作者　阿爾封斯・都德

譯者　石濱三男

中譯　楊奕屏

【作者】

阿爾封斯・都德（Alphonse Daudet），見〈吉屋出售〉。

【譯者】

石濱三男，見〈銀頂針〉。

經常晚上來我家聊天的吹笛子老人法蘭司馬麥，前幾天晚上，邊喝酒一邊告訴我們一個二十幾年前在我們村子裡發生的事。這故事是關於村裡風車的事，我深深為這老人的故事所打動，現在，就將我所聽到的事原原本本寫下來。

大家請想像一下！面前放著一杯香醇好酒，來聽一個老吹笛人講故事吧！

——告訴你們，這塊土地在從前可不像現在這麼蕭條，從前磨粉業非常興盛，方圓幾里內的農夫們全都會將麥子運來這裡。這村子周遭的山丘上全立滿了風車，向左看也好向右看也好，風車迎著吹過松樹的南風，忙碌地轉著。小徑上來來去去的全是背上載滿麵粉袋的驢子。

日復一日小山丘上都是風車帆布拍打的聲音和風車磨坊工作的小伙子熱鬧的吆喝聲。一到禮拜天我們一定會邀朋友到風車磨坊去玩，主人們會請我們喝葡萄酒，他們的太太們穿得像個女王般漂亮，披著蕾絲的披肩，戴著金的十字架項鍊。因為我有笛子可為大家伴奏，大伙兒跳著舞一直到深夜，你們了解吧！風車帶給我們這塊土地喜悅和財富。

但是很糟的是，巴黎人在達拉斯肯街上開了蒸汽製粉工廠。這製粉工廠又漂亮又新穎，農夫們漸漸的就將麥子送到新的製粉工廠了，風車磨坊開始

---

[*] 原刊作〈コルニーユ親方の祕密〉，作者標為「佛 A・ドウデエ」。

走下坡。即使如此,剛開始還有一番競爭,但蒸汽實在太好用,風車磨坊就一間間關起來了,慢慢的風車磨坊就見不到驢子,美麗的老闆娘們賣掉金十字架,再也沒有葡萄酒,也不跳舞了。無論南風如何吹,風車的翅膀一動也不動。而後有一天,村裡的人拆掉風車小屋,在那塊地上改播下葡萄和橄欖的種子。

但是,在這波拆除風潮中,就僅有一臺風車完全無視於製粉工廠的威脅,屹立在山丘上,依然持續地轉著,這就是哥尼猶老爹的風車。這正是我們要說的故事。

哥尼猶老爹年紀很大了,六十幾年來他都在麵粉堆裡工作,對工作非常竭盡全力。對該地建立製粉工廠的事,他像發瘋一般,曾有八天的時間在村裡四處奔走,大聲呼籲那些傢伙的製粉工廠將給普羅旺斯州帶來不幸。他大聲說:「別到那種地方!」「那些人為了做麵包,竟然用惡魔發明的蒸汽。我們是不同的,我們靠神的氣息,靠南風和北風的吹拂來做……」他的這番對風車的歌頌讚美之辭,誰都聽不進去。他非常生氣,將自己一個人關在風車小屋中,像隻野獸般孤獨的生活。

他唯一的孫女薇貝特,在十五歲時雙親過世後,就只有祖父一個親人,但連薇貝特也無法接近。可憐的薇貝特必須自己養活自己,她受僱農家幫忙收割等工作。即便如此,祖父對她的愛是不會少的,在天氣好的日子,他走了好幾里路,來到孫女受僱的農家,流著淚在一旁只是盯著她的臉。

村民們覺得老人一定是因為太小氣,才讓薇貝特出去工作。但老人其實心中是千萬個不願意讓孫女到農家去,混在一群素行不良的人們中間,而且她年紀還那麼小。

另外,一直很受人尊敬的哥尼猶老爹,光著腳戴著有破洞的帽子,穿得一身破爛像個波西米亞人那般在村裡走動,人們也覺得不妥。坦白說,禮拜天到教堂望彌撒,我們一群老人都覺得他很丟臉,哥尼猶心裡也清楚,所以他不坐在椅子上,而跑到教堂後面和窮人們坐在聖水盤旁邊。

哥尼猶老爹的生活有一點很令人不解,村裡的人已經很久以來都未見到

誰載麥子去他那裡了。可是，風車的扇葉依然轉個不停……到傍晚就會看到他領著驢子，馱著一袋袋麵粉走在前面。

「晚安！哥尼猶老爹！」農人們問候道。

「磨粉的工作怎麼樣了？」

「還是老樣子啦！」老人回答道。

「還有工作上門，真不錯呀！」

如果有人向他詢問工作是從哪兒來的，他會將食指放在唇上：「你們很煩耶！這是外銷的工作啦！」然後就不再開口說任何話。

若想探頭進去看風車小屋，這是門都沒有的事。連他孫女薇貝特都不被允許……。

走過風車小屋前面，不論何時都大門緊鎖，只有不斷轉動的扇葉，還有啃著矮牆上小草的驢子，和躺在窗臺上曬太陽、有著一雙讓人不舒服眼睛的大瘦貓。

因為實在太神秘了，常成為村民聊天的話題。

每個人都有不同的解釋方式，但大致上大家都覺得小屋內必定不是放麵粉袋，而是堆積成袋的金子。

但是沒多久，事情揭曉的日子就到了。

某天我吹著笛子，村裡的年輕人們一起跳著舞。我注意到我家大兒子和薇貝特似乎互相有好感，關於這事我也樂觀其成，畢竟哥尼猶老爹的名字在村裡還頗有名望。而且，一想到可愛的薇貝特像隻小麻雀般在我屋裡走動的樣子就開心。我想事不宜遲，趕緊把這件好事定下來，就來到老人的風車小屋。真是不可理喻的老人！你知道他怎麼對待我嗎？他說什麼也不開門，我透過門邊小縫，好不容易才將事情解釋清楚。我在說話時，那隻討人厭的貓就一直在我頭上叫。

老人還沒等我把話說完，就急急的說：「你去吹你的笛子就好了，如果你兒子這麼急著娶老婆，那去娶製粉工廠家的女兒好了。」聽到這種話，我當然很生氣，但是努力克制自己，向老人告別，回到家裡，向他們兩人報告我的行動失敗。那兩隻可憐的小羊不肯相信我的話，拜託我讓他們去找她祖父，

我沒有勇氣阻止他們，因此兩人就出發了。

兩人來到風車小屋時，正巧哥尼猶老爹不在，門也上了兩道鎖。但門外有個梯子未收好，兩人就爬上梯子，從窗子進去裡面。

非常不可思議！屋子裡雖然有石臼，但是空無一物，連一個袋子、一粒麥子都沒有，牆上結滿蜘蛛網，連一點粉都沒有。而且風車小屋中特有的濕潤麥香味也一點都沒有，那隻大瘦貓正躺在石臼上睡覺。

下面的房間也一樣非常破舊簡陋，骯髒的床和破舊的衣物，架子上只有一塊麵包。角落有三四個袋子破了，漏出裡面的垃圾和牆土的粉末。

這就是哥尼猶老爹的秘密！他為了挽救風車的名譽！為了讓人們相信他還能磨粉，每天晚上就在這裡磨牆土呀！可悲的風車！可憐的老爹呀！製粉工廠早就奪走他最後一個客人，風車還是不停的轉動，但卻是空轉。

孩子們哭著跑回來告訴我這件事，我的心整個糾結在一起。立刻，我跑到鄰居那兒，要大家趕快將家中所有的麥子送到哥尼猶老爹那兒，我把麥子背起，是真正的麥子哦！驢子排成一長列朝小屋方向前進。

風車小屋的大門敞開，哥尼猶老爹正坐在牆土的袋子上，將頭埋入兩手哭泣著。他回家以後，立刻發現在他出門時有人跑進來了，他的秘密被發現了，令他很懊惱。

「我實在太悲哀了！」「我死了算了！風車的名譽已經被玷污了。」

然後哭得非常悽慘，像身體被千刀萬剮般，接著以各種暱稱呼喊著他的風車。

就在這時，驢子大隊正好爬上山丘。我們就像從前風車興盛的時代那般站在門外大叫：

「風車小子，你好！哥尼猶老爹，你好！」

然後將好幾個袋子堆在大門前，袋口掉出一粒粒茶色的麥子……

哥尼猶老爹睜大了眼睛呆住了，他伸出滿是皺紋的手，抓了把麥子，一邊哭一邊笑著說：

「這是小麥！天哪！這是真的小麥呀！」

然後轉向我們：「我就知道你們一定會回到我這裡。那製粉工廠的混蛋全

是小偷！」

我們想把興奮不已的老爹帶到村子裡。

「不行！不行呀！我要先將風車餵飽。仔細想想，我已經很長一段時間什麼都沒給它吃了呀！」

老人開心的打開袋子，小心翼翼的將麥子倒入石臼裡。我們大家早就淚流滿面了，沒多久，周遭地板上就飛舞著磨細的麵粉。

這才是我們該盡的義務呀！從那天開始，我們就源源不斷的給老爹工作。

直到某天早上，忽然發現哥尼猶老爹死了，風車的扇葉這才停下。這次是永遠的停下來……老爹死後沒有人繼續在那小屋工作……，萬物皆有終止的時間，風車時代、共乘馬車、議會、附花邊的夾克等等，都過去了。

載於《臺灣日日新報》，一九三八年二月二、三日

約翰的毛內裡手套[*]

作者　不詳
譯者　南次夫
中譯　楊奕屏

【作者】

不詳。

【譯者】

南次夫，見〈便宜行事的結婚〉。

某天早上，約翰穿上他的外套，戴上他嶄新的毛內裡手套。因為他要為伍德夫人送信過去，夫人就住在公園的另一邊。

「你的舊手套不夠溫暖嗎？」媽媽看他戴上新手套時，開口問道。

「請讓我戴上它，我不會弄丟的。」他央求道。

約翰平安無事的抵達公園。這時，鞋帶忽然鬆了。

因為他戴著手套，沒有辦法綁鞋帶，只好先將他珍貴的手套暫時取下，放在地上。

就在這時，一隻黑色的小狗像是迫不及待的樣子，跑過來將手套叼起就跑掉了。

「等一下！」約翰大叫著。

他想追上小狗，但是，約翰的兩隻腳根本追不上小狗的四隻腳，更何況小狗可不需要綁鞋帶。

他才跑不到三步就跌倒，臉還擦撞到地面。

約翰雖然沒有受傷，但是等他一抬起頭來，小狗早已不見蹤影了。

「唉！糟了！」

約翰再次彎下腰想綁好鞋帶時，忽然發現在腳邊有一小包東西。這東西被層層牢牢地包著，他沒法打開，只好先放入口袋裡。

---

[*]　原刊作〈ジヨンの裏毛の手袋〉，未標作者。

「我先把信交給伍德夫人後，再將這東西交給警察吧！」他自言自語地說道。

伍德夫人來為他開門時，看起來一臉憂心。

「你來這裡的路上，有看見一個小包裹嗎？」她說。

「我從珠寶店回來的路上，因為小狗跑掉了，我急著捉住它，就將小包裹弄掉了。」她又說

你們想像得到，當約翰把那包東西拿給女士時，她有多麼驚訝嗎？

「你的小狗現在在這裡嗎？」約翰忐忑不安地問道。同時將鞋帶和新手套的事情告訴女士。

看來是沒必要問了。因為，就在此時，小黑狗走進大廳，它的口中正銜著手套。但是，手套已被咬爛了，再也不能戴了。

約翰非常的沮喪。

「不必擔心，我會送你新手套的。因為若不是我愛惡作劇的小狗咬走你的手套，你就不會發現我這包珠寶。」伍德夫人這麼說。而後她帶著約翰和小黑狗去商店，為約翰買了雙新手套，同時還買了一本書給約翰呢！

載於《臺灣日日新報》，一九四〇年四月十一日

四十頭牛[*]

作者　不詳

譯者　曾石火

中譯　楊奕屏

【作者】

不詳。由故事內容中出現的「支那人だよ！」推測，可能是中國作家。

【譯者】

曾石火（1919～1940），見〈吉屋出售〉。

一九三三年夏天，正在旅行的我，足跡履及雲南極偏僻的怒江流域，一連下了四十多天的雨，那濕氣和多量的雨讓骨頭關節如針刺般的痛苦，看樣子又是風濕老毛病發作。此地雖名為阿育樂地，但空有好聽的名字，其實是個極小的黎蘇部落，我哪裡也去不得，這裡只有四五間可稱得上住家的房子。

綿綿細雨連片刻也不停息，四周籠罩在一片白色霧氣之中，雨一陣又一陣的下著，雨絲像一整面細線般流著。一整天極目所見就只有這單調憂鬱的陰霾天空。

抵達此地那天，全身濕漉漉的我在地板上鋪張蓆子，盤腿坐在爐火邊，想辦法用火烤乾衣服，我想接下來的日子全身都將浸潤在濕氣中吧。就如同我這一路經過的黎蘇山寨一般，部落裡的人全圍著我坐著，睜大眼睛盯著我瞧。

「是支那人！」

尚未懂事的孩子們，一邊用手指著我，一邊好奇的張著大眼這麼說道。忽然，有個年紀稍大的孩子拉扯他們衣服下襬，低聲的說：

「別亂說話！快點回家去！你媽在叫你！」

我微笑的看著他們，說話的與被說的，兩人都只是呆呆的張著嘴，直看著我，絲毫沒有要離去的樣子。

---

[*] 原刊作〈牛四十頭〉，未標作者。

　　有時是一碗白米，有時是四五片菜葉，有時是幾根柴枝，他們源源不絕的將這些東西放在我門口。這是他們對身為客人的我的一種饋贈，然後就是像現在這樣，靜靜的圍著爐火，規矩的盤腿坐在地板上。

　　「這怎麼說？那是什麼？」

　　我以音調古怪的黎蘇方言向他們詢問各種器具的說法，這也是我對他們的一種問候方式。他們有耐性的一一教我，並讚美我的記憶力很好。

　　這時，有名面帶微笑約十六七歲的年輕小伙子出現在門口，他全身已溼透了，大滴的雨滴從身上滴下來，背上還背著一籠柴薪。他將斗笠脫下，卸下竹籠，安靜的微笑著，來到爐火邊，蹲坐在人群當中。

　　「啊！好冷啊！」

　　他始終笑著，將手伸到火上烘。

　　他從煙袋中取出一支小小的煙斗，將尚未全乾的綠色菸草塞入，點了火之後就開始抽起來了，刺鼻的怪味馬上令我難受起來。

　　他長得很俊美，像他這般眉清目秀的年輕人，找遍整個黎蘇恐怕再也找不到了。

　　樸實的笑容也好，一絲皺紋都沒有的臉孔也好，雪白整齊的牙齒也好，只讓我聯想到黎蘇唯一的一隻白鶴。

　　從年幼時就開始的重度勞動，並未在他臉上植上任何一條皺紋。這真是不可思議。一整年中勢必有幾天挨餓的日子，但他嘴角的微笑從未消失。這點也讓人難以置信。

　　「你叫什麼名字？」我問道。

　　「你說我嗎？我叫革阿思。你呢？」他笑著。我在黎蘇還未曾遇過被我問名字後會再反問的人，所以愣了一下。

　　「我叫 X。」我隨便想個名字說。

　　「你是賣什麼的？」他指指我的行李箱問道。

　　「我呀！賣很多藥，所有的藥我都賣。路邊攤的藥，不知名的藥都有。拿雞或土雞蛋來。我就會換給你。」

　　「X，哈！你叫 X！」爐火邊的人開始你一言我一語談論這新話題，就

這樣，X 成為我的稱呼。

「娶老婆了嗎？」

「沒呢！沒呢！」他搖頭笑著。

但是另外一名滿臉汗垢的男子，邊用手指著坐在房間角落黑暗處的一名女子，邊露出不懷好意的表情。因為很暗，我沒辦法看清長相，只看到漂亮的潔白牙齒在黑暗中發亮，感覺好像有張漂亮笑臉蛋浮現在那兒。

「是幾頭黃牛討來的呀？」我笑著問。他用手搗住嘴，向我暗示不能說。我一看到這樣，猜想他剛才不明說的原因可能在此。

「她很害羞。」他低聲的告訴我。

「嘻嘻嘻……」

從黑暗角落爆出像被搔到癢處般的笑聲，就如同城市女人發出的笑聲一樣。

瞬時，好似有什麼觸動到我記憶中的思緒，我正玩味這奇特的心情。

「妳來這裡才烤得到火呀！」我喚了那姑娘。對陌生女子如此大膽的行徑，是我在都市裡未曾有的行為。我自問：這或許是因來到怒江僻壤之地，尚處於原始社會狀態的黎蘇一帶女子，未具有所謂文明女子對身體保持尊嚴的防禦心態吧！也或許是因沒有絲毫所謂恐懼之類的事壓迫心靈吧！

那女孩又嘻嘻地笑著，手上搓揉麻線的動作從未停止，但還是不過來。我又發現到在黑暗當中，一排美麗貝齒上方是一對黑亮的美麗眼眸。到底是什麼樣的女孩？是什麼樣的臉孔，會發出那城市風格的笑聲呢？我越發好奇那女孩是什麼長相？簡直到了焦慮的地步。

「不過來嗎？我有辦法硬讓妳過來喔！」

但那女孩依然一動也不動的逕自笑個不停，我腦子微醺般站了起來，走向那女孩坐著的黑暗處。

「不來嗎？我現在就來抓妳，看妳來不來！」

那女孩繼續笑，一點也沒打算站起來。我話已說出口了，只得伸手拉她，她像隻軟綿綿的母貓般，盤踞在地上，任我拉扯依舊聞風不動。我只聽到耳邊陣陣的嘻笑聲，滿臉通紅，真是下不了臺！嘿！一個大男人居然拉不動一

個女孩。

「哇哈哈……」背後傳來笑聲攻勢。

我臉上發燙，漲紅了整個臉。嘿！堂堂五尺一個大男人，居然拉不動小女孩！

「起來！他是客人呀！」不知是誰開口。我還真感謝他，那句話立刻有了效果，她總算笑著站起來。我得到不光榮的勝利，帶著女孩來到爐火邊。

火苗的些微亮光在女孩臉上閃爍，這容貌簡直就是美國電影明星。我閉上眼睛細想，影像幾乎就要呼之欲出，找呀！找呀！我努力在腦海中的相本尋找。克拉拉保羅？夏妮特加娜？都不對。和她們都不像，但又有某處和她們都很像。

我其實也沒必要勉強想出一個名字，來證明她和誰很像，總之，她有張像明星般圓潤的臉孔。在這窮鄉僻壤，能親眼目睹一張圓潤的明星臉孔，親耳聽那兩三聲城市女人般的笑聲。特別是沒日沒夜的籠罩在雨水當中的日子，這豈非一大樂事！

「黎蘇女人不好啦！我們都是赤腳的蘿蔔腿，而且還不穿褲子，你瞧！這叫麻布裙呢！」

她指指自己裸露出的腳，和鬆垮垮滿是皺摺的裙子。我在她說話時直盯著她表情生動的眉毛。

她注意到我靜下來不說話後，自顧自地從盤在頭上的髮辮中取出一支小煙斗，塞入菸草後，就著爐火啪啪地吸起來了。我也從口袋裡拿出煙盒，取出一根紙菸叼在嘴上，也拿了一根給她。

「這是什麼？」

「香菸。」

我先點好自己的菸，她見狀也擺出一副理所當然的表情，開始吸自己的菸，她眉心皺了起來，吃了一驚，吸第一口時就像小孩在吞苦藥，我原以為接下來她會把菸丟在地上，沒想到一縷輕煙就從她嘴巴吐出，一抹孩童般的笑容露出，兩道眉緩緩鬆開，如同湖上的一道新月。

「好耶！」她發出一句黎蘇人常講的感嘆詞。「很甜！輕輕的穿過鼻子，

嗯！」她又對我露出那道湖上新月和孩童般的生動笑容。這時，她像是忽然想起什麼，抬起頭將香菸拿給她丈夫：「你抽抽看！」

　　自此，我每天都會見到這對年輕夫妻。他們黎明即起，男的單腳踏杵搗米，女的在一旁用腳打下米糠。在粗獷的木臼發出樸實的敲打聲間，他們兩人總是一邊唱著滑稽的歌曲一邊笑鬧著。歌曲本身的意思我是聽不懂，但我可以聽出每一個段落中充滿浪漫天真的歡樂氣息。

　　接下來的每一天、每一天都是這般。他們只搗一餐的米，然後煮熟，煮熟後再搗一餐的米，他們並不會搗超過一次要吃的份量。吃完飯後就背起竹籠，出外砍柴，我在家中也可以聽見咚咚的斧頭砍樹的聲音，待歌聲從遠方逐漸靠近，就是他們歸來的時刻。然後，兩人抱著些許柴薪來到我的爐火邊，有時會摘些鮮嫩的玉米，我們就用圍爐的火烤來吃。至於我呢，就是每回給他們一人一根香菸，只要看到他們那一絲一毫的陰霾都沒有的笑容，我就會暫時忘掉在這僻靜之地放浪自己時的孤寂心情。

　　就在這樣的生活中，我漸漸的也知道他們的羅曼史了。

　　原本那女孩就和黎蘇一帶的所有長女一樣，名叫阿娜。出生在高黎貢山那區現在還屬於英國領土的恩邁開江一帶。按照黎蘇地方的風俗，十二歲時就嫁給一個叫阿次的男孩。

　　訂婚時，她父親收了十六拳頭高的活的大牛兩頭，和十二拳頭高的活小牛七頭，合計共九頭牛。另外，宰好的牛十一頭加上大鍋三個、鐵製三腳架兩座、酒四罈、藍木綿布四匹（兩匹相當於死牛一頭），總計共收了二十頭牛。結婚後，阿次和阿娜間的感情非常好，只要其中一人被叫到親戚家時，另外一人必定結伴同行。

　　在路上，阿次配帶腰刀和箭，手提盛酒的竹筒，肩上掛著裝菸草的布囊。阿娜在後面背著寢具被褥。如果喝了點酒，心情愉快，兩人會相擁在圍爐邊跳起他們的「庫尼亞洪蒂亞」舞。阿次一點也不想和其他女孩跳舞，阿娜除了阿次吹的笛聲外，其他年輕人的笛聲完全聽不進去。醉了，累了，大家就在地上席地而睡，阿次就枕在阿娜肚子上，隨即響起永無止境的醉後忘情的

鼾聲。

某天，阿次受邀到親戚家慶祝豐收，當然，他也要阿娜同行，但是阿娜想到家中的玉米已經成熟，為了防止松鼠和麻雀來偷吃，一定要到山上看守，所以無法同行，因此她讓阿次一人獨自前往。

阿次將出門時，阿娜在他耳邊交代：

「如果那裡有煮出一大鍋滿滿的山鼠肉，記得幫我包一些回來哦！」

這天，阿娜在豔陽下一邊追趕偷吃玉米的松鼠，一邊罵道：

「這群貪吃鬼！你們等著！今天阿次會帶烤熟的山鼠回來，看我怎麼把你們吃掉！」

過中午後，她也沒打算煮飯，就一直站在門口等著阿次回來，只要阿次回到家，她就有美味的山鼠肉可以吃，想到此更一心巴望著阿次的歸來。

但是等到阿次終於回來，月亮都已經出來了。而且阿次還喝得醉醺醺的，醉得步履蹣跚。

「山鼠肉在哪裡？」

他一坐在圍爐邊，她立刻盯著那雙醉眼問道。

「啊！可能掉在路邊哪裡了吧！」連聲音都滿是醉意，而且很冷淡。

「掉了？那你回頭去幫我找回來！我還在等著當晚餐呢！」

「外面已經那麼黑，可能早被野狗叼去吃了吧。」

「我看不是什麼野狗吧！一定是你拿去餵什麼野女人了！」

「哪有這種事，啊……我好累啊！我喝醉了！」

他在圍爐邊躺下，閉上眼睛正打算要睡覺。阿娜剛開始是因沒吃到山鼠肉很失望，漸漸開始懷疑男人對她不忠，不禁妒火中燒，一肚子火，完全無法壓抑。

這時，若有阿次的安慰或許就可平息，但她卻等不到男人的輕言細語，等不到男人舉證沒有任何女人搶走她的山鼠肉。就算是虛構的假話或隨意杜撰的故事都可令她滿意。

但是他早已醉得不醒人事，因為疲倦而閉上眼，完全沒空消除她的疑慮。

一開始她想問明原委，以證明事實並非如此，但他閉眼不理會。而後，

想到可以靠哭泣來博得他的安慰，但從他醉醺醺的口中只冒出醉話連篇。她終於再也忍無可忍，嚎啕大哭起來。

他在醉夢中被吵醒，非常生氣的大聲怒斥：

「妳夠了沒！這賣身女！要哭到妳爸墳上去哭！」

被這麼一罵她更是氣瘋了，接下來哭得呼天搶地，伸出手猛力抓住他的肩膀使盡全力的搖，然後邊哭邊罵：

「你說誰是賣身女！是哪個賣身女把你的山鼠肉吃掉的！你是不是不要我了！」

這麼一搖將醉夢中的他整個怒氣都搖醒了。一句像人話的話都無法從喉嚨冒出，他順手從圍爐裡撩起一根燒紅的木柴就往她的腿上戳去。

「去死啦！」

「啊啊……」她抱著下腹大哭。

他眨了眨眼看著自己做出的事，但疲勞依舊，他只覺得眼前這一切亂七八糟令人厭倦，過了好一陣子又躺回去睡了。她哭了又哭，幾乎發不出聲音了，用手撐著身體，像划船那般，一步步拖著腿，走出門口，就這樣拖行了四十里的夜路，回到父親家。

隔天她起了個大早，為父親搗米，為父親煮飯，而後對父親說：

「你的女兒回來了，我又是你從前的那個女兒。」

過了五天，從阿次村裡來了二十幾個人，闖入阿娜父親家中，但是誰都沒開口，他們進來後就各自在圍爐邊坐下。

阿娜的父親知道早晚必定會有人找上門談女兒的事，所以他也彆扭著不打算開口，但還是急忙到隔壁借了瓶酒和殺了頭黃牛。

重要的話大家都憋在肚裡不出口，只是寒著臉，靜靜的圍著圍爐吃喝，一伙人當中的一位長者淡淡的說：

「你女兒跑回來了是吧？」

「沒錯！」

「但她可是阿次家的人，你一定要讓她回去。」

「你看阿次怎麼待她的，你看！她被燙傷了。她自己也說不回去了。」

　　突然，這二十幾個人開始你一言我一語，醉醺醺的臉說著話時，唾液不斷從口中噴出。

　　「她可是阿次的老婆呀！」

　　「她得幫阿次做事，她要回去做飯、織麻布！」

　　「她是阿次用二十頭牛討來的！」

　　「別跟他囉唆！哪有人拿了別人的牛，還把女兒叫回來的！」

　　「把她拉出來！我們有權利將她帶回去。」

　　眾人議論紛紛直到天明還沒有結論。

　　到最後只有阿娜的父親和最初先開口的長者，兩人商討出阿次的離婚約定後，事情總算落幕。

　　一、今後阿娜另嫁他人，阿次另娶他人，雙方互不相干。

　　二、阿娜的父親必須歸還訂婚時的二十頭牛給阿次。

　　三、做為離婚的損失要補償阿次二十頭牛。

　　四、以上共計四十頭，以阿娜覓得良人之日為交付期限。

　　五、在阿娜未覓得良人前，每年需織麻布衣兩件供阿次穿著。

　　就在被迫定下這番協定的約束下，阿娜就一直和父親一起在家裡住下來。直到遇上今年春天從怒江來的華阿思，他帶著鹽和布匹來思邁開江做買賣，換取黃連、貝母等藥材。

　　華阿思和阿娜才見了一眼，兩人就決定結為夫妻。然後，他驕傲的帶著她的妻子返回怒江。但是，還有一筆四十頭牛的債務在這美麗的女孩身上。

　　黎蘇自古有一傳統美德，只要到了婚嫁年紀的小伙子能從別的村莊娶新娘回來，牛隻就由村裡鄰人湊來借給他。畢竟當時是沒有人能夠一口氣拿出幾十頭牛的！「現在我要討媳婦，你先借我一條牛。先記在帳上，待你兒子長大再歸還。」這是個很好的風俗。但是在華阿思住的山谷間小部落僅有四五戶人家，無論如何也拿不出四十頭牛。

　　從阿娜離開後那天起，阿次就開始向她父親追討牛隻，他急著要將那些牛隻放入其他漂亮女孩的父親的牛欄內，享受大家羨慕的眼光。他們村莊的代表向阿娜父親宣告，若不交出人，就要交還牛，否則不會善罷干休的。

　　啊！若要離婚必須賠償受損，而結婚時資金又少不了。所有人類居住的地方都深陷在這圈套內。這是大家心照不宣必須遵行的事，無論是在這原始古樸的地方，還是在豐饒的都市裡，在這件事上都一樣，我在都市的報紙上偶爾讀到幾件類這報導時，深深的這麼覺得。

　　但是，他們的笑容一次也沒有因此而稍有陰霾，我若賺了點錢招待他們來家裡，他們總是像一對黑熊般雀躍的玩鬧著。我曾見過他們每回相擁與對方角力嬉戲皆十分盡興。他們教我唱黎蘇的歌曲，我學會一首〈當菸草用盡時〉的曲子：

　　「當菸草用盡時，

　　　以葉片取代吸食。

　　　當妻子不在時，

　　　摘花草伴我眠。」

　　但是，我也不懂從前的債權法。每當那彎湖上新月昇起，毫無陰霾的笑容展現在我面前時，我總是忍不住想起：「這四十頭牛的代價又當如何是好啊！」

　　然而，就在某天早上，阿娜滿臉驚慌的跑進來，像這樣步履沉重的阿娜，我還是第一次見到，她身後還跟著一群孩子。

　　在美麗弧型新月下的黑色眼眸消失了，取而代之的是雙陰翳的憂鬱眼睛。她眼神空洞完全不看人，只是愣愣的望著戶外如白霧般的雨絲。她口中哼著歌，低聲哼著寂寞沉重的調子，聽起來像是古老的西洋長篇史詩，在我看來也就如同修道院內的童女正莊嚴靜肅的祈禱。

　　她用腳輕踏著他們稱為「歐蓋蓋」的黎蘇舞蹈，聲音拉的又長又沉重，像是在歌詠著歐洲古代的長篇史詩，一句句慢慢的從口中吐出。「歐蓋蓋」的舞步是如此的靜謐幽深，她踏在地上的每一腳的餘韻皆可聽到少女微微的歎息聲，就像不明所以犯下姦淫之罪而在胸前縫上紅色十字架的女孩。

　　她是女巫嗎？她到底在給惡魔唸什麼咒語呢？我充滿困惑的看著這一切。

　　「她已經瘋了。」

不知何時已悄悄站在我身旁的華阿思，意志消沉的說道。

「發生什麼事？」

「她父親被她原來的丈夫村裡的一群混蛋抓去當農奴了。」

原來如此，所以在阿娜灰暗的眼眸中才會透露出悲傷，口中才會輕吐出嘆息。但她是瘋了嗎？這是我未曾見過最奇怪的瘋狂，我只感覺到莊嚴和虔誠打動我心。她呆滯無神的唱著歌，我只能聽懂歌曲中的隻字片語。

「……那晚母親……你們那群暴徒……父親……父親跳起，跑著……英國的官差……背起你，我……森林中……。」

我緊咬著嘴唇，「歐蓋蓋」的舞步仍持續著，如朗誦史詩的綿長聲音不變，我四下一看，人們都穿著喪服，好似參加喪禮般的表情，連一點咳嗽聲都沒有。忽然，華阿思那如孩子般的眼神看向我，然後很誠懇的問道：

「X，你有能治好這種病的藥嗎？」

「……」

譯者（曾石火）的話

這是刊載於《文學》雜誌第三卷第一號（1934 年 7 月號）的短篇小說。原題雖名為〈四十頭的慘劇〉，我將它簡化為「四十頭牛」，如此一來就和原文不一致，這責任自然是在譯者身上。

若將譯文細分來看，相對於在將現代歐文做某程度的逐字直譯為現代日文還可通暢的情況，在翻譯漢語系作品時，語法和語彙就明顯的容易生硬，令人不快。在這點上我自認很下了點工夫，也因為這原因造成有兩三個地方誤譯，這點我是在知道的狀況下寫的，可能有人會指出我的誤譯，這些親切的人（我祝福你！）容我事先說清楚，先前也有位被介紹到日本的柯羅連科（Vladimir G. Korolenko）不幸的例子，這或許只是因譯者寡聞造成的個人謬見，在這問題上我想日後還有機會再說明。

關於翻譯的忠誠度，在某意義上我們是否有必要再重新思考，也就是在程度的問題上，眾所周知有多少名著被扼殺在追求「正確度」的語言學家手中，而且是最不幸的殘虐扼殺。翻譯之手與其說是從事單純的移植工作，不

如說是從事一種如接生婆般再生的工作。

　　問題在於接生出來的孩子是否有畸形？或者是生？是死？

　　　　　　載於《臺灣文學》，創刊號，一九四一年五月二十七日

艦上的獨白[*]

作者　阿爾封斯・都德
譯者　曾石火
中譯　楊奕屏

【作者】

阿爾封斯・都德（Alphonse Daudet, 1840～1897），見〈吉屋出售〉。

【譯者】

曾石火（1919～1940），見〈吉屋出售〉。

　　所有的燈都熄了之後，大約已經過了兩個鐘頭。船舷的窗子全都緊閉著，我們的寢室位在下方砲臺內，一片靜寂的漆黑，空氣混濁得令人幾乎窒息。兄弟們各自裹在自己的毛毯裡，在睡夢中發出囈語，我靜靜地聽著他們的每一句話。這幾天來的行軍，讓大家疲憊至極，也帶給他們充滿驚懼不安的睡眠。但是我依然無法入睡，因為我有太多的思緒在腦中。

　　上方艦橋正在下雨，風也很大。每到輪班的時刻，身邊的濃霧裡會傳來陣陣鐘聲，每每聽到這鐘聲，讓我不禁想起令人懷念的巴黎工廠內六點響起的報時鐘聲。

　　我們家那一帶有許多工廠，在我們小小的居所內（工作室的一角），每個角落從學校回來的孩子，正焦急的希望夕陽的餘暉能多停留一下。他們的媽媽極力靠著窗櫺，正在努力完成什麼東西的製作。唉！太慘了！接下來日子要怎麼過？如果我說一聲，事情也是可行的。我是否應該把他們都帶來呢？可是，這麼遠的航程，我覺得對孩子而言，旅途中的水土不服是很可憐的。而且，這麼一來，製作蕾絲的所有工具就得全部變賣掉。唉！這是辛辛苦苦工作十年累積下來的全部財產呀！而且，那群還流著鼻涕的小鬼，也沒辦法上學，他們的媽媽不也得在堆積如山的導火線包圍下過日子。孩子的媽呀！……啊！太可怕了！這太無法忍受了！還不如我一個人獨自承受，終究

---

[*]　原刊作〈艦上の獨白〉，題後標註「遺稿」，作者標為「アルフオンス・ドオデエ」。

結果也是一樣的。我爬上艦橋，想到我一家子如果就聚集在這裡，孩子的媽縫補著破舊的衣服，小鬼們就在腳邊爬著，想到這，我眼眶一陣熱。

風又強力的刮起，浪也更高高地打上來。靠在岸邊的巡洋艦慢慢拉出纜繩，帆桅孤獨的高舉，帆布不斷發出啪啪的巨大聲響。差不多要加速了，這樣也好，這麼一來可以早點抵達。這個叫做「班斯」的島，在船駛出的瞬間將我重重地拋出，但是，現在我寧願如此，那是我的目的，我要休息，我是如此的疲憊。

有時候這一整年所有聽過看過的事物，會一股腦兒在我眼前輪番呈現，讓我為之暈眩。普魯士士兵的包圍、壁壘、軍事訓練。接著，還有軍營、「鈕扣洞式」的世俗葬禮、在柯羅納[1]底下的爭辯巴黎的市政廳、巴黎公社的慶功宴、克呂澤雷[2]的閱兵、突擊戰。為了射擊憲兵大家躲藏的克拉瑪爾車站有形無形的牆壁。還有，薩托利小鎮囚犯的護送船、補給艦、從甲艦搬遷到乙船、換監獄時莫名加重罪刑的罪犯。最後是軍法會議室、全副武裝耀武揚威的每一位將軍、擁擠的馬車、搭船、揚帆、出航後剛開始幾天的船上的顛簸，所有的事全都歷歷在目。

唉！真受夠了！

我一臉的疲勞，滿佈著塵土和不明的粉塵，感覺像是十年沒洗臉般。

啊！對了！如果在哪裡有塊可以安安穩穩的定居下來的土地，那是多麼好的事呀！根據那些傢伙所講的話，只要到了那裡，地雖然不大，但是，可以給我們一塊土地、傢俱、一個小屋子……他可是說一間小屋子呢！在海邊有間小房子是我和老婆的夢想，如果能有一小塊庭院在屋前，種滿青菜和花朵，一到禮拜天為了健康要吸收空氣和陽光，我一整天都要待在那裡。孩子們長大後可以做點小生意，我要悠閒的隱居在那兒。真是太愜意了！混蛋！那些傢伙說不定已經隱居起來，現在正準備要在哪買別墅呢！

混蛋！所有的計倆說穿了都是政治，這些亂七八糟想法一旦施行起來根

---

1 按：「柯羅納」，原文作「コロンヌ」，為巴黎市內大廈名。
2 按：「克呂澤雷」，原文作「クリュズレ」，人名，曾加入巴黎公社。

本全都做不到。神聖的政治什麼的，我不管如何都無法相信，我感到不安。原本我就沒什麼錢，在工作上進貨沒有不用錢的，平常我沒閒工夫看報紙或去聽人們集會時有什麼了不起的話題。可是，當可恨的包圍事件來到，那些只會亂吹牛喝個爛醉外毫無能力的叫做「國防總動員」的傢伙。唉！我就是加入他們，才會來到這軍營。說完大話之後，就是完全的被沖昏頭。

勞工的勝利！民眾的幸福！

結集成巴黎公社時，我深信不疑，這是窮人黃金時代的到來。更何況，人們尊稱我為隊長，穿著全新軍服的幕僚們啊！戴上金色橫條和臂章，我認為即將大展身手做一番大事呢！之後，我才看清這番動亂的窮途末路。我是多麼的想從中逃離，但是，我卻又多麼的擔心被視為膽小鬼。

甲板上又發生什麼事？擴音器正嘶吼著，橡膠長靴在溼淋淋的艦橋上奔走的雜踏聲……這些水手，這些人過的生活又是何等的糟！他們在熟睡之中被水手長喚起，揉著睡眼，東倒西歪地爬上艦橋，在一片漆黑、寒氣逼人當中，不得不硬著頭皮往前走，甲板濕滑，凍結的纜繩，手一碰到就是一陣刺痛。然後，他們被高高地吊上帆桁的一端，當他們正要捲起被凍得硬梆梆不斷翻動的帆布時，一陣強風襲來將他們捲走，就像一隻隻遨翔的海鷗般被拋入大海。

這嚴苛的生活不會比巴黎的工人輕鬆，酬勞也不比他們好。即使如此，他們不會抱怨，不會想造反，在旁人眼中非常沉靜，目光篤定，對長官抱持敬意。說到長官，他們倒是極少出現在我們軍營，這大家都知道。

一陣暴風雨，軍艦劇烈的搖動，所有的東西都都在晃，同時發出可怕的聲響。從後面一個又一個不斷打上來的大浪，夾著雷聲一直落在艦上。才五分鐘就在艦上積水成溝，水又從四面八方流出。周遭的人全跟著搖晃，有人開始暈船，有人驚恐萬分。

在危險之中還被強迫著要處變不驚正是煉獄中最恐怖的事情……你想想看，我們像畜牲般被丟在這場恐怖的風雨咆哮中，我們被玩弄在暴風雨的指掌間，這時候，那些戴著金飾，穿著紅色盔甲的混蛋，這些將我們送上前線的膽小鬼，現在正悠閒的在離巴黎不遠的倫敦或日內瓦的咖啡廳劇院的包廂

中。越想我心中越是怒火中燒。

　　砲臺所有人都醒了，互相隔著毛毯開始叫喚。全都是巴黎的孩子，他們開始講些無聊的笑話，大家嘻嘻地笑鬧著，我為了要得到片刻清靜只好假睡。這種一整天全都廝混在一起、睡在一起的生活，對我而言真是酷刑。被別人激怒、聚集在一起叫囂、我並非初衷的仇恨也要顯現出來，不這麼做只會被視為背叛，最終無話可說。然後就是不間斷的取笑又取笑……這是什麼樣的大海呀！我的老天！[3]

　　船好似快速地飛進漆黑疾風的洞穴，不斷翻轉，引起陣陣漩渦……陸地呀！還好我把家人留在陸地上，想到他們正在那小小的房間裡避風雨，真是太好了！我在昏暗的砲臺下，將煤氣燈舉到額前，好似可以看到眼前進入夢鄉的孩子，一旁是他們疲憊的母親正彎著身軀在工作……。

載於《臺灣文學》，第二期，一九四一年九月一日

3　中譯者註：原文是「南無三寶！」。

新 詩

琉球小曲：難以忘懷[*]

作者　恩納鍋子

譯者　富村月城

中譯　劉靈均

【作者】

恩納鍋子（おんななべこ，？～？），琉球（即今日本沖繩縣）詩人，詩作〈忘れねばこそ〉（難以忘懷）曾由富林月城譯為日文在一九二三年一月刊於《熱帶詩人》第二卷第八期。其餘生平待考。（顧敏耀撰）

【譯者】

富村月城，來臺日籍文人，先後居住過臺中、淡水與基隆等地。發表於報刊上的作品以新詩較多，如一九二三年發表於《臺灣日日新報》的〈靜かなる魂〉、（安靜的靈魂）、〈強く生きよ〉（堅強的活著唷）、〈靜觀〉等，一九二四年發表於《臺灣遞信會雜誌》的〈或る日の祈禱〉（某一天的祈禱）、〈或る夜の夢〉（某一晚的夢）、〈海を戀ふ〉（愛戀著海）等，此外亦有散文，如一九二七年十一月刊於《臺灣鐵道》的〈食糧問題と緊縮生活〉（食糧問題與緊縮生活），還有短歌，在一九二四年三月刊於《臺灣日日新報》的「臺日歌壇」專欄，亦有翻譯作品，如一九二三年一月刊於《熱帶詩人》的〈琉球小曲〉。（顧敏耀撰）

越是不想
越是想起
我永遠無法
忘懷我的她
如同松樹常翠
一瞬也不移地

---

[*]　原刊作〈琉球小曲：忘れねばこそ〉。

以我純粹的心
持續愛慕不忘

　　　　載於《熱帶詩人》，第二卷第八期，一九二三年一月二十七日

朗費羅譯詩抄：變化*

作者　朗費羅
譯者　中里正一
中譯　劉靈均

【作者】

朗費羅（Henry Wadsworth Longfellow, 1807～1882），十九世紀著名的美國詩人，堪稱當時美國文化生活的指標性人物。自小喜愛詩歌和語言，進入緬因州鮑多因學院攻讀語言和文學之後，更展現出高度認同偉大傳統的歐洲文化與思想的熱情，曾兩度赴歐學習法、意、德、丹麥、瑞典和荷蘭等語言，二十八歲即任哈佛大學現代語言教授。一八五五年以芬蘭史詩《卡勒瓦拉》（*Kaleval*a）為藍本，創作史詩《海華沙之歌》（*The Song of Hiawatha*, 1855），為其代表作。此外，朗費羅的〈人生頌〉據云是世界上第一首被譯為中文的英語詩。時任清朝總理各國事務衙門全權大臣的董恂曾將〈人生頌〉書於扇面，並轉交給遠在波士頓的朗費羅，此扇現存朗費羅故居。（趙勳達撰）

朗費羅像

【譯者】

中里正一（？～？），來臺日籍文人，一九三六年任臺灣電力會社臺中營業所勤務。其譯作目前所見皆刊登於《臺南新報》，有一九二六年二月十五日發表的〈朗費羅譯詩抄〉、同年二月二十二日發表的〈短章譯篇〉、同年三月二十二日發表的〈英詩抒情唱〉等。（顧敏耀撰）

在歷史悠久的里程碑矗立之處
現在有個陌生人
從城鎮的郊區俯瞰
而我看著

---

* 原刊作「ロングフエロー譯詩抄：變化」。

常去的黑暗森林的陰暗的樹冠
究竟是那裡變了還是我變了？
啊啊，橡樹如此清新有綠意
但是過去曾和我在那茂林中
打鬧的朋友們
隨著我們的年歲增長而逐漸疏遠
海依舊發光流動
太陽依舊發光閃耀
但是，啊，我知道的
這已不是過去閃耀的太陽
這已不是過去狂奔的潮汐

載於《臺南新報》，一九二六年二月十五日

朗費羅譯詩抄：桑果河[*]

作者　朗費羅
譯者　中里正一
中譯　劉靈均

【作者】

朗費羅（Henry Wadsworth Longfellow），見〈朗費羅譯詩抄：變化〉。

【譯者】

中里正一，見〈朗費羅譯詩抄：變化〉。

恐怕在想像或夢境以外
這樣彎曲的河流哪裡都不存在
它一面悠揚迂迴於灌木林與樹叢間
一面聯繫著湖泊與湖泊

被森林和沙洲所圍繞
不斷的穿越與迴繞
直到看不出是條河川為止
偷偷地緩緩地流

過去帶罪的騎士
是從森林裡或者山丘上開始
走過森林裡的寂寞之地
並沒有在這曲折小徑中迷路

學童尋找著
榛果果實或者鳥巢

---

[*]　原刊作「ロングフエロー譯詩抄：ソンゴ河」。

走遍森林內外
也沒有這樣徬徨

在河水的鏡面倒影中
兩岸垂下的茂密綠意
倒立相連，且在
浮雲與玲瓏的天空之間

我想大概只有飛舞的雨燕或家燕
是唯一活動著的東西
或者還有從映照著他們的天空
向下俯衝的潛鳥

靜謐的河流啊！你的土名
並未聲名遠播
那是因為你滿足於不為人知
但你平安的流動教導著
深奧的智慧，如同人的言語
一方面不急不躁地流動
一方面保有不被侵犯的中庸

但即便注入徐緩的水車
你仍然安詳而寧靜
倘若你的靜默
是要對旅行者說──

「從狂熱的城鎮急馳而來的
　旅行者啊，停下你的腳步吧！

暫時休息一下，別為了盲目的躁進
浪費你的生命！

別像淺灘裡翻滾的
水流一樣
而是以溫和的自制
將靈魂與靈魂相連吧！」

載於《臺南新報》，一九二六年二月十五日

破碎的花瓶[*]

作者　普呂多姆
譯者　根津令一
中譯　杉森藍

普呂多姆像

【作者】

　　普呂多姆（Armand Sully Prudhomme, 1839～1907），法國詩人，生於巴黎，幼年喪父，由母親扶養長大。曾短暫在鑄造工廠工作，一八六〇年轉而投身法律，任職於巴黎的一處公證所，後因獲得一筆遺產，辭職專事寫作。一八六五年出版了首部詩集《長短詩集》，表現出深思和憂傷的氣氛，其中以〈破碎的花瓶〉最為著名，以破碎的花瓶比喻失戀的心，絲絲入扣。爾後陸續出版詩集《考驗》、《義大利筆記》、《孤獨》、《當代詩集》（共三卷）、《正義》、《幸福》等。一八七〇年，其叔父、嬸嬸以及母親相繼去世，打擊甚大。後因普法戰爭爆發，一度投身軍旅。一八八一年被選為法蘭西學院院士，且被提名為榮譽勳位團成員。一九〇一年，出版了《蘇利・普呂多姆詩文集》，同年獲頒第一屆諾貝爾文學獎。（顧敏耀撰）

【譯者】

　　根津令一，見〈流浪者〉。

　　插著枯萎美女櫻的花瓶
　　因為碰到扇子，裂了
　　雖說是碰到，一定只是輕輕的
　　沒有一絲聲響

　　但，那玻璃的細微裂痕

---

[*] 原刊作〈こわれた花瓶〉，作者標為「シエリー・プリユードム」。

日益嚴重
像隱形般而又真實的一點一點地
繞了花瓶一周

一點一滴，全新的水已流盡
花已枯萎
再也無法假裝沒有破碎
碎掉了，無法碰觸

許多次，愛的手指也觸摸著心
心一樣地受傷
而後，自己破裂
失去了戀愛的花朵

總是，不被瞧見
心裡，擴大了既細且深的傷痕
於是，潸然淚下
心破碎了，無法碰觸

載於《臺灣日日新報》，一九二六年二月十九日；亦載於《臺灣
遞信協會雜誌》，第七十三期，一九二六年三月

短章譯篇：暴風雪*

作者　愛默生
譯者　中里正一
中譯　劉靈均

【作者】

愛默生像

　　愛默生（Ralph Waldo Emerson, 1803～1882），美國思想家、散文作家、詩人，生於波士頓。一八二〇年畢業於哈佛學院，一八二六年進入哈佛神學院就讀，翌年獲准講道，一八二八年成為波士頓第二教堂牧師，後因不贊成此教派的部分教義，放棄神職，一八三三年赴歐遊歷，一八三六年出版《論自然》，闡揚求新求變的觀念，同年開始在波士頓市郊的康科德（Concord）與志同道合的學者持續聚會討論神學與哲學，逐漸形成「超驗主義運動」。一八三七年以「論美國學者」為題發表演講，呼籲在思想與文化上走出美國自己的道路。翌年，在劍橋神學院發表「神學院致辭」，主張人能夠超越感覺和理性而直接認識真理。這一觀點有助於打破當時神學和外國的教條的束縛，建立民族文化，集中體現了時代精神，為美國民主主義以及資本主義的發展提供了理論根據。南北戰爭期間支持解放黑奴。重要著作還有議論散文《論自助》、《論超靈》以及兩部《詩集》等，集結為《愛默生全集》。其詩文特色包括：語言洗練、比喻生動、思想深刻、說理透徹、氣勢磅礴，影響後人甚多。（顧敏耀撰）

【譯者】

　　中里正一，見〈朗費羅譯詩抄：變化〉。

天空所有的喇叭都在宣告
雪來了，奔馳過田野
看來沒有盡頭。白色的空氣

* 原刊作〈短章譯篇：雪暴れ〉，作者標為「エマソン」。

隱藏了小山丘、森林、河川和廣袤天空

掩蓋了庭院的農舍

雪橇和旅行者停了下來，傳令兵歇腳休息，朋友們都關起門來

家人們圍坐在火光熠熠的爐邊

因風暴的騷動而閉鎖門窗，被迫蟄居家中

載於《臺南新報》，一九二六年二月二十二日

短章譯篇：鷲*

作者　丁尼生
譯者　中里正一
中譯　劉靈均

【作者】

丁尼生像

　　丁尼生（Alfred Tennyson, 1809～1892），英國維多利亞時代的代表詩人，生於林肯郡，劍橋大學肄業，一八五三年定居於英國南方海岸的懷特島。其詩作繼承了古代希臘羅馬文學的題材，也受到了浪漫派詩人華茲華斯、拜倫以及濟慈的影響。題材廣泛，有的取材於希臘羅馬神話和中世紀的傳說，也有的取材於當代現實生活。重視詩作的形式完美、詞藻綺麗、音調鏗鏘。早期詩作清新生動而富有想像力，如〈食荷花人〉、〈美女夢〉、〈夏洛特小姐〉以及著名的〈尤利西斯〉等。一八三三年其摯友阿瑟・亨利・哈勒姆早逝，經過十七年的構思，在一八五〇年完成組詩〈悼念〉，真情流露，感人至深，被認為是英國文學中最優秀的哀歌之一，因此受到維多利亞女王賞識，受封為宮廷桂冠詩人。一八五二年發表的〈悼威靈頓公爵之死〉以及一八五五年的〈輕騎兵旅的進擊〉皆抒發了愛國主義思想，頗受歡迎。一八五九年開始撰寫組詩〈國王敘事詩〉，描寫英國著名的亞瑟王及其圓桌武士之傳奇故事。一八六四年發表自由體敘事長詩〈伊諾克・阿登〉，風行一時，也被譯成多種外文。晚年對英國社會風尚的敗壞感到失望與不滿，作品中流露出憤世嫉俗的心情。一八八四年接受男爵封號，一八八九年創作〈過沙洲〉，描寫面對死亡的心情，悠然恬靜，餘韻裊裊。死後葬於西敏寺，備極哀榮。（顧敏耀撰）

【譯者】

　　中里正一，見〈朗費羅譯詩抄：變化〉。

---

* 原刊作〈短章譯篇：鷲〉，作者標為「テニソン」。

用彎成鉤的手緊緊抓住險峻的岩壁
在這蒼茫世界所包圍的荒涼大地
他站在靠近太陽之處
下方是碎浪匍匐的汪洋
他從山上看守著
接著像閃電一樣俯衝而下

載於《臺南新報》，一九二六年二月二十二日

短章譯篇：小巷之聲*

作者　朗費羅

譯者　中里正一

中譯　劉靈均

【作者】

朗費羅（Henry Wad Swarth Longfellow），見〈朗費羅譯詩抄：變化〉。

【譯者】

中里正一，見〈朗費羅譯詩抄：變化〉。

魔法師馬扎爾班在以前
經過卡賽前往西方旅行時
在路上聽到的
只有稱讚巴多拉的聲音
但是那稱讚逐漸消失
當他來到卡雷丹的時候
人們只討論著
卡瑪拉爾扎曼王子的事
詩人們也是如此
各個國家有著各自的詩人
巴多拉默默無名之地
卡瑪拉爾扎曼大名鼎鼎

載於《臺南新報》，一九二六年二月二十二日

---

* 　原刊作〈短章譯篇：巷の聲〉，作者標為「ロングフエロー」。

短章譯篇：鴿子*

作者　濟慈
譯者　中里正一
中譯　劉靈均

【作者】

濟慈像

　　濟慈（John Keats, 1795～1821），英國詩人，生於倫敦。由於父親早逝，先後由母親與外祖母撫養成人。一八一一年開始習醫，但是也熱愛寫詩。一八一六年考取內科醫生執照，繼續學習外科，然而在同年就放棄學醫，專心寫詩。翌年出版第一部詩集，獲得好評。一八一八年從薄伽丘的《十日談》取材，完成敘事詩〈伊薩貝拉〉，其思想也從強調感官享受轉而強調思想深度。一八一九年寫成長詩〈聖愛格尼斯之夜〉，採用了類似羅密歐與茱麗葉故事的情節，絢麗多彩。同年，完成其傳世之作，包括頌詩〈夜鶯〉、〈希臘古甕〉、〈哀感〉、〈心靈〉以及抒情詩〈無情的美人〉、十四行詩〈燦爛的星，願我能似你永在〉等，成為其詩作的精華，亦為英國詩歌史上的不朽之作。一八二〇年出版詩集《萊米亞‧伊薩貝拉‧聖愛格尼斯之夜和其他》，反應甚佳。不久因感染肺結核，前往義大利休養，病逝於羅馬，安葬當地。他是英國浪漫主義詩人中最有才氣的詩人之一，對後世影響很大，包括丁尼生、布朗寧、王爾德以及二十世紀的「意象派」詩人都深受影響。其詩作已集結出版為《濟慈詩集》（*John Keats Poems*）。（顧敏耀撰）

【譯者】

　　中里正一，見〈朗費羅譯詩抄：變化〉。

---

*　原刊作〈短章譯篇：鳩〉，作者標為「キーツ」。

我曾養過一隻鴿子，但那可愛的鴿子已經死去

我想牠是嘆息而死的吧

啊！是什麼讓他嘆息？牠的雙腳糾結著

為了我的手所編的一條線

美麗的紅色小腳啊，你為什麼死了？

美麗的鳥兒啊，為什麼？為什麼要離開我？

你曾經寂寞地住在森林的樹間

可愛的人兒啊，為何你不和我同住？

明明我只要親你一下之後，就會給你豆子吃

跟在樹林中生活沒有兩樣，為什麼不要這樣快樂的生活呢？

載於《臺南新報》，一九二六年二月二十二日

英詩抒情唱：至高無上之物[*]

作者　Dixie Willson

譯者　中里正一

中譯　劉靈均

【作者】

　　Dixie Willson（1890～1974），僅知為英語詩人，曾有作品〈至高無上之物〉由中里正一譯為日文在一九二六年三月廿二日發表於《臺南新報》，其餘生平待考。（顧敏耀撰）

【譯者】

　　中里正一，見〈朗費羅譯詩抄：變化〉。

知更鳥的歌啊！歡喜的紅薔薇啊！

綻放的藿香薊花冠的呼吸啊！

大海新鮮的微風啊！第一顆星的出現啊！

我不斷夢見的那女孩——

她確實存在——看似溫柔而靜謐的微笑！

我堅定的真心——在長時間的

爭執後的靜謐的喜悅

似乎只有我能喚醒的女孩——是我的妻啊！

載於《臺南新報》，一九二六年三月二十二日

---

[*]　原刊作〈至上のもの〉，作者標為「DIXIE WILLSON」。

英詩抒情唱：美麗的，少女中的少女*

作者　Eogene Dolson
譯者　中里正一
中譯　劉靈均

【作者】

Eogene Dolson（？～？），僅知為英語詩人，曾有作品〈美麗的，少女中的少女〉由中里正一譯為日文，在一九二六年三月廿二日發表於《臺南新報》，其餘生平待考。（顧敏耀撰）

【譯者】

中里正一，見〈朗斐羅譯詩抄：變化〉。

我對那女孩說：

「我昨天作了夢

　雖是在睡眠中，但卻跟平常一樣清醒

　我跟我心目中最美麗的少女告白。」

那女孩說：

「我要怎麼回答呢？」

載於《臺南新報》，一九二六年三月二十二日

---

* 原刊作〈美くしき乙女の中の乙女〉，作者標為「EOGENE DOLSON」。

英詩抒情唱：筆之力[*]

作者　Morris Abel Beer

譯者　中里正一

中譯　劉靈均

【作者】

　　Morris Abel Beer（？～？），英語詩人，僅知曾於一九一八年在美國波士頓出版詩集《曼哈頓之歌》（*Songs of Manhattan*），亦有作品〈筆之力〉由中里正一譯為日文，在一九二六年三月廿二日發表於《臺南新報》，其餘生平待考。（顧敏耀撰）

【譯者】

　　中里正一，見〈朗費羅譯詩抄：變化〉。

　　阿爾奇瓦寫了小說

　　愛德華創作了高尚的詩

　　菲利浦用小丑和活力來裝飾他的戲劇

　　但約翰得以隨時開出支票

　　而努維絲能做的則只有和那男孩結婚

載於《臺南新報》，一九二六年三月二十二日

---

[*]　原刊作〈筆の力〉，作者標為「MORRIS ABEL BEEK」。

外國譯詩抄：幸福的俘虜[*]

作者　Will Thompson
譯者　不詳
中譯　劉靈均

【作者】

Will Thompson（？～？），西洋詩人，僅知曾有詩作被譯為日文，題為〈幸福の捕虜〉，在一九二六年三月廿九日刊載於《臺南新報》，其餘生平待考。（顧敏耀撰）

【譯者】

不詳。

我盡量避開你的眼神
我嘗試逃離你的唇
你的聲音恍惚我的心
世間萬物都比不上你的好
我試著在沒有你的世界生活
我試著將你逐出我的視線
但我仍然沒日沒夜
在夢裡見到你

我如此愛著你
我試著不覺得這很愚蠢
我因迷戀而固執的在此停留
也不希望你走

在你誘惑的瞥視之中

---

[*] 原刊作〈幸福の捕虜〉，作者誤標為「Will THOmPl'SON」。

我被迫在此放下船錨
我抓不到最好的機會——
我，畢竟，還是被愛抓到！

載於《臺南新報》，一九二六年三月二十九日

外國譯詩抄：善良的女孩[*]

作者　W. B. Kerr
譯者　不詳
中譯　劉靈均

【作者】

W. B. Kerr（？～？），西洋詩人，僅知曾有詩作〈善良的女孩〉被譯為日文在一九二六年三月廿九日刊載於《臺南新報》，其餘生平待考。（顧敏耀撰）

【譯者】

不詳。

克羅琳達是個虔誠的女孩
她在週日學校教的是一年級
「無論何時都不要被罪惡所蒙蔽」是她的座右銘
教會結束之後，天真無邪的出來
接受帥氣男孩的邀約，作伴散步聊天
肩併肩走個一哩路
在陽光和煦的日子，男孩常常會幫女孩拿上衣
女孩不覺得把上衣交給他有什麼不好
她甚至和他勾著手
又像哥哥
又像戀人，互訴衷情的同時
女孩安靜而順從地傾聽
男孩要是親吻了她美麗的一邊臉頰
她常常就會把另一邊臉頰轉過來

載於《臺南新報》，一九二六年三月二十九日

---

[*]　原刊作〈善良な娘〉，作者標為「W. B. Kerr」。

支那的民謠*

作者　不詳

譯者　不詳

中譯　劉靈均

【作者】

　　不詳。此屬民間歌謠，因為在口耳相傳之際，由民眾共同完成，一般難以查考確切作者為誰。（顧敏耀撰）。

【譯者】

　　不詳。

十八歲新娘和三歲小新郎

帶著他噓噓，抱抱睡覺覺

半夜想要喝奶奶

啪噠……

妾身可是你的妻子，不是母親啊。[1]

　　這首歌唱的是支那有問題的結婚制度。在支那的中等以上家庭，就像這首歌謠一樣，幫幼小的男嬰娶一個長大成年的貧窮人家女孩。新娘養育嬰兒，等他長大之後才會成為事實上的妻子。這全都是因為雙方打著如意算盤才會發生的現象。男方不但不用花太多錢，還可以找到一個可以自由使喚，長期代替雙親照顧男嬰的女子；女方也可以期待，在過了一陣子之後，女兒就可以成為遠比自家富有的家族的媳婦。但這無論如何，這都只是兩方親人的心理狀態，對當事人而言絕非如此。應當成為一家之主的男孩成年之後，那個

---

*　原刊作〈支那の民謠〉，未標作者與譯者。

1　按：此民謠在中國題為〈小女婿〉或〈童養媳〉，原文是：「十八大姐三歲郎，夜夜睡覺抱上床，睡到半夜要吃奶，劈頭蓋臉幾巴掌，『俺是你媳婦不是你娘』」。採集後有多種異文，意思相近。

名義上是妻子的女人，早已成為中年婦女，男女雙方自然不可能有圓滿的關係。男子終究還是會物色年輕女性為妾，女子則一輩子獨守空閨，暗自哭泣。變成這樣的結果，也是意料之中的事情。

載於《臺灣警察協會雜誌》，一九二六年四月一日

無題*

作者　魏爾倫
譯者　根津令一
中譯　杉森藍

【作者】

魏爾倫像

魏爾倫（Paul Verlaine, 1844～1896），法國詩人。生於法國東部市鎮梅斯（Metz）。一八五一年隨父母遷居巴黎，在當地接受教育，專攻法律，畢業後擔任過保險公司職員以及公務人員。一八六六年出版第一本詩集《憂鬱詩篇》（*Poèmes saturniens*），詩風傾向象徵主義，在詩壇聲名鵲起。一八七一年法國爆發巴黎公社革命，隨即投身國民自衛軍組成的臨時政府，擔任過中央委員會宣傳部長。革命失敗後，甚感失望，一度沉湎於醇酒之中。不久，被詩人蘭波（Arthur Rimbaud, 1854～1891）的卓越詩才所吸引，發展出同性戀情，與其先後在英國倫敦和比利時布魯塞爾同居。交往兩年後，酒後發生口角，開槍打傷藍波的手腕，判處監禁兩年，監獄地點在比利時的蒙斯（Mons）。出獄之後曾前往英國教法語與繪畫，一八七七年歸返法國，在中學任教。在一八八一年，出版詩集《智慧》（*Sagesse*，又譯為《明智》），獲得極高評價。一八九四年，出版詩集《死後書》。雖然晚年貧病交加，然而卻被推舉為「詩人之王」，在法國詩史上與波特萊爾、蘭波、馬拉美齊名。（顧敏耀撰）

【譯者】

根津令一，見〈流浪者〉。

---

* 原刊同題，作者標為「ボール・ベルレーヌ」。

天空在屋頂上
　那麼靜、那麼藍！
樹在屋頂上
　搖晃著茂密的葉子

抬頭望見的天空中
　柔和的鐘聲響起
抬頭望見的樹上
　鳥兒在唱歌

啊，啊，單純又平靜的
　人間就在那裡

那不變的嘈雜聲
　從小巷裡傳過來

哦，不斷哭泣的你啊
　從前做了什麼？
說說看，年輕時
　你做了什麼？

載於《臺灣日日新報》，一九二六年五月二十一日

法國小詩選：輓歌*

作者　卡果
譯者　西川滿
中譯　杉森藍

【作者】

卡果像

卡果（Francis Carco, 1886～1958），法國詩人與小說家，生於新喀里多尼亞（New Caledonia，位於大洋洲的法國屬地）首府努美阿（Nouméa），一戰期間曾於法國埃唐普（Étampes）擔任飛行員。其詩作最為人所稱道的是具有濃厚的圖像性，往往讓人好似身處作品所描繪的地景之間，且具有頹廢派的特色。著作包括《無辜》（Les Innocents, 1917）、《詩》（La Poésie, 1919）、《風景名勝蒙馬特》（Promenades pittoresques à Montmartre, 1922）等。（顧敏耀撰）

【譯者】

西川滿，見〈苔依絲〉。

瘦弱、跛腳又滑稽的他
坐在咖啡廳的最裡面
暮色低垂
連玻璃窗戶都變暗了

「您哪位？」
「請安靜一點。」
「喝點什麼嗎？還是吃東西？」

---

* 原刊作〈佛蘭西小詩選：輓歌〉，作者標為「フランシス・カルコ」。

他既喝又吃，調戲女人的裙襬
而後瘋狂的唱歌

「這就再見了。」
「不！不要走。」
「無所謂，不是嗎？」
剛好那天半夜，他的身影消失無蹤
然後隔天
女人發現那男人在她家門口上吊

有惡魔在窗戶那邊啊
微笑，然後把這個抓起來
在那之後，惡魔在屋頂迴旋
從煙囪撒尿下來

載於《臺灣日日新報》，一九二九年二月十八日

法國小詩選：愛情*

作者　卡果
譯者　西川滿
中譯　杉森藍

【作者】

卡果（Francis Carco, 1886～1958），見〈法國小詩選：輓歌〉。

【譯者】

西川滿，見〈苔依絲〉。

你曾微笑著
你曾在我的懷裡旋轉
甚至在讓人神往的夜晚
映照著我低垂而沉重的頭
不過，我一邊唱歌一邊搖著妳
不久，雖然太陽在雨中昇起
卻從此無能為力
我抱著妳纖細而裸露的腰
終於陷入失眠

痛苦的早晨
這令人極為疲倦而神魂顛倒的瘋狂行為啊！
啊！甦醒的憂鬱讓情侶分開了

到底為什麼？
誰也不知道
雖然他離妳而去

---

* 原刊作〈佛蘭西小詩選：愛情〉，作者標為「フランシス・カルコ」。

眼淚卻流下來
從此以後
晨曦不知道讓這慘白的荊棘
枯萎幾次

　　　　　　　載於《臺灣日日新報》，一九二九年二月十八日

法國小詩選：幽靈*

作者　波特萊爾
譯者　西川滿
中譯　杉森藍

【作者】

波特萊爾像

　　波特萊爾（Charles Baudelaire, 1821～1867），法國詩人，生於巴黎。先後就讀於德洛姆寄宿學校與里昂皇家中學，一九三六年進入巴黎的路易大帝中學，翌年在中學優等生會考中獲拉丁詩二等獎，已然嶄露其詩作天賦。一八三九年因堅持庇護某同學而被該校開除。一八四二年繼承生父遺產，開始過著浪蕩頹靡的生活。一八四八年二月革命爆發後至一八五二年政變期間（即法國第二共和），曾積極參與政治活動，然而顯得太過浪漫與單純。一八五七年出版詩集《惡之華》。收錄一百首詩作，爾後多次重版，陸續增補。詩作之中充分揭露了生活的陰暗面，歌詠醜惡事物，對於傳統美學觀產生衝擊。保守學者極力批評其詩風，然而亦有不少學者或作家慧眼獨具，例如雨果（Victor-Marie Hugo, 1802～1885）就曾經大力稱讚這些詩作「像星星一般閃耀在高空」。波特萊爾不但是法國象徵派詩歌的先驅，而且是現代主義的創始人之一，影響力從法國擴及到全球各國。除了《惡之華》之外，還發表了散文詩集《人為的天堂》、《巴黎的憂鬱》以及藝文評論集《美學管窺》和《浪漫主義藝術》，此外，亦曾翻譯美國詩人愛倫・坡的《奇異故事集》和《奇異故事續集》。（顧敏耀撰）

【譯者】

　　西川滿，見〈苔依絲〉。

　　小鹿斑點色的瞳孔
　　像天使那般

---

* 原刊作《法蘭西小說詩選：幽靈》，作者標為「シャール・ボードレエル」。

我回到妳的臥室
來到妳的身邊
與暮色一起無聲地溜進去

而這個我
給予妳的
是像月亮一樣冰冷的吻
以及像水溝周圍打滾的蛇那樣的愛

鉛色的早晨
再次來臨時
妳會看見我曾經存在的地方
變得空空洞洞
而且一直冷到晚上

我是妳的生命、妳的青春
像他人那般溫柔
雖然驚恐
還是想完全佔有

附記：卡果為現代法國的頹廢派詩人。一八八六年生。至於波特萊爾則無庸贅述，是法國詩壇的佼佼者，一八二一年生，一八六九年逝世[1]。

載於《臺灣日日新報》，一九二九年二月十八日

---

[1] 按：應是 1867 年過世。

法國詩抄：理想*

作者　普呂多姆
譯者　西川滿
中譯　杉森藍

【作者】

普呂多姆（Armand Sully Pradhomme），見〈破碎的花瓶〉。

【譯者】

西川滿，見〈苔依絲〉。

月圓天晴
星光滿佈，大地慘白
萬物之靈魂，出現在天空上
我只想著幸福的星星

雖然普通人都不承認那顆星星
但我知道那道光
發光到大地之盡頭
讓後人的靈魂
激動澎湃

啊！那一天
這遙遠美麗的星星
發出光芒時
在我後面的人們，請你們告訴星星吧！
你才是他的愛人啊

---

* 原刊作〈佛蘭西詩抄：理想〉，作者標為「シューリ・プリユドム」。

【題解】

　　這是普呂多姆的詩。作為一位先驅者，心中刻畫的理想不被當時的社會風氣所接受，他只好把自己抱持的理想寄託在後世的人們。普呂多姆在這首詩中就把他的理想比喻成星星，以表露其心境。我們大家共同抱持著崇高的理想，推動真正的教育，繼續努力往前邁進。

載於《第一教育》，一九二九年三月五日

法國抒情詩抄：月亮裡的吉普賽人[*]

作者　尚‧拉歐爾
譯者　西川滿
中譯　杉森藍

【作者】

尚‧拉歐爾像

尚‧拉歐爾（Jean Lahor, 1840～1909），本名亨利‧卡察里斯（Henri Cazalis），筆名還有尚‧卡歇利（Jean Caselli）。生於法國巴黎市郊，執業醫師。思想偏向悲觀主義，認為萬物終歸虛無。詩作屬於象徵主義詩派，時有往來之詩人包括普呂多姆（Sully Prudhomme, 1839～1907）以及馬拉美（Stephane Mallarme, 1842～1898）等。

有許多的法國作曲家以其詩作譜成曲子，如杜巴克（Henri Duparc, 1848～1933）譜曲的〈佛羅倫斯的小夜曲〉、〈狂喜〉與〈悲歌〉；有的作曲家則受到其詩作的啟發與影響，例如聖桑（Charles Camille Saint-Saëns, 1835～1921）的代表作《骷髏之舞》（*Danse Macabre*）即屬之。先後出版之著作包括《義大利民歌》（*Chants populaires de l'Italie*, 1865）、《憂鬱症》（*Melancholia*, 1868）、《虛無之書》（*Le Livre du néant*, 1872）、《幻想》（*L'Illusion*, 1875～1893）、《歌中之歌》（*Cantique des cantiques*, 1885）、《威廉‧莫里斯》（*William Morris*, 1897）等。（顧敏耀撰）

【譯者】

西川滿，見〈苔依絲〉。

---

[*]　原刊作〈佛蘭西抒情詩抄：月中のジブシー〉，作者「ジヤン‧ラオール」標於篇末。

「這是波希米亞的故事
　據說有個蒼白的吉普賽人
　躲在月亮上
　在深夜裡孤寂地拉奏小提琴
　非常微細的琴音
　消失在森林的靜默裡
　只有戀愛中說著悄悄話的年輕人
　能夠用心靈感受到。」

啊！熱戀中的情人啊！
月影淡薄的森林裡
聽聽那小提琴聲
在今晚迴繞著

載於《臺灣日日新報》，一九二九年三月十八日

法國抒情詩抄：祈禱*

作者　普呂多姆
譯者　西川滿
中譯　杉森藍

【作者】

普呂多姆（Armand Sully Pradhomme），見〈破碎的花瓶〉。

【譯者】

西川滿，見〈莤依絲〉。

既然知道家裡只有我一個人
是多麼悲哀
但願你常常經過
我的房子前面

既然知道一個純真的眼神
能給悲傷的心帶來什麼
但願你隨意的
看看我家的窗戶

既然知道在我心裡有你的心
是多麼美好的事情
但願你在我家門口
像小妹妹一樣的坐下來

既然知道我在戀愛
而且愛戀著你

---

* 原刊作〈佛蘭西抒情詩抄：祈り〉，作者「プリユドーム」標於篇末。

但願你毫不猶豫的
進來我房間吧

載於《臺灣日日新報》，一九二九年三月十八日

尚・考克多的詩：偶作*

作者　尚・考克多
譯者　西川滿
中譯　杉森藍

尚・考克多像

【作者】

　　尚・考克多（Jean Cocteau, 1889～1963），法國詩人、小說家、劇作家、藝術家、拳擊經理、電影製片人，多才多藝，屬於超現實主義的一代，然而他卻否認自己是超現實主義者。出生於巴黎近郊的小村莊，父親是律師和業餘畫家，在他九歲時自殺。他曾堅決地說過他主要是一位詩人，他的一切工作是詩。十九歲（1909）出版第一本詩集《阿拉丁神燈》（La Lampe d'Aladin），同時思索戲劇與芭蕾舞劇的發展。第一次大戰入伍，於一九一六年左右認識了畢卡索（Pablo Ruiz Picasso）、阿波利奈爾（Guillaume Apollinaire）、莫迪利亞尼（Amedeo Modigliani）。戰後不久染上鴉片煙癮，直到一九三〇年才在醫療下戒除。他的詩作甚多，較有名的是一九二五年出版的長詩《厄爾特比瑟天使》（L'Ange Heurtebise），內容描述詩人與天使的搏鬥。而科克多的電影，絕大部分是他自編自導，是法國新浪潮電影（French New Wave）的先驅。一九五五年當選比利時皇家法蘭西語言文學學院院士及法蘭西學院院士。（許舜傑撰）

【譯者】

　　西川滿，見〈苔依絲〉。

---

* 原刊作〈ジャン・コクトオの詩：偶作〉。

把妳的名字刻在樹上
一直延伸到另一面吧
樹會比大理石還要有價值的
為什麼？
因為妳可以看到
刻在樹上的名字變大啊

　　　　　　載於《臺灣日日新報》，一九二九年四月十五日

尚‧考克多的詩：你是這麼看我的嗎？*

作者　尚‧考克多
譯者　西川滿
中譯　杉森藍

【作者】

尚‧考克多（Jean Cocteau），見〈尚‧考克多的詩：偶作〉。

【譯者】

西川滿，見〈苔依絲〉。

周邊的歐洲各國

人們求之不得的

酒和女人

所孕育出來的我，是溫順

而生氣勃勃的法國啊！

我若自私地對妳唱歌

妳們會回過頭來罵我吧

但是妳們的耳朵

會有一天聽我的歌

看我翻滾的姿態

連想要攻擊我的人

也會忽然明白我才是使喚規則的詩人

將詩的格律分配於詩的邊緣以外

沒有犯下任何罪

振作一點！

---

* 原刊作〈ジヤン‧コクトオの詩：私をかう思ふのかい〉。

龍薩會教妳那個吧！

為什麼？

因為，縱使今天被讚賞

亦如喉嚨流血的小鳥一樣

玫瑰花刺了那傢伙的心臟

一般的人類

無法感受夜鶯的心聲

然後

只有在骨灰罈裡面被燒化崩散的

我們的心臟

才能真正地說服人啊！

【題解】

Jean Coteau（1892～）[1]實在是近代一位直爽的法國詩人，不，與其將他侷限於詩人身分，不如看看他具備的更大本領。只要有他活動的地方，都會充滿都市風格的爵士氛圍，並且爆出「真是活該啊！」的哄堂大笑。現在為了介紹他，翻譯"*Piecede Circonstance*"和"*M'enten dez-vorsainst?*"兩篇，送給南國的詩壇！

載於《臺灣日日新報》，一九二九年四月十五日

---

[1]　按：Jean Coteau 生年應是 1889 年。

歌誦夜晚*

作者　艾興多夫
譯者　中尾德藏
中譯　杉森藍

【作者】

艾興多夫像

艾興多夫（Joseph von Eichendorff, 1788～1857），德國最偉大的浪漫主義抒情詩人、小說家，出生於今波蘭西里西亞（當時隸屬普魯士）的貴族家庭。一八〇七年在海德堡大學研習法律，在那裡發表第一首詩。一八一三年普魯士解放運動爆發，他毅然入伍反抗拿破崙，直到一八一五年戰事結束。拿破崙戰爭是他當時創作的主要靈感來源，家國殘破帶給他無限的鄉愁，因而寫了浪漫主義長篇小說《預感和現實》（*Ahnung und Gegen-wart*, 1819）和童話《大理石雕像短篇小說集》（*Novellen des Marmorbilds*, 1819）兩部重要作品。一八一六年退役後從事公職，過著相當平順的官場生活。這時期詩歌的主旨在告訴人們應當在大自然中得到快樂。詩作受到廣大讀者的喜愛，更被許多知名作曲家譜曲，包括：舒曼（Robert Schumann）、布拉姆斯（Johannes Brahms），甚至是尼采（Friedrich Wilhelm Nietzsche），一八四四年公職退休後專心寫作，遺稿留下大量撰述德國文學史的篇章。（許舜傑撰）

【譯者】

中尾德藏（？～？），來臺日籍文人，出身京都。一九三二年畢業於臺灣總督府臺北高等學校（今國立臺灣師範大學校址）高等科，一九三三年考入臺北帝國大學文學科就讀，專攻國語學、國文學。在臺期間發表的作品包括譯作、短歌以及文學評論。譯作方面有一九二九年十月二十八日刊載於《臺灣日日新報》的〈夜をうたふ〉（歌頌夜晚）、一九三〇年一月同樣刊載於該報的〈おかれ〉（離別）等。短歌方面，一九三〇年三至六月由樋詰正治選錄刊載於《あらたま》雜誌，以及

---

* 原刊作〈夜をうたふ〉，作者標為「ヨセフ・フオン・アイヘンドルフ」。

同年十二月、翌年一月與九月在《臺灣日日新報》亦有零星作品。文藝評論方面
有一九三〇年九月在《あらたま》發表的〈トランス・テエブル—芥川龍之介的
に〉、同年十二月亦於該刊發表〈科學と藝術の混同—國枝氏の唯物辯證法的短歌
論について〉等。（顧敏耀撰）

　　闃黑之夜尤佳
　　歡喜、痛苦、愛情的哀嘆
　　隨著平靜的滄海之浪
　　柔和地波動

　　如果你看得到的話
　　種種願望之祈求都飄浮於雲端
　　飄過寂寥空虛的寬廣海面
　　吹拂著溫暖和煦的風
　　很難分辨到底是思想還是幻夢啊

　　心情沒來由的飄浮不定
　　國境內的群星都悲傷的裝作若無其事
　　啊，依然浮現於內心
　　柔和的波動消失吧

載於《臺灣日日新報》，一九二九年十月二十八日

阿美族歌*

作者　不詳

譯者　不詳

中譯　劉靈均

【作者】

不詳。阿美族主要分佈在臺灣的花蓮與臺東，本篇即流傳於這些阿美族部落內的民謠。（顧敏耀撰）

【譯者】

不詳。殆為通曉阿美族語言的通譯、警察或其他公務人員。（顧敏耀撰）

愛兒啊，別生病啊！

怎麼捨得你生病呢？

為了你，

已經在神前供奉了山豬，

祈禱你能夠健康的成長。

別生病啊[1]。

載於《臺灣警察時報》，第一五一期，一九三〇年一月十五日

---

* 原刊作〈アミ族歌〉，內文以片假名記其原音，並有日文譯文，此譯其日文譯文。

1 原註：意譯。

離別[*]

作者　艾興多夫
譯者　中尾德藏
中譯　杉森藍

【作者】

艾興多夫（Joseph von Eichendorff），見〈歌誦夜晚〉。

【譯者】

中尾德藏，見〈歌誦夜晚〉。

已經是夜色即將來臨之際

幽深的谷底

森林清澈的沙沙聲

天上亮著天王星[1]

潭水也透露出寂寞與孤獨

已經是，啊！不好的時辰，森林的沙沙聲

總括說來要前往安息快樂的地方

森林、世間都充滿假象的音色

流浪的你顫抖著

思念老家

這個森林實在非常翠綠

是個隱蔽的好的地方

我以誠摯的心情，想要與你一起在此歇息，直到永遠

載於《臺灣日日新報》，一九三○年一月二十七日

---

[*]　原刊作〈わかれ〉，作者標為「ヨセフ・フオン・アイヘンドルフ」。

[1]　按：原文誤作「天主星」。

人生的讚美歌*

作者　朗費羅
譯者　藤森きよし
中譯　劉靈均

【作者】

朗費羅（Henry Wadsworth Longfellow），見〈朗斐羅譯詩抄：變化〉。

【譯者】

藤森きよし（？～？），應為在臺日籍文人，通曉西洋語文，譯作皆發表於《臺法月報》，包括發表於一九二九年十一月與十二月的〈短詩三篇〉，翌年一月與二月的〈シエナのピエトロ〉（正、續），八月的〈時よ〉，九月的〈ギリシャの島よ〉，一九三一年一月的〈人生の讚美歌〉，三月的〈英詩二篇〉，四月的〈Maud Muller〉以及九月的〈無常〉。其餘生平待考。（顧敏耀撰）

「元旦朝日浮海上，潮滿雲霞豔紅天——月斗」[1]

昭和五年，前往太平洋的那端。昭和六年，從支那海來訪。懊惱於許多悔恨苦楚的昨夜之心，今早為偉大的希望而燃燒、跳躍著。啊，昭和六年！元旦！我為了把這明亮的早晨，吹進自己胸中，今早也大大地深呼吸，看著大海的日出，高喊「人生的讚美歌」吧。雖然歌聲與調子都很拙劣，但朗費羅幽遠深沉地在聽眾的心裡點燃「希望」的熱情。

請不要用細微得快聽不見的聲音教導我
「人生只不過是一場空虛渺茫的夢」
安息的人，靈魂已死
事物的外表，不代表一切
人生是實在的！

---

* 原刊作〈人生の讚美歌〉，作者標為「ヘンリー・W・ロングフエロ」。
1　中譯者按：日本俳人青木月斗（1879～1949）之俳句。

人生是真摯的！
然而，墳墓不是終點
「生於塵土，歸於塵土」
這不是用來詮釋靈魂的言詞
我們命定的結局和道路
不是歡喜，也不是悲哀
立足今日，往前邁進
為了發現明天而努力
藝術多麼深奧幽遠，時間卻像疾風般過去
然而，我們此心
不管多麼堅強、多麼富饒
終究宛如急忙送往墳墓、蓋著黑色布幔的大鼓
不斷敲打著往前進而已
處在好似廣大戰場的世界
人生也如戰鬥一般
切莫像不會說話的牛隻一樣
也不要成為唯唯諾諾的奴才
喔，你喔，要成為戰鬥的、奮發的英雄！
不管多麼愉快，放棄對於未來的怯懦幻想
也讓過去歸過去吧
接著
啊，這朝氣蓬勃的現在
才是我們活動的舞臺
那麼，將堅強的心放進體內、將上帝放進腦中，起來吧！
偉人的生平
讓我們了解生而為人的尊嚴
就像
遙遠的離去之前

偶而在砂地印上一枚足跡

在莊嚴的人生海洋上航行的弟兄

同時被上帝與人們拋棄而發生了船難

他的足跡快要枯乾

此時見到偉人的足跡則使人心中注入一股暖流

那，再見吧

起來，完成吧

把不管面對怎樣的命運都能堅強抵抗的心，放進體內

不斷追求，努力達成

學習勤勞和謙虛吧

英詩二篇（其一）：給予*

作者　奈都
譯者　藤森きよし
中譯　杉森藍

【作者】

Sarojini Naidu 像

　　奈都（Sarojini Naidu, 1879～1949），印度女詩人、革命家，被譽為「印度的南丁格爾」。出生於海德巴拉，孩提時相當聰穎，被譽為神童，十六歲（1895）領取獎學金前往英國學習，隨後進入劍橋大學，所會的語言包括烏爾都語、泰盧固語、英語、波斯語和孟加拉語。擁有一個跨種性的幸福婚姻，但受到印度輿論的攻擊。1905 年出版第一本詩集《黃金起點》（ *The Golden Threshold* ），之後又出版了《鳥的時間》（ *The Bird of Time*, 1912）、《折翼》（ *The Broken Wing*, 1917）。她的詩歌相當優美動人，許多都被譜成歌曲。雪萊是她最喜愛的詩人。也是在 1905 年，她開始從事印度獨立運動，被甘地暱稱為「米老鼠」。她跑遍全印度發表演說，宣揚民族解放、提高婦權、保障勞工等議題。隨著 1947 年印度獨立，奈都成為聯合省（現北方邦）的總督，為印度第一位女省長，兩年後心臟病發死於任上。（許舜傑撰）。

【譯者】

　　藤森きよし，見〈人生的讚美歌〉。

　　給予原野與森林
　　春天的財物
　　給予老鷹與鷺鷥
　　驕傲的翅膀
　　給予豹美感

---

* 原刊作〈英詩二篇：Guenlon（褒美）〉，作者「サロヂニ・ナイズウ」標於篇末。

給予鴿子色彩……
　　喔，主喔，請給我
　　戀愛的歡樂！

海女的手上
有海潮的寶玉
新郎的眼中
有新娘的臉
在懷抱夢想的人心中
有年輕日子的夢……
　　喔，主喔，請給予我
　　真理的歡喜！

牧師與預言家
有信條的歡樂
國王與士兵
有功績的光榮
給予敗者和平
給予強者希望……
　　喔，主喔，請給我，
　　唱歌的喜悅！

　　　　　載於《臺法月報》，第二十五卷第三期，一九三一年三月

英詩二篇（其二）：獨自一人[*]

作者　奈都
譯者　藤森きよし
中譯　杉森藍

【作者】

奈都（Sarojini Naidu），見〈英詩二篇（其一）：給予〉。

【譯者】

藤森きよし，見〈人生的讚美歌〉。

噢，戀愛之神，我獨自一人
在花開的森林中尋求空地
尋求明亮的、讓人歡喜的、時常行走的那條小徑
尋求溫和曙光的石榴花園
以及尋求呈現出夜晚寧靜之美的果樹園

噢，戀愛之神，我獨自一人
面對微弱發亮且上下起伏的波浪
面對讓人心安卻又暗藏危機的人生的河流
面對希望無窮的海，面對願望速成的河
還有，面對被月亮媚惑的夢幻河口

雖然如此，對我來說
深情的風也好、撫慰人心的星星也好
從你身上，不會帶來喜悅的言詞⋯⋯
決定歡喜抑或悲傷之際
啊，我

---

* 原刊作〈英詩二篇：Alone（只ひと）〉，作者「サロヂニ・ナイズウ」標於篇末。

到達您的神殿前

我要怎麼才能得到戀愛的滿足呢？

以上這兩篇皆收錄於印度女詩人奈都的詩集 "*The Time*"[1]。

她育有二男二女，以婦人之身，為了全印度民族解放運動奔走，不久以前與印度的聖雄甘地，先後被英國警察逮捕。曾任印度國民會議議長、孟買市長、加爾各答大學教授等要職，名聞遐邇。

她的抒情詩非常美麗且巧妙，與我們日本的野口米次郎一樣，擅長以英文創作詩歌，堪稱「東洋的詩人」。

載於《臺法月報》，第二十五卷第三期，一九三一年三月

---

1 按：應作 "*The Bird of Time*"。

莫德・穆勒 *

作者　惠蒂爾
譯者　藤森きよし
中譯　劉靈均

惠蒂爾像

【作者】

　　惠蒂爾（John Greenleaf Whittier, 1807～1893，或譯為「惠蒂埃」），美國詩人，生於麻州（Massachusetts）黑弗里爾鎮（Haverhill）。自幼務農，只在專科學校就學一年，透過自身廣泛的閱讀，踏上文學創作之路。特別受到英國文學尤其是蘇格蘭詩人彭斯（Robbert Burns）的影響。一八三一年出版了詩文集《新英格蘭的傳說》。從一八三三年起，在廢奴主義者威廉・加里遜的影響下，透過寫詩、編輯報紙、撰寫社論和小冊子，呼籲廢除蓄奴制。詩集《在廢奴問題進展過程中寫的詩》（1838）和《自由的聲音》（1846），揭露了奴隸主的暴行和黑奴的悲慘命運，具有強烈的戰鬥性以及寫實性。一八四九年出版散文作品《瑪格利特史密斯日記片段》，翌年出版詩集《勞工之歌》，謳歌美國漁民、農民、鞋匠、伐木工人的勞動生活。一八五九年左右，轉而描寫新英格蘭農村的生活和景色，出版了詩集《包羅萬象》（1856）、《家鄉民謠》（1860）等。在一八六六年創作的著名長詩《大雪封門》則被譽為「一部優美的新英格蘭田園詩」。此外還陸續出版了詩集《海灘上的帳棚》（1867）、《在山中》（1869）、《日落時分》（1890）等。（顧敏耀撰）

【譯者】

　　藤森きよし，見〈人生的讚美歌〉。

---

* 原刊作〈Maud Muller〉，作者標為「ホイツチヤー」。

某個夏日，莫德‧穆勒
愉快地除著牧場的枯草
在破帽的遮蔽下，質樸的美感和健康
滿溢地閃耀著
她唱著歌工作
山靈愉悅地與樹上的小鳥合唱著
快樂流轉的旋律嘎然而止
強烈的不安與莫名的寂寞，深深地壓迫她的胸口

此時，一位法官騎著馬，撥弄著栗色的頭髮，慢慢從山徑走下來
一邊與少女打招呼，一邊下馬，把韁繩綁在蘋果樹下
「非常不好意思，拜託妳
　能不能請我喝一杯清水？」
她興高采烈地跑到泉水旁
將湧出來的清水，裝滿小小的紅酒杯，跑回來
看了自己的光腳丫與破衣服
少女感到很不好意思，把這杯泉水拿給他
「啊，謝謝妳！
　難得能從這麼美麗的手中，喝到這麼甘甜的水。」
法官說完
又聊了許多關於花、樹、小鳥以及蜜蜂的話題
也聊了有關於割草的事
只是一邊擔心著即將下雨
莫德已經忘了自己寒酸的衣服
也忘了黝黑而優美的光腳丫
在她藍眼睛的深處，充滿著驚喜與憧憬
靜靜的聆聽著

終於來到離別時刻

雖然他希望永遠待在這裡，但宛如失去藉口留下來的人一樣

把心遺留著，轉身騎馬離開了

莫德・穆勒嘆氣了

「啊！我，如果能夠當他的妻子

　他一定會讓我穿華麗的綢緞，在宴席上

　為我舉杯慶賀，誇獎我的美麗吧！

　這樣的話，我要幫母親買華麗的衣服，讓我們生的嬰兒

　每天擁有不同的玩具

　讓父親穿寬鬆絨衣

　讓弟弟乘坐色彩繽紛的小船

　給飢餓的人飯吃，給窮人衣服穿

　這樣一來，人們一定會為我祝福吧！」

少女佇立於泉水邊，直到雨滴落在枯草上，猶然沉浸在天真的沉思裡

法官在小山丘上回頭

眺望著佇立不動的莫德・穆勒之身影

「愈看愈美麗的身影，愈看愈可愛的表情

　這樣的人，我以後再也遇不到了吧！

　那親切的模樣和溫柔的態度

　毫無疑問的就如同是她溫柔美麗的容貌一樣

　是柔美性情之呈現

　如果她是我的！

　啊！我從今天就當一個割草男吧！這麼一來的話

　那些令人心煩的關於權利與義務的吶喊，以及律師們滔滔不絕的雄辯

　大概都不需要再聽了吧！

　啊！牛叫聲與婉轉的鳥鳴、愛的甜蜜私語，啊！我想要這樣的生活。」

然後，他回想起高傲而又以貌取人的妹妹們

以及只對於階級和金錢感到興趣的可憐雙親

不禁憂鬱起來

想念著還佇立在草原上沉思的莫德，好想立即掉轉馬頭，從小丘下去

那天下午，律師們在法庭上嗤笑。那是因為

他頻頻低聲哼著過時的戀歌

過了幾天，他對莫德依依不捨的感情，屈服於權力之下

與可以繼承龐大遺產的富豪之女結婚了

但是大理石的火爐紅通通地燃燒時

他在那火焰中看到了過去的日子，在蘋果樹下展開的景色

莫德那雙明亮的眼睛，充滿純真的驚喜與憧憬的眼神，靜靜地凝視著他

偶而，在某種狀態下，葡萄酒也紅通通地閃耀之時

腦海裡也會浮現那路邊的清泉

他待在裝飾華麗的房間裡

閉上眼睛

夢到幸運草花綻放的那片草原

晉身崇高的地位的他，這時也忍不住嘆了口氣

但是，這嘆氣如今又有何用？

只能在心中，再一次懷念著曾經自由的自己

「啊！若我擁有像那一天一樣的自由之身的話……

　噢！光著腳割草，不知名的少女！」

不久，有個貧窮農夫的熱情使莫德心軟，她並非出自真愛地結婚了

然而，接二連三的生活困境和收成欠佳

從外貌到內心都已萎靡衰頹，莫德現在變了樣，毫不殘留從前的影子

但是舒服的陽光照耀著整片草原曠野時

她彷彿看到緩緩拉著韁繩，從小丘下來的法官身影

有時候，狹窄又骯髒的廚房牆壁突然裂開

她眼前出現寬廣又氣派的大廳

又有時候，看見自己旁邊站著那位氣宇軒昂的男子的身影

每一次她因想著老公以外的男人的罪惡感而發抖

然後，她再次回到現實中的貧窮妻子

拚命的紡紗

聽聽看她有時傳來的嘆息

「如果，能夠那樣的話就好了……」

可憐的莫德！啊，法官啊！

一個因富貴而苦，一個因生活而苦

兩者都痛苦，都處於不如意的人世啊！

我想

用言語或筆墨所能形容的最悲傷的言詞

應該就是這短短的一句：

「如果能夠那樣的話就好了……」

載於《臺法月報》，第二十五卷第四期，一九三一年四月

無常[*]

作者　雪萊
譯者　藤森きよし
中譯　劉靈均

【作者】

雪萊像

雪萊（Percy Bysshe Shelley, 1792～1822），英國浪漫主義詩人，被認為是最出色的英語詩人之一。出身鄉村地主家庭，父親為爵士，政經背景皆十分顯赫。一八一〇年進牛津大學，詩作開始獲得出版，隔年因撰寫反宗教的哲學論文，遭校方開除。離開校園後，又因寫詩鼓勵英國人民革命以及支持愛爾蘭獨立運動，被迫於一八一八年遷居義大利。在義大利，他仍支持當地人民的民族解放運動。一八二二年於渡海時因遭遇暴風雨，發生船難而不幸身亡，得年廿九歲。雪萊的浪漫主義詩情與拜倫（George Gordon Byron）齊名，其詩風熱情不羈又富哲理。重要作品有抨擊宗教偽善的敘事長詩〈麥布女王〉（*Queen Mab: A Philosophical Poem*, 1812），描寫反封建起義的故事詩〈伊斯蘭的反叛〉（*The Revolt of Islam*, 1818），表現革命熱情與勝利信念的〈西風頌〉（*Ode To The West Wind*, 1819），取材於古希臘神話的〈解放的普羅米修斯〉（*Prometheus Unbound*, 1820）。〈西風頌〉為其代表作，詩中名句「如果冬天已經來臨，春天還會遠嗎？」已成為經典，在英語文學史上具有不朽的地位。（趙勳達撰）

【譯者】

藤森きよし，見〈人生的讚美歌〉。

---

[*] 原刊同題，作者標為「パーシト・B・シエレ」，其名有誤，應作「パーシー」才是。

縱使在今天笑容滿面的花朵
明天也必定死去
偏偏是想要留住的東西
往往受到引誘就輕易的離開
人世的歡樂到底是什麼？
它是愚弄夜晚的電光
雖然閃亮，卻只是一瞬

美德，多麼虛幻啊
友情，多麼膚淺啊
戀愛，啊
賣出的是多麼貧乏的幸福
買進的卻是傲慢的絕望
微不足道的東西啊
我們連這些都先失去了
希望已遠離
還能空虛地活到何時？

在天空還湛藍地輝耀之際
在花朵還美麗地盛開之際
縱使撐不到晚上
在眼前所見這白晝充滿歡樂之際
悠閒地揮霍時間遊玩之際
你！痛快地追求夢想吧！
從夢裡醒過來再哭吧！

一九三一、八、一四、夜晚

載於《臺法月報》，第二十五卷第九期，一九三一年九月

弗里多林之歌（其一）：收穫之後[*]

作者　卡爾費爾德

譯者　西田正一

中譯　劉靈均

【作者】

卡爾費爾德像

卡爾費爾德（Erik Axel Karl-feldt, 1864～1931），瑞典詩人，生於達拉那省（Dalarna）的一個農民家庭。大學畢業後曾任中學教師和圖書館員，一九〇四年被選為瑞典文學院院士，此外也擔任諾貝爾獎評審委員與終身秘書。代表詩集有《荒原和愛情之歌》（1895）、《弗里多林之歌》（1898）、《弗里多林的樂園》（1901）、《花神與果神》（1906）、《花神與戰神》（1918）和《秋天的號角》（1927）共六部。其詩作大多描寫自然風光和男女戀情，在傳統和現代之間創造出富於張力的新形式，使瑞典的詩律復興和形式革新達到完美境界，獲得高度評價。生前多次被提名為諾貝爾文學獎得主，但是都因為避嫌而推辭。在過世之後，「由於他在詩作的藝術價值上，從沒有人懷疑過」，而追授諾貝爾文學獎，成為該獎項唯一的一位在頒贈時已經亡故的獲獎者。（顧敏耀撰）

【譯者】

西田正一像

西田正一（1893～？），生於日本廣島縣御調郡坂井原村，一九二一年畢業於東京帝國大學文學部獨文科（即德文系），同年擔任新潟高等學校教授，一九二三年任高知高等學校教授，一九二五年被任命為臺北高等學校（今國立臺灣師範大學校址）教授，同時也獲聘為臺

---

* 出自西田正一《カールフェルト（Eril Alex Karfeldt）——一九三一年度ノーベル文學賞を追贈された瑞典の敘情詩人——》。原刊作〈フリドーリーン歌の一つ：收穫の後〉。

灣總督府在外研究員，前往德國（當時稱「獨逸」）停留一年四個月後返臺。一九二八年獲聘為臺北帝國大學（今國立臺灣大學）講師囑託，一九三五年任臺北高等學校生徒主事，一九四〇年任臺北帝國大學學生主事，翌年任該校豫科教授兼任豫科長，當時的勳位是從四位勳四等。在臺期間發表的作品主要為譯作以及論述：譯作方面有一九三五年五月發表於《媽祖》第四期的〈春のうた〉（春天之歌）、〈紡げ紡げ〉（紡紗！紡紗！）、一九三九年一月發表於《翔風》第十九期的〈譯詩二章〉等；論述方面則有一九三八年十二月刊登於《臺灣婦人界》第五卷第十二期的〈萬物愛護の教育──友邦ドイツに學ぶべき點〉、一九四〇年十一月刊登於《臺大文學》第五卷第五期的〈北歐文壇雜記〉等。（顧敏耀撰）

弗里多林跳起舞
喝了滿腹美味好酒
堆積了好多田裡的穀物和葡萄汁
沉醉在響起的華爾茲旋律中
你瞧，他抱著女孩跳舞
把手放在她上衣的下擺
直到女孩累了靠在他的胸口休息
一如牧人倚著手杖

弗里多林跳起舞
喝了滿腹家傳老酒
和著發出軋軋聲響的鄉下胡琴
以前，父祖都曾在此跳過舞
敬愛的老人們都休息吧，今晚的慶典
彈著樂器的手已經相當疲倦
你們的生涯已然是熱鬧的歌曲
由淚水與歡喜編織而成

弗里多林跳起舞

你看啊你的兒子，堅強而高尚

對百姓說話時像百姓一般

對博學者用拉丁文對談

他鋒利的鐮刀精神奕奕地割著你新墾農田裡金黃色的稻穗

當穀倉充盈時他也像你一樣歡喜

在秋月如燒紅的鍋子一樣時

獻身給那新娘

載於《翔風》，第十期，一九三二年一月二十五日

蛇之歌[*]

作者　Erik Axel Karlfeldt

譯者　西田正一

中譯　劉靈均

【作者】

卡爾費爾德（Erik Axel Karlfeldt），見〈弗里多林之歌其一：收穫之後〉。

【譯者】

西田正一，見〈弗里多林之歌（其一）：收穫之後〉。

在野外步行時，我想要一個酒罈子
雖然酒性很烈，蛇的毒性更勝一籌

講到蛇，就讓人想起另一種蛇
那些更狡猾、更虛偽、更難對付的傢伙

蛇躲在綠葉後面，偷偷凝視著獵物
雖然只能用溫柔而媚惑的眼，緊盯著鳥兒看

少女只要往哪裡探出頭，那道目光立刻跟過來
不管是衣服還是鞋子，看得到的通通都買給她

蛇用腹部爬行，只吃土壤
而少女卻要桌上的美食，還有銀器

---

[*]　出自西田正一〈カールフェルト（Erik Axel Karlfeldt）——一九三一年度ノーベル
文學賞追贈された瑞典の敘情詩人——〉。原刊作〈蛇の歌〉，作者名字即出現於論
文題目之中。

蛇為了安慰傻瓜，學會了跳舞
少女卻早在母親的肚子裡就已經在跳舞了

蛇一年只有一次，把皮脫下來
但少女卻一週七次，改變她的心意

關於這種害蟲的歌，我還是就此打住
我要趕著橫越森林和原野，到我少女的小小門前

載於《翔風》，第十期，一九三二年一月二十五日

森林中的約瑟夫 *

作者　卡爾費爾德
譯者　西田正一
中譯　劉靈均

【作者】

卡爾費爾德（Erik Axel Karlfeldt），見〈弗里多林之歌其一：收穫之後〉。

【譯者】

西田正一，見〈弗里多林之歌（其一）：收穫之後〉。

在瓦提摩拉的牧場
我負責照顧家畜
牧場裡黑樺樹開著白花
走過松樹林
我是可悲的牧羊人
以乾草為床，以水粥為食

聽到了號角的聲音
也聽到了公牛的叫聲
從牆的另一邊的福雷德山丘傳來
在森林裡或河床上
照顧家畜的人是誰
我也都知道

在瓦提摩拉的樹木之間
我帶著家畜走過

---

* 出自西田正一〈カールフェルト（Erik Axel Karlfeldt）──一九三一年度ノーベル
文學賞追贈された瑞典の敘情詩人──〉，原刊作〈森の中のヨヤフ〉。

夏天很快地過去了
來吧！福雷德山丘的
美麗少女
來吧！離開椅子到我的膝上坐一會吧

　　　　　　載於《翔風》，第十期，一九三二年一月二十五日

最初的回憶*

作者　卡爾費爾德
譯者　西田正一
中譯　劉靈均

【作者】

　　卡爾費爾德（Erik Axel Karlfeldt），見〈弗里多林之歌其一：收穫之後〉。

【譯者】

　　西田正一，見〈弗里多林之歌（其一）：收穫之後〉。

　　遠遠的遠遠的路，濕滑的路
　　既黑且冷
　　風，強烈的風

　　有人拉著我的手
　　高高的樹
　　風，強烈的風

　　混在雜遝人群之中，前往白色的大房子
　　吱吱喳喳吵鬧的聲音
　　風，強烈的風

　　椅子上有盒子，小小的白色盒子
　　我們走向盒子的前面
　　風，強烈的風

載於《翔風》，第十期，一九三二年一月二十五日

---

* 　出自西田正一〈カールフェルト（Erik Axel Karlfeldt）──一九三一年度ノーベル
　文學賞追贈された瑞典の敍情詩人─〉，原刊作〈最初の思出〉。

世外桃源*

作者　索德格朗
譯者　西田正一
中譯　阮文雅

【作者】

索德格朗像

　　索德格朗（Edith Södergran, 1892～1923），芬蘭裔的瑞典語詩人，生於俄國當時的首都聖彼德堡，早年就讀於佩特里舒勒女子學校（一所德國學校），接觸到德國表現主義、俄國象徵主義以及未來主義的詩作，深受各種現代主義創作手法的影響。從一九〇六年開始寫詩，第一部詩集《詩》在一九一六年問世，意象新穎，題材寬廣。爾後陸續出版了《九月的豎琴》、《玫瑰祭壇》、《未來的陰影》等詩集，突破了傳統格律和韻腳的束縛，表現出求新求變的嶄新風格。可惜這些作品在當時獲得的評價不高，直到她過世數十年後才受到廣泛的重視，被譽為是北歐現代主義詩歌的創始者，並且對二十世紀的詩壇產生重大影響。（顧敏耀撰）

【譯者】

　　西田正一，見〈弗里多林之歌（其一）：收穫之後〉。

　　我嚮往著那世外桃源
　　就讓現實世界中的一切都隨風而去，倘若已經厭倦了期盼
　　月亮使用銀色的北歐古文字告訴我
　　世外桃源的存在
　　那悉數實現我們願望的國度
　　悉數解去我們銬鎖的國度

---

* 　出自西田正一〈薄幸の女流詩人：EDITH SODERGRAN〉，原刊作〈此世ならぬ國（Landet som icke ar）〉，作者名字即出現於論文題目之中。

將我們那因辛苦而變皺的額頭
用月光的露水滋潤的國度
我的生存是一個天大的錯誤
但是唯一的發現、唯一的擁有——
就是那通往世外桃源的道路

世外桃源
在那裡我的愛人戴著燦爛的王冠，闊步行走
我的愛人是誰？夜已深
星辰顫抖如訴
我的愛人是誰？如何稱呼？
九天高掛，描繪出蒼穹的高度
人子隱沒於無限的霧
答案無從得知
但人子儼然存在
兩腕高舉穿越了九天
答案出現
曰：我正是你今生的愛
　　此愛持續永恆不滅

載於《翔風》，第十一期，一九三二年十二月五日

我幼小時的樹[*]

作者　索德格朗
譯者　西田正一
中譯　阮文雅

【作者】

索德格朗（Edith Södergran），見〈世外桃源〉。

【譯者】

西田正一，見〈弗里多林之歌其一：收穫之後〉。

我幼小時的樹，聳立在草叢間
晃著頭說：「看看你如今變成怎樣的人了？」
排列矗立的樹木彷彿聲聲責備：「你不配行走於我們之間！」
你還年少，還有大好前程
為何被病魔的鐵鎖束縛？
你也已成了被冷淡受唾棄的人
當你年幼和我們長久對話之時
你的眼神十分聰穎
如今我們要告訴你身世的秘密——
開啟所有秘密的鑰匙就在長有野莓的山丘草叢之中

你睡著的時候，我們將輕叩你的額頭
將死去的你自長眠中喚醒。

載於《翔風》，第十一期，一九三二年十二月五日

---

* 出自西田正一〈薄幸の女流詩人：EDITH SODERGRAN〉，原刊作〈わが幼少時
の樹（Min barndoms träd）〉。

肖像*

作者　索德格朗
譯者　西田正一
中譯　阮文雅

【作者】

索德格朗（Edith Södergran），見〈世外桃源〉。

【譯者】

西田正一，見〈弗里多林之歌其一：收穫之後〉。

因為我這篇小詩

大聲哀嘆之詩，晚霞夕照之詩

春天送來水鳥蛋作為回禮

我請愛人在厚厚的蛋殼上畫我的肖像

他畫了褐色腐土中伸出的洋蔥嫩芽——

另一面則畫了圓潤柔和的沙丘

載於《翔風》，第十一期，一九三二年十二月五日

---

* 原刊同題，出自西田正一〈薄幸の女流詩人：EDITH SODERGRAN〉。

擊碎！擊碎！擊碎吧！ *

作者　丁尼生
譯者　西川滿
中譯　杉森藍

【作者】

丁尼生（Alfred Tennyson），見〈短章譯篇：鷲〉。

【譯者】

不詳。

　　站在聳立的岩石上，眺望著持續擊碎在岸邊的浪花，有誰不想和丁尼生一起沉浸在這神秘的冥想中呢？海浪以豪華壯麗的音律，不屈不撓的一再打在岸上，濺起破碎的浪花。啊！然而上帝的恩寵與歡喜不再與我同在。

　　有時候，我們能以悲觀的冥想來讓心靈獲得洗淨。

　　擊碎！擊碎！擊碎吧！
　　海浪擊碎在岩石聳立的海岸，噢！大海！
　　在我身上產生的這感覺
　　如果能夠用言語表達出來該有多好

　　啊，真好
　　漁夫的小孩與妹妹邊玩邊歡呼！
　　水手的小孩在海上的小船中快樂唱歌！

　　擊碎！擊碎！擊碎吧！
　　海浪擊碎在礁岩上，噢！大海！

---

* 原刊作〈くだけ、くだけ、くだけよ〉，作者標為「テニズン」，未標譯者。本詩為丁尼生哀悼亡友之作。

可那已逝往日的慈愛
永遠不會再回到我的身邊
意氣風發的大船
快速駛進山腳的港口
與你握手的觸感已經消失
你遠逝的音聲現在何處？

載於《臺灣婦人界》，一九三四年七月一日

夢[*]

作者　安熱利耶
譯者　市河十九
中譯　杉森藍

【作者】

安熱利耶像

　　安熱利耶（Auguste Angellier, 1848～1911），法國詩人、文學批評家。生於法國北邊沿海的敦克爾克（Dunkerque），畢業於路易大帝高中（Lycée Louis le Grand）。一八七〇年普法戰爭爆發，曾志願從軍，後因病提早退役。著有《羅蘭詩歌研究》（*Etude Sur La Chanson De Roland*）、《亨利・瑞格諾研究》（*Etude Sur Henri Regnault*）等。（顧敏耀撰）

【譯者】

　　市河十九，即島田謹二，見〈星空下的對話〉。

　　我夢見，妳的雙眼
　　悲傷地凝視著我
　　藍色的目光專心地
　　溫柔地凝視著我

　　我夢見，說不出口
　　被妳聽到的只是
　　我發抖的隻字片言
　　和我的結結巴巴

　　在我手裡，纖細的手

---

[*]　原刊同題，作者標為「オォギュスト・アンヂュリエ」。

在暮色中像兩朵花
落下，兩人肩靠著肩
把影子並排在馬路上

縱使喝醉，抑或生病
這夢絕不允許 ——
你的唇，和我的嘴
碰觸的幸福不會來臨

我夢見，妳的雙眼
悲傷地凝視著我
藍色的目光專心地
溫柔地凝視著我

載於《臺灣婦人界》，一九三四年十月十日；又載於《臺大文學》，
第四卷第六期，一九四〇年三月

現代英詩抄：阿婆*

作者　約瑟夫‧坎伯
譯者　翁鬧
中譯　顧敏耀

【作者】

約瑟夫‧坎伯像

　　約瑟夫‧坎貝爾（Joseph Campbell, 1881～1944）愛爾蘭詩人。生於貝爾法斯特，曾於倫敦任職愛爾蘭國家文學會秘書數年，後被認為共和黨成員而遭拘留。坎貝爾也曾在美國待過幾年。他的大多數抒情詩和歌謠以愛爾蘭傳奇和民間傳說為素材，其中有些作品是以他的愛爾蘭名字塞奧山姆‧麥卡西姆郝依爾發表的。他的作品包括《蜂園》（1905）等。《詩集》由阿瑟‧克拉克撰寫引言，於 1963 年出版。（許俊雅撰）

【譯者】

翁鬧像

　　翁鬧（1910～1940），彰化社頭人。家世不詳，自稱是養子，對親生的雙親一無所知。一九二九年畢業於臺中師範學校演習科，先後於員林國小、田中國小任教。一九三四年前往日本東京留學，積極參與當地文學活動，發表多篇作品於《臺灣文藝》、《臺灣新民報》與《臺灣新文學》等。創作種類甚多，包括新詩、隨筆、小說、感想、評論以及譯作等，其中以小說作品較為人所知，包括一九三五年發表的〈音樂鐘〉、〈憨伯仔〉、〈殘雪〉與〈羅漢腳〉，一九三六年發表的〈可憐的阿蕊婆〉，一九三七年發表的〈天亮前的戀愛故事〉，一九三九年發表的〈有港口的街市〉，展現小說創作的天份與驚人的質量。他所重視和追求的理想境地是藝術手法的提升，著重作家個人內心世界的剖析，帶有日本「新感覺派」小說的風味。文學評論家劉捷稱其為「幻影之人」，楊逸舟

---

*　原刊小題作〈媼〉，作者標為「キャムベル」。坊間或譯作〈老婦〉。

則嘆為「夭折的俊才」。作品收錄於《翁鬧、巫永福、王昶雄合集》、《翁鬧作品選集》、《翁鬧全集》。（顧敏耀撰）

聖堂的
白色燭光映照下
年老的容顏
如此美麗

彷彿冬天的陽光
那麼溫暖和煦
那是經過生產苦痛淬煉的
阿婆的面容

孩子們都離開了
她的心情越來越平靜
就如同廢棄磨坊前
那片池水[1]

【註】Joseph Cambell，一八八一年生，當代最著名的英屬愛爾蘭詩人之一，亦為劇作家。

載於《臺灣文藝》，第二卷第五期，一九三五年五月五日

1　關於翁鬧所譯:〈現代英詩抄〉諸篇詩作，筆者依照日文譯作而中譯之際，亦參考前輩學者陳藻香與許俊雅編譯《翁鬧作品選集》（彰化市:彰化縣立文化中心，1997年）之翻譯成果，謹此說明。

現代英詩抄：白楊樹*

作者　李察‧奧丁頓
譯者　翁鬧
中譯　顧敏耀

【作者】

李察‧奧丁頓像

　　李察‧奧丁頓（Richard Aldington, 1892～1962），英國詩人、小說家、傳記作家。早期投入意象詩運動，一九一三年同美國意象派女詩人杜利特爾（Hilda Doolittle）結婚，直到一九三八年離婚。他曾支助過艾略特（T. S. Eliot），一九二四年特別創作長詩《森林中的傻瓜》（*A Fool i'the Forest*, 1925）回應艾略特的《荒原》（*The Waste Land*），但一九二五年同艾略特的交惡也使得他失去對詩的興趣，開始創作小說。《英雄之死》（*Death of a Hero*, 1929）及其續篇《人人都是敵人》（*All Men Are Enemies*, 1933）是他回應第一次世界大戰的小說作品，充滿那一代人對戰爭的無奈。然而他最具爭議性的作品是晚年創作的傳記文學《阿拉伯的勞倫斯》（*Lawrence of Arabia*, 1955），揭發了許多不為人知的內幕。（許舜傑撰）

【譯者】

　　翁鬧，見〈現代英詩抄：阿婆〉。

---

* 原刊作〈ポプラ〉，作者標為「オールデイントン」。

為什麼一直站在白淨的溪流與道路之間
發著抖呢？
人們往那塵埃中的道路走去

腳踏車、馬車、汽車
朝霞映照下，駕駛者經過這邊
夕陽西下時，戀人們在草叢中的小徑散步

請從根部開始動起來，走吧，白楊樹！
妳比他們美麗太多了！
我知道，白色的清風在愛著你
常常都親吻你
還掀起你綠色襯裙的白色內裡
透過你，仰望黑色的天空，好像下著綠色的雨
還有灰色的雨滴，落在妳的腰間
也默默的愛著妳
接著，我看到了：
月亮把銀色的銅板，悄悄塞進妳的懷裡
當妳甩動秀髮時
白色的霧，像害羞的情人那般
在妳的膝下搖蕩著、躊躇著

白楊樹，我認識妳啊
我十歲的時候，就悄悄地守護著妳
可是，妳如果有一點點真實的愛與力量
一定會拋下那些薄情而怠惰的戀人們

跟隨在各種車輛駕駛者的後面

踏上白色的道路

走向美麗的山毛櫸樹林的那座小山丘

妳為什麼要一直這樣在這邊發著抖呢？

【註】Richard Aldington，一八九二年生，曾於一九一四年推動自由詩運動，寫象派（Imagist School）詩人之一，同屬寫象派的巾幗詩人 H.D.（Hilda Dool）之夫君。

載於《臺灣文藝》，第二卷第五期，一九三五年五月五日

現代英詩抄：逐波飛逝的海鳥[*]

作者　柯倫
譯者　翁鬧
中譯　顧敏耀

柯倫像

【作者】

　　柯倫（Padraic Colum, 1881～1972），愛爾蘭詩人、小說家、民間故事蒐集者，是位多產的作家，著作在六十一部以上，亦為凱爾特文化復興（Celtic revival）的領導人之一。一九〇七年出版的詩集《野地》（*Wild Earth*），充滿愛爾蘭民間文學的抒情傳統。十九世紀的最後幾年他開始寫作，會見了葉慈（W.B. Yeats）、格雷戈里夫人（Lady Gregory），他們啟發了柯倫蒐集愛爾蘭民間故事的興趣，並加入由愛爾蘭民族主義者組成的「蓋爾聯盟」（Gaelic League）。約在此時，他在愛爾蘭國家圖書館遇見喬伊斯（James Joyce），兩人成了終身好友，一九五九年即與妻子瑪麗合著回憶錄《我們的朋友喬伊斯》（*Our Friend James Joyce*），是瞭解喬伊斯生平與思想歷程的重要文獻。一九一四年前往美國居住之後，主要在整理童話與傳說，包括《愛爾蘭王子》（*The King of Ireland's Son*, 1916），以及關於夏威夷民間故事的系列作品。（許舜傑撰）

【譯者】

　　翁鬧，見〈現代英詩抄：阿婆〉。

---

[*]　原刊作〈波へ行く海の鳥〉，作為標為「コラム」。

飛翔在波濤上的

渾身雪白的小兄弟啊！

萬一打雷閃電的話

你要怎麼繼續前進呢？

即使有股按捺不住的衝動

少了雙翼將如何是好？

眼前這片汪洋大海

是多麼的美好！

你卻要逐波飛去！

哦！渾身雪白的小兄弟啊！

為什麼你一定要飛走呢？

【註】Padraic Colum，與前述 Campbell 同年出生，也同樣是詩人兼劇作家。他是最著名的英屬愛爾蘭作家之一，以惜墨如金、風格素樸而聞名。

載於《臺灣文藝》，第二卷第五期，一九三五年五月五日

現代英詩抄：發光詩篇*

作者　弗萊契

譯者　翁鬧

中譯　顧敏耀

弗萊契像

【作者】

　　弗萊契（John Gloud Flechter, 1886～1950），美國詩人、作家，青年時居住在英國，和龐德（Ezra Pound）等意象派詩人熟識。早年意象派時期的詩集包括《照耀：沙與浪花》（*Irradiations: Sand and Spray*, 1915）和《妖與塔》（*Goblins and Pagodas*, 1916）。二〇年代末他回到美國，也回到傳統詩歌路線，並積極與其他十一位南方的詩人、作家組成「南方重農派」（Southern Agrarians）組織，發表著名的土地宣言〈我要我的立場〉（*I'll Take My Stand*），拒絕現代性和工業主義。他也在此時創作了《黑岩》（*The Black Rock*, 1928）和《詩選》（*Selected Poems*, 1938）兩本詩集，其中《詩選》獲得當年的普立茲詩歌獎（Pulitzer Prize），也是首次由南方詩人得到這個獎。一九三六年再婚，於故鄉阿肯色州定居。由於美國南方濕熱的天氣而罹患關節炎，使原本就有憂鬱症的他更加不安，在住家附近的池塘跳水自殺。（許舜傑撰）

【譯者】

　　翁鬧，見〈現代英詩抄：阿婆〉。

---

* 原刊同題，作者標為「フレッチャー」。

綠色、褐色、綠色——天空、沙灘、大海
你們的浩瀚讓我的心胸豁然開朗
我徜徉在無垠的海邊
為飛散的浪花而驚喜大叫
伸出手指，來觸摸天空看看
我的幸福卻如沙子——
從我的指間滑落
雲朵飄移著
磨亮了天空這面大鏡子——
雲朵飄移著
沒有灰色棉花那般的雲，也沒有半點星星

雲朵悄悄的飄過
閒靜的星星突然閃爍起來
寒夜裡，只有雲朵
無聲的在天空移動

【註】John Gould Fletcher，一八八六年生於美國，十一歲的時候開始寫詩，幾乎沒有正式學歷。寫象派的重要人物。

載於《臺灣文藝》，第二卷第五期，一九三五年五月五日

現代英詩抄：夜鶯與斑鳩*

作者　格雷夫斯
譯者　翁鬧
中譯　顧敏耀

【作者】

格雷夫斯像

　　格雷夫斯（Alfred Perceval Graves, 1846～1931），多產的愛爾蘭詩人、作曲家，作品大多彬彬有禮且帶點幽默。一八六九年擔任公務員，進入了教育部門，並於一八七五年至一九一〇年間擔任督學。曾任數年愛爾蘭文學協會（Irish Literary Society）會長，整理了著名的民謠教父奧弗林（Father O'Flynn, 1875）的作品與其他民謠，出版了民謠集《老愛爾蘭民謠》（Songs of Old Ireland, 1882）、《愛爾蘭民謠與情歌》（Irish Songs and Ballads, 1893）。他第二次婚姻所生下的第四子，即為著名的愛爾蘭詩人、學者羅伯特・格雷夫斯（Robert Graves）。一九三〇出版自傳《回到所有這一切》（To Return to All That）回應他兒子羅伯特在前一年出版的自傳《再見了所有的一切》（Goodbye to All That），修正了兒子書中關於家族史的錯誤描述。（許舜傑撰）

【譯者】

　　翁鬧，見〈現代英詩抄：阿婆〉。

---

* 原刊作〈鶯と鳩〉作者標為「グレイヴズ」

某個黃昏
我經過綠色的草叢
聽到兩隻小鳥在歌唱
那是夜鶯與斑鶇
我問他們
為什麼這麼快樂
他們歌唱著回答說
因為我們都單身，自由自在

隔天早晨，我獨自一人
走過那綠色的草叢
兩隻夜鶯
在裡面歌唱著
斑鶇不知道飛到哪裡了
我問他們
為什麼這麼高興
他們開心的回答說：
因為今天是我我們大喜的日子

不久之後的某個早晨
我又經過那綠色的草叢
頭頂上傳來非常悲傷的叫聲
是斑鶇在哭
我問：為什麼哭得這麼難過呢？
斑鶇回答說：
因為夜鶯奪走了我的愛

啊，自由是多麼快樂

如願的戀情，是多麼歡愉
然而，被拋棄的戀人
卻要朝夕悲嘆哭泣
房子毀了可再建
東西被奪走可再拿回來
但是，荒廢的愛的茅屋
誰有辦法重新修建好呢？

【註】Alfred Perceval Graves，生於一八四六年，初為詩人，後歷任藝術方面許多重要職務。詩作風格平易而古典，尤以戀愛詩寫得最好。其四子 Robert Graves 也是著名的愛爾蘭詩人。

載於《臺灣文藝》，第二卷第五期，一九三五年五月五日

現代英詩抄：曲調*

作者　奈都

譯者　翁鬧

中譯　顧敏耀

【作者】

奈都（Sarojini Naidu, 1879～1949），見〈英詩二篇：給予〉。

【譯者】

翁鬧，見〈現代英詩抄：阿婆〉。

屋頂上開的是罌粟花

墓地上長的是鳶尾草

希望在愛的胸中萌芽

恐怖在奴隸的胸中滋生

蛋白石在河底

珍珠在蒼茫大海的胸中

歎息的胸中有疑惑

沉靜的心中有信實

螢火蟲在月夜裡穿梭

桃葉在風中舞動

美麗與幻想

在詩人的心中跳躍

甘甜在蜜蜂的巢裡

也在少女的呼吸中

---

* 原刊作〈調べ〉，作者標為「ナイツ」。

孩童的眼中有喜悅
死神的手中有和平

【註】Sarojini Naidu，印度詩人，一八七九年生於德干地區的海德巴拉，著有三卷英文詩集。她與甘地共同推動印度民族解放運動，大名鼎鼎，眾所週知。在英語詩壇上，奈都、泰戈爾以及我國的野口米次郎都擁有獨特的地位。

載於《臺灣文藝》，第二卷第五期，一九三五年五月五日

現代英詩抄：笨手笨腳[*]

作者　蘿薇爾
譯者　翁鬧
中譯　顧敏耀

蘿薇爾像

【作者】

　　蘿薇爾（Amy Lowell, 1874～1925），美國意象派主要詩人，出身波士頓名門，她第一首詩寫於九歲，一九〇二年持續童年對詩的熱情，致力成為詩人。一九一〇年在《大西洋月刊》（*Atlantic Monthly*）首次發表詩作，一九一二年出版第一本詩集《彩色玻璃大廈》（*A Dome of Many-Coloured Glass*）、一九一四年出版詩集《劍刃與罌粟花籽》（*Sword Blades and Poppy Seed*），她率先混合正式詩和自由詩的形式，創造出「和弦散文」的詩作寫法。一生為詩歌努力，死前正努力修改她一九二五年出版的濟慈（John Keats）傳記。她個性活潑、大膽、激進，雪茄煙抽不停，被意象派領袖龐德（Ezra Pound）稱為艾美派，艾略特形容她是「詩的魔鬼女推銷員」，她曾說：「上帝讓我成為一位商人，我讓自己成為一位詩人。」二戰開始她逐漸被詩壇淡忘，但詩作中的反戰情緒與同性戀主題，使她在戰後的社會運動中再次被重視。（許舜傑撰）

【譯者】

　　翁鬧，見〈現代英詩抄：阿婆〉。

---

[*]　原刊作〈不器用者〉，作者標為「ローウエル」。

宛如無數蠟燭的火焰

你的倩影在我心中熾熱的燃燒

但是當我靠近要伸手取暖時

卻笨手笨腳的弄倒了

接著又絆到桌椅

跌個四腳朝天

【註】Amy Lowell，生於一八七四年，卒於一九二五年，寫象派的先覺者。

載於《臺灣文藝》，第二卷第五期，一九三五年五月五日

現代英詩抄：
戀愛是痛苦的，戀愛是甘甜的[*]

作者　麥克多那
譯者　翁鬧
中譯　顧敏耀

【作者】

麥克多納像

　　麥克多納（Thomas Macdonagh，1878～1916），愛爾蘭民族主義者、詩人、劇作家，終其一生熱中於愛爾蘭傳統與愛爾蘭語，擅長表現愛爾蘭人諧謔的一面。一九〇三年出版詩集《四月和五月和其他作品》（*April and May and Other Verses*），曾希望成為牧師，但在一九一〇年成為教師，教授英語、法語、拉丁語並加入蓋爾聯盟（Gaelic League）。一九一三年參加愛爾蘭義勇軍（IVF）成立大會，很快成為訓練局長。兩年後，加入愛爾蘭共和兄弟會（IRB），隨即進入會內核心，規劃復活節起義，然而在一九一六年領導復活節起義失敗，被英國處死。據傳患有躁慮症，兒子多那・麥克多那（Donagh MacDonagh）後來亦成為著名詩人、劇作家、法官。（許舜傑撰）

【譯者】

　　翁鬧，見〈現代英詩抄：阿婆〉。

---

[*]　原刊作〈恋は苦く恋は甘し〉，作者標為「マクドナ」。

戀愛是痛苦的，戀愛是甘甜的——
苦中帶甜
到下次相見之前
總是在嘆氣，終於相見了
嘆著氣相見，又要分離，再次嘆氣——
又苦又甜，啊，這是多麼甘甜的煩惱阿！

戀愛是盲目的——但是，戀愛又是精明的
既盲目卻又精明
在心裡想的時候很勇敢，要講出來的時候卻很軟弱
既勇敢，又軟弱
勇敢，軟弱，然後又變勇敢
勇敢讓人心情好，軟弱讓人很難過

【註】Thomas Macdonagh，生於一八八四年[1]，卒於一九一六年，善於表現愛爾蘭人諧謔的一面。

載於《臺灣文藝》，第二卷第五期，一九三五年五月五日

1　按：目前所見資料，其生年多謂一九七八年。

現代英詩抄：篤尼的小提琴手*

作者　葉慈
譯者　翁鬧
中譯　顧敏耀

【作者】

葉慈像

葉慈（William Butler Yeats, 1865～1939），愛爾蘭迄今最偉大的詩人、劇作家，也是推動愛爾蘭文藝復興的主要力量，一九二三年獲諾貝爾文學獎，是第一位獲此殊榮的愛爾蘭人。他自小迷上愛爾蘭的神話與神秘經驗，一九一一年更成為超自然研究組織「幽靈俱樂部」的一員，也因此能跳脫基督教與天主教在愛爾蘭的糾葛，在更深厚的古凱爾特傳統習俗下宣揚愛爾蘭精神。一八八五年首次發表詩作，早年詩作融合凱爾特神話與唯美的前拉斐爾派。一八九七年與格列哥里夫人（Augusta Lady Gregory）等人創辦愛爾蘭文學劇院，也在此時他的詩作逐步脫離早年浪漫、迷幻的風格，語言直述且貼近現實。一九二八年出版的《塔》（*The Tower*）、一九二九年出版的《盤旋的樓梯》（*The Winding Stair*）是他詩作的顛峰，內容皆涉及復活節起義和愛爾蘭內戰，兼具現實主義、象徵主義與哲理詩的特色。他最後的兩本詩集是《新詩》（*New Poems*, 1938）與《最後的詩》（*Last Poems*, 1939），一九三九年於法國過世，直到一九四八年才歸葬故鄉愛爾蘭。（許舜傑撰）

【譯者】

翁鬧，見〈現代英詩抄：阿婆〉。

當我在篤尼拉奏小提琴時
村民婆娑起舞
有如拍打岸邊的浪潮

---

* 原刊作〈ドーニのウイオリン〉，作者標為「イエーツ」。

我的表哥在基爾瓦當牧師
大哥在摩哈拉當牧師

當我走過他們的身旁時
他們正在讀著祈禱文
我也把在史利葛市買的歌本拿出來讀

當我們離開人間
走到那威嚴的聖徒彼得的座前
祂會微笑著迎接我們
叫我先進門來

善良的人總是快樂的樣子
除非遭遇到什麼不幸
這些快樂的人喜愛拉奏小提琴
又愛跳舞

當天國裡的村民看到我
全都會聚過來，喊著：
「篤尼的小提琴手在這裡呢！」
然後，再次像浪潮般的跳起舞

【註】William Butler Yeats，一八六五年生，近代英國文學的巨匠，愛爾蘭文藝復興的先驅。這首詩作表現了他少見的諧謔風格。篤尼（Donney）位於愛爾蘭的西邊，是史利葛（Sligo）附近的一個小村落。基爾瓦（Kilvarnet）與摩哈拉（Moharabuiee）都是在愛爾蘭西海岸距離史利葛不遠的地方。彼得是站在天國門前的聖者，裁決人們是否可以進入（參照〈馬太福音〉第十六章第十九節）。

載於《臺灣文藝》，第二卷第五期，一九三五年五月五日

現代英詩抄：壯麗*

作者　羅素

譯者　翁鬧

中譯　顧敏耀

【作者】

羅素像

　　羅素（George William Russell, 1867～1935），愛爾蘭文藝復興時期的詩人，是位神秘的作家。曾在都柏林就讀拉思曼斯學校和大都會藝術學校，在那裡開始了和葉慈終生的友誼。長年在愛爾蘭農業協會工作，得以廣泛地在愛爾蘭旅行。一九〇五到一九二三年間任雜誌《愛爾蘭家園》（*Irish Homestead*）的主編，為這份雜誌注入相當多的活力，而接著一九二三到一九三〇年間他還主編《愛爾蘭政治家》雜誌（*The Irish Statesman*）。他使用假名「AE」發表作品（更確切的寫是「Æ」），源自「Æ'on」的縮寫，意為「終身追求的人」。一八九四年出版第一本詩集《回家：以歌曲的方式》（*Homeward: Songs by the Way*），奠定他在愛爾蘭文藝復興運動中的地位。他也是喬伊斯（James Joyce）的好友，並被寫入長篇小說《尤利西斯》（*Ulysses*）。（許舜傑撰）

【譯者】

　　翁鬧，見〈現代英詩抄：阿婆〉。

　　我隱身在險峻的岩石中

　　陷入沉思

　　投入大地的懷抱

　　避開眾人的眼光

　　凝視著小花散發出來的奇特美感

---

* 原刊同題，作者標為「エイ・イー」。

為了建造寶石宮殿

堅毅的生長在眾人無法忍受的黑暗與寒冷之中

有時候，從太陽的國度

會有豪爽的商人

帶來碧玉與黃金

哦，宇宙的宮殿啊！

哦，晝夜更替的大廳啊！

造物主在夢中應該能夠從妳身上

比我看到更多的驚異與歡喜吧

【註】A.E 是 George W. Russell 為了不想被世人注意而使用的假名，一八六七年生於愛爾蘭，是愛爾蘭文藝復興時期的卓越詩人。這首詩作是他看見陰暗的岩縫中長出一株百合花，因而寫出他心中的感觸。

一九三五、三、九

載於《臺灣文藝》，第二卷第五期，一九三五年五月五日

晚禱[*]

作者　蘭波
譯者　西條八十
中譯　劉靈均

蘭波像

【作者】

　　蘭波（Arthur Rimbaud, 1854～1891），法國詩人，生於法國東部的沙勒維爾（Charleville），資質聰穎，十五歲就擅長寫作拉丁文詩歌。一八七〇年起，時常出外流浪，到過比利時、德國、英國等地。期間曾與詩人魏爾倫發展出同性情誼，但交往兩年左右卻因故爭執，被魏爾倫開槍擊傷手腕。一八七六年參加荷蘭的「外籍聯隊」，在巴達維亞（今印尼爪哇）服役，不久回國。一八八一年擔任商行僱員，前往葉門的亞丁港經商，後來在阿比西尼亞（今伊索比亞）販賣軍火。一八九一年因病返回法國馬賽，不久過世。現存詩作約有一百四十首，主要在十六至十九歲期間所寫。早期詩作比較追求形式的完美，中期詩作則表達了對於現實生活的不滿和反抗的情緒，後期詩作加強了象徵主義色彩，深刻表現錯綜複雜的內心世界。總括而言，他能夠熟練的掌握傳統格律，又融入個人獨創風格，在法國現代詩發展史上具有舉足輕重的地位。其作品已編輯出版為《蘭波作品全集》。（顧敏耀撰）

【譯者】

　　西條八十（さいじょう　やそ，1892～1970），日本詩人、作詞家、法文學者。生於東京府，先後畢業於櫻井尋常小學校、早稻田中學（今早稻田中學校）、正則英語學校（今正則學園高等學校）、早稻田大學文學部英文科。大學就讀期間曾與日夏耿之介、原朔太朗、佐藤春夫等組成「藝術詩派」，然而與其他幾位不同的是其詩中

西條八十像

---

[*] 原刊同題，作者標為「アルテュール・ランボオ」。

有許多奇思異想，風格明快而華麗，並無一般象徵詩的幽暗。一九一九年自費出版第一本詩集《砂金》，進一步確立其象徵詩人之地位。爾後前往法國留學，學成歸國後受聘為早稻田大學法文學科教授。戰後擔任日本音樂著作權協會會長。一九六二年任日本藝術院會員。著作已集結為《西條八十全集》（東京：國書刊行會，1991〜2007）。（顧敏耀撰）

　　我靠坐著，像一位天使被理髮師理著髮
　　手握一個堅固的啤酒杯
　　肚子和脖子都放鬆下垂
　　叼著煙斗，在無形的船帆膨起的天空之下——

　　就像舊鴿舍裡熱呼呼的鳥糞
　　千萬個夢，燻得讓我心焦
　　不一會兒，我溫柔的心
　　像一塊被燻成黃金色的血染的木塊

　　仔細地吞下那夢想後
　　我轉過身來，已經喝了三四十杯
　　所以我的腦海中滿是急促的尿意

　　一如香杉和牛膝草的救世主般溫柔
　　我向著非常高又非常遠的褐色天空撒尿
　　　　——大概會得到高大的向日葵的原諒吧？

　　　　　　　　　　　　　　　　　——摘自*"Premiers Vers"*

　　　　　　　　　載於《媽祖》，第四期，一九三五年五月十日

愛的慶典[*]

作者　萊瑙

譯者　石本岩根

中譯　劉靈均

【作者】

萊瑙像

　　萊瑙（Nikolaus Lenau, 1802～1850），奧地利詩人兼小提琴家。生於原匈牙利境內的恰陶德（Schadat，現屬羅馬尼亞），在一八一九年前往維也納、普雷斯堡和海得爾堡學習法律、哲學與醫學。一八二二年開始寫作，一八二九年母親過世，影響其詩作風格轉為陰沉。一八三二年發表第一部詩集。但後來因為在愛情與事業兩方面都受到嚴重打擊，精神失常。一八四七年被送入瘋人院，三年後過世。其詩作有許多表現出憂鬱而哀傷的情緒，如〈三個吉普賽人〉、〈蘆葦之歌〉、〈森林之歌〉、〈秋日悲訴〉等，寫得十分深刻動人。此外，一八三〇年寫的〈波蘭之歌〉讚美波蘭人民爭取自由的奮鬥。還有一些作品也描寫了各國的革命人物和革命運動，如〈約翰尼斯・齊斯卡〉描寫這位捷克的民族英雄，〈薩沃納羅拉〉描寫的是十五世紀末被當作異端分子處死的義大利宗教改革家，〈三個印第安人〉寫三個受壓迫的印第安人到尼加拉瓜瀑布沉舟自盡。一八三六年完成的〈浮士德〉反映對於宗教的懷疑，一八四二年所寫的《阿爾比派教徒》是一部敘事詩集，通過十三世紀法國南部的一個宗教改革派阿爾比派教徒表現他對於追求自由的信念。一八四四年則使用抑揚格寫了敘事詩〈唐璜〉，死後才刊出。（顧敏耀撰）

【譯者】

石本岩根像

　　石本岩根（いしもと　いわね，1903～1977），出身東京府，一九二四年由東京外國語學校獨逸語部畢業，

---

*　原刊作〈愛のまつり〉，作者標為「ニコラウス・レーナウ」。

進入九州帝國大學法文學部獨逸文學科就讀，一九二九年畢業，一九三一年來臺擔任臺北高等學校（今國立臺灣師範大學校址）教授，敘高等官七等。同年，在《臺灣日日新報》零星發表數首短歌作品。一九三四年曾在臺北放送局主講「初等獨逸語講座」，透過廣播推廣德語。一九四二年升敘高等官三等，翌年敘勳六等，授瑞寶章。他是虔誠的基督徒，在臺期間以認真的教學以及高尚的品格，廣獲學生愛戴。終戰後返回日本，居住在福岡市。其著作在一九八〇年編輯出版為《石本岩根先生遺文集》。（顧敏耀撰）

　　以色彩繽紛的歌為梯子
　　雲雀快樂地攀上天空
　　在充滿花朵與香氣的森林裡
　　嘹亮的鳥兒的祝福之歌
　　放眼望去盡是
　　裝飾華麗的祭壇
　　所有人的心臟都大聲跳動
　　為了愛的慶典歡心雀躍

　　寺院裡的青玉燭臺上
　　是春天點上的薔薇的燭火
　　心中的熱血滿溢而出
　　注入祭牲之大河

　　【註】菲力士・魏因佳特納（Felix von Weingartner, 1863～？）[1]為這首詩譜了曲，搭配得非常好。

　　　　　　　　　　載於《媽祖》，第四期，一九三五年五月十日

1　按：卒年 1942 年。翁鬧日譯時，其人尚在。

秋日的果實*

作者　葛黑格
譯者　矢野峰人
中譯　劉靈均

【作者】

葛黑格（Fernand Gregh, 1873～1960）法國詩人與文學批評家。著作包括《打開窗》（*La Fenêtre ouverte*, 1901）、《研究雨果的嚴峻考驗》（*Étude sur Hugo, essai de critique*, 1904）、《維克多雨果的作品》（*L'Œuvre de Victor Hugo*, 1933）、《浪漫情人》（*L'Âge d'or*, 1936）、《黃金時代》（*Les Amants romantiques*, 1948）、《睡美人》（*La Belle au bois dormant*, 1950）、《青銅時代》（*L'Âge d'airain*, 1951）以及《鐵器時代》（*L'Âge de fer*, 1956）等。（顧敏耀撰）

葛黑格像

【譯者】

矢野峰人（やの ほうじん,1893～1988），來臺日籍詩人與英文學者，本名禾積，出身岡山縣。先後畢業於第三高等學校、京都帝國大學文學部、大學院（即研究所），專攻近代英文學，曾獲選為特選給費生，一九二一年之後歷任真言宗大谷大學教授、第三高等學校講師、同志社大學文學部講師。一九二六年來臺，任臺灣總督府高等學校（今國立臺灣師範大學校址）教授，並奉派至英國牛津大學留學。一九二八年返臺任臺北帝國大學（今國立臺灣大學）教授，擔任西洋文學講座。一九三四年兼任京都帝國大學文學部講師，翌年獲文學博士學位。一九三七年兼任臺北帝國大學文政學部長、圖書館長、臺灣文藝家協會會長、皇民奉公會文化部參事等。

矢野峰人像

---

* 原刊作〈秋の果〉，作者標為「フエルナン・グレエグ」。

戰後為臺灣大學留用至一九四七年，返日後歷任同志社大學教授、東京都立大學
及東洋大學校長。在臺期間曾發表新詩、散文、評論、譯作等各類作品於《臺灣
日日新報》、《臺灣婦人界》、《媽祖》、《臺大文學》、《愛書》、《臺灣教育》等報刊。
著作有《近代英國文學史》（1926）、《近代英國文藝批評史》（1943）、《英國文學
的特性》（1956）、《比較文學：考察與資料》（1978）等。（顧敏耀撰）

　　你令人懷念的嘴裡有著
　　被秋陽染色的
　　尚未成熟的酸果子的香味

　　被那金黃的色澤誘惑
　　一口貪婪的咬下
　　嘴唇也被果肉的苦澀嚇到

　　不久之後竟然習慣於
　　被那不知何時已經混合著美味的苦澀一再驚嚇

　　　　　　　　　　載於《媽祖》，第四期，一九三五年五月十日

鐘聲*

作者　薩松
譯者　草野曠
中譯　劉靈均

【作者】

薩松像

　　薩松（Siegfried Sassoon, 1886～1967），英國作家，出生於倫敦的上流社會家庭，曾就讀劍橋大學，第一次世界大戰期間自願入伍，擔任步兵長官，多次身負重傷，屢建功勳。但是從戰友的陣亡以及戰場上殘酷的景象，深刻認識了戰爭的殘酷本質，在一九一七年退伍還鄉。創作文類以詩作為主，兼及散文。其詩作最令人稱道的是描繪戰爭中的恐懼與空虛，運用了諷刺或寫實手法，表達鮮明的反戰立場，此類作品集中於其詩集《反攻》（Counter-Attack, 1918）。其他詩歌作品還有《老獵人》（The Old Huntsman, 1917）、《心的旅行》（The Heart's Journey, 1928）、《值夜》（Vigils, 1935）等。此外，還有小說形式的回憶錄《喬治‧舍斯頓的回憶錄》（The Memoirs of George Sherston, 1937），自傳散文《青春的曠野》（The Weald of Youth, 1942）、《齊格弗里德的旅行》（Siegfried's Journey, 1945），以及傳記文學《梅瑞迪斯》（Meredith, 1948）等。（顧敏耀撰）

【譯者】

　　草野曠（？～？），日本在臺文人，一九三四年間任臺北高等學校（今國立臺灣師範大學校址）助教授，曾在一九三四年十二月十三日在《臺灣日日新報》發表評論〈《媽祖》所感：第二冊を讀む〉，一九三五年五月十日則於《媽祖》第四期發表譯作〈鐘音〉。其餘生平待考。（顧敏耀撰）

---

* 原刊作〈鐘音〉，作者標為「シーグフリード‧サスーン」。

雖然不知道你是誰
我只知道——
今日偶然相逢的臉龐
有著燒盡的落花繽紛

雖然不知道你從哪裡來
仍然——在我內心的迴廊上
因你而敲響了歡喜的鐘聲
一聲又一聲的悸動

載於《媽祖》，第四期，一九三五年五月十日

古逸詩抄*

作者　不詳

譯者　松村一雄

中譯　顧敏耀

【作者】

不詳。三首皆出自《大戴禮記・第五十九篇・武王踐阼》，原文於詩前有說明云：「王聞書之言，惕若恐懼，退而為戒書，於席之四端為銘焉，於機為銘焉，於鑑為銘焉，於盥盤為銘焉，於楹為銘焉，於杖為銘焉，於帶為銘焉，於履屨為銘焉，於觴豆為銘焉，於戶為銘焉，於牖為銘焉，於劍為銘焉，於弓為銘焉，於矛為銘焉。」此即其十四首銘文中的三首。（顧敏耀撰）

【譯者】

松村一雄（1903～？），生於日本東京市四谷區。一九二五年從第八高等學校畢業，考入東京帝國大學文學部文學科，一九二八年畢業後來臺，任臺北高等學校（今國立臺灣師範大學校址）講師，一九三〇年升任該校教授。一九四一年任臺北帝國大學（今國立臺灣大學）預科教授，翌年敘勳六等，授瑞寶章。戰後返日，任彥根短期大學教授。在臺期間發表之作品有一九三〇至一九三一年間於《臺灣日日新報》發表的數首短歌與俳句、一九三六年在《媽祖》第九期發表的譯作〈古逸詩抄〉與〈續古逸詩鈔〉、一九三九在《月來香》第一期發表的新詩〈薄暮〉等。（顧敏耀撰）

---

* 　原刊同題，未標作者。

帶銘

火滅修容	閨中燈火熄滅後
慎戒必恭	端正容儀上床臥
恭則壽	長命百歲自然得

筆銘

毫毛茂茂	筆毛洗一洗就能乾淨
陷水可脫	筆下文字若得惡名聲
陷文不活	經歷多時也無法消除

衣銘

桑蠶苦	因為眷戀往日情份
女工難	送我的這件內衣雖然破舊
得新捐故後必寒	也捨不得丟棄啊

載於《媽祖》，第九期，一九三五年五月十日

生命正在向前衝*

作者　Antonin Sava
譯者　KEN・野田
中譯　劉靈均

【作者】

　　Antonin Sava（？～？），中譯「聖安托尼」，捷克語詩人，其餘生平待考。本詩由 Stan Kamaryk 的世界語譯本轉譯而來。（顧敏耀撰）

【譯者】

　　KEN・野田（？～？），應為在臺日籍文人，通曉西洋語文，曾於一九三五年六月廿四日在《南巷》發表譯作〈生命正在向前衝〉（生命は爆進してゐる）、〈離別〉（別れ）、〈沒寄出去的信——給 L〉（出さなかった手紙（彼の L へ）），其餘生平待考。（顧敏耀撰）

　　　隨著倔強脾氣的年輕歲月過去
　　　原本衝勁十足的生命，過沒多久
　　　就學會了一些小奸小惡
　　　以及世故滑頭

　　　但是，在我們內心深處
　　　對流浪的嚮往沒有改變
　　　惟於心靈法庭中
　　　鐵鎖咯吱作響，利慾惡靈互相咆哮

　　　把疼愛當成義務，再怎麼頑強的愛情都窒息了
　　　道德的罪過在諧擬的詩作之中
　　　放聲嘲笑著什麼

---

*　原刊作〈生命は爆進してゐる〉，作者「Antonin Sava」標於篇末。

哀嘆，青春的淚水，額頭的皺紋一直空虛地加深
難道開始放蕩嗎？是誰的罪、誰的過失？誰會知道？
不屬於誰，也跟誰都無關。

衝勁十足的生命讓我學會虔敬上帝的第一步
但是，這是怎麼一回事？
生命應該像衣物沾上混合著酒和血的污漬，不是嗎？

那時，我們也曾抱持信念，也曾抱懷希望
然而現在又是如何？
有沒有抱持一絲一毫的信仰？
看啊！污漬與我們一同生活著
並在我們的眼中變成「良善」
緊抓著血和酒的汙漬而生活

載於《南巷》，一九三五年六月二十四日

離別[*]

作者　Nikolaja Kurzens
譯者　KEN・野田
中譯　劉靈均

【作者】

　　Nikolaja Kurzens（1910～1959），生於立陶宛（Lithuania），是當時知名的世界語（Esperanto）作家。（顧敏耀撰）

【譯者】

　　KEN・野田，見〈生命正在向前衝〉。

（原詩使用世界語）
別說「AU REVOIR」¹
縱使最後的一分鐘來臨——
就在我們分開離別的
最後相互叮嚀的那一分鐘

不奢求再會
不探求與未知的幸福重逢
過去的日子所擁有的東西
不會在未來再還給我

將回憶牢牢繫在心底
包括我們一起講過的話
一起流過的淚水
一起歡笑的時光

---

* 　原刊作〈別れ〉，作者標為「リトワニヤ N. KURZENS」。
1 　按：「AU REVOIR」為法文，意即「再見」。

這是最後一吻，充滿感謝的凝視
而且，請別說「AU REVOIR」

載於《南巷》，一九三五年六月二十四日

沒寄出去的信——給 L[*]

作者　Nikolaja Kurzens
譯者　KEN・野田
中譯　劉靈均

【作者】

　　Nikolaja Kurzens，見〈離別〉。

【譯者】

　　KEN・野田，見〈生命正在向前衝〉。

　　我很軟弱也很沒出息
　　只是個多瑙河畔的小人物
　　被盲目的慾望所捉弄的玩物
　　血的奴隸，就是我

　　但有時，熱情的陶醉也會清醒吧
　　內心的暴風雨也會筋疲力盡，平息吧！
　　奢求虔誠的接吻，我就
　　抓住你的手吧！

　　然後我的生活就像排列整齊的聖杯
　　參與最後壯麗的彌撒
　　而你，平靜的凝視著我
　　可以跟我說「JES」[1]嗎？

　　　　　　　　　　載於《南巷》，一九三五年六月二十四日

---

[*]　原刊作〈出さなかった手紙（彼のLへ）〉作者標為「N. KURZENS」。
[1]　按：「JES」之含意待考。

衣索比亞民謠：婚禮*

作者　不詳
譯者　西川滿
中譯　杉森藍

【作者】

不詳。

【譯者】

西川滿，見〈苔依絲〉。

今天舉行婚禮的小屋有花朵盛開
可喜啊，我的妹妹
今天舉行婚禮的小屋有花朵盛開
父親高興
母親也高興
今天舉行婚禮的小屋有花朵盛開

載於《臺灣日日新報》，一九三六年一月三十日

---

* 原刊作〈エチオピア民謠：婚禮〉，未標作者。

衣索比亞民謠：愛的聯句[*]

作者　不詳
譯者　西川滿
中譯　杉森藍

【作者】

　　不詳。

【譯者】

　　西川滿，見〈苔依絲〉。

　　愛人啊

　　如果擁抱妳的話

　　人們會對我說

　　「你是偷走星星、偷走花的人啊！」

　　　　　　　　載於《臺灣日日新報》，一九三六年一月三十日

---

[*]　原刊作〈エチオピア民謠：愛の聯句〉，未標作者。

衣索比亞民謠：寓言詩*

作者　不詳

譯者　西川滿

中譯　杉森藍

【作者】

不詳。

【譯者】

西川滿，見〈苔依絲〉。

鐵雖然很強，但還是輸給火

火雖然很強，但還是輸給水

水雖然很強，但還是輸給太陽

太陽雖然很強，但還是輸給雲

雲雖然很強，但還是輸給大地

大地雖然很強，但還是輸給人

人雖然很強，但還是輸給悲哀

悲哀雖然很強，但還是輸給酒

酒雖然很強，但還是輸給睡眠

但是，女人比這些所有的東西都還要強！

載於《臺灣日日新報》，一九三六年一月三十日

---

* 原刊作〈エチオピア民謠：寓話詩〉，未標作者。

乾涸的噴水池*

作者　葛黑格

譯者　矢野峰人

中譯　杉森藍

【作者】

葛黑格（Fernand Gregh），見〈秋日的果實〉。

【譯者】

矢野峰人，見〈秋日的果實〉。

是無法安寧的靈魂嗎？不分晝夜

啜泣的噴水池

在幾乎崩潰的天空之下

今晚乾涸得一點聲音都沒有

原本吹散水花的狂風

現在吹拂著行道樹的葉子

夾雜著水的沉默……

然而，愁思卻是無窮無盡啊！

每當水珠灑下來

天空都會以震動作為回應

現在，噴水池的水都乾涸了

宛如憂鬱的淚湖……

聽啊！那是無聲的啜泣聲

載於《臺大文學》，第一卷第二期，一九三六年三月

---

* 原刊作〈涸れたる噴泉〉，作者「Fernand Gregh」標於篇末。

鎮靜[*]

作者　克林索
譯者　矢野峰人
中譯　杉森藍

【作者】

克林索（Tristan Klingsor, 1874～1966），生於法國巴黎，詩人、音樂家、畫家以及藝術評論家。著有《花的女孩》（*Filles-Fleurs*, 1895）、《骷髏花》（*Squelettesfleuris*, 1897）、《巴黎街頭的小行業》（Petits *métiers des rues de Paris*, 1904）、《波希米亞的詩》（*Poèmes de Bohème*, 1913）等。（顧敏耀撰）

克林索像

【譯者】

矢野峰人，見〈秋日的果實〉。

夜風如果搖晃門板
有許多東西就開始蠢蠢欲動
在我孤獨的心中
倦怠多時的沉舊煩惱都醒了過來

啊，神啊！今夜且讓愚蠢的我
心中獲得平靜吧！
把陳舊的煩惱當作幻影
當作灰色風景中的沉睡森林上的畫上去的月亮
遠遠的眺望

載於《臺大文學》，第一卷第二期，一九三六年三月

---

[*] 原刊同題，作者「Tristan Klingsor」標於篇末。

風景*

作者　克林索
譯者　矢野峰人
中譯　阮文雅

【作者】

克林索（Tristan Klingsor），見〈鎮靜〉。

【譯者】

矢野峰人，見〈秋日的果實〉。

庭院的樹木

浮在傍晚輕柔的空氣之中

彷彿是薄絹上的一幅畫

桃花盛開的枝頭上

駐足了一隻灰色的美麗小鳥

小心翼翼地，害怕一出聲

就破壞了這份靜謐

萬物皆在沉睡

倒映在湖中的月亮

好似掛滿金色燈飾的公園正中的

一葉扁舟

載於《媽祖》，第九期，一九三六年四月十日

---

* 原刊同題，作者「Tristan Klingsor」標於篇末。

續古逸詩抄*

作者　不詳

譯者　松村一雄

中譯　阮文雅

【作者】

　　不詳。〈麥秀歌〉出自《史記・宋微子世家》，該段原文為：「其後箕子朝周，過故殷虛，感宮室毀壞，生禾黍，箕子傷之，欲哭則不可，欲泣為其近婦人，乃作麥秀之詩以歌詠之。其詩曰：『麥秀漸漸兮，禾黍油油。彼狡僮兮，不與我好兮！』所謂狡童者，紂也。殷民聞之，皆為流涕。」至於〈矛銘〉則出自《大戴禮記・第五十九篇・武王踐阼》，見前文。（顧敏耀撰）

【譯者】

　　松村一雄（1903～？），見〈古逸詩鈔〉。

麥秀歌

麥秀漸漸兮，	麥穗帶著嬌豔伸展
禾黍油油。	廢墟也長出了黍米
彼狡童兮，	不來拜託我幫忙，終歸於衰亡
不與我好兮！	想到這個人，心情就煩悶

矛銘

造矛造矛，	一邊製作長矛，一邊戰慄
少間弗忍，	在這根尖銳的長矛裡
終身之羞。	潛伏著世間的災禍
余一人所聞。	雖知後世將受災禍之苦
以戒後世子孫。	至少要將歌曲傳下去

載於《媽祖》，第九期，一九三六年四月十日

---

* 原刊同題，未標作者。

無題*

作者　カネコ・カズ
譯者　不詳
中譯　阮文雅

【作者】

　　カネコ・カズ（假名讀音為 Kaneko Kazu），生平不詳，既以片假名標示，可能是歐美詩人；然而亦有可能是日本詩人（「カネコ」可以是「金子」或「兼子」的讀音），真實姓名待考。（顧敏耀撰）

【譯者】

　　不詳。

一

　　約好午後兩點相見
　　雜沓的新宿
　　大步快走
　　駝著背
　　就像急於求偶的駝鳥
　　有著燃燒的大眼睛

二

　　在三越的等候室
　　梳著日本傳統髮型的年輕女孩
　　低著頭，露出白皙的脖子
　　似曾相識的天藍色和服
　　披著黑色的外套
　　上面浮著白色芙蓉花的圖案

---

*　原刊同題。

就是她，就是她，我的女人！
揪住我的心的女人！

三

「等很久了嗎？」「不會。」
眼眶泛紅，微微顫抖
雖與真實個性相異的像是處女般的表情
但是，兩人視線交會時
卻笑了出來
「真的很抱歉。」
「我也正想這麼說。」
感覺溝通不良的會話
也帶著匆忙
兩人邁開步伐
隨著人潮離去

四

「到築地要多少？」
先坐進去的兩人
有著烈特牌粉底的氣味
還有甜甜的肉體香氣
狠狠的刺激我的感官
她卻只是低著頭
從大腿到大腿的熱度
從手心到手心的電流
兩個靈魂已經合而為一

載於《臺灣文藝》，第三卷第四、五期合刊，一九三六年四月二十日

詩想*

作者　雪萊

譯者　黑木謳子

中譯　阮文雅

【作者】

雪萊（Percy Bysshe Shelley），見〈無常〉。

【譯者】

黑木謳子（？～？），本名高山正人，日本長野縣人，執業醫師，一九三一年任職台北醫院，一九三三年至一九三八年任職屏東醫院。平素愛好文藝，在臺期間曾發表許多詩作，如一九三六年三月十七日刊於《臺灣日日新報》的〈二月の薔薇〉，亦有散文作品，如一九三六年五月九日刊於《臺灣婦人界》的〈華やかなる哀愁〉（華麗的哀愁）等；此外，又因通曉英文，也曾發表譯作，如一九三六年六月五日在《臺灣新文學》第一卷五期發表的譯作〈詩想〉等。一九三七年由屏東的屏東藝術聯盟出版其詩集《南方の果樹園》。風車詩社詩人李張瑞曾於 1935 年 6 月在《台灣新聞》上撰文，針對黑木謳子的現實主義文學觀點提出異議，強調詩中意象的經營，得到楊熾昌的響應，形成風車詩社一次重要的對外文學論戰。（顧敏耀撰）

---

* 原刊同題，作者標為「Ｐ・Ｂ・シエーリー」。

我靜靜地睡著
恰似詩人的口唇之間
知道著戀愛的道路
那輕輕的鼻息使我心醉神迷
魂牽夢縈
詩人在這世間找不到幸福
在荒蕪的思想原野振翅欲飛
為夢幻之靈的溫柔親吻而生存

終日，在有意無意之間
詩人緊緊凝視著的
是那沐浴在映照海洋的陽光下
隨著樹花狂舞的
黃蜂的惹人憐愛的姿態
而自此以後
在詩人胸口烙上的是
比那些糾纏於生命中的人們更真實的東西
就是生命永恆不滅的嬰孩

載於《臺灣新文學》，第一卷第五期，一九三六年六月五日

分離*

作者　波森格爾

譯者　上田敏

中譯　阮文雅

【作者】

　　波森格爾（Heriberta von Posch-inger, 1844～1905），德國女性詩人與畫家，日本作家上田敏曾翻譯其詩作而收錄於〈海潮音〉之中。其餘生平待考。（顧敏耀撰）

【譯者】

上田敏像

　　上田敏（うえだ　びん，1874～1916），日本詩人、評論家、啟蒙家、英語學者，出生於東京築地的名門世族。先後就讀於靜岡尋常中學、私立東京英語學校、第一高等學校，後考入東京帝國大學英語科，師事小泉八雲，一八九七年畢業，任東京高等師範學校教授、東京帝國大學講師。一九〇八年前往歐洲留學，返國後擔任京都帝國大學教授，一九一〇年任慶應義塾大學文學科顧問。一生勤於翻譯，將歐美的文學與思想引進日本，啟迪民智，並且對於日本的象徵詩創作產生重大影響。先後出版的著作有《耶穌》（1899）、《最近的海外文學》（1901）、《航路標識》（1901）、《文藝論集》（1901）、《詩聖但丁》（1901）、《最近的海外文學・續編》（1902）、《海潮音》（1905）、《文藝講話》（1907）、《漩渦》（1910）、《短歌》（1915）、《現代的藝術》（1916）、《牧羊神》（1919）等，後由改造社在一九二八至一九三一年間編輯出版《上田敏全集》，一九七八至一九八一年間由教育出版中心再次編輯出版《定本上田敏全集》。（顧敏耀撰）

---

*　原題為〈わかれ〉作者標為「ヘリベルタ・フォン・ボシンゲル」。出自島田謹二之論文〈一刀三禮──上田柳林の推敲ぶり〉。

自從那「時間」把我倆分開之後
白天裡總是茫然空過
沒什麼開心也沒有什麼悲傷
卻也搞不清究竟到底該怨誰

但暮色已降
星光點點可見
我就像病床上的嬰孩那般無助
只能在心中微微嘆息

載於《媽祖》，第十一期，一九三六年九月十五日

秋[*]

作者　Eugen Croissant
譯者　上田敏
中譯　阮文雅

【作者】

　　Eugen Croissant（1860～1931），德國詩人，曾有詩作〈秋〉由上田敏翻譯為日文在一九三六年九月十五日刊載於《媽祖》第十一期，其餘生平待考。（顧敏耀撰）。

【譯者】

　　上田敏，見〈分離〉。

　　如果今天你細看的話
　　會看到口中有著悲傷的顏色
　　明明沒有哪個人對自己不好
　　為何心中莫名傷悲

　　秋風吹過蔥籠林蔭
　　葉子輕顫，飄落滿地
　　你心中那個天真的夢想
　　也化成秋葉落下

載於《媽祖》，第十一期，一九三六年九月十五日

---

[*]　原刊同題，作者標為「オイゲン・クロアサン」。出自島田謹二之論文〈一刀三禮——上田柳林の推敲ぶり〉。

花之頌*

作者　莎士比亞
譯者　上田敏
中譯　阮文雅

莎士比亞像

【作者】

　　莎士比亞（William Shakespeare, 1564～1611），英國詩人、劇作家。出生於破敗的商人之家，只受過小學教育，卻創作了卅七部悲劇、喜劇和歷史劇以及一百五十多首十四行詩。他的劇本迄今已經被翻譯成世界上所有主要使用著的語言，並且表演次數遠遠超過其他任何劇作家。藝術成就廣受肯定，被認為是英國文學史和戲劇史上最傑出的詩人和劇作家，馬克思甚至稱之為「人類最偉大的天才之一」。莎士比亞早期創作以喜劇為主，如《仲夏夜之夢》（*A Midsummer Night's Dream*, 1596）、《第十二夜》（*Twelfth Night*, 1600）等都是知名劇作。後來逐漸轉向創作悲劇，如《羅密歐與茱麗葉》（*Romeo and Juliet*, 1595）、《哈姆雷特》（*Hamlet*m, 1601）、《奧賽羅》（*Othello*, 1604）、《李爾王》（*King Lear*, 1605）、《馬克白》（*Macbeth*, 1606）等，後四部並稱為莎士比亞的「四大悲劇」。悲劇作品被認為極致地展現了他的文學天份，成為其藝術成就的象徵。（趙勳達撰）

【譯者】

　　上田敏，見〈分離〉。

---

* 出自島田謹二之論文〈一刀三禮──上田柳林，推敲ぶり〉，原刊作〈花くらべ〉，作者標為「ウィリアム・シェイクスピア」。此詩出自莎士比亞戲劇《冬天的故事》。

燕子不來

水仙花不畏三月裡微寒的風

凜凜挺立

還有，比起女神朱諾的媚眼

女神維納斯的呼吸

都還要迷人的深色紫羅蘭

未能仰望日照之神的

待字閨中就芳華早逝的

藍色櫻草

少女的命運往往也是如此啊

再來是報春花上場

還有傲氣的貝母花

更有各種百合花

鳶尾草雖然也很好

啊，但現在沒有，可惜呀！

載於《媽祖》，第十一期，一九三六年九月十五日

海邊之城*

作者　烏德蘭

譯者　永井吉郎

中譯　阮文雅

【作者】

烏德蘭像

　　烏德蘭（Johann Ludwig Uhland, 1787～1862），德國詩人、劇作家、文學史家。生於德國南部的城鎮杜賓根（Tübingen），父親在杜賓根大學任秘書，他在一八○二至一八○八年間就讀於該校，修習法律和語文，但是對於中世紀的詩歌亦有濃厚興趣，此時開始寫詩。一八一○年前往法國巴黎求學，研究拿破崙法典以及中古文學共八個月。一八一二年至一八一四年在斯圖加特（Stuttgart）擔任司法部官員和律師，並參加符騰堡（Württemberg）爭取地方立憲的運動。爾後歷任杜賓根與斯圖加特議員、杜賓根大學教授、國民大會代表等職。其詩歌創作以敘事詩與浪漫詩見長，音韻優美，語言樸質，許多著名作曲家都為他的詩作譜曲，代表作有〈鐵匠〉、〈樂隊〉、〈春天的信念〉、〈復仇〉、〈歌手的詛咒〉、〈施瓦本風土志〉、〈貝爾特蘭・德・波爾恩〉、〈艾登哈爾的幸福〉、〈致祖國〉、〈一個德國歌手之歌〉等。此外也有創作歷史劇本如《施瓦本公爵恩斯特》、《巴伐利亞人路德維希》，以及文學評論《關於詩歌和傳說的歷史文集》、《古代高地德語與低地德語民歌集》等。（顧敏耀撰）

【譯者】

　　永井吉郎（？～？），日本沖繩縣人，一九二七年考入臺灣總督府醫學專門學校，一九三一年考取醫師執照，翌年於嘉義醫院擔任醫官補（今委任級醫官），一九三三年給六級俸。一九三六年任台北帝國大學醫學部助手，翌年任中央研究所衛生部技手，一九四○年任熱帶醫學研究所細菌血清學科囑託（即約聘人員）。通曉德文，在一九三六年十一月二十八日於《南文學》發表譯作〈海邊の城〉、〈有

---

* 原刊作〈海邊の城〉，作者標為「ルードウィッヒ・アーランド」。

感〉，一九三七年二月廿四日亦於該刊發表譯作〈夜〉。（顧敏耀撰）

一

看呀，那座城堡朝向著
金色薔薇般的雲朵來來去去的海邊
高高地矗立

二

那城堡好像就要
崩落於清澈的海中
又像是一邊燃燒一邊上升的雲朵
飄在被夕陽染紅的天空上

三

我看著這個景象
那海邊高高的城堡
月光照射著
霧氣遙遙包圍著

四

碎浪和輕風
傳來明亮的聲音
高樓上正喧鬧著
酒宴歌聲伴隨著豎琴聲

五

風平浪靜
從高樓傳來悲傷的

嗚咽似的歌聲
我的淚水終日流淌

六

仰頭看看吧
國王和妃子在皇宮中的樣子
紅色的斗篷翻飛
金色的王冠閃耀

七

王公們卻看不到
美麗如太陽般高貴的金髮閃爍
公主那快活開心的姿態

八

不，我只看到
王公們褪色的王冠
和穿在身上的喪服
不見那公主的身影

載於《南文學》，第一卷第二期，一九三六年十一月二十八日

有感*

作者　施托姆
譯者　永井吉郎
中譯　阮文雅

【作者】

施托姆像

施托姆（Theodor Storm, 1817～1888），德國小說家、詩人。生於當時為丹麥統治的石勒蘇益格─荷爾斯泰因州（Schleswig-Holstein）的小城胡蘇姆（Husum）。世代務農，父親是律師。一八三七年進入大學專攻法律，畢業後回故鄉開設律師事務所，同時也蒐集整理當地的民歌、格言、傳說和童話，並且開始寫詩。先後發表抒情詩〈復活節〉、〈秋天〉和〈離別〉，並且發表小說〈瑪爾特和她的錶〉、〈茵夢湖〉、〈一片綠葉〉。一八五三年當地人民反抗丹麥政權起義失敗，他因為也支持人民，事後被丹麥當局取消律師資格，只好前往普魯士的波茨坦（Potsdam）擔任義務法官，一八五六年遷居海利根施塔特（Heiligenstadter）擔任縣法官。在普魯士整整過了十年的流亡生活，期間寫了小說《在大學裡》等作品。一八六四年，故鄉的丹麥統治者遭到驅逐，因此返鄉擔任行政長官、胡蘇姆法院法官。一八八〇年移居哈德馬爾申（Hademarschen）專事寫作，在當地逝世。其詩作大多描寫寧靜和諧的家庭生活，以及歌頌故鄉美好的自然景觀，具有清新的格調、真摯的感情、優美的意境，以及富有音樂性的語言。小說作品除了前述幾篇之外，還有〈淹死的人〉、〈白馬騎士〉、〈木偶戲演員保羅〉、〈漢斯‧基爾希和海因茨‧基爾希〉、〈雙影人〉、〈在聖喬治養老院裡〉等，大多描寫戀愛、婚姻與家庭生活，對於現實社會亦有所批判。（顧敏耀撰）

【譯者】

永井吉郎，見〈海邊之城〉。

---

* 原刊作，作者標為「テオドル‧ストーム」。

我的面容
即使看來美麗　也只有今天
因為明天　便將喪失生命

妳只有
這一刻　屬於我
死了之後　成為
我身上的一部分吧

載於《南文學》，第一卷第二期，一九三六年十一月二十八日

柳[*]

作者　德拉‧梅爾

譯者　深山暮夫

中譯　阮文雅

【作者】

德拉‧梅爾像

　　德拉‧梅爾（Walter De la Mare, 1873～1956），英國詩人、小說家。生於肯特郡（Kent），曾就讀於倫敦聖保羅大教堂合唱學校，畢業後在石油公司任職，一八九五年開始發表詩作，一九〇二年出版第一本詩集《童年之歌》，一九〇八年獲得政府年金，得以專事寫作。著作十餘本詩集，如《傾聽者及其他》（1912）、《孔雀餅》（1913）等，小說則有《歸來》（1910）、《侏儒回憶錄》（1921）等。此外，也編有詩文集《到這裡來》（1928），成為英國經典的兒童讀物。一九五三年獲功勳獎章。他的詩作繼承了十九世紀浪漫主義乃至更早的英國詩作傳統，精緻細膩，技巧嫻熟，用簡單的語言表達深刻的意涵，讓讀者有充分想像的空間。小說作品則喜好描寫童年、大自然、夢境，善於運用詩的語言創造奇幻的氣氛和富有魅力的故事。（顧敏耀撰）

【譯者】

　　深山暮夫（？～？），在臺日籍文人，可能是臺北高等學校（今國立臺灣師範大學校址）之教師。通曉英文，曾於一九三六年十二月廿八日在《翔風》第十六期發表譯作〈柳〉、〈墓誌〉以及〈放浪兒〉，其餘生平待考。（顧敏耀撰）

---

[*]　原刊同題，作者標為「DE LA MARE」。

綠色的樹梢低著頭

柳樹好像作著夢

因風雪枯萎凍僵

在無聲的冬季深夜

忍受著寒冷風雨

　　　——在那又黑暗，又寂寞的冬日

回憶已遠去

盼望著　顫抖著

年輕的生命萌芽

分享小小的幸福

俯首遵循神祇的指示

低語著生命的喜悅

從遙遠的南方大海

吹來懷念的微風

輕輕親吻樹梢

小鳥停留在樹上嬉戲

陽光映照在春天的天空

　　　　　　　　　　——選自 DE LA MARE 詩集——

　　　　載於《翔風》，第十六期，一九三六年十二月二十八日

墓誌銘*

作者　德拉・梅爾
譯者　深山暮夫
中譯　阮文雅

【作者】

德拉・梅爾（Walter John de la Mare），見〈柳〉。

【譯者】

深山暮夫，見〈柳〉。

一個極其美麗的女人
現在長眠於此
這是個腳步和心腸都很輕柔的女人
她的魂魄在西國
這極其美麗的女人──
她的美消逝無蹤
正因太過稀有
她一去不復返
後人將持續傳頌
這西國的女人

載於《翔風》，第十六期，一九三六年十二月二十八日

---

* 原刊作〈墓誌〉，作者標為「DE LA MARE」。

流浪的孩子*

作者　德拉‧梅爾
譯者　深山暮夫
中譯　阮文雅

【作者】

德拉‧梅爾（Walter John de la Mare），見〈柳〉。

【譯者】

深山暮夫，見〈柳〉。

夜晚的牧場很廣闊啊
　　小雛菊凋謝了一地
而那搖曳的白露
　　又更加惹人愛憐
金星、海王星
　　天王星、木星
水星、土星、火星……

在淒風陣陣的野外徘徊
　　流浪的孩子們在星星之間
穿上了銀色的外衣
　　在夜晚的牧場上奔跑
夜空裡的孩子們在耳語
　　那徘徊的喜悅
那花田牧場的芬芳

載於《翔風》，第十六期，一九三六年十二月二十八日

---

* 原刊作〈放浪兒〉，作者標為「DE LA MARE」。

天國碼頭[*]

作者　霍普金斯
譯者　秋村正作
中譯　阮文雅

【作者】

霍普金斯像

霍普金斯（Gerard Manley Hopkins，1844～1889），英國詩人，畢業於牛津大學貝利奧爾學院。很早就開始顯露寫詩的才華，在十八歲以詩作〈美人魚的夢幻〉獲獎。一八六八年加入耶穌會，將先前的詩作付之一炬。一八七七年受神職，在倫敦、牛津、利物浦等地傳教，繼而在大學教授古典文學和希臘文。一八七五年在北威爾斯的神學院進修時，重新開始寫詩。長詩〈德意志號船難〉被耶穌會雜誌《一月間》拒絕刊登，後來寫的詩也無人賞識，只有在少數好友之間流傳著手稿。在他死後近卅年的一九一八年才被人搜集並編成全集出版，當時仍不受讀者歡迎。在一九三〇年再版時，其詩作之獨特風格和創新精神才開始受到接受與讚賞。他的詩在意境、格律和詞藻上都有所創新，內容描寫自然界萬物的個性，以及對於大自然的感懷，並且具有濃厚的宗教色彩。時常採用一種「彈跳韻律」，模仿日常語言的自然節奏，好用頭韻、內韻、略語以及複喻，並且創造新詞，風格清新活潑。早期的詩作受到濟慈（John Keats）的影響，晚期作品則學習了德萊頓（John Dryden）、多恩（John Donne）和羅斯金（John Ruskin）等詩人的風格與特色，著名詩作還有〈風鷹〉、〈春秋〉和〈星夜〉等。（顧敏耀撰）

【譯者】

秋村正作（？～？），日本在臺文人，可能任教於臺北高等學校（今國立臺灣師範大學校址）。通曉英文，曾於一九三六年十二月二十八日在《翔風》第十六期

---

[*]　出自秋村正作之論文〈G・M・HOPKILVS の 詩〉。原刊作〈天の波止場〉，作者標為「デェラード・マンリー・ホブキンス」。

發表論文〈G. M. HOPKINS の詩〉，評論英國詩人霍普金斯之作品。其餘生平待考。
（顧敏耀撰）

　　我渴望前往
　　那泉水汩汩湧出
　　冰雹落下的聲音不絕於耳
　　卻仍開滿小百合的野地

　　我想要去看看
　　在那暴風雨不斷地來襲
　　卻只激起小小浪花
　　不曾遇過大風大浪的港邊

　　　　　　　載於《翔風》，第十六期，一九三六年十二月二十八日

德意志號船難*

作者　霍普金斯
譯者　秋村正作
中譯　阮文雅

【作者】

霍普金斯（Gerard Manley Hopkins），見〈天國碼頭〉。

【譯者】

秋村正作，見〈天國碼頭〉。

人們稱頌著神之名
神是三位一體的化身
啊！祢所殺之犬
躲藏在深深的洞裡
將那背叛祢的人
還有人們的怨念
降下船難和暴風作為懲罰

甜美的話語
升上唇邊的言詞
祢的光明都遠遠勝過
啊！我很清楚
祢喜好溫暖的冬季
將荒蝕的心
給予撫慰慈愛的也是祢
夜裡的帷帳，無聲地降臨的

---

* 出自秋村正作之論文〈G・M・HOPKILVS 的詩〉。原刊作〈ドイッチェランド號の難破〉，作者標為「デェラード・マンリー・ホブキンス」。

那就是祢

啊！黑暗——在黑暗中

祢所施予的初次恩寵。

載於《翔風》，第十六期，一九三六年十二月二十八日

十四行詩第五十一號*

作者　霍普金斯
譯者　秋村正作
中譯　阮文雅

【作者】

霍普金斯（Gerard Manley Hopkins），見〈天國碼頭〉。

【譯者】

秋村正作，見〈天國碼頭〉。

主啊！我和祢爭鬥

但其實，啊！祢是正確的

可我也是正確的

一個人，在人世間，走過許多罪惡的道路

罪惡的念頭也多不勝數

或許，這諸般努力

都將成為白費

祢是我的敵人啊，也是我的朋友

打擊我，苛責我

啊！卻又企圖在我身上

獲取些什麼

啊！即使是醉漢和色鬼

若有閒暇而終日闡揚上帝之教義

其成效將遠勝於我

---

* 出自秋村正作之論文〈G·M·HOPKILVS の詩〉。原刊作〈十四行詩·第五十番〉，
作者標為「チェラード·マンリー·ホブキンス」。

看啊！野外的山上
皆被樹葉草葉所掩蓋
野生的胡蘿葡四處散佈
涼風徐徐吹拂
鳥兒共同組巢
人卻不共組家庭
被時間所閹割的人啊
雖已迷途知返
卻失落了用心看護我之意念

啊！主啊
祢的生活就是我的生活
請在我腳下所踩的這個地方
降下那恩寵的甘霖

　　　　　　載於《翔風》，第十六期，一九三六年十二月二十八日

花*

作者　馬拉美
譯者　島田謹二
中譯　阮文雅

【作者】

馬拉美像

馬拉美（Stéphane Mallarmé, 1842～1898），法國詩人與文學批評家。生於巴黎，家境貧寒，曾在政府機關當臨時僱員，爾後前往英國學習英語，回國後長期擔任中學英語教師，並且一邊持續寫詩。曾在住所定期舉行詩歌討論會，維持了十餘年之久，聚集了許多重要詩人與評論家，儼然成為當時巴黎最重要的文藝沙龍。他認為詩的使命在於使用不平常的藝術手法，揭露隱藏在平凡的事物背後的「絕對世界」。在形式上則大多採用較為嚴謹的格律詩，但是遣詞用字則別出心裁，將表面上毫不相關的形象搭配在一起，造成出人意表的效果。詩作乍看顯得晦澀難解，但是仔細吟誦之後便會發現深邃的意境。他與蘭波（Jean Nicolas Arthur Rimbaud）、魏爾崙（Paul Verlaine）同為早期象徵主義詩歌的代表人物。著有詩集《希羅狄亞德》（1875）、《牧神的午後》（1876）、《骰子一擲》（1897）等。（顧敏耀撰）

【譯者】

島田謹二，見〈星空下的對話〉。

在宇宙的黎明，自從古代碧空中出現金色的雪崩開始
又或者自群星永遠輝映著白雪時起
為了那清新尚未被邪惡汙染的地球
您摘來這些巨大的花朵

---

* 原刊同題，作者名字 Stéphane Mallarmé 標於篇末。

黃水仙的姿態彷彿白頸纖纖的天鵝
還有神聖的月桂樹——這樹是被貶謫人間的神靈吧——
當曙光像是被踩到腳而羞紅了臉，它也跟著泛紅
像天女乾淨紅潤的腳心那般紅

還有風信子以及在閃電的目標處發光的桃花孃
以及那好似女人肌膚般我見猶憐的玫瑰花
將園內花朵全部都披在身上的耶洛狄亞德
那個用燦爛而殘忍的鮮血滋潤自己的女人

還有搖搖晃晃低飛掠過嘆息的大海
穿過那湛藍天空的裊裊青煙
做著夢，朝著沉默流淚的月亮飛昇的
由你創造出來的百合啜泣的雪白

彈豎琴來讚頌，焚香爐來讚頌，
讚頌迴繞在聖琴上，讚頌也在香爐中
我們的聖母啊！在冥府之庭也起讚頌之聲
眼神中的聖靈充滿啊！燦爛輝映的圓光啊！

啊，聖母啊！在您全能正確且堅強的胸懷
同時存在著被薰著香的「死亡」以及搖曳在未來瓶中的花朵
您創造出的花朵是如此多采多姿
賜給現實世界裡憔悴勞苦的詩人

載於《媽祖》，第十二期，一九三七年一月十日；又載於《臺大文學》，
第四卷六期，一九四○年一月三日

夜[*]

作者　路德維希‧蒂克
譯者　永井吉郎
中譯　阮文雅

【作者】

路德維希‧蒂克像

　　路德維希‧蒂克（Ludwig Tieck, 1773～1853），德國小說家、劇作家、詩人、評論家。生於柏林。先後在哈勒（Halle）、格廷根（Göttingen）和埃朗根（Erlangen）就讀大學，專攻神學、語言和文學，對於莎士比亞以及伊莉莎白時代的戲劇著力甚深。一七九四年回到柏林，以寫作為生。一八一七年曾前往英國研究莎士比亞。一八一九年在德勒斯登（Dresden）擔任薩克森（Sachsen）公國的宮廷顧問官，一八二五年任德勒斯登宮廷劇院的編劇。一八四一年應普魯士國王腓特烈‧威廉四世（Frederick William IV）的邀請前往波茨坦（Potsdam），接著在柏林任戲劇顧問和宮廷顧問官，後於當地逝世。他是德國早期浪漫派代表作家，戲劇作品中著名的有喜劇《奧克塔維安皇帝》、悲劇《神聖的格諾菲娃的生與死》和童話劇《福爾吐納特》，此外也改寫並創作了《民間童話集》。在小說方面則有《年輕的木匠師傅》、《人生的豐足》、《維多利亞‧阿科隆波納》等，此外亦曾翻譯《唐吉訶德》以及莎士比亞的劇本。（顧敏耀撰）

【譯者】

　　永井吉郎，見〈海邊之城〉。

---

[*]　原刊同題，作者標為「ルードウイツヒ●テイク」。

走在不見人跡、淒風呼嘯的黑暗中
傳來流浪者的嘆息聲
與啜泣聲
靜靜踱步的身影
對著星辰仰望呼喊

忍受胸中的寂寞孤獨
心被撕裂般的痛苦
我的喜悅和悲傷
化成來了又去的嘆息
不知道該往何處去

閃閃發亮的星星啊星星
在那一望無垠的遠方
你在那端
身影常在我心

不一會兒，遠方似乎有旋律縈繞著傳來
夜色漸漸澄澈
心底的傷痛消失不見
一股新生的感覺升起
胸中篤定而清明

人們啊，雖然我們忽遠忽近
但卻不會讓你孤獨痛苦
你隨心所欲
抬眼安靜地
看著閃爍的繁星

那些光亮的小星星
在一望無垠的遠方
宛如離你遠逝的親友
別忘了常常擁抱
這些小星星

載於《南文學》，第二卷一期，一九三七年二月二十四日

碧空*

作者　馬拉美
譯者　島田謹二
中譯　阮文雅

【作者】

馬拉美（Stéphane Mallarmé），見〈花〉。

【譯者】

島田謹二，見〈星空下的對話〉。

永恆可見的「碧空」，那晴朗明澄的嘲諷
令人煩惱啊，像花一樣，讓世人深深苦惱的美麗
如今頹廢無力的詩人，「悲愁」毫無結果
越過沙漠，詛咒自己的天份

閉目逃離，因為那強烈的悔恨之心
我空虛的靈魂被緊盯著
啊，該逃往何處？向著這痛楚的侮蔑
殘破的碎片啊，拋開吧，將如此荒涼的黑夜遠遠拋開

濃霧啊，上升吧，雲霧的襤褸大衣纏在身上
天空陷溺於長年蒼白而陰雨的沼澤
單調地揚起所有的灰燼
築起安靜而緘默的巨大天花板

接著，你走出忘卻池來到這裡
收集過來吧，那泥土，還有那青青蘆葦

---

* 原刊同題，作者以原文標於篇末。

那令我懷念的「倦怠」啊，總是疲累得伸出一支手
為了要將鳥兒惡意抓破的藍色大洞填塞住

啊，還有！悲傷的煙囪不停的冒出煤煙
呻吟著蠕動著的煤炭牢獄在黑暗中發出聲響
一條又一條的裊裊濃煙在恐怖之中掩去了
地平線盡頭昏黃的臨終夕陽

「碧空」已滅！我向你急奔過去
把那殘酷的「理想」與「罪障」，
噢噢，還有「物質」呀，全都忘了吧
那幸福的叫做「人」的家畜成群躺臥
而那鋪在地板上的乾草也要一起分給我們這些殉教者

正是如此，我的軀體倒在地板上
——我的腦髓，如今終於像紅胭脂那般抹在牆腳
　　腦殼像水壺一樣空洞啜泣的思念中，
　　連妝扮的能力都沒有
朦朧中朝向陰暗「死亡」的心，悲傷的打哈欠

太虛幻了！「碧空」勝利了，在鐘裡聽到它的歌聲
真是可憐啊，「碧空」舉著邪惡的勝利
恐嚇我們，不，是揚起高亢的聲音
從有生命的金屬發出藍色的晚禱！

無情的「碧空」啊，隱藏在永恆的雲霧之間
有如銳利的劍，剜出了與生俱來的苦悶
荒唐而無謂的反抗中，我們該逃到何處？

縈繞著我的心靈。「碧空」啊！「碧空」啊！「碧空」啊！「碧空」呀！

【作者自註】

　　〈花〉（因為遭到怠慢而憤怒，尋找往日的這種尊嚴）、〈春〉以及〈碧空〉等，都經常被他人著作引用，與帕爾那斯派（第一輯）的作品為同一系列。

Stéphane Mallarmé

載於《媽祖》，第十三期，一九三七年三月十日

貓頭鷹*

作者　Paul Gerardy
譯者　矢野峰人
中譯　杉森藍

【作者】

保羅‧熱拉第像

　　保羅‧熱拉第（Paul Geraldy, 1895～1973），法國詩人、劇作家，出生於巴黎。文筆典雅細膩，風格輕鬆活潑。戲劇創作以喜劇見長，卻又是莎士比亞著名悲劇《羅密歐和茱麗葉》的法文譯者。一九○八年出版第一本詩集《小靈魂》（Les Petites Âmes），廣受歡迎，一九一二年又出版第二本詩集《你和我》（Toi et moi），一時洛陽紙貴，屢次再版，後由畫家安德列‧馬蒂（Andre E. Morty）為其畫上插圖，圖文相得益彰，目前已有中譯本出版。在劇本作品方面，作有《銀婚禮》（Les Noces d'argent）、《羅伯特和馬莉安》（Robert et Marianne）等，大多屬於傳統的心理劇，特別擅長描寫戰爭期間的家庭關係。（顧敏耀撰）

【譯者】

　　矢野峰人，見〈秋日的果實〉。

＊　原刊作〈梟〉，作者以英文標於篇末。

穿透黑暗的驚人飛行
切過強風的展翅翱翔
不久在遠方傳來陰鬱恐怖的喊叫
悲傷又堅強的鳥鳴

那是沒有月光的長夜中的貓頭鷹
牠的叫聲擾亂了睡眠，讓黑夜顫抖
往可怕的暗路飛去
心情鬱悶的貓頭鷹啊

啼破黑暗，心情鬱悶的夜晚之鳥
光明的膽小敵人所變化成的鳥
牠的飛行威脅著黑暗
牠的叫聲在無邊無際裡顫抖

他知道，能給予永遠平靜的安息
把自己從躲避白天的陽光的古老鐘樓中釋放
啊——我的心啊！想要逃離肉體羈絆的貓頭鷹啊！
古塔的黑暗與和平在哪裡？

載於《臺大文學》，第二卷第二期，一九三七年五月十七日

秋 *

作者　李歐・拉吉爾
譯者　矢野峰人
中譯　杉森藍

李歐・拉吉爾像

【作者】

　　李歐・拉吉爾（Léo Larguier, 1878～1950），法國作家，創作文類包括詩歌、小說、散文、戲劇以及評論。著有《詩的房子》（La Maison du Poète, 1903）、《下午在古玩店》（L'Après-midi chez l'antiquaire, 1921）、《禮拜天的聖雅各》（Les Dimanches de la rue Jacob, 1938）、《秋天的絕句》（Quatrains d'Automne, 1953）等。（顧敏耀撰）

【譯者】

　　矢野峰人，見〈秋日的果實〉。

古老樹上細碎的灰色天空
時猶未晚卻已降臨的黃昏
帶有綠色的瓷盤、用大理石作成的花瓶
被打開的兩卷書是《拉普雷德》（Laprade）與《龍薩》（Ronsard）

倚靠著老舊長椅的男人
表情愁苦，留著長頭髮
拄著樸拙的拐杖，用末端把枯葉
撥開。多節的常春藤
爬上枯井。折彎小樹枝的
寒冷的初秋之風的颯颯枯葉聲

---

* 　原刊同題，作者以英文標於篇末。

在山谷中有個老樵夫
在小山丘的山腰有一個冒煙的黑屋頂

在玻璃門背後閃亮著的一粒黃金
公共馬車的車夫愛去喝一杯的昏暗飯館
從隱密深幽的巷子
走出來的一個年輕姑娘

啊，秋天來了，哎，人生啊
我就這樣在這裡待著，啊，溫柔唷
啊！天際浮現的星光，讓我沉浸其中
瀰漫霧氣的美麗黃昏的憂鬱啊

載於《臺大文學》，第二卷第二期，一九三七年五月十七日

灰色之日*

作者　葛黑格
譯者　矢野峰人
中譯　杉森藍

【作者】

葛黑格（Fernand Gregh），見〈秋日的果實〉。

【譯者】

矢野峰人，見〈秋日的果實〉。

疲倦的靈魂所愛憐的灰色日子

悲傷的天空緩緩飄下憂愁的小雨

流淚的妹妹啊，體貼孤獨靈魂的天空啊

「天空」把雨水滴在大地上

「悲哀」隨著每一滴雨水滲透心裡

好似女人長吻那般的微風

天空在微風吹拂下顫抖著流淚

好似對輕輕碰觸的接吻感到怦然心動

又似溫柔擁抱下的淚流滿面

啊！疲倦的接吻與蒼白陶醉的日子啊

載於《臺大文學》，第二卷第二期，一九三七年五月十七日

---

* 原刊作〈灰色の日〉，作者「Fernand Gregh」標於篇末。

士兵之夢*

作者　凱貝爾

譯者　森政勝

中譯　劉靈均

凱貝爾像

【作者】

　　凱貝爾（或譯為「坎貝爾」，Thomas Campbell, 1777～1844），英國詩人，生於蘇格蘭（Scotland）的格拉斯哥（Glasgow），父親為富有的煙草商人，於美國獨立之後破產。凱貝爾在就讀大學時期曾以翻譯古典詩及散文《罪惡之源》（On the Origin of Evil）而獲獎，畢業後曾擔任私人教師，繼而前往愛丁堡（Edinburgh）學習法律，但因喜好文學而從事文藝工作，一七九九年出版長篇詩《希望的愉悅》（The Pleasures of Hope）而成名。1800 年參訪歐陸時，親眼目睹真實的戰爭場面，因此讓他創作了許多以此為主題的作品，他創作的愛國詩歌也使其於一八〇五年被授與政府津貼。爾後也創作長篇敘事詩，例如描寫美國賓州殖民者和印地安人的《懷俄明的格特魯德》（Gertrude of Wyoming, 1809），便是第一首英國作家以美國為背景的長詩。他是多才多藝的專業作家，不僅寫詩，亦為報紙、百科全書寫作，更是雜誌刊物的編輯。此外，對於教育工作也頗具識見，一八二五年曾寫信給布魯安爵士（Lord Brougham, 1778～1868），提出於倫敦創辦大學的計畫，也曾擔任格拉斯哥大學校長。一八四四年逝世於法國布羅尼（Boulogne），葬於倫敦的西敏寺。著名作品尚有《烏林爵士的千金》（Lord Ullin's daughter）、《洛奇爾的警告與葛蓮娜拉》（Lochiel's warning and Glenara）、《自由與愛情》（Freedom and Love）、《英國詩人的樣本》（Specimens of the British poets）、《帕爾格雷夫的黃金寶庫》（Palgrave's golden treasury）等。（顧敏耀撰）

---

* 原刊作〈兵の夢〉，作者標為「キャンブル」。

【譯者】

　　森政勝（？～？），日治時期在臺教師。一九二六年任教於甫成立的臺北高等學校（今國立臺灣師範大學校址），後轉任臺北帝國大學（今國立臺灣大學）教師。二戰結束後，由於師資欠缺，臺灣大學因而留用數十名日籍師資，森政勝即是其中之一，成為先修班的教授。嗣後返日，任松本市立高等學校校長。（趙勳達撰）

　　　星辰如步哨般看守著天空時
　　　喇叭通報著休戰，夜空中的雲朵快速飄移
　　　我等如棉花般攤倒於地面
　　　疲累者昏睡，受傷者死去

　　　那晚我伏睡在草堆裡
　　　就在驅趕狼群遠離死者之火堆旁
　　　我在凌晨作了快樂的夢
　　　天明之前三度反覆

　　　從戰場的恐怖隊伍離開
　　　徬徨於遠之又遠的荒廢的路上的不就是我嗎？
　　　時序入秋——太陽高掛在路上
　　　這條路一路延續到我祖先世代相傳的老家
　　　似乎是在迎接著我的歸來

　　　奔跑著回到懷念的原野，不知有幾次
　　　我的胸口也像那人間的朝日升起
　　　聽到了高臺上山羊的叫聲
　　　奇妙的音調正是收獲的歌聲

　　　家人用葡萄酒乾杯，我敞開心胸立誓

再也不離開這個家，再也不離開流著淚的朋友
對幼小的孩子親了一千多下
妻子喜極而泣

「住下來吧──和我們一起！──休息吧！──都已經滿臉倦容了！」
滿心歡喜，疲於征戰的我躺下休息了
然而，當晨光射入眼簾，悲傷再次襲來
夢境中，我耳朵所聽到的聲音，全部消失無蹤

載於《翔風》，第十九期，一九三九年一月二十七日

馬拉美詩抄：春*

作者　馬拉美
譯者　島田謹二
中譯　劉靈均

【作者】

馬拉美（Stéphane Mallarmé），見〈花〉。

【譯者】

島田謹二，見〈星空下的對話〉。

病懨懨的春天，現在
把那澄靜、藝術、透明的冬天，殘忍的趕走了
解不開的憂鬱血流主宰著我的肉身
「命運」的精靈在裡面張著四肢，長長地伸了個懶腰

鐵圈將我捆緊得如同古墓一般，無法支撐的
頭蓋骨下，淡白色的微光逐漸回暖
汩汩的樹汁悲哀的流過田園
嚮往著朦朧深邃而又艷麗的夢
徬徨在田園裡，疲憊不堪，最後頹軟於樹木的香氣而倒下
一邊用我的臉挖掘適合我夢想的墓穴
一邊嚼著紫丁香花盛開的溫暖泥土
我說道：「倦怠啊，消失吧！」壓低身子等待著
──藍天即便如此仍然在矮樹籬上笑著
小鳥們借住在尋找太陽的花朵中，被喚醒後，開始喧鬧了起來

載於《臺大文學》，第四卷第六期，一九四〇年一月三日

---

* 原刊作〈ステファヌ・マラルメ詩抄：春〉。

Chansons d'amour*

作者　不詳

譯者　松風子

中譯　劉靈均

【作者】

　　不詳。

【譯者】

　　松風子，即島田謹二，見〈星空下的對話〉。

　　"*Gaïètc et Oriour*"是十二世紀左右不知道作者是誰的法國歌謠。這首詩用簡單的字句歌頌愛情的巨大力量，將熱情巧妙的表現出來，相當了不起——作品中的人物雖然是身分高貴的男女，但其風俗仍然是原始性的。

　　蓋耶是個比較年長，一直保護著奧麗渥的處女。兩人曾如膠似漆般地相愛。但有一天，在泉水邊洗浴的兩人身旁，正好有一位騎士經過。於是我們可以看到難以抗拒的熱情的可怕力量。對於蓋耶而言，她的眼裡沒有妹妹、沒有家人，只有這位傑拉爾。嘆氣的奧麗渥只好流淚離開。然而她也不生氣、不反抗，只是暗自悲傷，因為她感受到了愛情的可怕。相愛的兩人頭也不回，「延著筆直的路，策馬往城裡去」。

　　內文中的故事在各個段落中不斷迴旋（refrain），對於可以無視晃動樹枝而熟睡的戀人而言，就像搖籃曲一樣，不斷重複著深沉的曲調。這首詩謳歌著愛情力量的絕妙，其中深藏了多麼深邃的哀愁！知名的教授艾米爾・魯桂認為，此詩在古典希臘文學之後、近代法國與義大利文學之前，可以說是最早的完美作品，而且他讚嘆這首詩比英國詩之始祖喬叟早了二百年，比民謠經典《帕里克・史本斯爵士》（*Sir Patrick Spens*）更早了四百年，可說是其先行作品，更肯定其首先禮讚了祖國中世紀的詩歌之美。——在此先行聲明，詩中「婚約」一詞本是名詞，在此作為動詞用。

---

*　原刊同題，在法文中的意思是「情歌」，未標作者。

佛蘭西古謠

　　某個週六的傍晚
　　蓋耶與奧麗渥這對堂姊妹
　　手牽著手到泉水邊洗浴
　　（清風徐來，樹枝沙沙作響）
　　（戀人美夢正酣）

　　騎著馬唱著歌的傑拉爾
　　在泉水邊偷看著蓋耶
　　他擁抱了她，柔軟地吻了她
　　（清風徐來，樹枝沙沙作響）
　　（戀人美夢正酣）

　「奧麗渥，你如果洗好澡
　　　就自己回去吧，你應該認得路
　　　我要留在這裡，和我所愛的傑拉爾」
　　（清風徐來，樹枝沙沙作響）
　　（戀人美夢正酣）

　　臉色蒼白悲傷的奧麗渥
　　眼角流淚，心碎歸去
　　蓋耶將不再歸來
　　（清風徐來，樹枝沙沙作響）
　　（戀人美夢正酣）

　「啊！傷心啊！」奧麗渥說道
　「啊！傷心啊！

我把姊姊留在了山谷

傑拉爾要把我的姊姊帶到那個國家去了」

（清風徐來，樹枝沙沙作響）

（戀人美夢正酣）

蓋耶同傑拉爾一同歸去

延著筆直的路，策馬往城裡去

來到城裡，立刻完成婚約

（清風徐來，樹枝沙沙作響）

（戀人美夢正酣）

載於《臺大文學》，第四卷第六期，一九四〇年一月三日

春*

作者　安熱利耶
譯者　松風子
中譯　劉靈均

【作者】

Auguste Angellier（1848～1911），見〈夢〉。

【譯者】

松風子，即島田謹二，見〈星空下的對話〉。

路上的蘋果樹上有白薔薇的顏色
我要前往愛人那裡去
天空是白鴿羽毛的顏色
我愛的她又潔淨又纖瘦

蘋果樹上花朵盛開
我要前往愛人那裡去
山裡鴿子在林蔭間竊竊私語
她就像那美麗的鴿子

原野結著白露，宛如鋪滿了珍珠
我要前往愛人那裡去
整片原野都變成金色與白色
她的微笑也在閃耀

河川沖激的聲音好似高亢的歌聲
我要前往愛人那裡去

---

* 原刊同題，作者標為「オーギユスト・アンジエリエ」。

比起草原裡閃爍的露水
她可是更加嬌弱

現在正是五月，天空也沉醉在香氣之中
我要前往愛人那裡去
我也沉醉於
她越來越嬌嫩的肌膚

在小鳥振翅作響的蒼空底下
我要前往愛人那裡去
是啊！我要到她的身邊
走在這條滿是薔薇色與白色的小路上

載於《臺大文學》，第四卷第六期，一九四〇年一月三日

愛爾蘭古謠[*]

作者　強森

譯者　市河十九

中譯　劉靈均

【作者】

　　強森（Lionel Johnson, 1867～1902），英國詩人、散文家和評論家，生於英格蘭東南邊肯特郡（Kent）境內的城鎮布羅德斯泰斯（Broadstairs），曾就讀於牛津大學的溫徹斯特學院（Winchester College）和新學院（New College），一八九〇年畢業。翌年，從基督教改信天主教。爾後在倫敦貧困而孤獨的過了一生。著有《湯瑪斯・哈代的藝術》(*The Art of Thomas Hardy*, 1894)、《詩集》(*Poems*, 1895)、《愛爾蘭和其他詩作》(*Ireland and Other Poems*, 1897)。（顧敏耀撰）

【譯者】

　　市河十九，即島田謹二，見〈星空下的對話〉。本譯作刊於《媽祖》時，譯者標為「市河十九」，刊於《臺大文學》時，標為「松風子」，二者皆為島田謹二之筆名。（顧敏耀撰）

　　有聲音乘風而來
　　有聲音泛浪而來
　　我揮揮衣袖吶喊著

　「管他什麼風
　　管他什麼浪
　　你的眼神已經是我的囊中物」

　　風向西吹
　　浪朝西打

---

* 原刊作〈愛爾蘭土古謠〉，作者標為「ライオネル・ジヨンソン」。

　　西邊的海面有波光粼粼

「管他什麼風
　管他什麼浪
　你的眼神已經是我的囊中物」

　越來越冷的晚風啊
　越來越強的晚浪啊
　夕陽現在已經落入浪間

「管他什麼風
　管他什麼浪
　你的眼神已經是我的囊中物」

　就這樣在夜風中
　就這樣在夜浪中
　聲音逐漸消失在遠方

「管他什麼風
　管他什麼浪
　任大風狂吹
　任大浪狂捲
　你的眼神已經是我的囊中物」

　　安熱利耶的詩是從小曲集"*Le Chemin des Saisons*"（1903）中選錄的，與羅勃・海瑞克（Robert Herrick）等人的詩風相當接近，其中最有南歐古典風格的詩作就是這首〈春〉。此詩第三聯第三行可以解釋為謳歌有著雛菊的純白以及金鳳花的金色的野地之美。最末一聯開頭說的大概是指春天的碧藍天空

中，野鳩拍動翅膀飛翔吧。仔細熟讀的話，應該就可以清楚地了解名家苦心架構之妙處。

　　強森的這首詩，據傳是作於一八九一年。這位愛爾蘭詩人的詩風十分獨特，但也為眾人所熱愛，關於此詩當時的創作背景，我們仍然一無所知。

　　　　　　載於《媽祖》，第四期，一九三五年五月十日；又載於《臺大文
　　　　　　學》，第四卷第六期，一九四○年一月三日

關上的門*

作者　格里古瓦‧勒魯阿
譯者　矢野峰人
中譯　劉靈均

【作者】

格里古瓦‧勒魯阿（Grégoire Le Roy,1862～1941），比利時法語詩人，與莫里斯‧梅特林克（Maurice Maeterlinck,1862～1949）、喬治‧瑪律洛夫（Georges Marlow,1872 ～ 1947 ）、讓‧多明尼克（ Jean Dominique,1875～1952）以及托馬‧布拉恩（Thomas Braun,1876～1961）同屬該國十九與二十世紀之交的象徵主義詩人。具有代表性的詩集包括“La Chanson du Soir”（1887）、“Mon coeur pleure d'autrefois”（1889）以

格里古瓦‧勒魯阿像

及描述其個人經歷以及窮人苦難的“Le Rouet et la Besace”。另外也撰有短篇小說集“La Couronne des Soirs”（1911）、“Contes d'apres Minuit”（1913）以及“Joe Trimborn”（1913）。（顧敏耀撰）

【譯者】

矢野峰人，見〈秋日的果實〉。

在悲傷的時候就想起
我所懷念的那些人
今晚不再歸來
想起過往就讓我掉眼淚

懷念當時的日子
雖然我祈求新的撫慰

---

* 原刊作〈閉ざされし扉〉，作者標為「グレゴアル‧ル‧ロア」。

但我的兩手已然無力
甚至連額頭都抬不起來

然而，我聽到的是，在黃昏時分
沒掩上門的宮殿深處
應該是你所唱的
隱藏著顫抖的「疑惑」的聲音

啊，因屬有罪之身而不得其門而入
在門外的我等待著
你所唱的悲傷歌聲
所應該帶來的夢與赦免

是啊，來自遙遠的彼方
那聲音現在也回來了
就連那難忘的過去
曾屬於我的你也要回來了

我的心，如同老阿嬤一般
說著過往之事
安慰著我的你
影子變得如此深邃

悲哀而安靜的那個聲音
溫柔得令人煩惱
難道是悲傷的紡紗女孩們昨晚
在爐邊合唱的歌謠嗎？

載於《臺大文學》，第四卷第六期，一九四〇年一月三日

紡織過去[*]

作者　格里古瓦・勒魯阿
譯者　矢野峰人
中譯　劉靈均

【作者】

格里古瓦・勒魯阿（Grégoire Le Roy），見〈關上的門〉。

【譯者】

矢野峰人，見〈秋日的果實〉。

老婦轉動紡車
開始敘說往事
雙眼已盲的她
宛如老舊的人偶在搖晃著

白髮的老婦緩緩地
紡著黃色的苧麻
入神聽著那紡車
縷縷訴說著虛幻的事

右手轉動的是紡車
左手拿著黃色的絲線
老婦轉圈舞著玩著
興起了童趣之心

看著紡著的苧麻顏色
好像身上也染上了黃色一樣

---

[*] 原刊作〈紡ぐ過去〉，作者標為「グレゴアル・ル・ロア」。

老婦轉圈舞著玩著
好似隨著圓舞曲擺動

無聲的紡車轉動著
將苧麻紡成了絲
老婦好像聽到了
昔日戀人耳邊的愛的絮語

紡車停止轉動
老婦雙手無力的垂下
愛的回憶如同苧麻一般
如今都已被紡成了綿長的絲線

載於《臺大文學》，第四卷第六期，一九四〇年一月三日

給年輕人 [*]

作者　諾阿伊伯爵夫人
譯者　矢野峰人
中譯　劉靈均

【作者】

諾阿伊伯爵夫人像

諾阿伊伯爵夫人（Anna de Noailles, 1876～1933），法國著名女詩人。父親是僑居巴黎的羅馬尼亞人，母親則具希臘血統。從小深受法國文化的薰陶，十三歲開始寫詩，以詩集《訴不盡的衷情》（Le Cœur innombrable, 1901）和《白天的陰影》（L'Ombre des jours, 1902）成名，表達出對於法國文化與美景之迷戀。以後陸續發表的詩集有《眼花撩亂》（Les Éblouissements, 1907）、《活人和死者》（Les Vivants et les Morts, 1913）、《受苦的榮幸》（L'Honneur de souffrir, 1927）等。其詩作長於抒發感情，韻律和諧，而且富有節奏感。在內容方面則有對於美好事物的讚賞，對於愛情的嚮往，也有及時行樂的想法，此外，對於易逝的青春、無常的人生、終將面對的死亡，往往流露出不安、傷感、甚至絕望，特別在詩集《受苦的榮幸》中表達得更為深刻。在二十世紀法國文學史上頗具影響力，是第一位獲得法國三級榮譽勳章的女性，亦為比利時皇家學院的第一位女院士。其他作品還有小說《新的希望》（La Nouvelle Espérance, 1903）、《驚奇的面孔》（Le Visage émerveillé, 1904）、《統治》（La Domination, 1905），隨筆集《確實如此》（Exactitudes, 1930），回憶錄《我一生的書》（Le Livre de ma vie, 1932）。（顧敏耀撰）

【譯者】

矢野峰人，見〈秋日的果實〉。

---

[*] 原刊作〈若人に〉，作者標為「ノアイユ伯爵夫人」。

　　啊，年輕人啊！我在身上寫下這樣的文章，在這文章裡有我的齒印，正如孩子在蘋果上一口咬下的痕跡。

　　我，將攤開的雙手放在紙頁上，低頭嘆氣，彷彿行道樹間一陣狂風呼嘯吹過。

　　我將把它們留在這文章令人心疼的陰影裡 —— 我的眼神、我的額頭、還有我常被翻弄的那總是熱烈總是陶醉的靈魂。

　　我將把它們留在我的身上 —— 我容顏的太陽與它千萬縷的光，還有勇於想望豔麗事物的心。

　　我將把它們留在我的身上 —— 這顆心，這顆心的歷史，亞麻般的柔軟，還有我臉頰上的曙光，甚至是我這頭黑髮滿溢出來的墨綠色夜晚。

　　看哪！姿態何等悲哀的我的命運朝向我的身體走來，就連踏著何等悲哀的沙的何等悲哀的乞丐，它的裸足都勝過我的命運。

　　那麼，我將把他們留在我的身上 —— 平常我那會說故事的，有薔薇和果樹的花園，以及我那因此淚水無法流盡的哀愁。

載於《臺大文學》，第四卷第六期，一九四〇年一月三日

劇　本

相思病*

作者　莫里哀
譯者　浪華　無名氏
中譯　杉森藍　謝濟全

【作者】

莫里哀像

莫里哀（Molière, 1622～1673），本名讓・巴蒂斯特・波克蘭（Jean-Baptiste Poquelin）。法國喜劇作家、演員、戲劇活動家，亦為法國芭蕾舞喜劇創始人。莫里哀充滿人文主義的關懷，立志以戲劇改良社會風氣，他和柯奈（Pierre Corneille）、拉辛（Jean Racine）同為新古典主義三大巨擘，並常被稱為「法國的莎士比亞」。

莫里哀一生創作了三十多個劇本，演出過二十多個重要角色。他的喜劇的最大特色，就是直接嘲諷現實，具有強烈的時代氣息。直到今天，他的喜劇仍然是世界各國舞臺經常上演的劇目，著名的有〈塔圖〉（Tartuffe, 1664）、〈唐璜〉（Don Juan, 1665）、〈守財奴〉（The Miser, 1668）等。特別是〈塔圖〉主要在諷刺假冒、偽善的教徒，具有反宗教的意味，顯示出莫里哀的世界觀，如今上演的版本已經是多次經過修改的了。一六七三年於演出〈想像的病患〉（The Imaginary Invalid）時，在舞臺上倒下，隨即病逝。（趙勳達撰）

【譯者】

無名氏，應為居住在日本大阪的日籍文人，其餘生平待考。「浪華」即今日本大阪古稱。（顧敏耀撰）

一之一

地點在大阪的中船場，屋主是菅谷禮一郎，時間是下午三點左右。

---

* 原刊作〈花風病〉，作者標為「佛國モルエール」。

　　家住上町[1]，什麼事都想出頭的天野我太郎，年紀約二十五、六歲，穿戴衣領沾滿污垢的結城縞[2]的方格紋和服，茶色平紋絲質和服外褂，站在菅谷的家門口，脫掉中間凹陷處積滿灰塵的大阪帽，轉向後邊說：

我太郎　「銀七先生，你進來啦。」
　　　　站在後面的是吳服拍賣店的銀七，年齡大約在四十一、二歲，以中指前端抓著鬢角。

　銀七　「你先請吧。」

　　我　「不要太拘謹啦，那麼我先進去了。」
　　　　於是稍微打開格子門說：

　　我　「抱歉打擾，在下是我太郎」，進入室內，銀七也跟著進來，店裡的掌櫃苦著一張臉坐著。

　　我　「老闆在嗎？」
　　　　聽到我太郎的聲音後，掌櫃點頭甩下巴指向後面。

　　我　「是這樣啊，那麼對不起，銀七先生過來吧」，好幾次稍微彎腰地致意，兩個人通過隔間的深藍色布簾。
　　　　二人齊聲大喊：「老闆，午安！」
　　　　中央的房間內，繞著大暖爐，三個男人坐在那兒，最旁邊者是素以高價位針線鋪聞名的金次，年紀約三十五、六歲，穿著與唐棧[3]和服一樣裁縫的外褂，腋下挾持著綾羅紗圍裙，嘴巴叼著雪茄捲菸。

　金次　「嗨，銀七先生，我太郎先生也在啊，真是稀客，先上來吧。」然後讓出一點座位，旁邊有鈴木三郎，歲數約二十三、四。這個男人不像禮一郎說的那麼壞，他不斷想使用東京腔講話。

　三郎　「銀七先生，天野先生，難為您來，請上來吧。」

1　中譯者按：即今大阪市東北側的上町地區。
2　中譯者按：茨城縣結城地方產的條紋布料。
3　中譯者按：一種用細棉絲織成的條紋布料。

　　　然後將自己坐的棉布坐墊翻過來，放在上座。

　目前為止占據中央座位，跟兩個人談話的是老闆禮一郎，年紀約五十七、八歲，內穿河內棉[4]質的布棉衣，外穿縫綴毛領子無繫繩的絲質半身大外套，手覆上田大外套接近暖爐的邊緣，好像即使手掌破皮，也不要傷到煙袋鍋的樣子，將澱屋橋大煙斗敲打，認真地說：「你倆都在這裡啊。」兩個人趁禮一郎說話之際，擠進暖爐旁邊。

銀　　「在談什麼有趣的事吧，可以讓我們中途加入嗎？」
　　　銀七吸吮著煙管，我太郎則微笑著。
禮一郎　「不，並沒有特別有趣的地方，不過，我不說對你們無益的話，是吧，三郎。」禮一郎這麼說，看向三郎。
三　　「什麼跟什麼啊，現在剛好開始要進行叔叔例行的講解，你們也已經聽過了吧，是人類深奧的哲理。」
禮　　「不，沒有說到這麼艱深，雖然叫年輕人聽這些是有點不妥，不過，沒有像人的一生這麼奇妙的事情吧？」
三　　「果不其然，馬上就談到這裡。」
　　　三郎小聲地說著，大家都隱忍著不笑出來。
禮　　「對吧，我太郎。」這次話鋒轉到我太郎。
我　　「是這樣沒錯，仔細一想，人之所以活著的價值，不就是第一個不可思議的嗎？」
禮　　「啊啊，就是這樣、就是這樣，說這種話會被大家恥笑，不過我不喜歡被稱為文明開化的東西，為什麼這樣說呢，唉，從表面看起來感謝不已，實質上則是虛偽、矯飾。」
　　　然後眼神瞄向三郎的臉部，他被瞄到後。
三　　「的確是這樣的！」。
禮　　「讓我說的話，這當中不是沒有謊言與掩飾的，比較少見的就

4　中譯者按：日本河內（今大阪府的東部地區）所產的棉織品，質地堅固，常用於和服腰帶的配件、布簾以及布襪的內裡等。

是，嗯，寺院的和尚，這些和尚所說的話是不可靠啊，你聽和
尚所說的話看看，雖然他說人的不幸一定有其緣由，但事實上
無緣無故就會來臨。簡單地說，我老婆就是這樣子，非常可憐
地因中風而猝死，但是她跟我不一樣，她既有很深的慈悲心，
又富有人情味，信仰神明，還是這麼走了。所以寺院也不可靠
的，雖說善有善報，但是沒有善報所以說不通。」

銀　「請問，老闆，你，怎麼說呢，您太太死的時候，當時您想再
娶幾個繼室呢？」

　　銀七說出如此驚人的話語，大家面面相覷，苦笑他怎麼這麼殘
忍。

一之二

禮　「不過，不是很奇怪嗎。直到現在每每想起內人的時候，雪珠
般的眼淚依舊會決堤。哎，生性如此。或許你們覺得應該不會
有這樣的事，但淚水就真的決堤了，不是很奇妙嗎？可是，在
她生前，我看不慣她的所作所為，三天兩頭就吵架，曾經因為
如此，也給我太郎先生、金次先生添麻煩，但是在她先離開之
後，當時看不慣的事情，現在都會覺得很好。唉，實在是很不
可思議。」

金　「可是現在還在世的話，夫妻仍然會吵架吧。」

禮　「哎，不就是這回事嘛。哇哈哈……。」

　　禮一郎落寞地笑著。在座所有人也跟著笑出來。

禮　非常擔心地環視在座所有人：「不過呢，託大家的福，還有我
的女兒阿新。所以能夠忘記痛苦，但是，仔細一想，有孩子也
有好處、壞處，心理上可以依賴子女，但是會有毫無間斷的辛
苦，特別是，眾所週知我的女兒很內向，連身為父親的我，都
沒能跟她好好地說話。這也是她的天性，也無可奈何，但她最
近病得恍恍惚惚，總是睡覺，連我的面也不想見。又不是住什

麼其他國家，而是住同一個屋簷下呢，哪有一天見不到一次面的父女啊！然而，若我嚴格地說起來，萬一我女兒發生什麼事也不好，所以我想要多少早點讓她的身體恢復健康。這應該也是所謂的溺愛子女的父母，這就是煩惱啊。啊，想跟你們商量一下，有沒有讓女兒心情開朗的方法。」

金　「老闆，這等事何足掛慮。讓令嬡心情開朗，輕而易舉，小事一樁。」

禮　「咦？有好法子嗎？」

金　「沒有特別的手段啦，年輕人總想要打扮一下自己，沒有比接連購買戒指或簪子送她更好了。如此一來，任何人一定都會喜不自勝。啊，你就當作上了我的當，買個什麼東西送給她吧，以鑽戒的價值，買你女兒的笑顏，這樣想來，也很划算呢。」

禮　「果然如此，好主意。」

　　禮一郎被金次的話吸引。銀七也探著身子。

銀七插著嘴說：「金次先生，說得好啊。不過，只買戒指或簪子是不行的，把繡有珍奇花樣的衣帶和堆積如山的布匹當中，從中挑選小姐中意者送她。如此一來，她的病不會治不好的。」

我太郎以滿腹道理的語氣說：「不，如果我是菅谷先生的話，我會這麼做。深度探尋小姐的病灶，將最近提到要結親的男人收為義子。若非為愛情而愉悅，不算真正的痊癒。」

三　「不不，我的說法恰巧和天野君完全相反。由於阿新小姐不是非常健康的人，所以無法像一般人一樣地結婚。因此讓她嫁一位丈夫，然後為了想看到長孫的容貌，說不定反而讓重要的阿新小姐踏進墳墓裡。考量到數十、百年之後，阿新小姐還能性命無虞，出家當尼姑不就是一個有利的方策嗎？除了成為尼姑以取得宗教上的安心之外，沒有更好的辦法。」

禮　「啊呀，忠告建議一樣一樣來了，我不勝感激。金次先生建議購買戒指或簪子，銀七先生建言運用絲織品也是言之有理。由

衷感謝啊。我太郎先生的話語我也能夠充分理解。連三郎都同
樣地說，讓女兒出家，這是好主意啊，讓我的繼承人成為尼姑
的話，血脈只剩下你而已，所以你應該很高興吧。」
大家面面相覷苦笑不已。

二之一

地點在阿新的病房，時間約上午九點左右。

奶媽理世，年齡約三十八、九歲，老油條似地看起來像四十歲左右。腦
杓稀疏的頭髮紮成一個裹形結，粗製的絃柱狀簪子。穿著綴縫毛棉交織緞子
襯領的茶色平紋絲質和服，繫著寬幅廣東絹布筒狀腰帶。把手摸著額頭，偶
而喘著粗氣。

理世　「小姐，您高興一點吧！」

　　　阿新小姐芳齡十七、八歲。身材短小玲瓏，容貌稍微有點令人寒
　　　毛豎立的感覺，披著繡有花樣、淡灰色襯領的長襯衣，鬆鬆地綁
　　　著鹿皮斑點花紋的腰帶，披著印有三色紋碎花縐綢的短外褂。坐
　　　在棉被上發呆，為防止瀏海散落，插著鱉甲殼製成的梳子。

新　　「妳說那樣，我也……」

　　　此時主人禮一郎打開糊紙的隔扇，只插嘴說：「怎麼樣了？病
　　　情……」

　　　理世回頭看說：「啊，老闆，請進。」接著以現成的坐墊重新鋪
　　　設。禮一郎進入就坐。

禮　　「多美好的天氣啊，晴朗無雲。」

理　　「真是個很好的天氣哪。小姐的心情不錯的話，去浦江遊玩。」

禮　　「對啊對啊，女兒要早點痊癒，去看戲才行，怎樣？」擔心地瞧
　　　著女兒，阿新小姐只是一味地低頭而已。

禮　　「這樣吧，今日心情好一點嗎，不用隱瞞啊。心中有什麼話不要
　　　客氣要跟老爸講。可以嗎？一個人想不開，也不能解決事情啊。
　　　聽好，把話說出來啦。哪，這樣不是很好嗎？」

理　「就是說啊，無論如何都不用客氣，就這樣說出來吧。」理世看著阿新的臉。阿新只是沉默不語。

禮　「或是那個，你打算讓我擔憂到死為止嗎。不至於弄到那麼可怕的打算吧。那樣的話就無須隱瞞。若是有任何擔心的事情，如此這般，打開天窗說亮話吧，妳說的話我都不會嫌棄。咦，怎樣啊！究竟怎麼了，是想穿著漂亮的衣服嗎？咦，不是啊。那麼，想要不同款式的髮簪嗎？這也不是嗎？那妳到底想要什麼東西啊？說說看，我和你不是父女嗎？父女之間不用客氣，痛快地說出吧，還是妳有何不滿？想要去學校讀書嗎？也不是的話……想學習某種好玩有趣的琴瑟樂器類嗎？若是如此不成問題啊，隨時都能幫妳叫法師過來。咦，我已經說了這麼多了，我不明白妳為何還沉默不語。阿新哪，妳要什麼……那個……還是……或是喜歡某個男孩嗎……？」話說到一半便閉口不語。阿新小姐臉上忽然如染色一般。

二之三[5]

理　「老闆，不對啊，不是這樣的。」

禮　「我不想聽。氣死我了。她盼望父親擔憂得要死不活，……真荒唐、真荒唐啊。」

理　「不是那個樣子……那個，該怎麼說較好。那個……。」

禮　「不、不，我不要理這個女兒了。」

理　「老闆您這樣說可是……。」

禮　「不是，聾障。我不管了。」

理　「是這樣子的，但是……。」

禮　「不！忘恩負義的畜生，沒什麼好說的。」然後，站起來。

理　「不是這麼說的，小姐是那個……。」

5　趙勳達按：原稿闕漏「二之二」這一回。

禮　「不管怎麼說她就是個不明事理的傢伙。幫我拿去丟掉，我再也
　　不管了。」

理　「不是，並不是不明事理。她非常明事理呢。」

禮　「不！不明理。」

理　「那個是很明事理呢。」

禮　「不！不明理，不明理。」

理　「沒有不明白事理，小姐啊，由於姑爺……。」

禮　「不，我不想聽，什麼也都不想聽。」

理　「我也，把那個姑爺……。」

禮　「我不要聽了。說不想聽就是不想聽了。你這個傢伙也太囉嗦
　　了。」禮一郎一邊責罵一邊走出去。理世含怨似地送行。阿新小
　　姐傷心地哭泣著。

理　「真的什麼跟什麼嘛。不知跟他說了多少次真話，沒有比不想聽
　　的人更像聾子的。」

阿新　「奶媽，我怎麼辦，我怎麼辦？」

理　「現在才說這些，是妳的錯啊。先不說別的，連對我都隱瞞，太
　　見外了吧。」

新　「你雖然這麼說，但不跟你說也沒關係吧。因為這是我的內心
　　話，就算一輩子都隱藏著也沒有任何意見吧。」

理　「雖然這麼說沒錯……。」

新　「嗯，事到如今，所以我會跟妳說，因為他是我朝思暮想的人，
　　所以我請我朋友當媒人，跟父親談婚事，但……。」

理　「啊，原來如此啊。我一點都不知道。」

新　「但結果父親很委婉地拒絕了，我不想活了。」

理　「嗯，是那樣啊。如果是那樣的話，乾脆跳過媒人直接將妳的心
　　思毫不隱瞞地跟老闆明說不是比較適當嗎？」

新　「不過這種事情叫我怎麼說出口？」

理　「這麼說，什麼？您到現在仍然想著那位？」

新　「也不是這樣……，我如果是個可以隨意出嫁的身分，現在立刻就飛奔到那個人的身邊。」

理　「那還是想著他啊。」

新　「可是，雙方沒有約定。對方雖然沒有說出任何話，但我第一眼就知道他是溫柔親切的人。對方啊，對方體察我的心情，請朋友去找我父親，我也實在是無比的高興。」

理　「那樣的話，小姐，這件事就包在我身上。咦，妳對我隱瞞至今，我是有些抱怨，不過妳的期盼我一定協助實現，妳也要牢牢記住我所說的話，我有些辦法，可以嗎？」

新　「但是，怎麼說。無論何事只要父親說不行的話，就沒有轉圜餘地。無論你怎麼勸說，也無法讓父親大人勉強同意吧。」

理　「我就跟妳說嘛，妳若像貓兒一樣任由令尊自由擺佈，什麼都不能做，所以若想要實現期望的話，連稍微難以啟口的事情也要說出來，妳已經到了適婚年齡，不管怎麼說令尊也不會把你當成木雕，就當作是上我的當，將事情委由我處理就好了嘛。」

新　「那樣父親大人……。」

理　「就這麼決定了，妳又不用親自出馬，包在我身上就行了。」然後理世勉強讓阿新同意。阿新很擔心地點頭。

三

地點在菅谷家簷廊，時間是黃昏。

禮一郎跟上回一樣佇立在簷廊，看著眼前的盆景自言自語：

「事情也要適可而止啊。太拼命的話，以後一定會造成不上不下的結果。有一天，有個傢伙來跟我提親，要娶我們阿新，我一言駁回他的要求。那樣對他應該算不了什麼吧。說什麼要準備一筆錢，也不是普通的操勞或困難，說養育一個女兒也不是什麼很勞神的事情。對於跟我伸手要女兒的傢伙，以及規定非得讓女兒嫁出的這個社會，我都無法理解。不管這社會如何，我不會讓女兒嫁出去的。怎麼能讓她嫁出去啊！我是不會讓她嫁出去

的，絕對不會，不會讓她嫁到任何地方。」

　　此時，奶媽理世發了瘋似地從院子的小門跑進來，奔跑過盆景前，不看禮一郎的臉說：「不得了了！不得了了！老闆到底在哪裡？」

禮　「她說什麼啊，簡直是跟瘋子一樣嘛。」

　　理世仍然繼續跑著說：「啊！不得了了！真可憐啊！如果聽到這樣的事情，到底會怎麼樣呢？啊！不得了了！」

禮　「還在說那些沒用的事。」

理　「太可憐了！小姐太可憐了！」

禮　「妳說小姐。什麼意思啊。」

理　「啊，好累啊。」

禮　「欸，奶媽，妳說什麼啊？」

理　「不得了了！」

禮　「奶媽！」

　　理世停下來，說道：「啊，好累啊。啊⋯⋯」。

禮　「妳怎麼了？」

理　「喔，是老闆嗎？」

禮　「妳說什麼話，妳到底怎麼了」

理　「不得了了！小姐她⋯⋯」

禮　「什麼？」

理　「小姐她⋯⋯」

禮　「妳快說！怎麼了？」

理　「是不得了了！因為你說那種事，小姐變得很沮喪的樣子。悄悄地去後院的井臺旁邊。」

禮　「嗯。」

理　「那個，很悲傷的樣子看著天空。我也嚇了一跳，問她怎麼了，她說：『因為父親那麼生氣，所以我不想活了』，她竟然這麼說啊。」

禮　「嗯嗯。」

理 「我跟她說，這麼說也沒用什麼的，然後帶她去客廳，之後不知
　　不覺之間，老闆，發生不得了的事情啊。」

禮 「怎麼了？我叫妳快說啊。」

理 「她的臉色突然一變，眼珠骨碌碌地旋轉，軟綿綿地倒在我的懷
　　裡……」

禮 「咦？我女兒……」

理 敲打著胸口說：「我覺得，那情況很不好，所以我在找老闆啊。
　　趕快想辦法吧。啊，很累，啊，很累。」。

禮 「這些事情，為什麼不早點告訴我啊？糟糕啊，糟糕啊！」

理 「所以，趕快想辦法……」

禮 「你說想辦法……長松、長松、長松啊！」叫學徒工。長松慌張
　　地跑過來。

長 「老闆，有何貴幹。又是鼬鼠在盯著金魚嗎？」

禮 「不是那樣啦，來，趕快！」

長 「您說趕快，趕快去哪裡啊？」

禮 「欸！你這個慢性子的。趕快去找醫生啊！去叫醫生過來。多叫
　　一些來。好嗎？知道嗎？」

長 「好，知道了。」長松跑去了。

禮 「啊！不得了了！奶媽，怎麼辦？」

理 「連老闆都這麼說，也沒辦法啊。」

禮 「是嗎。那麼，我什麼都不說。啊，傷腦筋啊。希望醫生趕快過
　　來。」
　　擔心得眉頭深鎖。

四之一

地點在同一家的客廳，時間是黃昏。
禮一郎要進入內室。理世從後面叫住他。

理 「老闆，老闆！」

禮　「什麼事啊？」

理　「醫生來了嗎？」

禮　「只有請到四位，現在在裡面」。

理　「您怎麼叫四位醫生呢？要殺人一個不也就足夠了嗎？」

禮　「豈有此理。四個人不是總比一個人說的還正確嗎？」

理　「話說如此，老闆，您若要殺小姐的話，何必請那些人？」

禮　「蠢蛋！哪有醫生會殺人。」

理　「老闆說那樣，看醫生得救的人連一個都沒有。」

禮　「說什麼蠢話！每個醫生都很高尚優秀呢。」

理　「您仔細地想想。就最近的事情，您看我家的貓咪就知道了，不是嗎？牠從屋頂摔下來，長達六天都沒有進食，幸運的是沒有醫生的診療才能夠自助痊癒。若是醫生插手此事的話，如讓牠腹瀉啦、抽血啦，早就把牠殺死了。」

禮　「豈有此理，話不是這樣說！」

理　「哪，老闆，當今的醫生只喜歡金錢而已，希望早些拿到診療費。有錢拿的話，連不治之症都跟您說可以痊癒的。」
　　禮一郎苦笑著進入內室。內室的客廳有四位醫生正經八百地並排著。

禮　「在坐的各位大夫，不辭辛勞感激不盡。」
　　醫師富田金策，三十七、八歲，蓄八字鬍，穿著黑色七子五紋的外褂。胸前的金項鍊閃閃發亮。

富田　「老闆您好，氣色和往常一樣令人不勝愉悅。」

禮　「小女的病情到底怎麼回事？」

富　「那麼嘛，以我的注意與耐心，來精細地看診的結果，確實是。這個，什麼……那個，我想有不乾淨之東西侵蝕她的體內，沒有錯。」

禮　「咦，這樣看來，你說小女就是不潔囉？」

富　「不，不是那樣。小姐的身體內累積不乾淨的東西，這些東西已

經腐壞了。」

禮　「是……」

這個時候理世進來，和富田四眼相對。

理　「大夫啊，謝謝您來出診哪。」

禮　「喂，奶媽你認識大夫啊。」

理　「嗯，認識啊。不久前在我的姪女家啊，對吧，大夫。」

富　「是的，確實認識的。對了，那個時候的病人後來怎麼樣了？」

理　「大夫，她死了啊。」

富　「什麼？死了？」

理　「對啊，雖然大夫您說不要緊的！」

富　「不會有這種事。這種事……」

理　「就是死了嘛。」

富　「沒有道理會死的啊。」

理　「不過大夫，都死掉的了還有什麼辦法。」

富　「那是你搞錯了吧？」

理　「太扯了吧，沒有人會搞錯姪女的死活吧？」

富　「不，怎麼想都不會有這種事發生。從希波克拉底（古代希臘大名醫之名[6]）所著作的醫書來看，得那種病也不會死掉。」

理　「那到底是怎麼回事？還是希波克拉底說奉承話呢？」

禮　「奶媽，安靜一點。各位大夫，小女的病情到底是怎麼一回事？」

四之二

醫生松島道正，年紀約五十二、三歲，白髮。

松　「既然如此。由於各位都已診察過了，現在打算開始互相商議討論，診斷病情。」

6　編按：即Hippocrates。

禮　「是這樣子啊。那麼，拜託你們多多關照。不知道有無違背您們
　　的規矩，但怎麼說我都是個老人家，如果到時候忘記就不好了，
　　所以，現在就奉上診療金，懇請地拜託你們。」
　　然後給予每個人各一包紅包。每一位醫生都浮現異樣的臉色。禮
　　一郎與理世行禮後退出房間。四位醫生好像事先約好似地咳嗽。

松　「大阪這地方真大啊，像我們有很多事情的人，要東奔西跑很令
　　人困擾。」

富　「確實如此。雖然我們的車伕都很能奔走，不過每天以這樣的路
　　程來說的話，大概也無法讓人信賴吧。」
　　醫師鐵野呆庵，年齡約三十一、二，穿西服，戴金錶。

鐵　「我也巡迴不了各病患的家，所以這次想要買一輛腳踏車。故不
　　需要車伕、馬伕了。他們在患者家所收的小費，將悉數入我口
　　袋。」

富　「啊，果真如此。這是最近新的發明嗎？我原本還想飼養馬匹
　　呢，比起馬來腳踏車更好，遇上急症病人的時候，感覺特別地好
　　用吧。」

松　「不過怎麼說呢，騎腳踏車應該無法爬上斜坡吧。」

鐵　「沒有錯，其實，我也是因為這樣才猶豫不決。你們也知道，我
　　的病患家位於上町地方居多。」

富　「不不，雖說是腳踏車，還是可以騎上坡道，我昨天親眼看到，
　　而且真的跑得很快。」

松　「哎，真的能騎上斜坡嗎？這樣看來，真的非常方便呢。但是它
　　的售價應該很昂貴吧？」

富　「嗯，好的要價四、五百圓。」

松　「四、五百圓！」

鐵　「稍微高一級的要六、七百圓。」

松　「六、七百圓！」

富　「還有更高檔的呢。事實上前些時候，我先前的病患家裡就買

了，八百九十二圓三十錢零八厘。」

松　「八百九十二圓三十錢，零八厘……，未免太不符合經濟效益了吧！」

醫師山中閑齋，約四十三、四歲，禿頭。

山中　「騎腳踏車和騎馬，哪一個比較困難？其實我也必須要買腳踏車或馬匹呢。」

富　「這樣啊，還是馬比較難騎。」

山　「還是馬嗎？」

鐵　「不不，富田君此言差矣。騎馬就像操控小孩子一樣，簡單的很。至於腳踏車，不是這麼回事。」

富　「不，不管怎麼說，那是馬匹的事，實際在宮內省也……」

鐵　「不，就是你說這種不明事理的話才令人困擾。宮內省和馬匹有什麼關係呢？腳踏車很難騎的證據在哪裡？任誰都知道技術不好會從車上掉下來吧。」

富　「不對，若是有從腳踏車上跌下來的人，必須要說，也有人會從馬上跌下來，事實上我的……」

鐵　「先等一下嘛。請先靜一靜聽我說。」

富　「不！還是先聽我說。」

鐵　「不！我先……」

富　「不！我先……。」

鐵野、富田兩人爭吵到額頭直現青筋。松島出面仲裁調解。

松　「這下糟糕了，兩位到底怎麼了。好啦好啦，先等一下嘛。」

四之三

鐵　「不！我不等。我堅定地相信自己所認定的……」

富　「固然心裡沒有深信的事，不會說出這些話。鐵野君，明白吐露己見吧！」

鐵　「理所當然的事。本來腳踏車這種東西，就是舶來品……。」

松　「啊，發出那麼大的聲音，屋子裡的人……」

鐵　「不，別管那麼多。我不怕屋子裡的人，是怕被病家瞧不起，被認為歪曲了自己信念……，我頗為深感羞恥。」

山　「這個，鐵野君，到底怎麼了呢。富田君也太不夠成熟了。不像你的人品，竟然還把袖子捲起來……，先等一下嘛。」

富　「不，我不等。原本腳踏車這種東西。就是舶來品……，請您發表接下來的高見吧。」

鐵　「好啊，我怎麼會不說呢。本來就是舶來品，而且進入我國的時日尚淺。」

富　「當然時間很短。然後……」

鐵　「然後那個……，反之。」

富　「反之……。」

鐵　「本來馬匹這種東西。」

富　「本來馬匹這種東西。」

鐵　「說到馬匹則頗為久遠。如過去的日本武尊[7]……。」

富　「日本武尊已經是……，然後呢。」

鐵　「然後……。」

富　「接下來呢。」

鐵　「然後……。」

富　「你要說的只有那些而已嗎？」

鐵　「不是，（滿臉通紅地擦拭額頭上的汗水）因此國人騎腳踏車絕不……。」

富　「是這樣啊，我國的人騎腳踏車的事情，然後呢？」

鐵　「因此無法像騎馬一樣能夠熟練。」

7　中譯者按：日本武尊是日本古代的傳說英雄，為景行天皇之皇子，本名為小碓命，別名為日本童男，曾奉天皇之命征討熊襲，後鎮壓東國，歸途於駿河以草薙劍平定野火之難，於走水海因妃弟橘媛的犧牲得以倖免，後征討近江伊吹山之神時染病，在伊勢的能褒野逝世。

富 「原來如此，然後？」

鐵 「其道理豈非明若觀火？」

山 「哈哈哈哈。」

松 「哇哈哈哈。」

山中與松島捧腹大笑。鐵野快要氣炸了。

富 「你要說的都說完了嗎？」

鐵 「是那樣沒錯，所以呢……。」

富 「明白了。但是，沒有講到重點。是因為，雖然馬匹從上古已有
的東西，但騎乘它……。」

這個時候禮一郎進來。富田嚇了一跳，閉上嘴巴。另外的三個人
和先前一樣假咳嗽。

禮 「喂，看來病情不怎麼好。你們商量出來了嗎？」

富 「我們現在才談好而已，……，松島大夫，您因為年歲較長，請
您對老闆深刻地說明，拜託了。」

松 「不不，這就拜託富田君了。」

富 「不，不可從我們這些年輕者的嘴巴說出，那麼山中大夫，您說
吧。」

松 「那麼鐵野大夫……。」

鐵 「不不，從松島大夫開始。」

禮 「喂，實在有點失禮，雖然有你們之間的禮儀規矩，不過還有病
人在等待著，所以由誰先開始都沒關係，只想早點聽聞情形如
何。」

富 「嗯，應當如此。此話有道理。本來小姐的病情……。」

禮 「是的是的！」

松 「那個，是這樣的。據各位大夫的說法」

鐵 「在這裡經過種種協議所評估的結果。」

山 「照著醫學上的原理來觀察，那個……。」

禮 「實在很抱歉，仰賴您解釋地明白些……哪，……。」

富　「好的。首先我們診察的結果，發現血液有很大的問題。由於這
　　個緣故，覺得早日抽取一部分壞血最為上策。」

鐵　「現在正如富田君所說的，令嬡的病情也就是血液的敗壞，其原
　　因乃是血液過多所引起的。因此，要根治它的話，需用催吐劑，
　　除非清除其中不好的體液，別無他法。」

富　「這種說法很令人吃驚。依照鐵野君的說法，使用催吐劑來去除
　　敗壞的血液，從古至今所有的醫書當中沒有看過。」

鐵　「我確定如果抽取一些血液的話，保不住小姐的性命。」

富　「講成這樣，如果是想要報仇腳踏車的事情的話，恐怕很難呢。
　　而且實際上，老闆現在非常困惑哩。」

鐵　「不，豈有此理。不管您怎麼說，我只吐露來我所堅信的事。」

四之四

富　「那個，因為你的固執，二、三天前不是將一位病患害死了
　　嗎？」

鐵　「怎麼會說這麼奇怪的話。我什麼時候害死人了？您也曾誤診現
　　在的妻子，把盲腸炎的病痛診斷為懷孕呢……，每個月定期服用
　　藥物，最後終於害死她不是嗎？」

富　「不，這是非常意外的攻訐，不能置之不理。」

禮　「啊啊大夫。那樣我會很困擾。我會困擾，所以……。」

富　「果然如此，老闆您這樣說也很有道理。那麼我什麼都不說。只
　　是若想要令嬡的病情痊癒的話，早些將壞血抽掉，我只要講這
　　些，我的義務也到此為止。再見！」這麼打聲招呼，富田金策怒
　　氣沖沖地離去。

鐵　「我也只說，還是早點服用催吐劑較為合適。如果錯一步的話，
　　要看小姐悲傷的最後一面了。在座各位，告辭！」
　　然後，鐵野呆庵也氣鼓鼓地離開。禮一郎不禁呆然。

禮　「這樣的話真的很困擾。山中大夫、松島大夫，該如何做比較恰

當呢？」

松　「嗯，這種事情絕對不是能草率決定的事情囉。但操之過急也會誤事。稍不留神犯錯後，再大費周章也無濟於事。對此症除了依據醫書治療別無他法啊。」

山　「就是這樣，就是這樣，在這種情況下，無論如何，應該也要謹慎地診治啊。仔細地診察確定病人的情況，再對照理論與經驗，還有仔細斟酌重病潛伏的緣由，再來對症下藥也不遲，我是如此認為哪。」

松　「山中大夫真不愧是老手啊。說出事情的重點。像剛才的大夫們，又不是小狗吵架，亂吠一通的話，事情往往沒有進展。總之，忘記患者正在等候著這件重要事情，實在是很不體貼。依我仔細的診斷，小姐的病灶已變成慢性病。置之不理的話病情會漸漸惡化。因此我想，像煤灰的穢氣含有濕氣，經常刺激腦部。所以頭部會覺得很沉重。這種濕氣在希臘方言稱作阿托莫斯。所謂的阿托莫斯在日語稱為血液凝固，凝結的血液如今在腹部下方累積黏著。因此引起下腹疼痛。哪，山中大夫，是這樣子的吧。」

山　「沒有錯，這種濕氣稱為體液。此種體液會隨著身體的成長而增多，到最後凝結而衝到頭上。總之要特別小心這種疾病對令嬡的嚴重傷害。」

松　「假使想要讓小姐病情痊癒的話，為了刺激，用很有效的瀉劑，再給予鎮痛藥。詳細地說，就像浣腸之後，再使用清洗劑一樣，無疑必有成效。」

山　「哈哈，果真如此。那麼就做一次看看。還需要的話，就重複幾次來做吧。」

松　「嗯嗯，就那麼做吧。做到這種程度若還是過世的話，天意如此毫無辦法哪。」

山　「是啊。就依松島大夫的處方，治療看看如何？……。」

禮一郎仍然無法理解的樣子思考。

禮　「也對啦。松島大夫的預定方法是先服用瀉劑這類藥，小女的病
　　情就會痊癒嗎？」

松　「那是，經驗的累積。如今就像先前告知的盡人事聽天命，如果
　　命中註定的話也是不得已。氣數如此，只有看開達觀一些別無他
　　法。」

禮　「這麼一來，照您的方法也無法估計一定可以治癒嗎？」

山　「嗯嗯，大概這樣。」

禮　「這樣感覺一點都不可靠啊⋯⋯，我也認真地思考之後，重新再
　　次地拜託你們。」

松　「那麼就這樣吧。你不願意的事情，我們也勉強不來，所
　　以⋯⋯。」

山　「好吧。不然的話下次再來吧。哪，松島大夫。」

禮　「此事拜託您盡力幫忙。」

松　「嗯，不用急。好好考慮吧。」

山　「先告辭了。」

　　然後，故作莊重地領受診療費的紅包，二個人倉皇失措地離去。

禮　「這是什麼呀。很像作夢一樣的事情啊。」

五之一

　　地點，菅谷宅的中庭。時間正午前。

　　年輕紳士栗本丹次郎，是個年紀約二十二、三歲，膚色偏白，眼睛炯炯
有神的好男士。穿著黑羽兩層五種花紋的外褂，二件鹽瀨條紋花樣薄爽
衣[8]，腰繫斑爛錦緞腰帶。戴金錶與鑲寶石的戒指，手持法蘭西絲絨帽，恭
恭敬敬地行禮。奶媽理世出去迎接的時候，故意用手撐著。

理　「大夫是您啊。難為您來此地啊。請進。」

丹　「是，是，是。」邊說著邊壓低聲音。

8　中譯者按：爽衣是最內層的單薄和服。

丹 「怎麼樣。這樣子看起來像醫生吧。」

理 「真是有模有樣！就像隨處可見的大醫生呢。」

丹 「是嗎？沒問題嗎？老闆也不會發覺出來吧？」

理 「怎麼可能會發覺呢！其實他一直等你來這裡，不知道等多久呢。我幫忙講話算不了什麼，但是，眼見兩個互相喜歡的人，擔心到生起病來，我無法袖手旁觀。所以到現在都很煩惱，不過倘若你願意來這裡的話，我想，小姐也可以躲過老闆那可怕的監視，投入你的懷抱，所以沒有比這個更令人高興的事情呢。這個手段不行的話，再換別的方法，我會努力實現您和小姐的願望。在這稍待一會兒，我現在就去叫老闆出來。」

丹 「啊，知道了，知道了。」

丹次郎一臉正經地揮著扇子。理世跑進屋內，禮一郎的眼睛直眨著，和理世一起出來。

理 「老闆，真是值得高興呢！」

禮 「什麼啦，有啥事情？」

理 「您也高興一點。」

禮 「此話怎講？」

理 「喜事臨門了。」

禮 「喜事？什麼喜事啊？」

理 「雖然不是從我的嘴巴說出來的喜事，但沒有比這個更好的事呢！」

禮 「到底是什麼啊？」

理 「猜猜看！」

禮 「所謂的喜事，賺大錢吧！」

理 「您真糊塗啊。您啊，小姐生病了不是嗎？還說那麼無憂無慮的話。」

禮 「那個嘛，所謂的喜事除賺錢，再沒有其他了。」

理 「怎麼說這種話呢。真是太糊塗了。」

禮　「那麼，是什麼呀，妳說說看。」

理　「是你會開心的事情呢！跳個舞來看看。」

禮　「唉呀呀。小女還在生病哩……。」

理　「是的，是這樣子沒錯的。但您若是跳舞的話，小姐的病會因而痊癒。」

禮　「什麼？小女的病情治癒。那麼我就跳舞囉。祝大家青春永駐，祝國家昌盛。從明天開始可愛的新年……真是可喜可賀。叮鏗、叮咚、叮咚、鏘、鏘、叮鈴鈴，賣藝的姑娘，賣藝的姑娘喲，京都老街的賣藝姑娘喲[9]……唉，好累……。」

理　「小姐的病情可以痊癒。」

禮　「因為跳舞的庇蔭嗎？」

理　「雖說不是這樣子，我帶來大阪，不，不是大阪的層級而已。而是介紹日本第一的大醫生……。」

禮　「咦？那值得一聽喔。」

理　「這位醫生哪，真是個好樣的。絕不像富田、鐵野這樣的庸醫。」

禮　「真的，那這位現在何處呢？」

五之二

理　「您看！他已經來這裡啊。」然後指向丹次郎的方向。丹次郎擺架子。

禮　「啊，那一位嗎？果然如此。是個眉清目秀，俊俏的人哪。」

理　「怎麼樣？很好吧，他其實比外表看起來還要能幹呢！」

禮　「應該是吧，應該是吧。非常出色的人呢。」
　　　理世接近丹次郎的身邊。丹次郎更加地裝模作樣。

理　「大夫！請進來吧。」

9　此為日本傳統舞蹈「地唄舞」所用的歌曲〈萬歲〉之歌詞。

丹　「哈，哈。」

禮　「啊，大夫。這邊請進，勞煩您了。」

丹　「不！不客氣……，今天首先……。」

理　「啊，這樣的事情，隨便就好啦。大夫不要光站在這裡，請進來
　　裡面。」

禮　「啊，這邊請進。」

丹　「那麼，打擾了。」

　　然後，三個人進入客廳座席。丹次郎很緊張地坐在對面。理世、
　　禮一郎也跟著就座。

丹　「今天的天氣真好啊。」

禮　「天氣真的很晴朗，大夫您府上哪裡？」

丹　「我住在八軒家。」

禮　「八軒家，咦？在八軒家。」

丹　「不，在九軒町。」

禮　「咦？在九軒町。」

丹　「不，在十二軒町。」

禮　「嗯？十二軒町。」

丹　「不！實際上在五十軒町宅邸一。」

禮　「五十軒町宅邸，在那個北桃谷嗎？那邊應該很清靜，很好
　　吧。」

丹　「不，還好啊。」丹次郎開始擦汗。

理　「哪，老闆，年紀雖然很輕，不過若是接受他醫治的話，沒有什
　　麼疾病不能被治好。」

禮　「哈哈，看來醫術頗為高超。」

丹　「不，蒙受此等褒獎，深感惶恐，事實上我的療法和其他醫生稍
　　有不同。他人所使用的催吐啦、瀉劑啦、抽放血啦，我絕對不
　　做。偶爾雖然會運用一些藥物，但多以話語來治療。」

禮　「欸，果然如此。」

丹　「這是我的秘訣所在，當非言語不可之時，也有時用護身符啊、
　　戒指啊這樣的物品來行巫術。」

理　「老闆，很奇妙吧！」

禮　「欸一，這是很稀奇的療法。」

理　「哪，老闆。小姐的頭髮已經「說」好（大阪地方將「頭髮梳理
　　結辮」稱作「說髮」，「結」字訛誤成「說」。「火災」訛誤成「參
　　事」等這類因方言而誤音者），穿著整齊，在客廳待著，所以我
　　去請她過來一下嗎？」

禮　「啊啊，這麼做，會不會對病情有所妨礙啊？」

理　「應該沒有這回事，老闆，即使有所妨礙，大夫會治好的。」

禮　「那麼請帶小姐來這裡吧。」
　　於是理世退到隔壁房間，然後丹次郎靠過來，突然握住禮一郎的
　　手把脈診察。

禮　「您，要對我做什麼？」

丹　「啊啊，看您的脈博，就知道令嬡的病情非常嚴重啊。」

禮　「您，為什麼會知道？」

五之三

丹　「這是我自己領會的一個方法。從親子之間來看，不可能不知道
　　這些事。」

禮　「欸一，真的很不可思議啊。」
　　禮一郎愣住了。理世牽著阿新的手走出來，和丹次郎稍微對看，
　　裝做素昧平生地將身體轉向側面。

理　「啊，小姐，請在大夫的旁邊坐下來。」
　　阿新默默無語，低著頭。

理　「請放心地靠在旁邊吧。」

新　「那個……。」

理　「妳，不想被診治嗎？對大夫不用太過掛慮。」

　　然後強行推向另一邊。阿新用手碰一下丹次郎的側邊，霎時滿臉通紅地坐下來。

新　「奶媽，討厭……。」

理　「欸欸，都是我不好。哪，老闆，一起去另外一邊吧。」

禮　「又怎樣了，在這裡好好的不是嗎？」

理　「才不好呢。大夫要問小姐，別人不應該聽到的事情，才能治療啊。」

禮　「哈啊，果然如此。」

理　「所以啊，照我所說的去做吧。」

禮　「那麼大夫，萬事拜託了。」

　　然後，理世與禮一郎一起退到隔壁的房間。丹次郎目送兩人離去的背影，一點點貼近後握住阿新的手。阿新害羞不已。

丹　「阿新小姐，我高興得不得了，不知該說些什麼才好，與你相遇之前，覺得還在夢境禮一般。雖然有滿腹的話語想向你訴說，但該說什麼，好像有東西哽住喉嚨而說不出來。」

新　「我不知道該說什麼比較適當……您消瘦多了哪。」

丹　「當然會消瘦啊！但想到我所思慕的妳，也同樣這般思念我，沒有比這喜悅的事情。」

　　隔壁房間的禮一郎，從拉門的縫際中窺伺客廳座席裡面。

禮　「喂，大夫非常靠近小女的旁邊呢。奶媽這不要緊嗎？」

理　「這哪算什麼大事呢？只不過是觀察小姐的臉色而已吧。」

　　客廳座席內的二人一點也沒有注意到其他。

丹　「哪，阿新小姐，你應該沒有變心吧？」

新　「我怎麼會做那樣的事情？您的心也沒有變吧？」

丹　「我絕對……（很用力地），絕對……至死不渝。」

　　禮一郎擔心不已，打開拉門進入。理世也跟著進去。

禮　「大夫，小女的病情到底怎麼回事啊。咦，臉色變得非常好看哩。」

丹　「那是因為我施予治療的緣故。原本令嬡的病情，就是從精神延
　　伸到身體的關係，與其治療身體，不如先醫治精神層面，我是運
　　用來自天賦的知識⋯⋯。」

禮　「欵欵，確實如此。」

丹　「首先要從臉色開始，然後眼睛的顏色、臉頰的顏色、嘴唇的顏
　　色，再來是連手部的筋脈也要觀察，仔細想想，令嬡生病的原
　　因，可以解析成「想像錯亂症」，這麼說您應該聽不懂，總之，
　　令嬡意想成某位男士的妻女，然而這件事情無法達成，所以氣悶
　　鬱積難消，遂導致今日之病。」

禮　「欵欵，關於這件事，我想起一些情況來，欵欵，果然如此。」

五之四

丹　「所幸沒有比這種相思病更容易治癒的了，馬上可以治好。只要
　　跟任何人舉行婚禮的話，滿足其慾望，應該就會痊癒。」

禮　「欵欵，原來如此，您和一般年輕人不一樣，令人欽佩哪。」

丹　「話雖如此，所謂的婚禮，並非一蹴可幾的事，而我也是非常討
　　厭婚禮啊。」

禮　「說得好、好，言之有理。」

丹　「不過，若是持續置之不理的話，病情會加重。假如延誤治療的
　　話，說不定會有喪失性命之虞。」

禮　「發生這種事情就不妙了。」

丹　「就是因為這樣，為了暫時應付，剛剛詢問令嬡與我可否結婚。
　　那麼說來，令嬡的臉色立刻好轉。講理論不如求證據，你看，臉
　　色開始滋潤起來了。」

禮　「不容否認呢。」

丹　「所以在這會兒，您就說如她所願，讓她舉行婚禮（降低音
　　量），最好瞞她個四、五天，這段期間我一定會搶救她的生
　　命。」

禮　「如果是這樣的話，那實在是太好了。」

丹　「暫時這樣處置，之後我會治癒令嬡的精神疾病。」

禮　「感激不盡，感激不盡了（走向阿新），哪，女兒，你要舉行婚
　　禮嗎？跟在這裡的大夫……，我已經非常地中意喜歡。」
　　阿新沉默不語。

理　「老闆，是真的嗎？」

禮　「不是真的……能說這種謊嗎？」

理　「真的話那就太好了，哪，小姐是吧！」
　　阿新輕輕地點頭。

禮　「真的呀、真的呀。」

理　「這樣的話，大夫，您真的願意娶小姐為妻子嗎？」

丹　「當然，這是我的願望啊。」

理　「那老闆也可以嗎？」

禮　「這不是可不可以的階段啊，我都說會允許了。」

阿新開心地抬起頭，凝視丹次郎。

丹　「小姐，您不用懷疑我。我對您的思慕，不是一天兩天。平心而
　　論（降低音量），光想與你見面，連當醫生都好。真的，這衣服
　　裡包覆著我的滿心歡喜。」

新　「您所說的是真的嗎？」

丹　「真不是個好臺詞呢。哪，老闆。」

禮　「真是個疑心病很重的女孩，我不是都這麼說了嗎？」

新　「那麼，您可以給我此心不渝的證明嗎？」

禮　「（自言自語似地）看來聰明伶俐，其實還是個小孩子啊，生病
　　真的非常恐怖啊。」

丹　「我都可以送給你啊，你想要什麼東西？」

新　「父親，這樣真的沒有關係嗎？」

禮　「不是好不好的問題。那樣疑慮的話把手伸過來。大夫，請您的
　　手也伸到這裡來。」

阿新伸出像雪一樣白的手。丹次郎將手拉起。

丹　「那個，您—。」

禮　「沒關係嘛。這是請您……那個……為了安慰小女心靈的緣故
　　啊。」然後，讓雙方勉為其難地手牽著手。二人相視後不禁莞爾
　　一笑。

五之五

禮　「噹噹噹—，這樣就完成約定了。」

丹　「好的。那麼為了表示此心不渝的證明，我送你這只戒指。」說
　　畢，取下戴在左手中指的戒指，送給了阿新。阿新也很高興地收
　　下。

丹　「老闆現在這個戒指，是治療令嬡的精神病，與護身符同等的東
　　西。」

禮　「啊，是這樣子的。」

理　「哪，老闆，看來約定這麼完整，應該要寫證明文件吧！」

丹　「只要令嬡所期待的事，我什麼都願意寫啊。」

理　「那這樣的話交給我來處理吧，老闆。」

禮　「就照著小女所說的做吧，我無所謂。」

丹　「那就這麼辦吧。因為我那裡的代書有來（降低音量），所以就
　　說這位是個公證人，欺騙一下令嬡。」

禮　「好啊，好啊。」

丹　「這樣的話，奶媽，拜託邀請公證人來好嗎？請帶我的人來。」
　　然後遞眼色通知理世。

理　「是，是。」

阿新的臉龐充滿了喜悅。理世站起來往門口的方向走。

新　「嗯，再沒有如此快樂的事情了。」

禮　「（自言自語似地）女兒還未達到年齡啊。疾病真是很恐怖
　　哪。」

　　　理世帶公證人國田德一進來。
國田　「打擾了。」
　禮　「有勞您了（刻意讓女兒聽到），先生是公證人吧？」
　國　「是的，沒錯。」
　禮　「那麼，這兩位互換結婚證書一事，就要煩請您做公證了。」
　國　「是，沒問題，兩位新人沒有異議吧。」
　丹　「是，我沒有意見。我發誓一生一世永不變心。」
　新　「我也和大夫一樣。」
　國　「好的，就這樣。」
　　　公證人寫公正證書，大聲朗讀證書的內容，每個人都傾聽著。
　國　「這樣沒有任何異議的話，麻煩在文件上署名用印。」將證書文
　　　件遞到兩人的面前。
　禮　「已經完成了嗎？處理得很快呢。哪，大夫請簽名。阿新的話由
　　　我代簽好了。」
　新　「不，我要親自署名……。」
　　　丹次郎、阿新兩人各自簽名蓋章。
　國　「這樣就對了。原稿要置放在公證事務所保存，你們如果需要謄
　　　本的話，以後再來拿。」
　丹　「是的。」
　禮　「好。」
　國　「那麼我先告辭了。」
　禮　「辛苦了。」
　　　公證人返回。
　理　「唉呀呀，沒有比這更令人高興的事情。覺得胸中的陰影一掃而
　　　空。」
　禮　「這樣蠻好的，我也非常高興。」

五之六

丹　「我說老闆，我不只是帶公證人來而已。我為求增添婚禮的光彩，同時邀請能樂藝人一起過來，現在要求他們在此跳一齣歌舞慶祝。」

禮　「咦──，是這樣子啊。」

丹　「醫生雖然和能樂藝人一點關聯也都沒有，不過這些人每日陪著我四處跑，撫慰疑難雜症者的心靈。現在讓他們歌舞一番，他們的歌藝演技熟練得很。」

禮　「咦──。」

丹　「奶媽，麻煩請他們進來表演好嗎？」

理　「好──，好的。」

　　這個時候理世、能樂藝人、伴奏樂手等許多人一起進來。

　　禮一郎有些坐立難安。藝人開始唱著歌謠。

歌謠　「今天開始穿上旅行的外出服，走了好久好久。本來這是九州肥後國[10]阿蘇宮的神官友成之事情，現成為我的事務，我都還沒有見過京城，這次前往京城，也存著順便一見播州高砂[11]海濱的意念。」「穿著旅行的外出服，走向路途遙遠的赴京之路，想到海灣的波浪，航線上吹拂的春風，幾日以後不著痕跡，好吧，搭船航行前往遙遠的播磨，終於到達高砂的海灣。」

　　能樂藝人開始跳舞。禮一郎聽得出神，心情也隨之開朗。

歌謠　「夕陽下春風吹拂的高砂松樹，對岸尾上[12]的鐘聲響起。波浪隱身在彩霞映照的磯石之下，潮水漲落的聲響。在名聞遐邇的高砂地方，松樹也是老友，從長久的世世代代以來，羽毛雪白如銀的

10　中譯者按：現在九州的熊本縣。

11　中譯者按：兵庫縣南部，加谷川河口西岸地區。自古以來為播磨的要津，當地以高砂神社的連理松著名。

12　中譯者按：兵庫縣加谷川市河口東岸的地名。

　　　　老鶴，遺留在老鶴巢中的殘月與黎明……。」

　　　　此時丹次郎與阿新攜手，互相點頭一起離去。

禮　　「果然，實在很有趣啊！這樣的話，患者的病情自然而然可以治癒。哇啦！女兒不見了！大夫也不在了！他們跑去哪裡了？大事不妙，糟糕了！」

歌謠　「向松樹問事的海濱風，吹下落葉，散落在衣袖，也好像撥弄著樹蔭下的塵土。」

禮　　「現在不是聽歌謠的時候。奶媽，小姐去哪裡了？」

理　　「老闆，您在說什麼呢？小姐剛結束婚禮，所以跟姑爺一起出去了啊！」

禮　　「不，真是豈有此理！」

歌謠　「尾上地方的松樹也老了，和舊波浪一起出現，葉子從樹上落下來，生命也是要不斷延續。」

禮　　「喂，奶媽，去哪裡了。」

理　　「去哪裡了？老闆，就是去姑爺的家囉。嗯，不要說那些話，就看詼諧有趣的能樂嘛。」

歌謠　「松樹可以存活到什麼時候啊？」

禮　　「不是說那些事情的時候。你這個傢伙竟然設陷阱害我。」禮一郎開始要去追回阿新。能樂藝人一邊跳舞，不讓他往前走。

禮　　「這不就是故意惡作劇嗎！」

歌謠　「高砂啊，在此海灣啟風揚帆，和月兒一起航行出發。」

禮　　「喂——！快走開啦。」

歌謠　「汪洋中的淡路島[13]，影子愈來愈遠，早已抵達住之江[14]。」

禮　　「唉，真是麻煩了。真希望女兒的病情傳染給你們這群瘋子。」

禮一郎還是想要奮力追趕，能樂藝人一邊跳舞一邊阻擋他的路。然後以

13　中譯者按：屬兵庫縣，瀨戶內海東部最大的島嶼，面積有593平方公里，與本州隔著明石與紀淡海峽，和四國隔著鳴門海峽。

14　中譯者按：為大阪府南部的住吉區到堺市北部一帶的地名。

很誇張的姿態亮相。（完）

載於《臺灣日日新報》，一九〇〇年十月三日～二十一日

喜劇：旅順二將[*]

作者　不詳

譯者　秋皐

中譯　杉森藍

【作者】

　　不詳。原刊於題目之後註明「デル・ターグ所載」。

【譯者】

　　秋皐，即宇野秋皐（？～？），一九〇一年來臺任《臺灣日日新報》編輯員，一九一〇年總督府聘其擔任《臺灣愛國婦人》編輯囑託。其在臺作品的刊登時間集中在一九〇一年至一九一一年間，體裁包括短歌、散文、論述以及譯作等，主要刊登於《臺灣日日新報》，在短歌方面，散見於該報「いかつち會吟集」、「この花會雅集」等專欄，亦曾擔任類似「詞宗」之職務，長期負責評選短歌作品刊登。散文方面則有一九〇二年三月的〈北投に遊ぶ〉、四月的〈基隆の一日〉以及十一月的〈士林公學校の展覽會を觀る〉等。論述方面有一九〇二年六至七月連載的〈謠曲文と日本文學〉、同年九月的〈《草野氏日本文法》を讀む〉等。譯作方面則有一九〇四年三至五月的〈露西亞の獄〉以及一九〇五年二月的〈喜劇：旅順の二將〉等。此外在《臺灣經濟雜誌》與《臺灣》亦有零星作品刊登。其餘生平待考。（顧敏耀撰）

---

[*]　原刊作〈喜劇：旅順の二將〉，未標作者。

知識淵博的太郎作和冒失鬼杢[1]佐衛門兩人出場

太　很吵！喂，老頭！安靜一點。

杢　不得了了！這下怎麼能安靜下來。你難道不知道出現了世界第一的大豪
　　傑、大戰勝者、大勇士？聽說俄羅斯的斯特塞爾（Stessel），在這次的戰
　　爭獲得空前的勝利，真是了不起啊。

太　大錯特錯！斯特塞爾向日本人投降了，讓出旅順啦！

杢　什麼？投降？奇怪！

太　奇怪什麼？

杢　你想想看，每個人都說『勇士斯特塞爾』、『斯特塞爾的凱旋』或是『把
　　名譽的劍贈獻給斯特塞爾』等等，怪不得連倭奴也眼紅，只是稍微打了
　　一場小勝仗而已吧？世上的人這麼誇獎斯特塞爾，竟然倭奴贏了，俄羅
　　斯輸了，我怎麼也不敢相信啊！」

太　沒錯。但據說斯特塞爾也是相當奮勇的打了一場防禦戰之後，才不得已
　　地投降了，聽說堡壘裡的傷亡是相關嚴重的。

杢　果然如此。無論如何，我覺得防禦比攻擊還要厲害。本來就沒有進攻比
　　防禦還容易的道理，絕無這樣的道理啊。

太　沒錯！反正迎戰的，比起攻擊的還要困難啊。所以堅忍不屈的勇士更是
　　必須要稱為勇士。斯特塞爾實在是可稱為真正勇士的男人啊。

杢　唉呀，真討厭。

太　討厭什麼？

杢　你想想看，如果確實是防禦比攻擊還要棘手的話，普法戰爭時，不就只
　　有法國人才是真正的勇士了？因為，法國人始終被攻擊，德國的是攻擊
　　他們的。

太　哪兒的話，這完全不能相比啊！斯特塞爾特別被稱呼為英雄的原因，是
　　他最初的宣言和戰勝決心非常堅定而令人敬畏。也就是說，斯特塞爾幾

1　杢，原文作杢，屬日本自創漢字（稱為「國字」），為中文所無，因讀音同「木」
　　（もく），此處姑且以「杢」譯之。

乎每個禮拜向皇帝電奏，保證旅順絕不會陷落。實際上，不久以前，他還這樣激勵士兵：『縱使變成只剩下一個士兵、也只剩下一臺砲臺，要是那個士兵只要能夠舉起武器，就完全無法想到要投降。』因此獲得全世界的讚賞呢。

木　原來如此！那麼，斯特塞爾實際上按照那句話來行動嗎？只有他一個人生存下來嗎？了不起啊，不過，怎麼做才能夠自己一個人生存下來呢？

太　不，不是這樣的。你還不知道。斯特塞爾並不是只有他一個人生存下來的。斯特塞爾投降的時候，他還在指揮一萬名左右士兵。不只這樣，還擁有很多砲臺呢。

木　是喔。那麼，日軍的上將叫什麼名字啊？

太　乃木上將！

木　乃木？他在斯特塞爾發出宣言書和電報那時，到底做了什麼呢？

太　這叫做乃木的人，自己做了什麼事，都沒有告訴別人呢！

木　我知道了！知道了！這樣我就能了解了！

太　幹嘛這樣大聲嚷嚷？到底了解什麼啊？

木　沒什麼，人們總是讚賞愛吹噓的輸家，卻完全不了解緘默的贏家，這也是合乎常情的。

太　為什麼？

木　村裡的老師總是這麼說：『話說得多的人，也被談論得多』，不是嗎？

　　（終）

載於《臺灣日日新報》，一九〇五年二月二十二日

錫耶納的皮亞特[*]

作者　不詳

譯者　藤森きよし

中譯　杉森藍

【作者】

不詳。

【譯者】

藤森きよし，見〈人生的讚美歌〉。

「無聊之日，枯坐硯前，因雜想紛呈，信手拈來。文章似有不近常理者，視為怪談可也。」

我大概抱持著這樣的心情來翻譯這篇文章。若遭遇嚴正之批評，我打算立刻逃到幽深的樹林裡悠閒度日。

希望讀者抱持著吃臺灣料理「點心」（tiam sim）的心情，來閱讀這一篇。

另外，原文頗以文言文來寫作，但我認為這樣就不具有「點心」的味道，所以改以現代文譯出。對於原作者實在慚愧難當。若在某種意義上，能夠提供諸賢哲參考的話，就喜出望外了。

最後，原作者的姓名在原始文本之中並未標示出來，目前仍在考察當中，尚請諒解。

譯者謹誌

登場人物

皮亞特・托爾尼耶里　托爾尼耶里家族之族長，先前遭到流放。

路易吉・岡薩迦　現任執政者岡薩迦家族之族長，托爾尼耶里家的仇敵。

---

[*]　原刊作〈シエナのピエトロ〉，未標作者。

安東尼歐　錫耶納市的長官。

蒙坦諾　皮亞特的心腹。

安森摩　托爾尼耶里家的忠臣、老戰士

賈可摩　典獄長。

劊子手

布魯斯　路易吉的親友。

卡爾寇　同上。

顏瑪・岡薩迦　路易吉的妹妹。

芙爾碧亞・托爾尼耶里　皮亞特的妹妹。

卡特琳娜　岡薩迦家的老奶媽。

其他士兵、使者等許多人。

地點　錫耶納市

時間　從日落到日出

第一幕

　　──夕陽西沈──

　　舞臺──岡薩迦家的古式大客廳

　　嚴肅的武裝衛兵站在舞臺兩旁

　　舞臺中央設有審判席

　　一開始就從舞臺後面傳出可怕的喧嘩聲，此聲音越來越高漲，彷彿人群和皮亞特陣營的攻擊部隊逐漸包圍過來的樣子。

　　路易吉的臉色非常難看，在此來回踱步。布魯斯則一直凝視著他。

時間為日落

　布魯斯　你快走吧！路易吉，終於來到你必須離開的時候了！

　　　　　皮亞特那傢伙率眾攻打三次，城門依然如此穩固，你快走吧，走！路易吉，你是什麼人？看看他們，只是在任性胡鬧而已，不是嗎？你卻像個瞎子、像個聾啞的老鼠一樣，躲在這邊，喂，我

　　　們到底為誰而戰呢？為了什麼而戰呢？走吧，走，喂，路易吉！

路易吉　不，布魯斯，辦不到！那傢伙竟然對我使出這麼狠辣的手段。你聽聽看，那人群的叫聲，皮亞特・托爾尼耶里先前跟我對陣的時候，就是像那樣給我下馬威。我不知道市民大眾為什麼被他如此煽動起來。

　　　但是，布魯斯，我已經不行了，我就像波寧布勞格的英國國王理察一樣，即將一敗塗地。

　　　那傢伙的聰明才智跟我比實在差得太遠，說起治理城市，我也比他在行，只不過他現在剛好得勢而已。

　　　竟然趁著我心灰意懶、煩惱重重的時候，對我做出這麼狠毒的事。

　　　這傢伙，滿腦子只有想要掌握權力而已，這種爭鬥實在太沒有意義了。

　　　（在裡邊傳出更為高亢的叫聲）

布魯斯　你這是在詭辯！你畏懼迎戰！

路易吉　（站定腳步）

　　　喂，稍微思考一下，那傢伙到底是為什麼要這樣打進來呢？那傢伙不只是單純為了想奪取我這個執政的位置吧？他的心中隱藏著非常可怕的記憶，我的父親曾經奪走他的母親不是嗎？我的父親把他的母親變成自己的禁臠，皮亞特的父親傷心至極，非常煩惱，不過，不知道為什麼刻意保持沉默。

　　　他是被這個不堪的回憶驅使著，遠道而來，他的目的就是為了復仇，想要讓我難看，所以才這樣率眾攻打進城。

　　　（一個哨兵從左邊急忙出來）

哨兵　慘了！城門被打開了！

　　　敵人全都攻進來了！

　　　（叫聲越來越高，越來越靠近，顏瑪慌慌張張的發著抖走出來，奶媽卡特琳娜步履蹣跚的跟在後面）

顏瑪　哥哥！怎麼辦？不管發生什麼事，我都不想跟你分開，我們兄妹兩個從小一起長大，一直到今天都沒分開過，我們的願望、想法，全都一樣，還有優點、缺點也是。

啊，哥哥，不管發生什麼事，我都不會離開你身邊，所以哥哥也不要離開我啊，我要像以前一樣抱住你。

啊，我已經什麼都不怕了。

（舞臺下方突然有門被打破的聲音）

路易吉　顏瑪啊，他們已經衝進來了！你不該待在這邊，快，到那邊去，安靜待著，我在這裡應付那個瘋狂的傢伙就好，不管了，妳趕快到那邊去。

（顏瑪和卡特琳娜退場，很多士兵手拿著長劍，沿著大廳的牆壁登場，錫耶納市的長官安東尼歐由眾多市民擁護著登場，接著是一位僧侶，最後則是皮亞特帶著妹妹芙爾碧亞登場）

皮亞特　路易吉・岡薩迦，我終於打敗你了，宛如熊熊烈火一般的慘痛回憶，衝破了錫耶納的城門，你現在插翅也難飛了。你應該記得吧，你父親以滾燙的嘴唇，吸盡了我母親的靈魂，讓我父親好似在地上任人踐踏一般，承受致命的侮辱。喂，路易吉，我必須親自把叫作傷害的毒藥，灌入你的血液，我背負著這麼沈重的任務。

縱使沒有我這個崇高的使命，錫耶納市民現在也已經逼得你不得投降。

來，還給我曾經被托爾尼耶里家族掌控的執政權吧，為了掃除你在這個城市所留下的腐敗氣息以及諸多罪惡，我一定要從你手中把執政權奪回來。

（他一邊說著，一邊爬到審判席上，向安東尼歐示意一下）

來，高聲宣布這個男人的罪狀！

安東尼歐　（宣讀）

「我代表錫耶納市民，起訴你路易吉・岡薩迦。

你貪贓枉法，還把證據都銷毀。你為了要進行械鬥，花費重金從各地招募不法分子，把他們當作你的私人武力。你把兩個政敵騙過來，在這座宮殿後方所舉辦的晚宴裡將其毒殺，藉此斬草除根。你所派任的人民保護官1，竟然把已經被宣判有罪的保羅・迦爾利放走，條件是要他奉獻女兒供你糟蹋。你的罪行擢髮難數，單單以目前所舉出的這些重要事項就足夠訂你的罪。據此起訴。

皮亞特　路易吉・岡薩迦，你有沒有什麼話想說？

路易吉　訴狀裡面所講的都不是實情，我可以逐一提出辯解。

皮亞特　是嗎？我看就直接判決了吧。

對於心理患有如此可怕病症的被告，需要以同樣可怕的藥物來治療他，因此，受到錫耶納市民託付重任的我，皮亞特・托爾尼耶里，就要把這份藥物賜給他，在此宣布，將被告判處死刑！

但是，鑑於本市鎮目前情況十分混亂，待到明天清晨日出之際便立刻行刑。

（寫字）

「本官皮亞特・托爾尼耶里，為了儘速將錫耶納市從破敗與悲哀之中恢復過來，在此謹代表市民宣布，將本市前任執政者路易吉・岡薩迦，從現今開始到明天日出執行死刑之前，先行羈押於本市公立監獄。──皮亞特・托爾尼耶里。」

路易吉　在日出時處死？啊，不要！我不想那麼早死！

至少，至少從柵欄之間也好，讓我天天都看到日出吧！帶著手銬也好，讓我安靜的天天看著月亮升起！別讓我從執政者的光榮直接拋入墳墓，繞了我吧！我發誓，在牢房裡一定會非常安靜，也不會自言自語，一直到死，絕對不會說出任何不滿的言詞，所以，拜託，請讓我在監獄裡面一直關到死吧。一定不會添麻煩

1　日譯者原註：在古羅馬時期，貴族或官員為了保護人民而設置的職位。

的，試想，關在監牢裡的我，怎麼能夠襲擊或破壞那長滿青苔的要塞呢？

在牢房深處的我，早已與世隔絕，絕無帶領人民暴動的可能。

請判我無期徒刑吧，要不然，從這義大利的海邊驅逐出境，就成為一個流亡者吧！讓我從島嶼的盡頭漂流到盡頭、從各國的邊境漂流到邊境吧。至少，啊，請您至少饒了我這條命吧！不要把我拋入那個永遠看不到陽光的死亡國度啊！

不管遭受多少苦難，不管多麼悲哀，進牢裡也不惜，我只是想要活在這世上……

（忍不住嗚咽）

皮亞特　路易吉・岡薩迦，你應該已經把生命中多采多姿的、上等的生命之酒全部都喝完了，現在露出這等這醜態，實在是男人的恥辱啊！你應該看開一點，多采多姿的上等酒你已經喝夠了，現在可以連那酒杯都丟掉啦！好好懺悔之前奢華放蕩的生活，痛快的去死吧！

來人啊，把這傢伙帶走！

路易吉　啊！不行啊！

皮亞特　沒關係，拖走！

（路易吉被兩個衛兵抓住，強硬的帶走，還有兩個衛兵跟在後面一同離開）

皮亞特　（站起來）

已經，沒有人打擾我了吧。

安森摩　（走上前去）

剛剛判處死刑的男人，還有一個妹妹。

相對於惡貫滿盈的哥哥，她卻是又純真、又文靜的美女，深受人們喜愛，縱使市民揭竿而起，推翻他哥哥，她仍可以毫不受到阻撓的離開錫耶納市。

自古以來，女人都比男人危險。

　　　　只要她活著，您的寶座還是免不了會動搖。

皮亞特　那女人在這座宮殿內嗎？

　侍者　是的。

皮亞特　那麼，叫她來這裡。

　　　　（侍者退場）

安森摩　在那兄長的名字下面，請加寫「顏瑪‧岡薩迦」吧，這麼一來，
　　　　我們才算是徹底消滅這整個家族。

　　　　現在這個家族裡的重要人物就這兩個人而已，全部都處死的話，
　　　　就可以安心了。所以，趕快寫在那張紙的邊角吧。

　　　　（先前出現的那名侍者陪同顏瑪登場）

皮亞特　妳就是顏瑪嗎？

　顏瑪　是的。

皮亞特　你的兄長危害了市民的利益，煽動人民械鬥，已經被我繩之以
　　　　法，明天日出之時，就要處於死刑，目前已經羈押在監獄之中。

　顏瑪　喔，不能殺死我哥哥！不要！我們兄妹情深，是大家有目共睹
　　　　的，我的好哥哥怎麼可以這麼早死，拜託，請你不要殺死我哥
　　　　哥！

　　　　人命怎麼會宛如蜉蝣一般，僅擁有這馬上消逝的短短夏夜。看來
　　　　只能依靠在神懷裡禱告了，啊，這麼短的時間要怎麼禱告啊！

　　　　啊，托爾尼耶里先生，至少可憐可憐我吧！不然，請幫我安排，
　　　　讓我也能跟哥哥一起死。請不要把我一個人留在沒有哥哥的這個
　　　　空虛的世界裡。在那死刑宣告書裡，把我的名字也一起寫進去
　　　　吧，拜託。

　　　　哥哥的過錯讓我也一起償還吧，哥哥做的事情，我都有參與，我
　　　　的生命已經不值得珍惜了，我寶貴的真心都已經交給哥哥了，請
　　　　您可憐我，連我這當妹妹的也一起殺死吧，啊，拜託。請您讓我
　　　　在晨曦照耀下一起死去吧，啊，請不要讓我們兄妹倆分開──拜
　　　　託，拜託，托爾尼耶里先生！

（顏瑪哭倒在皮亞特的腳下）

安森摩 知道了！這樣就夠了！既然這女人都這麼說了，當然要讓她死。

皮亞特 （稍微躊躇）

我……喂，等一下……我還無法下定決心。

（安森摩旁邊的群眾，發出氣憤不滿的竊竊私語）

試想一下，因為那女人的哥哥被判處死刑，就要連她也一起處死，這理由似乎不怎麼充分，不是嗎？我問各位，在一年之前，彷彿小孩子一般的這名少女，怎麼會知道那哥哥所犯下的貪贓枉法等嚴重罪刑呢？

我會躊躇不是理所當然的嗎？

為了做出公正的審判，暫時思考或躊躇有什麼不對？怎樣，安森摩，我覺得你們太疑神疑鬼，但是對這件事，無論如何必須讓我思考一段時間。

反正，把這女人帶走吧。

（向顏瑪說）

在黎明之前，會通知你。

（顏瑪被侍者跟隨著退場）

諸位！暫時讓我一個人。

（除了安森摩、吉羅拉摩、芙爾碧亞、蒙坦諾之外，全部退場）

安森摩 對於有深仇大恨的這一家人，您如果給予無謂的憐憫，我怕這群同甘共苦的忠心士兵們沒辦法心服口服。您如果救了岡薩迦妹妹一命的話，該怎麼說呢？就宛如坐上搖搖晃晃的寶座一樣，那些岡薩迦家族的殘餘勢力也會因此而團結一致，企圖東山再起。

喔！神啊！在安寇諾阻擋我軍的是什麼人？讓長期圍攻比利時之艱苦戰果化為烏有的是什麼原因？別為了一個女人的容貌忘記這些事情。上帝啊！把這軟弱的鮮血從我主公的體內去除去吧！

再一次，我再最後一次跟您說。

這件事情請再三思而行。多年來忠心耿耿的跟在你身邊，為了您

而歷盡艱辛的這些士兵，您今天的婦人之仁，會讓他們不知道要如何繼續追隨您呢！

（憤怒的騷動傳過來）

打垮那一家吧，今晚過去之前，將他們斬草除根吧。

（部下群起鼓掌迎接，安森摩退場）

吉羅拉摩　（走上前去）

皮亞特・托爾尼耶里先生，根據羅馬法的明文規範，今天，無論是誰都不可以救岡薩迦家族的人！沒錯，男生女生都一樣。從現在開始，要完全剷除讓錫耶納市內殘存的禍根，這是讓錫耶納安定的唯一辦法。

這家族詛咒了神聖的基督教會，讓他們從根到莖幹都完全枯乾掉吧！

如果讓一個女人的美貌動搖您的寶座的話，這部神聖的羅馬大法乾脆直接毀棄吧。

言盡於此，先告辭了。

（吉羅拉摩帶著陪同的僧侶一起退場）

芙爾碧亞　（靠近皮亞特）

哥哥，那位神聖的法師說什麼？還有忠心耿耿的安森摩怎麼說呢？

我只是一介女子，不想多話，而且就算我不說，那兩個人也講得很足夠了。但是，哥哥，他們的父親施加在我們母親身上的恥辱，我是怎麼也忘不了的。雖然事隔多時，但現在正是洗除恥辱的重要時刻。既然已經透過審判將他們定罪了，哥哥，那對兄妹是仇人的子女，沒錯，侮辱母親、殺死父親的那可恨的仇人的子女呢！

可恨啊！那個男人留下了兩個小孩，就是要讓我們復仇的。

是那男人的小孩！哥哥，殺死他們吧！

不可以只殺一個，兩個都要。

啊，我不知道等了多久，熱切期盼這一天的來臨，我為了將這悲傷而可恨的回憶從心裡去除掉，不知道過了幾個瘋狂的夜晚，咬著枕頭忍住哭泣——老天有眼，終於在此把仇人的孩子交給我們處置了。

哥哥，您難道已經忘記發狂而死的母親了？難道忘記父親的那憤怒的臉孔？

只剩下這最後的一擊而已，這是老天給予我們的任務，作為子女所必需承擔的責任，靠這一擊就能讓大海的墓地裡痛苦掙扎的母親開心啊！父親也是如此，再也不會在九泉之下責怪我們的。哥哥，你為了在你眼前閃過的那張女人的臉孔，就打算矇住雙眼不報仇了嗎？你這樣還算是男人嗎？

你這樣也有資格讓別人服侍嗎？

如果那張蒼白的臉以及陰沈的低語聲，就讓你心中報仇雪恨的念頭消失無蹤，我只好祈禱請過世的父母親，早日解除哥哥身上的厄運！

（芙爾碧亞悄然地退場）

皮亞特　蒙坦諾！拿酒來！我要酒！蒙坦諾，我血裡的熱病，需要喝酒才能好！

蒙坦諾　熱病？到底得了什麼熱病呢？

皮亞特　就在剛剛，像是黑暗中的一道光線，有一個臉孔忽然躍入我眼簾之中。

好像是我曾夢見的夜空中的星座，彷彿帶著微微顫抖的弦音，悄悄滑入我的心坎裡。

帶著露珠，低垂著頭，姿態如此楚楚可憐。

蒙坦諾，夜越來越深了，無論如何，我都要讓她成為我的人，你說為什麼嗎？在同一個城裡，在這麼近的地方，聽著她那可愛的呼吸聲，我怎麼能夠睡得著呢？

對了！蒙坦諾，我現在只想要把她抱緊，看著那張嘴唇、那雙眼

　　　　睛、那張臉、那頭髮，在我跟她熱烈的接吻之前，不管怎麼樣，
　　　　絕對是睡不著的！

蒙坦諾　您應該知道，你無論交給我什麼任務，我每次都順利完成。但
　　　　是，只有這次，恐怕很困難，因為這次您的想法非常危險。
　　　　聽你剛剛所說的，似乎想要在今晚就把岡薩迦妹妹變成自己的女
　　　　人，那是行不通的，不如暫時把她關進牢裡，這麼做的話，那些
　　　　嘮叨的人們也決不會阻擾或是破壞，然後，再慢慢想出一些妥協
　　　　方案，也就是說要靈活的運用策略啊。

皮亞特　不行！不行！這個美麗的獵物，設下這樣的陷阱還是抓不到的。
　　　　突然的擁抱和讓她什麼都忘記的熱情接吻才是上策，換句話說，
　　　　要採用突然襲擊才行。

蒙坦諾　我想到了！但是不是像您所說的，而是採用非暴力手段也能得到
　　　　她的方法，並且在今晚就可以實現。

皮亞特　什麼？快說，我要怎麼做？

蒙坦諾　她的哥哥本來打算明天早上日出之際要處死吧？

皮亞特　是啊。

蒙坦諾　就是這個啊，對現在的她來講，自己的哥哥比任何事都還要重
　　　　要，他們從小就一直生活在一起，感情非常深厚。回想看看，她
　　　　剛才所說的像是在燃燒的言詞：「我的生命已經不值得珍惜了，
　　　　我寶貴的真心都已經交給哥哥了！」不是嗎？

皮亞特　沒錯，沒錯。

蒙坦諾　對她來講，從現在到黎明的時間實在太短了，然而如果有人在她
　　　　耳邊說：
　　　　「妳或許靠自己的美貌，可以拯救最愛的哥哥一命。」這麼一
　　　　來，跟哥哥感情那麼好的她，怎麼會拒絕被您擁抱呢？天空慢慢
　　　　的亮起來的時候，路易吉的血色逐漸顯現在雲霞之中，那女人怎
　　　　麼會不把她的身體獻給您呢？而且，在您強力的擁抱中，她會什
　　　　麼事情都忘得一乾二淨吧。

皮亞特　好！叫她過來跟我見面吧！讓我可以快點見到她，不，恐怕要先找奶媽比較好，叫奶媽幫忙試探一下她的心意吧，不過要快！

夜色逐漸濃厚，一定要在黎明之前完成我的心願。

蒙坦諾，趕快去！

趁這時間，我要趕快去找來百合、玫瑰或其他種種香花，讓我的房間充滿醉人的芬芳吧，心慌意亂的她如果聞到這麼舒適的香味，一定會被迷惑，像是被輕柔的音樂吸引一樣，她的靈魂一定也會融化掉吧！蒙坦諾，沒有得到她的答覆就不要回來！好，趕快去。

（蒙坦諾退場）

黑夜啊，來吧，黑夜！讓我緊緊的擁抱她吧！

只知道睡覺，不知道好好利用黑夜時光的人們，是多麼愚蠢啊！

（第一幕結束）

第二幕

　　——深夜——

第一場

　　舞臺——深夜、宮殿的院子、黑暗

　　跟隨安森摩的群眾，每人手裡都拿著火炬，聚集在一起。安森摩率領著四名舉著火炬的部下登場。

安森摩　諸君，在這黑暗的庭園，而且三更半夜，突然這樣叫你們過來集合是為了什麼？我想諸君也已經心裡有數了，我被稱為「托爾尼耶里之星」，雖然是變化多端的智多星，但是到今天都一直死心塌地的跟隨著主公，先前也曾遇過我軍陷於猛烈攻擊甚至幾乎全部覆滅的情況，我都用盡全力，拼死一搏，諸君也都與我一同出生入死。但是諸君，我們在這期間也有好幾次遭受背叛或被糟蹋，即使刻意要忘記也會不由自主的浮現在腦海中，現在，慘痛的經驗就要在這裡重演，一個女人就讓皮亞特整個變成一隻懦弱小蟲，連我們的努力

也要要化為泡影，我們之前總是因為這個原因而失敗。

現在正是我們追求的目標即將實現之際，也是決定托爾尼耶里家統治權能否穩定的關鍵時刻，他對男人輕而易舉的就宣告死刑，但是對於女人，一點骨氣都沒有，整晚拖拖拉拉，恐怕到頭來會不了了之吧！像我們這麼忠心耿耿，歷盡千辛萬苦仍然不離不棄的部下，實在寥寥無幾，然而，萬一明天日出的時候，他做出背叛我們的事情……想必他應該會做出來……那時候，我決定跟他斷絕關係，不過，諸君會像今晚這樣二話不說就立刻動員過來嗎？可能連我都不信任了吧……？

一士兵　　我想要比長官您更大膽的說出來……如果他被那小女孩說服，連她哥哥都赦免的話……

（憤怒地發抖）

我們到底該怎麼做才好？

可惡！實在嚥不下這口氣……

哼，從以前到現在，我們士兵從來沒有為了這種事情而被當成廢物的。

今晚……不是其他時間，就是今晚，我們在這裡辛苦站崗的時候，那女人，可能為了請他取消黎明的死刑，拼命的搖唇鼓舌呢，如果是這樣的話，我們直到今天所做的進軍、砲擊、占領，根本就是做白工啊！

如果因為紅嫩的嘴唇與濕潤的雙眼就輕易動搖的話，這種統治者，誰能夠信賴呢？

誰想把錫耶納的統治權交給這種笨蛋？

哼，講難聽一點，找遍整個錫耶納市，即使是瞎子，大概也沒有人滿意他吧！

原來如此，皮亞特這個人，戰鬥是很厲害又勇猛，但是如果不改進這個缺點的話，沒有一個人支持他的啦！

最後會眾叛親離，只剩下自己孤單一個人！

（到處傳來咒罵皮亞特的聲音）

安森摩　諸君，是黑暗還是光明，我們總之先觀望他的動靜吧！

如果到最後，我所擔心的事情越來越嚴重，整個情勢越來越往不好的方向發展，那時後，最晚也要在黎明之前再一次集合到這裡，強攻宮殿，斬殺皮亞特，我們永遠要走在我們應該前進的路吧！

怎麼樣！有異議嗎？

（大家一律拔劍，應聲說好）

好，決定了。

（暗轉）

第二場

　　場面　宮殿最裡頭的一室，門關著，推開它就可以通往下一個房間。

餐桌上油燈亮著。

年老的奶媽卡特琳娜坐在窗戶旁邊，傷心的低垂著頭，沉浸在冥想中。

有敲門的聲音。

卡特琳娜無精打采的樣子，拖著沈重的腳步，走到門邊，開門讓蒙坦諾進來。

蒙坦諾　卡特琳娜夫人在嗎？

卡特琳娜　我就是。

蒙坦諾　怎麼看起來這麼傷心難過的樣子呢？來，過來這邊坐著吧。

（他牽她的手，讓她坐）

我非常了解妳為什麼掉眼淚，路易吉・岡薩迦將在明天清晨露出曙光之際被處死，這就是原因吧？

卡特琳娜　喔，沒錯。我沒有男孩子，我作為奶媽第一次擁有的小男孩就是那一位，把他看得比自己親生的小孩還重要，萬一就這麼死掉的話，我要怎麼活下去啊！

我就像老園丁看著自己栽種的花草樹木長大，每一年都那個孩子越來越傑出，體格越來越魁梧，哪料想得到養到這麼大，卻突然

　　　就要失去他。

　　　啊，想到他過沒多久就要死去，啊，我怎麼能夠不難過呢？我一
　　　點也不明白他為什麼還這麼年輕就要被處死？

　　　但是，但是，他明天早上就要死了，啊！我只知道這樣，只知道
　　　這樣……。

　　　（老奶媽忍不住嗚咽）

蒙坦諾　這也難怪你會這麼難過，因為妳還不知道我帶來希望嘛！

卡特琳娜　什麼，希望！是說他可以得救嗎？他即將被釋放了嗎？

　　　你不可以這樣愚弄老人家的心啊，如果這樣鬧著玩，恐怕會磨損
　　　我已經非常老朽脆弱的內心，拜託請不要這麼做！

蒙坦諾　不，不是這樣的。我是受皮亞特・托爾尼耶里先生親自命令前來
　　　的……

　　　小姐在哪裡？

卡特琳娜　她在煩惱明天清晨那件事情，像行屍走肉一樣，一言不發的躲在
　　　自己房間裡。

蒙坦諾　只要小姐有意思，路易吉的命就得救了。

卡特琳娜　（突然站起來，踉踉蹌蹌的靠近通往裡面房間的門邊）

　　　顏瑪、顏瑪！

蒙坦諾　（抓著奶媽的一隻手）

　　　噓，安靜點，先坐下來吧，我現在跟您說明要釋放路易吉的條
　　　件，再由您轉告給小姐聽，這麼一來，小姐一定會答應的。

卡特琳娜　條件？不過，小姐除了獻出自己的生命之外，應該沒有什麼其他
　　　條件了。

蒙坦諾　可能還有比這個更困難一點的事情。

卡特琳娜　比奉獻生命還要困難的事！怎麼，比生命還珍貴的，到底是什麼
　　　東西呢？

蒙坦諾　對女人來講，只有一個東西。

　　　（停頓）

卡特琳娜　不清楚。

　　　　　顏瑪除了性命之外，還可以獻出的東西是，到底是？

　蒙坦諾　她的靈魂……不，或許更尊貴……？

卡特琳娜　我懂了。

　　　　　那麼，那位是，那個……

　蒙坦諾　我啊，想要說就是，托爾尼耶里先生今晚很想緊緊擁抱小姐，只要這樣就可以拯救她哥哥路易吉的性命。話說現在夜也已經很深了，所剩的時間不多了……您還不明白我說的話嗎？

卡特琳娜　不，我明白了，已經十分明白了！啊，不是生命啊……

　蒙坦諾　是的，他要求的並不是生命。

卡特琳娜　啊，真悲慘！實在是很殘酷的選擇！

　蒙坦諾　但是，如果不是靠著這個條件，實在是沒辦法拯救路易吉的生命呢！

卡特琳娜　不過，不過，小姐絕對、絕對不會做出這種事情的！

　蒙坦諾　但是，可以好好的勸她一下，來，跟小姐說說看吧，……妳看，星星越來越蒼白，時間所剩無幾了，路易吉現在從那地牢裡，是抱持著怎樣的心情在眺望星光呢？因為您是女人，對同樣是女人的小姐，應該很有辦法說服她吧？希望妳好好想辦法，教導她，鼓勵她，把實情跟她說，請您無論如何要讓她答應。

　　　　　一切拜託了，小姐的事情就交給妳，我這就回去了。自己哥哥的命運會如何，就掌握在她的手裡了。

　　　　　（剛要回去，又回來）

　　　　　不要忘記越來越蒼白的星星和快要升起的太陽！

　　　　　（蒙坦諾退場）

卡特琳娜　啊，上帝啊！我必須要用我這老糊塗的聲音，說服擁有純潔靈魂的她，去做出這樣的行為，是嗎？

　　　　　她總是以充滿憐憫的心來對待有罪的人們，但是，絕非愛其罪，而是深感厭惡與痛惜。她是個絲毫沒有受到污染，又非常懂事的

　　　小孩。直到現在都還是對罪人非常親切，但是一想到他們身上的
　　　罪孽，卻又煩憂得好像快要病倒一樣。

　　　不過，喔，路易吉少爺！為了您，她就當一個犧牲品吧。

　　　顏瑪，我的顏瑪……

　　　（她往門口蹣跚著走）

　　　一句話，我必須向您說一句話就好。

　　　（顏瑪的臉孔毫無血色，就像雕像一般。動作僵硬的走進來）

　　　剛剛，一個男人說要轉告托爾尼耶里先生的話，留著一些話之後
　　　走了。

顏　瑪　我耳邊迴響的聲音只有幾個字，那就是……永遠的死！死！
　　　死！……就只有這樣。

卡特琳娜　顏瑪，妳過來這裡坐著吧。啊，我想跪下來，把這衰老的臉埋在
　　　您的腿上。

顏　瑪　唉呀，奶媽，不知道我曾經幾次把我的頭埋在妳的腿裡，非常神
　　　往的傾聽妳講述仙境的故事。但，事到如今，我們沒有那快樂的
　　　仙境，只有被灰濛濛的、悲慘的現實世界而已……啊，然後就是
　　　死！只有這樣……

卡特琳娜　啊，不要那麼突然的站起來，我會跌到呢。
　　　唉，我必須要講出來嗎？……那個，路易吉……

顏　瑪　等一下，奶媽，哥哥就要從絞刑臺上被推落下來了，妳聽不到那
　　　個死亡的聲響嗎？

卡特琳娜　我跟妳說，還不確定哥哥到底會不會死呢！

顏　瑪　什麼？妳說什麼？對不起，奶媽，我嚇了一跳，把妳的手抓得太
　　　用力了。好啊，妳說說看！妳看，說不出來吧，這一定是妳試圖
　　　讓我放心的膚淺的謊言。因為，奶媽，那位皮亞特・托爾尼耶里
　　　先生已經清楚的宣判哥哥死刑，而且也跟我這麼說了。

卡特琳娜　沒錯，不過他已經反悔了。

顏　瑪　但是，奶媽，作為國家頒佈的命令，這麼短暫的時間內能夠擅自

更改嗎？

前一分鐘都還那麼骯髒齷齪的人，怎麼這時候突然變得人格高尚了？……難道，哥哥後來又被重新被審判了嗎？

噢，奶媽，請不要玩弄我。

卡特琳娜　那麼，我就直說吧。

路易吉的命或許有救了。

顏瑪　什麼？為什麼？是誰的力量？

到底是誰掌控那麼有力的權柄呢？奶媽。

卡特琳娜　是您！

顏瑪　（驚訝的站起來）

我！那個，我能夠救出來？

卡特琳娜　小姐，我這麼吞吞吐吐的難以啟齒，妳一點都沒有察覺到嗎？……那時候妳沒發現托爾尼耶里先生一直盯著妳看嗎？有沒有發覺他對你講話的時候都結結巴巴？他的隨從們強烈反對他的躊躇猶豫，對於保存妳的性命更感到非常不滿，妳知道嗎？

顏瑪　（把手放在額頭）

確實是如此，他那時候真的一直盯著我看。

卡特琳娜　唉，妳已經瞭解了嗎？明白現在該怎麼辦了吧？啊，我連看您的臉都很難過！

（突然垂頭）

顏瑪　我知道了。

我直到今天才第一次被暴露在世間殘酷的風雨之中，才知道有這樣的人生啊……原來如此，他向哥哥宣告死刑，是為了使我掉進陷阱啊！身而為人，怎麼可以做到這樣禽獸不如呢？

陰險狡詐的他，抓走我唯一的哥哥，設計這個圈套要貪圖我的肉體呢！

卡特琳娜，妳應該清楚知道我多麼愛我哥哥，甚至如果哪天哥哥叫我死的話，我也會開心的赴死。

即使要我從這人間失去戀愛和音樂的歡愉，只要是為了哥哥，我絕對、絕對、絕對不會後悔，立刻全部都放棄。

為了哥哥，即使被殺死，被刺死也可以，當然，被毒死我也面不改色。

但是，只有這個……只有這件事……只有這件事，不管是誰都不行！哥哥一定也不願意讓妹妹出賣肉體來保住他的生命，他不是這麼懦弱的人。

啊，在天空閃爍的群星，您一定正在為我啜泣，發出跟微弱光芒一樣的寂寞哭聲。

請為我哭泣吧！不，請大聲責罵我，這樣的沉默讓我害怕。以哥哥的鮮血做誘餌，試圖奪走我處女的貞操，我怎麼能夠落入這種陷阱呢！

卡特琳娜，我不要，無論如何，我不要！

我最討厭這種人。

我討厭在別人遭遇不幸之際，還趁火打劫逼使別人獻出肉體的卑鄙小人。

我憎恨滿腦子肉慾，妄想交易處女肉體的男人。

但是，卡特琳娜，我該怎麼辦才好呢？即使那些殉情而死的人們，也沒有像我這麼悲慘的吧？

然而，這些人們死後看著自己即將被燒掉的肉體，果真毫不後悔而把那當作自己理所當然的歸宿嗎？

「夏夜月光下，柔順少女心。」我也了解這句話的意思。但是，真正的女人絕對不會答應這麼可恥的交易。

這是我的答案。現在，還有以後，我的答案永遠不會改變。

卡特琳娜　妳的心情我都了解，這件事情帶給妳的煩惱我也都知道但是…但是妳還是個小孩。為了要把路易吉從墳墓帶回來，必須考慮很多事情，有更多面向需要顧及。明天黎明之際，路易吉就會死，這是不可否認的事實。

妳就讓那個笨蛋盡情撒野吧，就讓妳的身體給他擁抱吧！

先忍耐一下，等到天亮順利救出路易吉再說吧，到時候反而是那傢伙會成為笑柄。

而且，恐怕會是永遠的笑柄。

還有，顏瑪，妳也想要見到重獲自由的路易吉吧。這麼做終究是比較聰明的，反正這是個污濁骯髒、黑白不分的世間。

在這個世界上要永遠保持白玉無瑕，大概是無法奢望的。

在那個笨蛋的懷裡，閉著眼睛忍耐一個小時就好，這麼做的話，就能夠救出妳哥哥的命呢。

從生死的縫隙之中把你哥哥拉出來吧。為了這樣，那傢伙的接吻有什麼好怕的呢？

顏瑪　養育我們兄妹這麼多年的奶媽，現在都要來說服我了嗎？

為什麼、為什麼？奶媽總是比較疼男孩子對吧，好啊，哥哥一定會得救的，沒錯，一定沒問題的，但是，但是我，我絕對不要，絕不⋯⋯

卡特琳娜　為什麼妳總是這麼不聽話呢？

顏瑪　啊，女人，女人的身體是靈魂啊！

（蒙坦諾登場）

蒙坦諾　喔，小姐，聽說妳有話要跟我的長官皮亞特先生說，他很有興趣，派我來這裡接你呢。

顏瑪　都已經到這個時候了，你還要隱瞞我？你還想要掩飾什麼呢？

你明明知道你的主人為什麼想要見我⋯⋯來完成你的的任務吧，把我的答覆帶回去給他吧。

我的答案就是，絕不！我絕對不會答應，當然我愛哥哥。

我終究要跟哥哥一起死吧。

蒙坦諾　這是很好的回答。不過，路易吉到底能不能風風光光的死去？

不，我的意思是說，他真的做好離開這個世間的準備了嗎？

他到今天的生活方式到底怎樣？可以說是高尚的嗎？

　　身為公眾人物的他，今天被所有的市民推翻並且判刑，他個人好
　　色貪淫的事蹟，傳遍整個錫耶納市。

　　所以，目前就是由妳來決定是要讓他抱著這個惡名死去，或是讓
　　他將來還有改變的機會。路易吉永恆的靈魂，是否在此時就蓋棺
　　論定？還是要阻止讓他這麼快就面臨可怕的審判？這都掌握在妳
　　的手裡。

　　（時鐘的鐘聲傳來，已經半夜了）

　　妳看，夜晚將盡，黎明的腳步越來越近，這個分割昨天與今天的
　　莊嚴鐘聲，妳聽起來覺得怎樣呢？

　　路易吉也在那地牢裡聽著這個鐘聲吧，每次整點的鐘響，告知著
　　一個小時一個小時的流逝，時間恐怕非常難熬吧？他這時候心裡
　　不知道作何感想？

顏瑪　　媽媽，啊，媽媽，我到底該怎麼做才好？

卡特琳娜　顏瑪，妳可要記得，妳現在呼喊的媽媽，也是路易吉的媽媽
　　　　　啊……。

顏瑪　　好，走吧！

　　（她堅決的站起來，轉身從牆壁上拆下一隻匕首，悄悄揣在懷
　　裡）

卡特琳娜　喂，顏瑪，讓我幫妳把這紅色玫瑰花別在妳的胸前。

顏瑪　　好，好，因為那是他鮮血的顏色。

　　（蒙坦諾表示帶路之意，兩個安靜地退場）

卡特琳娜　喔，只為了他的生命！只是，只是，只為了那個男孩而已！
　　　　　聖母瑪麗亞，如果我現在的行為是罪過的話，拜託，拜託，啊，
　　　　　請赦免我！請赦免我！

第三場

舞臺——宮殿其他的房間，從很遠的地方傳來音樂，周圍擺滿各種花朵，皮
　　　　亞特看了一眼帶領顏瑪進來的蒙坦諾。

蒙坦諾馬上退場。

皮亞特　喔，小姐，終於來到我這裡了！

顏　瑪　像是要獻祭的牲畜不被允許任何躊躇一樣，我也終於來了。

　　　　你看這鮮紅的花，這就象徵著我哥哥的血！

皮亞特　妳實在是太正經、太嚴肅了，真是傷腦筋。

顏　瑪　什麼？太正經、太嚴肅了？

皮亞特　既然美是人生中最棒的東西，我們不能放過任何機會，要勇於追
　　　　求。

顏　瑪　那麼，你認為，這個圈套是這麼美好高尚嗎？

皮亞特　不，不是這個意思。我只是想要對妳說，一看到妳的臉，世間的什
　　　　麼恩怨善惡，在我眼前都一片朦朧，看不清楚了。

顏　瑪　不，我只是個獵物，是戰利品。

　　　　是哥哥的命，是少女的靈魂，來，來盡情的玩弄吧！

皮亞特　原來如此，或許真的是這樣，像是以賭徒一般的眼神，來伺機抓住
　　　　美麗的獵物。

顏　瑪　沒錯，而且你是拿著灌鉛的骰子在玩呢。

　　　　而且，連人都成為玩具。

　　　　你仔細的聽好吧！

　　　　我這麼來到這裡的原因只有一個，只是想從你的手裡，討回哥哥的
　　　　命而已。

　　　　但是，你要考考慮一下。

　　　　我現在難道是為了自己來跟你在一起？

　　　　我是為了幫助哥哥，抱持著向火堆加冰、給烈焰加雪的心情而來把
　　　　我獻給你。

　　　　我打從心裡討厭你碰觸我的身體，所以，你的每一下碰觸都會讓我
　　　　發抖。

　　　　你的接吻，我一點都不開心。但是如果這是為了哥哥而接吻，那是
　　　　多麼甜蜜。我必需要忍耐，直到太陽出來的那一刻。你想怎樣就怎
　　　　樣吧，緊緊的被你擁抱在懷裡的時候，我只是在眺望著你如夢似幻

的臉孔後方，逐漸升起的太陽。

你只是個幻影而已！來，悄悄的來接吻吧！隨心所欲的，儘管做吧！

我已經要把你從記憶裡消除了。

啊，眼前的這人是從墳墓裡爬出來的殭屍嗎？與我接吻的戀人是慘白臉孔的吸血鬼嗎？

新郎倌！你帶來的聘禮是鮮紅的血，我的嫁妝是死亡，啊，這是多麼悲慘的約會啊！窗外皎潔的月亮，從古至今，有沒有看過這麼下流的約會狂喜？

來，用你的雙手緊緊抱我吧，不，不是抱住「我」的靈魂，而是抱住一個叫作「我」的東西！

來，來跟這個嘴唇接吻吧，不，這是死人的嘴唇，連動都不會動的。

笨蛋，誰會以這種條件讓你隨心所欲？你那充滿全身的粗鄙血液，應該還沒讓你無法正確判斷吧？

反正，失去靈魂的我，縱使只擁有像旋風一般的短暫生命，憑你這種人怎麼能夠享受我的美？你這得意洋洋的人口販子！但是真正的快樂是絕對無法以這種交易獲得的。

雖然你即將得到你想要的快樂，不過，你如此奸詐狡猾，奢求你不該獲得的東西，天使會降下烈焰來懲罰你的罪過吧，喔不，像你這種人，天使或許根本就不想靠近你！

來，把我這嘴唇給你的嘴唇吧，不過，皮亞特，現在我的靈魂中充滿冰冷的嘲笑，懷著一個有點可怕的想法來接受你的接吻呢。

你有感覺到嗎？夫君，來，請對我做出你說的短暫時間的要求！

喂，皮亞特，說不定我本來就有愛你喔，過來給我擁抱啊……啊，不過，這是神聖的熱情之吻……怎麼能夠讓你享用人生最深刻的事呢，而且不只肉體，連永恆的靈魂都讓你……

啊，我受不了了！

（突然拿出懷中的匕首）

你就去把路易吉殺死吧！殺吧！我也要跟你同歸於盡！

皮亞特　（趕快從她的手裡搶下匕首）

顏瑪・岡薩迦，如果我說因為妳的這番話，我靈魂深處被你撼動了，妳會不會相信呢？

啊，這是多麼可怕的遊戲規則啊！啊，多麼恐怖的人命轉換仲介啊……

噢，我是真的直到剛剛才醒悟，我企圖得到妳的嘴唇，利用了神聖的審判席。

但是，那是因為真心喜歡妳，我不只在這裡，也不只在那審判席，我不管到哪裡都在想著妳，我反而讓自己吞下了戀愛的誘餌。現在連我自己的士兵都對我充滿不滿，攻城的戰果也轉眼成空，這都是為了某個美麗的臉龐。

但是，我剛剛聽到妳宛如天啟般的高貴言詞，立刻大徹大悟。

妳的嘲弄對我產生非常重大的影響，連對我的輕蔑都像夜空的星星那樣讓人覺得可愛，縱使把我被貶抑到地上踐踏。

我對妳的話，完全沒有反駁的意思。先前在追求愛情的我，現在看起來宛如猴子一樣，但是現在，面對著宛如從星星落入凡間的高貴少女，我心中懷抱著同樣高貴的情操，以這麼認真嚴肅的心情來愛妳。

顏瑪，我現在拋棄我們「從哪裡來」的想法，而要思考「往哪裡去」。

我仍然不想拋棄對妳的愛戀，但如果妳說不想看到我的話，我會當作是一場美夢，以後絕對不會勉強你來見我。

如果要講更遠的、更深刻的夢想……其實，如果妳允許的話，我不會有任何躊躇，立刻就要與妳結婚。讓我們的內心都像小孩子那般光明閃耀，不要讓我們兩人才剛認識就立刻以孽緣結束。我想，必需這麼做，我才能完成自己的救贖，從西下的落日變成升起的星

星，改頭換面，成為享受純粹戀愛的男人。原本即將成為純潔的、
美麗的殉死者的妳，或許也會重新微笑著甦醒過來。

顏瑪，跟我結婚吧……

來吧，什麼都不必說，我要親妳。

顏瑪　　好，什麼都不說，嘴唇靠過來吧。

不過，啊，哥哥！

噢，黎明悄悄靠近了。

不好了，啊，已經是黎明了……

皮亞特　（身旁的時鐘突然發出報時的鐘聲。趕緊寫下出獄命令）

茲取消路易吉・岡薩迦的死刑宣判，即刻將其赦免。

法恩札監獄必須馬上將其釋放。

（署名）皮亞特・托爾尼耶里

（一侍者登場）

趕快，騎馬把這個拿過去！

（侍者帶著命令書，趕緊退場）

來，看看這個只有我們兩個人的金色早晨。

啊，早晨女神每天早上灑下的露水也比不上妳臉上晶瑩剔透的水
滴。

噢，終於，長久以來的憤怒、狂熱、復仇、狂妄的舉動，全都離開
了……

顏瑪　　喔，皮亞特先生，縱使你對我的愛情消退得無影無蹤，我、我也已
經愛上你了。

假使你心中曾經燃燒著邪惡的情慾之火，我相信，你一定可以恢復
正常，找到正確的戀愛之路……

（皮亞特接吻顏瑪）

（靜靜地閉幕）

（第二幕結束）

第三幕

——日出——

場所——法恩札監獄

路易吉一個人

時間為黎明

路易吉　啊，要黎明了，黎明了！

現在就是萬物感悟生命的時刻。

不過，我是要感悟死亡嗎？

啊，萬物狂舞慶祝甦醒的喜悅時，我卻要死去。

這新鮮的氣息越來越濃，眼前的色彩也越來越明亮，四周的氛圍似乎與代表死亡的陰暗墓地之差別越來越大。但是，但是，喔，我還是必須要在黎明死亡！

沒錯！目前是連地球轉動也停止，造物主給予大地休息的深夜。

但是，現在卻已經從東方再次出現給予萬物慰藉的晨曦了。

我必須馬上斷了想活下去的念頭，現在外面的小鳥開始在鳴叫了，重複演奏著耳熟能詳的曲調。

但是，我卻必須踏上解脫的旅程……。

啊，在那孤寂的世界，沒有棲息在樹上唱歌的棕色小鳥、沒有翠綠的樹葉，也沒有深藍色的天空。

（突然站起，來回踱步）

為了清晨這個重要時刻，溪流中的小魚都很歡喜雀躍，其他野生動物也都很興奮，農村裡微弱的曙光中傳來喃喃細語，鸚鵡大聲高喊著『太陽出來了！』點綴著銀白露水的玫瑰悄悄抬起頭，從沾濕的衣服中露出鮮紅的胸膛喘著氣；還有從黑暗的泥土中生長出稚嫩的各種花朵，就在不遠的地方，整個庭園被前一晚的雨水洗淨，洋溢著爽快的香氣。

從舒服的睡眠中自然醒來，做一下深呼吸。遠方的大海也在眼底意識到天體的改變，潮水緩慢而莊嚴的漲了起來。

就像這樣，星星躲藏起來，陽光照破黑暗，重返地球。

（他像崩潰似的一屁股坐下來）

然而，我在這瞬間，必須要歸還我的生命。

（又站起來）

已經從夢裡醒過來的不只是大自然，還有眾多勞動者，有的聞著令人舒暢的泥香在菜園裡工作，有的在肥沃的農田裡沙沙的翻土，還有在險峻的懸崖上追逐著獵物。

年輕的妻子也已經起來了吧，看著身旁的嬰兒安靜神遊於夢的國度，悄悄給他溫柔的親吻，在愛人之子的耳朵旁，輕輕訴說她藏在內心深處的綿綿情話。

士兵們也因為那嘹亮的起床號角聲而跳起來了。

商人們把店門打開，用心的排列櫥窗中的商品。

漂亮的小姐們也踏著輕快的腳步，往市場聚集，可能想起許多昨夜的事情，在晨曦照耀之下露出笑容。

騎著馬的人，享受著輕柔的晨風；徒步的人，享受著清涼的朝露，內心都非常舒暢愉悅。

早晨的陽光再次拜訪了因連日暴風雨而精疲力盡沉睡過去的大海，用舒爽的海風讓船員們擁有新的勇氣。

在妻子在寢室裡放入離家甚久的丈夫的來信，在丈夫那邊也收到遙遠他方的小孩們表達思念的信件。

圍繞太陽的無數死亡的物體重新醒過來，這個繞著太陽公轉的叫作地球的世界，我不知道其存在對人類來講是悲傷還是喜悅。

可是，重點是生命！現在就是生命即將要展開新的一天的莊嚴時刻！

我卻在此刻必須要死……

（又到處踱步）

到底是誰把永生賜給渴求永生的人呢？

讓我來解答這個問題吧，就當作至今為止的失策與愚蠢之補償，不

過，我到底要跟誰答覆呢？

當然，首先就是那個把我如此丟進土牢、即將奪走我的靈魂、讓我深刻體會強烈的生命欲求、把黑暗灌入我的腦海中的那個皮亞特，對吧？

啊，重點是生命！是生命！

其他事情都無所謂，我不管怎樣都不想死，無論如何都不要死。

天邊的朝霞越來越紅了。

我的那些部下，那些女人，縱使聽到我的死，想必也不會趕過來吧。

啊，我被所有的人拋棄，被宣判死刑了。

噢，顏瑪，妹妹，妳，只有妳不會拋棄我，一定會在我最後一刻，擁抱我，在執行死刑之前，給我一個熱烈的吻吧……。

但是，我必須孤孤單單一個人，前往那可怕的死亡國度嗎？哎呀！

（傳來敲門聲。門被打開之後，典獄長帶著執行官與副執行官一同進來）

典獄長　路易吉·岡薩迦，準備好了嗎？

　　　　你不想跟教誨師見個面，懺悔你迄今為止的罪行，抱著輕鬆一點的心情死去？

路易吉　我妹妹在嗎？有沒有什麼口信？

　　　　只有幾個字也沒關係。

　　　　唯獨她不會一句話都不說就讓我死去，我相信她不會！

典獄長　你妹妹不在這裡，好像也沒有留口信給你。

路易吉　喔，不會，她一定不會這樣！

　　　　不會吧，不會吧，典獄長，現在時間應該還沒到，能不能等一下再執行呢？

　　　　跟哥哥感情那麼好的妹妹，直到今天都一起長大一起生活，怎麼會這樣讓我死去呢？只要一次就好，請讓我與妹妹見面吧，並且讓我聽聽她的聲音。

這是無理的要求嗎？

如果這是無理的要求，那也是我們兄妹情深，讓我無法克制。

為何我們要這樣子離別呢？啊，妹妹現在到底做什麼？

各位，你們絕不會拒絕讓我再多等一下下吧？

典獄長　我沒有答應你的權力，也沒有收到任何允許你等待的委任。

我必須馬上執行我的工作，我只有這個權力而已。

來，趕快準備，執行官在等著呢。

路易吉　罷了，我放棄了。

但是在那之前，能不能給我喝一杯酒呢？喂，典獄長，這個小小的請求是可以允許的吧。

只要這樣就好，這樣就好，絕對不會再拖了，只要一杯，而且是我人生的最後一杯啊。

典獄長　好吧，只能允許這樣，但是不准再拖延了，到時候硬拉著也要立刻把你處死。

（向副執行官說）

請帶一杯酒來吧。

（副執行官退場）

路易吉　顏瑪發生什麼事情了嗎？不管有什麼事都應該要來道別啊……奇怪。

（副執行官帶來斟滿酒的酒杯，交給路易吉）

再見，美味的葡萄酒啊！這是最後一次品嘗你的味道。

哎呀，臨終的一杯……。

（喝下去）

噢，生命的愉悅現在大聲奔馳在我的血管裡，心臟強烈的跳動著。

即使到這一步來，我不想死啊，當然不能死啊，這紅色的酒，現在正在我的血液中跳舞呢。

如果要把我殺死的話，你們終究還是要依靠暴力，因為，你們看，我才不會乖乖服從你們的命令………。

　　但是……能不能讓我活下來呢……

　　我有這麼多錢啊，只要饒我一命，我們三個人就能永遠輕鬆快樂的過好日子了，你讓我逃走吧，然後跟世間傳出我已經死了，這麼一來，我會盡我所能的給你們很多禮物的。

　　話說回來，你們跟我也無冤無仇，對吧？

　　來啊，誰來把我藏起來，獲得我的賞賜吧！

典獄長　喂，把這傢伙綁起來，不要猶豫，立刻依照法律將他處死吧！也讓他發夠牢騷了。

　　你這個笨蛋，竟然覺得我會被你那麼愚蠢的言詞所說服而忘記自己的重責大任？實在是太誇張了。

執行官　沒錯。

副執行官　實在是喔……。

典獄長　那麼，請立刻執行吧！

　　（他們靠近路易吉，粗暴的把他綁起來，這時候突然有疾風隨著馬蹄聲而來）

路易吉　你們聽！馬、馬蹄聲啊。

　　啊，停在門口了！

　　（一個使者匆匆忙忙跑進來，大口喘氣，拿出一張紙）

　使者　皮、皮亞特‧托爾尼耶里閣下的緊、緊急命令！

典獄長　（讀）

　　嗯，岡薩迦，從現在開始，你自由了。

路易吉　什麼？自由？

典獄長　我們已經沒有任何權限再扣留你了。那裡有門，外面有一個不同的世界等著你。

路易吉　但是……嗯？

典獄長　我實在不了解為什麼會有這道命令，可能還是要跟上達天聽的高層人士詢問才能了解。無論如何，既然上級如此命令，我們也只能服從。

路易吉　但是，我到現在都還是一頭霧水啊。

　　　　（此時，伴隨著人聲鼎沸，布魯斯和卡爾寇跑進監牢裡）

布魯斯　路易吉，你得救了！

　　　　剛剛在那邊聽騎馬的使者宣布的。

　　　　（死刑執行官和副執行官退場）

典獄長　那麼，再會了，先前對你說的話可能有點冒犯，那都是職務上不得已的，還請多多包涵。我先告辭了。

路易吉　完全無法了解什麼跟什麼，好吧，再見。

　　　　（典獄長退場）

　　　　你們兩個帶著赦免的消息，就像親人一樣的跑過來看我。我們的交情這麼深厚，但是不知道為什麼，你們的表情，卻沒有一絲一毫的喜悅。沒有熱烈的擁抱、興奮的言詞、緊緊的握手、感動的眼神，全都沒有，儘管是這樣，我是自由的，活著真好，噢，上帝啊！感謝給我這個喜悅！您不但即將讓太陽在天空展現美麗的舞姿，還讓我體會無限的歡喜。

　　　　我能夠再參加那些的盛大饗宴了……。

　　　　沒錯！還能回到這個五彩繽紛和露珠晶瑩的世界。

　　　　走吧，走吧，儘快離開這個地方吧。

　　　　但是，等一下，我在離開這個地方之前，想要跟你們說一句話，不是別的，我這樣從這個陰沈的墳墓回來了，但你們好像還是鬱鬱寡歡的樣子。

　　　　難道你們不喜歡我活下來嗎？

　　　　喂，你們，說句話吧！說話。

　　　　你看，連雲雀都向著墳墓出來的我，熱情的打招呼，到處鳴叫著，不是嗎？

　　　　喂，卡爾寇，不然布魯斯也好，回句話啊，喂，說句話。

卡爾寇　路易吉，你覺得我們為什麼都開心不起來呢？

　　　　這個答案是我們錫耶納全部市民都知道的。你被釋放出來，呼吸著

自由的空氣，非常開心、昂首闊步的走回城裡，但是我們兩個只能在旁邊憂心忡忡的看著而已。

路易吉　言下之意，難道現在的我還有其他罪責嗎？你們說，我還犯了什麼罪？被判處什麼刑責？

　　　　我所有的罪應該在那場審判就已經一次被清算完畢了，所以現在才這麼自由。

布魯斯　沒錯，如你所說，牢獄之門已經在你眼前打開，你重獲自由了，但是，路易吉，你的自由，是因誰而來的呢？就是從你妹妹那裡來的！

　　　　聽說是昨天晚上，她為了救她深愛的哥哥，終於把那純潔無瑕的身體，獻給了皮亞特‧托爾尼耶里。

路易吉　啊，我的天啊！

　　　　原來如此，原來如此啊！太可恨了！誰會想要用那樣的條件獲救呢？我現在感覺自己從骨髓而外都完全變得不一樣了。

　　　　啊，以前的我多麼懦弱，根本是個窩囊廢啊，該死！啊，所有的怯懦現在都已經消失了。

　　　　妹妹啊，妹妹！這樣的交易叫我怎麼能夠心甘情願呢？啊，她明明知道我會有什麼反應的，好，事到如今，沒辦法了，我已經是自由之身，要做什麼都沒問題了。

　　　　你們叫我的部下過來吧！不管剩下幾個都沒關係，像暴風雨一樣的襲擊宮殿，讓我痛痛快快的戰死吧。

　　　　我昨天對那傢伙求饒，這次準備要去求死，這沒什麼好奇怪的。

　　　　啊，我不想活在這世界上了，感覺連天上的太陽都已經變黑了。

　　　　走吧！跟我來！走吧！

布魯斯　即使有些人已經離開，我們的陣容還是相當龐大。

　　　　只要我們登高一呼，就可以號召很多人過來。

路易吉　去宮殿！去宮殿！

　　　　沒錯，我要在那裡光榮的戰死！

第四幕

　　舞臺——岡薩迦家的大客廳。

　　從後臺不斷傳來人群騷動的聲音。

　　開幕之後，安森摩跟全副武裝的將軍們一起，打破門闖進來。

　　後臺的吵鬧聲逐漸變成怒罵與嘲諷，聲音傳到前臺來。

安森摩　也不在這裡——原來如此，果然他昨晚跟那個女人在一起。

　　　　好！諸君，已經不用留情面了，打破那邊的門吧，把那個為了一
　　　　個女人就背叛我們的傢伙找出來，一刀砍死吧，拔刀啊！拔刀！

一個將軍　在這裡！

另外一個　跟我們過來！

　　　　（皮亞特登場）

皮亞特　哎呀！全都到齊了。

安森摩　皮亞特・托爾尼耶里，我們是聽到錫耶納城內的流言，人們說的
　　　　不外乎是你不只救了妹妹的命，連他的哥哥都要放走，只是為了
　　　　貪戀跟妹妹之間的情慾。

　　　　那哥哥是誰呢？就是我們所有的人都聽到你親口宣判他死刑的那
　　　　個傢伙。

　　　　不得已，事到如今，只好跟你打一仗。

　　　　啊，這段漫長的歲月，無怨無悔跟隨著你，同甘共苦的我們，最
　　　　後得到的結果卻是這麼可恥，讓我們必需與你兵戎相見，真的只
　　　　能這樣嗎？

　　　　對啊，我們的劍無法跟女人魅惑的雙眼相提並論，我們的信義比
　　　　起主政者的色慾，也是無足輕重！

　　　　（帶著怒氣的怨言）

　　　　我們至今為止都如此忠實勤奮，但是那女人只要一接吻，我們就
　　　　彷彿變成空氣一樣，毫無價值了。

　　　　因此，我在此斬釘截鐵的宣布——這是最後一次對你好好講
　　　　話——

我們現在要執行的就是，把你一刀砍死或是把你這無藥可救的浪蕩子丟到酒色之國去，不過，我有很多過去的回憶，因此這把劍無法插到你的胸膛。不，我不能因為這樣，就把先主的嗣子殺掉。

啊，沒錯！我不能做出這麼荒唐的事！

（怒吼）

對了，我還要戰鬥，這是我的本分，只是我在這裡學到為了追求色慾終究會失去一切，只有這樣而已。

托爾尼耶里公子，因為這樣，過世的老頭子將也將永遠的離棄你。

好好保重吧………

（安森摩將要退場時，路易吉在騷動聲中，帶著隨從跑過來）

路易吉　你好，皮亞特‧托爾尼耶里！

因為你的命令，我得到了自由，現在才可以這樣跟你見面。

沒錯，我是自由了──背後的理由沒有被告知，但反正是得到了自由。

不過，到底是為什麼？

是我妹妹的恩惠啊！

（手指向顏瑪的房間）

喂，我就像尊敬聖者一樣對待我純潔的妹妹，你昨晚跟她在一起時的狂態，現在應該記憶猶新吧？

昨晚她流下的眼淚是純淨的聖水，然而你卻無情的將罪惡的酒混入其中，一口喝掉。你以為我會喜歡她付出這種悲慘的代價來救我的性命？你把我當成是這樣的窩囊廢啊？

確實，我原本是窩囊廢，我到現在都還覺得自己很沒出息，但是，現在就是挽回名譽的時候了。

女人的耳朵，隨時都可以輕易的把誘餌丟進去。我妹妹想必也是因為這最卑鄙的誘餌，將作為處女最重要的東西獻給你了。因此

我才能被救出來，不，不是被救，而是被施加了比一千次死刑還更慘痛的刑罰！

啊，我再也無法忍受自己這樣子活在這個世界上了。

只要我活著，人們都會對我指指點點的說：「你看，路易吉那傢伙，出賣妹妹的肉體，還若無其事的活著」。

喂，皮亞特，只要你願意，現在馬上在這裡跟我決鬥吧。

如果不要的話，再一次宣告我死刑吧。

（門突然打開，顏瑪出現，皮亞特拉住她的手）

喔，顏瑪。

妳做了沒出息的事情，縱使世上有人讚揚妳，啊，對於妳的決定我一點都不感激，那是如此卑賤、骯髒的行為，啊，我永遠都會怨恨妳……。

啊！妳或許以為這樣的行為叫做犧牲，不，絕對不是，這樣的犧牲品誰都容易當，妳看來也是這樣的人，妳大概……。

皮亞特　好了，你的想法我完全知道了。

那麼，讓我說吧，路易吉・岡薩迦，還有在那邊的安森摩，你們這樣懷疑我，也是無可厚非，事實上我確實曾經想要做出像你們所說的事情。

（傳來交頭接耳的聲音）

那是我內心深處的人性弱點驅使我去那麼做，但是，我在這裡，奉天上所有聖者之名發誓。

她——在我身邊的這位女孩——並沒有被污染，她仍然是像雪一樣純潔無垢的處女，不，應該說她是在危險的處境之中，為了保持貞操，跟我同歸於盡也在所不惜的可貴女性。但是我，原本想要玩戀愛遊戲的我，非常慶幸的，最後贏得了無與倫比、更加貴重的、非常高尚的東西。

我在此鄭重宣布，這位女性就是我的妻子。

顏瑪　路易吉，身為你妹妹的我早已死去，現在站在這裡的我，是與皮

亞特結婚的叫做顏瑪的另外一個人。

（驚訝的低語聲）

皮亞特　我妻子的兄長啊，你的生命是這樣被救出來的，親眼看到這樣的事實，你還要拋棄你珍貴的生命嗎？

看啊！路易吉！

金色的晨曦正在我們頭頂上展開著莊嚴的場景呢！

我可以預測，路易吉，那越來越耀眼的金色旭日，一定會賜給我們兩人更深刻、更崇高的理想人生，也會從我們兩個家族以及整個錫耶納城市中，消除流血的慘劇和過去的怨恨，帶來充滿光明的和平！

（幕）

這篇翻譯就在此結束。但是，想到拙劣的譯筆和所在多有的誤譯，實在慚愧之極。

迄今為止，由於譯者自身的繁忙和不夠努力，終究查不出原作者之姓名，萬分抱歉。他日一定要完成這個責任，尚請包涵。如果能夠惠蒙指正，實在是我的榮幸。關於開頭所說的「若遭遇嚴正之批評，我打算立刻逃到幽深的樹林裡悠閒度日。」希望不要覺得我太過輕率或不學無術，還是希望賞賜給我寶貴的意見。

最後，這篇翻譯所根據的原書是在大正十二年左右出版的日本大學預科用書，總覺得是「史蒂芬‧菲利浦」[2]的作品。

昭和五年二月十六日夜

譯者

2　中譯者按：原文作「ステッフェン‧フィリップ」。

痞子普拉托諾夫：
未發表四幕戲劇（摘錄）[＊]

作者　契訶夫
譯者　宮崎震作
中譯　杉森藍

【作者】

契訶夫像

契訶夫（Anton Chekhov, 1860～1904），俄國小說家、劇作家。生於羅斯托夫省塔甘羅格市（Taganrog）。一八七九年前往莫斯科大學醫學系就讀，畢業後一邊行醫一邊寫作，陸續發表幽默小品〈一個官員的死〉、〈變色龍〉、〈普里希別葉夫中士〉等。第一部劇本《沒有父親的人》寫於一八七〇年代末葉，揭露了當時俄國的社會矛盾。爾後陸續創作了《伊凡諾夫》、《海鷗》、《三姊妹》、《櫻桃園》等多幕劇，以及《天鵝之歌》、《蠢貨》、《求婚》、《一個不由自主的悲劇角色》、《婚禮》、《紀念日》、《論煙草的危害》（1892）等獨幕劇。此外也是短篇小說的巨匠，重要作品有〈掛在脖子上的安娜〉、〈兇殺〉、〈白額頭〉、〈農民〉、〈貝琴涅格人〉、〈在故鄉〉、〈在大車上〉等。他堅持現實主義傳統，注重描寫人民的日常生活，塑造具有典型性格的小人物，藉此忠實反映出當時俄國社會現況，作品中表現出對於醜惡現象的深刻嘲諷、對貧苦人民的誠摯同情，並且具有濃厚的幽默性和藝術性，對於二十世紀全球戲劇與小說創作產生了重大影響。（顧敏耀撰）

【譯者】

宮崎震作（？～？），日本長崎縣人，來臺就讀臺灣總督府高等商業學校，一九二四年畢業，後擔任臺灣總督府工業研究所技手，一九四二年給四級俸，一

＊ 原刊作〈やくざ者のプラトノフ：未發表四幕戲曲（拔萃）〉，作者標為「アントン・チヱホフ」。

九四四年給三級俸。曾於報刊發表多篇創作與譯作，大多數發表在《臺灣日日新報》，創作方面以小說為主，如一九二七年八月的〈一狂人の遺書〉（一個狂人的遺書）、同年十月的〈アメリカと風と牢獄〉（美國、風與監獄）、一九三九年一月的〈生ける石炭〉等。譯作方面，如一九二九年五月的〈ルクサンブルク公園〉（盧森堡公園）、同年七至九月的〈母と子〉（母與子）、一九三〇年八至十月的〈やくざのプラトノフ：未發表四幕戲曲（拔萃）〉（瘂子普拉托諾夫：未發表四幕戲劇（摘錄））等。在雜誌方面亦有零星著作發表，如一九二九年十一月發表於《無軌道時代》的〈革命後のロシヤ文學〉等。（顧敏耀撰）

人物

安娜・彼得羅夫娜・伏尼契夫（陸軍上將遺孀）

謝爾蓋・巴布羅維奇・伏尼契夫（上將的兒子）

索菲亞・葉戈諾夫娜（謝爾蓋的妻子）

米海爾・瓦西勒維奇・普拉托諾夫，暱稱米夏（教師）

伊凡・伊萬諾維奇・杜爾列斯基（退役陸軍上校）

尼古拉・伊萬諾維奇・杜爾列斯基（伊凡的小孩、醫師）

愛麗克珊德拉・伊萬諾芙娜，暱稱莎夏（他的女兒、普拉托諾夫的妻子）

亞伯拉罕・阿卜蘭莫維奇・馮傑羅維奇（猶太人，放高利貸者）

波菲里・謝苗諾維奇・格拉戈列夫（富裕的老人）

基里爾・波菲里維奇・格拉戈列夫（他的小孩）

提摩菲・高爾維奇・布果夫（放高利貸者）

瑪麗亞・耶菲莫夫娜・桂葛兒（鄰村的年輕女孩）

奧西普（盜馬賊）

雅可夫及瓦西里（伏尼契夫家的男僕）

卡嘉（女僕）

第一幕

　　舞臺——庭園。前方有花壇與小徑，花壇中央，有燈籠來裝飾，牆上掛著人物肖像，旁邊還有凳子、椅子、小桌子等。右手邊看得到府邸，有樓梯通往院子。窗戶有些打開著，聽得到談笑與鋼琴的聲音。院子後面有很多帶著中國風的涼亭，在那門口上面寫著「S・V」的裝飾文字。涼亭的對面有人在玩保齡球。庭園也好，宅邸也好，都被裝飾得漂亮，客人們各自□□院內休憩。雅可夫和瓦西里穿著黑色的雙排扣長禮服，醉著依次在燈籠放□□。

一

　　布果夫和杜爾列斯基（醫師）

　　杜爾列斯基（帶著酒氣、挽著布果夫的手臂，從宅邸出來）：「來！提摩菲・高爾維奇，拿給我吧。那麼一點點而已，對你來說又沒什麼。而且我只是要跟你借而已。」

　　布果夫：「絕對不能，請您不要讓我為難吧，尼古拉・伊萬諾維奇。」

　　杜爾列斯基：「可以啦，一定可以，你什麼都可以的……。只要你願意，你連這個世界都能夠買下兩個呢！我只是跟你周轉一下而已……你啊，你這樣不通情理不行啊，我發誓不要還錢！」

　　布果夫：「你看，你也了解吧，你現在，不打自招了！」

　　杜爾列斯基：「我什麼都不懂。我只懂你的無情而已。給我錢，大人，不想嗎？不要碎碎念，安靜的拿出來，還是我必須要合掌拜託你？怎麼？你應該不是這麼冷酷無情的人吧？你的心到底在哪裡？」

　　布果夫（嘆氣）：「啊，尼古拉・伊萬諾維奇，你都不好好看病，腦中只有想著錢……。」

　　杜爾列斯基：「你說的倒是很有趣啊！沒錯，哈哈哈！」

　　布果夫（拿著錢包）：「你好像認為嘲諷別人是你自己的權利……。你可以這麼做嗎？說起來，我沒有接受像你們所接受的教育，但還是有接受教會的洗禮呢……。如果我講話太愚蠢，你的任務應該是教導我，而不是取笑

我……我是這麼認為的。我們農民不會化妝，皮膚也很粗糙，但我們也是人。沒有必要被別人說三道四……。很不好意思，如有冒犯之處……（打開錢包），這是最後一次唷，尼古拉・伊萬諾維奇……（開始數）一……六……十二……。」

杜爾列斯基：「唉呀，這是怎麼了？人人都說俄國人沒有錢……你，那麼多錢，從哪裡帶來的？」

布果夫：「五十……好（交錢），知道嗎？這是最後一次了。」

杜爾列斯基：「那張紙片是什麼？也一起給我好了，我喜歡（接受錢），我說那張紙鈔也要給我啊。」

布果夫（再拿錢給他）：「好吧……。你實在很貪心呢，尼古拉・伊萬諾維奇。」

杜爾列斯基：「都是一盧布鈔票對吧，這麼多……是不是假鈔啊？」

布果夫：「假鈔的話，還給我啊。」

杜爾列斯基：「不，謝謝你，提摩菲・高爾維奇，我祝福你身體健康，萬事如意。你實在過著不規律的生活，喝很多酒、講話聲音都沙啞了、匆匆忙忙、該睡的時候不睡，……簡單的說，現在這個時間，你為什麼不在家裡睡覺呢？精神太亢奮了。說起來，像你這樣血氣方剛的人，晚上要早點睡覺才行。但是，你好像在謀殺自己一樣啊。」

布果夫：「但是……。」

杜爾列斯基：「不要說但是啊。哈哈哈……。剛才是開玩笑的，不用擔心，還早啦，你還不會死的，還有很長的路……，對了，你有存很多錢吧，提摩菲・高爾維奇。」

布果夫：「這一輩子夠用而已……」

杜爾列斯基：「你是相當聰明的好男人，但是個大笨蛋！你不要生氣，我們是老朋友了，我才跟你說的……。你是我的朋友，對吧？……好。你是了不起的人，但是很笨。」

布果夫：「我現在就去涼亭裡睡覺，他們來邀請晚餐時，再叫我起來好嗎？」

杜爾列斯基：「好啊……你睡吧！但你不可以忘記你是大笨蛋。」

布果夫：「如果不來邀請晚餐的話，十點半再叫我起來。」（離開）……

二

杜爾列斯基。後面有伏尼契夫。

杜爾列斯基（檢查鈔票）：「總覺得有農夫的味道呢……。那個傢伙，大概狠狠的勒索來的吧，壞傢伙……對了，這筆錢要怎麼用呢？（向著瓦西里和雅可夫），瓦西里，叫雅可夫來，雅可夫，你叫瓦西里來。兩個一起到這邊來。」

雅可夫和瓦西里（靠近）

杜爾列斯基：「唉呀，穿什麼雙排扣長禮服……看起來很像老爺呢！（給瓦西里一盧布）拿著吧。（向雅可夫）你也是。聽好，這是因為你們的鼻子都很長，所以才給你的。」

雅可夫和瓦西里（鞠躬）：「謝謝您，尼古拉・伊萬諾維奇。」

杜爾列斯基：「怎麼那麼像繩子一樣，搖搖晃晃的。喝醉了是嗎？小心不要被老婆發現，然後被打鼻子。（再各一盧比給他們）這是因為你們的名字叫雅可夫和瓦西里，所以才給的。來，向我鞠躬吧。（兩個人按照他所說的做）好，好。聽好，不要拿去買酒。好，閃一邊去。我要點燈籠。

雅可夫和瓦西里（離開）

伏尼契夫（經過）

杜爾列斯基（向伏尼契夫）：「來，給你三盧布吧。」

伏尼契夫（接到錢之後，自動把它放在口袋，往庭院的深處走）。

杜爾列斯基：「欸，不說謝謝啊。」

（伊凡・伊萬諾維奇和莎夏從公館出來）

三

杜爾列斯基、伊凡・伊萬諾維奇以及莎夏。

莎夏（一邊進來）：「天啊，什麼時候才能終結這一切呢……。為什麼上

帝這麼殘酷的懲罰我呢？……。這個人醉得不醒人事，連米夏[1]和尼古拉都醉了……。父親大人，你在別人面前也不會感到羞恥，至少在上帝面前知道慚愧吧……。你看，大家都在看呢。難道你覺得讓人在背後對你指指點點，我會覺得很有趣？」

伊凡‧伊萬諾維奇：「喂，妳在喃喃自語什麼啊。不要說了。……太囉唆了……。」

莎夏：「根本不能跟爸爸一起拜訪豪宅。一進去裡面，就馬上醉醺醺的出來，真是難看。你的年事已高，所以更不能這樣。你要當大家的好榜樣，絕對不要酗酒才行啊。」

伊凡‧伊萬諾維奇：「不要說了……喂，不要說，囉唆……。妳到底認為我是什麼樣的人啊。莎夏，我不會說謊，我發誓，如果讓我再做五年的話，我一定能當上將官呢！什麼？怎麼了？妳不覺得我會當將官嗎？（笑）我擁有能當上將官的正式學歷和資格呢！妳不懂嗎？唉，妳不懂是嗎？……。」

莎夏：「請你不要再說了！將官才不會這樣一直喝酒呢！」

伊凡‧伊萬諾維奇：「就是因為很開心，所以人們才會喝酒。我本來應該當上將官的。閉嘴，乖孩子……莎夏，妳跟妳過世的媽媽一模一樣……呼嚕呼嚕呼嚕……事實上，她也是如此，從早到晚每天，一整天都在發牢騷……呼嚕呼嚕呼嚕……啊，莎夏，妳不知道我是怎麼樣的人，妳跟妳過世的媽媽一模一樣啊，眼睛、鼻子、臉，甚至像小鵝走路的樣子，什麼都一模一樣呢……我啊，莎夏，我是多麼愛你媽媽啊……。上帝召喚妳媽媽走了。原諒我吧。我沒有好好保護妳媽媽，實在無能無力，讓她就這麼死了……」

莎夏：「這件事情不要再提了。爸爸，話說回來，我認真的跟您說，您差不多該戒酒了。喝酒就交給身體健壯的年輕人吧。他們很年輕，所以無所謂，但爸爸您年紀大了，一點都不適合喝酒。」

伊凡‧伊萬諾維奇：「好，我知道了。我從今天開始一滴都不喝了。既

1　趙勳達按：「米夏」為莎夏對其丈夫米海爾的暱稱。

然是妳的命令，背後還有妳過世的媽媽的心意……。嗯，好，我不會再做這種事了……我知道了，妳認為我是怎麼樣的人呢……？」

　　杜爾列斯基：「閣下，這裡有一百戈比。」（給他錢）

　　伊凡・伊萬諾維奇：「這樣啊，你是伊凡・伊萬諾維奇・杜爾列斯基上校的公子嗎？」

　　杜爾列斯基：「沒錯，正是如此。」

　　伊凡・伊萬諾維奇：「這樣啊，那麼我就收下了。（笑）謝謝尼古拉，如果是別人給我的話，我絕對不會收，但是因為是自己的兒子，所以我會接受，而且還會很開心……對吧，孩子們，我絕對不會貪圖別人的錢財，我對金錢漠然視之，上帝非常清楚我是清廉的，你們的爸爸是真正廉潔的人啊，這輩子我從來沒有偷拿過國家和上帝的錢。我出戰一千次，用這隻手處理了幾十萬盧布的巨款，但是除了自己的薪水之外，對於俄羅斯帝國的錢，連一戈比都沒有碰！」

　　杜爾列斯基：「爸爸，那雖然很值得稱讚，但是恐怕來也不需要這麼自誇啦。」

　　伊凡・伊萬諾維奇：「我不會自誇啊，尼古拉，只是在教導並解釋給妳聽而已啊。縱使在上帝面前，我也能夠好好的說明。」

　　杜爾列斯基：「現在要去哪裡呢？」

　　伊凡・伊萬諾維奇：「回家，必須要護衛這位一直纏著我的蜻蜓公主（指莎夏），她說要帶我回家、要帶我回家，一刻都不讓我休息。她一個人會害怕啦，我護衛到家之後，會再回來這裡。」

　　杜爾列斯基：「這樣好啊。（對莎夏）給妳好東西，來，三盧布。」

第二幕之二

　　莎夏：「給我五盧布吧。我要買米夏夏天的褲子……我家只有一條，真不像話啊。拿去洗的時候，只好穿毛織褲……。」

　　杜爾列斯基：「如果我是妳，夏天的也好，毛織的也好，都不會買給

他，我會讓米夏自己去買。不過，妳一定要五盧布的話，給妳吧。」（給她錢）

伊凡‧伊萬諾維奇：「你們認為我是怎樣的人呢？我是……對……我在參謀本部工作，總是為了把敵軍殺個血流成河而絞盡腦汁呢……。」

莎夏：「爸爸，你在磨蹭什麼，出門的時間到了！再見，古拉[2]。」

伊凡‧伊萬諾維奇：「等一等……聽好，這就是處世的大原則，清白正直又符合身份，不要被人家瞧不起……我有得到第三級的佛拉基米爾勳章，不是第二級，第二級是帶有星星的……，我的是第三級勳章，妳看，掛在脖子上。你能夠了解吧？莎夏……。然後，這邊還有聖安娜勳章和史坦尼斯拉夫的。還有，這是羅馬尼亞勳章，這是波斯的獅子勳章和旭日章，這是銀牌，是我在六十三年，把有個聯隊士官的太太，在河裡快要溺水的時候，我把她給救出來，那時候被頒發的……。除此之外，也曾榮獲聖喬治的陸軍十字架勳章。尼古拉，那是在塞瓦斯托波爾圍城戰之前，也就是你出生的當天，我被賜予的……。畢竟，沙皇亞歷山大‧尼古拉耶維奇陛下，很熟悉我的家庭。我在戰爭之間，三次任職於總司令部，當時陛下跟我說：『杜爾列斯基，你工作了相當長的時間啊……。』然後我回答：『是三十一年，陛下。』於是，陛下又說：『我向你致謝！保重身體，上帝也會保佑你……。』啊，孩子們，我的時代已經過了，身體都不如從前了……。」

莎夏：「你說夠了吧，爸爸……。來，我們出去吧。」

杜爾列斯基：「縱使不聽這麼無聊的話，我們也很清楚的知道父親是個怎麼樣的人。莎夏，趕快帶他出去啊。」

伊凡‧伊萬諾維奇：「你是非常聰明的傢伙，尼古拉，你剛剛好像名醫皮羅戈夫一樣。」

杜爾列斯基：「來，來，趕快去吧。」

伊凡‧伊萬諾維奇：「我有見過皮羅戈夫，是在基輔……，相當不錯的、聰明的男人……。嗯，好，我現在就出門了……莎夏，我們出門吧……。我

2　趙勳達按：「古拉」是莎夏對其兄弟尼古拉的暱稱。

以前並不是這樣的男人，現在只是在等待自己的喪禮而已啊……。主啊，請原諒我這個罪人……。事實上我是罪人啊，孩子們，我現在事奉瑪門[3]，但年輕的時候，我扮演『巴薩洛夫』[4]。實際上，沒有像我這麼適合演巴薩洛夫的人選……。啊，主啊……，喂，莎夏，妳能不能幫我向上帝祈求讓我不要死呢？……。莎夏……嗯？她已經走了嗎？…在哪裡啊……啊，在這邊啊，好，我們走吧……。」

　　杜爾列斯基：「唉呀，怎麼都沒在走呢？適可而止吧……。來，走吧！不過，爸爸，不可以經過水磨坊唷，狗會咬人的。」

　　莎夏：「唉呀，古拉，你拿好爸爸的帽子……幫爸爸戴上吧，別著涼了！」

　　杜爾列斯基（拿起帽子，放在父親的頭上）：「來，閣下，向左！……前進！」

　　伊凡・伊萬諾維奇：「向左！前進……。沒錯，尼古拉，你說的沒錯。上帝也知道你是對的。還有，米海爾也是，他是自由思想家，但並沒有錯……嗯，好，我正要出門，莎夏，走吧。…妳要跟我來嗎？要不要我來背妳？……」

　　莎夏：「說什麼蠢話啊！」

　　伊凡・伊萬諾維奇：「讓我背妳吧。妳的媽媽之前也是這樣讓我背，我都這麼做的……，有一次，背著妳媽媽走路，不小心沒走好，兩個人一起從山丘滾下來。但是，妳媽媽一點都不生氣，只是笑著……。來，過來。我來背妳。」

　　莎夏：「別開玩笑了，爸爸。話說回來，你要戴好帽子啊（把帽子戴正），完全是個年輕人的樣子呢。」

3　趙勳達按：「瑪門」（Mammon），原為新舊約時代，在猶太人間興起的惡魔名號，其原意為「財富」，新約中耶穌用來指責門徒貪婪時的形容詞。因此「事奉瑪門」即為貪婪成性之意。

4　趙勳達按：「巴薩洛夫」是俄國文學家屠格涅夫（Ivan Turgenev）《父與子》一書中的主角，主張推翻封建權威，追求徹底改革。

伊凡・伊萬諾維奇：「沒錯，沒錯。」（三個人離開）

四

伏尼契夫和索菲亞（從庭園深處出來）

伏尼契夫：「我的心裡多麼悲哀，妳都不了解。我很痛苦，索菲亞。妳冷淡的態度，讓我覺得自己很不幸。妳都不笑，不讓我看到開心的表情，總是若有所思地保持沉默……。我很在意。妳好像心事重重，睡得也不安穩，妳到底在想什麼呢？」

索菲亞：「坦白說，我也不知道。」

伏尼契夫：「妳不需要我幫忙嗎？幫忙妳是我的責任……。索菲亞，妳連對丈夫的我都隱瞞著秘密嗎？到底是怎麼了？妳說……？」

（兩個人坐下來）

索菲亞：「你說秘密嗎？我也完全不知道到底發生了什麼事啊……。我討厭你擔心這種沒什麼大不了的事情……。謝爾蓋，請不要在意我的不開心。請容忍我的任性……。（停頓）對了，我們離開這個地方吧，謝爾蓋。」

伏尼契夫：「離開這裡？」

索菲亞：「對。」

伏尼契夫：「為什麼？」

索菲亞：「因為，我想這麼做……。想去外國。你答應我吧。」

伏尼契夫：「這樣啊，不過，為什麼呢？」

索菲亞：「這裡雖然很美又熱鬧，但是我怎麼也……。這裡可真是什麼都好，但，只是……一定要走……你不是答應我不要追問嗎？」

伏尼契夫：「那麼，明天出發吧。今天是在這裡過的最後一天。（接吻）妳厭倦了這裡，對吧。我了解。十分了解。在這裡有不像話的人們，像佩特、薩契爾布克等……。」

索菲亞：「我不是討厭他們。不要想太多啦……。」

（沉默）

　　伏尼契夫:「女人啊,怎麼會那麼無聊啊。為什麼呢?(親吻額頭)來,打起精神來吧。活著的時候要好好活著。如果無聊的話,請普拉托諾夫來治療吧……。我想起來了。妳,要不要偶而跟他聊聊天呢?他是個有趣的傢伙。跟他聊天的話,心情會好一點……。然後,有時候也要跟媽媽或杜爾列斯基聊天……。(笑)妳可不要認為他是個粗俗的男人,還是有可取之處。我喜歡他們,很中意,所以也跟妳推薦。見面之後,妳也一定會喜歡上他們的。」

　　安娜・彼得羅夫娜(從窗戶露臉):「謝爾蓋!謝爾蓋……等一下,誰在那裡?麻煩叫一下謝爾蓋。巴布羅維奇。」

　　伏尼契夫:「噢,我就是。」

　　安娜・彼得羅夫娜:「唉呀,就是你啊,過來一下吧。」

　　伏尼契夫:「馬上……。(向索菲亞)妳沒有改變心意的話,明天就出發囉。」(進去家裡)

　　索菲亞(過一陣子之後):「這真是不幸。我不知不覺中,連續兩三天都不會想到自己的老公……。我完全忘記有那個人,而且他人跟我說的事情,一點都聽不進去。反而覺得很囉唆……,怎麼辦才好?(思考)很可怕。結婚之後沒多久,我光想著普拉托諾夫的事……,我沒有抵抗他的力氣和意志,而且他從早到晚一直跟著我,用那種會看穿人的眼神來看我,我完全無法冷靜下來……,真可怕,而且怎麼這麼奇妙呢?感覺身體已經不像是自己。如果,就算只有一步,那個人往我這邊靠近的話,會發生什麼事呢……?」

五

　　索菲亞和普拉托諾夫

　　普拉托諾夫(從屋子裡出來)

　　索菲亞:「他來了。東張西望的,他正在找人,在找誰呢?……。看那個人走路的樣子,就知道。應該是又要讓我痛苦了!」

　　普拉托諾夫:「很熱。看來,暫時從酒席離開一下比較好(看著索菲

亞），妳怎麼會在這裡？索菲亞・葉戈諾夫娜，妳一個人嗎？」

索菲亞：「是的。」

普拉托諾夫：「妳是逃出來的嗎？」

索菲亞：「我並沒有逃出來，米海爾・瓦西勒維奇，我也沒有討厭大家，大家也沒有讓我為難啊，我一點都不需要逃走。」

普拉托諾夫：「這樣啊（坐在旁邊）。抱歉（停頓），要不是躲大家，那為什麼躲我呢？先跟我聊一下天吧。終於有機會跟你講到話……。妳在躲我！到底為什麼呢？」

索菲亞：「我，沒有想過要躲你啊！怎麼會說這種話呢？」

普拉托諾夫：「一開始你都會跟我見面，但現在連看都不看我一眼。我走進房間，妳會馬上離開，我一去庭園，妳又出去，就算我跟妳搭話妳也都不理我。講真的，這不是很奇怪嗎？我做錯了什麼事嗎？我讓妳不高興嗎？妳彷彿從瘟神的旁邊逃出來一樣，妳認為這樣子會給我什麼感覺呢？（站起來）老實說，我完全想不到我做錯了什麼，請妳把我從這個處境中救出來吧！再也受不了了……。」

索菲亞：「我老實說，不太想見到你是真的。但是，我都不知道會這麼讓你不高興……。如果我知道的話，應該就不會這做了……。」

普拉托諾夫：「妳看，妳真的在躲我，對吧？（坐下來）對吧？為什麼？是什麼原因？」

索菲亞：「唉唷，不要那麼大聲……。你難道在罵我嗎？我很討厭被別人大小聲（停頓）。其實，我不是躲你啦！只是不想跟你說話而已。你是個好人，這裡的人都喜歡你、尊敬你，甚至有些人說你是個人才，認為跟你聊天是一種榮幸。」

普拉托諾夫：「嗯……。」

索菲亞：「我第一次來這裡的時候，我也是熱心的聽眾之一。但是，怎麼說，越來越無法忍耐……，米海爾・瓦西勒維奇，請不要不高興……。因為你幾乎每天，一直重複的跟我說，以前你多麼愛我……。不過，這些都是已經過去的夢，不是嗎？不要說別的，國中生和女學生的戀愛故事，在這世

上是時常有的事，並且是理所當然的事情，並不需要像你這樣，一一給它有意義吧。不過，這些事不是重點……，我說的重點就是，你在談我們的過去時，你好像覺得有個遺憾似的……，對於那時無法擁有的東西，想要現在獲得。你的話總是彷彿在強迫別人一樣，而且每次都說著同樣的事。對於過去的事情，我好像背負著完全的任務似的，你像這樣一直暗示我，是什麼意思呢？……坦白說，你一下子生氣、一下子大小聲、抓我的手，甚至像偵探一樣跟蹤我，試圖讓我跨越朋友關係，米海爾‧瓦西勒維奇，為什麼要做這種事呢？為什麼要對我緊迫盯人呢？我是你的什麼？不管誰都一定會認為你以某個理由在尋找你所需要的好時機……。」

（停頓）

普拉托諾夫：「就只有這樣嗎？（離開）謝謝妳坦白的說出來。」（向門口走去）

索菲亞：「你生氣了？（站起來）請你不要走。米海爾‧瓦西勒維奇。請不要不高興，我並不是……。」

普拉托諾夫（停下來）：「索菲亞‧葉戈諾夫娜，妳並不討厭我，只是害怕，對吧？」

索菲亞：「請別再說了，胡說，我並不害怕。」

普拉托諾夫：「妳如果把偶然遇見的平凡男人都當成妳丈夫謝爾蓋‧巴布羅維奇的威脅，到底你的理性的人格在哪裡呢？我每天來這個家跟妳聊天，是因為我認為妳富有感性、深有同情心，怎麼會這麼不像話的猜忌呢？……不過，反正是我不對，我無法克制誘惑，沒有資格辯解……請妳原諒我無聊的玩笑吧！」

索菲亞：「玩笑？可以開這種玩笑嗎？……你就算受到大家的注目，也不能這樣隨便說出言不由衷的話，請回吧！」

普拉托諾夫（一邊笑著）：「這麼一來，就變成是認真的了，而且妳也很清楚，某個人是真的一直跟蹤妳、伺機想要追求妳、抓妳的手、要把妳從丈夫旁邊搶走……，是普拉托諾夫！那奇怪的傢伙普拉托諾夫愛戀妳……沒想到妳這麼幸福！」（進去房子裡）

索菲亞：「太失禮了，普拉托諾夫，他瘋了嗎？（想追上他，又停止下來）好可怕，他到底怎麼了，忽然說出這樣的話……。他打算讓我暈頭轉向，真受不了……。我必須要去警告他……」（走進屋子）

六

奧西普和馮傑羅維奇

馮傑羅維奇（從房子裡出來）：「是誰在叫我？……」

奧西普（脫下帽子）：「是我啊，老爺。」

馮傑羅維奇：「有什麼事嗎？」

奧西普：「聽說老爺在酒吧找我，所以我就過來了。」

馮傑羅維奇：「原來是這樣，難道沒有更適合的地方嗎？」

奧西普：「對好人來說，哪裡都是很適合的地方啊，老爺。」

馮傑羅維奇：「我是需要你的幫忙。到別的地方吧，那邊有椅子。（開始走）離我稍遠一點吧，不要讓別人看到我跟你走在一起……是酒吧的老闆叫你來的嗎？」

奧西普：「對啊。」

馮傑羅維奇：「其實，不是要我你，我討厭找你商量，因為你是個無賴啊。」

奧西普：「沒錯，是無賴，在這世上第一的無賴……不過，老爺你現在也不需要好人吧。」

馮傑羅維奇：「安靜，不要太大聲，之前已經給了你多少錢，想到就覺得很恐怖啊！你卻好像把我的錢當成石頭一樣。而且，不只愈來愈高傲，還只顧著偷東西。……喂，你打算要逃跑嗎？你不清楚辦事的規則是嗎？」

奧西普：「當然啊。我不會因為規則這種無聊的東西，而愁眉不展的。到底，老爺您找我是要說教嗎？」

馮傑羅維奇：「喂，我就說不要大聲嚷嚷嘛……。對了，你認識普拉托諾夫嗎？」

奧西普：「那個教師是嗎？我怎麼會不認識他呢？」

馮傑羅維奇：「是的，那個把女人帶壞、讓她們行為放蕩行徑的傢伙。把那傢伙弄成殘廢，需要多少？」

奧西普：「什麼？弄成殘廢……？」

馮傑羅維奇：「不至於把他殺掉。只要讓他殘廢就好，因為這樣的話，他會一輩子都記得。」

奧西普：「好，知道了，我來做吧。」

馮傑羅維奇：「只要打斷一兩根肋骨就好了。然後，別忘了在那個傢伙的臭臉上，留下一些傷疤……。好，需要多少錢？……噓，有人來了。去那邊吧。」（兩個人到裡面去）

七

普拉托諾夫和桂葛兒從家裡出來。

普拉托諾夫（笑著）：「什麼？怎麼了……，聽不太清楚。」

桂葛兒：「要我跟你說幾次都沒關係，我可以一直說……但是，不管我再怎麼凶，你大概都已經麻痺了吧，被怎麼說竟然都完全沒有反應啊……。」

普拉托諾夫：「夠了，說說看吧，美女！」

桂葛兒：「我不是美女，說我是美女的人，頭腦有問題……。你真的認為我是美女嗎？老實跟我說！」

普拉托諾夫：「等一下再跟妳說，先不要說這個，你說說看妳想說的事情吧。」

桂葛兒：「聽好，你這個人如果不是非常了不起的人，要不然就是無賴，兩者必有其一。」

（普拉托諾夫開始笑）

桂葛兒：「儘管笑吧。反正是笑話嘛……。」

普拉托諾夫：「妳怎麼會講出這種話呢？好像哲學家又懂化學一樣……，妳再說下去吧！」

桂葛兒：「你……喜歡我嗎？」（臉紅）

普拉托諾夫：「那妳喜歡我嗎？」

桂葛兒：「如果你……如果你……沒錯，喜歡（哭），那你會愛我嗎？會吧？」

普拉托諾夫：「不要哭，美女，我喜歡比自己笨的女人，因為不用照顧啊……你的臉都綠了，又哭了！」

桂葛兒（站起來）：「你把我當成笨蛋啊？」（停頓）

普拉托諾夫：「哎呀，你要打我嗎？」

桂葛兒：「我也有自尊的，如果打你的話，只會弄髒我的手……。剛才我說你是了不起的人或是個無賴，現在終知道你的真面目了，你是個大無賴，我真的瞧不起你……。」（杜爾列斯基出場）

八

普拉托諾夫、桂葛兒以及杜爾列斯基

杜爾列斯基：「鶴鳴聲很吵呢！這麼早從哪裡飛來啊？」（仰望天空）

桂葛兒：「尼古拉·伊萬諾維奇，如果你有那麼一點尊重你自己或我的話，你會跟我說不認識這個人，對吧？」（指普拉托諾夫）

杜爾列斯基：「哎呀！別這樣，這個人可是我最親近的親戚呢！」

桂葛兒：「而且是朋友嗎？」

杜爾列斯基：「沒錯，是朋友。」

桂葛兒：「真好……我被這個人侮辱了……（哭）但是我反而感到驕傲。我跟這個人認識……愛上他之後……獻給他……（哭），你在笑嗎？你們都認為這個人就像哈姆雷特。很好，你們儘管敬佩他，講一些廢話吧。跟這個痞子無賴說笑去吧……。」（走進房子）

杜爾列斯基（停頓）：「你玩弄了那個女人嗎？」

普拉托諾夫：「沒這回事。」

杜爾列斯基：「米海爾·瓦西勒維奇，你該好好反省，不要再讓那個女人痛苦了。實在是很丟臉的事情啊！你是這麼有頭有臉的男人，卻總是在做些無聊的惡作劇……。難怪那個女人說你是無賴…（停頓）我一半也尊敬

你，另一半是同情那個女人，我很為難。」

　　普拉托諾夫：「不必尊敬我啊！這麼一來，你就不需要把自己分成兩半。」

　　杜爾列斯基：「可是我不能不尊敬你啊。」

　　普拉托諾夫：「那麼，請不要提起那種女人所說的事情！她有哪裡好啊？」

　　杜爾列斯基：「嗯……。上將夫人說我不像紳士，常常對我發牢騷，並且要我以你為榜樣。不過，照我看來，你才不像紳士吧？在大庭廣眾也大聲說我在迷戀那個女人，這哪是紳士的作法？你還嘲笑我、諷刺我、偵查我……。」

　　普拉托諾夫：「請你說得再清楚易懂一些。」

　　杜爾列斯基：「我說得很容易聽懂啊。你在我面前，說那個女人是笨蛋又遲鈍，然後說你自己是紳士。然而，所謂的紳士理當了解，每個在談戀愛的人，都擁有某種自尊心……。我跟你說，那個女人不是笨蛋啊，她很聰明伶俐，既纖弱又保持沉默，僅依賴著你，我很了解（停頓）。……不過，這麼無聊的話題來打發時間是很可惜啊（站起來）。進去裡面喝一杯吧！怎麼樣？要不要喝？」

　　普拉托諾夫：「裡面很熱呢！」

　　杜爾列斯基：「那麼，我一個人去（仰望入口上面）。喂，這個『S・V』到底是指誰啊？索菲亞・伏尼契夫還是謝爾蓋・伏尼契夫……？」

　　普拉托諾夫：「我實在驚訝伏尼契夫家的人揮金如土啊。就像今晚也是，煙火至少二十五盧布、香檳就一百盧布，還有葡萄酒和威士忌又要一百盧布……，一定花掉了至少三百盧布。然而，應該向馮傑羅維奇借了五百盧布，所以扣掉今晚的費用三百盧布之後剩下的，大概是謝爾蓋準備要買腳踏車，還有買手錶送給太太吧……。」

　　杜爾列斯基：「聽說是在策劃業餘劇團唷。」

　　普拉托諾夫：「這樣喔。那麼，光是那些裝飾就足足一百五十盧布……，我看早晚會被借款吞噬啊，這座金山遲早會被馮傑羅維奇奪走，他

們家的財產已經被揮霍得亂七八糟……。」

　　杜爾列斯基：「你要進來嗎？」

　　普拉托諾夫：「我不去。」

　　杜爾列斯基：「那，我一個人去跟牧師喝吧（在入口遇見基里爾碰見）。哎呀，你，自稱是伯爵，那麼，給你三盧布吧。」（把鈔票硬塞給對方之後離開）

九

　　普拉托諾夫和基里爾

　　基里爾：「真是個怪人啊！無緣無故就塞給我三盧布……他是呆子嗎？實在讓人嚇了一大跳。」

　　普拉托諾夫：「舞蹈高手，今晚不跳嗎？」

　　基里爾：「跳舞？在這裡？希望你告訴我到底跟誰跳才好。」

　　普拉托諾夫：「沒有舞伴嗎？」

　　基里爾：「什麼？說到鷹勾鼻的男人們和女人……（笑），在長滿麻子的臉上塗著代替胭脂水粉的白粉……（笑）。與其跟那些人跳舞，不如乾脆跟猴子跳舞還比較好。……俄羅斯實在很骯髒呢，彷彿要喘不過氣來，又臭又無聊，實在無法忍受……對了，你有去過巴黎嗎？」

　　普拉托諾夫：「沒有。」

　　基里爾：「哎呀……。不過，如果哪天你有要去的話，那時候請你一定要告訴我。有關巴黎的事情，我什麼都可以告訴你……推薦函也可以幫你寫三百封……。」

　　普拉托諾夫：「謝謝。現在好像沒有那個必要。再說，聽說你爸爸要買下一座山是真的嗎？」

　　基里爾：「不知道，我跟父親的生意一點關係都沒有。……說到我父親，你知道我父親喜歡上那個寡婦了嗎？（笑）相當可笑吧。瞎說著想要結婚的老糊塗，哈哈哈……。我會阻止他的。像隻發情的公雞一樣的笨蛋。話說回來，那個寡婦很漂亮對吧？不錯喔！呵呵呵！……（拍普拉托諾夫的肩

膀）喂，幸運兒！怎麼樣？那個女人，腰帶綁得很緊嗎？」

　　普拉托諾夫：「我不知道，我沒進去過她的房間……」

　　基里爾：「嘿，我聽說了唷，據說你……」

　　普拉托諾夫：「笨蛋啊，你……。」

　　基里爾：「開玩笑啦！生什麼氣……奇怪啊！（講悄悄話）這個只跟你偷偷問，聽說那位太太很喜歡錢……還有……又喜歡喝酒，是真的嗎？」

　　普拉托諾夫：「你自己問她就好了。」

　　基里爾：「你叫我問她看看……？這是什麼建意啊！」

　　普拉托諾夫：「你實在是很能讓人感到無聊啊。」

　　基里爾：「我去問問好了……就算問也不是壞事吧。」

　　普拉托諾夫：「就是嘛。」

　　基里爾：「好，決定了，這是個好主意！」（退場）

十

　　安娜・彼得羅夫娜、杜爾列斯基。接著，格拉戈列夫。

　　安娜・彼得羅夫娜：「哎呀，真美好的夜晚……空氣清澈、冰冷，月亮、很多星星都出來了。話說回來，身為女人，沒辦法在這麼美麗的星空之下露宿，真是無比的遺憾啊！小時候的夏天總是在庭院休息的……。」

　　杜爾列斯基：「我好像有點醉了……，不，那個，因為牧師在等我，所以失陪一下。」（離開）

　　格拉戈列夫（出現）：「哎呀，太無聊了！他們都是在只聊我小時候聽過或想過的事情，什麼都老舊又發霉，完全都沒有新的東西……。」

　　安娜・彼得羅夫娜：「你在喃喃自語什麼？波菲里・謝苗諾維奇，來這邊坐吧！」

　　格拉戈列夫：「哎呀，夫人，您在這裡啊！那個，覺得自己是多餘的，所以在抱怨……」

　　安娜・彼得羅夫娜：「你跟我們這些人不一樣的關係吧？……但是，偶而還是要融入到老百姓裡面啊！請坐，我們來聊聊天吧。」

　　格拉戈列夫：「我對妳撒了個小謊，安娜‧彼得羅夫娜，有點……那個……想要跟妳商量一件事。」

　　安娜‧彼得羅夫娜：「好，請說……」

　　格拉戈列夫：「其實，我想要你回覆我的信……。」

　　安娜‧彼得羅夫娜：「哎唷，我該說什麼好呢？」

　　格拉戈列夫：「聽我說，夫人，我並不奢求為丈夫的權利……，權利這種東西，我不要。我只希望能當朋友……，想要有個聰明的家庭主婦呢……。我雖然擁有天堂，但很可惜，在那裡面沒有天使啊。」

　　安娜‧彼得羅夫娜：「我偶爾會想，像我這樣的人在天堂，能夠做什麼呢了……我只是個普通人，並不是天使啊！……」

　　格拉戈列夫：「不不不，你什麼都不用做，只要一如往常就夠了。像你這麼聰明的人，不管在天堂或是人世間，在哪裡都能夠好好工作。」

　　安娜‧彼得羅夫娜：「真是再動聽不過的話呢，實在受之有愧，根本……。波菲里‧謝苗諾維奇，實在很抱歉，我無法了解你在想什麼，為什麼你要結婚呢？為什麼需要女性的朋友呢？……雖然是多管閒事，但是都已經講到這裡了，才會跟你說，如果我跟你一樣上了年紀，而且有很多錢，又跟你一樣有判斷力的話，我想，除了促進社會大眾的幸福之外，在這世界上不會再諱求什麼了……」

　　格拉戈列夫：「安娜‧彼得羅夫娜，我沒有能力為了社會人類的幸福而奮鬥啊！要實行它，就需要強大的力量和意志喔，然而，老天爺沒有賜給我那樣的力量，我崇敬偉大的行為，但自己生來卻是要行小善、積小德呢。我雖然沒有什麼高遠的志向，但只有愛你是我的優點。那個，安娜‧彼得羅夫娜，能不能來我家當女主人呢？」

　　安娜‧彼得羅夫娜：「不，請別再說這個了……，也請不要誤會我的話……，絕不是無情的拒絕你啊……。（笑）吃甜點時再聊天吧。……咦？什麼？那聲音是……？好像普拉托諾夫在吵鬧啊。哎呀，這個人真是的！」

　　（桂葛兒和杜爾列斯基出現）

十一

安娜・彼得羅夫娜、格拉戈列夫、桂葛兒、杜爾列斯基。

桂葛兒（哭著進來）：「太過分了，真是難以忍受的屈辱呢。（哭）而且，你只是袖手旁觀，真是太壞了啊。」

杜爾列斯基：「是我的錯，但是我當時該怎麼做才好呢？妳說，我能夠做什麼嗎？或許我該用棍子狠狠的把那個男人打一頓，不過，真的可以這樣嗎？」

桂葛兒：「為什麼不行？如果沒有其它的辦法，用棍子打打一頓也好嘛，請你閃邊去！……我雖然是女生，但是如果看見你受到跟我一樣的嚴重侮辱，我絕對不會袖手旁觀的！……」

杜爾列斯基：「妳這麼說……難道是要把我那個男人……？妳好好冷靜一下，為什麼要這檔罵我呢？」

桂葛兒：「你真卑鄙！這就是你的真面目！……請你閃邊去，我不想看到你的臉……再也不要出現在我面前了！我們從今天開始是毫無關係的陌生人……。」

杜爾列斯基：「哎唷，請不要想得那麼嚴重啊！真是傷腦筋……，我頭殼快要裂開了……」（不知所措的揮動著手離開）

安娜・彼得羅夫娜：「瑪麗亞・耶菲莫夫娜，好了，不要哭了……。女人啊，誰都為了男人吃過苦頭呢……。」

桂葛兒：「不過，我……我一定要報仇。明天，我要去國民學校找校長，讓普拉托諾夫無法在那邊當老師。」

安娜・彼得羅夫娜：「哎呀，行了行了，我這兩天之內一定會找妳出來談談的，那時候我們再好好商量吧……所以，來，平靜下來吧……不要再哭了。我一定會幫你好好處理……不要覺得杜爾列斯基不好喔，那個人只是個性太溫和，又太懦弱，所以才沒有辦法阻止普拉托諾夫，無論如何都無法做出你想要他做的那種事……話說回來，普拉托諾夫對妳做了些什麼？……」

桂葛兒：「在大家面前吻我，說我笨蛋，然後……然後把我推倒在桌子

上！……一定要讓他接受處罰……我一定會讓他明白……。」（離開）

安娜‧彼得羅夫娜（追她）：「再見，我待會去找妳……雅可夫，幫她準備馬車吧！」

十二

格拉戈列夫：「她是一位可愛的小姐呢！不過，看來米海爾‧瓦西勒維奇不怎麼喜歡她，所以讓她生氣了是吧？」

安娜‧彼得羅夫娜：「不，沒事啦，雖然現在讓她這麼生氣，但是到了明天，一定會親自去跟那個小姐道歉吧。……唉唷，這首曲子演奏得真不錯呢。」（離開）

普拉托諾夫和索菲亞（從屋子裡出來）

普拉托諾夫：「到現在我只是一個……除了學校教師的身份之外，一無所有的男人，這就是我們分別的那一天到現在，唯一發生在我身上的事情。（兩個人坐下來）我的黃金時期早就已經過去了，我把它浪費在微不足道的事情上。事實上，除了自己的這個身體之外，其它所有的東西都已經埋在墳墓裡面。我至今到底做了些什麼？到底種下什麼？培育了什麼？生長出什麼？現在這個樣子，連我自己都覺得醜陋，讓人噁心。惡魔圍繞著我，並且玷污大地，再把我的兄弟全部拋走……而我呢，彷彿很辛苦的勞動後一樣，只是呆呆的將雙手環抱於胸前，默默地坐著看。我已經二十八歲，但是縱使再過三十年也還是這樣吧。……畢竟，將來沒有任何轉變的可能，我終究只是個穿著長外套的肥胖怪物……，對所有的事物完全失去知覺的白癡，過著空虛的生活，與其說是活著，還不如說等於死去，想到這個就毛骨悚然，身體彷彿快要結冰一樣。（停頓）那個，索菲亞‧葉戈諾夫娜，我該怎麼做才能改變自己呢？……妳怎麼不說話？妳不知道嗎？也對，不可能知道吧。（停頓）妳可不要認為我只為了自己哀嘆，我已經是無法挽回的男人，對，是個可以放棄的人，我這種人乾脆被惡魔吃掉算了……然而，妳……連妳也……到底怎麼了？妳從前純潔的靈魂和真誠，還有健康，到底怎麼了？索菲亞‧葉戈諾夫娜，妳在哪裡失去了這些東西呢？整天過得渾渾噩噩，靠別人

勞動幸福的生活，或讓別人勞動而貪圖自己的快樂，甚至還能冷靜的看著別人的臉……。妳啊，這些都是妳的墮落啊！」

索菲亞（站起來）

普拉托諾夫：「請等一下，再一句就好……。（勉強讓她坐下來）到底，什麼事讓妳成為這麼裝模作樣、懶惰又好辯呢？誰教妳說謊呢？妳自己什麼事都不做，而且也沒有心做任何事情，卻一整天討論勞動問題、自由與痛苦，誰給你這個權利呢？……以前的妳是怎麼樣的人呢？……讓我全部說完吧，快講完了……。那個，索菲亞・葉戈諾夫娜，以前的妳真是個了不起的人。……現在還有重生再起的機會，妳好好想一想吧！然後，請妳鼓起勇氣，站起來吧！我是因為看在青梅竹馬的份上問妳，到底什麼原因讓妳決心跟那種人結婚呢？什麼事誘惑妳呢？請妳老實的跟我說說看好嗎？」

索菲亞：「那個人非常優秀呢！」

普拉托諾夫：「為什麼說出連自己都不相信的事？」

索菲亞（站起來）：「那個人是我的丈夫，你這樣子實在是太……」

普拉托諾夫：「不管是妳的丈夫還是什麼，都沒關係，坐下來吧！我跟妳說實話……。（勉強讓她坐下來）妳為什麼沒有選擇辛勤工作的勞動者？應該還有其他人選，為什麼偏偏選了這個負債累累又懶惰的人呢？」

索菲亞：「別再說了！這麼大聲……有人會來。」

（幾個客人經過）

普拉托諾夫：「那些人沒什麼，被聽到也無所謂啊……（用悄悄話）我說太多了，抱歉……我喜歡妳。比任何人都愛你……對我來說，妳現在仍然是很尊貴的。如果妳是在跟某個毫不相干的人談話，妳可以立刻站起來離開，但是，你現在這個樣子，只會越來越陷入泥沼而已。如果我不是一個這麼不幸的男人，而且更有力量的強者，妳和我都可以從這個泥沼中掙脫出來……。（停頓）事實上，為什麼我們都按照理想的方式來過日子呢？」

索菲亞（站起來用手遮住臉）：「請你走開吧。讓我一個人靜一靜……」
（去房子的方向）

普拉托諾夫（跟隨其後）：「讓我看看妳的臉，……對了，妳不會離開這

邊吧？請妳答應我吧！我們繼續當朋友，⋯⋯等一下再多聊聊吧！妳不會離開這邊對吧？」

索菲亞：「對。」

（在公館內聽到吵鬧聲，人們在樓梯到處亂跑）

普拉托諾夫：「我們一直做朋友好嗎？為什麼要當仇人呢⋯⋯？等一下，我還有一句話還沒講⋯⋯。」

（伏尼契夫帶客人跑過來）

十三

普拉托諾夫、索菲亞、伏尼契夫、安娜・彼得羅夫娜、杜爾列斯基。

伏尼契夫（跑過來）：「啊，終於找到了，找了好久！等一下要放煙火了，雅可夫，快去！（對索菲亞說）妳考慮得怎麼樣？」

普拉托諾夫：「聽說妳太太不想去了！決定一直都待在這裡。」

伏尼契夫：「真的嗎？這就太好了。來，米海爾・瓦西勒維奇，我來歡呼吧！我一直都很信賴你，沒想到這次這麼快就幫我搞定了！來，各位，到庭院放煙火吧！」（帶客人去庭院）

普拉托諾夫：「一定要去嗎？我在這邊再待一會兒⋯⋯。請等一下，謝爾蓋・巴布羅維奇，我沒到之前，不可以開始放煙火喔！」（追他離開）

安娜・彼得羅夫娜（從屋子裡出來）：「等一下！謝爾蓋，等一下！客人都還沒有到齊。先放個鞭炮就好。（跟索菲亞說）走吧，索菲亞，你怎麼看起來這樣傷心？⋯⋯。」

（普拉托諾夫的聲音：「到這邊來，女士們！」）

安娜・彼得羅夫娜：「是，馬上來。」（坐上去）

普拉托諾夫：「還有沒有人要坐小船？索菲亞・葉戈諾夫娜，要不要上來？」

索菲亞：「要不要去呢？」（思考中）

杜爾列斯基（進來）：「喂！（唱歌）我會去，我會去！（盯著索菲亞）

索菲亞：「你想什麼？」

杜爾列斯基：「什麼也不想要。」

索菲亞：「那麼，請你過來吧，我今天晚上想要獨處。」

杜爾列斯基：「我知道，我知道。我真想用手摸摸你的額頭，裡面到底裝了什麼？真想！……不是要戲弄你，是想要做出一個漂亮的姿勢……」

索菲亞：「小丑！（轉過身去）不是喜劇演員，而是個小丑。」

杜爾列斯基：「沒錯……小丑……不管怎麼樣，我是靠著自己的滑稽舉動，安娜・彼得羅夫娜給我獎賞，也就是說零用錢。哈哈哈……。如果我開始厭倦的話，就會被開除了，一定是的，對吧？這麼認為的不只我一個，事實上，妳上次也是這麼說的，哈哈哈！」

索菲亞：「夠了。你自己也很清楚……。畢竟談戀愛和搞笑是完全不同的啊。如果你是演員的話，觀眾可能會熱烈的歡迎你，但真正喜歡喜劇的人一定會給你噓聲。」

杜爾列斯基：「嗯……，妳非常有機智，很精彩，我向妳表示敬意。（鞠躬）……那麼，再見！其實我想要再聊，但被妳問倒了，先告辭了，抱歉。」（離開）

索菲亞：「不知羞恥！怎麼那麼虛偽……。」

普拉托諾夫的聲音：「有沒有人要一起搭小船？……。」

索菲亞：「啊，怎麼辦呢。（叫）我會去！」（跑走）

十四

索菲亞（獨自一人）

索菲亞（臉蒼白，披頭散髮）：「太可怕了，我無能為力，已經沒辦法負荷了，還是要毀滅我嗎？那個人會把我殺掉，要不然……要不然就是會帶給我新生活……我願意接受，我決定了！」

伏尼契夫的聲音（喊叫）：「來！開始囉！」（放煙火）

—結束—

後記

　　這段劇本本來是以二十一個場景來組成的，但譯者在翻譯的過程中，大膽的省略了某些段落。也就是說把一些人物的臺詞或整個場景刪除，或者將幾個場景合併起來，使情節更為緊湊。在此附記。

　　　　　　　　　　載於《臺灣日日新報》，一九三〇年八月四日

兒童文學

窮人與富人 *

作者　格林兄弟
譯者　不詳
中譯　吳靜芳

【作者】

格林兄弟像

格林兄弟（Jacob & Wilhelm Grimm）分別生於一七八五年與一七八六年，卒年不詳。德國童話作家。哥哥雅各布是嚴謹的史家，弟弟威廉文筆優美。他們採集民間的鄉野傳奇，整理成一篇篇動人的故事。故事的背景，就在德國北部鄉間，當時的德國仍是小國林立的貴族封建時期，就在森林原野與各鄉鎮間，各小公國獨據一地、獨霸一方，城邦與城堡的傳奇不知凡幾，信手拈來處處是王子與公主的精彩故事。這一則則於鄉野田疇間流傳的故事傳奇，使格林兄弟於感動之餘加以收集整理，成為《兒童與家庭童話集》（*Kinder-und Hausmärche*n, 1812），亦即現今通稱之《格林童話》。其後《格林童話》的內容不斷擴充，故事達二百則。其中以〈灰姑娘〉、〈白雪公主〉、〈小紅帽〉、〈睡美人〉、〈糖果屋〉、〈青蛙王子〉、〈穿長靴的貓〉等故事最為著名。（趙勳達撰）

【譯者】

不詳。

很久很久以前，有位想看看人們是怎樣過生活的天神，故意穿著髒兮兮的衣服到世界各地旅行。某天的黃昏時，天神感覺雙腳走得很疲勞，想在附近過夜但不巧的是，這附近連一間旅社都沒有，而且距離下個投宿的地方又遠，天色也慢慢暗了，這下子連無所不能的天神也感到相當困擾，祂四處徘徊，希望至少有一處民宅什麼的可以讓他過一夜。不遠處有兩家僅隔條路、

---

* 原刊作〈貧乏人と金持〉，題後標注：「獨逸ダリン兄弟合著家庭小說の一」。

面對面的民宅，一棟是高大氣派的有錢人豪宅，另一棟是大半部牆壁脫落、柱子腐朽的窮人房屋。天神覺得去那間每天每天冒著細細炊煙的窮人家打擾他們，總覺得很不好意思，於是決定去富人家借住一晚。

天神來到富人家前，「咚咚」敲了門請求借住一晚，但這家主人並未開門，只是把窗戶打開一條縫隙，把頭伸出去，將旅人從頭到腳仔仔細細看一遍，看那副打扮根本就是乞丐，而且也沒帶多少錢的樣子。平時吝嗇又無慈悲心的富人立刻用厭惡的語氣咆哮：「我們家不是旅館，不能讓你借住。如果每個人都想來免費借住，我自己最後也會變成乞丐的。快點到別的地方去吧！」說完以後，「唰！」地把窗戶關上。

「真是個薄情的傢伙。」天神這樣想著，卻也拿他沒辦法。雖然如此，總不能露宿野外吧，於是這次換成來到窮人家。才剛敲門不久，這家主人立即飛奔過來，直接把門打開，把天神帶入室內。天神甚至還沒開口拜託借宿，早就被這家主人插嘴說：「已經黃昏了，路也變暗了，下一個能住宿的地方又遠，今晚請務必在寒舍住下吧！」女主人也出來和天神禮貌性的握手，誠懇地說：「就如同您所見，這是破破爛爛的小屋，沒什麼能拿出來招待您的東西，請多包涵，不過就像我的丈夫說的，請住下來吧！」

與剛才富人的態度不同，這對親切夫婦的費心讓天神大受感動，決定今夜在這裡住下來。女主人身手俐落地燉煮馬鈴薯、擠羊奶等準備晚餐，一會兒晚餐已準備好了，天神便與夫婦倆人圍著破舊的餐桌用餐，雖然不是山珍海味，卻比旅館提供的上等佳餚更加美味。

因為是貧窮人家，所以除了夫婦倆的以外，並沒有給客人用的睡床。於是女主人小聲地和丈夫商量，自己到別的房間地板上鋪乾草來睡，把自己的床位讓給天神去睡。天神感到非常過意不去，幾度推辭都沒有被接受，而且違背主人夫婦的親切善意也不好意思，所以就按照他們所說的，做了一夜好夢。

隔天早上，天未亮時女主人已起床為客人忙著做早飯，天神則直到日上三竿才醒來，接著洗手漱口，再與主人夫婦一同用餐。早餐用畢，天神起身誠心地向夫婦倆道謝、告別。走出門口時向主人說，你們夫婦真是世間少有

的正直、深懷慈悲、虔誠信神的人，我能完成你提出的三個願望，無論什麼都可以，請不要客氣儘管提出來。這家主人本來就是寡欲之人，他說：「我沒什麼特別的願望，只希望我們夫婦倆一生健康，不愁吃穿就十分滿足了。」天神複誦一次後：「好，一定實現讓你們夫婦倆一生身體健康，並且飲食無缺的兩個願望。看看你們的房子很舊了，順便許下建一棟新宅的願望吧。」主人回答：「如果能實現的話，就許這樣的願望吧。」一問一答結束後，天神就消失了，然而從前那棟既破且舊的窮人家房子，不知道何時突然變成一棟紅磚砌成的漂亮新居。

到了中午左右，對面的富人醒來打開窗戶，揉揉睡醒的眼睛往四周看，嚇了一跳，昨夜對面的破舊屋舍，在一夜之間變成比自己家還氣派的紅磚屋了。貪心的富人睜大眼睛緊盯著看，覺得實在太不可思議了，於是大聲叫著妻子，要她到對面的家去把事情一五一十問個明白。原來是有位衣衫襤褸的旅人來過夜，早上旅人出發時讓他們實現三個願望。當旅人出發後，不知何時這個家就變成像這樣的紅磚屋等事情，對面的鄰居都照實且詳細地說了。富人的妻子回家後，將大概情形說給富人聽，富人氣得跺腳，後悔昨晚沒讓那個旅人在自己家過夜。富人的妻子說，不管如何旅人應該還未走遠，騎馬追的話或許能趕得上。富人也同意，馬上招來僕人備上馬鞍，飛也似地騎馬追趕天神的蹤跡。

奔馳四、五里左右，終於趕上昨夜的那位旅人。富人心想：「搞定了！」從馬上一躍而下，極為恭敬地鞠躬並說：「昨晚實在太失禮了，其實是因為不巧忘記鑰匙放在哪裡，正在到處找的時候您就來了，所以才會慌慌張張的。請不要在意那些事情，今晚務必請到寒舍過夜。」富人一而再、再而三地重覆說這些話。天神覺得他真是個厚臉皮的傢伙，但天神並未顯露出那樣的表情，而是以「難得您的一番好意，但我正在趕路……。」一番話來推辭。然而，貪心的富人卻厚著臉皮說：「我也要像對面夫婦一樣能實現三個願望。」天神打算嚴懲這貪心的傢伙，要他在回家的途中考慮一下想提出哪三個願望。

富人心想這下沒問題了，心裡暗地高興，向天神行個禮，立刻騎上放在

路邊的馬回家去了。富人一直考慮著種種事情，像是要許下什麼最重要的願望，正由於他的慾望太深、願望太多，遲遲難以在這些願望中選定到底要哪三個。富人騎乘在馬上，眼無旁視，陷入思考中，但是馬兒突然不知道受到什麼驚嚇而站立起來，顯出很驚慌的樣子。富人很生氣的將韁繩拉緊，卻也無法制止，馬兒反而變得更加凶暴。如此一來就無法好好考慮三個願望的事，富人因此暴怒，不知不覺說出：「你這個畜牲，乾脆把你的頭砍掉好了！」話一說完，馬兒的頭立即被俐落地切斷了。被砍頭的馬兒與富人一起倒在地上，而馬兒就這樣死去了。唉，如此就浪費了一個願望了，怎麼用在這麼無益的事情上，富人覺得非常後悔卻也無濟於事。

　　富人本來就是個吝嗇的人，既然馬兒死掉也就算了，但實在可惜了馬鞍和馬具，只好獨自背起這些用具，一邊嘀嘀咕咕的抱怨一邊走著。此時正值酷暑，富人滿身是汗，又悶又熱，他仔細想想，自己正在受難，而妻子卻輕鬆愉快地倚靠在安樂椅上，吃著冰涼美味的冰淇淋，「啊——如果這個馬鞍能飛過去，然後妻子坐在上面成為馬鞍的一部分，再也下不來的話就好了。」富人心中浮出這種壞心眼的想法。結果，馬鞍自動從富人肩上離開並飛去。「這下子第二個願望也沒了，眼前只剩下一個願望，不能在這裡磨蹭太久，必須趕快回家去。這次非得要想個偉大的願望不可。」富人淨想著這些事，腳步也加快起來。

　　終於回到家了，一看卻大吃一驚，妻子附著在馬鞍上完全無法動彈，正大聲哭泣。富人心中雖然感到驚訝，但他原本就是貪得無厭的惡人，根本不顧及妻子的狀況，只想向天神許一個重要的願望，所以他對妻子說，「妳多少忍耐一下吧，我現在想向神請求一個重大願望，之後就能和妳一生享盡榮華富貴了。」才說完，一向口不出穢言的妻子剎那間冒出像火焰般的怒氣，「你這個笨蛋！我現在這樣就好像黏在馬鞍上一樣，一步也踏不出去，就算成為羅斯查伊魯特[1]或烏昂答畢魯特[2]那樣的大富翁又如何呢？」她用連隔壁

1　中譯者按：原文作「ロースチャイルド」。
2　中譯者按：原文作「ウアンダービルト」。

鄰居都能聽到的聲音怒罵丈夫。即便是貪得無厭的富人也沒辦法,只好向天神許願,希望妻子能從馬鞍上下來。願望很快就被接受,而他的妻子立刻變得能離開馬鞍,於是富人的三個願望全都用光了。

　　如前面所說的,慾望無窮又無慈悲心的富人,不但失去一匹坐騎,又辛苦地走了數里路,然後還導致夫妻爭吵,這些事讓他變成一個備受周圍嘲笑的人。相反地,深富慈悲心且寡慾的窮人,則是住在氣派的房子,並且身體健康、夫婦和睦,兩人共度平安快樂的一生。

　　　　　　　　載於《臺灣日日新報》,一九〇一年十一月十七日

穿長靴的公貓[*]

作者　アンドレアス・レール

譯者　不詳

中譯　吳靜芳

【作者】

　　アンドレアス・レール（Andreas Reil？），生平待考。〈穿長靴的公貓〉或譯為〈穿長統靴的貓〉、〈穿靴子的貓〉，原為一則歐洲童話，較早期而通行的版本是由法國作家夏爾・佩羅（Charles Perraul, 1628～1703）在一六九七年以《精明的貓》（*Le Maître chat*）的標題收錄到他編著的《鵝媽媽的童謠》（*Contes de ma mère l'Oye*）。其它版本有較早期的一六三四年由由義大利作家吉姆巴地斯達・巴西耳（Giambattista Basile）收錄為 *Gagliuso*，又譯作 *Pippo*。而稍晚的版本有 Joseph Jacobs（1854～1916）收錄在《歐洲民間傳說和童話故事》中的〈凱特巴拉伯爵〉，內容略有變化。本文標明是由「アンドレアス・レール氏」所撰，可能是其他眾多版本中的一種。（顧敏耀撰）

【譯者】

　　不詳。

　　犬類受三日之恩則三年不忘，而貓類受三年之恩卻三日即忘，因此世間常說貓是不知感恩的動物，但是這裡卻有一則令人感動的貓的故事。

　　在德國一座偏僻的農莊裡，有個貧窮的人靠著磨小麥粉過日，的確也能漸漸地撐起日常生計，不過卻因上了年紀而過世。這個人沒有什麼財產，只留下一個磨麵粉的臼，以及驢和公貓各一隻。然後這人的三個小孩為了得到有價值的東西而開始爭奪遺產。結果，長男和次男商量之後，各自取得石臼和驢，三男喬治僅得到些微的錢和那隻貓。喬治是個大好人，因為他個性溫和，也就只好接受安排，哭著入眠了。不久，那一點點的錢很快就花光了，而且又找不到其他職業，生計日漸困難，他一邊嘆氣一邊對貓說：「喂，小

---

[*]　原刊作〈靴を穿いた牡貓〉。

貓，我啊！不像你那樣捉老鼠過活就可以了。我是人，除了餓死以外沒有別的辦法了。」說著就流下淚來。這隻貓非常聰明伶俐，牠對主人說：「你和那兩個壞心眼的哥哥不一樣，長年以來對我很好，為了報恩，我要讓你一生過著安樂的日子，這點絕不用擔心，只是請你先買一雙靴子和一個皮革的袋子給我。」

雖然喬治不認為這是真的，但總之就按照貓所說的，買來靴子和皮袋。然後貓把高麗菜、米糠裝進袋裡、穿上靴子，隔天就往山裡去，選了個兔子出沒的場所，打開袋子開口，自己倒在袋子旁邊裝死。兔子很快地聞到米糠和高麗菜的味道而來到袋子旁邊，殊不知貓已經磨好爪子，等兔子一到，就跳起來咬住並殺死兔子，不一會兒就捉到兩、三隻野兔了。

席邁爾鮑依[1]是位有名的富翁，最近因為生病的關係，常常說想吃野兔肉並且到處詢問。貓得知此事以後，穿好靴子、打扮成人類的樣子，帶著山上捉到的兔子來到富翁家，「我是從卡諾巴斯[2]伯爵這位貴族家中派來的，得知貴宅主人想吃野兔肉，因此依照所言帶來野兔。」說著便拿出野兔。席邁爾鮑依雖想從未聽過卡諾巴斯伯爵的名字，但總之就非常高興地收下野兔，並且給貓兒一份厚禮，「這真是不好意思，請您把這當買酒的錢吧。」說著把錢交給貓兒。貓兒回去以後，把錢給了主人喬治。下次貓兒又聽說席邁爾鮑依想吃雉雞的肉，於是按慣例背著袋子往山上去，用之前捉野兔的方法逮到兩、三隻雉雞，然後前往席邁爾鮑依家中，說這是卡諾巴斯伯爵的吩咐，要將雉雞送給席邁爾鮑依。如此一來，席邁爾鮑依便認為卡諾巴斯伯爵確是世間少有的真情真意的貴族，想著有一天要報答他的恩惠。

席邁爾鮑依沒有兒子，只有一位女兒，她非常美麗，擁有花般容貌、彎月眉以及纖纖細腰，真是完美無缺，芳齡已過二八，如今是青春年華的十八歲，也是父母的掌中珠、簪中花，對她百般寵愛著，平日總穿著綾羅綢緞將她襯托得愈發豔麗，引起許多貴族和有錢人爭著想迎娶她，不過她的父母親

1　中譯者按：原作「シメルバウヒ」。

2　中譯者按：原作「カノパス」。

總是猶豫不決而遲遲未給於他們回應。

　　話說回來，席邁爾鮑依的病也恢復得差不多了，決定明天要和寶貝女兒外出，共乘馬車上山遊玩。

　　這件事無意間讓貓聽到了，馬上到主人身邊說：「明天就是你的開運日。因為是非常重要的日子，所以不管如何都要照我說的去做。」接要他仔仔細細地聽好明天種種該做的事。

　　隔天，喬治帶著貓到某條河邊，估計席邁爾鮑依通過的時間，喬治把至今一直穿在身上的襤褸衣衫脫下藏在橋下，全裸地走入河中，伴隨嘩啦嘩啦的水聲終於走到河中央，而他身上的污垢也洗得差不多了。一會兒，載著席邁爾鮑依和其女兒的馬車隆隆地來到河邊附近。這時貓就大聲呼救：「卡諾巴斯伯爵淹水快死了，而且盜賊偷他的衣服逃走了。」一直反覆地叫著。席邁爾鮑依聽到那位常贈送野兔與雉雞給他的卡諾巴斯伯爵發生大事，驚嚇之餘，急忙要馬車停下，派遣車伕趕去救伯爵上岸。然後又得知他的衣服被盜賊偷走之事，於是從馬車上的行李箱裡，把自己的替換衣物拿出來給他穿。喬治剛才浸在河水中已經把污垢洗淨，現在又穿上華美服飾，變成跟從前完全不一樣的美男子。喬治聽從席邁爾鮑依的勸說，共乘馬車一同遊山去，而席邁爾鮑依那已達適婚年齡的女兒，一見平常對病中父親這麼親切的貴族，不但是伯爵還是位美男子，不知怎麼地，仰慕之情在心裡油然而生。不過，當時德國境內有許多貧窮得無法度日的貴族，而卡諾巴斯伯爵不知道是怎樣的貴族？這一點讓她很在意。

　　貓匆忙地趕過馬車提前來到某個牧場，向一群正在割草的人們大聲散播：「等會兒有馬車經過此處，如果問你們這牧場的主人是誰，要回答『是卡諾巴斯伯爵』，如果不按照這樣回答，一定會被處罰！」不一會兒，席邁爾鮑依的馬車從牧場旁邊經過，席邁爾鮑依覺得這牧場真是廣闊啊！於是問割草的人這座牧場主人是誰？大家都齊聲回答：「是卡諾巴斯伯爵！」讓席邁爾鮑依和他的女兒都大吃一驚。

　　其後，貓來到一處廣闊的農田，用同樣的語氣，要求當地的百姓們在等會來到的馬車的人如果問這處農田的主人是誰，要回答「是卡諾巴斯伯

爵」，否則一定會受到處罰。說完就匆匆經過。當地百姓們完全不知道是怎麼回事，反正一遍兩遍按照貓指示的話去說就可以了。當席邁爾鮑依的馬車通過時，問他們這處農田的主人是誰？百姓們拿下帽子回答：「是卡諾巴斯伯爵！」這讓席邁爾鮑依父女兩人更加驚訝。

接著，貓來到一座種植柏樹、樅樹和山毛櫸等幾萬棵樹的茂密森林。向正在伐木的樵夫們說了像剛才那番嚴厲的話，所以當席邁爾鮑依的馬車經過森林周邊時，問到這座森林的所有人是誰？樵夫們按照貓兒交待的，回答：「這是卡諾巴斯伯爵的森林。」這麼廣大的牧場、幾百町的農田，以及無法一眼望盡的寬闊山林都屬於卡諾巴斯伯爵，聽到這些話的席邁爾鮑依他心中相當驚訝，心想這真是世間少有的富裕貴族，對卡諾巴斯伯爵愈發尊敬起來。席邁爾鮑依的女兒已對卡諾巴斯伯爵完全著迷了，現在又共乘一輛馬車，她那可愛的雙眼透露出心中的情意，而已經完全被當做卡諾巴斯伯爵的貧窮磨坊主之三男喬治，雖心中充滿喜悅卻不敢表現出來，反而更加謙遜有禮，也使席邁爾鮑依父女更認為他是值得信賴的人。

完成任務的貓來到一棟紅磚砌成的宅邸。這座宅邸的主人是有名的魔法師，他能在眾人面前變成大塊頭的單眼光頭怪物，或是三眼小孩的樣子，或是變成兔子等等。貓到了玄關，遞出名片表示希望能與宅邸主人見面。然後被使者帶領，來到華麗得令人眼花撩亂的客廳與宅邸主人會面。貓恭敬地說，您作為魔法師的名氣在德國已是家喻戶曉，是否能拜託您在我面前表演一項您最擅長的法術？魔法師覺得這實在太簡單了，不由得驕傲起來，馬上變成一隻大老虎，伸出虎爪、張大嘴巴、背脊伸直，發出低沉地吼叫。實在是太可怕的氣勢了，貓雖然知道這不是真的老虎，卻也不知不覺縮起身子，逃到暖爐室的角落。

魔法師變回人類的樣子後，貓兒才慢慢地探出身子，用力地稱讚魔法師法術之高明，使魔法師更是得意到屁股都翹起來了。接下來，貓又說，雖然您擅長變大，但如果是變小的話，能做得到嗎？魔法師說，不管是變成小鬼，還是其他小東西，都可以變給你看。怎麼樣？變做一隻小老鼠給你看好了。這個魔法師做夢也想不到他是被貓騙了，隨即變成一隻小老鼠到處竄來

竄去。在魔法師快要變回人類之前，這隻非常會捉老鼠的貓，一口氣咬上去並殺了他。不管多厲害的人都有陰溝裡翻船的時候，這位厲害的魔法師正是因為使用魔法，最後反而自取滅亡。

貓巧妙地消滅了魔法師之後，出門迎接有點晚到的席邁爾鮑依的馬車。終於馬車駛到門口附近，貓走向席邁爾鮑依：「這是卡諾巴斯伯爵的宅邸，務必請移駕參觀。」正當貓對席邁爾鮑依父女這麼說的時候，坐在馬車內的喬治也裝作一副主人的樣子，和貓一起向席邁爾鮑依父女介紹宅邸。這棟建築跟皇宮比起來一點也不遜色，這又讓席邁爾鮑依父女再度感到驚訝。

如此一來，大家就明白卡諾巴斯伯爵並非貧窮的貴族，而是非常富有。席邁爾鮑依的女兒向父母提出請求，希望能嫁給卡諾巴斯伯爵，而席邁爾鮑依夫婦早就如此希望，於是馬上就答應了，並選定黃道吉日舉行了婚禮，席邁爾鮑依家的財產也絲毫不剩地變成假冒卡諾巴斯伯爵之名的喬治的所有物。他的兩位哥哥終其一生都以磨麵粉度日，反觀三男喬治不但娶得世上稀有的美嬌妻，還過著榮耀奢華的生活。

此後，貓成為卡諾巴斯伯爵家最寶貝的寵物，睡的是錦織被窩，吃的是一日三回的西餐，過著備受寵愛的生活。說到捉老鼠這件事的話，也不過是無聊得發慌時，稍微活動一下，消磨消磨時間而已。

載於《臺灣日日新報》，一九〇一年十一月二十三日

白雪公主*

作者　格林兄弟
譯者　不詳
中譯　吳靜芳

【作者】

格林兄弟（Jacob & Wihelm Grimm），見〈窮人與富人〉。

【譯者】

不詳。

在某個國家裡有位富裕的藩主，他無拘無束的過著榮華富貴的生活，然而對於尚未有子嗣之事感到非常遺憾，因此藩主夫婦便向神明許願。神明也同情他們這個誠摯的願望並予以回應，在當月藩主夫人便懷孕了。十個月後，經過順利的分娩，產下一名非常可愛的女嬰，取名為白雪公主，如同掌上明珠般被寵愛著，漸漸地出落得美麗大方。她的美實在無法用言詞或筆墨形容，細長的眼、高挺的鼻梁、桃紅色的肌膚，全身完美無瑕，理所當然地便有國內第一美人的評語出現。

在白雪公主十歲時，母親因病去世，父親再娶。這位繼室，也就是白雪公主的繼母，雖然是非常漂亮的美人，心腸卻很惡毒，因為自己俱有與眾不同的面容姿態，便驕傲地認為這世上沒有比自己更美麗的人了。

這繼母有時會對著鏡子仔細凝視自己的臉，一邊問：「鏡子啊鏡子，誰是世界第一美人呢？」這面鏡子是能按事物之原本而真實呈現的器物，因此它毫不虛偽地回答：「世界第一美人是白雪公主。」

聽到這樣的回答，繼母不禁怒火中燒，即便對白雪公主施予身心上的折磨卻依舊不滿足，甚至打算殺了白雪公主。她大膽地起了邪惡的意念，給予時常出入的獵人豐富的賞金，吩咐他把白雪公主帶到山裡並殺了她，證據就是把白雪公主的舌頭帶回來。獵人被賞金所迷惑，很快地答應了。某天他帶

---

* 原刊作〈雪姬〉，且標註：「獨逸ダリン兄弟合著家庭小說」。

　　白雪公主上山，打算殺了她時，白雪公主將紅葉般小手合十，一邊流淚一邊懇求留下她的生命，她將一生都不會再回家。獵人不禁感到非常同情，再加上白雪公主是多麼美麗的小孩，讓他下不了手，於是就放了白雪公主，並將小豬的舌和膽當作是白雪公主的，拿到繼母那邊，繼母以為是真的，便相當高興地將舌和膽醃漬以後吃掉了。

　　無家可歸的白雪公主寂寞地獨自走在山中，漫無目的的一直往山林裡走。像這樣，才十歲大的女孩子，本來應是接受眾多女傭小心服侍的身軀，卻因為繼母的關係，遭遇到如此慘況而讓她幼小心靈飽受創傷，她一邊流淚一邊走著，夜晚時她來到某處小小的屋舍，屋中沒有任何人的跡象，靜悄悄的。把門打開，走進去以後，長長的餐桌上擺著七人分的西餐，但肉叉、餐刀和盤子都小小的，完全像是辦家家酒用的餐具。白雪公主從早上一直走著，什麼東西都還沒吃，肚子又餓、喉嚨又乾，已經管不了那麼多了，她把餐桌上的麵包、肉湯、燒肉和蔬菜一掃而空，心情恢復了，躺在一座靠在壁爐旁的小臥床上，不知不覺很快地沉睡了。

　　這個小小的屋子本來就是小矮人的家，晚上當他們七人工作結束後回家時，提著煤油燈一看，餐桌上一片杯盤狼藉餐點已經被吃得差不多了。他們四處觀察後才發現有個可愛的小女孩正安穩地睡著，覺得要叫醒她的話實在太可憐，小矮人們就讓白雪公主在那裡繼續睡。隔天早上，天一亮，白雪公主一邊揉揉眼睛一邊起身，看看四周，才知道這家的主人不是一般人，竟然全是小矮人，讓她非常驚訝。小矮人們看到白雪公主已經醒來，很好奇的紛紛靠過來，親切且小心翼翼地仔細詢問白雪公主的名字以及獨自前來此地的原因，白雪公主流著淚零零落落地將事情原委全盤托出。小矮人們覺得她真的很可憐，安慰她儘管待在這邊，不會有誰會來殺她，也不會有任何的不自由，只是希望能慢慢地幫忙做些洗衣和裁縫的工作。白雪公主很快就答應了，總之，算是鬆了一口氣。這些小矮人們的職業是採金礦，一大早就往礦山去，晚上才回來。

　　繼母在殺了白雪公主之後感到放心，以為世上已沒有比自己更漂亮的美人了。某天早上對著鏡子，按照慣例問同樣的問題，殊不知鏡子竟回答：

「您雖是美人，但山林裡小矮人家中的白雪公主更是美人。」繼母才發覺白雪公主還生活在山林中，讓她心中燃燒起忌妒的火焰，坐立不安的她，趕快假扮成小販的樣子，到山林裡去找白雪公主。她走到山林深處，終於找到小矮人的家，從窗外窺視屋內後發現只有白雪公主一人在家玩耍，趕緊從袋子裡拿出非常漂亮的繩結給她看，因為白雪公主是女孩子，自然很想要繩結。已變裝成小販的繼母，偷偷地來到白雪公主旁邊，迅速地將繩結用力勒緊白雪公主的咽喉，白雪公主承受不住，就這樣將要窒息昏迷時，繼母聽到好像有人來了，於是飛快地離去。

小矮人們結束工作回來一看，白雪公主像是死去般，讓他們大吃一驚，趕緊把繩結解開，餵水餵藥再加上照料之後，白雪公主才漸漸恢復意識，並將事情說出。小矮人們認為那一定是繼母所做的，叮嚀白雪公主此後無論是什麼人都不可以讓他進來家裡，隔天早上小矮人們就往山中礦地去了。

繼母以為這次白雪公主一定必死無疑了，想到世界上最美的人就是自己，便高興得全身顫抖，按照慣例對著鏡子問同樣的問題。本以為鏡子會回答：「世界第一美人就是您」，但沒想到完全不是那麼一回事，鏡子竟然坦白地回答：「山林裡小矮人家中的白雪公主才是世界第一美人。」「轟隆──」繼母憤怒得不得了，「到底要怎麼處置白雪公主那傢伙才好呢？」她已變成夜叉的模樣，為了不要讓他人接近，將自己關在專屬的起居室中著手製作毒饅頭，那饅頭中的一半被塗成紅色並將毒藥置入，另一半則是白色的且並未置入毒藥。

毒饅頭終於做好了，拿著這些饅頭的繼母化裝成老婆婆的樣子再次前往山中小矮人的家。白雪公主果然像往常一樣，一個人寂寞地在屋內。繼母從窗戶讓她看見毒饅頭，就算白雪公主一副伶俐的樣子，但終究是個孩子，也因此而上鉤了，當她小跑步往窗邊靠近時，因為有上次繼母假扮小販時所受的教訓，以及小矮人們的囑咐，猛然提醒自己不要被繼母騙了。於是繼母裝作宛如老婆婆般的語調以及相當認真的表情，並且煞其事地說：「這饅頭是我精心手工製作的，非常好吃。漂亮的紅色部分給小姐嚐嚐看，而我就吃剩下的那一半。」說著，將饅頭剁成兩半，紅色的部分給白雪公主，自己則拿

了白色的部分，然後就在白雪公主眼前大口大口吃起來，既然如此，白雪公主也不疑有他，而且饅頭似乎很香甜的樣子，忍不住吃了一口紅色饅頭，立刻就中毒了，僅說了句「騙人⋯⋯」便倒地不起。這位毫無慈悲心的繼母極為高興，邁開大步回宅邸去了。

晚上，小矮人們回家一看，白雪公主再度倒在地上，而且已經沒有脈搏了，大家都慌亂起來，用盡各式各樣的方法來急救，然而這次無論如何再也無法讓她生還了。小矮人們流下男兒的眼淚，「嗚——嗚——」在白雪公主身邊哭了三天三夜，已經無計可施，只好跟她告別，不過直接把遺體埋在土裡實在太可憐了，因此他們做了一個厚玻璃製成的靈柩，從四周圍都能見到裡面，並且以金色字刻寫白雪公主的名字。他們將這棺木抬到山頂，用磨好的石材做成底座來安放，而且製作靈柩的七位小矮人決定每個人按照順序，不眠不休輪流守在她旁邊，甚至連小鳥與野獸都因為哀悼白雪公主的死去而來到靈柩旁邊哭泣，最初是貓頭鷹，其次是烏鴉，再來是斑鳩都飛來悲傷地哭泣。

靈柩中的白雪公主一直就這麼地躺在裡面，雖然死去的人在過一段時間以後，理應皮膚的顏色會開始有變化，身體也會跟著腐爛，但是白雪公主的臉色就像生前一樣，完全沒有改變，如同白雪般的細嫩肌膚透著櫻花般的粉紅色，那樣的美麗是怎麼也無法用言語來形容，雖說是死去卻反而像是睡著了一般。

某天，山中來了一位具伯爵頭銜的藩主的長子，是相當年輕的青年，帶著多名隨從前來獵鳥。突然眼前出現一個玻璃圍成的靈柩，他從旁邊慢慢靠近過來，往靈柩裡面看了以後，驚見當中躺著的若非仙女的話那會是什麼呢？原來是一位美麗的女孩，如同安穩地熟睡般躺在靈柩裡面，那位年輕貴族已經深深地墜入情網了，他向輪值的小矮人千拜託萬拜託，是否能把靈柩中的女孩交給他，就算小矮人說：「這是已死去的女孩子，要給你也沒有辦法，你一直請求也無濟於事。」但是年輕貴族似乎沒有聽進去，懇切地請求並反覆說著：「我會好好珍惜這位死去的白雪公主。」當小矮人答應以後，年輕貴族的喜悅之情實在沒有任何東西可以比擬。獵鳥也進行得差不多了，

便要隨從抬著玻璃棺材下山，某隨從不知被藤蔓或什麼東西絆到腳，跌了一跤，就在那時候，靈柩「碰——」地翻倒了，至今以為已死去的白雪公主突然間甦醒了，骨碌碌地轉動眼睛，說句：「睡得好飽！」猛然獨自將棺蓋往上掀開從裡面出來。

這意外使抬棺的隨從大吃一驚，但年輕貴族則相當高興，早已沉醉其中，急忙走近白雪公主的身邊：「我最愛的白雪公主啊！妳是我認為這世界上最可愛的人。從今以後妳就是我的夫人了。」忘記現在是眾目睽睽之下，便抱緊白雪公主深情款款地擁吻。這之後，我們的年輕貴族要回宅邸去了，白雪公主也因為無情的繼母在而無法回去原來的家，於是聽從年輕貴族的話，答應成為他的夫人，幾年後舉行了盛大的結婚典禮。

結婚典禮也邀請了繼母，但繼母根本沒想到白雪公主仍活在這世間，而且還嫁到伯爵家。在婚禮那天的早上，她按慣例問鏡子同樣的問題，鏡子回答：「伯爵家的新娘白雪公主是比您美麗的世界第一美人。」繼母驚訝得不得了，甚至還來不及感到嫉妒，總之先到婚禮現場去看看，若新娘真是白雪公主的話，先抓花她的臉再說。接受招待的時刻到了，繼母前往伯爵家，發現新娘的確是白雪公主，卻沒注意到拿給她穿的室內鞋裡面放了用烈火燒紅的鐵片，繼母不小心穿了之後，被鐵片燒得兩腳潰爛，當場死亡，這就是屢次陷害白雪公主的報應。

載於《臺灣日日新報》，一九〇一年十二月二十二日

回音[*]

作者　不詳
譯者　荒川浩
中譯　杉森藍

【作者】

不詳。屬於希臘神話，內容是講述森林精靈「艾寇」（Echo）之所以成為山谷回音（英文之回音即為「echo」）的緣由，以及她與美男子「納西瑟斯」（Narcissus）之間一段痛苦的情事。（顧敏耀撰）

【譯者】

荒川浩（？～？），可能是在臺日籍文人。曾於 1922 年 11 月 12 日在《臺南新報》，發表〈山彥〉，1923 年 1 月 14 日同樣在《臺南新報》發表〈清兵衛と石〉。其餘生平待考。（顧敏耀撰）

在好幾千年前的希臘，有一個很愛講話的森林精靈，名叫「艾蔻」。

有一天，她跟當時掌管世界的女神茱諾（Juno）閒話家常，結果不小心說錯話，因而受到非常嚴厲的處罰，規定她在別人說話的時候，永遠只能重複每句話的後面幾個字，沒辦法講出自己想講的話。這是相當嚴重的束縛與懲罰。

艾蔻承受如此難堪的處罰之後，每天都躲在深邃的山林裡，後悔自己那時候怎麼會這樣亂講話。哭到眼睛又紅又腫。

---

[*]　原刊作〈ヒヤシンス物語〉，未標作者。

有一天，仍有著純真少女情懷的艾蔻，無意間看到了滿頭柔順金髮、雙眼湛藍明亮的納西瑟斯，從此迷戀著這位年輕的美男子。但是，因為遭受茱諾的懲罰，沒辦法說出心裡的話，就這樣不知道過了多少個痛苦的日子。

納西瑟斯並不知道有這件事，有一天，他跟朋友道別之後，獨自一個人走到森林裡，感覺到後面的草叢裡有人，嚇了一跳。

納西瑟斯嚴峻的質問說：「誰在那裡？誰在那裡？」

艾蔻只能一直回答說：

「誰在那裡？」

納西瑟斯說：

「是我在這裡，你是？」

艾蔻還是只能回答說：

「是我在這裡，你是？」

艾蔻忍不住從濃密的樹蔭中跑出來，緊緊抓住這位美男子。結果，納西瑟斯嚇了一大跳，馬上掙開抓得緊緊的雙手，往森林的另一頭跑走了。

留在那裡的艾蔻，完全不知道該怎麼辦，一直啜泣顫抖。對於自己之前那麼愛亂講話感到非常懊惱，但卻已經後悔莫及了。

載於《臺南新報》，一九二二年十一月十二日

鹽巴或黃金*

作者　不詳
譯者　梅津夏子
中譯　杉森藍

【作者】

不詳。原刊註明是來自斯洛伐克（Slovensko）的童話故事。（顧敏耀撰）

【譯者】

梅津夏子（？～？），在臺日籍女性作家，曾於一九二二年十二月十日在《臺南新報》發表譯作〈鹽巴或黃金〉〈鹽か黃金か〉，同年十二月十七日在《臺南新報》發表譯作〈狼與公貓〉〈狼と牡貓〉，其餘生平不詳。（顧敏耀撰）

很久以前，有一個國王，他有三位公主。國王非常寵愛那三位公主。

國王年紀愈來愈大，消瘦起來。他的腰，就像蝦子一樣彎曲，耳朵聽不太到，眼睛也開始老花，於是，國王想趁現在，從三個公主當中，挑選一位公主作為繼承人。但因為國王三個公主都一樣地寵愛，所以非常難以挑選讓誰成為未來的女王。思考種種方式之後，國王忽然拍著膝蓋，嫣然一笑。是因為國王想到可以傳位給最愛自己的公主。

某一天，國王將三個公主都叫來自己的起居室。國王向年紀最大的優莉亞公主問說：

「你們都看得出來，我最近很明顯的愈來愈蒼老，已經不久於人世，我想趁現在，決定繼位人選，要從你們當中選出最愛我的人成為未來的女王，優莉亞！妳是如何愛我這個父親呢？」

優莉亞聽到父親的話，回答說：

「父王！我像黃金一樣地愛你！」

然後高高興興地親國王的手。國王再問尤絲亞公主說：

---

* 原刊作〈鹽か黃金か〉，未標作者。

「好。那麼尤絲亞你呢？如何愛我這個父親呢？」

她開心地說：

「父王！我要你就像愛那高貴的鑽石一樣。」

國王的神情變得憂鬱而不安。

國王用一樣的話詢問最小的公主瑪露絲優嘉。她回答說：

「父親！我像鹽巴一樣愛你！」

兩個姐姐圓睜雙眼嘲笑妹妹平凡的答案，但卻沒發覺父親的臉露出解開答案的微笑。國王根瑪露絲優嘉再次問說！

「瑪露絲優嘉！你真的愛我就像愛鹽巴一樣嗎？」

這時，瑪露絲優嘉眼裡充滿著淚水，已充滿感謝的聲音回答說：

「父王！您真的了解我的意思。」

這一天沒有決定誰當繼承人就過去了。

那一年夏天，不是長期乾旱就是一直下雨，秋天幾乎沒有收成。這個國家的百姓都快要餓死了。然而，就些百姓得不是黃金或鑽石，而是瑪露絲優嘉的鹽巴。國王立即把王位讓給瑪露絲優嘉，百姓們都很高興國王做了英明的決定，這個國家也愈來愈繁榮興盛了。

載於《臺南新報》，一九二二年十二月十日

女人創造[*]

作者　不詳
譯者　北村洋一
中譯　林政燕

【作者】

不詳。

【譯者】

北村洋一（？～？），應為日本在臺文人，曾於一九二二年十二月十一日在《臺南新報》發表譯作〈女人創造〉，其餘生平待考。（顧敏耀撰）

一

全智全能的摩訶提婆大神完成了創造印度這件大事業之後，升回天上。大神從天上眺望著祂完成的印度，呈現在大神的面前，是多麼美的國家啊！短時間還無法置信，這麼壯觀、美麗的國土真得是自己親手打造的嗎？

摩訶提婆展開翅膀徐徐地搧出帶有香氣的暖風，大棕櫚樹昂首挺立著從山頂延伸至祂的面前，在腳下則是非常纖弱的百合花，開滿整片原野，純白又潔淨，惹人喜愛。

摩訶提婆伸手摘下一朵可愛的百合花，臉上流露出慈祥的笑容，將其輕輕地投入深藍色的大海。

啊！那風兒吹拂水晶般清澈透明的大海，洶湧的波濤，濺起純白色的浪花，將純淨的百合花捲入海中。

過了兩、三分鐘，從白雪般的浪花之中，竟然出現一位赤裸的少女。

這名少女如同百合般溫柔、風一般纖細、如大海時而平靜時而多變、像洶湧的波浪般光耀多彩、還有連續的笑聲像一陣陣漣漪般悅耳，是個天真又開朗的少女。

---

[*] 原刊同題，未標作者。

不久，那名少女從晶瑩剔透的海面上看到了自己的樣子，凝視許久之後輕聲說：「啊！我怎麼會這麼美麗呀！」她放眼環顧周遭一段時間後，發出讚嘆的聲音：「啊！這個世界怎麼會如此漂亮呀！」接著靜靜地上岸，她對於自己天生的美貌感到害羞，將赤裸的胴體遮住了一部分。

二

此時在這少女面前所呈現的大草原，一片百花盛開，爭奇鬥艷。她沐浴在澄淨的天空下，數不清的星星，渴望地、如飢似渴般地、像是烈陽直射般地，爭先恐後地盯著少女的身體。

無數的星星都沉醉其中，開始放出光芒。尤其是維納斯之星遠比其他星星更耀眼。

少女漫步在美不勝收的森林、草原、河川與湖泊小徑。

所有景物在少女面前也沉醉了。

不久，少女感到厭倦。

她開始向摩訶提婆禱告：

「全智全能的大神啊！感謝創造了如此美麗的地方給我，很高興所有的事物皆為我而沉醉。但是，我仍然不知道自己到底有多美，全部的景物都只有癡迷地看著我而已……」

聽到少女的禱告後，大神馬上創造出非常多隻小鳥，開始齊聲歡唱，讚頌少女的美貌。

少女聽了歌聲後非常高興。但是才經過一天，她就開始厭煩了這些鳥叫聲，感到悶悶不樂。

「全智全能的摩訶提婆大神啊！」少女再次禱告。「感謝您為了我而創造小鳥，讚嘆我的美麗，但是沒有人來擁抱我、愛撫我、所以連我自己都不知道我到底有多美啊！」

於是，全智全能的大神摩訶提婆便創造出美麗又纖細，名叫「蛇」的動物。

蛇捲住少女的身軀，也纏繞在少女柔嫩地手臂，爬來爬去。

雖然少女讓蛇緊緊擁抱大半天，但很快地又開始厭倦了。

她嘆息說：「唉，我要是世上第一美的話，一定有人會想要像我一樣美。如同黃鶯以美麗的嗓音高歌，就有鸚鵡來學習她的歌聲。看來我並不是最美麗的……。」

於是，全智全能的摩訶提婆為了少女創造出名叫「猴子」的動物。

猴子模仿了少女所有的動作。少女滿意不到六個小時後，開始覺得猴子很吵。

少女這是熱淚盈眶地開始禱告。

三

「我是如此美麗，萬物皆歌頌我的美、抱緊我、圍繞我、模仿我。這是因為他們讚賞我、羨慕我。我開始感到害怕，萬一有嫉妒我而想加害我的人出現該怎麼辦？」

於是，摩訶提婆創造出強而有力，名叫「獅子」的動物賜給少女。

獅子可以好好保護少女。但是，才過了三小時少女突然淚眼汪汪的呼喊說：

「我還是很美麗，大家都很愛我。但是，我不愛任何事物，雖然我對這隻可怕的獅子感到尊敬、感到害怕。但是我任何事物。」

這時，少女的面前出現了一隻可愛的小狗。

少女歡喜的說：「哇，真是可愛……。」

收到小狗的少女非常疼愛牠。

「我好愛這隻小狗唷……。」

少女得到了她想要的東西，已經沒有她想追求的了。

因為沒有東西追求了，少女莫名的感到生氣，忍不住開始出手打小狗，被打的小狗痛得邊慘叫邊逃跑。

接著，少女換鞭打獅子，獅子發出怒吼之後不知跑到哪裡去了。

她又狠狠地往蛇身上踩，蛇發出尖稅的嘶嘶聲逃跑了。

就這樣，猴子也躲起來，小鳥也趕緊飛走，離少女越遠越好。

少女又突然放聲大哭。

「啊！我還真是不幸啊！在我心情好的時候，他們都愛我、陪我笑、唱歌給我聽，一但我生氣的時候，大家就紛紛離我而去……。又只剩下我一個人了。全智全能的摩訶提婆大神啊！這是我最後的心願，請創造出以下的東西給我：簡單的說就是可以容忍我，就算我生氣也不敢從我身旁離開，而且還要耐得住我鞭打。」

萬能的摩訶提婆大神思考了很久都沒回應，不久後，賜予一個完全符合少女條件的名叫「男人」的東西，讓少女叫他作「老公」。[1]

載於《臺南新報》，一九二二年十二月十一日

1　原註：根據世界語版本翻成。

狼與公貓[*]

作者　不詳
譯者　梅津夏子
中譯　杉森藍

【作者】

不詳。原刊註明是來自保加利亞（Bulgaria）的童話。（顧敏耀撰）

【譯者】

梅津夏子，見〈鹽巴或黃金〉。

由於下了好幾天的雪，原野與山丘好像穿著純白的棉衣。這天早晨。一隻狼悔悟自己迄今所犯下的可怕罪行，不想一直跟人類當死對頭而互相敵視，想要跟人類和好，因此有氣無力地來到村裡。在那錄上樵夫汗獵犬群都對他充滿敵意。

狼想，哪一家都可以，進去隨便一家，希望聽自己靈魂的懺悔，但是很不湊巧，沒有哪一家租心大意地打開大門。偶然抬頭看，就看到黑色公貓從圍墻上往下看。狼馬上有禮貌地跟他搭話：

「喔！親愛的黑公貓啊！」

接著，懇求：

「在這個村落，你認不認是哪個親切的人可以收留垂死的靈魂呢？如果你認識那種人，請你儘快告訴我。奇怪，怎麼會有號角聲和狗的嚎叫聲？我感到非常害怕，請你儘快告訴我。」

公貓考慮一下，回答說：

「這個嘛，去蘇帖邦先生那邊看看吧，他是個好人。」

狼慌張地說：

「蘇帖邦先生？我恐怖不能去他那邊。這個春天，我從他的牧場裡偷了一隻羊。」

---

[*] 原題為〈狼と牡貓〉，未標作者。

公貓又說：

「那麼，裴帖羅維齊先生那裡怎麼樣？」

狼揮手說：

「哎呀唉呀，裴帖羅維齊先生非常聲我的氣。這是有原因的，是前天的事情，因為我偷偷把兩隻小羊扛走了。」

公貓考慮一下，告訴狼說：

「喔，對了！住在這上面的伊瓦諾烏維齊先生怎麼樣？」

狼困惑似地說：

「伊瓦諾烏維齊那裡？不，不行的。那位從去年就開始做陷阱，等著要殺我。」

因為公貓怎麼告訴他，卻都是狼不能去的地方，感到很傷腦筋。

「你怎麼對誰都是做壞事情呢？這樣的話，或許耶柯萊先生那裡試試看？」

狼哭哭啼啼地拜託：

「其實，他太太的一隻眼睛是被我抓瞎的。請你告訴我，沒有別的地方了嗎？」

公貓歪著頭想，用可憐的眼神看他一眼，不再跟狼說任何話，一溜煙地逃走了。

砰！一顆子彈打過來，渴望靈魂救贖的狼，來不及懺悔之前，被打死了。

載於《臺南新報》，一九二二年十二月十七日

支那童話：爬樹的三太[*]

作者　不詳
譯者　荒川浩三
中譯　杉森藍

【作者】

不詳。根據人物名字「三太」（さんた）以及故事描述（「擊掌合十拜神」）
等，或許是日本童話，誤標為支那童話，但也有可能是支那童話而由日籍文人予
以重新改寫。（顧敏耀撰）

【譯者】

荒川浩三（あらかわ　こうぞう，？～？），應為在臺日籍文人，曾於一九二
三年一月七日在《臺南新報》發表〈木登り三太〉（爬樹的三太），其餘生平待
考。（顧敏耀撰）

有個名叫三太的孩子非常喜歡爬樹，喜歡到家人不管怎麼勸阻，他一點
都聽不進不去。

新年元旦的早上，三太跟平常一樣，跟村裡的小孩子們一起去拜地方的
守護神。然後，很有禮貌地及掌合十拜神，結束參拜之後，三太馬上跟旁邊
的小孩們說：

「我從來沒有在元旦爬樹，今天乾脆爬那一棵松樹看看吧。」

一邊說一邊指著自己眼前的高大松樹。

在他旁邊的一個小孩聽到三太亂說話，責備似地說：

「是要爬那一棵樹嗎？最好不要吧！因為那一棵樹是地方守護神的神
樹，如果你隨便亂爬，就會倒大楣喔。」

三太不聽朋友的忠告，誇：

「別胡說，沒有遭報應這回事啦，你說的都是杞人憂天。等著看吧，現
在我就爬樹，然後，今天眺望整個村看看。」

---

[*]　原刊作〈木登り三太〉，未標作者。

說完之後，三太馬上開始爬那一棵松樹。

一開始，三太爬到松樹上正好看得到整個村莊的高度，一副得意洋洋的樣子，眺望村內風光，偶而還往下看看驚訝地仰望自己的小孩們。但是，不知道怎麼搞的，過一會兒，三太爬得松樹越長越高。

爬樹的三太受到的驚嚇比在下面仰望的小孩還要大，但是松樹毫不猶豫地用盡全力往天上生長。事到如今，喜歡爬樹的三太真的被嚇到了，驚慌失措，嚎啕大哭，但松樹還是一直往上生長，使勁的繼續長高。

雖然三太不斷地哭天喊地說：

「救命啊！救命啊！」

但是也來不及了。松樹轉眼之間，越來越高，終於連在樹梢的三太都藏在白雲裡，看不到了。

在下面，仰望三太的村裡的孩子們，異口同聲地說著：

「這是糟糕，該怎麼辦呢？」

「真是的，三太那個傢伙，做出讓人頭痛的事情。怎麼辦才好？」

過沒多久，他們當中比較聰明的小孩，叫來兩個村裡的大人，請他們看一下那一棵樹，但是也束手無策。這是因為，大人們用力大膽地輪流用斧頭砍樹，即使砍出一道痕跡，但是松樹使勁地長高，所以沒辦法再砍中同一個地方。

大家已經毫無辦法，因此最後只好向神明祈求原諒三太並且饒他一命。原本不知道有沒有效果，不過七天後三太回到家了，變成一個非常聽話的小孩。

載於《臺南新報》，一九二三年一月七日

支那童話：鳥的決心[*]

作者　不詳

譯者　春山亥之助

中譯　杉森藍

【作者】

不詳。原出處於文章開頭雖然標示「支那童話」，然而人物卻用日式名字，或許有經過改編？待考。（顧敏耀撰）

【譯者】

春山亥之助（？～？），或為在臺日籍文人，曾於一九二三年一月十日在《臺南新報》發表〈鳥の一念〉（鳥的決心），同年一月二十八日同樣在該報發表〈首なし兵士〉（沒有頭的士兵），其餘生平待考。（顧敏耀撰）。

村子裡，有個木兵衛爺爺發牢騷著：

「再也沒有比有翅膀的小偷更難對付的。」

有翅膀的小偷，當然是鳥。

不只是木兵衛爺爺的田，每個人的每塊田都會被小鳥破壞，但是木兵衛爺爺覺得「有翅膀的小偷」破壞自己農田是不可原諒的事。

木兵衛爺爺雖然每天用稻草人來嚇阻他們，但其實這玩意對鳥兒們來說，算不了什麼。木兵衛爺爺終於拿出槍來，砰、砰地開槍。這些鳥兒們嚇一大跳，馬上逃跑似地飛走，但是過沒多久鳥兒又回來破壞農作物了。

木兵衛爺爺說：「可惡！」，然後砰砰砰地開槍，鳥兒一隻接一隻地掉下來，死傷慘重。木兵衛爺爺每天都這樣打鳥，但是對於那些比較狡猾的小鳥卻還是無能為力。

註　「木」字原文作「杢」，為日本自創之漢字，讀音為「もく」，同「木」，因該字為漢語所無，此姑且改為「木」字。* 原刊作〈支那童話：鳥の一念〉，未標作者。

[*]　原刊作〈支那童話：鳥の一念〉，未標作者。

有一天，木兵衛爺爺的小孩突然喊叫：

「爸爸！好幾百隻小鳥在田裡面！」

木兵衛爺爺立刻站起來說：「好，我來！」，把槍從客廳裡拿了出來。

木兵衛爺爺雖然馬上跑到外面，但他只裝了火藥，現在才發現忘記帶子彈出來。所以，木兵衛爺爺道路旁的倉庫，拿了一堆短短的釘子，在田邊把那不知道有幾支短釘子代替子彈拼命地裝在槍裡頭。

「等著瞧！」

木兵衛爺爺拿起槍來，忽然露出惡作劇般的笑容，他那時候好像想到了什麼，向田裡的鳥兒大聲喊叫：「哇！哇！」

於是，每隻鳥兒都驚慌失措，一隻接一隻地逃走了。不過，轉眼之間，都停住田中央的大樹上。

木兵衛爺爺很有把握的樣子，鎖定目標，砰一聲地開了第一槍，接著連續砰、砰、砰地開槍之後，不得了了。

木兵衛爺爺原本對自己的槍法感到非常得意，沒想到鳥兒們想逃跑的決心是非常驚人的。啪嗒啪嗒、啪嗒啪嗒地拍打翅膀的時候，那些被釘子釘上去的鳥兒們，終於把田裡的那棵樹，連根拔起。然後，那些粗暴的鳥，又啪嗒啪嗒地連整棵樹一起，一下子就飛到空中去了。

木兵衛爺爺目瞪口呆地說：「太厲害了！」又過沒多久，所有的小鳥們，又照原來的樣子，連樹一起掉下來。於是木兵衛爺爺終於平靜了下來。

聽說，「決心是很可怕的」這句話從此以後，成為木兵衛爺爺的口頭禪了。

載於《臺南新報》，一九二三年一月十日

支那童話：清兵衛與石頭[*]

作者　不詳

譯者　荒川浩

中譯　杉森藍

【作者】

不詳。從人物名字「清兵衛」、「權兵衛」推測，可能是日本童話而誤標支那童話，或者是經過日本文重新改寫。（顧敏耀撰）

【譯者】

荒川浩（？～？），見〈回音〉。

清兵衛是非常喜歡蒐集奇石的愛石狂。並不僅是因為喜歡石頭才叫他為愛石狂，因為事實上，當時的清兵衛不知道為什麼，頭腦有問題。

在這個男人的家裡，客廳擺放一顆奇異的石頭，直徑約一尺，四面透光。清兵衛向每一個人誇耀說：「這石頭裡既有高聳的山峰，又有幽深的山谷，是塊稀世的珍石。」

據清兵衛的說法，那塊石頭只要在下雨的那一天，從那石頭上的小洞裡，就會冒出雲霧，顯現出的高山與深谷之風景，跟窗外所見的自然山水沒有兩樣。

但是，去看過清兵衛那塊石頭的幾個村人說：「那塊石頭根本沒有這樣子，普通又無聊，看起來還很骯髒。」嘲笑著清兵衛荒唐的謊言。

然而，在隔壁村落裡，有一個名叫權兵衛的，不輸給清兵衛這石頭狂。這個男人對石頭也有一點瘋狂，他聽到清兵衛的話之後，看到那塊奇怪的石頭，大大地讚美會冒出雲霧的石頭。

他無論如何想要得那塊可以說是清兵衛心肝寶貝的石頭，拿出萬金拜託清兵衛把石頭讓給他。但是，用生命也不能交換的那塊石頭，清兵衛當然不願意交給他。

---

[*]　原刊作〈清兵衛と石〉，未標作者。

　　於是，有一天晚上，權兵衛待了傭人，竟然一起粗暴地去偷那清兵衛所誇耀的石頭。趁著清兵衛睡得香甜的時候，巧妙地偷了那塊石頭，權兵衛馬上叫在等待的傭人扛起那塊石頭，趕緊逃跑了。清兵衛後來知道石頭被偷了，但也無能為力。他再怎麼搥胸踤足，也找不回來了。

　　不過，有時也會有難以預料的事情，權兵衛他們恰巧路過清兵衛當初撿到那塊奇石的大河時，男傭人在過橋途中為了休息一下，不經意的把那塊其時放在欄杆上。於是，不知道為什麼，男傭人的手一滑，把那據說會冒出雲霧的清兵衛得奇石掉進河裡面了。權兵衛非常生氣，用馬邊狠狠地鞭打傭人，縱使如此，已經掉進河裡、濺起水花的石頭，不會再回來了。

　　隔天早上，權兵衛不得已而請了很多當地很會潛水的年輕人，花一整天找那塊石頭，但是上岸的每塊石頭都是沒什麼價值的。到最後，他懸賞一百圓的賞金，但還是找不到那塊石頭。

　　石頭被搶奪而灰心喪志的清兵衛，聽到這個消息之後，趕快前來石頭掉下去的地方，然後從橋上注視著河流，清兵衛沒看到其它的，只是清清楚楚地看到那四面透光又冒出雲霧的石頭就沉在河底的某處。

　　清兵衛嘲笑那些至今還一直在找石頭的人們說：「真是一群笨蛋啊！」隨即跳進河裡，一切都結束了。

　　隔天早上清兵衛被發現可憐地溺死在河裡。

載於《臺南新報》，一九二三年一月十四日

支那童話：無頭士兵*

作者　蒲松齡
譯者　春山亥之助
中譯　杉森藍

【作者】

蒲松齡像

蒲松齡（1640～1715），字留仙，又字劍臣，別號柳泉居士，世稱聊齋先生。山東淄川（今淄博市淄川區）人，一六五八年（順治 15 年）應童子試，以縣、府、道第一補博士弟子員，爾後屢試不第，一七一○年（康熙 49 年）以年逾古稀，援例為歲貢生。著有《聊齋志異》（短篇文言小說集）、《醒世姻緣傳》（長篇白話小說）以及《聊齋文集》、《聊齋詩集》、《聊齋俚曲》、《柳泉詞稿》、《農桑經》等。其中最膾炙人口的作品自非《聊齋誌異》莫屬，該書共有四九○餘篇，主要描寫鬼神妖精之事，藉由委婉曲折的方式以針砭現實社會，被譽為「寫人寫鬼，高人一等；刺貪刺虐，入骨三分」（郭沫若語），廣為改編成戲曲、電影與電視劇等。（顧敏耀撰）

【譯者】

春山亥之助，見〈鳥的決心〉。

　　到底，還有沒有哪個國家像國這樣擁有西洋人和日本人所想不到的奇妙

---

* 原刊作〈首なし兵士〉。蒲松齡《聊齋誌異》中原題為〈諸城某甲〉，原文如下：學師孫景夏先生言：其邑中某甲者，值流寇亂，被殺，首墮胸前。寇退，家人得屍，將舁瘞之，聞其氣縷縷然，審視之，咽不斷者盈指。遂扶其頭，荷之以歸。經一晝夜始呻，以匕箸稍稍哺飲食，半年竟愈。又十餘年，與二三人聚談，或作一解頤語，眾為哄堂，甲亦鼓掌。一俯仰間，刀痕暴裂，頭墮血流，共視之，氣已絕矣。父訟笑者，眾斂金賂之，又葬甲，乃解。異史氏曰：「一笑頭落，此千古第一大笑也。頭連一線而不死，直待十年後成一笑獄，豈非二三鄰人負債前生者耶！」

故事呢？在古代的中國，有個名叫孫景夏的出名學者。這是那位老師所說的故事。孫景夏所住的村裡，有個名叫某某的男人。這個男人在流寇作亂的時候被斬首，死在戰場上。說是被斬首，但他的頭並沒有完全掉下來，還連著一塊皮，垂在胸前。

戰爭結束之後，在戰場上滿是散亂的武器和屍體，平靜下來的時候，這男人的家人，去領回被斬首的遺體。喪禮完成之後，即將埋葬時，才發現那士兵的頭沒有真的被砍斷，而且尚存一絲氣息。於是家人非常驚訝，馬上進行治療，把她的頭小心地支撐著帶回家。尚且，用盡各種方法來醫治，第二天他發出細弱的呻吟。因此，家人非常歡喜，剛開始把粥一湯匙一湯匙的貼在他嘴邊讓他喝，然後慢慢地能讓他正常飲食。這樣子過了半年以上的時間，一天不鬆懈地養病，最後脖子上的傷痕完全痊癒了。

大概十年之後的某一天，那個男人跟平常要好的朋友一起聊很有趣的話題。過沒多久，因為有個人講了一個非常好笑的事情，在座的人都哄堂大笑。當然，那當過士兵的某某也是跟大家一起拍案叫絕，捧腹大笑。然而，不知道怎麼搞的，以前所受的刀傷忽然裂開，然後他的頭啪嗒一聲掉下來了。血嘩啦嘩啦地流出來，實在沒有辦法救回來。也有叫來幾位醫師，但過幾分鐘之後，終究斷了氣。這次真的是頭掉下來而死掉了。

在座的人都大吃一驚，哭天喊地說：「欸，怎麼會這樣！出事了！」還是無濟於事。

無頭士兵的爸爸非常憤怒地責罵說：「到底是誰讓他變成這個樣子的！誰讓他笑得跟傻子一樣！」

但已經沒有辦法讓死去的兒子活過來。

死去的無頭士兵爸爸，怎麼也不肯善罷甘休，控告了那個讓他兒子笑的男人，但是那個人也不是故意的，所以官員也無法判他有罪。於是，官員再三考慮之後，叫在座的每一個人出一點錢，用大家的錢來安慰那位父親。然後，恭恭敬敬地舉行那無頭士兵的喪禮。

載於《臺南新報》，一九二三年一月二十八日

奧斐斯的故事[*]

作者　不詳

譯者　小谷正三郎

中譯　杉森藍

【作者】

　　不詳，此為希臘神話故事。故事內容的主角奧斐斯（Orpheus）傳說是太陽神阿波羅（Apollo）與史詩謬思女神卡利歐碧（Calliope）的兒子，因此有異於常人的高度音樂天賦，繼而引出後來曲折的故事情節。（顧敏耀撰）

【譯者】

　　小谷正三郎（？～？），應為在臺日籍文人，曾於一九二三年三月十八日在《臺南新報》發表譯作〈奧斐斯的故事〉，其餘生平待考。（顧敏耀撰）

　　很久很久以前，在希臘有一位非常擅長於豎琴的音樂家名叫奧斐斯（Orpheus）。他小時候，在森林裡彈奏的時候，蜘蛛馬上停止結網，一動也不動地安靜傾聽，就連愛工作的蜜蜂都想要停止工作。

　　隨著他的慢慢長大，技術也愈來愈高超，據說只要奧斐斯抱著豎琴走路，森林裡所有的動物都會跟隨他。後來，奧斐斯跟妖精當中相當美麗的尤莉迪絲（Eurydice）結婚，過了幸福的日子，但是，有一天，很不幸地，那年輕的妻子尤莉迪絲不小心在野外踩到毒蛇而被咬傷，過一下子就中

---

[*]　原刊作〈オルフユーズ物語〉，未標作者。

毒而死。

　　奧斐斯對於妻子外出不歸感到非常擔心，出去外面找她，但是毫無蹤影。試著彈奏豎琴，妻子也不像平常那樣陪唱。妖精們也四處找她，最後還是沒有任何線索。所以，奧斐斯懷疑妻子是不是去了陰曹地府，悲傷地受不了。終於下定決心，為了尋找愛妻尤莉迪絲，向地獄出發了。

　　就這樣，奧斐斯來到冥府之神布魯多（Pluto）的宮殿，彈了非常悲傷的曲子，那哀傷的琴聲像水一樣流到黑暗處的各個角落，所有亡魂都嚎啕大哭。冥王也哀傷不已，只好答應奧斐斯的請求，讓他把妻子尤莉迪絲帶回到人間。不過有一個相當困難的條件，就是奧斐斯讓妻子在後面跟著回去的時候，一直到重新見到太陽光之前，絕不能回頭看她。

　　不過，奧斐斯覺得這個條件很容易做到，就答應了。離開地獄，從黑暗的狹窄山路上來，心中開始猜想愛妻尤莉迪絲到底有沒有真的跟來，又懷疑「地獄的布魯多是不是欺騙了我？」

　　因此，忍不住回頭看了一下尤莉迪絲，「啊！」傳來一聲慘叫，美麗的尤莉迪絲把雙手向上伸長著，無助的掉進又暗又黑的谷底。

　　奧斐斯悔恨不已，心如刀割，但事到如今也難以挽回。就算再去地獄也不可能讓冥王再次答應，所以就這樣子自己一個人心灰意懶地上去人間了。雖然回到自己住的森林裡，但從此以後，從來沒有人見過這可憐的音樂家。

　　據說，常隨著山風傳來的哀傷的聲音，就是奧斐斯的琴音。也有人說他遭到雷擊之後過不久就死了，原本帶在身邊的豎琴，從小溪流到大海，漂到李絲柏島（Lesbos），到了秋天的時候，被落葉埋沒，再也不會發出聲音了。據說，那座島上的夜鶯，直到現在都比任何地方的鳥都還會唱歌。

載於《臺南新報》，一九二三年三月十八日

風信子的故事*

作者　不詳
譯者　久保田かね子
中譯　杉森藍

【作者】

　　不詳。屬於希臘神話，內容是敘述風信子這種花的由來。（顧敏耀撰）

【譯者】

　　久保田かね子（？～？），可能是在臺日籍文人，曾於 1923 年 3 月 25 日在《臺南新報》發表〈風信子的故事〉（ヒヤシンス物語），其餘生平待考。（顧敏耀撰）

　　很久很久以前，掌管希臘天地的神，叫做朱彼德（Jupiter），他的力氣非常大。他有一位兒子叫做阿波羅，強壯勇猛，絲毫不遜於父親。阿波羅出生時，太陽在海浪上跳舞，還有聲音悅耳的鵝，一邊跳舞一邊以美麗的聲音唱著「阿波羅就誕生在提洛（Delos）島上喔」竟然足足跳了七次這樣的舞。據說在夜空中的月亮，為了要跟搖籃裡面的阿波羅接吻，特地來到搖籃上面停住不動。

　　阿波羅駕駛著雪白天鵝拉的金色小車，不管到海洋或陸地，只要他想去的地方都能去，非常輕巧又便

---

*　原刊作〈ヒヤシンス物語〉，未標作者。

利。另外，他還有一把七絃豎琴以及銀色弓箭，優美的琴聲，在世間沒有人可以比得上，那把弓箭更是百發百中。他的本領高強，不論何時，臉都像月光一樣明亮，不管到任何地方，都帶給人們無限的歡樂。世人稱讚他為「光明之主」、「歌神」或是「銀弓公子」。

當時，在希臘某個城市裡，有個王子叫雅辛托斯（Hyacinthus），氣質超凡，連人見人愛的阿波羅都非常喜歡他，因而為許多朋友所稱羨。他們兩個人每天都精神抖擻的一起遊玩，非常歡樂。

有一天，雅辛托斯跟阿波羅一起擲鐵餅，玩得興致盎然。

「準備好了嗎？我要丟了喔！」

阿波羅一說完就使盡全力拋出，鐵餅便以切開狂風之勢，朝雅辛托斯的方向飛去。

雅辛托斯回答說：「好啊！」

他趕緊跑過去追那塊鐵餅即將掉下去的地方，很不湊巧的，鐵餅落到岩石上面，很大力的反彈回來，砸到他的額頭。可憐的雅辛托斯，隨即倒地不起。

「唉呀，怎麼辦才好？真是傷腦筋！」

縱使平常精神十足的阿波羅，也這時候感到手足無措，驚慌的抱起雅辛托斯，絞盡腦汁思考解決方法。

雅辛托斯確實已經斷氣了。他像百合一樣垂著頭，白皙的額頭裂成兩半，沾滿衣服的血漬逐漸變成黑紫色，身體慢慢變得像冰塊那樣又冰冷又僵硬。

阿波羅平常雖然都很開朗樂觀，這時一樣後悔不已。他心想，只是如此在心裡懊惱也於事無補，隨即把雅辛托斯王子變成風信子，並且創作了一首哀歌，時常熟練的用那把七絃豎琴在風信子面前彈奏。

這件事傳遍整個希臘，因此，每年春天，當哀傷優雅的風信子盛開之時，人們總是對這種花朵特別疼惜。

風信子，又稱為雅辛托斯、飛信子等，至今仍受到世人們廣泛的喜愛。

載於《臺南新報》，一九二三年三月二十五日

童謠：想見其「形」 *

作者　史蒂文森
譯者　宗耕一郎
中譯　張桂娥

【作者】

史蒂文森像

　　史蒂文森（Robert Louis Stevenson, 1850～1894），生於蘇格蘭（Scotland）的愛丁堡（Edinburgh）。父祖皆為土木工程師，在一八六七年秉承父親旨意進入愛丁堡大學攻讀土木工程，但因自幼對於文學有高度的喜好，與父親幾度商量討論，先改學法律（甚至在一八七五年，還通過考試，成為律師），後來在一八七八年，出版了第一本遊記《內河航程》，一年後又出版了《騎驢漫遊記》和《人與書散論》。從此放棄律師業務，專心寫作，因為身染肺結核，故多年在全球各地遷居，尋找適合養病之處，但也因此而擁有多采多姿的經歷，成為文學創作的豐富素材，在短暫的一生中留下了大量的文學作品。最有名的著作是一八八三年出版的小說《金銀島》（ *Treasure Island* ），時常被改編成電影或動畫。此外還著有《化身博士》（ *Strange Case of Dr Jekyll and Mr Hyde* ）、《入錯棺材死錯人》（ *The Wrong Box* ）等小說，以及《兒童詩園》（ *A Child's Garden of Verses* ）等詩集。（顧敏耀撰）

【譯者】

宗耕一郎像

　　宗耕一郎，即宗不旱（そうふかん，1884～1942）之本名，除此之外還有別號「硯工不旱」以及「不旱研人」等，日本知名的短歌創作者（即「歌人」）、硯臺製作師，生於熊本市，先後畢業於來民小學校、濟

---

* 原刊作〈童謠：「形」を見つつも〉，並標註原題〈ルツキンダ フオルワルト〉，作者標為「スチーブンソン」。

濟黌城北分校（今鹿本中學校）、濟濟黌本校、長崎中學校（今鎮西學院），後又依照家人意願而考入熊本醫學校，但因志趣不合而中途退學。一九○四年前往東京研習，結識了後來也成為著名歌人的窪田空穗，開始踏上創作和歌之路，一九○七年與一九一○年先後發表作品於和歌合集《白露集》以及《黎明》。一九一二年開始前往朝鮮、支那、臺灣等地遊歷，直至一九二三年才返國，在此期間習得高超的製硯技術。一九二九年再次來臺，隱居在臺中州的濁水溪畔，以當地特產的「螺溪石」製作硯臺。後因長期在外流浪，在一九四○年妻子求去，從此與家人分離。一九四二年間獨自前往熊本地區的阿蘇山區，自此行蹤不明。著有歌集《柿本人麿歌集》、《筑摩鍋》、《荔支》。此外，在第一次來臺時，曾於一九二三年在雜誌《熱帶詩人》發表數首和歌以及譯作〈童謠：「形」を見つつも〉。（顧敏耀撰）

我們家小男孩長大以後
一定會變得非常雄壯威武
所以我會叮嚀那些
別人家的小女生跟野男孩們：
不要亂碰我們家小男孩的玩具唷[1]！

載於《熱帶詩人》，第二卷第十期，一九二三年四月十日

---

[1] 中譯者註：原文題目為"Looking Forward"，全詩為：
When I am grown to man's estate
I shall be very proud and great,
And tell the other girls and boys
Not to meddle with my toys.

西洋童話*

作者　不詳

譯者　不詳

中譯　張桂娥

【作者】

不詳。題目雖為「童話」，不過內容應屬笑話。（顧敏耀撰）

【譯者】

不詳。

一

　　一對夫婦搭乘免費輕航機之前，跟特技飛行員談好條件，約定如果其中有人因為心生恐懼而大聲喊叫的話，每一次將付出三塊錢美金的罰款。那位特技飛行員在飛行過程中，展現出各式各樣高難度的雜耍特技，而同行的兩名乘客，竟然自始至終都完全沒有發出任何聲音。當行程告一段落，輕航機成功著陸時，特技飛行員頭也不回的對乘客說：「兩位貴客實在是太了不起了！我原本還以為你們根本沒有辦法忍耐到最後一刻呢！」結果，丈夫回答說：「哪有這回事啊！剛剛我老婆從飛機上掉下去的時候，害我差一點就要破功，得掏腰包付出三塊錢美金罰款呢！」

二

　　「阿花！把那幅有畫框的油畫，拿去掛在我的書房！」

　　「可是夫人有特別吩咐：那幅畫要掛在客廳呢！」

　　「少囉唆！我才是一家之主哩！快拿去掛在我的書房！等一等！我的意思是：先拿去我的書房掛一下，然後再拿下來，重新掛回客廳吧！」

　　　　　　　　　　　　　　　載於《臺南新報》，一九二三年四月十五日

---

* 原刊同題，未標作者。

奇怪的樹脂玩偶*

作者　不詳
譯者　天野一郎
中譯　林政燕

【作者】

不詳。由內文首段得知此篇為印度的童話故事，由《世界小學讀本物語》中的美國小學讀本（下級篇）翻譯而來。（顧敏耀撰）

【譯者】

天野一郎（？～？），日本山梨縣人，曾於一九四一年在臺灣擔任臺南州溪邊厝國民學校訓導。目前所見其發表的譯作都刊登在一九二四年的《臺南新報》，分別是十月八日的〈變な脂人形〉（奇怪的樹脂玩偶）、十月十二日的〈子供〉（男孩子）、十月十六日的〈旅人と岩〉（旅人與石頭）、十月十七日的〈二本の德利〉（兩個德利）、十月二十二日的〈秋と冬〉（秋與冬）、十一月九日的〈勞働〉（勞動）。（顧敏耀撰）

這是印度的童話故事，收錄於美國小學讀本（下級篇）。

這是一則不自量力的兔子被狡猾的狐狸抓住，最後關頭卻撿回一條命的故事。在這搞笑荒謬的故事之中隱含著大智慧，給我們極為重要的啟示。

一

狐狸一直在想辦法，想要抓到兔子，可是怎麼想也想不到。有一天狐狸終於想到了一個天真的方法，拿了大量的樹脂，捏成一個小孩子形狀的人偶，並且將它放在路旁，自己躲在樹叢旁等待兔子經過。

二

不久就看見兔子撲通撲通地跳來。他看到了人偶後就對著人偶說：「早

---

* 原題為〈變な脂人形〉，未標作者。

啊，今天天氣真不錯！」可是人偶一句話也沒回答。「你今天心情好不好呀？」人偶還是一句話也沒回應。「你怎麼了啊？你是聾子嗎？如果聽不到的話我可以再大聲一點說給你聽呀！」兔子生氣怒吼了，但人偶依舊沒回應。「瞧你這傢伙挺得意的樣子，看我把你的油給擠出來！」兔子說完，人偶還是什麼也沒回答。「你不知道對長輩要有禮貌嗎？帽子給我脫下問好！」人偶還是沉默不語。兔子非常生氣，準備姿勢站好後，一拳打向人偶的側面。

三

　　還搞不清楚狀況的兔子，拳頭死死地黏在人偶上，怎麼拔也拔不開。「放開唷，快給我放開唷，不放開我繼續揍你唷！」兔子說完，「啪！」一聲又打向人偶。結果雙手緊緊黏在人偶上，拔也拔不開。「你這傢伙！快給我放開、放開，不放開我就用踢的唷！」

　　兔子雖然著急地大聲吼叫，人偶還是一句話也沒回應，然而兔子的雙手緊緊地黏在人偶上無法掙脫，於是兔子抬起他的右腳狠狠地朝人偶踢下去，結果這次換右腳緊緊地黏在人偶上。「可惡，你這混蛋，這次看我用左腳把你一次踢個稀八爛！」兔子說完，抬起他的左腳朝依舊不理兔子的人偶狠狠地踢下去，踢完後兔子四肢變得無法動彈。兔子哭著說：「為什麼不放開我呢？好，看我用頭撞破你的身體！」說著說著「砰」一聲兔子的頭撞向人偶的身軀，結果這次換頭也無法動彈，黏在人偶上。

四

　　眼見時機成熟的狐狸，悄悄地從樹叢裡走出來，「嘿嘿，兔子你早呀，瞧你今天怪怪的，還真是狼狽呀！」狐狸說完一直笑，笑到眼淚都流出來，笑到跌在地上。

　　「怎麼樣啊，兔子，這次總算捉到你了。因為你一直在這附近跑跑跳跳，把我當成傻瓜。不過，這個春天還真是令人遺憾啊。到底是誰在跟人偶攀談的啊？哈哈哈哈，硬是要跟人偶抱在一起，現在如你所願啦。我等一下

就會帶一把柴火過來，幫你把火點上。其實我一直等，等你成為我今天的午餐。」

兔子聽到這些話之後，像洩了氣的皮球，然後說：「唉，我現在動彈不得。在你處置我之前，狐狸，請不要把我丟進那片荊棘當中。」

狐狸說：「不如把你吊在高樹上吧，因為生火也挺麻煩的。」

兔子附和說：「隨便讓你把我吊在很高很高的地方也沒關係，但，不要把我丟進荊棘裡。」

狐狸說：「那不如把你丟進深水裡，如何？」

兔子回說：「好，讓你把我丟進深水裡，但，請不要把我丟進荊棘裡。」

狐狸想了想，這隻兔子，那麼討厭荊棘，那就把牠丟進荊棘裡好了。

於是，捉起了兔子的後腿，碰的一聲，把兔子丟進了荊棘裡。

過了一會，狐狸好像聽到有人在叫牠，往前一看，兔子遠遠的在山丘上，身上完全沒有樹脂，對著狐狸的方向，大聲喊說：「我原本就是生在荊棘裡、在荊棘裡長大的唷。再見啦！」

兔子輕快的跳了起來，逃向遠方。

——《世界小學讀本物語》

載於《臺南新報》，一九二四年十月八日

小男孩[*]

作者　不詳
譯者　天野一郎
中譯　林政燕

【作者】

不詳。作品首段說明這是譯自《世界小學讀本物語》中的英國小學讀本（中級篇），作者有可能是英國人。（顧敏耀撰）

【譯者】

天野一郎，見〈奇怪的樹脂玩偶〉。

這是英國小學讀本中級篇中的一則的小故事。故事告訴我們即使是在困頓與孤獨的時候也必須明白自然之神所賦予的恩惠。

一

從前有個可憐小男孩，他既沒有父親也沒有母親，所成長的地方沒有山羊也沒有朋友，只有孤伶伶的一個人。

二

一如往常地，在廣大的草原中央只有小男孩一個人，他因為太過寂寞而哭了出來，不久跑來了一隻山羊。「弟弟，你為什麼在哭啊？」「因為每次都只有我一個人感覺很寂寞啊！」「不要哭、不要哭，我變出一件漂亮的衣服，給你一件溫軟的羊毛衣吧！」於是小孩就停止了哭泣，好心的山羊給了他一件看起來很溫暖的羊毛衣。「那麼，先告辭了，我要去吃野草了，弟弟，你要是覺得冷的話我可以再給你溫暖的毛衣唷！」說著說著山羊離小男孩遠去。

---

[*]　原刊作〈子供〉，未標作者。

三

　　後來，小男孩依然在廣大的草原中央一個人獨自哭泣，越哭越傷心。這次來了一隻大狗狗，看起來很溫馴。狗狗親切地問他：「弟弟，你為什麼在哭啊？」小男孩回答：「因為每次都只有我一個人感覺很寂寞啊！」狗狗繼續說：「這樣吧，跟我一起住吧，讓我成為你的朋友，這樣你就不是一個人了，再也不會覺得寂寞了！」

四

　　原來狗狗是屋瓦工人及木材工人所養的，工人們在廣大的草原中央蓋了一間小屋，非常漂亮。這間漂亮小屋裡面也有狗狗及小男孩的房間，小屋的四周全都是屬於他們的庭園，隨時隨地翻翻土，就可以灑下許多各式各樣的種子種植。狗狗也很喜歡翻土種植物，但是也會翻得亂七八糟。

　　每天早上，都會有親切的乳牛來到草原給小男孩和狗狗好喝的牛奶。溫柔的山羊也來了，在寒冷的時候，給小男孩很多溫軟的羊毛。壯碩又親切的狗躺在草原上，小男孩就坐在旁邊。小男孩與狗狗每天都過著愉快的生活。

　　小男孩每天都很快樂，再也不哭泣了。

五

　　小男孩與狗狗從此過著幸福快樂的日子。我想，之後他們也會一直在這遼闊的草原當中，過著幸福快樂的生活。

──《世界小學讀本物語》

載於《臺南新報》，一九二四年十月十二日

旅人與石頭[＊]

作者　不詳
譯者　天野一郎
中譯　林政燕

【作者】

　　不詳。根據內文手段敘述，作者可能是義大利人。(顧敏耀撰)

【譯者】

　　天野一郎，見〈奇怪的樹脂玩偶〉。

　　這篇故事收錄在義大利小學讀本中級篇，這本書中大多是在敘述義大利人民的愛國事蹟，以及全體國民一起互助合作的故事。這篇「旅人與石頭」也是敘述一起互助合作創造幸福的故事。

　　從前，有個旅人，踏上旅程，走在險峻的山路上，就在他一步一步往上爬的時候，有一顆大石頭從山上滾了下來，就擋在路中間。很不巧地，這裡的山路非常狹窄，以至於完全阻礙了往前進的路，動彈不得。但好不容易已經走到這裡，卻無法繼續往前，這是多麼可惜的事啊。

　　旅人想了很多法子，想把石頭移走，繼續往前，但石頭實在是太大了，一點辦法也沒有。旅人非常的傷腦筋，坐在原地說：

　　「啊！照這個樣子，到了夜晚就慘了，一定會有可怕的野獸跳出來，把我給咬死吧？我到底該怎麼辦？」

　　就在不知道該如何是好的時候，又有一個旅人走了過來，然後跟之前的旅人一樣，試著想把石頭移開，最後還是了解此是非個人能力所及，也只好坐在一旁。

　　之後，又來了第三個旅人，跟之前的旅人一樣，雖然努力地想把石頭移開，但是石頭還是在路中間紋風不動。這三個旅人都感到非常的沮喪。

＊　原刊作〈旅人と岩〉，未標作者。

　　過了一會兒，有一個人對著其他二人開口說：「各位，我們一起向上帝祈禱，好不好？我們這樣做，說不訂上帝會幫我們把石頭搬走。」

　　因此，三人就一起很努力地向上帝祈禱，但是石頭一動也不動。那個人又開口說：「各位，上地說：『祂會幫助我們，如同你們互相幫助對方一樣。』所以各位，我們一起合力把大石頭搬開吧。」

　　三人有志一同地站了起來，一起用力推動石頭，非常輕鬆地就把石頭移開了。三人都非常愉快得繼續踏上了旅途。

　　旅人代表著世人，旅途代表人生，石頭則代表人生旅途中的困難。不論是誰，都無法自己一個人解決所有的困難。但是上帝會護佑我們，讓我們不論玉到怎樣的困難，只要同心協力，就能擺脫困境。

　　老師在說完這個故事後，跟我們說：「各位，在這則故事中，你體會到什麼道理了嗎？透過這個故事，我們了解到，人類如果可以全體互助合作，我們的社會將會多麼幸福與富裕啊。」

　　　　　　　　　　載於《臺南新報》，一九二四年十月十六日

秋與冬*

作者　不詳
譯者　天野一郎
中譯　林政燕

【作者】

不詳。根據內文手段敘述，作者可能是義大利人。（顧敏耀撰）

【譯者】

天野一郎，見〈奇怪的樹脂玩偶〉。

這篇出自義大利的小學讀本中級篇。義大利是個景色優美的國家。不論是秋天還是冬天，都各有不同的美麗風景。閱讀本篇時請多多想像與日本的秋天與冬天有什麼不同。

秋

隨著入秋，天氣漸漸轉涼，白日漸漸變短，燕群也紛紛飛向溫暖的南國。

秋天是葡萄成熟的季節，每當葡萄成熟，就是葡萄酒要開始盛產的時候了。秋天除了葡萄，還有各種水果盛行。例如無花果、水梨、蘋果、核桃、栗子等。

樹葉也開始換上秋裝，隨風搖曳的楓葉，相信不久就會凋謝吧！

孩子們結束漫長的假期，回歸到校園生活。農夫撒下小麥種子，期盼明年有個大豐收。

還有也不能忘記重陽節，要來到祖先與親戚長輩墳前祭掃，默默祝禱保佑我們全家平安。

「慈祥和藹的燕子，為何急忙地往南方的天空飛去呢？我想是害怕冬天的到來吧！如果可以，請你把我的孩子帶到溫暖的國度，暫時躲過寒冷的冬

---

* 原刊作〈秋と冬〉，未標作者。

天。」

冬

嚴寒的冬季還是到來了，白晝變短，只剩下些許的溫暖。

每天的天空都是一片陰暗，颳強風，下大雨。大雪紛飛，各個山頭都成了一片銀白世界。水結成凍，地上也結了厚厚的一層霜。

孩子們都會在結成冰的池子上溜冰，在池子上溜冰是很危險的吧，要是冰一裂開的話，一瞬間就會掉落到冰冷的池子裡。

鄉間看起來也是一片寂靜。樹葉都凋謝了，樹木都變得光禿禿。大部分的鳥都往溫暖的南國飛去，只剩下兩三隻還在這裡逗留。

辛勤工作的老百姓，即使在冬天，也絲毫不懈怠。努力的耕田，迎接春天的到來。下雨的時候，做做籃子、圍棋，還有編掃帚、草帽。女人們會紡紗、做飯，或是在火爐旁織襪子。孩子們一點都不畏雪地裡的寒冷，每天都很有精神的上學。

在這世上，有很多貧窮的人在寒天裡挨餓受凍，沒有保暖衣物可以穿，生活很困苦。我們要去幫助這些很可憐的人們。

耶穌基督也是在嚴寒的冬天裡出生，並且教導我們要忍受苦痛，關懷可憐的人。

——《世界小學讀本物語》

載於《臺南新報》，一九二四年十月二十二日

勞動[*]

作者　不詳
譯者　天野一郎
中譯　林政燕

【作者】

不詳。由首段內容推測，作者可能是義大利人。（顧敏耀撰）

【譯者】

天野一郎，見〈奇怪的樹脂玩偶〉。

這篇故事收錄在義大利小讀本當中，教導我們：依靠自己的力量工作是令人尊敬的事，而且也因為勞動讓這世界的人們非常幸福。

勞動是開闢森林，讓沼澤乾枯，讓沙漠裡的花開。勞動是撒下種子，摘下果實，研磨小麥，用麵粉做出麵包，供給人類作維持生命的重要食糧。

老楝是煉瓦，去琢磨石材，把大理石做成樑柱，不只是用來建造小房子，還用來建造華麗的宮殿，聳入天際的高塔，雄偉的寺廟。

勞動是到很深很深地底探索，挖掘出已經深埋在那好幾世紀的豐富煤礦，運用煤礦，讓機械運作，讓火車奔馳，趕走冬天的寒冷，讓我們在室內可以感到暖和。勞動是把堅硬無比的鐵鎔化，做成各式各樣的形狀，從細針到鐵柱，或是大型機械的輪子。也可以做成小錢包上的金屬零件。

勞動是砍伐堅硬的木頭，來做成樑柱，做成甲板，來建造船之後，航向無垠的大海，把世界各國的物產都帶回我們的國家。

勞動是把印度的米，美國的棉，非洲的象牙，各國的水果，冰天雪地的北國的獸皮，都帶過來。

勞動是把平凡無奇的砂石熔化，做成透明的玻璃，玻璃又可以做成各種用品，像是給近視的人看東西的眼鏡，還有可以做成望遠鏡觀測到離我們幾

---

[*]　原刊作〈勞働〉，未標作者。

百萬哩遠的天體。

　　勞動是把平凡無奇的東西或討厭的東西都變得有趣、變得珍貴。骯髒得破不也可以藉由勞動變成美麗的紙張。海裡或陸上有一些原本又髒又臭的東西，經由勞動，氣味變得芬芳，還可以變成昂貴的藥，治好人們的病痛。

　　勞動是在河流上架橋，在山谷間建造吊橋，在堅硬的高山鑿出隧道，讓世界成為一家。

　　勞動是從一個鄉村到另一個鄉村，從一個州到另一個州，從一個地區到另一個地區，從一個大陸至另一個大陸，穿針引線，把我們的話語，越過山頭，通過海底，傳遞到全世界。

　　勞動是把文字配上插圖，印刷出來，把時時刻刻所發生的事情，傳遞到各個地方。

　　勞動是萬能的魔法。只要全力執行，無論是什麼事都可以成功。只要使用這個魔法棒，昨天才看到的荒蕪山谷，忽然長滿了許多農作物，已經荒廢的山腰，形成了一片青翠森林，鎔爐裡的火焰熊熊燃燒著，鐵砧上也傳來蟲蟲的鎚打聲，車輪也快速的運轉，文明就在這片欣欣向榮裡產生了。勞動是多麼偉大了力量啊！

——《世界小學讀本物語》

載於《臺南新報》，一九二四年十一月九日

起床吧！花公主！ *

作者　不詳
譯者　不詳
中譯　張桂娥

【作者】

　　不詳。根據首段敘述，作者可能為美國人。（顧敏耀撰）

【譯者】

　　不詳。

　　歡樂的春天已經造訪人間了！這是一首英勇的狩獵之歌，取材自美國小學教科書譯本的中級篇教材。請自由搭配您喜歡的樂曲與旋律，盡情的高聲歡唱吧！

　　起床吧！花公主！
　　夜幕已經褪下，即將消失在山邊的盡頭處了
　　獵鷹、駿馬、獵槍，各種裝備都已經齊全了
　　狩獵的行前準備，早已完成，靜待出發的時刻
　　獵犬們發出英勇的狂吠聲
　　獵鷹呼嘯，笛音響起
　　交織出歡樂狩獵歌的悠揚樂章
　　起床吧！花公主！

　　起床吧！花公主！
　　籠罩山中的雲霧已經散開，天空已經放晴，
　　晨間的清泉，氤氳裊裊
　　草木的枝葉上，露水晶瑩剔透，宛如珠玉

---

* 　原刊作〈起きよ公達花の姬〉，未標作者。

幫忙設陷阱包圍獵物的男童們，在草叢中賣力奔跑
鼓譟著追逐公鹿
引吭高歌就趁現在
起床吧！花公主！

起床吧！花公主！
縱身奔向那一大片綠油油的青翠森林吧！
請留意！千萬不可以跑到迅速敏捷的大鹿即將落腳的前方
您沒有瞧見嗎？當公鹿一路跌跌撞撞逃跑時
鹿角撞上樹幹後所遺留下來的痕跡？
那公鹿已經被獵人們追到走投無路而開始發狂了！
起床吧！花公主！

引吭高歌吧！響徹雲霄！
起床吧！花公主！
青春的歡樂心聲，請熱情的大聲說出來吧！
向我們看齊吧！邁開腳步，快樂向前！
時光獵人時時刻刻都在獵捕歡樂的時代，
當您腦海裡浮現這一刻場景時，請趕快起床吧！
高貴的花公主！

載於《臺南新報》，一九二五年四月十九日

英勇的航海之旅*

作者　不詳

譯者　不詳

中譯　張桂娥

【作者】

不詳。根據內文之小序推測，作者可能為英國人。（顧敏耀撰）

【譯者】

不詳。

這是一首深受英國小朋友喜愛，經常掛在嘴邊高歌不已的歡樂航海之歌。各位，你們去海邊玩耍時，有沒有隨口哼唱一些好聽的歌曲呢？請嘗試配合你喜歡的旋律，套上這首歌的歌詞，盡情展現歌喉，大聲唱出來吧！

一

兩個水手結伴，大膽無畏的航向大海
在船上展現精采絕倫的航行技術
實在是勇氣可嘉的船員！
這艘船對他們來說就如同快樂出航的小竹筏！

二

兩個水手一起將船拖下水
坐在這艘用繩子牢牢綁緊的木板船
穿越大海，航向陸地
一邊享受艷陽高照的日光浴

---

* 原刊作〈勇ましい航海〉，未標作者。

一邊划呀划呀不停歇！

三

兩個水手齊心協力的橫渡大海
手中緊握著兩根長長的船槳，細心掌舵定方位
眼前淺礁乍現，威脅船隻，水手倆一點兒也不慌張
驚逢巨濤駭浪，襲擊船隻，水手倆一點兒也不驚恐

四

兩個水手
忙著掌穩舵
連作夢都很快樂！
剎那間，暴風雨來襲，
船被吹壞了
兩人被拋入大海的那一瞬間
不約而同的縱身一跳
「噗通！」一聲，同時落海裡囉！

載於《臺南新報》，一九二五年八月九日

搖籃曲（其一）：和子快入睡*

作者　不詳
譯者　不詳
中譯　張桂娥

【作者】

不詳。原文於題目之後標註此為義大利民謠。（顧敏耀撰）

【譯者】

不詳。

快快睡吧，和子，
上帝與媽媽
都在身邊守護著妳唷

載於《臺南新報》，一九二六年一月二十四日

---

* 原刊作〈子守唄：ねむれ和子よ〉，未標作者，僅標註「イタリー」。

搖籃曲（其二）：白棉被*

作者　不詳
譯者　不詳
中譯　張桂娥

【作者】

　　不詳。原文於題目之後標註是蓋爾語（Gaelic）的民謠，應流傳於英國的蘇格蘭一帶。（顧敏耀撰）

【譯者】

　　不詳。

　　紛飛的大雪別吹啦
　　夜已深
　　我的孩子
　　睡在雪白的床上

　　窗外的狂風快平息
　　別像剛剛那樣敲窗戶
　　我的孩子
　　快點進入夢鄉吧

載於《臺南新報》，一九二六年一月二十四日

---

*　原刊作〈子守唄：白いしとね〉，未標作者，僅標註「ゲール」。

支那童話：花精靈*

作者　段成式
譯者　羊石生
中譯　張桂娥

【作者】

　　段成式（803～863），唐代小說家、駢文家、詩人。字柯古。臨淄（今山東淄博東北）人。父文昌，官至宰相，故以父蔭入官，歷任祕書省校書郎、吉州刺史、太常少卿等職，所著以筆記小說集《酉陽雜俎》最為知名，內容主題包羅萬象，天馬行空，兼具歷史以及文學兩方面的價值。此外，因與李商隱、溫庭筠均長於以駢文撰寫奏章，三人排行均為第十六，故當時有「三十六體」之稱。詩作方面，在《全唐詩》收錄其作品一卷（約三十首），以華豔為主要特色，偶有清麗之作。《新唐書・藝文誌》著錄其撰有《廬陵官下記》二卷，業已亡佚，《說郛》輯得佚文六十餘則。《全唐文》收其文十六篇。（顧敏耀撰）

【譯者】

　　羊石生（？～？），原出處於其姓名之上標示「油頭」，應為「汕頭」之誤，此外，因廣州又稱「五羊城」，當地相傳古代在此處曾有五隻羊化而為石，所以這位作家以「羊石生」為號，可能是透露其原籍廣州，只是後來因位工作或是其他原因而來到同屬廣東省的汕頭居住。本身通曉日文，曾於一九二七年五月一日在《臺灣教育》發表譯作〈支那の童話〉，其餘生平待考。（顧敏耀撰）

---

*　原刊作「支那の童話：花の精」，未標作者。收錄於《太平廣記》中的段成式〈崔玄微〉原文如下：

　　唐天寶中，處士崔玄微洛東有宅。耽道，餌術及茯苓三十載。因藥盡，領僮僕輩入嵩山采芝，一年方回。宅中無人，蒿萊滿院。

　　時春季夜間，風清月朗，不睡。獨處一院，家人無故輒不到。三更後，有一青衣云：「君在院中也，今欲與一兩女伴過，至上東門表姨處，暫借此歇。可乎？」玄微許之。須臾，乃有十餘人，青衣引入。有綠裳者前曰：「某姓楊。」指一人，曰「李氏」。又一人，曰「陶氏」。又指一緋小女，曰「姓石名阿措」。各有侍女輩。玄微相見畢，乃坐於月下，問行出之由。對曰：「欲到封十八姨。數日云欲來相看，不得，今夕眾往看之。」

　　從前從前，在某個不知名的村鎮，有一位書生，為了修練成仙之道，特別遠離塵世，隱居到人跡罕至的荒郊野外。這名書生隱居的宅院，藏在一處不為人知的祕密場所。整座宅院裡，除了他以外，就只僱用了一個小僮僕充當雜役，幫忙跑跑腿。而且也只有在真正有事情需要人幫忙的時候，才會使喚他。其餘的時間呢，這位書生總是沉浸在自己的世界裡，絕對不輕易露臉。[*]

　　宅院的四周，種滿了花草樹木，幾乎蒐集了當地所有的各種美麗的品種。當季節輪換，來到春秋時分，他那精緻小巧的房子，幾乎都被遍地綻放的繽紛花海所簇擁，靜謐悠然的佇立其中。

　　書生真的非常喜歡花，不時刻意讓花曬曬太陽，殷勤澆水，更是細心除蟲，呵護有加。簡直看得比自己的生命還要重要，沒有任何東西可以取代。

坐未定，門外報封家姨來也。坐皆驚喜出迎。楊氏云：「主人甚賢，只此從容不惡，諸亦未勝於此也。」玄微又出見封氏。言詞冷冷。有林下風氣。遂揖入坐。色皆殊絕，滿座芳香，馥馥襲人。

　　諸人命酒，各歌以送之。玄微誌其二焉。有紅裳人與白衣送酒，歌曰：「皎潔玉顏勝白雪，況乃當年對芳月。沉唫不敢怨春風，自嘆容華暗消歇。」又白衣人送酒，歌曰：「絳衣披拂露盈盈，淡染臙脂一朵輕。自恨紅顏留不住，莫怨春風道薄情。」至十八姨持盞，性頗輕佻，翻酒汙阿措衣。阿措作色曰：「諸人即奉求，余即不知奉求耳。」拂衣而起。十八姨曰：「小女弄酒」。皆起。至門外別。十八姨南去。諸人西入苑中而別。玄微亦不知異。

　　明夜又來云：「欲往十八姨處。」阿措怒曰：「何用更去封嫗舍，有事只求處士，不知可乎？」阿措又言曰：「諸侶皆住苑中，每歲多被惡風所撓，居止不安，常求十八姨相庇。昨阿措不能依回，應難取力。處士倘不阻見庇，亦有微報耳。」玄微曰：「某有何力，得及諸女？」阿措曰：「但處士每歲歲日，與作一朱幡，上圖日月五星之文，於苑東立之，則免難矣。今歲已過，但至此月二十一日，平旦微有東風，即立之。庶夫免患也。」玄微許之。乃齊聲謝曰：「不敢忘德。」拜而去。玄微於月中隨而送之。逾苑牆，乃入苑中，各失所在。

　　依其言，至此日立幡。是日東風振地，自洛南折樹飛沙，而苑中繁花不動。玄微乃悟。諸女曰姓楊、李、陶，及衣服顏色之異，皆眾花之精也。緋衣名阿措，即安石榴也。封十八姨，乃風神也。

　　後數夜，楊氏輩復至媿謝。各裹桃李花數斗，勸崔生服之，可延年卻老。願長如此住衛護某等，亦可致長生。至元和初，玄微猶在，可稱年三十許人。又尊賢坊田弘正宅，中門外有紫牡丹成樹，發花千餘朵。花盛時，每月夜，有小人五六，長尺餘，游於花上。如此七八年。人將掩之，輒失所在。

為了照顧花，他根本就是深居簡出，鮮少跨出家門一步。

　　這一晚，正好是春光嫵媚得月明之夜。院子裡的小草與樹木，綻放著各色各樣的花朵，爭奇鬥艷，幾乎看不見綠色的枝葉。陣陣清風，拂面吹來，夾帶著鮮花的芳香，朦朧的夜空中，高掛著一輪明月。書生一如往常，斟了一杯滿在濃濃香氣的醇酒擱在眼前，一個人靜靜的坐著，欣賞這片生機蓬勃，讓人充滿活力的春景，陶醉不已。這時，突然有一名富家女裝扮的千金小姐，穿著雍容華麗的服飾，出現在月光下。她足踩金蓮，婀娜多姿的朝著書生漫步走過來。

　　那位千金小姐很有禮貌的行禮之後，對書生微微一笑，說明來意：

　　「小女子今晚將與閨中密友結伴，來此地拜訪姨娘，就住在公子府上的隔壁，正好探見這座花園裡百花爭奇鬥艷，如此美不勝收，令我忍不住臨時起了個念頭，想跟您打個商量：是否方便讓我們借個場地，來此休息片刻。恕小女子冒昧，斗膽前來叨擾，懇求公子答應小女子的不情之請。」

　　書生當下雖然稍感不安，覺得似乎事有蹊蹺，不過還是欣然答應這位小姐的請求，同意她們暫時進到家裡來休息。

　　那位千金小姐聽了之後馬上飄然而去，不久之後，就帶著她的閨中密友——一群千金小姐魚貫進入，現身在書生的庭院裡，個個穿金帶銀，身上的衣裳也一個比一個還要華麗。有些人手上拿著開滿花朵的樹枝，也有人握著翠綠的柳枝，已經冒出柔軟的芽苞，柳絮才正要開始飽滿呢！當每位千金小姐循序向書生行裡問候時，書生才發現，這些小姐們的姿色又如仙女一般，讓他驚為天人。他還察覺到，這些千金小姐們不管是挽袖作揖，還是行進走動之間，都散發出無以言喻的迷人芳香，而且那些香氣，都是在人世間從來沒有聞過的。

　　「各位，請不用客氣，放鬆心情，好好休息吧！」

　　書生說完，帶領大家進入他的房間。其間，他又忍不住問道：

　　「究竟小生何德何能，受到何方神聖的恩寵，有這種機會，可以招待如此尊貴的嘉賓？各位美若天仙的小姐們難道是從明月裡的桂樹宮殿下凡來造訪塵世間的嗎？或者妳們是傳說中王母娘娘宮殿裡的清泉仙女，特意來人間

探訪巡視？」

「感謝公子美言抬舉，小女子們絕非公子口中的仙女！」身旁綠衣裳的姑娘馬上回答他，然後依序介紹自己以及其他姊妹們：

「小女子名叫柳嬌。這位身穿白色衣裳的是梅芳姑娘，紅色衣裳的是桃霞姑娘，紫色衣裳的是榴梢姑娘。」

「我們大家都是姊妹，今天一塊出門打算拜訪姨娘，道中正巧發現貴府庭園景觀令人嘆為觀止，又正逢皓月高照，所以才這麼不客氣的接受您的好意。」

「原來如此啊！來來來！別客氣！」

當書生熱情招待時，一位穿著打扮都非常得體的僕人，突然現身，跟大家報告說：

「各位小姐，姨娘們已經大駕光臨了！」

於是，在場的所有千金小姐們，趕緊走到玄關入口處，迎接姨娘們的到來。

「我們正要前往拜訪各位姨娘呢！因為途中獲得這位公子的特別同意，所以才在這裡稍事休息。想不到各位姨娘們也出門夜遊，怎麼這麼湊巧，在此處喜相逢呢？今晚真是難得的歡樂夜，大家一塊享用美食吧！」千金小姐說完，隨即吩咐僕人，拿出她們特別準備好隨身攜帶的美味餐點。

「不會吧！我們可以在這麼漂亮的庭院裡用餐嗎？」

「沒關係的！這戶人家的主人非常親切，我們剛才已經聽他說過，不用太拘謹！而且這個地點也非常安靜，的確是個很不錯的場所呢！」

接著，這些千金們，將眾姨娘們一一的介紹給書生認識。

只是那些姨娘們似乎心不在焉，看起來一副完全無動於衷的冷酷表情，讓周遭的人根本看不出她們的喜怒哀樂，只覺得她們很冷淡。

在大家熱鬧的閒話家常之際，桌椅已經準備好了。姨娘們被請到主賓的上位就座，千金小姐們跟在姨娘後面，按照順序就定位，書生也跟著小姐們一起坐在下位。

不到一會兒功夫，美味的餐點，色彩艷麗的水果接二連三的送上桌，把

整張桌子都擺滿了。杯子裡也倒滿了氣味芳香的飲料。每一種佳餚、鮮果跟飲品，都是稀世珍品，人世間難得一見。

　　月光皎潔的照耀著庭院，春風輕輕拂過花瓣，傳來陣陣的濃郁芳香，花不醉人人自醉，讓人感覺身心舒暢，飄飄欲仙。

　　大家繼續享用美食，夜漸深，酒方酣，眾小姐們也紛紛起身，一會兒唱歌，一會兒跳舞，好不盡興。她們的歌聲非常幽靜，而且旋律沉靜安穩，可以撫慰人心，漸漸沉澱而轉為寧靜。不過，那一聲聲帶有雄厚力勁的回音，似乎可以傳到月亮之上。自樹上凋謝的片片花瓣，隨著歌聲的節奏，優雅怡然的從空中緩緩飄落下來。書生聽得好入神，看著千金美女們踩著幾乎聽不到聲音的舞步，宛如蝴蝶飛舞般的輕盈舞姿，他已經陶醉到渾然忘我，感覺自己彷彿置身天堂般，享受無以倫比的愉悅與幸福。

　　歌舞暫時告一段落，眾千金們回到餐宴桌前就座，共同舉杯，恭祝眾姨娘們身體健康，福壽無疆。書生雖然一時愣住，但還是想起自己做為主人的身分，於是趕緊模仿眾千金們，配合場面，說些應景的吉祥話。大家都已經很努力得炒熱氣氛了，可是那些姨娘們還是板著臉，一副意興闌珊的模樣，絲毫感受不到想參與宴會的熱忱。當其中一位姨娘，正打算舉杯回應時，不知道怎麼一回事，飲料竟然潑了出來，濺到榴梢姑娘的衣服。榴梢姑娘剛開始時，其實也跟其他姊妹一樣，想盡辦法拚命要取悅眾姨娘們，可是因為那些姨娘們自始至終，總是無動於衷的保持冷峻的高姿態，沒有露出半點喜悅的表情，讓她已經覺得有點不高興，甚至開始不耐煩了，再加上她又是這群姊妹中最年輕，最好強，而且也是最愛漂亮的姑娘，所以她馬上跳了起來。當她低頭看見自己衣服上沾到的骯髒汙漬時，克制不住內心的衝動，忍不住生氣的破口大罵。

　　「真是的！我都不知道該怎麼說了，實在太過分了！雖然姊姊們都對妳敬畏三分，可是本姑娘一點都不把你放在眼裡的！」

　　她竟然這麼毫無忌憚的破口大罵。

　　而那位姨娘也不甘示弱的回嗆：

　　「妳這個臭丫頭，實在是不知死活！明明只是個小毛頭，脾氣倒是挺大

的啊！」說完，氣沖沖的拍拍裙襬，站了起來。眾千金們馬上圍到那位姨娘的身邊，齊聲賠不是。

「榴梢年紀小，個性還很不成熟，您大人有大量，不要跟她計較！我們明天一定會帶她親自登門賠罪的！」

可是這些話，那位姨娘根本就不聽進去，頭也不回得馬上走出去了。

眾千金們也莫可奈何，跟書生告辭之後，在落花繽紛的時刻，各自散開，最後也不知去向了。

書生感覺自己彷彿身在夢境一樣，好長的一段時間過去了，他還是茫然自失的坐在原地，一動也不動。

第二天傍晚，眾千金們全員到齊，再次拜訪書生。

「其實，我們這群小女子，一直以來，都住在您的庭院裡。每一年，我們都會遭逢無情暴風雨的破壞，所以長期以來，總是拜託眾姨娘們來幫忙守護我們。昨天，榴梢姑娘對姨娘們做了失禮的事，把她們惹生氣了，所以我們現在很擔心，怕以後再也得不到她們的保護！即便如使，我們還是打從心裡覺得欣慰，因為只有您，才是真正疼惜我們、視我們為珍寶而且始終如一的貴人。也因為這個緣故，所以很抱歉，可不可以麻煩您每年過年的時候，準備一幅深紅色旗幟，並且在上頭彩繪太陽與月亮，以及五顆星星，之後再將那幅旗幟立在庭院，面向東方。這樣，我們這些纖弱的小女子們，就可以逃過各種劫難，平安度過。不過，就只有今年比較傷腦筋，因為新年早已過去，所以要麻煩您趕緊準備好旗幟，在本月二十一日當天豎立在庭院裡。起風的季節就快要到了，如果您肯幫忙，我們大家會非常感激您的！」

這群千金小姐們把自己的苦衷向書生娓娓道來，並提出懇切的要求。

書生欣然接受她們的請求，馬上爽快的答應了。

眾千金們聽見後紛紛道謝：「感謝公子，您的大恩大德，我們將永誌在心。」

然後就轉身離開了。在她們離開之後的庭院裡，到處散發著濃郁的芳香，終日縈繞，久久不散。

因此，書生馬上制作一幅旗幟，準備懸掛在院子裡。當二十一日早晨，

季節性的東風漸漸吹來，掃過書生宅邸時，他立刻將那幅旗幟豎立在庭院的東方。

東方突然越吹越猛烈，森林與樹叢全部慘遭肆虐，每一棵樹木的枝條都被吹得歪七扭八；而其他草木，也飽受東風的摧殘，被刮得慘不忍睹。但是，很不可思議的是，書生庭院裡的大片花叢，卻是完好如初，連一片花瓣也沒有掉落地面呢！

書生這時才恍然大悟：原來柳嬌指的是柳花，梅花就是梅花，而桃霞代表桃花，榴梢則是石榴花。至於那些姨娘們，原來就是駕馭風的眾神仙們。

到了傍晚，所有的花精靈們帶著許多鮮花，前來書生家致謝。

「感謝您如此親切，挺身搭救小女子們！我等小女子，本想奉送大禮以聊表心意，可是卻苦於身無寶物，無能為力。但是，如果您願意品嘗這些花朵，保證一定可以延年益壽，青春永駐，返老還童。這些鮮花，聊表謝意，敬請笑納。希望從今以後，您可以一直守護我們，直到永遠。」

書生遵從眾千金們的意思，隨即將所有的鮮花細細品嘗，食用完畢。然後，令人不可思議的是——書生全身上下，從面貌到心態，不但全部變得非常年輕，而且整個人充滿了青春活力！過了不久之後，他長年修練的仙人之道，終於功德圓滿，隨即飛升天界，位到仙班，如願以償的加入神仙的行列了。

載於《臺灣教育》，一九二七年五月一日

小男孩的秘密*

作者　不詳

譯者　根津令一

中譯　李時馨

【作者】

根據日譯者在篇末之按語，可知作者為法國作家，確切姓名不詳。（顧敏耀撰）

【譯者】

根津令一，見〈流浪者〉。

從這個秋天開始，我和一個非常可愛的孩子成為了好朋友。

那個孩子的姊姊，在十五歲的時候很可憐地罹患了肺病。當我看到這可愛的淘氣鬼那一頭栗子色頭髮的小腦袋瓜時，我正安靜地漫步在大庭院的小徑上。

他用軟嫩的小手，將細線一圈一圈地綁在好像搆得到又搆不到的枯枝周圍。

「小弟弟，你在做什麼？」

嚇了一跳的他，目不轉睛地盯著我看了一會兒。然後才微笑小聲地告訴我以下的這段話：

「好，我跟你說我的秘密喔！只要你不笑我，而且發誓你會好好地保守秘密的話。

就是啊，我呢！我叫做『小弟弟』。

雖然你一定覺得很可笑，但是今年夏天我已經滿五歲了，瞭解？

可是現在即使是要玩捉迷藏，我也只能一個人玩。

因為啊，我姊姊生病了。然後啊，醫生就常常過來這邊。

---

* 原題為〈坊やの秘密〉，未標作者，譯者誤標為「根津零一」。

醫生雖然不是壞心眼，但是真的很煩人。

我媽媽她啊每次只要跟醫生說話，就會哭。

所以啊，我就想知道為什麼媽媽會哭呢？我是真的很想知道。

叔叔你一定不會罵我吧？

我啊，昨天偷偷地躲在桌子底下，

醫生跟媽媽說的話，我通通都聽到了。

醫生說：

『請看地上。

已經有許多葉子掉下來了。

當樹葉完全落盡的那個時候，

你的女兒就會到那個世界去了吧。』

所以我呢，就把快要掉下來的葉子綁起來，

這可是個大工程呢！

叔叔，你可不可以幫幫我？」

日譯者註：這是一首有名的詩，在日本也曾被改編成小說作品。作者是法國人，姓氏不詳。

載於《臺灣遞信協會雜誌》，第七十八期，一九二八年四月

白鳥王子[*]

作者　不詳
譯者　今井初二郎
中譯　林政燕

【作者】

不詳。

【譯者】

今井初二郎（いまい はじめじろう，？～1986），可能是在臺日籍文人，曾於一九三二年十二月三十日在《臺灣日日新報》發表譯作〈白鳥の王子〉。一九八六年三月的日本《四季》雜誌第廿三號曾刊載たむらのぶゆき所撰〈今井初二郎氏の死を悼む〉，由此可知其卒年。其餘生平待考。（顧敏耀撰）

　　從前有一位國王乘著馬，經過一座森林的時候，忽然在裡頭迷路了，怎麼樣都找不到回家的路，國王感到非常沮喪，在水池邊休息的時候，有個老婆婆經過。國王覺得有機會了，對著老婆婆問說：「我想要回到城堡，你可以告訴我回去的路嗎？」「嗯嗯，我知道回到城堡的路，但如果你願意聽我的願望的話，我就告訴您。」老婆婆跟國王說，如果國王願意迎娶她的女兒的話，就會告訴他回到城堡的路。眼看著太陽已經下山了，一點辦法也沒有的國王說：「好，我一定會娶你的女兒的，那麼，快告訴我要怎麼回去。」國王終於問到了路，回到了城堡。隔天，國王就從老婆婆的家中把她的女兒迎娶過來。不過，國王有七個孩子，最小的是女兒，其他六個是兒子。

　　他們都一起住在城堡裡。因為國王覺得新來的母后一定會欺負他們。在把新母后從森林迎娶過來之後，國王就悄悄的把他的六個王子，帶到某個荒涼森林裡的城堡。誰也找不到那座森林裡的城堡，在那荒涼的地方，只有聽到貓頭鷹「咕！咕！」的叫聲。

---

* 原刊作〈白鳥の王子〉，未標作者。

　　新來的母后，終於生下了一位兒子。為了讓她的兒子繼承王位，一定要把其他六位王子找出來，殺了他們，一個都不留。有一天，那位新母后拿到一顆神奇的毛線球，她把球丟往庭園，球飛快得不知滾向何方，最後就滾到六位王子所隱身的森林城堡前。

　　新來的母后一到城堡的時候，六位王子聚集在一起，對於新母后的到來都感到難以置信。新母后為他們披上了白色的衣裳之後，不知怎麼的，他們每一個人都變成白鳥，飛出了城堡外。原來是這位新來的母后使用了魔法。新母后終於回到城堡，感到安心。隔天，國王出城去尋找王子的時候，感到非常的恐慌。剩下最小的女兒也向父王問過，想要去看看那六位白鳥王子，去看看那森林裡的城堡，只要一次也好。

　　來到了池子旁的城堡，聽到啪搭啪搭振翅而飛的聲音，六隻白鳥在池上盤旋，形成一圈，最後降落在池子旁的時候，不可思議的每個人都變回王子的樣子。公主叫了聲「哥哥」，六位王子聽到自己妹妹的聲音都非常高興，大哥就說：「只有三十分鐘，雖然變回人的樣子，但是等一下又要變回鳥，真的是好無趣啊！」一臉很難過的樣子。然後二哥對妹妹說：「用麻紗幫我們做衣服，如果有那件衣服的話，我們就可以變回人類喔。」說完之後，就教公主織衣的方法。聽到這個消息，公主的心忽然感到雀躍不已。因為二王子又對公主說：「但是，在做衣服的期間，你一句話都不能說。」因此，隔天公主回到了城堡，開始安靜的織衣服。因為每天都在織衣服，麻線也不夠了，所以來到湖畔紡紗，並且專心的織衣。

　　在這湖畔也有座城堡，裡面住著一位國王，有一天他來到了湖畔，想要來賞鳥的時候，看到了有一個女孩正在織衣服，於是靠近她問說：「請問妳是誰？」但無論怎麼問，公主還是一句話都不說地在織衣服。

　　國王看公主是如此的美麗，於是對她說：「請來我的城堡。」然後就把公主帶進了城堡。雖然國王每天都很努力地要讓公主說話，但是公主只是微笑跟搖搖頭點點頭而已。國王無法忍受，這麼可愛的公主，為什麼一句話都不說呢？就在此時，國王的心腹——國師對國王說：「這位公主是個女巫，我曾在月夜裡，看到公主在荒郊野外行走」國王一聽，覺得不可思議，於是

就在某個月夜裡，躲在樹蔭底下。沐浴在月光下，美麗的公主，果然為了尋找可以做衣裳的絲線，往有種麻的地方走去。

國王也認定公主就是女巫，而在這個國家，女巫是要被處以火刑的，所以，就在某一天，在城中立起了十字架，把公主綁在那上面。堆在腳下。有很多人為了看美麗的公主被處以火刑，全都湧進城裡。

正當火要點上的時候，從遠方有六隻白鳥，發出悲鳴朝這飛來。然後在公主的上方盤旋之後降落下來。公主一看到他們，就把織好的六件衣裳，往白鳥身上一丟。過一會兒，白鳥的羽毛全都落下來，白鳥們都變回王子的樣子。公主才開口說話，說清一切原由。國王非常高興，邀請六位王子與公主一同進入城堡，享受豐盛的酒宴。

載於《臺灣日日新報》，一九三二年十二月三十日

法國童話：老盲人乞丐的狗[*]

作者　不詳
譯者　石濱三男
中譯　張桂娥

【作者】

不詳。

【譯者】

石濱三男，見〈銀頂針〉。

有三隻長得像黑夜一般漆黑的小狗，正在牧場的草坪上一邊打滾著玩，一邊向前走。牠們跟著幫農莊看門的狗媽媽一起出門去散步。這三隻小狗就這樣，趁著媽媽在休息的時候，盡情的跟在她身邊玩耍與嬉戲。

布朗雪特（最年幼的小狗）的兩位哥哥——卻爾克與布朗雄一會兒跑過來咬牠的耳朵，一會兒嘎嘎叫發出怪聲，逗著牠玩。因為布朗雪特不喜歡被哥哥們咬耳朵，所以就拚命蜷縮身體，夾著尾巴到處躲。不過，由於牠長得實在是太嬌小了，所以看起來就只剩下四隻小腳露在外頭亂踢，感覺好滑稽！

狗媽媽一邊看，一邊笑得好開心。她看著看著，突然覺得好疲倦，有點愛睏，再加上外頭天氣又炎熱，讓她四肢無力軟趴趴的，躺在地上馬上就睡著了。

過了沒多久，那三隻小狗也玩累了，一個接一個將身體躺平之後，三兄弟開始閒聊起來，你一言我一語，和樂融融的話家常。

布朗雪特突然開口問：「你們認識那隻，經常瞞著盲人乞丐的老主人，偷偷的將肉藏起來的小狗嗎？」說到這個布朗雪特，牠有個不好的壞習慣，就是喜歡長舌，愛說別人的閒話。

---

[*]　原刊作〈盲目の乞食犬〉，未標作者。

「哦！真的嗎？」布朗雄似乎不太相信的反問布朗雪特。

「那傢伙真的很差勁耶！」布朗雪特生氣的繼續說：「那個主人不是很老了嗎？他不但很窮，而且還經常沒有東西可以吃呢！哪知道那隻壞狗狗竟然還偷偷將食物給藏起來呢！」可愛的布朗雪特說到激動處，眼神還閃出憤怒的火花。因為布朗雪特實在太同情那位老盲人了，牠寧可自己餓肚子，也樂意將自己的食物讓給那位老盲人呢！

這時，三兄弟的老大哥卻爾克開口了：「我說，布朗雪特弟弟啊！事情就算像你講得那樣好了，可是你又沒有親自問那隻小狗說：『你為什麼要把食物偷藏起來？』不是嗎？既然你不知道事情的來龍去脈，就不應該這樣在背後說人家的壞話唷！」

個性急躁的布朗雪特趕緊反駁說：「哎喲！那還用問嗎？偷藏食物，當然是準備留給自己享用啊！事情一定是這樣子的啦！所以人家我呢，每次經過牠身旁時，我都會故意撇開臉，根本就不想搭理牠呢！」

哥哥說：「我才不會那樣做呢！在欺負那傢伙之前，如果不事先確認一下，看牠是不是真的有做過那些壞事，那樣怎麼可以呢？」。

這些小狗們要返回農莊時，路上一定會經過一個村落，而那個老盲人，通常應該都會站在村落的入口附近。可是那一天，卻沒有看見老盲人的身影，只見到他的小狗湯姆帶著一副依依不捨的眷戀表情，漫無目的的在四周晃來晃去。

布朗雄跟布朗雪特這兩隻小狗一副趾高氣揚的模樣，昂首闊步的通過湯姆面前，臉上還露出鄙視牠的表情。可是卻爾克並不認為自己的朋友會做出那種壞勾當，於是牠走近湯姆身邊，問牠：

「我說老兄！你在那裡找什麼啊？」

湯姆回答說：「我已經好一陣子都沒有進食了！我只是隨處找找，看有沒有骨頭可以撿來果腹一下！如果是平常呢，只要去小河邊找一找，就可以找到，可是今天卻沒有半點收穫啊！」

「我早上經過這裡的時候，好像還看見你，正在把一塊肉偷偷藏在腋窩底下，不是嗎？」

「的確是那樣沒錯啦！不過，那個是我家老主人的唷！因為我家老主人從昨天開始，連一毛錢也沒有要到呢！而且，如果我沒有事先將那塊肉藏起來的話，不就會被其他的狗給吃掉嗎？」

卻爾克一邊說：「啊！原來是這麼一回事啊！怎樣？要不要到我家來一塊用餐？我的份可以分給你，我們一起吃。」然後，牠一邊加快腳步向前跑，追上兩位弟弟，一起走回家。

當布朗雪特聽到湯姆為什麼要將肉藏起來的理由之後，牠非常自責，覺得自己很可恥。

於是，為了彌補自己犯下的罪行，布朗雪特把自己分到的最大塊的骨頭，親自用嘴巴叼到湯姆面前，親眼看著牠當場享用那塊骨頭。

然後，兩隻狗緊緊擁抱在一起，變成了非常要好的朋友。

載於《臺灣日日新報》，一九三六年二月三日

法國童話：蟬與螞蟻*

作者　不詳
譯者　石濱三男
中譯　張桂娥

【作者】

　　不詳。內容是流傳於法國當地的童話故事。（顧敏耀撰）

【譯者】

　　石濱三男，見〈銀頂針〉。

　　這天，農民收割麥田的作息剛結束，採收好的小麥，被農民們一捆一捆的綁好，成堆成堆的擱放在田邊。地面被陽光曬得很暖和，原野上到處都是蜜蜂的嗡嗡歌聲，以及悠揚的蟬鳴。這時，有一隻螞蟻口中銜著許多糧食，慢慢爬向回家的路。

　　這隻螞蟻每天都不辭辛勞，日日勤奮的工作，即使冬天就要來臨了，牠一點也不需要煩惱，更不用擔心。因為牠已經儲存了相當多的糧食，就算整個冬天都不出門覓食，也都不虞匱乏。

　　當螞蟻一步一步爬回家時，一隻蟬突然出現在牠身旁，一邊愉快的高聲唱著歌，一邊盡興的享受暖洋洋的日光浴。那隻蟬平常根本就不把儲存糧食這件事放在心裡，牠也完全沒有留意到：再不久夏天就要結束了，現在原野上雖然還找得到許多糧食，等到寒冬一來，大地馬上就會被厚厚的冰雪覆蓋住呢！

　　「螞蟻老兄，你好啊！怎麼看起來一副累到筋疲力竭的模樣呢！」蟬看見螞蟻因為背著笨重的行李，搞得彎腰駝背的狼狽樣，於是停止高歌，好奇的問牠。

　　勤勞的螞蟻回答牠：「是啊！我真的快要累壞了，因為今天光是出門搬這些重東西，就已經來來回回走來好幾趟了。」

---

* 原刊作〈フランス童話　蟬と蟻〉，未標作者。

蟬聽了以後，不解的問牠：「你為什麼總是要這搞到這麼累呀？連停下來休息一下下都不可以嗎？比如說：稍微呼吸一下新鮮空氣啦，或者眺望一下湛藍的天空之類的，你覺得如何呢？」

可是那隻螞蟻一邊繼續向前走，一邊回答牠：「可是，我這樣努力下去的話，就算哪天天氣忽然變冷了，我還是擁有足夠的糧食，就會很輕鬆啊！等到那時候，我也可以好好休息啦！」

「真是的！聽牠說這些要幹什麼呢！我還是覺得每天說說笑笑的，做些有趣的事情比較好咧！那樣過日子才有價值啊！」說完，那隻愚蠢的蟬，又繼續歡樂的高聲鳴唱，根本完全沒有考量到，冬天來了以後，要打算怎樣過冬。

日子就這樣一天一天過去了，轉眼間，太陽越來越不暖和了，大地越變越乾燥，就這樣，冬天已經降臨了大地。陰氣沉沉的天氣持續了好多天，接著開始下起了陣陣寒冷的大雨，再不久之後，凍得令人難以忍受的風雪，也紛紛降下來了。

「窗外風雪交加，我卻可以像這樣一直窩在溫暖的家裡，真是何等幸福啊！」螞蟻心滿意足的繼續自言自語：「我的存糧相當豐富，的確非常足夠。想到不用在這種令人憎恨的天氣出門覓食，就得以溫飽，真是難能可貴啊！那些沒有食物的昆蟲們，真可憐啊！」

這時，螞蟻彷彿聽見自家大門前，傳出有東西碰撞的聲響。牠起身站在大門的窺視孔前往外一看，發現那隻——整個夏天都在枝頭高歌的蟬，就站在螞蟻窩門口。

「蟬大哥，請進請進！請問有何貴幹呢？」

「唉呀！螞蟻兄啊，且聽我慢慢道來。我真是滿腹心酸啊！我從兩天之前，就已經沒有吃東西了。我想說是不是有人能幫個忙，救急一下，於是到處去朋友家登門拜訪。可是呢，有的是跟我抱怨說：牠們家就只有準備一點點而已，連家裡人的份，都差一點要不夠了。有的還指著我的鼻子，罵我是懶惰蟲，然後就把我轟出大門了！」那隻蟬眼睛泛滿著淚水，悲傷的向螞蟻哭訴著。

　　螞蟻聽了之後，只是對牠說：「來！請用餐吧！等吃飽有力氣之後，再慢慢說吧！」螞蟻說著，端出各式各樣美味的餐點，擺在蟬的面前招待牠。蟬只是不斷的說著「謝謝！謝謝！」再三向牠道謝。

　　等牠飽餐一頓之後，螞蟻對蟬說：

　　「然後呢，你說說看，這整個冬天，你有什麼打算？」

　　「我已經……不知道該怎麼辦了！現在，也不會再有半顆麥粒掉下來了，地面也已凍到這麼硬，根本看不見半隻蟲的蹤影。」

　　「可是，你也沒有辦法像這樣，一家接一家，一直乞討下去呀，不是嗎？」螞蟻繼續說道：「再加上，現在大家都在批評，說你是懶惰鬼，一天到晚只會遊手好閒的四處晃。我呢，的確有意思要幫助你啦，不過是有條件的！在你可以自食其力得到自己所需的糧食之前，你必須留在我這個溫暖的螞蟻窩裡，每天努力的工作才行唷！」

　　「我非常樂意為你工作！」蟬馬上回答牠，然後繼續說：「我呢，直到現在才發現，之前夏天你跟我說過的那些話，我真的都沒有聽進去！不過，以後，我會接受你曾經給我的忠告，我決定開始勤奮的工作了！因為我實在不喜歡當乞丐。」

　　從那一天起，只要是陽光普照的好天氣，蟬就會想起螞蟻的忠告，精神抖擻的出門去，辛勤又賣力的工作。

　　不管是誰都得辛勤的工作才行呢！

載於《臺灣日日新報》，一九三八年七月三日

童話：詭異的笑聲*

作者　不詳

譯者　南次夫

中譯　張桂娥

【作者】

不詳。

【譯者】

南次夫，見〈便宜行事的結婚〉。

妹妹瓊恩之前就一直很想去海邊的斷崖附近探險。

有一天，被哥哥布理安知道了之後，他就對瓊恩說：「那這樣好了，我們帶著涅弟（小狗）一起去吧！」

「來！出發吧！」

他輕撫著驢子背上的鬃毛，指示驢子向前走。

瓊恩有點擔心說：「說不定海邊會有歹徒企圖走私東西上岸呢！」

過了一會兒，「哥！你看，那是什麼？」

瓊恩指著一個巨大的洞穴，對著哥哥大聲叫。

「我們進去看看，裡頭到底有什麼？涅弟！你要乖乖待在外面，等我們出來喔！」

說完，這兩個小孩子匆匆忙忙地從驢子背上跳了下來，走進有點昏暗的岩洞裡。

「啪、啪、啪……」

海岸邊潮來潮往，捲起巨浪，不停的拍打岸邊的岩石，發出陣陣宏亮的浪潮聲。

「裡面好暗唷！」

瓊恩輕聲細語的說。

---

* 原刊作〈童話　變な笑ひ聲〉，未標作者。

「我剛有隨身攜帶手電筒呢！」

布理安說著，取出手電筒，照著岩壁。

「咦？那邊有個箱子耶！那鐵定是個裝滿寶物的小箱子哩！」

瓊恩興奮的叫著，然後朝著牆角的黑色物體，飛快的衝了過去。

「布理安！不知道那個箱子到底能不能打開呢？」

他們兩兄妹一起解開繩索，終於把箱子給打開來了。

布理安一看，有點小失望的叫了一聲「唉呀！」

「怎麼全都是一些長滿鐵銹的破舊野餐用具啊？」

「欸？地面怎麼這麼潮濕啊？好冷喔！」

瓊恩小聲的抱怨著。

只不過，她的聲音竟然聽起來怪怪的，好像傳到了岩洞的頂端。

「咦？那到底是什麼啊？」

當她聽見粗獷的笑聲回盪在漆黑的岩洞時，老實說，還真是給它嚇壞了！感覺心裡毛毛的。

在這幾聲毛骨悚然的回音之後，其他的聲音又接連響起。

「沒什麼啦，別怕！」

布理安故意當作沒這回事的樣子，試圖說些安撫她的話。只是他的聲音聽起來，根本就是在發抖。

「走吧！瓊恩，我們最好還是趕快離開這裡吧！」

「哇！又出現怪聲音了！」

瓊恩緊緊的抓著哥哥的手臂。

「哥，你看！那是什麼東西啊？」

遠方好像有一個什麼東西似的，看起來像是一團黑影，擋住洞穴入口處。然後，一陣怪聲音又從洞口傳了過來。

就在這時候，布理安突然大聲笑了出來。

「哎喲！原來是涅弟啦！喂，瓊恩，是涅弟跑過來找我們啦！」

　　兩兄妹趕緊跑出去，抓住綁在涅弟脖子上綁狗鍊的項圈。

　　「剛剛我們逗留在洞窟裡的時候，潮水逐漸高漲，洞穴入口處的砂地，已經完全被潮水淹沒，變成一攤水池了！瓊恩，趕快跳到哥哥的背上！」布理安說完，趕緊背著瓊恩，涉過海水，迅速往岩洞外面移動。

　　當他們踩著水花往外走，瓊恩突然想起什麼似的，大聲說：

　　「對了！剛剛那些詭異的笑聲，應該是涅弟的傑作吧！是牠在拚命發出怪聲，通知我們有危險狀況發生哩！」

　　「聰明的涅弟！」

　　布理安輕輕撫摸涅弟的脖子，牠的脖子上長滿了又粗又硬的鬃毛。

　　「等一下回到家的時候，我會特別獎賞你一條紅蘿蔔跟四塊方糖喲！」

　　當他們平安走出洞穴，抵達沙灘上時，涅弟非常高興的連吠了好幾聲呢！

　　　　　　　　　　　　　載於《臺灣日日新報》，一九三八年九月九日

法屬印度童話：柬埔寨　兔子的故事*

作者　不詳

譯者　山下太郎

中譯　張桂娥

【作者】

不詳。出自 P・米丹編著之《印度佛教童話》，流傳於柬埔寨境內。（顧敏耀撰）

【譯者】

山下太郎（？～？），來臺日籍文人，通曉西洋語文，任職於臺灣總督府圖書館。曾於一九三九年四月六日在《臺灣日日新報》發表〈臺北の賣り聲〉，同年六月在《臺灣地方行政》發表〈新南群島〉，一九四〇年二月又在該刊發表〈タツキリ溪の砂金文獻史〉，同樣在該年 2 月於《敬慎》發表〈新刊紹介〉。一九四二年五至七月則於《文藝臺灣》發表譯作〈佛印童話：カムボヂヤ兎物語〉（法屬印度童話：柬埔寨　兔子的故事），其餘生平待考。（顧敏耀撰）

本作品原文選自 P・米丹編著之《印度佛教童話》，插畫乃出自於佛印金邊美術學校毛教授之筆。

一　兔子是如何解救大象的？

有一天，兔子正在森林裡散步，遇見了一頭大象。然後呢，牠就跟大象攀談：

「大象先生，您看起來好像很憂鬱，整個人憂心忡忡的，是不是有滿腹的心事啊？」

大象回答說：

「是啊！兔子先生。我昨天碰到了一隻老虎。那隻老虎想把我吃掉。因為這樣，害我整天都恐懼得不得了！我真的很擔心，卻又不知道該如何是

---

* 原刊作〈佛印童話　カムボヂヤ兎物語〉，未標作者。

好？」

兔子告訴牠：

「這根本就不需要擔心，請稍等一下，我來想個法子解決，化解這個災難。」

大象聽到兔子這麼有自信的話，滿心喜悅的回答：

「那我就配合你的指示來行動囉！」

兔子表情嚴肅的交代牠：

「明天，請到我家來找我！不用擔心，靜靜等待明天的到來吧！」

兔子說完，就轉身離開森林了。

第二天，大象按照約定，來兔子家找牠。兔子為了拯救大象，騎在大象背上，往竹林的方向移動。牠吩咐大象：

「當我用手拍打你身體的左邊時，麻煩你把頭轉向左邊一下！那如果我是拍打右側呢，那就請你將頭轉向右側！」

大象答應牠說：

「我了解了！我會聽令行事的！」

當老虎從灌木叢中現身路上的時候，兔子故意裝作沒看見，一副不把老虎放在眼裡的模樣，反而開始用力的拍打大象。大象竟然絲毫沒有反抗的意思，順從的左右搖擺著頭。老虎因為過度驚嚇，甚至到了動彈不得的地步。老虎忍不住自言自語：

「為什麼那隻如此渺小的動物，竟然可以如此凶悍的控制像大象這種龐大的動物呢？牠是不是打算將大象吞下肚呢？」

老虎真的完完全全給嚇傻了！牠嚇到不由自主的夾著尾巴，狼狽的往森林深處逃竄。那隻大象呢，因為兔子的機智妙點子，幸運的撿回了一條命。

二　兔子為什麼會落入圈套裡？

兔子跟大象分開之後，為了找青菜果腹，於是闖入河岸邊的農田裡。但是那塊田地的主人，在田中央放了一個繩結設計而成的圈套（原註：一條繩索前面打個圈，當獵物經過時，藉由套住其四肢再以捕捉的簡易陷阱）。兔子因為救了大象一命，感到心滿意足而意氣風發，所以也沒有多想什麼，迷迷糊糊的走著走著，一不小心，就一腳踩進了籠筐，掉入農夫設計的陷阱裡

頭了。農田的主人跑過來，一看到兔子在裡頭，就趕緊將牠捉起來帶回家，順手拿個雞籠將牠關進去，暫時先擱在那裡。可是，那個雞籠附近，還有一個小水壺，裡面養著一些活跳跳的魚。兔子想盡辦法要從雞籠裡逃出去，於是呢，牠開口對著壺中的魚說：

「各位魚大哥、魚大姐！你們難道不想逃跑嗎？」

魚兒們回答：

「我們當然想跑啊！可是不知道要怎樣才能逃走咧？」

兔子幫牠們出主意說：

「為了翻倒那個水壺，你們大家最好用盡全力跳跳看！如果你們可以持續不斷的跳到明天，都不休息的話，一定可以翻覆那個水壺吧！」

於是這些小魚兒們，使盡全力拚命的狂跳，持續不停的晃動那個水壺。結果成功的將水壺翻倒了。小魚兒們全部一鼓作氣的跳到水壺外的河裡去了。兔子為了引起農家主人的注意，竟然開始瘋狂的大聲喊叫：

「喂！你的魚！你的魚從壺中逃出來啦！」

那農家的主人慌慌張張的衝過來，一時之間，不知道該怎樣才能把那些魚全部撈起來，於是不小心順手抓起雞籠，急著要撈魚，結果，兔子就趁機從主人的腳邊跳出竹籠，一走了之。不但如此，那主人連一條小魚兒也沒撈到，全部都給逃走了。

三　兔子是如何成功渡河的？

這一天，兔子突然動了一個念頭，想要渡河到對岸去。可是牠沒有本事一個人渡河。兔子在心中暗自盤算著：「我來想個妙計，騙鱷魚載我過河吧！」於是，牠便朝著河堤上移動。果然，看見了一隻鱷魚正好探頭冒出河面。兔子對鱷魚說：

「喂！鱷魚先生！河岸這邊的青草已經都被吃光了，可不可以麻煩您載我過河，到對岸去？我知道哪邊可以找到甘甜的糖水以及藏有砂糖的土壤呢！那些地方，應該足以取悅你，讓你感到非常歡樂吧！」

鱷魚聽了，滿心歡喜的對兔子說：

「兔子先生，如果你對我心懷善意，願意告訴我甘甜的糖水以及藏有砂糖的土壤在哪裡的話，我當然很樂意啊！而且呢，我絕對不會忘記你的恩情唷！」

兔子回答說：

「如果是這樣的話，那我們就出發前往那邊吧！」

鱷魚說：

「請坐在我的背上吧！我載你到對岸去。」

兔子非常討厭鱷魚皮。牠特別找了一片葉子，放在鱷魚的頭上，小心翼翼的坐在那片樹葉上。鱷魚問牠：

「為什麼要那樣在我頭頂鋪上樹葉呢？」

兔子回答牠：

「你真想知道那個原因啊！其實是因為我的屁股，有些不太乾淨啦！」

其實，那才不是事實呢！真正的原因是兔子非常討厭鱷魚皮。雖然頭頂著一片大葉子，不是很舒服，鱷魚還是開始游向對岸，把兔子安全的送到對岸上。這時，兔子卻對牠說：

「哪有什麼甘甜的糖水以及藏有砂糖的土壤？還有，我實在很討厭你那

骯髒的鱷魚皮，為了讓我可以安心坐在你的頭上過來對岸，我才特地跑去找葉子的呢！」

　　說完，那隻兔子就蹦蹦跳的跳著離開了。

四　兔子為什麼會被水蝸牛騙得團團轉呢？

　　有一天，兔子走到池塘邊，發現池塘裡出現許多水蝸牛。當兔子沿著池邊蹦蹦跳跳的時候，水蝸牛一直盯著牠看。其中一隻水蝸牛開口問兔子：

　　「聽傳聞說，您跑步的速度非常快，是真的嗎？」

　　兔子回答說：

　　「當然是真的啊！世界上所有長腳的動物裡，的確沒有一種跑得比我更快咧！」

　　水蝸牛聽到兔子這麼得意的自吹自擂，心裡突然湧出想要跟兔子賽跑的想法，於是牠馬上問兔子：

　　「這樣好了，兔子先生，我們來賭一睹，看誰跑得比較快吧！」

　　兔子聽了，簡直就快要氣炸了！牠粗聲粗氣的狂吼著：

　　「你在胡扯什麼啊！你這樣一隻小小的水蝸牛，竟然敢瞧不起我！你的意思是，要跟我挑戰，比賽誰跑得快，是嗎？」

　　水蝸牛說：

　　「你一點也不擔心會輸嗎？那我們來繞池塘的四周賽跑吧！」

　　兔子回答牠：

　　「不管跑到哪裡都沒問題，我可是不會故意讓你們喔！」

　　水蝸牛跑去找伙伴們商量，其他的水蝸牛想了一下，說：

　　「反正我們也不可能跑得比兔子快，所以就散開到池塘周圍待命吧！兔子如果跑過來，有說什麼的話，站在兔子前面的那隻水蝸牛，就要負責回話，事情就這麼決定吧！」

　　於是水蝸牛們全部散開，一個接一個排列在池塘周圍。等大家就定位之後，一隻水蝸牛對著兔子大叫：

　　「為什麼要等這麼久啊？」

　　兔子不知道水蝸牛已經全部散開，在池塘旁邊好整以暇的靜待好戲出場了。兔子非常清楚，那些水蝸牛根本就不可能跑得比牠快，所以自言自語的說：

「那我就不客氣了喔！」

這時，水蝸牛大聲喊著：

「預備！開始跑！」

於是兔子沿著池塘的周圍開始狂奔，並且一邊對著水蝸牛叫囂：

「水蝸牛君，怎樣啊？」

結果，站在兔子前面的水蝸牛就馬上回嗆：

「不怎麼樣啊！」兔子聽見水蝸牛是站在牠前方回答的，於是趕緊加快步伐，繼續往前衝。

「水蝸牛君，怎樣啊？」當兔子再度叫囂時，站在兔子前面的水蝸牛又馬上回嗆：

「實在是不怎麼樣啊！」於是，兔子又使盡全身力氣，拚命往前衝。兔子又喊一次：「水蝸牛君，怎樣啊？」水蝸牛還是馬上回說：「還好而已耶！」兔子已經筋疲力盡了，所以稍微停下來休息一下。這時，附近的水蝸牛就跳出來跟牠宣告：

「兔子先生，你已經賭輸了！所以呢，從今以後，你已經不准再接近這個池塘嘍！」

兔子實質上應該是贏了，只不過牠覺得顏面盡失，所以只好帶著超級不爽的臭臉，自討無趣的離開池塘了。

五　兔子是如何抓到魚的，之後又為什麼激怒了山貓？

兔子真是傷心透頂了。牠獨自一個人進入了森林裡。然後，很湊巧碰見了山貓。兔子建議山貓，不妨一起去抓魚，這樣不但很快樂而且又可以有魚吃。山貓立刻答應：「好啊！走吧！」兩個人就結伴同去，果然抓到很多魚。抓得差不多了，兩人不禁異口同聲的說：

「要怎麼把魚帶回去呢？」

於是兔子回答說：

「我說，山貓兄，我身體比較虛弱沒體力，可不可以把這些魚全都綁在您的尾巴上面，麻煩您幫忙拖著走呢？」

山貓只好答應了。於是，兔子就把那些魚綁在山貓的尾巴上。山貓為了拖那些魚，搞得很狼狽，使出吃奶的力氣，結果太用力而把尾巴給扯斷了。

山貓生氣的說：

「都是你這隻兔子把我的尾巴弄斷的！」兔子聽了，趕緊拔腿就逃。然而，山貓卻馬上追上了，並且把嘴巴貼在兔子耳邊，好像在說悄悄話似的，狠狠的說：

「我要殺了你！」

兔子求饒說：

「山貓老大！請息怒啊！別生氣啦！我認識一位技術高明的打鐵師父，可以很完美的將尾巴接回去。」

山貓暫時相信兔子的話，於是先不生氣，兩個人一起前往打鐵舖。兔子對打鐵師父說：

「打鐵師父！請您大發慈悲，幫忙把這根尾巴重新接回去吧！」

打鐵師父拿起鐵棒放進火爐烤熱之後，一手抓住山貓的尾巴，想要開始焊接到山貓的屁股上。可是炙熱的鐵棒卻將山貓的屁股燒焦了，山貓費盡力氣，死命的逃脫，從那以後，就一直躲在森林裡，再也沒有出現過了。

六　兔子為什麼又再度落入了圈套陷阱裡頭呢？

有一天，兔子闖進一片玉米田中，一不小心，又踩到了繩索編成的陷阱，給牢牢捉住了。兔子非常煩惱，不知道這次該用什麼方法逃走才好。這時候，一隻癩蛤蟆跳了出來，對兔子說：

「您想偷吃的玉米，還真是高檔貨呢！」

兔子心裡盤算著：

「好！我就來騙一下癩蛤蟆，叫他幫我解開圈套吧！」

於是，兔子對著癩蛤蟆這樣說：

　　「喂！癩蛤蟆先生，如果您肯幫我解開腳上的圈套，讓我獲得自由，我就幫您治療身上的疱疹吧！」。

　　癩蛤蟆喜出望外的說：

　　「哎喲，兔子先生！，如果您願意幫我治療的話，我當然一定會好好的報答您哨！」

　　癩蛤蟆說著，費盡一番功夫，開始展開解救兔子的大工程。可是當兔子被成功解救出來的時候，竟然開始猛打癩蛤蟆並且對癩蛤蟆說：

　　「你身上的疱疹根本就無藥可醫，因為那是遺傳病，沒藥救啦！」

　　癩蛤蟆不但被耍得團團轉，又挨了一頓揍，實在是氣得快要爆炸了。可是兔子卻一如往常，好像什麼事也沒有發生過似的，悠哉悠哉的跳進森林裡，消失無蹤。

七　兔子為什麼突然清醒？之後又如何從憤怒的老虎身邊成功逃脫呢？

　　這天，兔子跑去芙納歐樹下睡午覺。當牠好夢正酣的時候，有一顆果實「咚」的發出巨響，墜落到地面。兔子猛然被驚醒，認為那一定是地球大翻身，讓整個世界都翻轉過來了，立刻拔腿就跑。路上遇到老虎，老虎不禁好奇的問道：

　　「你為什麼要跑得這麼快？到底發生了什麼事？」

兔子回答說：

「你在問我原因嗎？那是因為地球剛剛在我背後翻身，形成一道裂縫，現在正不斷朝這邊逼近啊！」

老虎聽見兔子這麼說，嚇得跟在兔子的後面一起往前跑。兔子有本事可以跑很快，可是老虎卻沒辦法跑得像牠一樣快。老虎在半路上遇見了風精靈——德瓦達，德瓦達問老虎：

「你為什麼要跑得這麼快？到底發生了什麼事啊？」

老虎回答說：

「因為剛剛聽到兔子說：地球大翻身，造成了一道大裂縫，正朝著這邊逼近！因為太害怕了，所以我才趕緊逃命哩！」

風精靈告訴牠：

「喂！有沒有搞錯？哪有這種蠢事啊！地球根本未曾翻身過呀！」

老虎這才清醒過來了，可是一想到兔子這樣信口開河，心裡就非常的生氣！老虎開始追兔子，打算一口將兔子吞下肚子。等牠追上時，兔子正好在樹下睡大頭覺。老虎將前腳踩在兔子身上說：

「都是你！害我跑得這麼累！我一定要馬上殺了你，把你生吞活剝吃得一乾二淨！」

兔子回答說：

「嘿！你想把我吃掉啊？老虎兄！這可是事關重大啊！這森林裡的所有動物，都已經選我當國王了，你應該知道這件事吧！」

看著老虎驚訝的表情，心想這個詭計應該可以唬弄得過去吧，於是兔子繼續對老虎說：

「既然我是森林之王，你就得畢恭畢敬的將我背在背上。」

老虎謙卑的回答：

「小的願意遵從您的命令！」

於是兔子就騎在老虎的背上，然後這兩隻動物就一起出門了。當牠們抵達動物齊聚的廣場時，動物們看見老虎，嚇得四處逃竄。雖然動物害怕的對象是老虎，根本就不是兔子，可是兔子卻非常狡猾的唬弄老虎說：

「老虎兄！您親眼看見了吧！那些動物對我真是敬畏三分啊！」

這個老虎，竟然相信那些動物們都是因為懼怕兔子，所以才急著拚命逃跑。因此羞愧萬分的說：「我以前真是太愚蠢了！」並且謙卑的請求饒恕。

兔子說：

「這次就算了！我就暫且原諒你！只不過，下次可千萬不要再犯錯了哦！」

八　兔子為什麼可以再次成功地逃離山貓的魔掌呢？

山貓之前被兔子氣炸了，所以一直懷恨在心。有一天，牠忍不住自言自語：

「這一次，我一定要把那傢伙抓來吃掉！」

於是，山貓出門去找尋兔子的蹤跡。牠到處搜尋，千辛萬苦的找了老半天，終於逮到兔子了。牠對兔子說：

「我這一次保證，絕對不會再出半點差錯，一定會把你吃掉！」

狡猾的兔子，又開始假裝可憐，苦苦哀求說：

拜託不要吃我，我的肉一點都不好吃。我去找真正好吃的肉，稍等我一下。

「我知道那戶人家有烤肉，我去想辦法將烤肉偷過來，拜託您稍待片刻！然後，我們再一起享用吧！」

山貓答應了兔子的提議。因為牠實在太喜歡吃美食了，根本就經不住烤肉的誘惑，早就已經留出口水，等不及了！山貓說：

「既然這樣，你就趕快去吧！」

兔子帶著山貓，前往那戶人家。當牠們走到那戶人家的門口時，兔子對山貓說：

「請留在這裡等我回來！我馬上就去偷烤肉，待會我們再一起吃那些肉吧！」

說完，兔子就溜進去偷烤肉了，順利的得手，帶著肉回到山貓身邊。山貓想吃那塊肉已經想到快要瘋了。所以一看見兔子，就迫不及待的說：

「來吃吧！」

不過，狡猾的兔子又開口制止牠：

「請稍等！我們還是去大樹底下那再一起吃吧！」

等牠們走到大樹下時，兔子趁著山貓不注意，趕緊將肉搶走，爬到大樹上。一時爬不上去的山貓在底下大聲呼喊：

「不要把烤肉全部吃光光啦！快點把我的份扔下來！」

可是，兔子連一小片肉屑，都不願意丟下來給牠。因此，這隻肉食動物就開始抓狂了！但是牠根本就拿兔子一點也沒辦法。山貓努力試著想要爬到樹上去，可是兔子一看見山貓往樹上爬，就開始大聲呼喚打鐵匠：

「喂！打鐵師父！山貓回來囉！請趕快將鐵棒烤熱，然後再幫山貓把尾巴給接上去吧！」

山貓聽見兔子這樣叫，下了一大跳，趕緊又逃回森林裡去了！

載於《文藝臺灣》，第四卷第二～四期，一九四二年五月～七月

其他

名演員蓋瑞克*

作者　ウキルヘルム・エルテル

譯者　不詳

中譯　吳靜芳

【作者】

ウキルヘルム・エルテル，僅知為德國作家，其餘生平不詳。

【譯者】

不詳。

　　達比多・蓋瑞克是有名的英國演員，他的名字連婦孺都無不知曉。從我國的演員團十郎、菊五郎開始，才有通曉詩書的人出現，在此之前都只是長相平庸、素行不良的怪異傢伙們，所以他們被人罵作「戲劇乞丐」、「地獄之男」也是當然的。這位蓋瑞克不但演技好還能做學問，自己創作了三本戲曲集、兩本詩集，而且品行端正、極富人情味，當時備受英國王子喬治二世和其他貴族的寵愛。在這裡將舉一例來談有關這位演員令人感動的行徑。

　　蓋瑞克自從在倫敦戲院參加秋季的戲劇演出結束後約半個月，想到鄉下漫遊、舒展身心，為了不引人注意，他只是隨便整理一下行李，並沒有帶著隨從，而且乘坐公共馬車就出發了。然而，在某個休息站時公共馬車的車軸受損，旅程也無法繼續下去，就算蓋瑞克頻頻焦急也沒用，在馬車修好之前，他只好到最近的旅社二樓休息。因為實在太無聊了，便拿起地方報紙和雜誌來看，還沒看到地方新聞已先無意間看到內頁的廣告版，有個以二號活字體印刷，排在第二順位的大廣告：

　　　　秋冷時節，祈祝諸位萬事如意。而本劇場也由於諸位的大力支持亦日益興榮，本人暨演員同仁謹獻上萬分感謝。我們邀請到英國頭號名演員蓋瑞克先生參與演出，於今晚七點開始表演。近來，蓋瑞克先生多

---

* 日文原名〈名優ガルリック〉。

活躍於倫敦的各大劇場，此次來到這裡演出絕對非比尋常，那是因為本劇場主與蓋瑞克先生曾為同校友人之故，才請蓋瑞克先生從遙遠的倫敦來到這裡。特別是這次的劇碼「威尼斯商人」，如眾所皆知，是莎士比亞的傑作，也是蓋瑞克先生的得意之作。即使是在倫敦的劇場也是絕無僅有的大場面、大製作，因此誠摯邀請諸位前來觀賞演出。敬請諸位向家族、親戚廣為宣傳並不吝指教是幸。

　　月　　日

　　　　　　　　　　　　　　　　　　　　　　劇場主　謹上

　　看到這則廣告，就算是個性溫和敦厚的蓋瑞克先生感到生氣也是無可厚非的。最近，蓋瑞克就連在倫敦的劇場演出都不多，何況會在鄉下演出，而且他和這個劇場主人真的是同一所學校的朋友嗎？他連劇場主人的名字都沒聽過呢，更不用提他正在臨近城鎮旅行中。「這劇場主人的廣告從頭到尾就是騙局，世間就是有這種利用他人名字來做壞事的傢伙存在。」蓋瑞克自言自語著。

　　蓋瑞克打開窗戶，望著來往的人群，心想這在鄉下地方來說是很稀奇的，有這麼多的車馬聚集，而且有大批旅客湧入旅館裡，平常的話頂多只有一兩人來住宿而已。旅館很快就客滿了，上至旅館主人下至侍者都拼命地為了客人的來去而奔忙，整個旅館呈現相當混雜的情況。過了一會兒，旅館主人一邊擦汗一邊走來，對蓋瑞克說：「多虧了蓋瑞克的魅力，那些有錢人平常根本不會來。這個鄉下像這樣權貴紳士蜂擁而至，都是為了見蓋瑞克而來。你們因為馬車軸受損而在此休息，是不幸中的大幸，今晚務必請前往觀賞。」旅館主人慇懃地勸說。

　　蓋瑞克覺得真是荒謬透了，隨便向旅館主人點頭致意，但又有開個玩笑的想法，他跟旅館主人說：「我非常景仰蓋瑞克，只要是關於蓋瑞克事情，我從頭到尾都知道。」旅館主人聽了以後露出驚訝的表情，問說：「我從未見過蓋瑞克。蓋瑞克先生到底長什麼樣子呢？」蓋瑞克說：「就像這個樣子。大家都說我長得很像蓋瑞克，還有人說像到骨子裡去了。」旅館主人的

眼睛睜得大大的，毫無忌憚地盯著蓋瑞克的臉，本來還想說什麼的，但話還沒出口，這時櫃檯有人呼叫旅館主人，所以他就下樓去了。

蓋瑞克將帽子戴在後腦杓，並從行李箱裡拿出眼鏡戴上，穿上外出服，裝著奇怪的動作，連容貌都改變了，變成任誰看到都只會認為他是猶太人的樣子。他從二樓下去，經過旅館主人面前，旅客中有人問旅館主人：「那個猶太人，也就是沒有面向這邊的男人是誰？」連終年接待客人的旅館主人，也完全沒注意到這是已經徹底改變外貌，且剛才就已回自己房間休息的蓋瑞克，因此回答不知道的那副樣子是蠻滑稽的。

蓋瑞克從旅館出來後，來到距離旅館兩三百公尺的劇場，並請求與劇場主人見面。真是非常簡陋的小劇場。稍待一會之後，蓋瑞克被帶路人引導來到二樓的一間房間，即為劇場主人的起居室。號稱英國第一名演員蓋瑞克之同校友人的劇場主人，竟然是一副膚淺卑鄙模樣，甚至還有點像乞丐的樣子，妻子和六名子女看起來也是狼狽樣，穿著襤褸的服裝，一臉蒼白、一頭亂髮，根本不成人樣。正好是晚餐時間，破爛的桌子上擺的是一盤煮馬鈴薯和硬梆梆的黑麵包，實在是很悲哀的生活狀況。平日就很感性的蓋瑞克一看到此情景，立刻大幅湧現憐憫同情的心情。

劇場主人對蓋瑞克恭敬地打聲招呼，並問他有什麼事嗎？因為在劇場主人的妻子面前不好說話，於是蓋瑞克說有事要告訴劇場主人而把他帶到外面。蓋瑞克問：「您是這個劇場的主人嗎？」劇場主人稱是，蓋瑞克又直接問道：「昨天報紙廣告版上登載蓋瑞克演出的消息也應該沒錯吧？」劇場主臉色一變，低著頭，暫時沒有回答，過一會兒，稍稍抬起頭，兩眼泛淚地說：「這些年來我的不幸持續不斷，從小孩生病到妻子患有慢性病，加上劇院的觀眾又少。就像您剛才看到的，對於這種貧窮生活，無論如何都得想辦法不可，雖然知道這樣做是不對的，但也只能這樣做了。拜託您，事情就這麼算了吧。」劇場主苦苦地哀求。

如此一來又增添蓋瑞克的同情心，他問：「如果來看演出的觀眾中有人看過蓋瑞克，在表演進行中時揭發騙局，並強烈要求賠償的話怎麼辦？」劇場主陷入憂鬱中不發一語。蓋瑞克說：「站在這裡的我就認識蓋瑞克。」劇

場主人太過驚訝以至於倒在地上。

　　蓋瑞克益發覺得可憐，安慰他說：「其實我就是真正的蓋瑞克，正在鄰鎮旅行的途中，公共馬車的車軸壞了，不得已只好在旅館休息，才從地方報紙知道這件事。原來你這樣做有其原因，是因為身處困境才有此企圖，雖然這是不正確的做法，但若是因為面臨九死一生的困境的話，倒是令人同情。今晚我一定會演出，而且不收酬勞地表演莎士比亞的威尼斯商人，決不用擔心。衣服的話我還很多，也幫你出點錢。這些錢雖然少了點，但先分給你的孩子們吧。」說完就速速離去。

　　蓋瑞克離開劇場回到剛才的旅館，途中果然遇到認識蓋瑞克的人，而那個人本來以為這件事是胡說，於是使蓋瑞克的評價越來越高，早在開演時刻之前已經聚集大批觀眾，到了七點左右不管是貴賓室、一般包廂還是普通席位都擠得水洩不通，最後只好限制觀眾入場才能開演。蓋瑞克現身於舞台，表演拿手的威尼斯商人。不管怎麼說，正由於這齣戲莎士比亞的名作，再配上英國頭號演員蓋瑞克所以才這麼有趣，這真是無法用言語形容。上千名觀眾屏息觀賞，到十一點時表演結束，響起如雷般的掌聲與喝采。

　　表演結束後簾幕再度開啟，這次出現在觀眾眼前的是素淨的臉、身穿普通服裝的蓋瑞克，他一五一十地說：「關於我這次被找來這裡表演一事是虛構的。劇場主他因為生活困頓而出此下策，而我則是在前往鄰鎮旅行的途中，由於到了這個車站時馬車車軸損壞，在停頓的時間裡我從報紙的廣告看到這件事。過程中，對劇場主的不幸感到憐憫的我決定進行演出。」接著，改用更嚴肅的語氣說：「劇場主的不幸實在令人同情，請在場諸位仁人義士多少捐獻一些金錢。」並拿著帽子站在劇場的出口，在場觀眾沒有人不受蓋瑞克的俠義心與慈善心所感動而流下淚來。走出劇場外的人群中，沒有人只是單純通過，每個人都把若干金錢投入蓋瑞克拿的帽子裡，也因為如此，直到每位觀眾都進行捐獻為止，帽子裡的獻金還又倒空一次。這些錢完全交給劇場主以後，蓋瑞克就直接回到旅館，而且隔日趁天還未亮時便急忙出發了。

　　在蓋瑞克回到倫敦之前，這個事蹟已經傳遍整個英國，蓋瑞克不僅是著

名的演員，更是世間少有具俠義心腸且宅心仁厚之人，因此更受到人們的尊敬。

　　載於《臺灣日日新報》，第一〇八八號，一九〇一年十二月十五日

和譯笑府[*]

撰者　馮夢龍

譯者　龍顋樓

中譯　彭思遠

【作者】

　　馮夢龍（1574～1646），明代通俗文學家、戲曲家。字猶龍，又字子猶，別號龍子猶、墨憨齋主人、顧曲散人、詞奴等。出身長洲（今江蘇蘇州）的士大夫家庭。天資聰穎，博學多聞，曾與文震孟、姚希孟、錢謙益、侯峒曾等名士交往。但從考上生員之後，屢考科舉不中，以教書為生。一六二六年（天啟六年），受到魏忠賢之閹黨迫害，在家發憤著書。一六三〇年（崇禎三年）考取貢生，任丹徒縣訓導，一六三四年升福建壽寧知縣。四年後任滿返鄉，晚年仍繼續從事小說創作以及戲曲編纂與研究。一六四四年（崇禎十七年），因明王朝被李自成推翻，他以悲憤的心情編纂了《甲申紀事》。清兵南下之後，輾轉流離於浙閩之間，刊行《中興偉略》等書，宣傳抗清。一六四六年（隆武二年／順治三年）憂憤而死。編撰的作品甚多，包括民歌集《掛枝兒》、《山歌》，短篇小說集《喻世明言》、《警世通言》、《醒世恆言》，長篇小說《平妖傳》、《新列國誌》，戲曲傳奇作品《雙雄記》和《萬事足》，笑話集《笑府》、《廣笑府》等，現已編成《馮夢龍全集》出版。（顧敏耀撰）

【譯者】

　　龍顋樓（？～？），應為在臺日籍文人之筆名，通曉漢語，曾於一九〇二年四月十五日在《臺灣文藝》第一期發表譯作〈和譯笑府〉，其餘生平待考。（顧敏耀撰）

---

[*]　原刊同題，未標作者。

自戀

有一個長得其貌不揚的婢女，跟隨著花容月色的千金小姐出遊。剛巧有個男的看到小姐的容姿，不禁脫口讚歎道：「真是個俊俏佳人啊！」千金小姐見狀，便回頭問婢女：「那位先生剛剛說我什麼？」

婢女急忙大聲回答道：

「他指的是我，不是小姐您呀！」

評曰：世上陷溺於自戀與瘡毒的，豈只是這婢女而已。

掩人「鼻」目

有一位艋舺的紅牌煙花女，不知道怎麼搞的，突然在尋芳客面前放了個屁。恩客為了顧及其顏面，便假裝沒聽到。煙花女為了掩飾窘態，故意燒一柱香，煞有介事地說：「客倌，這支香的臭味對身體可好得很呢！」。

隔了好一會兒，恩客才回答道：

「的確！聞起來就跟清道夫經過藥房門口時沒兩樣。」

評曰：煙花女妝扮唇紅齒白，想要媚惑恩客之心，這當然是非常明顯的企圖，然而，焚香來矇騙恩客之鼻，則遠非吾輩常識所能及，狐狸精之計謀在很深啊！

自詮

有五六個盜賊，齊聚在岩洞裡頭飲酒作樂。酒過三巡之後，突然發現銀杯短少了一個。大家趕忙到處搜尋，不過卻毫無蛛絲馬跡。那領頭的瞪大眼睛環顧同伙說道：

「真是活見鬼了！難不成它自己長了翅膀飛走了？看來我們這裡頭有賊啊！」

評曰：兵法所謂「以心謀心，吾不及人」，所言即是此理。

問路

　　有個算命先生來到十字路口，但是因為方向不熟，於是便求助一旁經過的農夫。農夫譏笑他說：「你不是會卜卦嗎？如果不知道該走哪條路的話，就用你最拿手的占卜推算一下，不就了事了？假使你連自己的事情都沒把握，又怎能解決別人的問題呢？」

　　被農夫將了一軍的算命先生，若無其事地答道：「不是這樣。其實我早就預料到這情勢，必須要問經過此地的農夫，方能得到答案，所以才守候在這裡等你呀！」

　　評曰：知人為易，識己則難。

估價

　　有個官員想要忠告某位同僚，便開口道：「老實說，你有個不好的習慣，就是每看到一樣東西，就急於給予估算價錢。這般宛若估價商人的行為，實非吾等堂堂官吏所應為，日後宜儘量避免才對啊！」

　　話才剛說完，對方馬上應答：「謝謝你的忠告，閣下方才的話，實在是一字千金啊！」

　　評曰：此官吏八成是管帳的。

載於《臺灣文藝》，第一期，一九○二年四月十五日

除夕夜*

作者　不詳
譯者　瀨野雨村
中譯　彭思遠

【作者】

不詳。

【譯者】

瀨野雨村，見〈華華公子〉。

　　雖然說世界上所有的鐘聲，普遍都有帶領人進入天堂的特色，但是在諸多樂音之中，沒有比除夕夜的鐘聲更莊嚴肅穆，更能鼓舞人心的了。在午夜時分，鐘聲齊鳴，那宏亮的音色裡，充滿著過去十二個月裡所有書籍的幻影，當它在耳際響起的剎那，許多過往塵煙，突然從陳封已久的記憶瓶蓋中滲出，齊湧上心頭來。回想起過去一年中所經歷的，所成就的，正在著手進行的，已經半途而廢擱置一旁的。彷彿在紅塵瀚海中，高低起伏的巨浪般。生活中得失交錯，憂喜並存，這本是人生中所應經歷的百態，時值歲暮之際，感傷尤其深刻，也有所警悟。有人曾作詩曰：「往事已過歲暮除，錦繡青春豈可忽？」如此佳句，應該不是為賦新詞而強作墨客騷人吧！

　　永別了，親愛的年份啊！看那些面臨生離死別的人們，他們眼中所流出的真摯淚水，任誰瞧見這情景，都會和昨夜的我心有戚戚吧！我的朋友之中，也有少數人覺得與其歲暮時節追憶逝水年華，徒讓人心生懊惱，吁噓惆悵，倒不如讓往昔隨風消逝吧！珍惜現有的，感念所遭遇的，讓自己在滿懷希望中，邁向嶄新的一年。對這種只活在當下，毫不留戀既往的人，我很難寄予同感共鳴。

　　那些對我有養育之恩的父兄叔伯長輩們，幾乎無一不是個性嚴謹之士，

---

* 原刊作〈除夜〉，未標作者。

對於祖先傳承下來的禮儀行事，絕對不會敷衍了事。因此碰到要送舊迎新的除夕夜，固有的禮法巨細靡遺，無一可省略。小時候我只要聽到除夕夜鐘聲，並沒有像別人一般有期待興奮的感覺，反而在想像世界裡，總會陸續出現令人傷悲的幻象。對照周遭的興高采烈，尤其突顯出自己的落寞。究竟除夕聞鐘聲是否真有煩惱輕、智慧長之含義效果，那實在不得而知。就算是與我有密切的關係，我也從未算計到此點。不僅是小孩子，即便是已屆而立之年，恐怕泰半參不透人生與死亡奧義，從而輕忽聽聞鐘響和歡唱聲中，遠離苦惱、獲得自在安定的心吧！話說回來，任誰都能理解生命總有告終的時候，正由於吾輩深知此自然法則，才會在人前喋喋不休地勸說諸多不果敢的教條。然而世人是否都了悟生寄死歸之理，則令人存疑。好比身處六月炎炎夏日裡，理智上雖然明白，卻難以想像十二月的冰天雪地般。

　　但是就在此刻，我要將心裡的感受和盤托出。如同我再三強調鐘聲引發的人生感懷，那份衝擊著實可用淪肌浹髓來形容。於是我暗自思量，如何才能測度出我生命週期之長短，然後再像守財奴一毛不拔般，對於日後的人生分秒必爭地珍惜。隨著青春年華逐漸老去，益發讓人萌發歲月不待人之感慨。明知是不自量力，我仍欲以微弱之身軀，阻止時代巨輪的轉動啊！

　　說起來我最大的心願，就是希望能永遠停留在目前的年齡狀態。至於我的親朋好友們，就算他們沒有變得更年輕、富貴或是更美麗，都無所謂，只要能和我一樣青春永駐即可。我因為執著於年齡這玩意兒，總幻想穿越時空，重新回到流金歲月，反而落得被它刺穿咽喉，幾近奄奄一息，就像所謂瓜熟蒂落般，「噗」的一聲掉入自掘之墓穴中，實在令人厭煩透頂。整體來說，沒有比生活起了變化波瀾，更讓我困擾煩心的了。

　　世界上也有一些人，得意洋洋地公開發表自己的厭世觀點。此類人士聲稱生命的終局乃是安全的避難所，頌讚墳墓有如造物主溫柔的臂膀，平躺裡面的話，就像在安穩的枕頭上沉睡一樣。這麼說的話，似乎反倒要羨慕那些已逝去的人呢！對於此類歪理，我必定嗤之以鼻反駁道：「滾開吧！你這個污穢醜陋的惡魔！」如此一來，逝者亡魂急欲感化我的冥頑不靈，輕巧地飄落我眼前，開始一長串令人作嘔的說教：「你這個活死人！

閣下和我們可是半斤八兩，沒什麼差別啊！」我則神閒氣定回答道：「但是諸位好兄弟啊！很不巧的，我的壽命硬是比你們想像的還要長，至少現在我可還是生龍活虎，好端端地呼吸著。說句不客氣的話，你們就算有二十位，可也敵不過我一個人喔。要向我說教，豈不讓人笑掉大牙，先掂一掂自己的斤兩吧！在新年這麼吉祥喜慶的日子裡，就算是有人求你，你也不應該出來嚇人哪！我雖然看起來弱不禁風，至少還直挺挺張嘴呼吸著，準備和大家一起迎接西元一八二一年的到來呢！誰來再為我倒一杯屠蘇酒[1]，在鐘聲裡，為那逝去的一千八百二十年歲月弔唁。但是心境一轉，不如在這宏亮的音色伴隨下，歡唱迎接快樂新年的到來吧！」

載於《臺灣日日新報》，一九〇九年二月七日～十四日

1　中譯者註：日本人在元旦的早上敬神之後，全家一起喝「屠蘇酒」祈禱平安。

早春的禮讚*

作者　羅塞蒂
譯者　上田敏
中譯　彭思遠

【作者】

羅塞蒂像

　　羅塞蒂（Dante Gabriel Rossetti, 1828～1882），義大利裔英國詩人、畫家。先後就讀於國王學院（King's College School）以及皇家學院（Royal Academy）學畫，同時致力於研讀莎士比亞、歌德、司各特、愛倫・坡、布萊克等人的作品。一八四八年與皇家學院同學亨特（William Holman Hunt）、米勒（John Everett Millais）等五人及其胞弟威廉（William Michael Rossetti）組成「前拉斐爾兄弟會」（Pre-Raphaelite Brotherhood），在文學藝術上主張師法義大利畫家拉斐爾之前、文藝復興早期以及中世紀的文藝精神，以反對當時蒼白無力的形式主義藝術。早期詩作以〈神女〉最為著名，爾後在一八七〇年出版《詩集》，一八八一年出版《民謠及十四行詩集》，此外也曾在一八六一年出版譯詩集《早期義大利詩人》。其詩作的意念十分具體，想像精細，有明顯的民謠特色，而且詩中有畫，畫中有詩，許多詩作本身就是題畫詩。在詩作的韻律方面則十分平穩均勻，有義大利詩歌的音樂節奏感與宗教色彩。不管是詩作或畫作都頗受讀者喜愛，有許多人模仿學習。（顧敏耀撰）

【譯者】

　　上田敏，見〈分離〉。

---

* 原刊作〈春の頁〉，作者標為「ロセツティ」。

　　在這芳草棲棲的河岸上，妳的容顏是何等甜美，我躺臥妳身畔，將妳秀髮撥分為二，從一束一束的金黃髮絲裡，我看見了新長出的小草、白花，和滿臉羞紅的妳。

　　說不清究竟是去年，抑或今年的時光境界裡，就在今天，春天的腳步蹣跚邁入。但是它卻不知道，葉片凋零的李樹，紛紛從雪裡兀自開出白色的小花。春天棲身的庭院樹蔭處，風的通路已然開啟。

　　四月底陽光灑落在山林間，請闔上妳的雙眼，感受我那深情之吻吧！我的愛情逐步蔓延，宛如春天在大小樹枝間擴散；今日請容我探索妳，從溫潤的喉嚨上昇至暖熱的雙唇，因為此乃是我倆愛情見證之時刻。如有二心者，誓將永久被世人所憎惡棄絕。

　　　　載於《臺灣遞信協會雜誌》，第五十五號，一九二四年四月十七日

阿里山遊記[*]

作者　不詳
譯者　吳裕溫
中譯　彭思遠

【作者】

不詳。可能即譯者所撰，自行翻譯為日文。（顧敏耀撰）

【譯者】

吳裕溫（？～？），臺灣傳統文人，一九二六年曾於《臺南新報》發表〈嘉義公園觀妓歌舞〉，翌年同樣於該報發表〈上野公園〉（調寄憶江南）、〈東都〉（調寄醉紅粧）、〈東都玩雪〉（調寄滿庭芳），一九三一年在《台灣之產業組合》發表〈阿里山遊記〉，一九三二年於《詩報》發表〈春鶯〉、〈春燕〉、〈春日〉、〈春晴〉、〈春雨〉、〈春花〉、〈春柳〉、〈春蝶〉，一九三四年於《臺南新報》發表〈贈高雄產組視察團之內察〉、〈端午〉、〈夏夜〉，一九四三年三月則於《詩報》發表〈四重溪〉、〈謁西鄉都督記念碑感賦〉。其餘生平待考。（顧敏耀撰）

夫超越平凡者始可謂清雅，出塵脫俗者方得稱為逸致。對於人物之品評是如此，讓人喜愛的山水亦然。唯有其勢崢嶸峻峭，山陵重疊，高拔凌空，山根玲瓏，富泉流之清韻者，始可擇之。嘗聞阿里山自鐵道開鑿，採伐林木以來，原先緊鎖白雲之深谷，閉絕巍峨眾嶽之山道，皆已暢行無阻，峰高氣清，景色佳麗，常使遊客歎為觀止。余夙仰慕其名，唯緣慳到此一遊之機會。幸好此次適值第七回台灣產業工會於羅山[1]召開，由於本協會乃承辦單位，便分別組織各地區視察團，僅高雄州一團即有五十餘名成員，於庚午年（1930年）十一月二十六日，自嘉義北門車站出發。

只見地是漸行漸高，抵達竹崎後，隨即改搭機關車[2]，宛若烏龍穿山越

---

[*]　原刊同題，未標作者。
[1]　中譯者按：即諸羅山，嘉義舊名。
[2]　顧敏耀按：機關車，即今稱小火車。

嶺般，奔走山坡，行經溪谷。旋即進入隧道，出來時已至樟腦寮。此後可謂
隻山獨立，單峰峻峭。而烏龍猶如蝸牛般環山徐行，其間共五回得以望見樟
腦寮。正是山高人亦清，景幽目自閒。登高眺望羅山一帶，只見紫霞白霧，
平野廣闊。足下溪谷之間，散見幾戶人家，彷彿避秦亂之隱者蜇居於此桃花
源。

　　越過獨立之山頭，便至奮起湖，標高四千餘尺[3]，從車窗瞥望，四面進
式峰巒翠秀欲滴，谷中深暗，視之令人茫然失色，羅山已不復見。一過此
地，頓覺四周空氣逐漸寒冷，山壁造林，甚為茂密。其中多屬針葉林木，面
積廣達二萬坪，地勢稍呈廣平，可容數戶人家。然而有一角陷落，下為千丈
斷崖，令人生懼不敢俯視。

　　片刻後直探森林地帶，所到之處，只見巨樹林立，別有一番幽寒景致。
其大者徑圍宛如車輪，小者亦有木桶尺寸，幹直凌霄。樹枝有清風吹拂，古
色蒼然，不知已經經歷多少霜花雪片。其枝葉枯死折落者不知凡幾，泰半屬
扁柏與紅檜科。不久，告別該地，經過神木群，已是傍晚時分，終於抵達阿
里山。火車猶繼續前進至塔山，此處海拔約七千六百餘尺，最為險峻。旋即
至眠月站，參觀林業所之作業，相距幾十里之山谷中之林木，以及火車載運
至此，再以大型吊具匯集成堆。無論是採伐或攀樹，均危險至極，旁觀者莫
不為之膽戰心驚。此大地無盡藏之山，觸目所及皆是殘朽之樹頭，估計其樹
齡約在五六百年之譜，實非尋常可見之凡木可比擬。

　　該日夜宿於阿里山。山上地勢崎嶇不平，僅有數十戶人家，隱然如人間
仙境。氣候清和，居民不分老少，兩頰皆呈現桃紅色澤，十分討喜可愛。山
高約七千餘尺，夜半時分，月色低斜，星辰彷彿拾手可得。周圍寒風刺骨。
晚餚為山珍佳味，眾人高舉酒杯，暢飲美酒，醉則自行離席就寢，不覺已過
一宿。

　　翌日清晨趁興跋山涉嶺，齊登祝山，海拔為八千二百餘尺以上。此處非

3　顧敏耀按：此處之「尺」皆指日尺，即今台尺，長度為30.3公分，約與英尺（30.5
　公分）相當。

但環境清幽，尚且視野極佳。左顧次高山[4]，右瞻關山，正面遙拜新高山，誠可謂山靈秀峻，景色玲瓏。未幾即至清晨時分，旭日自彼端山頭緩緩昇起，放出無量銀線，令人不禁為此美景讚嘆叫絕，三呼萬歲，祈祝身體健康。眺望遠處汪洋雲海景觀，不禁慨嘆。

　　少頃，下山用畢清飯，眾人整裝參拜神社，順道觀覽神木。該樹高一百五十尺，幹圍六十五尺，樹齡約莫三千年。英姿挺拔，古意盎然。之後一行逐次踏上歸途，一路共耗時約八小時餘，其間穿越八十餘隧道，歷經數百幽暗深谷，跋涉數千山嶺，千奇萬狀，令人眼界為之大開，萬千危險之經歷，始人於夢寢之間，彷彿身處其境。蓋天下之窮奇絕境，豈止於阿里山乎？若問其可愛之處，必曰其勢崢嶸峻峭，山陵重疊，高拔凌空，山根玲瓏，數泉流清韻是也。是以作成此記，以俟後來之遊者。

載於《臺灣之產業組合》，第五十五期，一九三一年一月

4　中譯者按：1923年時日治時期將雪山命名為次高山，意指第二高峰，僅次於新高山（即玉山）。

附錄：日治時期日文翻譯作品一覽表

篇名	作者	譯者	刊名	日期	備註
小說					
喬太守	馮夢龍	安全	臺灣日日新報	1899年11月3日	本書未收錄
處女	不詳	半佛	臺灣日日新報	1901年5月11日	本書未收錄
白牡丹	スモーク女史	吸煙散史	臺灣文藝	1902年4月15日	
探偵日記——名馬	柯南・道爾	大阪 無名氏	臺灣日日新報	1903年3月21日	本書未收錄
探偵日記——戀の遺恨	柯南・道爾	大阪 無名氏	臺灣日日新報	1903年4月12日	本書未收錄
探偵日記——金の入齒	柯南・道爾	大阪 無名氏	臺灣日日新報	1903年4月29日	本書未收錄
探偵日記——膏藥の顏	柯南・道爾	大阪 無名氏	臺灣日日新報	1903年5月13日	本書未收錄
探偵日記——鹿子帶	柯南・道爾	大阪 無名氏	臺灣日日新報	1903年5月27日	本書未收錄
探偵日記——最後の決闘	柯南・道爾	大阪 無名氏	臺灣日日新報	1903年6月27日	本書未收錄
心の刺	チヤーロツト・エム・ブレーム	大阪 碧琉璃園	臺灣日日新報	1903年9月13日～11月7日	
こけむす石（生苔的石頭）	不詳	上田恭輔	臺灣日日新報	1903年11月29日	
阿雷魔上人（全51回）	リツトン卿原著	河野桐谷	臺灣日日新報	1907年1月8日	本書未收錄
實譚使命（全6回）	巴爾札克	濤山生	臺灣日日新報	1907年7月4日	本書未收錄
知らぬ女（陌生女子）	不詳	村上骨仙	臺灣日日新報	1907年6月28日～7月12日	

（續）

篇名	作者	譯者	刊名	日期	備註
神女の像 （女神之像）	不詳	霜華山人	臺灣日日新報	1907年9月21、22日	
通り雨 （驟雨）	不詳	骨仙	臺灣日日新報	1908 年 9 月 20日、27日	
真心	不詳	骨仙	臺灣日日新報	1908年10月4日	
戀	莫泊桑	若林青也	臺灣日日新報	1908年12月13、20日	
春	莫泊桑	西波生	臺灣日日新報	1909年1月1日～5日	
年玉 （壓歲禮）	サアベスター	若林青也	臺灣日日新報	1909年1月1日	
華華公子	狄更斯	瀨野雨村	臺灣日日新報	1909年1月1日～2月7日	
雪の一日 （下雪的一日）	不詳	村上骨仙	臺灣日日新報	1909年2月7～14日	
除夜 （除夕夜）	不詳	瀨野雨村	臺灣日日新報	1910年1月1日	
醫者の妻 （醫師的妻子）	シーランドロフ・リナフィールド	骨仙	臺灣日日新報	1911年9月5～14日	
運命 （命運）	ホーワン氏	丁東	臺灣日日新報	1913年1月6、7日	
夢	屠格涅夫	落合廉一	紅塵，第1期	1915年6年1日	本書未收錄
支那小說	不詳	不詳	實業之臺灣	1916年10月10日	本書未收錄
漂浪者 （流浪者）	梅里美	根津令一	臺灣遞信協會雜誌，第59號	1924年8月17日	
タイ｜ス （苔依絲）	法朗士	西條まさを	文藝櫻草，第1期	1925年1月1日	
眼の前の壁 （全2回）	ビエール・ロティー	村上長雄	臺灣日日新報	1926年1月15日	本書未收錄

（續）

篇名	作者	譯者	刊名	日期	備註
戲曲の主題 （全2回）	ふらんそわ・こつぺー	根津令一	臺灣日日新報	1926年7月30日	本書未收錄
米蘭之女	薄伽丘	陳是晶	臺灣日日新報	1928年10月15日	
ルクサンブルク公園 （全1回）	紀德	宮崎震作	臺灣日日新報	1929年5月20日	本書未收錄
ワンサン・モリニール（全2回）	紀德	宮崎震作	臺灣日日新報	1929年6月3日	本書未收錄
母と子	羅曼・羅蘭	宮崎震作	臺灣日日新報	1929年7月29日	本書未收錄
ラヂオ火刑 （廣播電臺火刑）	Sterling Gleeson	森隆三	臺灣遞信協會雜誌，第96號	1929年11月	
藍公聽獄補遺	不詳	萍花生	臺灣警察時報	1930年2月1日	本書未收錄
（中篇小說）家庭（一）	莫泊桑	西川滿	第一教育，第9卷第1期	1930年1月1日	本書未收錄
朝三暮四	不詳	不詳	臺灣警察時報	1930年5月15日	本書未收錄
ゑあ・めいる事件 （航空郵件事件）	Sterling Gleeson	森隆三	臺灣遞信協會雜誌，第98期	1931年1月	
自動車待たせて （等候中的轎車）	O・亨利	M.U.生	臺灣鐵道，第229期	1931年7月7日	
クリスマス・フレゼント （聖誕禮物）	O・亨利	セイズ・ソナタ	臺灣鐵道，第137期	1931年7月7日	
巡查と讚美歌 （警察與讚美歌）	O・亨利	M.U.生	臺灣鐵道，第229期	1931年7月7日	
盗まれた手紙 （被盜的信件）	愛倫坡	セイズ・ソナタ	臺灣鐵道	1931年8月3日、9月1日	
リリスの娘 （莉莉絲的女兒）	法朗士	河合三郎	翔風	1932年1月25日	
小供二題 （勞工的家庭生活）	ロバート・ト レソール	不詳	翔風，第10期	1932年1月25日	

（續）

篇名	作者	譯者	刊名	日期	備註
獸性	ベン・リンジイ、ハーヴィージエー・オーヒギンス	不詳	翔風，第10期	1932年1月25日	
宣告の衝擊 （衝擊性宣告）	O・亨利	M. U.生	臺灣鐵道，第237期	1932年3月1日	
男嫌ひ （討厭男人的女人）	保羅・哈澤德	黃木田兼二	臺灣遞信協會雜誌，第126號	1932年7月17日	
罠 （陷阱）	貝德福特・瓊斯	越村生	臺灣警察時報	1932年10月1日、11月1日	
賣家 （吉屋出售）	阿爾封斯・都德	曾石火	フォルモサ，創刊期	1933年7月15日	
支那小說聊齊志異（蒲松齡著）の中より	蒲松齡	三重野堯嵐	臺灣遞信協會雜誌，第146號	1934年4月1日	本書未收錄
舞踏會 （舞會）	雷尼耶	西川滿	臺灣婦人界，第1卷第8期	1934年12月10日	
星下の對話 （星空下的對話）	保羅・哈澤德	島田謹二	臺大文學，第3期	1935年6月7日	
ギヤングスターは死んだ	ルネ・ゲタア	瀨戶英雄	ネ・ス・パ，第5期	1935年8月15日	本書未收錄
豫防種痘 （預防接種）	魏德金	ネ・ス・パ同人	ネ・ス・パ，第6期	1935年11月15日	
殺風景なデヴオン州にて	T・F・ボイス	森政勝	翔風，第15期	1935年12月18日	本書未收錄
銀の指貫 （銀頂針）	弗朗索瓦・科佩	石濱三男	臺灣日日新報	1936年1月7、12日	
可愛いい女紙屋 （可愛的紙店女孩）	弗朗索瓦・科佩	石濱三男	臺灣日日新報	1936年2月16、21、23日	
鱒 （鱒魚）	德利耶	石濱三男	臺灣日日新報	1936年3月13、17、19日	

（續）

篇名	作者	譯者	刊名	日期	備註
マルチンの犯罪（馬爾欽的犯罪）	魏斯科普夫	高野英亮	臺灣新文學，第1卷第4號	1936年5月4日	
エミ｜リエ（艾蜜莉）	赫曼・克斯坦	高野英亮	臺灣新文學，第1卷第6、7期	1936年7月7日、8月5日	
賣家	都德	江智翁	南文學，第1卷第1期	1936年10月15日	即前文所列〈吉屋出售〉，本書僅收錄曾石火譯作
便宜上の結婚（便宜行事的結婚）	米凱爾・佐琴科	南次夫	臺灣日日新報	1936年6月30日、7月1日	
鐘	Paul Claudel	山內義雄	媽祖，第12期	1937年1月10日	本書未收錄
優しい女（溫柔的女人）	弗朗索瓦・科佩	石濱三男	臺灣日日新報	1937年6月30、7月1日	
旅行鞄（旅行箱）	布魯諾・法蘭克	椎名力之助	臺大文學，第6期	1937年2月28日	
フランス怪奇小説ペイルヴイニユの一夜（全2回）	ジユアン・カルベル；ボオル・ルイ・ダネル合作	石濱三男	臺灣日日新報	1937年7月10日	本書未收錄
倫敦の話（全2回）	ロオド・ダンセニイ	淺見昇	臺灣日日新報	1937年10月1日	本書未收錄
コルニーユ 親方の秘密（哥尼猶老爹的秘密）	阿爾封斯・都德	石濱三男	臺灣日日新報	1938年2月2、3日	
ヴエレの傳説（全2回）	ルネ・バザン	石濱三男	臺灣日日新報	1938年3月14日	本書未收錄

（續）

篇名	作者	譯者	刊名	日期	備註
偵探小說 國際列車內の殺人	クリステー	布引丕	臺灣警察時報，第278期	1939年1月1日	本書未收錄
シシリー（西西里）物語 十の白帆の呪ひ（全2回）	不詳	南次夫	臺灣日日新報	1939年3月6日	本書未收錄
木葉急行列車（全1回）	不詳	南次夫	臺灣日日新報	1939年7月4日	本書未收錄
遙に狂亂の群を離れて	Thomas Hardy	榎本一郎	臺大文學，第4卷第5期	1939年12月21日	本書未收錄
乙女の旅より 子供の國へ（全22回）	謝冰心	倉石武四郎	臺灣日日新報	1940年2月22日	本書未收錄
ジヨンの裏毛の手袋（約翰的毛內裡手套）	不詳	南次夫	臺灣日日新報	1940年4月11日	
牛四十頭（四十頭牛）	不詳	曾石火	臺灣文學，創刊號	1941年5月27日	
艦上の獨白（艦上的獨白）	阿爾封斯・都德	曾石火	臺灣文學，第2期	1941年9月1日	
餘墨抄	連雅堂	楊雲萍	臺灣文學，第3卷第3期	1943年7月31日	本書未收錄
離婚（第一回）	老舍	張冬芳	臺灣文學，第3卷3期	1943年7月31日	本書未收錄
新詩					
タゴールの詩（一）雲と波	泰戈爾	落合生	臺灣日日新報	1915年7月11日	本書未收錄
タゴールの詩（二）追放者の土地	泰戈爾	落合生	臺灣日日新報	1915年7月13日	本書未收錄
タゴールの詩（三）海邊にて	泰戈爾	落合生	臺灣日日新報	1915年7月18日	本書未收錄
タゴールの詩（四）眠りの盜人	泰戈爾	落合生	臺灣日日新報	1915年7月20日	本書未收錄
タゴールの詩（五）合掌歌（一）	泰戈爾	落合生	臺灣日日新報	1915年7月22日	本書未收錄

（續）

篇名	作者	譯者	刊名	日期	備註
タゴールの詩（六）合掌歌（二）	泰戈爾	落合生	臺灣日日新報	1915年7月23日	本書未收錄
タゴールの詩（七）合掌歌（三）	泰戈爾	落合生	臺灣日日新報	1915年7月24日	本書未收錄
タゴールの詩（八）合掌歌（四）	泰戈爾	落合生	臺灣日日新報	1915年7月25日	本書未收錄
タゴールの詩（九）合掌歌（五）	泰戈爾	落合生	臺灣日日新報	1915年7月27日	本書未收錄
支那小說（3短篇）	不詳	不詳	實業之臺灣	1916年10月10日	本書未收錄
タゴールの詩（十）合掌歌（六）	泰戈爾	落合生	臺灣日日新報	1915年7月29日	本書未收錄
琉球小曲	恩納鍋子	富村月城	熱帶詩人，第2卷第8期	1923年1月27日	
ロングフエロー譯詩抄（朗斐羅譯詩抄）	朗斐羅	中里正一	臺南新報	1926年2月15日	
こわれた花瓶（破碎的花瓶）	普呂多姆	根津令一	臺灣日日新報	1926年2月19日	
短章翻譯（短章譯篇：暴風雪）	愛默生	中里正一	臺南新報	1926年2月22日	
短章翻譯（短章譯篇：鷲）	丁尼生	中里正一	臺南新報	1926年2月22日	
短章翻譯（短章譯篇：小巷之聲）	朗斐羅	中里正一	臺南新報	1926年2月22日	
短章翻譯（短章譯篇：鴿子）	濟慈	中里正一	臺南新報	1926年2月22日	
異曲抄草 白き禮拜堂	リチヤド・オルデイントン	志田純	臺南新報	1926年3月22日	本書未收錄
異曲抄草 アアレス	アルベルト・エエレンシユタイン	志田純	臺南新報	1926年3月22日	本書未收錄

（續）

篇名	作者	譯者	刊名	日期	備註
英詩抒情唱：至高無上之物	Dixie Willson	中里正一	臺南新報	1926年3月22日	
英詩抒情唱：美麗少女中的少女	Eogene Dolson	中里正一	臺南新報	1926年3月22日	
英詩抒情唱：筆之力	Morris　Abel Beer	中里正一	臺南新報	1926年3月22日	
外國譯詩抄：幸福的俘虜	W. Thompson	不詳	臺南新報	1926年3月29日	
外國譯詩抄：善良的女孩	W. B. Kerr	不詳	臺南新報	1926年3月29日	
支那の民謠（支那的民謠）	不詳	不詳	臺灣警察協會雜誌	1926年4月1日	
無題	魏爾倫	根津令一	臺灣日日新報	1926年5月21日	
歌譯徒然草抄	不詳	大木桃江	臺灣教育	1926年12月1日	本書未收錄
シェイクスピア・ソネット抄	莎士比亞	工藤好美	The Formosa	1928年12月	本書未收錄
佛蘭西小詩選（法國小詩選：輓歌）	卡果	西川滿	臺灣日日新報	1929年2月18日	
佛蘭西小詩選（法國小詩選：愛情）	卡果	西川滿	臺灣日日新報	1929年2月18日	
佛蘭西小詩選（法國小詩選：幽靈）	波特萊爾	西川滿	臺灣日日新報	1929年2月18日	
佛蘭西抒情詩抄法國詩抄：理想	普呂多姆	西川滿	第一教育	1929年3月5日	
佛蘭西抒情詩抄法國抒情詩抄：月亮裡的吉普賽人	尚・拉歐爾	西川滿	臺灣日日新報	1929年3月18日	
佛蘭西抒情詩抄法國抒情詩抄：祈禱	普呂多姆	西川滿	臺灣日日新報	1929年3月18日	
ジヤン・コクトオの詩尚・考克多的詩：偶作	尚・考克多	西川滿	臺灣日日新報	1929年4月15日	

（續）

篇名	作者	譯者	刊名	日期	備註
ジアン・コクトオの詩 （尚・考克多的詩：你是這麼看我的嗎？）	尚・考克多	西川滿	臺灣日日新報	1929年4月15日	
夜をうたふ （歌誦夜晚）	艾興多夫	中尾德藏	臺灣日日新報	1929年10月28日	
アミ族歌 （阿美族歌）	不詳	不詳	臺灣警察時報第151期	1930年1月15日	
わかれ （離別）	艾興多夫	中尾德藏	臺灣日日新報	1930年1月27日	
ギリシャの島よ	拜倫	藤森きよし	臺法月報，第24卷第9期	1930年9月	本書未收錄
人生の讚美歌 （人生的讚美歌）	朗費羅	藤森きよし	臺法月報，第25卷第1期	1931年1月	
英詩二篇（其一）：給予	奈都	藤森きよし	臺法月報，第25卷第3期	1931年3月	
英詩二篇（其二）：獨自一人	奈都	藤森きよし	臺法月報，第25卷第3期	1931年3月	
MandMüller （莫德・穆勒）	惠蒂爾	藤森きよし	臺法月報，第25卷第4期	1931年4月	
無常	雪萊	藤森きよし	臺法月報，第25卷第9期	1931年9月	
カ｜ルフェルト （弗里多林之歌（其一）：收穫之後）	卡爾費爾德	西田正一	翔風，第10期	1932年1月25日	
蛇之歌	卡爾費爾德	西田正一	翔風，第10期	1932年1月25日	
森林中的約瑟夫	卡爾費爾德	西田正一	翔風，第10期	1932年1月25日	
最初的回憶	卡爾費爾德	西田正一	翔風，第10期	1932年1月25日	
世外桃源	索德格朗	西田正一	翔風，第11期	1932年12月5日	
我幼小時的樹	索德格朗	西田正一	翔風，第11期	1932年12月5日	
肖像	索德格朗	西田正一	翔風，第11期	1932年12月5日	
良寬詩抄	良寬	松村一雄	翔風，第12期	1934年2月15日	本書未收錄

（續）

篇名	作者	譯者	刊名	日期	備註
くだけ、くだけ、くだけよ（擊碎！擊碎！擊碎吧！）	丁尼生	西川滿	臺灣婦人界	1934年7月1日	
夢	安熱利耶	島田謹二	臺灣婦人界	1934年10月10日	
愛人に	葉慈	矢野峰人	媽祖，第1期	1934年10月10	本書未收錄
月の出汐	Fiona Macleod	矢野峰人	媽祖，第1期	1934年10月10日	本書未收錄
マラルメ令嬢の手扇	馬拉美	市河十九（島田謹二）	媽祖，第1期	1934年10月10日	本書未收錄
月光を浴びたるごとく	普魯斯特	山內義雄	媽祖，第1期	1934年10月10日	本書未收錄
絕句五首	奧瑪開儼	矢野峰人	媽祖，第2期	1934年12月10日	本書未收錄
散文（デ・ゼッセントのために）	馬拉美	市河十九（島田謹二）	媽祖，第2期	1934年12月10日	本書未收錄
巡り合ひ	不詳	KEN・野田	南巷，第16期	1935年1月10日	本書未收錄
七月精靈季	Paul Claudel	山內義雄	媽祖，第3期	1935年2月10日	本書未收錄
エドガア・ポウの墓	馬拉美	島田謹二	媽祖，第3期	1935年2月10日	本書未收錄
エドガア・ポウの墓	馬拉美	島田謹二	臺大文學，第1卷第2期	1935年3月20日	本書未收錄
現代英詩抄：老婆婆	約瑟夫・坎伯	翁鬧	臺灣文藝，第2卷第5號	1935年5月5日	
現代英詩抄：白楊樹	理察・奧丁頓	翁鬧	臺灣文藝，第2卷第5號	1935年5月5日	
現代英詩抄：逐波飛逝的海鳥	柯倫	翁鬧	臺灣文藝，第2卷第5號	1935年5月5日	
現代英詩抄：發光詩篇	弗萊契	翁鬧	臺灣文藝，第2卷第5號	1935年5月5日	

（續）

篇名	作者	譯者	刊名	日期	備註
現代英詩抄：夜鷹與斑鶫	格雷夫斯	翁鬧	臺灣文藝，第2卷第5號	1935年5月5日	
現代英詩抄：曲調	奈都	翁鬧	臺灣文藝，第2卷第5號	1935年5月5日	
現代英詩抄：笨手笨腳	羅威爾	翁鬧	臺灣文藝，第2卷第5號	1935年5月5日	
現代英詩抄：戀愛是痛苦的，戀愛是甘甜的	麥克多那	翁鬧	臺灣文藝，第2卷第5號	1935年5月5日	
現代英詩抄：篤尼的小提琴手	葉慈	翁鬧	臺灣文藝，第2卷第5號	1935年5月5日	
現代英詩抄：壯麗	羅素	翁鬧	臺灣文藝，第2卷第5號	1935年5月5日	
晚禱	蘭波	西條八十	媽祖，第4期	1935年5月10日	
寄華舫中絕世佳人	ワン・ツイー	矢野峰人	媽祖，第4期	1935年5月10日	本書未收錄
春のうた（エスキモ──民謠）	Nach Erich Vogeler	西田正一	媽祖，第4期	1935年5月10日	本書未收錄
愛のまつり（愛的祭典）	萊瑙	石本岩根	媽祖，第4期	1935年5月10日	
秋の果（秋日的果實）	葛里格	矢野峰人	媽祖，第4期	1935年5月10日	
鐘聲	薩松	草野曠	媽祖，第4期	1935年5月10日	
古逸詩抄	不詳	松村一雄	媽祖，第9期	1935年5月10日	
エチオピア民謠 紡げ紡げ（瑞典民謠）	不詳	西田正一	媽祖，第4期	1935年5月10日	本書未收錄
愛蘭土古謠	ライオネル・ジョンスン	市河十九（島田謹二）	媽祖，第4期	1935年5月10日	本書未收錄
庭や樹樹の香の睡ろむでゐる街に...	レオン・ポオル・フアルグ (Léon-Paul Fargue)	瀨戶英夫	媽祖，第4期	1935年5月10日	本書未收錄

篇名	作者	譯者	刊名	日期	備註
詩三つ（生命正在向前衝）	Antonin Sava	KEN・野田	南巷	1935年6月24日	
詩三つ（離別）	Nikolaja Kurzens	KEN・野田	南巷	1935年6月24日	
詩三つ（沒寄出去的信——給L）	Mikolaja Kurzens	KEN・野田	南巷	1935年6月24日	
王女のうたへる	Paul Gérardy	矢野峰人	媽祖，第5期	1935月7月10日	本書未收錄
影繪	エドワード・シャンクス	ネ・ス・パ同人	ネ・ス・パ6	1935年11月15日	本書未收錄
地上の子	エリク・プロンベリ	西田正一	媽祖，第8期	1936年1月15日	本書未收錄
散文（デ・ゼッセントのために）	馬拉美	島田謹二	臺大文學，第1卷第6期	1934月12月10日	本書未收錄
マラルメ令嬢の手扇	馬拉美	島田謹二	臺大文學，第1卷第6期	1935月12月10日	本書未收錄
エドガア・ポウの墓	馬拉美	島田謹二	臺大文學，第1卷第6期	1935年12月10	本書未收錄
小曲	馬拉美	島田謹二	臺大文學，第1卷第6期	1935年12月10日	本書未收錄
エチオピア民謠／婚禮	不詳	西川滿	臺灣日日新報	1936月1月30日	本書未收錄
エチオピア民謠（衣索比亞民謠：婚禮）	不詳	西川滿	臺灣日日新報	1936年1月30日	
エチオピア民謠（衣索比亞民謠：愛的聯句）	不詳	西川滿	臺灣日日新報	1936年1月30日	
エチオピア民謠（衣索比亞民謠：寓言詩）	不詳	西川滿	臺灣日日新報	1936年1月30日	
涸れたる噴泉（乾涸的噴水池）	葛里格	矢野峰人	臺大文學，第1卷第2號	1936年3月	

（續）

篇名	作者	譯者	刊名	日期	備註
鎮靜	克林索	矢野峰人	臺大文學，第1卷第2號	1936年3月	
風景	克林索	矢野峰人	媽祖，第9期	1936年4月10日	
續古譯詩抄	不詳	松村一雄	媽祖，第9期	1936年4月10日	
無題	カネコ・カズ	不詳	臺灣文藝，第3卷第4、5期合刊	1936年4月20日	
詩想	雪萊	黑木謳子	臺灣新文學，第1卷第5號	1936年6月5日	
一刀三禮（分離）	波森格爾	上田敏	媽祖，第11期	1936年9月15日	
一刀三禮（秋）	Eugen Croissant	上田敏	媽祖，第11期	1936年9月15日	
一刀三禮（花之頌）	莎士比亞	上田敏	媽祖，第11期	1936年9月15日	
海邊の城（海邊之城）	烏德蘭	永井吉郎	南文學，第1卷第2期	1936年11月28日	
有感	施托姆	永井吉郎	南文學，第1卷第2期	1936年11月28日	
DE LA MARE詩集より（柳）	梅爾	深山暮夫	翔風，第16期	1936年12月28日	
DE LA MARE詩集より（墓誌銘）	梅爾	深山暮夫	翔風，第16期	1936年12月28日	
DE LA MARE詩集より（流浪的孩子）	梅爾	深山暮夫	翔風，第16期	1936年12月28日	
G.M.HOPKINSの詩（天國碼頭）	霍普金斯	秋村正作	翔風，第16期	1936年12月28日	
G.M.HOPKINSの詩（德意志號的船難）	霍普金斯	秋村正作	翔風，第16期	1936年12月28日	

（續）

篇名	作者	譯者	刊名	日期	備註
G.M.HOPKINSの詩（十四行詩第五十號）	霍普金斯	秋村正作	翔風，第16期	1936年12月28日	
花	馬拉美	島田謹二	媽祖，第12期	1937年1月10日	
夜	路德維希・蒂克	永井吉郎	南文學，第2卷第1期	1937年2月24日	
碧空	馬拉美	島田謹二	媽祖，第13期	1937年3月10日	
梟（貓頭鷹）	保羅・熱拉第	矢野峰人	臺大文學，第2卷第2號	1937年5月17日	
秋	李歐・拉吉爾	矢野峰人	臺大文學，第2卷第2號	1937年5月17日	
灰色の日（灰色之日）	葛里格	矢野峰人	臺大文學，第2卷2號	1937年5月17日	
波斯四行詩集	奧瑪開儼	矢野峰人	媽祖，第15、16期	1937年12月22日、1938年3月3日	本書未收錄
（佛蘭西）古謠	不詳	島田謹二	媽祖，第15期	1937年12月22日	本書未收錄
しぶき	セアラ・ティーズダル	山地清	翔風，第19期	1939年1月27日	本書未收錄
騎士トッゲンブルク	フリードリッヒ　フォン　シルレル	石本岩根	翔風，第19期	1939年1月27日	本書未收錄
ひとのすみか	Erik Blomberg	西田正一	翔風，第19期	1939年1月27日	本書未收錄
枯木	Sten Selander	西田正一	翔風，第19期	1939年1月27日	本書未收錄
兵の夢（士兵之夢）	凱貝爾	森政勝	翔風，第19期	1939年1月27日	
ステファヌ・マラルメ詩抄──花	馬拉美	島田謹二	臺大文學，第4卷第6號	1940年1月3日	曾刊於《媽祖》
ステファヌ・マラルメ詩抄（斯特凡・馬拉美詩抄：春）	馬拉美	島田謹二	臺大文學，第4卷第6號	1940年1月3日	

（續）

篇名	作者	譯者	刊名	日期	備註
ステファヌ・マラルメ詩抄——碧空	馬拉美	島田謹二	臺大文學，第4卷第6號	1940年1月3日	曾刊於《媽祖》
Chansons d'amour	不詳	松風子	臺大文學，第4卷第6號	1940年1月3日	
春	安熱利耶	松風子	臺大文學，第4卷第6號	1940年1月3日	
夢	安熱利耶	島田謹二	臺大文學，第4卷第6號	1940年1月3日	曾刊於《台灣婦人界》
愛爾蘭古謠	強森	島田謹二	臺大文學，第4卷第6號	1940年1月3日	
閉ざされし扉（關上的門）	格里古瓦・勒魯阿	矢野峰人	臺大文學，第4卷第6號	1940年1月3日	
紡ぐ過去（紡織過去）	格里古瓦・勒魯阿	矢野峰人	臺大文學，第4卷第6號	1940年1月3日	
若人に（給年輕人）	諾阿伊伯爵夫人	矢野峰人	臺大文學，第4卷第6號	1940年1月3日	
黑き獵人	ポオル・ジェラデイ	矢野峰人	臺大文學，第4卷第6號	1940年1月3日	本書未收錄
砂時計	シーグフリード・サスーン	山地清	臺灣，第1卷第6期	1940年9月5日	本書未收錄
影繪	エドワード・シャンクス	山地清	臺灣，第1卷第7期	1940年10月5日	本書未收錄
虱とるひと	Arthur Rimbaud	上田敏	文藝臺灣，2卷第1期	1941年3月1日	本書未收錄
ギリシャの島よ	拜倫	藤森きよし	臺法月報，第24卷第9期	不詳	本書未收錄
劇本					
シエナのピエトロ相思病	莫里哀	浪華 無名氏	臺灣日日新報	1900年10月3日～21日	
旅順の二將（旅順二將）	不詳	秋皐	臺灣日日新報	1905年2月22日	

（續）

篇名	作者	譯者	刊名	日期	備註
シエナのピエトロ 錫耶納的皮亞特	不詳	藤森きよし	臺法月報，第24卷第1期	1930年1月	
やくざ者のプラトノフ 痞子普拉托諾夫：未發表四幕戲劇（摘錄）	契訶夫	宮崎震作	臺灣日日新報	1930年8月4日	
翻譯劇 犯人が誰か	不詳	基隆生	專賣通信，第199期	1931年7月15日	本書未收錄
兒童文學					
貧乏人と金持（窮人與富人）	格林兄弟	不詳	臺灣日日新報	1901年11月17日	
靴を穿いた牡猫（穿長靴的公貓）	アンドレアス・レール	不詳	臺灣日日新報	1901年11月23日	
機織と死神	ハインリヒ(Heinrich)・カスバリー	不詳	臺灣日日新報	1901年12月8日	本書未收錄
雪姫（白雪公主）	格林兄弟	不詳	臺灣日日新報	1901年12月22日	
山彦（回音）	不詳	荒川浩	臺南新報	1922年11月12日	
鹽か黄金か（鹽巴或黄金）	不詳	梅津夏子	臺南新報	1922年12月10日	
女人創造	不詳	北村洋一	臺南新報	1922年12月11日	
狼と牡猫（狼與公貓）	不詳	梅津夏子	臺南新報	1922年12月17日	
木登り三太（支那童話：爬樹的三太）	不詳	荒川浩三	臺南新報	1923年1月7日	
鳥の一念（支那童話：鳥的決心）	不詳	春山亥之助	臺南新報	1923年1月10日	
清兵衛と石（支那童話：清兵衛與石頭）	不詳	荒川浩	臺南新報	1923年1月14日	

（續）

篇名	作者	譯者	刊名	日期	備註
首なし兵士 （支那童話：沒有頭的士兵）	蒲松齡	春山亥之助	臺南新報	1923年1月28日	
オルフューズ物語 （奧斐斯的故事）	不詳	小谷正三郎	臺南新報	1923年3月18日	
オルフューズ物語 （風信子的故事）	不詳	久保田かね子	臺南新報	1923年3月25日	
童謠「形」を見つつも （童謠：想見其「形」）	史蒂文森	宗耕一郎	熱帶詩人，第2卷第10期	1923年4月10日	
西洋童話	不詳	不詳	臺南新報	1923年4月15日	
變な脂人形 （奇怪的樹脂人偶）	不詳	天野一郎	臺南新報	1924年10月8日	
子供 （小男孩）	不詳	天野一郎	臺南新報	1924年10月12日	
旅人と岩 （旅人與石頭）	不詳	天野一郎	臺南新報	1924年10月16日	
秋と冬 （秋與冬）	不詳	天野一郎	臺南新報	1924年10月22日	
勞働 （勞動）	不詳	天野一郎	臺南新報	1924年11月9日	
起きよ公達花の姫 （起床吧！，花公主！）	不詳	不詳	臺南新報	1925年4月19日	
勇ましい航海 （英勇的航海之旅）	不詳	不詳	臺南新報	1925年8月9日	
子守唄 （搖籃曲（其一）：和子快入睡）	不詳	不詳	臺南新報	1926年1月24日	
子守唄 （搖籃曲（其二）：雪白的棉被）	不詳	不詳	臺南新報	1926年1月24日	

（續）

篇名	作者	譯者	刊名	日期	備註
支那の童話（支那童話：花精靈）	段成式	羊石生	臺灣教育	1927年5月1日	
坊やの秘密（小男孩的秘密）	不詳	根津令一	臺灣遞信協會雜誌，第78號	1928年4月	
月の神話	不詳	林天風	臺南新報	1932年4月9日	本書未收錄
白鳥の王子（白鳥王子）	不詳	今井初二郎	臺灣日日新報	1932年12月30日	
コドモペーヂ　童話 幸福な皇子さま—可憐な小燕の物語—	オスカー・ワイルド	わたなべ（渡邊）生	臺灣日日新報	1934年6月24日	本書未收錄
盲目の乞食犬（法國童話：老盲人乞丐的狗）	不詳	石濱三男	臺灣日日新報	1936年2月3日	
フランス童話　蟬と蟻（法國童話：蟬與螞蟻）	不詳	石濱三男	臺灣日日新報	1938年7月3日	
童話變な笑ひ聲（童話：詭異的笑聲）	不詳	南次夫	臺灣日日新報	1938年9月9日	
佛印童話　カムボヂヤ兎物語（法屬印度童話：柬埔寨　兔子的故事）	不詳	山下太郎	文藝臺灣，第4卷第2～4期	1942年5月～7月	
其他					
名優ガルリック 名演員蓋瑞克	ウキルヘルム・エルテル	不詳	臺灣日日新報	1901年12月15日	
和譯笑府	馮夢龍	龍顋樓	臺灣文藝，第1期	1902年4月15日	
早春的禮讚	ロセツテイ（羅塞蒂）	上田敏	臺灣遞信協會雜誌，第55號	1924年4月17日	
阿里山遊記	不詳	吳裕溫	臺灣之產業組合，第55期	1931年1月	

譯者簡介

按姓氏筆畫排序

李時馨

　　臺灣臺北人，東吳大學日本語文學系畢業。中英日文書籍的重度愛讀者，自幼因喜愛日本動漫步入學習日文的道路。到了大學時代經由指導老師的啟蒙，了解到翻譯的魅力，認為語言真的是一種很迷人的東西。自此逐漸展開翻譯、口譯的專職生涯。繼續在這塊領域奮鬥的同時，正努力攢錢以實現去日本深造的夢想。

阮文雅

　　臺灣臺北人，東吳大學日文系畢業，獲得日本交流協會獎學金前往日本廣島大學留學。現任東吳大學日本語文學系專任助理教授，專攻日本近代文學。喜好俳句研究及創作，為臺北俳句會會員。曾獲第二十三屆日本全國學生俳句大賽大學生部首席，日本現代俳句協會大賞，日本草枕全國俳句賽留學生部首獎等。

杉森藍

　　國立成功大學歷史學研究所博士候選人，曾任中華醫事科技大學兼任講師、立德大學兼任講師，現任康寧大學、實踐大學、台南市社區大學兼任講師，從事日語教學工作。出版譯作有：合譯《台灣文學館の魅力——その多彩な世界 展覽圖說 中日文對照版》（2008）、《有港口的街市——翁鬧長篇小說中日對照》（2009）等書。

吳靜芳

　　國立成功大學歷史學研究所博士，曾任國立臺南護理專科學校通識教育

中心兼任講師，現為中央研究院歷史語言研究所博士後研究人員，以明清社會文化為研究領域，主要關注於社會與醫療相關議題。

林政燕

東海大學日文系畢業，現就讀於東吳大學日文研究所碩士班，通過日文一級檢定。曾在教會開設日語班，教授內容包括日語歌曲、日本文化等，繼而與日本甲南大學的學生共同編撰教案、前往日本遊學，並且以交換留學生的身份到日本的學習院大學就讀。

張桂娥

日本國立東京學藝大學教育學博士。東吳大學日文系助理教授，從事日語教學工作，同時致力於日本兒童文學研究與優質好書之翻譯介紹，並以推廣日本兒童文學為職涯目標。翻譯作品有：低年級童話《小熊沃夫》（神澤利子著）系列作品、《愛挖耳朵的國王》、《送你一顆蘋果》；兒童小說《阿勇隊長的超級任務》（後藤龍二著）系列作品；圖畫書《養天使的方法》、《化為千風》等。

彭思遠

臺灣屏東人，東吳大學日本語文學系學士、東吳大學日本文化研究所碩士、英國艾塞克斯大學日本研究所碩士、美國南達科他大學教育研究所博士，現任東吳大學日本語文學系專任助理教授，譯有《偵探物語》（臺北市：皇冠出版社）、《佔上風的男人》、《個人危機處理》（與李文仁合譯，洪建全教育文化基金會出版）等。

楊奕屏

臺北市人，東吳大學日文系畢業，日本東京學藝大學教育學碩士。現任世新大學、東吳大學日文系講師。喜愛日語教育及翻譯的工作，工作之餘喜歡閱讀日本偵探小說，樂於挑戰各領域日文資料的翻譯。很高興藉著這次的

翻譯工作可以閱讀到臺灣日治時代的許多幽默小品、偵探小說等，相較於目前諸多內容情節高潮迭起的流行小說及「語不驚人死不休」的現代媒體，益發覺得當時的流行刊物皆為清流。

劉靈均

臺灣大學日文研究所碩士，任中國文化大學推廣部日文課程講師、臺灣大學日文系助教，此外亦曾擔任臺北縣立秀峰高中、臺北市立成淵高中日文教師，曾發表的論文有〈殖民地文本中異文化的官能象徵：從蒲原有明〈茉莉花〉到安西冬衛〈軍艦茉莉〉〉、〈マツリカのイメージにおける母なる「中国」と処女なる「中国」：蒲原有明「茉莉花」から安西冬衛「軍艦茉莉」へ〉等。

謝濟全

國立嘉義大學史地學系歷史組碩士，國立成功大學歷史所博士候選人。現任職台灣中油石化事業部，空軍航空技術學院人文組兼任講師。著作有〈日治期間嘉義農林學校之發展〉（2008）、〈日治時期原住民教育：以嘉農棒球隊原住民學生為例〉（2009）、《山仔頂上的草根小紳士》（2009）、〈日治後期高雄第六海軍燃料廠之興建與戰備分析〉《嘉義大學史地研究》第三期（2011）、杜正宇‧謝濟全等著《日治下大高雄的飛行場》（2014）；翻譯作品有黃阿有‧謝濟全等譯《「日本人」的國境界》（小熊英二原著，2013 年）等。

編者簡介

主編

許俊雅

　　臺南佳里人，臺灣師範大學國文研究所碩士、博士，現任該校國文學系教授，曾任臺灣師大人文教育研究中心秘書、推廣組組長、國立編譯館國中國文科教科用書編審委員會委員、教育部課綱委員等職。學術專長為臺灣文學、國文教材教法以及兩岸文學等，著有《日據時期臺灣小說研究》、《臺灣文學散論》、《臺灣文學論——從現代到當代》、《島嶼容顏——臺灣文學評論集》、《見樹又見林——文學看臺灣》、《無悶草堂詩餘校釋》、《梁啟超遊臺作品校釋》、《瀛海探珠——走向臺灣古典文學》、《裨海紀遊校釋》《低眉集》、《足音集》等，編選《王昶雄全集》、《全臺賦》、《翁鬧作品選集》、《巫永福精選集》、《黎烈文全集》等，曾獲第二屆、第三屆全國學生文學獎、第十七屆巫永福評論獎、第三屆傑出臺灣文獻「文獻保存獎」等。

顧敏耀

　　臺中霧峰人，中央大學中文系碩士、博士，曾任中央大學中文系兼任助理教授、臺灣師範大學國文系博士後研究員，現任國立臺灣文學館副研究員。著有《陳肇興及其《陶村詩稿》》（臺中市：晨星出版公司，2010 年）、《臺灣古典文學系譜的多元考掘與脈絡重構》（中央大學中文系博士論文，2010 年）等。先後榮獲中央大學研究傑出研究生獎學金（2006）、張李德和女士獎助學金（2009）、演培長老佛教論文獎學金（2009）等。

編撰成員

按姓氏筆畫排序

王鈺婷

　　成功大學臺灣文學系博士，現任清華大學臺灣文學所副教授，曾任師範大學國文系博士後研究員。學術專長為女性主義、性別文化、散文研究、戰後女性文學等，著有《身體、性別、政治與歷史——以《行道天涯》和《自傳の小說》為考察對象》（成功大學臺灣文學系碩士論文，2003 年）、《抒情之承繼，傳統之演繹——五〇年代女性散文家美學風格及其策略運用》（成功大學臺灣文學系博士論文，2008 年）等。

許舜傑

　　中山大學中國文學系碩士，臺灣師範大學國文所博士班就讀中，著有《裸狼——張愛玲及其作品的性別原型與象徵：以〈茉莉香片〉為核心》（中山大學中國文學系碩士論文，2008 年），此外也雅好古典文學與現代文學創作，現代文學方面榮獲中山大學西灣文學獎、聯合報文學獎、全國學生文學獎、中國時報文學獎、南華文學獎等，古典文學方面則有全國大專聯吟年度詩人獎、教育部文藝獎、臺南縣南瀛文學獎、臺北文學獎等。

趙勳達

　　成功大學臺灣文學系碩士、博士，曾任臺灣師範大學國文系、中央大學人文中心博士後研究員。著有《《臺灣新文學》（1935～1937）的定位及其抵殖民精神研究》（成功大學臺文系碩士論文，2002 年）以及《「文藝大眾化」的三線糾葛：一九三〇年代臺灣左、右翼知識份子與新傳統主義者的文化思維及其角力》（成功大學臺灣文學系博士論文，2008 年）等。

潘麗玲

　　華裔馬來西亞人，先後畢業於臺灣師範大學國文系、臺北市立教育大學中文系碩士班，曾任臺灣師範大學國文系專任研究助理。著有《李永平小說中的原鄉想像研究》（臺北市立教育大學中文系碩士論文，2008 年）等。

附記

　　本冊圖片出處包括臺灣新民報社編《臺灣人士鑑》日刊一週年紀念出版（臺北：臺灣新民報社，1934 年）、臺灣新民報社編《臺灣人士鑑》（日刊五週年紀念出版，臺北市：臺灣新民報社，1937 年）、興南新聞社編《臺灣人士鑑》（日刊十週年記念出版）（臺北市：興南新聞社，1943 年）以及國立臺中圖書館、Wikipedia、Google 等網站。

文學研究叢書·臺灣文學叢刊 0810004

臺灣日治時期翻譯文學作品集 卷四

總 策 畫	許俊雅		發 行 人	林慶彰
主　　編	許俊雅　顧敏耀		總 經 理	梁錦興
日文翻譯	伊藤佳代（いとう　かよ）		總 編 輯	張晏瑞
	杉森藍（すぎもり　あい）		編 輯 所	萬卷樓圖書股份有限公司
	李時馨　吳靜芳　阮文雅		排　　版	浩瀚電腦排版股份有限公司
	林政燕　張桂娥　彭思遠		印　　刷	百通科技股份有限公司
	楊奕屏　謝濟全　劉靈均		封面設計	斐類設計工作室
	龜井和歌子（かめい　わかこ）			
執行編輯	王鈺婷　趙勳達　張晏瑞			
	游依玲　吳家嘉			
校　　對	許俊雅　顧敏耀　謝易安			

發　　行　萬卷樓圖書股份有限公司

　　臺北市羅斯福路二段 41 號 6 樓之 3

　　電話　(02)23216565

　　傳真　(02)23218698

　　電郵　SERVICE@WANJUAN.COM.TW

大陸經銷　廈門外圖臺灣書店有限公司

　　電郵　JKB188@188.COM

ISBN 978-957-739-880-2

2020 年 12 月初版三刷

2015 年 12 月初版二刷

2014 年 10 月初版

定價：新臺幣 18000 元

全五冊，不分售

國家圖書館出版品預行編目資料

臺灣日治時期翻譯文學作品集 /

許俊雅 總策畫.

　-- 初版.-- 臺北市：萬卷樓, 2014.10

　　冊；　公分.--（文學研究叢書. 臺灣文學叢

刊；0810004）

ISBN 978-957-739-880-2(全套：精裝)

813　　　　　　　　　　　　　103015988